LA GUERRE DES TROIS HENRI

**

La Guerre des amoureuses

Jean d'Aillon vit en Provence. Auteur de nombreux romans-enquêtes sur l'Histoire de France, il est notamment connu pour son héros, le notaire Louis Fronsac, qui a résolu les plus grandes énigmes du Paris de Mazarin.

Paru au Livre de Poche :

LA GUERRE DES TROIS HENRI

1. Les Rapines du duc de Guise

2. La Guerre des amoureuses

3. La ville qui n'aimait pas son roi

JEAN D'AILLON

La Guerre des amoureuses

La Guerre des trois Henri **

ROMAN

JC LATTÈS

ISBN : 978-2-253-12857-1 – 1re publication LGF

LES PERSONNAGES

FRANCESCO ANDREINI, comédien des Gelosi,
ISABELLA ANDREINI, comédienne des Gelosi,
MAXIMILIEN DE BÉTHUNE, baron de Rosny, futur duc de Sully,
MONSIEUR DE BEZON, gouverneur des nains à la cour de Catherine de Médicis,
FRANÇOIS DE BOURBON, duc de Montpensier,
HENRI DE BOURBON, roi de Navarre,
FRANÇOIS CAUDEBEC, capitaine de Philippe de Mornay,
LOUIS DE GONZAGUE, duc de Nevers,
GUGLIELMO GONZAGA (Guillaume de Gonzague), son frère, marquis de Mantoue, duc de Montferrat,
LUDOVIC GOUFFIER-ARMANI, comédien des Gelosi,
HENRI DE GUISE, prince lorrain, surnommé le Balafré,
CHARLES DE GUISE, duc de Mayenne, frère du Balafré,
OLIVIER HAUTEVILLE, avocat à la Chambre des comptes,
HENRI III, roi de France,
JACQUES LE BÈGUE, commis de Olivier Hauteville,
ISABEAU DE LIMEUIL, épouse de Scipion Sardini,
CATHERINE DE LORRAINE, duchesse de Montpensier, sœur du Balafré,
CHARLES DE LOUVIERS, seigneur de Maurevert,
CATHERINE DE MÉDICIS, mère d'Henri III,
MICHEL DE MONTAIGNE, ancien maire de Bordeaux,
CASSANDRE DE MORNAY, fille adoptive de Philippe de Mornay,
PHILIPPE DE MORNAY, seigneur du Plessis, surintendant d'Henri de Navarre,

FRANÇOIS D'O, gouverneur de Paris,
FRANÇOIS DU PLESSIS, seigneur de Richelieu, Grand prévôt de France,
NICOLAS POULAIN, lieutenant de la prévôté de l'Île-de-France,
FRANÇOIS DE RONCHEROLLES, marquis de Mayneville, homme lige du duc de Guise,
COSIMO RUGGIERI, astrologue de Catherine de Médicis,
CHARLOTTE DE SAUVES, maîtresse du Balafré, ancienne maîtresse d'Henri de Navarre,
SCIPION SARDINI, financier italien,
FLAMINIO SCALA, dit Flavio, chef de la troupe des Gelosi,
LORENZINO VENETIANELLI, dit Il Magnifichino, comédien,

Quelques-uns des personnages de ce roman apparaissent dans *Nostradamus et le dragon de Raphaël*, Éditions du Masque.

Ce roman est la seconde partie de : *La Guerre des trois Henri*.
La première partie a été publiée sous le titre : *Les Rapines du duc de Guise.*

1.

Mantoue, mi-mars 1586

Enroulé dans un grand manteau écarlate rapiécé, coiffé d'un bonnet cramoisi surmonté d'une interminable plume de coq rouge, le visage dissimulé sous un masque de cuir au nez démesuré, Francesco Andreini, un colosse à l'embonpoint prodigieux, s'avança d'un pas majestueux pour faire une révérence au marquis de Gonzague, assis sur un fauteuil au-devant de la scène.

Le comédien salua ensuite l'épouse du marquis puis le vice-podestat, tout vêtu de noir, et enfin les gentilshommes et les nobles dames de la cour de Mantoue. D'une voix de stentor, lissant son énorme moustache d'une main et brandissant une courte rapière de bois de l'autre, il déclama :

— Je suis le capitaine Spavento, l'Endiablé, très grand bravache, très grand frappeur, très grand tueur, dompteur et dominateur de l'univers, fils de la foudre, parent de la mort et ami très étroit du grand diable d'Enfer ! Je suis la crainte, la terreur, l'épouvante et la panique des Turcs !

La scène de planches, magnifiquement décorée de tentures et de rideaux, avait été dressée dans la plus grande des deux salles du *castello di San Giorgio*, au plafond peint et aux murs couverts par les grandes toiles que Le Tintoret avait réalisées pour le marquis.

Fameuse troupe de comédiens dont la devise était *Virtù, fama ed honor ne fèr gelosi*, les Gelosi se trouvaient à Milan quand Flaminio Scala – que ses proches appelaient Flavio – avait reçu l'invitation du marquis de Mantoue, Guglielmo Gonzaga. Pour l'anniversaire de la marquise, il leur demandait une représentation extraordinaire.

Bien qu'il eût d'autres engagements, Flaminio Scala, fondateur et régisseur de la troupe, ne pouvait refuser tant le marquis de Mantoue était réputé pour sa générosité et pour son amour envers les artistes. Il avait pourtant demandé leur accord à Isabella Andreini, qui écrivait les canevas des spectacles, et à son mari, Francesco, ainsi qu'aux autres membres de leur confrérie. Tous avaient accepté de se rendre à Mantoue. Ils profiteraient ainsi du voyage pour répéter avec le nouveau venu dans la troupe. Issu de la troupe des Desiosi [1], l'autre grande compagnie théâtrale d'Italie, il jouait Dottore, remplaçant un des comédiens terrassé par une fièvre fulgurante.

Flaminio Scala, en chausses trop larges et chemise pendante à mi-cuisses, le visage caché par le masque de cuir de Pantalone qui laissait sa bouche découverte, arriva sur la scène par une découpe du rideau

1. Désireux de plaire.

du fond. Désignant d'un bras tendu le capitaine Spavento, il s'exclama dans un ricanement :

— Tu es surtout la crainte, la terreur et l'épouvante des puces et des poux !

La salle s'esclaffa tandis que Dottore, vêtu de la longue robe noire des médecins, entrait à son tour suivi de son fils Zanni, un beau jeune homme aux cheveux bouclés. D'une démarche chaloupée, il s'approcha de Pantalone pour lui donner un soufflet… avec son pied gauche ! Pantalone s'écroula dans une cabriole alors que l'assistance riait de plus belle.

Le marquis et la marquise, au premier rang avec le vice-podestat et le chancelier, pleuraient tellement de rire que les comédiens eux-mêmes étaient pris par instants d'un fou rire incontrôlable.

— Capitaine Spavento, vous avez dû accomplir des exploits graaaandissimes ! déclara le Dottore, en s'inclinant avec une emphase servile, pendant que son fils Zanni faisait d'insolentes grimaces à la marquise de Gonzague.

— Archigrandissimes, Dottore ! Si tu savais combien cette main a laissé de spadassins en chemin, tu serais épouvanté ! répliqua l'autre, épée de bois brandie.

À ces mots, Pantalone se redressa comme un ressort pour se précipiter sur le Dottore. Les deux barbons roulèrent au sol en s'écharpant et se donnant quantité de bruyants soufflets, tandis que Zanni essayait d'aider son père et que le capitaine Spavento, terrorisé par la rixe, reculait sous les cris et les larmes de rire de l'assistance.

Comme cette confusion était à son comble, le rideau de scène s'écarta et des comédiens en habit de valets entrèrent, qui avec une viole, qui avec une boîte à musique, qui avec un tambour. En chantant et dansant, ils entamèrent une ronde tourbillonnante autour des deux vieillards qui continuaient à s'écharper.

Soudain le silence se fit. D'une fente dans le rideau, un joli minois venait d'apparaître, l'air inquiet, étonné. Puis le rideau entier s'écarta et Isabella Andreini – dans la vie épouse de Francesco, le capitaine Spavento – entra en scène.

Comme toutes les femmes comédiennes, elle n'avait pas de masque. Cela aurait été d'ailleurs dommage tant elle était éblouissante. Brune, ses cheveux négligemment repliés sous un grand bonnet, d'une belle taille, la gorge plantureuse à peine dissimulée sous deux ou trois aunes de gaze, des yeux d'une singulière expression. Isabella était d'une perfection qui provoquait des exclamations d'admiration.

À vingt-cinq ans, sa réputation n'était plus à faire, tant en Italie qu'en Espagne ou en France. Non seulement sa beauté était stupéfiante, mais c'est elle qui écrivait les spectacles des Gelosi et qui en composait la musique. Elle avait aussi publié plusieurs recueils de poèmes très réputés. Toutes les cours d'Europe invitaient les Gelosi pour la rencontrer.

— Capitaine Spavento ! C'est mon ancien amant qui revient ! minauda-t-elle, alors que les deux vieillards cessaient leur rixe.

— Ton amant ? Mais il revient pour moi ! lança une voix claire.

Une charmante jeune fille entra à son tour, un panier au bras. Un air de vierge blonde, de grands yeux bleus pleins d'effronterie, une peau éblouissante, une taille souple et des dents d'ivoire : c'était Gabriella Chiabrera, la seconde dame de la troupe, dans le rôle de Zerbinette.

— Que dis-tu ? Va plutôt t'occuper de tes marmites ! lui ordonna sèchement Isabella.

— Vas-y toi-même, fournaise de luxure ! éclata Zerbinette en posant son panier et prenant la salle à témoin.

— Approche-le, lança fièrement Isabella, en désignant le capitaine Spavento – qui prit un air avantageux – et je te casse la caboche !

— Essaie et je te fracasserai la tête et la cervelle ! répliqua Zerbinette, les poings en avant, alors que les deux vieillards simulaient la terreur en se serrant l'un contre l'autre.

— Que le chancre me mange si je ne te coupe pas la chair et les os ! menaça Isabella en sortant un grand couteau de théâtre qui fit rire le public.

— La putain galeuse me menace ! s'exclama Zerbinette, les mains sur les hanches.

— Babillages de femmes, je vous aime toutes deux, fit Spavento, s'avançant d'une démarche chaloupée.

— Tu m'aimes vraiment ? lui demanda tendrement Isabella, toujours le couteau à la main.

— Comme le jambon ! confirma-t-il, avec un air abruti, en essayant de l'enlacer.

— La vérole vous étouffe ! cria Zerbinette, alors que le Dottore, qui tentait de la calmer, recevait un violent coup de pied qui l'envoyait rouler et faisait éclater la salle en hurlements de rire.

— Retiens-moi, Spavento, ou je l'estrancine ! vociféra Isabella en brandissant le couteau.

— Paillasse pourrie ! répliqua l'autre en s'efforçant de retenir un fou rire involontaire.

— Prends ça et crève !

Isabella envoya un coup de couteau à Zerbinette qui resta un instant paralysée, stupéfaite, avant de s'écrouler, le ventre ensanglanté.

À la vue du sang, l'assistance resta figée tandis qu'un murmure horrifié s'étendait. Ce sang ne devait pas être prévu dans la comédie, car Isabella, lâchant le couteau rougi, s'agenouilla devant Zerbinette et la prit dans ses bras.

— Gabriella ? Qu'as-tu ? balbutia-t-elle, désemparée, alors que ses vêtements s'empourpraient peu à peu.

— Je… je meurs… râla la pauvre femme.

À l'instant où l'affreuse tache rouge était apparue sur la robe de Zerbinette, le marquis de Gonzague s'était dressé, ainsi que le vice-podestat et le chancelier. Les femmes se mirent presque aussitôt à hurler de terreur, tout en ne perdant rien de ce qui se passait. On les fit rapidement sortir tandis que le camérier du marquis allait chercher le médecin de la Cour.

Tous les comédiens étaient restés pétrifiés à la place qu'ils occupaient au moment où Isabella avait poignardé Zerbinette. Le marquis de Gonzague, suivi du vice-podestat et du chancelier, monta sur la scène pour s'approcher de la victime. Le marquis boitillait, gêné par une crise de goutte et d'arthrose.

— Vous… vous l'avez tuée ? bafouilla le chancelier en s'adressant à Isabella.

— Ce n'est pas possible ! intervint Spavento, qui s'était approché lui aussi pour tenter de comprendre. La lame est factice, elle coulisse dans le manche !

Le vice-podestat Beltramino Crema lui fit signe de reculer ainsi qu'aux autres comédiens.

Jusqu'au début du XIVe siècle, Mantoue, commune libre ayant pour suzerain l'empereur d'Allemagne, avait été gouvernée par un podestat choisi par le conseil de la ville pour exercer les pouvoirs administratifs et judiciaires. En 1318, le podestat Gonzague était devenu seigneur de Mantoue et avait transformé sa charge en marquisat. Depuis, il nommait par lettre patente un vice-podestat qui assurait les fonctions judiciaires et celles de police.

Beltramino Crema était un homme massif, à la taille de colosse et au visage carré ceinturé d'une épaisse barbe. Ayant montré son autorité à la troupe, il se baissa pour ramasser le couteau toujours sur la scène. La lame était rouge et il la nettoya sur la robe de la victime avant d'en appuyer l'extrémité sur la paume de sa main gauche. Elle glissa légèrement dans le manche, mais de moins d'un quart de pouce. Il en passa le fil sur son index. C'était une lame en acier particulièrement aiguisée et tranchante. L'arme n'était pas truquée. Il la tendit au marquis qui la prit avec dégoût.

— Factice ? Vous vous moquez, maître Andreini ! gronda Crema.

Le marquis restait silencieux, s'efforçant de dominer sa colère. Il examinait la lame encore rouge en songeant que l'anniversaire de son épouse était gâché. Quelle idée avait-il eu d'inviter les Gelosi ?

Âgé d'une cinquantaine d'années, Guglielmo Gonzaga portait une moustache et une courte barbe en pointe. Ses cheveux blonds, courts et légèrement frisés, encadraient avec douceur un visage poupin et rêveur, au front haut et au nez aquilin. Légèrement bossu, il se destinait à la prêtrise et n'était devenu marquis qu'après la mort de son frère aîné. Mécène généreux, mais exigeant, Guglielmo avait un caractère sévère et intransigeant. Passionné d'arts et de musique – il avait même composé quelques œuvres austères – il détestait le désordre. Élevé dans l'Ordre de la Toison d'or par son beau-père, l'empereur d'Allemagne, il en arborait ce soir-là le collier pour afficher sa dignité.

— Madame, levez-vous, ordonna-t-il d'une voix sans chaleur à Isabella, toujours agenouillée devant sa victime.

Il tourna la tête en entendant des gens entrer dans la salle. C'était son chirurgien que le camérier ramenait, ainsi qu'une vingtaine de gardes en morion, avec leur hallebarde. Gonzague fit signe à l'homme de l'art qui s'approcha. En robe de velours noir, jeune, la trentaine, brun, le visage avenant, le chirurgien s'accroupit devant Zerbinette, qui avait perdu conscience, et lui prit le pouls. Puis il déboutonna le devant de la robe et déchira le jupon pour voir la plaie. Quand il se releva, gardant les yeux baissés devant le marquis, il affichait un air soucieux.

— Que pouvez-vous faire pour elle ? demanda Gonzague.

Le chirurgien hésita. La plaie était mortelle.

— Il faudrait la transporter avec précaution dans un lit, monseigneur. Je la panserai, mais sa vie n'est plus entre mes mains.

— Qu'on l'installe au deuxième étage, ordonna le marquis à son intendant, et qu'on la soigne le mieux possible.

Il s'adressa ensuite au vice-podestat en lui rendant le couteau.

— Beltramino, vous conduirez les comédiens à la *Torre comunale*, où vous les questionnerez. Ceux que vous mettrez hors de cause devront aussitôt quitter la ville. Ce serait trop de désordre de les garder ici. Isabella restera en prison. Elle a tué cette pauvre femme sous nos yeux. Vous l'interrogerez pour qu'elle nomme ses complices, s'il y en a. L'instruction terminée, vous la transmettrez au Sénat de Justice. Jamais un tel crime ne se reproduira à Mantoue. J'en fais le serment solennel !

Sans un regard pour les comédiens, il descendit de la scène et se retira.

Appelés par l'intendant, plusieurs domestiques venaient d'entrer. Deux d'entre eux portaient une civière de toile. Avec d'infinies précautions, ils y installèrent la mourante et l'emportèrent. Isabella sanglotait.

— Maître Scala, fit le vice-podestat, vous avez entendu Son Excellence. Les gardes vont vous attacher les mains et vous conduire à la *Torre comunale*, notre prison. Si vous vous laissez faire, tout se passera bien. Sinon, nous utiliserons la force. Je viendrai vous interroger dans une heure ou deux.

— Monsieur le vice-podestat, intervint Scala en pliant un genou, nous ne chercherons pas à nous enfuir, il est inutile de nous attacher. Nous devons nous changer, enlever nos maquillages, ranger nos affaires… Il y a aussi le coffre de la compagnie ici, avec notre argent…

— Vous irez ainsi ! gronda durement le vice-podestat. Les domestiques du marquis rassembleront vos affaires sous le regard du chancelier et les porteront à l'écurie du palais où je les ferai garder. Quant au coffre, donnez-m'en la clef !

Scala resta immobile.

— Donnez-m'en la clef, vous dis-je, ou je vous fais fouiller ! Soyez assuré qu'il n'y manquera pas un florin !

Vaincu, Scala détacha une clef attachée à son cou avec une médaille de la Vierge et la lui tendit.

— Il y a deux clefs, Excellence. Francesco a la seconde, dit-il.

— Mon épouse n'est pour rien dans cet accident ! intervint Francesco Andreini, en se mettant à son tour à genoux, tout en sortant une clef d'une aumônière qu'il avait à la taille.

Il avait ôté son masque. Son maigre visage, à la longue barbe en queue de canard, affichait une expression désespérée. Son front dégarni et ses cheveux gris, collés dans son cou par la transpiration, lui donnaient l'air d'un vieillard.

— Je vous en conjure, l'arme est factice ! supplia-t-il.

— Factice ? Vous l'avez déjà dit !

Le vice-podestat donna l'arme qu'il tenait à la main au lieutenant commandant les gardes.

— Attachez-les et conduisez-les à la prison, ordonna-t-il.

Beltramino Crema arriva à la *Torre comunale* quelque trois heures plus tard. Cette haute tour, au centre de Mantoue, communiquait par un corps de logis et une galerie au Palais du Podestat devenu le siège de la justice. La tour servait de prison et sous la voûte, entre le Palais du Podestat et le palais voisin de Massaro, étaient pendus par les bras plusieurs condamnés qui subissaient le supplice public de la corde.

À cette époque, la torture la plus fréquente dans les villes italiennes était le tourment de la corde – le *squassi di corda* – qui consistait à attacher à un cordage les mains du prisonnier derrière les épaules et à le laisser suspendu à un anneau, après l'avoir plusieurs fois secoué pour le désarticuler.

Avant de venir, Beltramino Crema s'était changé, puis entretenu avec le marquis. Guglielmo Gonzaga lui avait confirmé ses instructions. Isabella était coupable, puisque tout le monde l'avait vu tuer la comédienne. Elle serait torturée pour expliquer son crime et dénoncer ses complices. Après quoi, ceux-ci seraient jugés par le Sénat et les exécutions suivraient. Isabella aurait la tête tranchée par la *mannaia* [1], devant le palais. Le marquis avait décidé de refuser toute indulgence, toute grâce envers la poétesse criminelle.

Ensuite, le vice-podestat avait fouillé les bagages des comédiens à la recherche d'épées ou de poignards factices. Les comédiens étaient hébergés dans un corps de logis, à côté du Castello, où se trouvaient aussi les écuries du marquis de Gonzague. Dans leurs

1. Grande hache.

malles, qu'il avait fait ouvrir par un serrurier, il avait découvert plusieurs couteaux dont la lame se repliait ou se détachait mais aucun ne ressemblait à celui du crime. Dans le coffret aux deux clefs il avait trouvé le contrat de création de la troupe et une coquette somme : quelques milliers de florins, des ducats, des pistoles. La troupe des Gelosi était riche. Cette richesse pouvait-elle expliquer le crime ?

À Mantoue la procédure des causes pénales était inquisitoire. C'est le podestat, parfois assisté de juges, qui conduisait l'enquête à sa guise. Toute preuve, y compris l'aveu obtenu sous la torture, était valide pour que les magistrats du Sénat se forgent une opinion.

Beltramino Crema, malgré son physique de soudard, était un homme habile et un juriste accompli. Il avait longtemps été chanoine et était toujours abbé de diverses abbayes. Gonzague lui avait confié cette charge de police et de justice, car il le savait juste et consciencieux.

Arrivé au Palais du Podestat, Crema trouva le notaire chargé d'enregistrer les interrogatoires qui l'attendait au pied du grand escalier à claire-voie, en compagnie d'un clerc et du concierge de la prison. En quelques mots, le notaire, qui se nommait Giacomo Sabbadini, informa le vice-podestat de ce qui avait été fait des prisonniers. Ils se rendirent ensuite à la tour, dans la salle des interrogatoires située au premier étage.

C'était une pièce carrée, haute de plafond, aux croisées d'ogives supportées par quatre piliers, avec un anneau scellé, dans la clef de voûte. Une poulie de bois, soigneusement graissée par un aide du bourreau, y était accrochée. Quand un prisonnier refusait de répondre, ou quand il mentait, Beltramino Crema donnait l'ordre qu'il soit tourmenté. Dénudé, les mains attachées dans le dos, le bourreau le tirait avec la poulie. Il restait ensuite maintenu dans cette position très douloureuse. S'il persévérait dans son refus de répondre, soit il était attaché par les cheveux – s'il les portait longs –, soit on le laissait retomber brusquement par terre pour lui briser quelques os.

Dans la salle, les deux tourmenteurs vérifiaient la corde après avoir longuement graissé la poulie. Beltramino Crema et le notaire s'assirent à une table couverte d'un drap noir, placée sur une estrade. Le vice-podestat, en robe noire et bonnet carré, s'installa sur la plus haute chaise et le notaire, qui avait mis ses besicles, prit la chaise à sa droite. Parfois un troisième homme de loi assistait aux interrogatoires, mais Crema avait jugé qu'il était inutile à ce niveau de l'enquête. Le clerc posa sur la table une liste sur laquelle étaient écrits les noms des prisonniers avant de s'asseoir à un petit bureau où il noterait les dépositions. Il tailla ses plumes en attendant que les interrogatoires commencent.

— Allez chercher Francesco Andreini, ordonna Crema sèchement, quand il fut certain que tout le monde était en place.

La nuit tombait. N'ayant pas dîné, il mourait de faim et était donc de fort méchante humeur. Il avait prévu quelques questions en cette fin d'après-midi, puis, la nuit ayant porté conseil, des interrogatoires plus complets, y compris sous la torture, le lendemain.

Sauf Isabella, jetée dans un cachot, les prisonniers étaient tous enfermés dans une même salle, au-dessus de celle des interrogatoires, lui avait confirmé le concierge.

Le porte-clefs revint avec Francesco Andreini. Le capitaine Spavento, *l'Endiablé, très grand bravache, très grand frappeur, très grand tueur, dompteur et dominateur de l'univers, fils de la foudre*, avait maintenant un air misérable, toujours dans son costume de scène, les mains attachées, les traits tirés, n'ayant rien bu ni mangé depuis son arrestation. Il eut un regard de terreur en voyant la corde, la poulie et les deux tourmenteurs.

Beltramino Crema lui demanda d'abord de prêter serment sur les Saints Évangiles que le notaire avait apportés, puis il l'interrogea rapidement sur la troupe, sur les représentations faites au cours des mois précédents, enfin sur la comédie qu'ils avaient jouée dans l'après-midi.

— Qui l'a écrite ?

— Ma femme Isabella, comme tous nos spectacles, Excellence.

— J'ai examiné vos armes factices, aucune ne ressemblait au couteau avec lequel elle a poignardé mademoiselle Gabriella Chiabrera.

Il sortit l'arme que le lieutenant des gardes avait apportée et la montra à Francesco, sans la lui laisser prendre.

— Dans vos autres armes factices, la lame se replie entièrement, dans celle-ci, elle bouge à peine. Est-il possible que votre femme se soit trompée de couteau ?

— Non, Excellence, c'est celui-ci. C'est moi-même qui l'ai fait faire, la lame s'enfonce dans le manche au moindre effort.

Le vice-podestat appuya la pointe de l'arme sur la table où celle-ci se ficha. Il insista, et la lame ne bougea pas.

— Aviez-vous deux armes identiques ?

— Non, Excellence… Je ne comprends pas.

Beltramino Crema était mal à l'aise. Il venait de proposer des explications que tout homme sensé aurait acceptées pour défendre son épouse, mais le comédien persistait dans son assurance que l'arme qu'il avait devant lui était factice.

— Que se passait-il, ensuite, dans la pièce ? demanda-t-il pour aborder un autre sujet.

— Dans la pièce ?

Francesco resta un instant interdit avant de comprendre la question.

— Excusez-moi, Excellence… Zerbinette criait : « Je suis morte ! » plusieurs fois avant de tomber par terre. Le fils du Dottore se jetait sur elle, il l'embrassait et elle ouvrait les yeux. Les musiciens dansaient autour d'eux et chantaient le miracle de l'amour. Isabella s'approchait de moi, menaçante. Je criais, et alors elle enfonçait la lame dans sa main, me montrant qu'elle était fausse ! Elle m'expliquait ensuite que tout n'était qu'un coup monté avec Zerbinette pour que le fils du Dottore s'intéresse à elle !

Beltramino Crema ne put s'empêcher de sourire.

— Quels étaient les rapports entre mademoiselle Gabriella Chiabrera et votre épouse ?

— Ils étaient bons, c'étaient des amies, je le jure !

— Depuis quand mademoiselle Gabriella Chiabrera appartenait-elle à votre troupe ?

— Deux ans, Excellence.

— Avait-elle un…

— Un amant ? Non, Excellence.

— Combien de femmes y a-t-il dans la troupe ? demanda Crema après un silence.

— Quatre, Excellence. Maria et Flaminia sont mariées. Maria est l'épouse de Pantalone et Flaminia est celle de Flavio.

Une vengeance de femmes ? Une jalousie ? Mais comment expliquer ce mystère sur l'arme ? Pourquoi Francesco mentait-il en disant que la lame s'enfonçait dans le manche ?

— Ramenez-le, ordonna Beltramino Crema au porte-clefs après quelques instants de réflexion, mais ne le mettez pas avec les autres et faites venir Flaminio Scala.

Pendant qu'on allait chercher le chef des Gelosi, le vice-podestat sortit le contrat de création de la troupe et le montra au notaire.

Les soussignés compagnons Francesco Andreini, Isabella Andreini et Flaminio Scala désirant fonder une compagnie fraternelle ont ensemble décidé d'observer fraternellement, comme c'est l'habitude entre bons et fidèles compagnons, tous les chapitres suivants…

Suivaient les règles de la compagnie.

Le notaire lisait le contrat quand Scala arriva, garrotté lui aussi, mais se tenant fièrement. Sans frémir, il regarda la corde et la poulie.

Le notaire lui tendit les Saints Évangiles sur lesquels il jura sans hésiter, puis il demanda au vice-podestat :

— Excellence, je vous en prie… nous ne pouvons nous enfuir, vous le savez, faites délier mes compagnons. Ils ont des besoins naturels et même des animaux ne sont pas traités comme nous !

Beltramino Crema ignora sa supplique et posa les mêmes questions qu'à Francesco Andreini. Il obtint à peu près les mêmes réponses. Scala assura aussi que l'arme qu'il avait sous les yeux était bien celle dont la lame s'enfonçait dans le manche.

— Parlez-moi de l'argent dans votre coffre.

— C'est l'argent de la troupe, Excellence.

— Vous êtes trois à l'avoir créée.

— Oui, Excellence. Le contrat précise que nous avons une double part dans les recettes.

— L'arrestation d'Isabella augmente donc la part des autres ?

— Non, elle sera toujours membre de la troupe quoi qu'il lui advienne.

Le vice-podestat soupira. Ce n'était pas la réponse qu'il aurait souhaitée. Il renvoya Flaminio Scala et fit venir Isabella.

Elle arriva, la robe encore tachée du sang de sa victime. Elle jura elle aussi sans hésitation, et donna les mêmes réponses aux mêmes questions.

— Où était l'arme avant la représentation ?

— Avec les accessoires, dans un coffre de bois.

— Qui la rangeait ?

— Moi… mon mari… tout le monde…

— Auriez-vous pu en prendre une autre, vous tromper ?

— Non, elle était facilement reconnaissable. Francesco l'avait fait faire pour cette comédie.

— Avez-vous essayé la lame avant la représentation ?

— C'était inutile. C'est une pièce que nous jouons depuis deux ans.

— Quand l'avez-vous jouée pour la dernière fois ?

— Il y a un mois, à Milan, et avant, en Espagne. Nous l'avons aussi répétée durant le voyage de Milan à Mantoue. Notre nouveau comédien, qui jouait Dottore, devait apprendre son rôle.

— Et vous avez utilisé cette arme ?

Le vice-podestat montra le couteau fiché sur la table.

— Oui, à chaque fois.

— Pourquoi avez-vous tué Gabriella Chiabrera ?

— Je ne l'ai pas tuée, elle était mon amie…

— Votre amie ? Elle était jalouse… Elle aimait votre époux ?

— Je vous interdis ! s'insurgea fièrement Isabella.

— Vous ferez moins la fière, demain, menaça le vice-podestat.

Il la fit raccompagner et appela successivement tous les autres comédiens, sans rien obtenir de plus. Le dernier fut celui qui jouait Dottore. C'était un jeune homme de quelque vingt-cinq ans au visage décidé et avenant.

— Quel est votre nom ?

— Ludovic Armani.

— Vous n'avez rejoint les Gelosi qu'à Milan, il y a un mois ?

— Oui, Excellence.

— Que faisiez-vous avant ?

— J'étais comédien dans la troupe des Desiosi. J'y suis même né, puisque ma mère, Vincenza Armani, en faisait partie.

— Pourquoi les avoir quittés ?

— À la mort de ma mère, je suis allé à la recherche de mon père, en France.

— Vous l'avez retrouvé ?

— Il était mort, et je suis rentré en Italie. À Milan, j'ai appris que les Gelosi s'y trouvaient. Je suis allé demander à Flavio s'il pouvait m'engager.

— Et il l'a fait ?

— Pas tout de suite, Excellence, mais un des comédiens de la troupe a attrapé une fièvre quarte et Flavio a fait appel à moi.

— Vous avez joué la pièce durant votre voyage entre Milan et Mantoue. La lame du couteau s'escamote-t-elle dans le manche ?

— Oui, Excellence. Je l'ai souvent manipulé, c'est un très beau mécanisme.

— C'est celui-ci ? demanda Crema en désignant l'arme.

— Oui, Excellence, je le reconnais.

— Quelles étaient les relations entre Gabriella Chiabrera et Isabella ?

— Bonnes... Je pense..., hésita Dottore.

— Vous pensez ? ironisa le policier. Vous les avez vues se disputer ?

— Non... enfin... une fois, balbutia le comédien.

— À quel sujet ?

Le jeune comédien se passa la langue sur les lèvres, ne sachant que répondre. Son regard glissa sur la corde et la poulie. Il parut terrorisé.

— Je vous ai posé une question !

— Isabella trouvait que Gabriella s'intéressait un peu trop à Francesco, son mari, lâcha-t-il à regret.

— Et c'était vrai ?

— Je… Je ne sais pas… Mais Gabriella était souvent avec Francesco, c'est certain.

Enfin Beltramino Crema tenait une piste ! Tout tournait bien autour d'une histoire de jalousie ! Il regarda l'arme, songeur. Se pourrait-il qu'il y ait un mécanisme permettant d'empêcher la lame de s'enfoncer totalement ? Il devait faire examiner ce couteau par un fourbisseur. S'il y avait un mécanisme intérieur, cela signifierait qu'Isabella avait vraiment voulu tuer Gabriella, puis tenté vainement de faire entrer la lame dans le manche. Seulement le mécanisme n'avait pas dû fonctionner. S'il l'avait fait, elle aurait alors juré qu'elle n'y était pour rien, que la lame n'avait pas glissé assez vite…

Il reconnaissait que l'explication n'était pas totalement satisfaisante, mais elle permettait de comprendre les dépositions entendues. Il entendit sonner neuf heures au couvent.

— Ramenez-le, dit-il au geôlier. Déliez aussi les autres et donnez-leur de l'eau et du pain.

Quand le Dottore fut parti, le vice-podestat interrogea le notaire pour connaître son avis.

— Ces gens paraissent honnêtes, Excellence, répondit-il. Je ne vois guère qu'un crime de jalousie.

— Moi aussi, dit Beltramino Crema. Je questionnerai Isabella Andreini sous la torture, demain, pour connaître la vérité.

2.

14 mars 1586

Précédé de deux hommes d'armes tenant des torches de résine, à cheval et encore caparaçonné en guerre, car il ne s'était pas déshabillé de la nuit, le baron Maximilien de Rosny[1] passa la barbacane construite devant les douves du château de Nérac, puis franchit le pont-levis avant de traverser la salle des gardes serrée entre deux tours crénelées. La nuit était profonde, quatre heures venaient de sonner. Il gelait. Une épaisse couche de neige couvrait la cour.

Rosny était arrivé quelques heures plus tôt de Pau avec Henri de Navarre et sa troupe de deux cents cavaliers, tous exténués. Ils n'avaient pas quitté les armes depuis un mois et n'avaient goûté aucun repos, écorchés et meurtris par les longues marches sur les sentiers rocailleux.

Depuis l'automne, la guerre avait repris. L'été précédent, le roi avait signé l'infâme traité de Nemours avec la maison de Guise. Tous les édits de tolérance

1. Il deviendra duc de Sully et Premier ministre d'Henri IV.

étaient abolis[1] et, dans le royaume, seule la religion catholique, apostolique et romaine était reconnue. Le culte protestant interdit, il était licite à tous de courir sus aux hérétiques.

En septembre, Navarre avait été excommunié par le pape Sixte Quint et la formidable armée de Charles de Mayenne – le frère du duc de Guise – était entrée dans le Poitou avec tous les droits que s'arroge la soldatesque.

Depuis, Mayenne était descendu vers la Saintonge et il ravageait maintenant la Guyenne et le Périgord. Son armée comptait cinq mille hommes d'infanterie, neuf cents cavaliers – dont quatre cents Albanais –, huit cents reîtres et douze canons. Pourtant elle était insuffisante pour tenir un si vaste territoire, aussi le duc ne menait-il qu'une guerre de terreur et de coups de main. La puissance même de son armée était sa faiblesse, car il fallait nourrir soldats et montures sur un pays hostile et ruiné. Comme les troupes n'étaient pas payées, elles se dispersaient pour rapiner. Avec l'arrivée de l'hiver, chaque capitaine menait une guerre privée pour trouver du fourrage, des vivres et des femmes. Les féroces bandes d'Albanais et de lansquenets allemands brûlaient villages et châteaux, qu'ils soient protestants ou catholiques, pillant, violant et torturant les populations. Mayenne avait donc bien du mal à se concentrer sur les objectifs militaires que son frère lui avait assignés : prendre les

---

1. Le dernier était l'édit de Poitiers, signé par Henri III en 1577, qui accordait le droit au culte réformé dans les faubourgs et dans les lieux occupés par les huguenots.

places fortes le long de la Garonne et se saisir de Navarre en Béarn.

Nérac était méconnaissable, songea Rosny en traversant la cour jusqu'à l'écurie. Le château des seigneurs d'Albret, où Marguerite d'Angoulême[1] avait tenu sa cour, mis au monde sa fille Jeanne, et où son petit-fils Henri avait passé sa jeunesse, était redevenu une forteresse du Moyen Âge. Deux des quatre tours extérieures et la façade d'un corps de bâtiment avaient été munies de hourds. Les douves qui bordaient les bâtiments avaient été nettoyées et inondées. Le pont-levis de la grande entrée était non seulement protégé par une barbacane en bois mais le portail avait été renforcé par une herse.

La ville aussi était transformée. Des années durant, la petite ville du Béarn avait été le siège de la maison de Margot, l'épouse d'Henri de Navarre. C'était une cour de galanteries et des *honnêtes plaisirs d'amour*, où gentilshommes, poètes et femmes peu farouches se mêlaient dans les joies de la table, de la chasse et de la volupté. Tous les dérèglements y étaient autorisés, encouragés même : Margot avec ses amants, et Henri avec ses maîtresses. *L'aise y amena les vices comme la chaleur les serpents*, avait remarqué Montaigne, lorsqu'il s'y était rendu.

Cette douce période était terminée. Margot était partie.

La ville ne dormait pas. Quand Rosny l'avait traversée, il avait croisé des pelotons de bourgeois en morion et en armes. Des lanternes à huile de noix et

1. Sœur de François Ier.

des falots emplis de suifs étaient accrochés à tous les carrefours. Quelques centaines d'arquebusiers avaient pris position sur les remparts, ainsi que les servants des quatre couleuvrines. Avec les torches suspendues un peu partout, on voyait leurs ombres s'activer. Les batteurs d'estrade de Mayenne étaient à quelques lieues et Henri avait veillé une grande partie de la nuit, se préparant à repousser l'assaut. Il savait que les espions guisards l'observaient, un peu plus bas, et il voulait qu'ils sachent que la ville ne se laisserait pas prendre facilement.

Rosny était en Béarn depuis quelques semaines. Arrivé de Paris après avoir traversé la France dans des conditions difficiles, risquant chaque jour la capture et la mort, il s'était fait souvent passer pour un catholique, jurant avec aplomb qu'il haïssait les huguenots. C'est que, du Poitou en Gascogne, ce n'étaient que troupes en armes dont il était difficile de deviner le parti et la religion. Il y avait des protestants, des catholiques guisards, des catholiques modérés, des reîtres et des lansquenets… et surtout des brigands sans foi ni loi. Sans compter les meutes de loups dont l'audace était telle qu'elles pénétraient dans les faubourgs des villes.

Rosny avait retrouvé Navarre à Bergerac pour lui remettre quarante mille livres obtenues en faisant couper des bois dans son domaine. Ce n'était pas grand-chose, mais le Béarnais n'avait plus rien. Ensuite, il l'avait suivi à Castets avec deux mille hommes et ils étaient parvenus à faire lever le siège du château mené par les gens d'armes du maréchal de Matignon.

Gouverneur de Gascogne, Navarre avait pour lieutenant le maréchal de Matignon qui conduisait pourtant une armée contre lui, car Matignon était aux ordres du roi. Heureusement, soit qu'il estimât son gouverneur, soit qu'il jugeât prudent de ne pas s'aliéner son prochain souverain, Matignon manœuvrait avec une excessive lenteur, laissant le champ libre à son adversaire en évitant le combat.

Malgré tout, son armée, avec celle du maréchal de Biron qui tenait le Poitou et la Saintonge, appuyait celle de Mayenne.

Les relations entre le roi de Navarre et Armand de Gontaut, maréchal de Biron et premier baron du Périgord, étaient pour le moins compliquées. Biron, qui appartenait à une famille depuis trois cents ans fidèle aux rois de France, était catholique mais tolérant – sa sœur était d'ailleurs protestante. Pourtant, quand il était lieutenant général de Guyenne, il s'était attaqué à son gouverneur, allant même jusqu'à tirer au canon sur Nérac. Furieux, le Béarnais avait obtenu du roi qu'il soit remplacé par Matignon. Malgré cette querelle, les deux hommes s'étaient depuis rapprochés. Plus le temps passait, plus Biron se rendait compte que Henri de Navarre serait sans doute son prochain roi. Tout comme Matignon, désormais, il le ménageait.

Face à ces trois armées, Navarre avait toujours évité les batailles, car il savait qu'une défaite lui serait fatale. D'ailleurs, depuis le début des guerres de Religion, jamais les armées protestantes n'avaient battu les armées du roi, et plus personne n'envisageait que cela arriverait.

Mais Mayenne, malgré la lenteur de Matignon, malgré l'hiver, malgré la peste endémique, malgré le manque de ravitaillement, malgré les loups, malgré le désordre de ses troupes, avait pris Castillon, Monségur, Montignac, Tulle, et même le château de Saignat appartenant à Turenne. Terrorisant les campagnes, son avant-garde fonçait à marche forcée sur Nérac pour prendre au piège le Béarnais. Cerné, Navarre était maintenant acculé, comme le renard dans son terrier.

Le froid avait été extrêmement rigoureux durant tout le mois de février, et il gelait encore très fort à la mi-mars avec de la neige presque chaque jour. Ayant laissé son cheval à un palefrenier et envoyé ses gardes se réchauffer aux cuisines, Rosny traversa la cour jusqu'à la tour d'escalier qui desservait l'élégante galerie ouverte aux arcs en anse de panier soutenus par des colonnes. La neige crissait sous ses bottes ferrées.

Une fois dans la galerie, il pénétra dans une première salle enfumée par des torches et deux falots de fer suspendus par des chaînes. Les gentilshommes et les gardes qui surveillaient l'entrée dans la salle suivante le saluèrent et le laissèrent traverser.

En entrant dans l'obscure salle du conseil, à peine éclairée par le foyer de la cheminée et deux gros chandeliers sur trépieds supportant chacun quatre bougies de cire, Rosny constata avec un brin de dépit qu'il était le dernier. Cinq hommes étaient déjà installés autour de la table rectangulaire sur laquelle était posés deux gros pains, des noix, du jambon, de la charcutaille et plusieurs flacons de vin poussiéreux.

Le baron les connaissait tous. Quatre d'entre eux avaient son âge. Ceux-là portaient des collets de buffle ou de maroquin matelassé, deux avaient même gardé leur plastron d'acier. Comme lui, ils avaient enfilé des grègues sous leurs hautes bottes de cavaliers et ils portaient épées et dagues, main gauche[1] ou miséricorde[2] en travers de la poitrine. Le cinquième, plus âgé, était en pourpoint avec une petite fraise. Il sourit aimablement en reconnaissant Rosny.

Le baron s'approcha, réconforté par la douce chaleur des lieux. À la lueur vacillante des chandelles il fut frappé par les visages fatigués, épuisés même, de ses compagnons d'armes. Il se dit qu'il devait avoir la même figure qu'eux.

— Ah, Rosny ! Nous n'attendions que toi pour commencer, s'exclama l'un des hommes, le seul à afficher une expression enjouée, quasiment déplacée dans cette salle sinistre.

Sa voix était rocailleuse, une voix de paysan, de berger béarnais. Âgé d'une trentaine d'années, il portait une barbe grise broussailleuse qui contrastait avec son visage rieur. Ses hauts-de-chausses matelassés étaient blancs (ou plutôt gris tant ils étaient sales !), comme sa chemise et son pourpoint, mais les manches en étaient tachées de sombres auréoles, peut-être de transpiration et plus probablement de

1. Courte épée que l'on tenait de cette main.

2. Poignard à lame mince, à deux tranchants et section carrée. Fine, elle pouvait pénétrer sous un gorgerin et obligeait l'adversaire à crier : Miséricorde ! pour demander grâce.

sang. Une écharpe de laine, qui avait été blanche, barrait sa poitrine. Sur les épaules, il portait un long manteau doublé de passements de soie et son chapeau clair était orné d'un panache blanc.

Il se nommait Henri de Bourbon. C'était le gouverneur de Guyenne et le roi de Navarre, un petit royaume qu'il tenait de sa mère Jeanne d'Albret. Par son père Antoine, il descendait de Louis de Clermont, sixième fils de Saint Louis. Si Henri III n'avait pas de fils, ce Bourbon-là régnerait sous le nom d'Henri IV.

Il régnerait ? Oui, mais à une condition : qu'il gagne son royaume ! Car pour l'instant il ne gouvernait plus que quelques lieues autour de Nérac et de Pau, sa capitale !

— Je suis désolé d'être en retard, monseigneur, je recevais un messager parvenu à traverser l'avant-garde de Mayenne.

— Bonnes nouvelles ?

— Non, monseigneur. Mayenne se rapproche un peu trop vite et l'armée de Matignon serait sur le point de le rejoindre. Cavaliers, piquiers et arquebusiers, ils seraient près de vingt mille. Nous n'aurions peut-être pas dû venir jusqu'ici, remarqua-t-il.

Après avoir fait lever le siège de Castets, Navarre disposait encore de deux mille arquebusiers. Ses capitaines lui conseillaient de poursuivre son avantage et de surprendre l'avant-garde de Mayenne. Au contraire, il avait dispersé ses hommes dans des châteaux et des garnisons, ne gardant avec lui que deux cents fidèles à cheval. C'est avec cette petite troupe qu'il s'était rendu à Pau, puis à Nérac, alors que Rosny lui proposait plutôt de se fondre dans le Béarn où il pouvait facilement disparaître et échapper aux troupes guisardes.

Faisant fi du reproche, Navarre garda un visage impassible et saisit dans une coupe deux noix qu'il cassa l'une contre l'autre. Il sortit les cerneaux de l'une et les croqua.

— C'est aussi ce que pense mon cousin Condé ! s'exclama-t-il la bouche pleine. Il m'assure que la ville ne résistera pas à un assaut, que j'aurais dû garder mes arquebusiers pour défendre Nérac, et que s'il avait su ce que je faisais, il ne serait pas tombé dans ce piège.

C'était un reproche à peine voilé, et chacun le sentit. Une allusion aussi à ce qui s'était passé quelques mois plus tôt.

— Si Condé avait pris Brouage, nous n'en serions pas là, ajouta le roi, mi-sérieux mi-rieur.

En novembre, Henri de Condé avait abandonné le siège de Brouage pour se précipiter vers Angers. Des espions l'avaient prévenu qu'ils pouvaient lui livrer une porte de la formidable forteresse, clef de la Touraine. Mais les espions avaient été pris et Condé, poursuivi par le duc d'Épernon, était tombé dans un piège. Encerclées par plusieurs armées, traquées par les paysans, ses troupes s'étaient débandées, abandonnant leurs armes, et lui-même s'était enfui pour l'Angleterre d'où il n'était rentré que le 3 janvier, en débarquant à La Rochelle.

Cette déroute avait laissé le champ libre à Mayenne, puisqu'il n'y avait plus d'armée protestante dans l'Ouest pour l'arrêter, ou seulement le gêner.

Depuis, l'étoile de Condé était bien ternie, et maintenant que le moral des huguenots était au plus bas, ils n'espéraient plus qu'en Navarre, reconnu enfin comme leur chef incontesté.

Les défauts qu'on reprochait au Béarnais : son inconstance, sa souplesse, sa capacité à biaiser, étaient devenus des qualités, et ses proches rappelaient à ses détracteurs que s'il avait plusieurs fois abjuré, il était toujours revenu à la religion réformée. La religion de sa mère. Navarre pouvait *céder en puissance* devant un adversaire plus fort que lui, mais il ne cédait jamais *en conscience*, martelait-il. La faiblesse, dont on l'avait longtemps accusé, était désormais de la tolérance, sa souplesse était appelée sagesse, son double jeu n'était que de la stratégie, et ceux qui avaient été à son côté dans les batailles ne doutaient plus de son courage.

Il était loin le temps où pour Coligny, Calvin, Bèze, ou Louis de Condé (le père d'Henri), le jeune Navarre ne comptait pas. Il était loin le temps où la république des pasteurs, celle des Provinces-Unies du Midi, faisait la loi à travers ses assemblées, et où le jeune Béarnais, otage dans le Louvre, était traité comme un nigaud trousseur de jupons.

Désormais, Henri de Navarre était un chef de guerre vivant au milieu de ses soldats, tacticien redoutable, hardi à la bataille tout en étant économe de ses hommes, et toujours généreux avec les vaincus ; ce que n'avaient jamais été Coligny ou Condé.

En face de lui, Philippe de Mornay, gouverneur de Montauban – l'une des quatre places fortes huguenotes – et intendant de sa maison, c'est-à-dire son Premier ministre, l'observait avec affection.

Mornay et Navarre se connaissaient depuis si longtemps ! Ils étaient tous deux à Paris lors de la Saint-Barthélemy. Henri avait alors dix-neuf ans et Mornay était le secrétaire de Coligny. Philippe avait échappé au massacre en s'enfuyant dans les rues de Paris tandis qu'Henri, prisonnier, s'était converti, comme le jeune Rosny d'ailleurs.

Le massacre avait commencé cinq jours après son mariage. Henri s'était caché chez sa jeune épouse quand on égorgeait trois cents de ses amis. Il avait vu leurs corps poignardés, dépouillés dans la cour du Louvre, énucléés et émasculés par les filles de l'escadron volant. Pour rester en vie, il avait accepté la conversion imposée par Charles IX et contraint son cousin Condé à agir de même. Ensuite, prisonnier à la Cour pendant quatre ans, il s'était fabriqué un personnage de rustre, bon vivant, paillard, rieur, simplet, et surtout faible de caractère.

Il avait dissimulé ainsi jusqu'à ce qu'il parvienne à s'évader en compagnie de Rosny. Pourtant, une fois libre, il avait continué à jouer la comédie du fruste paysan béarnais. Tant mieux si ses ennemis le croyaient stupide et faible, car lui n'avait rien oublié.

Mornay le savait. Comme tous les autres autour de la table, il connaissait le véritable roi de Navarre. Un soldat qui avait reçu de Dieu le génie de la guerre, un humaniste qui lisait parfaitement le grec et le latin et qui admirait les actions illustres de l'histoire romaine. Un homme indomptable à qui sa mère Jeanne d'Albret avait donné une éducation de fer. Et surtout, un juste, un maître tolérant, et respectueux des faibles.

Ayant envoyé sa pique, Navarre se tourna vers Condé, assis à sa droite.

— Mon cousin, je devais venir à Nérac. C'est ici que mes capitaines, et ceux qui nous soutiennent en Europe, m'envoient courriers ou messagers, expliqua-t-il. Je ne peux me battre en aveugle, j'ai besoin de savoir pour prendre les bonnes décisions. Ainsi, lorsque monsieur de Mayenne est entré en Guyenne, j'ignorais s'il attaquerait vers Bergerac ou s'il chercherait à pénétrer en Quercy. J'ai trouvé ici les nouvelles que j'attendais. De surcroît, je vous avais demandé à tous de venir me rejoindre au début de ce mois. Je n'allais pas vous faire défaut quand c'est moi qui vous appelais à l'aide !

Le prince de Condé resta le visage renfrogné. À trente-quatre ans, et contrairement à son père Louis, *le petit homme si joli*, mort à Jarnac, Henri de Condé n'avait jamais fait preuve de grandes capacités militaires. C'était un homme de faible constitution et de santé fragile. Contrairement à Navarre, il avait eu une enfance triste et sans affection. Il disait n'avoir connu que la douleur et les misères de la guerre. D'une immense ferveur envers la religion réformée, il avait pourtant été contraint d'abjurer à la Saint-Barthélemy. Il avait ensuite épousé Marie de Clèves qui l'avait trompé avec le duc d'Anjou – l'actuel Henri III, l'assassin de son père ! Il en était resté meurtri, ombrageux, aigri. Le visage déjà fort ridé, on le disait las de l'existence et il ne rêvait que de mourir sur un champ de bataille.

De même que Navarre et beaucoup de huguenots, il était en blanc. C'était un hommage à son père Louis de Condé qui, le premier, avait arboré cette couleur. Un jour où il devait négocier avec Catherine de Médicis dont l'entourage portait des habits cramoisis, alors à la mode à la Cour, le prince était venu accompagné de ses fidèles, tous en blanc. « Mon cousin, pourquoi vos hommes ressemblent-ils à des meuniers ? » avait ironisé la reine mère. « Pour bien montrer, madame, qu'ils peuvent battre vos ânes ! » avait-il répondu.

Aussi spirituel que cruel, Louis de Condé goûtait particulièrement ces reparties. Mais son fils ne lui ressemblait en rien.

— Brisons là ! Il n'y a pas querelle, ajouta Navarre en posant affectueusement sa main calleuse sur celle de son cousin.

C'était un geste d'apaisement, mais aussi celui du seigneur accordant sa protection à son féal. Condé eut un maigre sourire en reconnaissant ainsi son allégeance.

La scène avait été brève. Elle n'était pas inhabituelle. Le roi de Navarre rappelait ainsi à tous que, s'il acceptait le débat et la critique, c'est lui et lui seul qui détenait l'autorité, et qui décidait. Comme il aimait à le dire : *Je vous ferai voir que je suis votre aîné !*

À gauche du Béarnais, Henri de La Tour d'Auvergne, vicomte de Turenne, trente-trois ans, petit-fils du connétable Anne de Montmorency, premier gentilhomme de Navarre, et sans doute son meilleur général, opinait gravement devant la leçon à laquelle il venait d'assister. Quant à Rosny, il était toujours debout, attendant respectueusement du roi l'autorisation de s'asseoir.

— Installez-vous, Rosny, il reste une place près de Philippe, dit Navarre d'une voix rocailleuse en dissimulant un sourire.

Philippe de Mornay réprima une grimace quand Maximilien de Béthune – le baron de Rosny – s'assit près de lui. Les deux hommes ne s'aimaient pas, mais servant et admirant le même maître, ils devaient se supporter. Et puis Philippe, tout comme Maximilien, avait compris qu'Henri voulait qu'ils soient l'un à côté de l'autre.

Un valet, qui jusqu'à présent allumait des lanternes, sortit un plat de châtaignes de la cheminée pour le déposer sur la table. Il remplit ensuite à nouveau les verres de vin, puis sortit, refermant soigneusement la porte.

— Je n'ai pas eu beaucoup de temps pour parler avec vous depuis hier soir, c'est pourquoi j'ai décidé ce conseil. J'ai besoin d'entendre l'avis de mes fidèles conseillers. Mais maintenant que nous sommes seuls, je peux vous l'annoncer, je n'ai jamais envisagé de faire massacrer les habitants de Nérac !

Il prit une châtaigne et, après avoir poussé le plat vers Condé pour qu'il se serve à son tour, il commença, avec beaucoup de concentration, à enlever la peau à l'aide de sa dague.

— Il fallait que les espions de Mayenne croient que j'allais livrer ici mon dernier combat, poursuivit-il. Si j'ai passé une partie de la nuit sur les chemins de ronde bien éclairés par des flambeaux, ce n'était pas pour vérifier que tout était en place pour la défense de la ville, c'était uniquement pour être vu des batteurs d'estrades.

Il ne dit pas qu'ensuite il avait rejoint la Belle Corysande [1]. Après tout, il n'était resté qu'une heure avec elle !

— Sachant que je suis pris au piège ici, que tout prouve que je vais livrer bataille, Mayenne ne se pressera pas et va rassembler suffisamment de soldats pour soutenir un siège. Seulement, quand il arrivera, nous ne serons plus là depuis longtemps. À la pique du jour, nous quitterons la Guyenne. Reste à décider dans quelle direction…

» … Voilà pourquoi je mande maintenant votre avis, et aussi pour discuter de la proposition que Michel de Montaigne m'a apportée. Vous le connaissez tous, je lui ai demandé de participer à ce conseil pour qu'il vous la soumette lui-même.

Chacun regarda avec curiosité le voisin de gauche de Rosny. La cinquantaine dépassée, un front étonnamment haut et dégarni sous un chapeau rond à petits bords, il affichait une expression grave et attentive. Si Rosny portait une longue et épaisse barbe, Mornay une barbe frisée en cône, Navarre une barbe en fer à cheval, Turenne une barbichette pointue comme Condé, Michel de Montaigne n'avait qu'une longue moustache. Il était aussi le seul en vêtement de ville avec une fraise en dentelle sur un pourpoint de taffetas.

— Vous savez tous où nous en sommes, mes amis, nos affaires vont aussi mal que possible. Quel

---

1. Corysande d'Andouins, comtesse de La Guiche et de Gramont.

parti faut-il prendre ? De quel côté faut-il se tourner ? Nous n'avons plus d'armée et plus d'argent…

— Il nous reste la peste et la famine ! plaisanta Turenne.

— Et l'hiver ! ajouta Mornay. Le pire qu'on ait eu depuis dix ans ! Ce sont aussi de rudes adversaires pour Mayenne et Matignon.

— Vous ne devez pas trop craindre Matignon, monseigneur, intervint Montaigne. Quand Mayenne l'a rejoint, fin décembre, il lui a porté les ordres que le roi lui donnait, à savoir de se placer sous l'autorité du duc et lui obéir en tout. Mais j'ai rencontré Matignon peu après. Il m'a dit avoir aussi reçu d'autres instructions de Sa Majesté, celles-là secrètes. Le roi assurait ne pas vouloir votre destruction, bien au contraire. Qu'il était contraint d'agir ainsi, et qu'il souhaitait avant tout la ruine de la Ligue. Matignon fait donc tout son possible pour laisser les troupes guisardes sans solde et sans vivres [1].

Henri hocha la tête sans sourire. Il savait déjà tout cela.

— Sauf que Mayenne et ses mercenaires albanais et allemands vivent sur le pays, fit-il. Toute la Guyenne – mon pays – est ravagée par ces sauvages.

— C'est vrai, monseigneur, reconnut Montaigne. J'ai moi-même failli perdre mon château. Mais pour l'instant, les deux armées se sont séparées. Matignon arrive de Bordeaux tandis que Mayenne tente de rassembler ses troupes à Monségur.

---

1. On sait qu'après la campagne, Mayenne publia un document accusant Matignon de trahison et d'intelligence avec Navarre (*Libre discours sur l'état de la France*, 1588).

— Mayenne ne doit pas être sous-estimé, intervint Turenne. Il m'a repris Tulle, ce que je n'aurais jamais cru possible de sa part. C'est un rude général, aimé de ses troupes, à la fois prudent et audacieux. Matignon fait tout pour le gêner, c'est évident, mais Mayenne peut se passer de lui. Surtout quand il saura que nous ne sommes que deux cents ici !

— Nous allons en reparler, proposa Navarre en se forçant à sourire.

Le roi ne mésestimait pas la gravité de la situation, mais, simulant l'insouciance, il trancha un morceau de terrine qu'il étala sur son pain.

— Prenez un peu de ce pâté aux cèpes, vous ne savez pas quand vous en mangerez d'aussi bon...

Condé se servit avant de faire glisser le plat à Montaigne.

— En mon absence, plusieurs propositions me sont parvenues, poursuivit Navarre la bouche pleine. Je veux avoir votre sentiment. L'électeur palatin me propose une armée si j'accepte la création d'une république protestante dont il serait le protecteur et moi son lieutenant.

— Non ! cria Condé sans attendre qu'on lui laisse la parole.

Navarre interrogea Rosny du regard.

— Non, sire, répondit celui-ci. Votre combat dure depuis près de quinze ans et l'extrémité n'est pas si pressante. Vous avez connu pire situation, quand vous étiez prisonnier dans le Louvre.

— Si l'électeur nous offre des troupes, pourquoi pas ? remarqua aigrement Turenne. Même si nous rassemblons nos deux mille arquebusiers, avec notre poignée de gentilshommes et ce qui reste de l'armée de Condé, Mayenne nous écrasera quand il veut.

— Et toi, Mornay, qu'en penses-tu ?

— La France et l'Europe ont les yeux fixés sur Votre Majesté. Vous devez composer votre vie de telle sorte que le public n'y trouve rien à reprendre et tout à louer. Votre rang vous contraint à vous opposer à la ruine de la maison de France.

Navarre hocha du chef.

— Voyons donc la seconde proposition : Damville[1] et Lesdiguières[2] me proposent asile. L'un dans le Languedoc, l'autre dans le Dauphiné.

— Va pour le Languedoc ! approuva Condé. C'est le plus près.

— Je choisirais plutôt le Dauphiné, nous pourrions plus facilement obtenir des Suisses, remarqua Turenne.

— Non ! dirent ensemble Mornay et Rosny, qui se regardèrent, étonnés d'être du même avis.

— Autant d'avis que de têtes ! comme le dit souvent mon ami Agrippa d'Aubigné ! plaisanta Navarre. D'ailleurs, Élisabeth d'Angleterre me propose aussi asile...

— Non ! clamèrent ensemble Condé, Turenne et Rosny.

---

1. Henri de Montmorency, seigneur de Damville, gouverneur du Languedoc, proche des protestants, opposé à la Ligue et à l'influence espagnole. Sa fille sera la mère du Grand Condé. Son fils sera exécuté par Richelieu en 1632 pour s'être révolté.

2. François de Bonne, seigneur de Lesdiguières, chef des protestants en Dauphiné, avait fait ses études au collège de Navarre, avec le Béarnais.

— La bataille doit avoir lieu en France, sire, insista Mornay. Il y aurait un immense danger à ce que vous quittiez le royaume, votre absence relâcherait encore le lien déjà trop faible qui tient unis vos partisans. Je dirais même qu'il convient maintenant que vous fassiez l'amour à la France [1].

— L'amour à la France... J'aime ce trait, Mornay ! s'exclama Navarre en riant.

Puis il regarda chacun en souriant, tant il goûtait leurs réponses, avant de déclarer :

— Le duc de Mayenne n'est pas si mauvais garçon qu'il ne me permette de me promener encore quelque temps dans la Guyenne... Après tout, j'ai toujours eu ici mes allées et venues franches. Le renard que l'on croit avoir pris au filet passe parfois à travers les mailles, ou sur le ventre du chasseur.

— Que proposez-vous, mon cousin ? s'étonna Condé.

— Nous ferons tout à l'heure descendre les chevaux du côté où la muraille est la plus escarpée, et où il n'y a donc pas d'espions. En bas, par pelotons de vingt, nous gagnerons Casteljaloux par des sentiers différents.

Il les regarda à tour de rôle, leur signifiant du regard qu'il attendait leurs questions.

— Pour aller où, monseigneur ? demanda Rosny.

— Monsieur de Turenne restera en Guyenne, avec un petit corps de troupes pour contraindre Mayenne à rester sur place. Avec Condé, je gagnerai La Rochelle puisqu'on nous a laissé place libre en

1. Cette phrase est bien sûr authentique.

Saintonge. J'ai trouvé ici un appel d'Aubigné [1] qui se trouve près d'Exoudun. Il est tenu en échec devant le château de La Mothe occupé par les gens de Mayenne. Nous irons donc l'aider. Pris à revers sans qu'il s'y attende, Mayenne devra partager ses forces pour ne pas être coupé de Paris et de tout ravitaillement.

Rosny, Mornay et Turenne hochèrent lentement la tête. Une fois de plus, Navarre faisait preuve de son sens tactique. Condé, lui, se rengorgea. Il prendrait facilement La Mothe et effacerait sa déroute devant Angers.

— Ce sera bien joué, monseigneur ! déclara Rosny, Mais à part l'avantage de nous tirer de ce piège, cela ne changera rien dans le rapport des forces. Simplement, Mayenne ou Biron nous enfermeront dans La Rochelle.

— On ne prendra pas La Rochelle comme Nérac ! intervint Condé.

— Sans doute, mais j'ai deux autres cartes à jouer. La première est mon cousin, le duc de Montpensier, qui m'a écrit le mois dernier pour se déclarer prêt à me soutenir contre les ambitieux projets des Guise [2]. La seconde, ce sont les neuf cent mille livres de monsieur Sardini que Mornay a par-devers lui. Elles vont servir à allumer un contre-feu.

---

1. Agrippa d'Aubigné, capitaine calviniste intransigeant qui avait participé à l'évasion de Navarre du Louvre. Auteur de Mémoires et de poèmes.

2. Les Montpensier étaient une branche cadette des Bourbon. Ils étaient donc princes de sang.

— Neuf cent mille livres ? s'étonna Condé. Peste ! Je ne vous savais pas si riche, mon cousin.

— Moi non plus ! plaisanta Henri. Moi non plus ! Disons que cet argent est une avance sur mon trône de roi de France ! C'est Mornay qui a réussi à l'obtenir. Il le gardait pour un dernier recours.

— Ce n'est pas moi, monseigneur, qui ai gagné cet argent pour vous, c'est ma fille.

— Je le sais et je ne l'oublie pas ! Mornay, tu vas demander à François de Ségur[1] d'utiliser cette somme pour acheter à Casimir[2] une armée de Suisses et de lansquenets qui viendra à notre secours.

— Cela prendra du temps, monseigneur.

— Je sais, mais l'important est que Guise l'apprenne vite.

— Il tient la Champagne et la plupart des places fortes de l'Est, remarqua Turenne. Il fera tout pour empêcher ces renforts de passer.

— Qu'il le fasse, cela l'occupera ! Au moins, pendant ce temps, il n'enverra pas de renforts à son frère.

— Seulement, nous serons toujours aussi faibles, monseigneur, remarqua Turenne. Il nous faudrait un an, un an tranquille, pour reconstituer nos forces.

Le Béarnais eut un sourire rusé en se coupant une nouvelle tranche de pâté aux cèpes.

— C'est là que monsieur de Montaigne intervient…

D'un regard, il lui donna la parole.

— Aux premiers jours du mois de février, commença Montaigne, je terminais la lecture d'un

1. Baron de Pardaillan, un des membres du conseil d'Henri de Navarre.

2. Jean Casimir, régent du Palatinat.

livre, dans ma bibliothèque, quand on m'annonça une troupe de cavaliers. Tous mes gens se sont armés, des reîtres de Mayenne étaient déjà venus et j'avais dû envoyer un messager à Matignon pour les faire partir. Mais ce n'était qu'une fausse alerte. À la tête de cette troupe se trouvait un officier de Catherine de Médicis que je connaissais. Il avait un message pour moi. La reine me mandait sur-le-champ à Paris.

Chacun était attentif, sauf Navarre qui avait entendu l'histoire la veille en arrivant, et qui souriait en découpant des tranches de châtaignes avec sa dague qu'il déposait ensuite avec gourmandise sur son pâté.

— Nous avons mis moins de trois semaines, parfois au galop. Les étapes étaient bien préparées et la troupe suffisante pour ne pas être attaquée. Les laissez-passer de la reine ont fait merveille, même avec les officiers de Mayenne.

» À Paris, la reine m'a reçu dans son palais sans même que j'aie débotté. Elle avait préparé une proposition que je devais porter rapidement à monseigneur de Navarre. Je suis reparti aussitôt, toujours avec une escorte que j'ai laissée chez moi. Je suis ensuite venu ici seul avec deux hommes d'armes et un laissez-passer du roi.

— Quelle proposition ? demanda Rosny, sans cacher son intérêt, et son inquiétude.

Navarre était impassible. Il mastiquait ses châtaignes, comme s'il n'était pas concerné, mais son regard inquisiteur guettait les réactions.

Montaigne regarda chacun avant d'annoncer :

— La reine souhaite négocier avec monseigneur, elle désire une rencontre…

— Une rencontre ! s'étouffa Mornay. Avec celle qui a organisé la Saint-Barthélemy ! Impossible !

— Elle est déjà venue jusqu'ici, rétorqua Navarre, en découpant une tranche de pain et en se servant un morceau de jambon de sanglier. Et personne n'est mort après sa visite. Au contraire, c'est elle qui a été malade !

Sept ans plus tôt, Catherine de Médicis était arrivée à Nérac avec sa maison et son escadron volant. Officiellement, elle ramenait Margot à son époux. Officieusement, elle avait décidé plusieurs conférences pour réconcilier catholiques et protestants. Trois cents des plus belles jeunes filles du royaume étaient censées *amadouer* ses adversaires. Anne d'Acquaviva, maintenant épouse du financier da Diacceto, en avait séduit plus d'un, et l'un de ses amants, le baron d'Ussac, pour la récompenser de ses blandices, avait même livré la ville dont il était gouverneur ! Rosny et Turenne aussi avaient succombé, ainsi que plus de vingt autres gentilshommes, qui eux étaient allés jusqu'à la trahison en rejoignant les catholiques. Malgré cela, Catherine n'avait rien obtenu.

Navarre s'en souvenait encore. Il ne sous-estimait ni la reine ni son haras de putains.

— La rencontre aurait lieu ici ? demanda Rosny.

— Non, elle souhaite que ce soit le long de la Loire, Angers, ou à la limite Chenonceaux, répondit Montaigne. Elle propose une trêve et jure de votre sécurité, même si vous venez à Paris.

— On a déjà joué à la trêve, à Coutras, rappela Rosny, dans un rayon de deux lieues nous devions fraterniser, et au-delà nous couper la gorge !

— Elle rêve ! s'exclama Condé.

— C'est moi qui choisirai le lieu et le jour, décida Henri la bouche pleine… On a fait mourir ma mère à Paris, on y a tué l'amiral et mes meilleurs amis et serviteurs, je n'y retournerai que roi…

Il regarda ses amis et ses capitaines l'un après l'autre avant d'ironiser, en prenant d'autres châtaignes :

— Il est plus raisonnable pour elle de se fier à moi, que moi de me fier à elle. Mais une rencontre aurait l'avantage de nous laisser du temps…

— Je comprends, dit Rosny. Le temps de faire entrer des troupes allemandes et suisses qui nous manquent et de reconstituer nos forces…

— Je persiste à penser qu'il vaut mieux se battre que négocier avec elle, déclara Mornay qui était d'un caractère plus intransigeant. Cette femme est un démon.

— Philippe, sourit Henri, un vrai gentilhomme est le dernier à conseiller la guerre… et le premier à la faire.

— Mais au bout de cette négociation, il y a la conversion, sire, nuança Montaigne.

— Monsieur de Montaigne, soupira Henri de Navarre, catholique ou protestant, peu importe à mes yeux ! Dieu m'a fait seulement naître chrétien et ceux qui suivent leur conscience sont de ma religion. Quant à moi, je suis de celle de tous ceux qui sont braves et bons [1]… Pour l'instant, cela suffit !

1. Cette phrase, comme la plupart dans ce dialogue, est véridique.

— ... Et si tout cela n'était qu'un piège de Guise ? suggéra Condé en regardant Montaigne de travers.

— Guise me hait, monseigneur, il ne m'aurait pas choisi, répliqua sèchement Montaigne.

— Il nous hait tous ! grimaça Mornay.

Il y eut un silence pénible car chacun savait que l'avertissement de Condé était justifié. Montaigne était catholique, il avait été maire de Bordeaux, il était l'ami de leur ennemi, le maréchal de Matignon. Il venait de rencontrer leur pire ennemie, Catherine de Médicis, une femme qui ne savait que trahir sa parole.

Le seul qui ne paraissait pas préoccupé était Navarre. Il se servit un grand verre de vin et remplit d'autorité celui de son cousin Condé, puis celui de Turenne. Sans façon, il passa la bouteille à Montaigne qui la prit en disant fort calmement :

— J'encours les inconvénients que la modération apporte. Au gibelin je suis guelfe, au guelfe je suis gibelin[1]. J'ai toujours ces suspicions muettes et je dois sans cesse me justifier et m'excuser. J'agis pourtant en conscience, sans compromis. Maintenant, pour vous rassurer, Guise n'est qu'un roseau peint en fer, m'a dit Catherine, ajouta Montaigne. Il tient l'Est et la Champagne, mais à Paris, c'est la Ligue qui est puissante. Et la Ligue, c'est maintenant la bourgeoisie parisienne. J'ajoute qu'avec ma goutte,

1. Allusion à la guerre qui du XIIe au XIVe siècle opposa en Italie les guelfes, partisans du pape, aux gibelins, partisans de l'empereur.

j'aurais souhaité éviter cette mission. Je ne l'ai acceptée que pour vous, monseigneur.

— Catherine a compris qu'elle faisait fausse route avec moi, laissa tomber Henri. Elle va essayer autre chose… reste à savoir quoi.

— Catherine est obstinée, sire, le prévint Mornay.

— Elle est surtout mortellement dangereuse, Philippe. Je le sais. Elle a tué ma mère. Je devine qu'elle ne veut que me corrompre et, si elle n'y parvient pas, m'occire. Elle sait qu'en abjurant je perdrai le secours de mes amis, mais vous, vous n'ignorez pas que je préfère être parpaillot à Nérac que roi catholique à Paris, si c'est au prix de ma conscience. Pour me faire disparaître, il faudrait que le piège préparé soit adroit ! Monsieur de Montaigne, retournez la voir et donnez-lui mon accord. Je veux une trêve sur la Saintonge, le Poitou, le Périgord, la Guyenne et le Béarn, et je la veux avant l'été. Je verrai la Médicis au-dessous de la Loire, je déciderai où à ce moment-là. N'oublions pas que nous n'avons pas que des ennemis autour d'elle. Elle estime fort mon cousin, monsieur de Montpensier, qui me fait les yeux doux.

» Dans l'immédiat, Mornay, prépare une nouvelle déclaration que tu feras imprimer et distribuer. Rappelle que Guise se sert du prétexte de la religion pour me voler la succession qui m'appartient de droit. Annonce que je ne demande pas mieux que d'être instruit dans la religion catholique, et que je me soumettrai au jugement d'un concile libre. Nous gagnerons du temps. Turenne l'a dit, c'est de temps que j'ai besoin pour l'affrontement final. Il aura lieu bientôt, ici, je le sens, je le devine.

Il se tut, laissant la parole à l'un ou l'autre, mais devant leur silence, il se leva.

— Nous partons dans une heure. Préparez-vous. Mornay, vous êtes venu avec votre fille ?

— Oui, monseigneur.

— Attendez ici une dizaine de jours. Ce sera plus sûr. Sitôt à Casteljaloux je ferai courir le bruit que je suis dans le Languedoc. Ensuite, d'une façon ou d'une autre, Mayenne aura de nos nouvelles. Ses hommes partiront d'ici pour nous poursuivre et vous pourrez regagner Montauban avec votre escorte. Quant à vous, monsieur de Montaigne, vous avez tous les laissez-passer nécessaires…

— En effet, monseigneur.

Le roi l'accola avec une sincère affection, puis il fit de même avec Mornay.

Dans l'après-midi de ce même jour, Michel de Montaigne se trouvait dans la chambre de l'auberge qu'il occupait, non loin du château. Il écrivait, assis à une table. Navarre était parti, ainsi que ses capitaines. Lui-même quitterait Nérac dès que la voie serait libre.

On gratta à sa porte et un de ses hommes d'armes qui lui servait aussi de valet entra.

— Monsieur, une dame souhaite vous voir, annonça-t-il.

— Une dame ? s'étonna Montaigne. A-t-elle dit son nom ?

— Non, monsieur.

— Faites-la entrer.

Une jeune femme entra couverte d'un épais manteau. Grande, souple, blonde avec de longs cheveux bouclés, de beaux yeux rieurs et une peau éblouissante. Elle avait un je-ne-sais-quoi qui lui rappelait quelqu'un. Mais qui ?

Il s'était levé et s'inclina.

— Monsieur de Montaigne, je n'ai pas le plaisir de vous connaître, fit-elle d'une voix ferme, mais mon père m'a souvent parlé de vous. Il s'agit de monsieur de Mornay.

— Vous êtes la fille de Mornay ? s'enquit-il, étonné par l'absence de ressemblance.

— En effet, monsieur.

Il y eut un bref silence. Montaigne se souvenait que Mornay disposait de neuf cent mille livres pour acheter des mercenaires, d'où tenait-il cette somme ? Navarre avait seulement précisé que cet argent venait de sa fille. Cette affirmation avait étonné Montaigne. Mornay n'avait que trente-sept ans. Cette fille avait une vingtaine d'années. Elle n'était pas de Charlotte Arbaleste… c'était donc une fille naturelle ? Mais d'où venait sa fortune ? Il dissimula sa curiosité sous un masque de politesse.

— Asseyez-vous, je vous prie, dit-il en avançant la seule chaise de la chambre, tandis qu'il restait debout. Vous êtes venue seule ?

— Non, monsieur, monsieur Caudebec m'accompagne toujours. Il attend dans la salle du bas.

— Votre père a pris de bien gros risques en vous proposant de l'accompagner depuis Montauban, mademoiselle.

— Il ne me l'a pas demandé, monsieur, c'est moi qui l'ai voulu, dit-elle en souriant. Je suis loin d'être un poids inutile dans les chevauchées et mon père le sait. Monsieur Caudebec vous dira que je me bats aussi bien que lui.

Montaigne digéra la réponse. Durant ces guerres, quelques femmes courageuses se battaient comme des hommes. Agrippa d'Aubigné [1] lui avait longuement parlé de Madeleine de Miraumont qui avait dressé une compagnie de cavalerie de soixante gentilshommes qu'elle menait à la bataille, et que l'on reconnaissait à ses cheveux dépassant de la salade lui couvrant l'échine. Mais s'il admettait que, par nécessité, un tel comportement soit tolérable une fois ou deux, s'il reconnaissait le courage et l'énergie physique et morale des femmes, Michel de Montaigne pensait que la place des femmes n'était pas sur un champ de bataille, car il n'était pas bienséant de voir une femme armée et vêtue comme un homme pratiquer ce qui allait à l'encontre des qualités féminines. Les belles et honnêtes femmes devaient faire les femmes, et non les capitaines.

D'ailleurs, la femme n'était jamais qu'un homme imparfait. Des hommes de science lui avaient même rapporté qu'une femme qui pratiquait des actions convenant mal à leur genre pouvait se transformer en homme et fabriquer des membres virils. On lui avait d'ailleurs cité de nombreux cas en Italie. Le vrai avantage des femmes, c'était la beauté, et la plus honorable occupation pour elles, c'était la science du ménage.

— Je n'en doute pas, mademoiselle, fit-il, en se demandant ce qu'elle lui voulait.

1. *Histoire universelle*, 1618.

— J'ai accompagné mon père, monsieur, car j'espérais rencontrer ici une personne qui irait prochainement à Paris. Or, mon père m'a parlé de vous ce matin.

— En effet, je vais m'y rendre…

— Porteriez-vous une lettre pour moi, monsieur ?

— Pourquoi pas ? Votre père est-il au courant ?

— Non, monsieur, répondit-elle en se mordillant les lèvres.

— À qui cette lettre est-elle destinée ?

— Un ami, un ami cher.

Montaigne hésitait. Dans quelle histoire s'embarquerait-il s'il acceptait ? Pouvait-il y avoir quelque espionnage ou trahison là-dessous ? Déjà beaucoup l'accusaient de double jeu, prendre de tels risques ne serait guère habile.

— Il n'y a aucun homme plus honnête et plus fidèle au roi, monsieur, assura Cassandre en devinant ses réticences. Je viens de recevoir une lettre de lui et je veux lui répondre.

— Comment avez-vous reçu cette lettre ?

— C'était hier, monsieur, et mon père l'ignore. Je vous saurai gré de ne pas lui en parler.

— Qui vous a remis cette lettre ?

— Monsieur de Rosny, monsieur. Mon père ne l'aime pas, mais je l'apprécie. À l'automne déjà, il a transmis du courrier pour moi quand il est allé à Paris. Cette fois-ci, il m'a rapporté une lettre.

— Qui est cet ami de Paris ? demanda-t-il. Comment le connaissez-vous puisque vous vivez à Montauban ?

Cassandre hésita un instant avant de se rappeler les paroles de son père au sujet de Montaigne : il n'y avait pas beaucoup d'hommes plus honorables que lui dans le royaume.

— On m'a dit que monseigneur de Navarre y avait fait allusion. Je suis allée à Paris à sa demande, au sujet de ces neuf cent mille livres que j'ai ramenées pour notre cause. Cet homme, cet ami… C'est grâce à lui que j'ai réussi à prendre cet argent au duc de Guise.

— Au duc de Guise ? s'étonna Montaigne, en haussant les sourcils.

— C'est tout ce que je peux vous dire.

Le mystère qui entourait cette affaire avait excité la curiosité de l'ancien maire de Bordeaux. Remettre cette lettre serait un bon moyen d'en savoir plus.

— Je porterai votre lettre, mademoiselle, dit-il.

3.

Mantoue, mi-mars 1586

Le lendemain du jour des interrogatoires, le vice-podestat se rendit au palais pour en faire un compte rendu à Guillaume de Gonzague. Il lui avoua ne rien avoir obtenu de concluant.

— Garder les Gelosi en prison, si l'on ne peut rien retenir contre eux, ne m'attirera que des désagréments, remarqua le marquis, après un long moment de réflexion. Plus aucune troupe de théâtre n'acceptera de se rendre à Mantoue. Plus aucun artiste, même… Si vous n'avez rien contre eux, libérez-les.

— Je pourrais les assigner à résidence jusqu'à la fin de l'enquête, suggéra le vice-podestat.

— En effet, mais le résultat serait le même. Dans le milieu des artistes, ma réputation serait ternie. Il vous semble bien qu'Isabella soit la seule coupable ?

— Oui, monseigneur.

— Obtenez ses aveux et qu'elle soit punie, décida Gonzague.

Le vice-podestat revint à la *Torre comunale*, légèrement contrarié. Cette affaire n'était pas claire. En chemin, il remit le couteau à un fourbisseur qu'il connaissait pour qu'il démonte la lame et lui dise si elle pouvait se replier entièrement, et surtout s'il y avait un mécanisme caché. Il aurait préféré garder la troupe en prison, mais il comprenait le point de vue de son maître.

Dans la salle des interrogatoires, tous ceux qui étaient là la veille étaient déjà arrivés ainsi que le médecin – M. da Monza – et un chirurgien.

Crema s'assit et décida d'interroger à nouveau tous les prisonniers, sauf Isabella. Il n'obtint guère plus d'informations, sinon que Gabriella Chiabrera n'avait pas d'homme dans sa vie et que quelques comédiens lui faisaient la cour sans succès. Francesco reconnut même qu'il la trouvait très séduisante et qu'Isabella avait un tempérament jaloux, mais il n'y avait pas là de quoi fouetter un chat. Crema décida alors de faire appeler la criminelle.

Il rappela d'abord à Isabella les charges qui pesaient contre elle et lui demanda d'avouer, ce qu'elle refusa, jurant sur les Évangiles n'avoir jamais voulu tuer son amie.

Le vice-podestat fit donc signe aux bourreaux, en leur précisant toutefois :

— Ne la dénudez pas, et attachez-lui seulement les bras.

Que ce soit un homme ou une femme, le tourment de la corde était administré au prisonnier dénudé jusqu'à la taille, mais Crema éprouvait suffisamment de doutes pour ne pas aller jusque-là. Il décida aussi de ne pas appliquer le niveau le plus sévère de la torture, le *toturam capillorum*, où le prisonnier était suspendu par les cheveux.

L'un des tourmenteurs s'approcha de la jeune femme qui devina ce qui allait lui arriver. Elle ne put retenir un tremblement nerveux mais ne cria pas. Le tourmenteur lui tira les bras en arrière et attacha solidement ses poignets à la corde.

N'observant aucun signe indiquant qu'Isabella allait parler, le vice-podestat ordonna :

— Allez-y !

Les bourreaux tirèrent la corde d'environ un pied. Le corps d'Isabella parut se désarticuler, ses épaules se tordirent en arrière et elle poussa un violent hurlement. Ses pieds touchaient pourtant encore légèrement le sol.

— Je vous le répète, madame, dites la vérité, et je ferai montre de miséricorde. Je vous en prie !

— Mon Dieu, aide-moi ! souffla-t-elle en secouant faiblement la tête.

Elle persévérait donc dans son opinion ! ragea le vice-podestat. Pourtant jusqu'à présent, aucune femme n'avait résisté à cette douleur.

— Montez-la plus haut, décida-t-il tout en sachant que parfois les deux épaules se déboîtaient et que les prisonniers restaient infirmes jusqu'à leur exécution.

Isabella hurla encore plus fort alors qu'elle était soulevée du sol. Puis elle se tut et, haletante, elle balbutia une prière.

Le notaire jeta au vice-podestat un regard à la fois réprobateur et suppliant.

— Jusqu'à moitié-corde, ordonna Beltramino Crema, impassible.

En voyant Isabella perdre connaissance, le notaire implora :

— Je vous en prie, Excellence !

Le vice-podestat leva une main à l'attention d'un des tourmenteurs qui descendit doucement la comédienne jusqu'au sol. L'autre la détacha et l'allongea sur un banc tandis que le médecin et le chirurgien venaient l'examiner. Le médecin présenta un flacon de sels sous son nez, elle eut un spasme nerveux et elle ouvrit légèrement les yeux.

— Je vous déconseille de poursuivre, Excellence, dit l'homme de l'art d'une voix émue.

— Y a-t-il dans la prison une pièce vide avec une cheminée et un lit ? demanda Crema au concierge, après un soupir.

— Oui, Excellence.

— Faites un feu et installez-y Mme Andreini. Monsieur da Monza, ajouta-t-il à l'attention du médecin, vous la soignerez et veillerez à ce qu'elle ne manque de rien. Monsieur Sabbadini, poursuivit-il en s'adressant au notaire, vous avez bien noté que les trois niveaux du tourment ont été administrés à Mme Andreini. Qu'elle a invoqué le Seigneur avec courage et n'a rien reconnu des accusations portées contre elle.

Le notaire hocha la tête.

À une époque où beaucoup pensaient encore que Dieu intervenait dans la justice humaine, il était important que les juges sachent que la comédienne avait résisté à ce niveau de torture.

Seul le Seigneur pouvait l'avoir aidée à surmonter cette terrible épreuve, songeait sincèrement le vice-podestat.

— Je commence à douter de sa culpabilité, déclara-t-il après qu'on l'eut emmenée. Je me demande si ce crime ne serait pas tout simplement un accident provoqué par un couteau factice qui aurait mal fonctionné.

Le notaire approuva à nouveau.

Beltramino Crema demanda ensuite au concierge de les conduire dans la salle où étaient enfermés les prisonniers. Ils s'y rendirent, accompagnés et éclairés par deux porte-clefs tenant des flambeaux de suifs.

La salle, glaciale, n'avait qu'une minuscule meurtrière et puait l'urine et les excréments. Les Gelosi étaient assis ou couchés sur la paille souillée qui, malgré tout, les isolait du froid des dalles de pierre.

— Mgr de Gonzague a décidé que votre emprisonnement n'était plus nécessaire, annonça le vice-podestat. Maître Giacomo Sabbadini, notaire auprès du Sénat, va vous faire signer vos dépositions et vous serez libérés. Il vous remettra un passeport pour sortir de la ville. Je lui ai donné les clefs de votre coffre qu'il va vous rendre. Vos deux chariots, avec vos affaires, sont à l'écurie du palais, sous bonne garde. Vous devrez avoir quitté Mantoue avant la nuit.

— Et Isabella, monseigneur ? demanda aussitôt Francesco qui, comme tous les autres, s'était levé.

— Votre femme a tué quelqu'un ! D'autres interrogatoires seront nécessaires avant que son sort ne soit décidé par le Sénat. Si elle est reconnue coupable, elle sera exécutée devant le palais. Mais peut-être, compte tenu des circonstances du crime, bénéficiera-t-elle d'une grâce de monseigneur le Marquis.

— Mais… mon épouse est innocente, Excellence ! cria Francesco qui se jeta aux pieds du vice-podestat.

— Maître Giletti, dit celui-ci en détournant le regard, je vous laisse régler les formalités.

Francesco Andreini, Flaminio Scala, et les autres membres des Gelosi sortirent de la *Torre* en début d'après-midi.

Francesco Andreini sanglotait toujours. Une fois dans la rue, Ludovic s'approcha de Flaminio Scala pour lui demander :

— On ne va pas laisser Isabella ici ?

— Que faire d'autre ?

— Il faut qu'elle s'évade !

Francesco Andreini, qui avait entendu, s'approcha de celui qui jouait Dottore, les yeux hagards.

— Quoi ? Mais tu as vu où elle est emprisonnée ? Ils vont la torturer, dit-il dans un sanglot. Et même si on parvenait à la faire sortir, comment quitterait-elle la ville entourée par la lagune ? Avec ces murailles tout autour ?

— J'ai un plan, annonça fermement Ludovic. J'y ai réfléchi toute la nuit. J'ai des amis ici, laissez-moi faire.

— Explique-nous ! implora Francesco.

— Allez à l'écurie du palais récupérer les chariots et quittez la ville comme convenu. Partez le plus vite possible, rien ne dit que le podestat ou le marquis ne vont pas changer d'avis. Sortez par le pont aux Moulins puis contournez les lagunes jusqu'à la lagune supérieure. (Il se baissa et dessina rapidement un plan sur le sol avec un morceau de bois.) Il y a une forêt ici. Je vous y retrouverai.

— Il serait plus rapide de prendre l'autre pont qui traverse la lagune supérieure, objecta Flavio.

— Non, il y a une porte gardée à l'extrémité, vous pourriez y être arrêtés. Mieux vaut que l'on croie que vous êtes partis dans la direction opposée.

— Pourquoi ne pas attendre dans une auberge, vers San Giorgio ? demanda un comédien.

— Imagine que le podestat change d'avis ! Vous êtes libre, profitez-en ! Évitez les troupes de soldats, et surtout ne faites pas de feu.

— Comment comptes-tu la faire évader ? Tu n'as même pas d'argent ! cria Francesco.

— Fais-moi confiance. J'ai joué ici avec les Desiosi. J'y ai des amis, c'est mieux que de l'argent, je sais qu'ils m'aideront.

Flavio secoua négativement la tête en grimaçant. Il ne croyait guère que Ludovic Armani puisse sauver Isabella. C'était cependant la seule solution et il voulait partir le plus vite possible.

— Francesco, faisons ce qu'il propose, décida-t-il.

— Il faut qu'on croie que je suis avec vous, dit Ludovic. Je vais me changer aux chariots, puis je disparaîtrai avant que vous n'arriviez au corps de garde du pont. Nous nous retrouverons demain, dans le bois, j'arriverai en barque par la lagune. Vous n'aurez qu'à allumer un fanal.

Moins d'une heure plus tard, Ludovic Armani, vêtu d'une chape à capuchon usée jusqu'à la trame, d'un surcot sombre, et de grègues de toile, se dirigeait vers la rotonde de l'église de San Lorenzo. Dans le quartier juif, il s'arrêta devant l'échoppe d'un changeur à la façade décorée de colonnettes en terracotta. L'homme parut surpris de le voir et fit signe à sa femme de continuer dans l'ouvroir la pesée de pièces qu'il avait commencée. Il se dirigea vers la porte située à côté de l'étal et fit entrer le visiteur après avoir jeté un rapide coup d'œil dans la rue pour vérifier qu'il n'avait pas été suivi.

— Je ne vous attendais pas, murmura-t-il, en désignant l'escalier de bois qui montait à l'étage.

Il n'y avait qu'une salle en haut, avec un lit à piliers aux rideaux verts, deux coffres, une table, des chaises tapissées, et sur le mur un portrait de Marguerite de Montferrat, la mère du marquis. Le changeur proposa au comédien de s'asseoir sur le lit et prit un escabeau.

— Vous ne deviez pas nous faire évader ? demanda sèchement Ludovic.

— Je n'ai été informé de la situation qu'hier soir. Je vous aurais fait évader cette nuit comme convenu, déclara le changeur, avec un sourire édenté.

C'était un petit homme d'une soixantaine d'années au nez en bec d'aigle, complètement chauve, mais avec des sourcils noirs et touffus.

— Comment se fait-il que vous soyez là d'ailleurs ?

— Nous venons d'être libérés. Mes compagnons ont déjà quitté la ville. Il n'y a plus qu'une femme dans la *Torre comunale*.

— Celle qui a tué ?

— Oui, il faut la faire évader ce soir. Je crains qu'elle ne soit torturée.

— Tout est prêt, je vous l'ai dit ! Vous partirez cette nuit avec elle.

— Je vous rappelle qu'il me faut un millier de florins.

— C'était convenu, je les ai ici.

Dottore soupira. Il n'était pas certain de pouvoir faire confiance à cet homme, mais il n'avait pas d'autre solution.

— J'ai prévenu un de mes amis des Gelosi. Si vous me trahissez, Catherine de Médicis le saura.

— Je ne vous trahirai pas, j'ai toujours été fidèle aux Médicis. Vous m'avez payé quatre mille florins et je respecte toujours ma parole.

— Soit ! Que puis-je faire pour vous aider ?

— Rien, vous me gêneriez. Un de mes hommes s'est déjà entendu avec le concierge de la *Torre*. Ce soir, il le garrottera, avec son accord.

— Le concierge accepte ça ? Il sera pendu !

— Non. Il avait prévu de raconter que des complices des Gelosi s'étaient introduits par une fenêtre de la galerie à colonnades du Palais du Podestat et l'avaient surpris. Pour deux mille florins, il était prêt à recevoir quelques coups de fouet ou à passer huit jours dans la *gabbia*[1]. Mais maintenant que vos amis sont dehors, ce sera encore plus facile. Puisque ce sont des comédiens, il dira que l'un d'eux se sera fait passer pour le vice-podestat et qu'il aura ouvert sans méfiance. Mon homme conduira la prisonnière au couvent San Francesco qui est accolé au rempart. Vous la retrouverez là. Il y a un passage le long du *rio*[2] qui permet de sortir vers la lagune en passant sous la muraille. De l'autre côté, une barque attendra. Le pêcheur de la barque vous amènera où vous voulez.

— Quand irai-je à San Francesco ?

---

1. La *gabbia* était une cage de fer au sommet d'une tour, face à la *Torre communale*. Les prisonniers y étaient exposés à trente toises du sol.

2. Canal qui traversait (et qui traverse toujours) la ville.

— Restez ici le reste de la journée. Je vous conduirai au couvent cette nuit au dernier moment. Vous n'avez qu'à vous reposer, dit-il en désignant le lit. La nuit sera longue.

— Il faut que le pêcheur nous amène de l'autre côté de la lagune supérieure.

— Ne vous inquiétez pas.

Le comédien s'allongea. Finalement, tout se passait bien, songea-t-il en fermant les yeux. Il était au bout de l'aventure. Il laissa son esprit vagabonder, et tout ce qui s'était passé depuis un an lui revint peu à peu.

À Paris, la reine mère lui avait donné des adresses d'hommes fidèles aux Médicis, des hommes de main, des espions, des marchands. Il y en avait dans toutes les grandes cités d'Italie. Elle lui avait aussi remis une lettre de change de cinq mille florins sur la banque Carnesecchi, proche de sa famille, ainsi qu'un philtre de René Bianchi, son ancien parfumeur qui lui fabriquait des poisons. Arrivé à Milan où jouaient les Gelosi, il avait demandé à Flaminio Scala s'il n'avait pas besoin d'un comédien – avec sa mère, il avait vraiment fait partie de la troupe des Desiosi quand il était jeune – mais la troupe des Gelosi était au complet.

Ludovic s'était alors débrouillé pour dîner avec l'un de ses membres dans une taverne, c'était celui qui jouait le Dottore. Il était parvenu à vider dans son verre le philtre de René Bianchi et le pauvre homme était mort en trois jours. C'est Flaminio Scala, lui-même, qui était venu le chercher à son auberge pour lui demander d'entrer dans sa troupe.

Une fois membre des Gelosi, Ludovic s'était attelé à la deuxième partie de son plan : faire accuser Isabella d'un crime afin qu'elle soit emprisonnée. La solution la plus simple était qu'elle assassine un membre de la troupe. Lors des répétitions de la pièce, Gabriella Chiabrera s'était imposée comme victime évidente puisque Isabella la poignardait. Il avait examiné le couteau truqué dans le coffre où on le rangeait et découvert qu'il était facile de modifier le mécanisme pour que la lame ne se replie pas à l'intérieur du manche. Il ne lui restait donc qu'à organiser la dernière partie de son entreprise : faire évader la comédienne quand elle serait en prison, et aider la troupe à fuir l'Italie pour la France.

Il en étudiait les possibilités quand les Gelosi étaient brusquement partis pour Mantoue. Heureusement, dans cette ville aussi la reine avait un homme de confiance. À peine arrivé, il était venu trouver le changeur et lui avait donné la lettre de change. Quatre mille florins seraient pour lui s'il parvenait à faire évader rapidement les Gelosi au cas où ils seraient emprisonnés.

Faire libérer dix personnes ne serait pas chose facile, avait objecté le changeur. Finalement, ils s'étaient mis d'accord sur quatre prisonniers : Isabella, son mari, Flavio et lui-même. Les autres pouvaient bien rester en prison et tant pis s'ils étaient pendus. Le changeur lui avait promis qu'il les ferait fuir le soir même de leur arrestation, avec l'aide du concierge de la prison. C'était terriblement risqué de confier sa vie à ces inconnus, mais Ludovic n'avait pas d'autre choix que de faire confiance.

Emprisonné, il avait pourtant attendu en vain l'évasion toute la nuit. Il craignait la torture, non seulement pour lui mais pour Isabella, car si elle était défigurée ou estropiée, Catherine de Médicis serait furieuse contre lui. Par chance, ou parce qu'il avait inventé la jalousie d'Isabella lors de son interrogatoire – ayant deviné que c'était ce que le vice-podestat voulait entendre –, ils avaient été libérés alors qu'il n'espérait plus.

Ludovic était né en 1561. Sa mère, Vincenza Armani, était de haute naissance mais avait dû quitter Venise après avoir été déshonorée et elle avait trouvé une nouvelle famille au sein des Desiosi. C'est ce qu'elle lui avait raconté, deux ans plus tôt, alors qu'elle agonisait, atteinte d'une fièvre synoque putride.

Elle était malade depuis des semaines et ils avaient dû quitter la troupe des Desiosi. Sans argent, elle était revenue à Venise demander de l'aide à sa famille. Elle s'était présentée à leur hôtel et avait laissé une lettre à son frère, ses parents étant morts. Son frère, le seigneur Armani, l'avait reçue sans plaisir, mais sans lui faire de reproche. Il lui avait seulement annoncé que pour tout le monde elle était morte, qu'elle ne devait plus venir à son hôtel, mais qu'il lui paierait une pension de dix ducats par mois.

Le ducat de Venise valait à peu près six livres tournois, c'était suffisant pour bien vivre. Il lui avait aussi remis quelques lettres arrivées pour elle qui n'avaient jamais été ouvertes, certaines ayant près de vingt ans.

C'est sur son lit de mort qu'elle avait confié à Ludovic le secret de sa naissance, le nom de son père, et les lettres qu'il avait envoyées. Ignorant l'adresse de sa maîtresse, il les avait fait parvenir chez ses parents.

Son père était noble et s'appelait Claude Gouffier. Il avait connu sa mère lors d'un séjour des Desiosi en France. De retour en Italie, elle avait découvert sa grossesse et elle lui avait écrit pour la lui annoncer. Dans une première lettre, Claude Gouffier lui demandait pardon et lui assurait qu'il s'occuperait de l'enfant sitôt qu'il aurait l'adresse de son notaire. Dans une seconde lettre, quelques mois plus tard, il lui annonçait son prochain mariage avec Antoinette de La Tour-Landry, dame d'honneur de Catherine de Médicis. Dans la troisième, plusieurs années après, il s'étonnait de n'avoir aucune nouvelle et lui écrivait qu'il avait pris des dispositions pour laisser à son fils une terre fieffée en France. Pour qu'elle n'entre pas dans sa succession, il l'avait faussement cédée à un marchand de ses amis au cas où il viendrait à disparaître et avait confié à son cousin, prieur de l'abbaye de Notre-Dame de Châtres, près de Cognac, des actes prouvant que cette terre devait aller à son fils Ludovic.

Ludovic avait veillé sa mère jusqu'à sa mort avant de gagner la France. Il avait alors découvert avec découragement que l'abbaye de Notre-Dame de Châtres, située à côté du fief que son père voulait lui donner, avait été pillée et brûlée bien des années auparavant par une troupe de huguenots. Il ne restait que l'église, complètement ravagée, et quelques bâtiments conventuels en ruine. Tous les moines avaient été pendus. Accablé, Ludovic était allé à Paris où il avait appris que son père était mort depuis longtemps. Il n'avait donc plus aucun moyen de faire valoir ses droits. Sans ressources, il avait repris son métier de comédien et obtenu assez vite un certain succès. Il avait presque oublié son père quand, un soir, on lui avait dit que plusieurs dames de la Cour étaient dans la salle de l'hôtel de Bourbon[1] où il jouait. L'une d'elles était Mme de La Tour-Landry, la dernière épouse de son père !

Après beaucoup d'hésitations, il s'était présenté chez elle et lui avait dit qui il était. D'abord, elle ne l'avait pas cru, mais il l'avait convaincue en lui montrant les lettres de son père. Mme de La Tour-Landry avait reconnu l'écriture de son mari et avait accepté de l'aider.

Hélas ! pour la terre fieffée que son père lui avait laissée, il n'y avait rien à faire, l'héritage ayant été distribué. Pour le consoler et l'aider, elle lui avait donné un peu d'argent et avait incité ses amis à venir le voir jouer.

C'était elle qui avait parlé de lui à Catherine de Médicis.

Pendant que le comédien s'ensommeillait, le vice-podestat, accompagné du notaire Giacomo Sabbadini, se rendit vers quatre heures de l'après-midi chez le fourbisseur auquel il avait confié le couteau.

---

1. L'hôtel de Bourbon était un vaste logis construit au Moyen Âge, en bordure de Seine, par Louis de Clermont, tout près de Saint-Germain-l'Auxerrois. À cette époque, la bâtisse menaçait ruine et seule la grande salle que l'on appelait le théâtre du Petit-Bourbon était encore utilisée.

L'artisan était un homme d'une quarantaine d'années, maigre, aux doigts fins et musculeux. Son visage ressemblait étonnamment à celui d'un rat avec un nez proéminent, une moustache éparse et un menton en galoche. Il était habillé d'une longue robe en velours et coiffé d'un bonnet. Ayant démonté le manche du couteau qui s'ouvrait en deux grâce à une goupille, presque invisible, il en montra le mécanisme à ses visiteurs.

— Comme vous le voyez, Excellence, le manche est évidé et il y a là un petit ressort qui, au repos, fait sortir la lame. Celle-ci s'enfonce au moindre choc dans son logement. Seulement, en ce moment, cette pièce de bois, placée à l'intérieur, l'en empêche.

— D'où vient ce morceau de bois ? demanda Crema.

— Il a été introduit par quelqu'un ! plaisanta le fourbisseur.

— Mais dans quel but ?

— C'était un couteau de théâtre, seigneur, c'est devenu une arme, bien que la lame s'enfonce légèrement quand on appuie dessus.

— Vous voulez dire que quelqu'un l'a piégé ?

— Exactement.

Crema resta silencieux un moment, réfléchissant aux conséquences de cette découverte. Isabella était innocente et quelqu'un, en trafiquant le couteau, avait fait d'elle une criminelle. Or, seuls les membres de sa troupe avaient accès au couteau. En les laissant partir, il venait de libérer l'assassin… Mais peut-être étaient-ils encore à Mantoue ?

— Je retourne au *Castello*, décida-t-il en s'adressant au notaire.

Il se pressa. Arrivé au pont-levis, il fit signe à des soldats de la garde du marquis de l'accompagner aux écuries.

— Où sont les chariots des comédiens ? demanda-t-il à un palefrenier.

— Ils sont partis, monseigneur. Ils avaient un ordre signé par votre notaire.

— Il y a combien de temps ? Quelle route ont-ils prise ?

— Deux heures environ, Excellence, ils ont pris le pont aux Moulins.

Un quart d'heure plus tard, une trentaine de cavaliers partaient à la poursuite des comédiens.

Crema se dirigea ensuite vers le palais pour demander audience au duc. Dans l'antichambre, il rencontra le camérier.

— Monsieur le Vice-Podestat ! s'exclama celui-ci. J'allais vous faire chercher. La victime de la comédienne, Gabriella Chiabrera, a repris conscience, mais sans doute pour peu de temps. M. le marquis vous demande de venir l'interroger.

Minuit allait sonner quand le changeur vint chercher le comédien qui attendait depuis la tombée de la nuit.

— Il était inutile de partir plus tôt, lui expliqua-t-il. Le rendez-vous à San Francesco n'est prévu qu'à minuit.

— Savez-vous si tout s'est bien passé ?

— Pas de nouvelles, bonnes nouvelles ! plaisanta l'homme. Il faudra juste faire attention au guet, mais à cette heure, il est rare de le croiser.

Ils sortirent et longèrent le port dell Ancona en direction du pont aux Moulins, puis par un dédale de rues sombres, ils remontèrent jusqu'au couvent de San Francesco. Le changeur tenait la lanterne. Une poterne du couvent était entrebâillée. Ils entrèrent, traversèrent un jardin, puis un corridor, ensuite un nouveau jardin vers une haute tour fortifiée.

— C'est au-dessous que passe le *rio*, souffla le changeur à Ludovic en désignant la tour. Votre amie nous attend dans cette salle.

Il montra le corps de bâtiment accolé à la tour. Une porte était ouverte. Ils entrèrent dans une salle à peine éclairée par un bougeoir. Au fond attendaient deux ombres. Ils s'approchèrent.

— Dottore ? s'enquit une voix de femme au ton anxieux.

— C'est moi, Isabella, nous allons rejoindre les Gelosi.

— C'est toi qui m'as fait évader ?

— Oui, avec mes amis.

— Dieu soit loué ! Je n'aurais pas résisté à un autre interrogatoire.

— Pressons-nous ! intervint le changeur d'une voix inquiète en les poussant en avant.

Il murmura quelques mots à celui qui se trouvait avec la jeune femme. C'était un moine qui les conduisit à une tenture dissimulant une porte basse entièrement ferrée. Il mit une clef dans la serrure et ouvrit. Une écœurante odeur de marécage pénétra dans la pièce.

— Ce sont les égouts, souffla le changeur à Ludovic. Une dérivation du *rio* pour entraîner les excréments du couvent vers la lagune passe sous le rempart. Vous devrez marcher dans l'eau. Je vous laisse la lanterne, car je ne vous accompagne pas. Vous l'éteindrez avant de sortir de l'autre côté. Mon ami va vous ouvrir la grille sous l'enceinte. On vous attend sur la grève de la lagune, mais ne faites aucun bruit. Il peut y avoir des gardes dans la tour.

Ludovic le remercia et ils descendirent une vingtaine de marches. En bas s'étendait une sorte de palier jusqu'à une lourde grille forgée. Le moine l'ouvrit avec une autre clef.

— Descendez, dit-il. Faites quatre ou cinq toises dans l'eau en baissant la tête et vous déboucherez au bord de la lagune.

Ludovic prit la main d'Isabella et ils s'engagèrent dans l'eau glacée. Heureusement, elle ne leur montait qu'au mollet.

Brusquement, ils sentirent l'air extérieur, Ludovic éteignit la lanterne et attendit. Au bout d'un moment, une ombre s'approcha.

— Venez ! souffla-t-elle.

Ils longèrent une grève qui courait le long de l'enceinte. L'homme les aida à monter dans la barque, puis se mit à ramer en silence.

— Vous voulez aller à quel endroit de la lagune supérieure ?

— Au bois qui se trouve à l'extrémité. Il y aura un signal.

La nage se poursuivit durant une grosse heure à la faible lueur d'un quart de lune, puis la brume s'épaissit.

— Je dois m'arrêter, fit le nageur, il faut attendre l'aube, sinon on va se perdre.

— Nous sommes suffisamment loin des remparts ?

— Oui.

Il rama encore un peu jusqu'à une grève où ils attendirent dans la barque. Isabella tremblait de froid dans son manteau. La brume était de plus en plus épaisse et ils étaient trempés. Enfin, le ciel s'éclaircit et le nageur reprit sa rame. Au bout d'un moment ils distinguèrent des bois, puis une lueur. C'était une lanterne !

Les Gelosi les attendaient.

Ils débarquèrent et Francesco serra longuement sa femme pendant que Flavio accolait Dottore.

— Tu es désormais un frère pour moi, Ludovic ! Béni soit le jour où tu nous as rejoints.

— Nous allons rentrer à Milan, décida Flavio. Et ensuite, je découvrirai ce qui s'est passé. J'ai bien réfléchi, quelqu'un a forcément changé le couteau. Quand j'aurai trouvé celui qui l'a fait, je le découperai en lanières. Vivant !

Les autres opinèrent en grondant.

— Ce n'est pas une bonne idée, mon frère, dit Ludovic, en le prenant par l'épaule pour cacher sa peur. Nous n'avons pas de temps à perdre. Gonzague ne va pas abandonner, il nous fera facilement arrêter à Milan, comme dans toute l'Italie.

— Que faire alors ?

— Gagnons la France, allons à Paris. Là-bas, nous ne risquerons rien et j'y ai des amis. Nous jouerons la comédie chez les plus grands seigneurs et à la Cour.

4.

La guerre qui régnait en France se résumait assez bien par cette phrase d'un pamphlet :

Henri veut, par Henri, déshériter Henri !

Henri de Guise, le Balafré, chef de la Ligue, maître de Paris et de la plupart des grandes villes du royaume, contraignait depuis l'été Henri III à agir contre son beau-frère, Henri de Navarre.

La Ligue était une coalition hétéroclite d'unions bourgeoises – à Paris la Sainte Union – et de grands féodaux proches des princes lorrains. Rien ne les rapprochait, sinon la défense de la religion catholique et le refus d'un roi hérétique. Henri de Guise, le Balafré, en était le chef incontesté. Appuyée ouvertement par l'Espagne et le pape, la Ligue ne faisait cependant pas l'unanimité en France et ceux qui s'y opposaient – qu'on appelait les Politiques – résumaient ainsi les affaires du royaume :

Les ligueurs demandent tout,
Le roi leur accorde tout,

Le guisard lui vole tout,
Le pauvre peuple endure tout,
Les gens d'armes ravagent tout,
Les favoris demandent tout,
La reine mère conduit tout,
Le pape leur pardonne tout,
Le diable à la fin aura tout !

Par le traité de Nemours, les ligueurs avaient obtenu du roi l'interdiction en France de la religion protestante et l'abandon des édits de tolérance[1]. À la fin du mois de septembre 1585, Henri de Guise avait fait publier la bulle d'excommunication papale contre le roi de Navarre et le prince de Condé. Navarre y était déclaré antéchrist et hérétique. En octobre, le roi avait été contraint par le Balafré de prendre un nouvel édit contre les huguenots leur ordonnant de se convertir à la religion catholique ou de sortir du royaume. Quelques jours plus tard, les Parisiens avaient assisté au départ d'un grand convoi d'artillerie, de boulets et de poudre qui partait rejoindre les puissantes forces du duc de Mayenne dans l'Ouest. C'était cette armée formidable qui avait chassé le prince de Condé du pays angevin. Pourtant, cette écrasante victoire n'avait pas été souhaitée par Henri III qui se savait à la merci du duc de Guise. Désormais, on l'abandonnait jusque dans son entourage proche et on murmurait que même son beau-frère, le duc de Joyeuse, avait rejoint la Ligue.

Si pendant des années il y avait eu en France un État guisard, un État royal, et un État protestant d'à

1. Ces édits toléraient la religion protestante.

peu près égale puissance, tout avait changé au profit du duc de Guise. Le roi n'était le maître que dans son Louvre et les terres protestantes se réduisaient à la portion congrue. En décembre, le duc de Mayenne avait quitté Poitiers pour la Gascogne. Malgré l'hiver, la peste et les chemins quasiment impraticables, son armée était arrivée jusqu'au Béarn en semant la ruine sur son passage.

À Paris, la misère régnait, et même la mort du poète Ronsard n'avait pas intéressé les habitants qui ne songeaient plus qu'à survivre. Pour financer la guerre contre les huguenots, le roi levait sans cesse de nouveaux impôts dont les ligueurs disaient qu'ils n'allaient qu'à ses favoris.

D'impôts et de tributs, le royaume est tout plein,
Et le peuple irrité s'irrite de vengeance, lisait-on dans les libelles.

La mère du roi, Catherine de Médicis, avait toujours soutenu le duc de Guise, persuadée qu'il serait un allié fidèle comme il l'avait été pour son fils Charles IX. Les événements des derniers mois de l'année 1585 lui avaient dessillé les yeux. Elle était maintenant convaincue que le Balafré ne songeait qu'à déposer son enfant pour le remplacer par le cardinal de Bourbon avant de se faire proclamer roi à son tour comme descendant de Charlemagne.

Le pamphlet qui circulait dans Paris, intitulé *Le Vrai Fond du dessein des Lorrains et de Mme la Ligue*, ne cachait pas les intentions d'Henri de Guise :

Nous prendrons les armes. Nous dirons que c'est au huguenot que nous en voulons, mais ce sera au roi. S'il aide le roi de Navarre, il est perdu, et s'il ne l'aide pas, encore plus. Car nous ferons prêcher qu'il est huguenot lui-même et qu'il favorise les hérétiques. Nous le ferons excommunier par le pape, nous le rendrons si odieux que nous nous en déferons aisément.

Comment sortir de cette nasse ? s'angoissait-elle chaque jour, seule dans son oratoire. Elle avait presque soixante-dix ans[1]. Arrivée en France cinquante ans plus tôt, elle dirigeait le royaume à travers ses fils depuis la mort de son mari Henri II, lors de ce funeste tournoi[2].

Les protestants venaient de tenir clandestinement leur premier synode à Paris. Son époux l'ayant appris, il avait décidé de sévir contre ceux qu'on appelait déjà les hérétiques et avait ordonné l'arrestation d'Anne du Bourg, conseiller au parlement et calviniste.

Devenue veuve avec quatre jeunes enfants – son fils François, le nouveau roi, n'avait que quinze ans – elle avait dû choisir sur quelle famille puissante s'appuyer. Elle craignait le protestant Antoine de Bourbon, héritier si ses fils disparaissaient, aussi avait-elle donné sa confiance au cardinal de Lorraine, Louis de Guise, partisan d'une alliance avec l'Espagne et qui n'avait aucune prétention au trône.

C'est lui qui avait décidé de faire pendre puis brûler Anne du Bourg. Elle ne s'y était pas opposée et cette mort avait marqué le début de trente ans de

---

1. Elle était née en 1519.

2. Henri II, deuxième fils de François Ier, devient roi en 1547. Il est tué lors d'un tournoi par la lance du duc de Montgomery qui lui crève un œil, le 10 juillet 1559.

guerre. Rien n'avait pu ensuite arrêter la marche vers l'abîme.

Quelques protestants guidés par le frère d'Antoine de Bourbon, Louis de Condé, avaient tenté de se saisir de son fils à Amboise [1]. Après leur échec, la répression des Guise avait été impitoyable. Les conjurés avaient été pendus, noyés, décapités, exposés aux merlons du château d'Amboise. Le prince de Condé, arrêté, avait été condamné à mort.

Charles n'avait que dix ans quand son fils François était mort. La régence revenait à Antoine de Bourbon et, pour qu'il ne l'ait pas, elle s'était une nouvelle fois appuyée sur les Lorrains. Elle avait pourtant gracié Louis de Condé, mais sa clémence n'avait pas fait revenir la concorde entre catholiques et protestants.

Comme les violences se déchaînaient dans le royaume, elle avait convoqué un colloque de cardinaux et de ministres genevois afin de réduire les divergences entre les deux croyances. Ayant échoué, elle avait appliqué les préceptes de Machiavel, un admirateur de son arrière-grand-père Laurent le Magnifique : *Si tu peux tuer ton ennemi, fais-le, sinon fais-t'en un ami.* Elle avait donc fait assassiner quelques chefs catholiques et protestants et envoyé dans leur couche des filles de son haras de putains, comme ses ennemis nommaient son escadron volant de dames d'honneur. Louise de La Béraudière – la Belle Rouet – s'était occupée d'Antoine de Bourbon et Isabeau de Limeuil de Louis de Condé.

---

1. 1560.

Avec la Belle Rouet, Antoine de Bourbon était revenu au catholicisme, mais Isabeau de Limeuil s'était amourachée de Louis de Condé qui avait repris les armes. Antoine avait été tué à Rouen, François de Guise avait été assassiné par Poltrot de Méré – un conjuré d'Amboise – et Louis de Condé était mort à Jarnac [1], battu par Henri [2], son fils chéri.

Seulement, à la tête des armées protestantes, Condé avait été remplacé par l'amiral de Coligny, encore plus cruel et intolérant que lui. Pour faire revenir la concorde, Charles IX avait approuvé la paix de Saint-Germain [3] donnant aux protestants la liberté du culte. Il avait aussi accepté que le fils d'Antoine de Bourbon [4] épouse sa sœur Margot et que Coligny entre au conseil royal.

Mais le sanguinaire capitaine voulait entraîner la France dans une guerre contre l'Espagne et Catherine de Médicis n'avait eu d'autre choix que de le faire assassiner en demandant l'appui du fils de François de Guise. Henri avait donc fourni l'assassin : le seigneur de Maurevert.

C'est ce crime qui avait provoqué l'effroyable carnage de la Saint-Barthélemy.

Depuis, la guerre n'avait jamais cessé. Henri de Navarre, le fils d'Antoine de Bourbon, était devenu le chef des protestants et Henri de Guise – le Balafré – celui du parti catholique. Quant à son fils Henri III, le dernier des Valois, il était maintenant

---

1. 1569.
2. Henri III, alors duc d'Alençon.
3. 1570.
4. Henri de Navarre, futur Henri IV.

broyé entre les deux factions, et Henri de Guise ne cachait plus son ambition : se saisir du trône de France dont, selon lui, ses ancêtres avaient été spoliés par les Capétiens.

Cette guerre contre les huguenots, conduite par Charles de Mayenne et que son fils était contraint de soutenir, lui faisait horreur. La reine mère détestait sincèrement ces violences et se désolait pour le petit peuple qui souffrait. De ces affrontements, il ne sortirait *que mal et désolation de ce pauvre royaume*, répétait-elle sans cesse.

En vérité, l'Italienne Catherine se moquait de savoir qui des catholiques ou des protestants prendrait possession du royaume des lys, car elle était païenne, persuadée qu'une mystérieuse divinité astrale dirigeait le monde et que ses prêtres étaient les astrologues. Ceux-là lui avaient prédit l'avenir qui s'était déroulé comme ils l'avaient annoncé.

L'astrologue Luc de Gauric[1] lui avait dit que son mari perdrait la vie dans un duel. Nostradamus le lui avait confirmé dans les *Centuries* :

Le lion jeune, le vieux surmontera,
Dans cage d'or, les yeux lui crèvera.

Plus tard, à Moulins, Gauric et Nostradamus avaient interrogé devant elle la divinité astrale. Dans une chambre obscure, Nostradamus avait psalmodié des incantations face à un miroir jusqu'à l'apparition de l'image de François II. Le spectre avait fait un

1. Astrologue napolitain auteur de la *Description de la sphère céleste* et de l'*Éloge de l'astrologie*. Il finit évêque de Rome !

tour sur lui-même. Après lui, elle avait reconnu l'image de son fils Charles, qui avait fait quatorze tours. Enfin, celle d'Henri avait fait quinze tours. François d'Alençon ne lui avait pas succédé, mais elle avait vu à sa place l'image de Henri de Navarre qui avait tourné vingt-deux fois.

Catherine s'en souvenait encore en tremblant, elle avait hurlé en voyant Navarre à la place de son dernier fils ! Plus tard, Nostradamus lui avait expliqué que le nombre de tours était celui des années de règne de chacun.

Jusqu'à présent, ces prédictions s'étaient toutes réalisées. Charles et François avaient effectivement régné le nombre d'années dévoilées par le miroir. Restait son fils Henri. Si la prophétie était vraie, il lui restait trois ans. Après, la couronne de France passerait au Béarnais Navarre, et aux Bourbon.

La divinité astrale était-elle implacable ? avait-elle demandé à Nostradamus. Bien qu'embarrassé, le mage lui avait assuré que les hommes gardaient toujours leur destinée en main et que les prophéties pouvaient être dénouées. Catherine de Médicis avait décidé de le vérifier.

Ainsi, après qu'un astrologue lui eut annoncé qu'elle mourrait près de Saint-Germain, elle avait quitté le Louvre – qui se trouvait dans la paroisse de Saint-Germain –, pour un nouvel hôtel qu'elle avait fait construire dans la paroisse de Saint-Eustache. Par sa propre volonté, elle ne craignait désormais plus rien de Saint-Germain. Pouvait-elle recommencer à contrecarrer la destinée ? Elle observait que Guise connaissait la prédiction de Nostradamus qui n'annonçait pas la venue des Lorrains sur le trône.

Pourtant, il agissait comme si elle n'existait pas. Ce diable d'homme jugeait donc possible de se jouer de cette prophétie. Il n'y avait aucune raison pour qu'elle n'en soit pas elle aussi capable.

En ce début d'année 1586, après des semaines de réflexions, elle avait jugé que l'un des deux Henri qui disputaient le royaume à son fils devait se rallier… ou disparaître. Au cours des mois précédents, elle avait rencontré Guise à plusieurs reprises et deviné qu'il ne se rallierait jamais, malgré Mme de Sauves, une de ses dames d'honneur, qu'elle avait mise dans son lit. Et comme il était toujours entouré de fidèles et souvent loin de Paris, elle n'avait aucun moyen de le faire assassiner. Au demeurant, elle nourrissait quelque affection pour le duc, né le même jour que son fils Charles IX, et dont la mère était son amie. D'ailleurs, quand bien même elle l'aurait fait tuer, son frère Charles de Mayenne aurait pris sa place.

En revanche, rien ne l'attachait à Navarre dont elle avait détesté la mère Jeanne d'Albret, au point de l'avoir fait empoisonner. Certes, il était son gendre, mais ce mariage n'avait été arrangé que pour mettre fin à la guerre et n'avait désormais plus d'intérêt. Elle devait donc s'intéresser uniquement au Béarnais. S'il acceptait de se convertir, il serait accepté comme héritier du royaume. Son fils le ferait revenir à la Cour et le duc de Guise perdrait le soutien des catholiques qui refusaient Navarre comme roi uniquement parce qu'il était hérétique. Guise serait contraint de s'incliner et la paix reviendrait en France.

Cette solution était simple et facile à mettre en œuvre. Navarre avait changé tellement de fois de religion qu'il ne serait pas difficile à convaincre, surtout si elle lui faisait miroiter tous les avantages qu'il obtiendrait de son retour dans la religion du roi.

Catherine avait une autre idée en tête. Sa fille Marguerite n'avait pas l'étoffe d'une reine. Non seulement elle ne vivait pas avec son époux, mais elle scandalisait le monde avec ses innombrables amants. Mettre fin à ce mariage serait salutaire. Après tout, Henri de Navarre n'avait-il pas assuré qu'il n'avait jamais été consommé et que Marguerite avait été forcée à l'épouser ? L'annulation papale n'en serait que plus facile.

Une fois libre, le Béarnais pourrait à nouveau convoler en justes noces. Marieuse hors pair, Catherine de Médicis avait déjà trouvé sa nouvelle épouse : Christine de Lorraine, sa petite-fille préférée. Christine était l'enfant de sa fille Claude et du duc de Lorraine, parent des Guise. Elle vivait près d'elle. En l'épousant, son (ancien) gendre entrerait dans la famille des Lorrains, ce qui conforterait la paix.

Ce mirifique projet présentait pourtant un petit défaut. Christine était laide, et Navarre n'en tomberait jamais amoureux... Sauf si Ruggieri intervenait. Cosimo Ruggieri était son astrologue. C'était l'homme le plus talentueux dans la fabrication des philtres. C'est lui qui avait fourni à Isabeau de Limeuil le philtre nécessaire pour que Louis de Condé tombe amoureux d'elle. Il n'y avait qu'à utiliser le même breuvage.

Bien sûr, si cette entreprise échouait, si Navarre refusait la conversion, il n'y aurait plus qu'à le faire disparaître. Son successeur, Condé, le fils de Louis, serait incapable de diriger la *république protestante*. Dans ce dernier cas, le royaume reviendrait sans doute à Guise, mais elle pourrait obtenir de lui qu'il patiente jusqu'à ce que son fils se retire de lui-même du trône.

On le voit, comme son arrière-grand-père Laurent le Magnifique, Catherine de Médicis possédait le goût de la *combinazione*. Seulement elle n'avait pas son talent. Pourtant, ayant longuement tourné et retourné ce plan dans sa tête, elle ne lui avait trouvé aucune faille.

Pour convaincre Navarre, une entrevue serait nécessaire. Mais il se méfiait tellement d'elle qu'il refuserait même de recevoir son messager. Il fallait donc qu'elle choisisse quelqu'un qu'il écouterait.

Elle passa en revue tous les hommes talentueux du royaume. Non seulement il n'y en avait guère, mais la plupart étaient protestants. Quant aux rares catholiques qui auraient pu faire l'affaire, ils étaient trop âgés pour aller jusqu'en Béarn. C'est alors qu'elle se souvint de Michel de Montaigne. Elle avait rencontré l'ancien maire de Bordeaux et, comme tous ceux qui l'approchaient, avait été séduite par le personnage. Montaigne était catholique, mais tolérant. Il vivait en Gascogne et aimait voyager. Philosophe aussi bien qu'homme d'action, il souhaitait la paix, il accepterait donc certainement d'être son messager.

En supposant qu'une entrevue puisse avoir lieu avec son gendre, il faudrait lui faire avaler un breuvage, peut-être deux, car si le philtre d'amour n'était pas efficace (après tout Ruggieri n'était pas infaillible), la seule issue serait le poison.

Ce serait difficile de le convaincre de boire le contenu d'une coupe. Ce ne pourrait être que quelqu'un en qui il ait confiance. Or, si Navarre était plus méfiant qu'un renard, il avait un faible pour la gent féminine. Apparemment, Catherine avait tout ce qu'il fallait dans son haras de putains, mais le Béarnais savait bien à quoi servaient ses filles d'honneur. Il n'en accepterait aucune près de lui, que ce soit à table ou au lit.

Sauf Mme de Sauves, peut-être. Elle avait été sa maîtresse, même si elle partageait aujourd'hui la couche de Guise et de son frère Mayenne. Navarre pourrait bien accepter de la revoir une nuit, ne serait-ce que pour humilier le duc de Guise. Il y avait aussi une autre possibilité, plus retorse : que la femme qui l'approche ne cherche pas à devenir sa maîtresse… Que ce soit une amie, une alliée…

Songeant à celles qui pourraient jouer ce rôle, Catherine de Médicis s'arrêta sur une des anciennes de son escadron volant. Celle qui avait séduit le père de l'actuel prince de Condé. La douce Limeuil était maintenant l'épouse de Scipion Sardini, le financier le plus proche de son fils, or Catherine savait que Sardini correspondait avec Navarre ; ses espions lui avaient même rapporté qu'il lui aurait remis une grosse somme d'argent.

Son gendre ferait sans doute confiance à Limeuil, mais mieux valait trouver une troisième femme. Pourquoi pas une personne que Navarre ne connaissait pas ? songea-t-elle finalement. Une femme respectée, admirée, qu'il recevrait sans méfiance…

L'idée d'une comédienne s'imposa peu à peu à son esprit. Il y aurait forcément une fête après l'entrevue avec son gendre. Pourquoi ne pas demander à une troupe de théâtre de jouer une comédie, le soir ? Il faudrait bien sûr que cette troupe soit exceptionnelle avec une comédienne belle et talentueuse, capable de séduire le Béarnais. Vertueuse aussi, car souvent chez les bateleurs les actrices n'étaient que des bougresses qui servaient de femmes communes à toute la troupe. Navarre était plus exigeant.

Pour l'Italienne qu'était Catherine de Médicis, ces comédiens ne pouvaient venir que de son pays, la patrie du théâtre. Or la plus illustre compagnie italienne, les Gelosi, comptait une femme aussi célèbre pour sa beauté que pour ses talents de poétesse. Elle se nommait Isabella Andreini.

Dix ans plus tôt, son fils avait fait venir les Gelosi durant la réunion des états généraux à Blois. En venant en France, ils avaient d'ailleurs été faits prisonniers par un parti de protestants et elle avait dû payer une rançon pour leur libération. Dans la grande salle des états du château, les comédiens avaient représenté plusieurs pièces scabreuses de Machiavel, ainsi que des farces paillardes. C'était certes peu raffiné, mais leurs propos gaillards avaient provoqué de tels rires qu'ils avaient desserré l'hostilité entre les partisans du roi et ceux du duc de Guise.

Pour les remercier, son fils avait permis aux Gelosi d'ouvrir un théâtre à Paris dans la grande salle de l'hôtel de Bourbon. Malgré le prix élevé – les comédiens prenaient quatre sols par spectateur au lieu de deux habituellement – il y avait eu plus d'affluence que pour les prêches des quatre principaux curés de

Paris, comme l'avait rapporté Pierre de L'Estoile ! Il faut dire que les Gelosi avaient un moyen infaillible pour faire venir le public : les comédiennes étaient réputées pour l'immodestie de leur jeu et pour la somptuosité de leur toilette, mais aussi pour leur poitrine largement découverte[1].

Ces exhibitions impudiques avaient provoqué la colère des parlementaires qui, sous peine de dix mille livres d'amende, avaient interdit aux Gelosi de continuer leurs représentations. Le roi avait annulé cet arrêt et le scandale n'avait pas cessé car il venait assister au spectacle habillé en femme, sa gorge nue entourée d'un collier de perles. Devant l'hostilité grandissante des religieux et des parlementaires qui s'insurgeaient devant de telles débauches qu'on qualifiait de *roi-femme*, ou d'*homme-reine*[2], les Gelosi étaient finalement retournés en Italie.

C'est à leur retour que l'un des comédiens, Francesco Andreini, avait épousé une jeune femme de seize ans, Isabella. Ce mariage avait marqué le début d'une nouvelle époque pour les Gelosi.

Devenue première actrice de la troupe, Isabella avait décidé d'en écrire les pièces. Elle avait abandonné les sujets orduriers pour des farces et des pantomimes plus fines, et même quelquefois pour des tragédies en vers. On avait même rapporté à Catherine de Médicis qu'Isabella ressemblait à la grand-mère d'Henri de Navarre, Marguerite d'Angoulême, et qu'elle en avait le talent !

1. Rapporté aussi par Pierre de L'Estoile.
2. D'après Agrippa d'Aubigné.

Qui d'autre pourrait mieux capter la confiance du Béarnais ? avait songé la reine mère. Jamais le roi de Navarre n'imaginerait qu'une telle personne puisse être à sa solde !

Il faudrait bien sûr la convaincre de faire avaler un philtre à Henri de Bourbon, mais Catherine ne s'inquiétait pas pour cela. L'argent et les honneurs venaient à bout de tous les scrupules.

Restait encore à faire venir les Gelosi à Paris.

Elle apprit qu'ils étaient en Espagne. Elle les invita en envoyant un courrier, mais, à sa grande surprise, ils répondirent qu'ils partaient pour Milan où ils avaient un engagement de plusieurs mois. Ils ne pourraient venir en France avant un an. Ce refus inattendu était inacceptable. Elle insista, envoya un second courrier, mais les comédiens étaient déjà partis pour l'Italie. N'ayant aucun moyen de les contraindre, la reine mère perdit courage et abandonna.

Paris frémissait contre son fils. Il neigeait, la ville grelottait, la glace pendait aux toitures et couvrait les pavés en ce premier jour de l'an 1586. Entourée de ses demoiselles d'honneur qui jouaient à des jeux ou chantaient en s'accompagnant de violes, Catherine, toute en noir, méditait sombrement devant la cheminée de sa chambre d'apparat. Pour ceux qui l'observaient, elle paraissait statufiée. Son visage blafard était complètement inexpressif et seule sa main droite qui faisait rouler les énormes perles de son collier laissait paraître un signe de vie.

La plus petite de ses naines – elle faisait à peine seize pouces de haut –, la voyant si morose, s'approcha d'elle.

— Madame, savez-vous ce qu'on chante à Paris sur Mme de Sauves ? demanda-t-elle d'une voix aigrelette.

— Ce ne doit pas être plaisant pour elle, murmura Catherine, avec un sourire sans joie.

Justement, elle songeait à nouveau à elle pour séduire Navarre.

Charlotte de Beaune, baronne de Sauves et depuis peu marquise de Noirmoutier, était une ancienne dame d'atours de Catherine. Elle avait été la maîtresse de Navarre à l'époque où, jeune homme, il était prisonnier au Louvre. Plus tard, elle était passée dans les bras des duc d'Épernon, de Mayenne, et finalement de Guise. Les méchantes langues disaient d'elle qu'elle avait *la cuisse longue et la fesse alerte*, d'autres plus méchants l'appelaient la putain des guisards. Henri III l'avait, un temps, chassée de la Cour pour inconduite effrénée et, malgré le poids des ans, sa grâce et ses rondeurs généreuses étaient toujours recherchées des hommes.

— Ce n'est plaisant pour aucune des filles de votre escadron, madame, ironisa la naine, en éclatant méchamment de rire. Voulez-vous écouter…

— *E bene*, chante-moi donc ça ! Tu en meurs d'envie…

La naine prit une minuscule viole et, s'asseyant aux pieds de la reine, elle commença d'une voix perçante :

Mme de Sauves y est bonne,
Son con est toujours pour la paix,
Catin, vous estes fortunée,
D'avoir un haras de putains[1] *!*

— Assez ! fit Catherine, qui ne supportait pas qu'on traite ses filles d'honneur de putains.

Vexée, la naine s'éloigna en se dandinant, faisant rire toutes les filles d'honneur qui s'étaient avancées pour l'écouter.

Ces rires fâchèrent encore plus Catherine qui déclara, fort en colère :

— *Basta ! Fuori !* Sortez toutes, petites dindes, et laissez-moi seule !

En un instant, la pièce se vida. C'est alors qu'un laquais annonça la visite d'Antoinette de La Tour-Landry, une ancienne dame d'honneur.

Accompagnée d'un jeune homme au maintien discret et aux habits modestes, elle venait porter ses vœux pour la nouvelle année et fut surprise de découvrir la reine seule.

— Majesté, je suis venue avec un comédien fort réputé en ce moment à Paris, pensant qu'il pourrait vous présenter quelques mimes pour vous délasser.

— Pourquoi pas ? sourit sombrement la reine. J'en ai bien besoin, je viens de chasser mes filles qui m'agaçaient.

— Je tiens beaucoup à l'aider, Majesté, dit Mme de La Tour-Landry en désignant le jeune homme, car il est presque mon fils…

— Votre fils ? Racontez-moi ça !

1. Chanson rapportée par Pierre de L'Estoile.

— Ludovic ! Il se nomme Ludovic, Majesté. En vérité, c'est le fils de mon ancien mari, le sire de Boisy.

— Boisy ? Claude Gouffier ? Je me souviens en effet de lui ! Le chambellan et grand écuyer de François Ier, mon beau-père... C'était un gentilhomme accompli, fort subtil, que j'appréciais beaucoup !

— Je l'aimais aussi, soupira Mme de La Tour-Landry. Il m'a quittée trop tôt.

— Ainsi vous seriez son fils ? demanda Catherine au jeune homme, avec une moue de scepticisme.

— Je n'ai appris le nom de mon père qu'il y a peu, madame, dit le nommé Ludovic, avec un léger accent italien. Ma mère, Vincenza Armani, était comédienne bien qu'issue d'une noble famille de Venise, et avait rejoint la troupe des Desiosi.

— Les Desiosi ! Les désireux de plaire ! Je me souviens de quelques-uns de leurs spectacles !

— Mon père était, dit-on, très riche. Il possédait un château à Oiron où il fit venir les Desiosi. Il tomba sous le charme de ma mère.

Comme son arrière-grand-père Laurent le Magnifique, Catherine était dure, sans scrupules, sans morale et sans pitié. Mais curieusement, elle adorait les romans de chevalerie et les récits d'amour courtois. Rien ne la passionnait plus que les histoires d'amour.

— Vous seriez le fruit de cet amour ?

— Oui, Majesté. Les Desiosi sont finalement rentrés en Italie. M. Gouffier n'a jamais revu ma mère.

— Qui vous dit que c'est la vérité ?

— Ces lettres qu'il lui a écrites à Venise, et qu'elle m'a remises sur son lit de mort.

Il sortit trois plis jaunis de son manteau et les tendit à la reine en se mettant à genoux.

C'étaient bien des lettres de Claude Gouffier, il les avait d'ailleurs signées du titre italien que François Ier lui avait offert et qu'il utilisait peu : celui de marquis de Caravaz [1]. Catherine de Médicis les lut attentivement avant de lui demander :

— Vous êtes allé à l'abbaye ?

— Oui, Majesté. Ce n'était plus qu'une ruine. Le prieur et les moines... avaient été tués par des hérétiques.

— Ensuite ?

— Je suis venu à Paris, et comme je ne savais que jouer la comédie, je suis resté comédien. On m'attribue un certain talent, et j'ai acquis en quelques mois une honnête réputation. Je fais salle comble quand je joue Scaramouche. Puis j'ai rencontré Mme de La Tour-Landry qui a été bonne pour moi, mais sans preuve d'un don de mon père, elle m'a dit que je ne pourrais rentrer dans mon bien.

— En effet. C'est dommage pour vous. Votre père était si riche que même après sa mort on n'a retrouvé qu'une partie de sa fortune. On dit qu'il aurait caché le reste dans son château d'Oiron. En quelle année êtes-vous né ?

— En 1566, répondit Mme de La Tour-Landry. C'était trois ans avant mon mariage avec Claude. C'est pour cela que j'ai pris Ludovic sous ma protection.

---

1. En France, on dit marquis de Carabas.

— C'est un long voyage, Venise, Cognac, Paris… Dans une France en guerre, remarqua la reine.

— Oui, Majesté, mais j'ai appris à me défendre. Ceux qui auront ma peau ne sont pas encore nés, assura le jeune homme avec un brin de suffisance. Et les larrons qui ont cherché à me rapiner durant mon voyage ne sont plus là pour recommencer.

Catherine regarda soudain le garçon d'un autre œil. Elle croyait avoir affaire à un jolet et découvrait un aventurier qui n'avait pas froid aux yeux. C'était intéressant…

— Vous avez remarqué, Majesté, comme il ressemble à mon époux ? demanda Mme de La Tour-Landry. Bien que je ne sois pas sa mère je me sens un peu responsable de lui. Je lui ai donc proposé de venir vous divertir pour cette nouvelle année en pensant que vous l'aideriez à votre tour s'il vous donnait satisfaction.

— Allez chercher mes dames d'honneur, Antoinette, dit Catherine en souriant. Et vous, Ludovic, préparez-vous à jouer quelque sotie devant nous.

Le spectacle, surtout du mime et des pantomimes, fut fort plaisant et applaudi. À la fin, Catherine, satisfaite, fit remettre dix écus au jeune homme qui repartit seul.

Deux ou trois jours plus tard, elle le fit mander à l'hôtel de Bourbon pour le recevoir en tête à tête.

— Ludovic, lui demanda-t-elle, connaissez-vous les Gelosi ?

— Oui, Majesté, mais je n'ai jamais joué avec eux.

— Je voulais les faire venir à Paris, mais ils m'ont répondu qu'ils avaient d'autres obligations à Milan.

— Ce n'est guère civil de leur part, Majesté, mais je sais qu'ils ont beaucoup d'engagements, dit-il d'un ton neutre.

Ludovic avait été surpris de la convocation de la reine. S'il obtenait un honnête succès comme comédien, il ne s'enrichissait guère, la vie étant si chère à Paris ! S'il pouvait tirer quelques clicailles de la Cour, se disait-il avec espoir…

— Auriez-vous une idée pour les convaincre ?

— Moi, Majesté ? s'étonna-t-il. Pourquoi m'écouteraient-ils ?

— Vous me paraissiez avoir des ressources… souffla-t-elle, en plissant des yeux calculateurs.

— Il existe d'autres troupes, Majesté, les Desiosi, par exemple, suggéra le jeune homme.

— Ce sont les Gelosi que je veux, avec Isabella Andreini !

Elle resta silencieuse un instant avant d'expliquer :

— Je souhaite rencontrer mon beau-fils, le roi de Navarre. J'irai au-devant de lui avec ma maison, mes gentilshommes, mes filles d'honneur, et je désire lui prouver mon estime en organisant quelques représentations exceptionnelles de la troupe la plus célèbre d'Europe.

— Si les Gelosi ne veulent pas venir en France, il faudrait les contraindre, suggéra-t-il, flatté que ce soit à lui qu'elle demande conseil.

— Comment le pourrais-je ? Je ne commande pas à Milan ! dit-elle, exaspérée.

— Je ne sais pas… Majesté… balbutia-t-il, devinant qu'il l'avait déçue et craignant qu'elle lui donne congé. Et s'ils étaient poursuivis par la justice milanaise ? Ce serait une bonne raison pour qu'ils se réfugient en France.

— Pourquoi seraient-ils poursuivis ?

Il se passa la main sur le menton. Quantité d'idées s'entrechoquaient dans son esprit, mais il ne parvenait pas à y mettre de l'ordre.

— Si j'entrais dans leur troupe... je pourrais les faire accuser d'un grave délit... proposa-t-il.

— Continuez...

— Ils seraient poursuivis... et je leur suggérerais de fuir en France... Je leur assurerais qu'ils seraient reçus à la Cour... Flavio, leur chef, se souviendrait certainement de votre invitation.

— Il y a là une idée, reconnut-elle. Mais pourquoi vous engageraient-ils ?

— Ça, j'en fais mon affaire ! promit-il avec assurance. Seulement, j'aurais besoin d'argent... Il y aura des gens à soudoyer...

— Je peux vous en remettre... Mais si vous me trahissez, ou si vous me volez...

— Madame, mon père était gentilhomme ! s'offusqua-t-il.

Elle haussa les sourcils pour marquer son étonnement. Comme si le fait d'être gentilhomme était une garantie de loyauté.

— Préparez votre projet et revenez me le présenter demain. S'il me paraît solide, je vous donnerai une lettre de change sur une banque de ma famille. J'ai des serviteurs partout en Italie, vous pourrez vous appuyer sur eux, mais en cas de trahison, je ne souhaite à personne ce que je vous ferai subir...

— Je ne vous trahirai pas, madame, promit-il.

Elle lui fit signe qu'il pouvait se retirer.

Après son départ, elle ressentit l'excitation de l'action à venir. Elle avait deviné que ce jeune comédien ambitieux était prêt à tout pour changer de vie. S'il parvenait à faire venir les Gelosi, elle le garderait à son service. Elle devait maintenant s'occuper des autres aspects de son projet.

En ce qui concernait Isabeau de Limeuil, elle savait qu'elle lui obéirait ; elle avait un moyen de pression infaillible sur elle. Il restait donc seulement à convaincre Navarre d'accepter une entrevue.

Dès le lendemain, un de ses officiers partait pour le château de Montaigne avec une forte escorte et des laissez-passer. Il devrait ramener l'ancien maire de Bordeaux à Paris. Quant à Ludovic Gouffier, il partit trois jours plus tard pour Milan, muni d'une lettre de change de cinq mille florins sur la banque Carnesecchi, et aussi de quelques potions de Catherine.

5.

En ce mois de mai 1586, le septier de froment fut vendu huit écus aux halles de Paris. Il y eut une si grande affluence de mendiants par les rues qu'on fut contraint de lever une aumône pour leur subsistance. Deux députés de chaque paroisse allèrent ainsi quêter par les maisons, où chacun donnait ce que bon lui semblait.

L'hiver n'en finissait pas et quand les pauvres ne mouraient pas de faim ou de maladie, c'est le froid qui les tuait.

Les Gelosi étaient arrivés au début du mois à Paris. Catherine ne voulut pas les recevoir, pour que personne ne se doute que c'était elle qui les avait fait venir, mais elle leur fit remettre deux cents écus par l'intermédiaire de Ludovic Gouffier. Elle leur fit aussi connaître ce qu'elle attendait d'eux. Ils l'accompagneraient dans un voyage à Chenonceaux. Il y aurait de nombreuses fêtes et elle voulait que leurs divertissements soient d'une exceptionnelle qualité afin d'adoucir les esprits et les caractères. Farces, ballets à machines, tragédies et pastorales seraient au programme. Que Flavio lui fasse parvenir un mémoire sur les dépenses qu'il engagerait.

À cette occasion, Ludovic raconta à la reine mère comment il avait fait accuser, puis évader Isabella à Mantoue. Catherine de Médicis le complimenta et lui remit cinq cents écus. Il reprit ensuite son rôle et sa place à l'hôtel de Bourbon pendant que Flavio recrutait quelques acteurs supplémentaires, achetait du matériel et des toiles pour les décors, et surtout cherchait une salle pour jouer.

Il n'y avait alors qu'un théâtre à Paris, celui des confrères de la Passion de Notre Sauveur qu'on appelait l'hôtel de Bourgogne, car il avait été construit sur l'emplacement de l'ancien palais de Jean sans Peur. Les troupes de passage représentaient donc leur spectacle dans les grandes salles des hôtels abandonnés comme l'hôtel de Bourbon ou l'hôtel de Reims. Mais elles étaient toutes occupées. Il ne restait que celle de l'hôtel de Cluny, rue des Mathurins, qui avait déjà été utilisée par des comédiens italiens. Les Gelosi obtinrent le droit de la remettre en état et d'y jouer, sous la réserve de ne représenter aucun spectacle scabreux, ou contre la religion.

Car malgré la pression de la Ligue et du clergé, la plupart des troupes jouaient toujours des pièces paillardes et ordurières. Un auteur de l'époque expliquait *que les gens de bien, après avoir assisté à ces représentations, en revenaient l'âme souillée et l'esprit tourné à la luxure, car non seulement les images les plus obscènes, les mots les plus crus, les maximes les plus honteuses émaillaient le dialogue des farceurs, mais encore leur pantomime et leurs jeux de scène étaient d'horribles provocations à la débauche.*

Le curé de Saint-Eustache, auteur de vigoureux sermons pour défendre la foi, était perpétuellement en guerre avec les maîtres de la Passion de Notre Sauveur. Cette confrérie louait l'hôtel de Bourgogne à des comédiens qui se moquaient des prêtres dans des farces impudiques et impies. Ainsi, celle qui avait le plus de succès représentait un abbé qui offrait un bénéfice à un chapelain s'il consentait à lui livrer sa sœur.

À l'hôtel de Bourbon, ce n'était guère mieux puisqu'on jouait l'histoire de la pauvre villageoise qui aimait mieux avoir la tête coupée par son père que d'être violée par son seigneur !

Pour éloigner toute critique, Isabella proposa aux Gelosi d'interpréter deux pièces qu'elle avait écrites : une comédie, celle du médecin qui guérissait toutes les maladies, sauf la peur du capitaine Spavento, et une tragédie.

La vie du roi était publique. Dès son réveil, les portes de sa chambre étaient ouvertes et une cohorte de courtisans assistait à son lever et à ses besoins naturels. Un peu plus tard, le conseil restreint qui suivait ne lui permettait pas plus de s'occuper d'affaires personnelles, ni la messe qui lui succédait, ni la promenade et le dîner, ni l'heure consacrée à recevoir les courtisans dans les deux grandes salles du Louvre construites par Pierre Lescot. C'est seulement après ces obligations que le monarque pouvait s'entretenir en privé avec ses familiers, avant de se montrer à nouveau pour rencontrer bourgeois, officiers et gentilshommes dans la salle des Cariatides – la grande salle basse du Louvre – ou dans les appartements de la reine.

Sauf durant le conseil, et bien sûr quand le roi l'ordonnait, une douzaine de gentilshommes gascons commandés par François de Montpezat, baron de Laugnac, entouraient Henri III. Quatre d'entre eux devaient toujours rester au plus près de lui. Ce jour-là, il y avait M. de Sarriac, M. de Saint-Félix, M. de Saint-Pol et M. de Joignac, tous quatre d'une insolence rare envers les autres gentilshommes de la chambre. Huit autres des quarante-cinq gardaient les portes, sous le commandement d'Eustache de Cubsac.

Le roi, sortant de la salle du conseil, située au rez-de-chaussée, annonça qu'il se retirait dans le grand cabinet qui jouxtait sa chambre de parade et dont les fenêtres donnaient sur la Seine. Suivi du marquis d'O, il prit le grand escalier pour gagner ses appartements. À la porte, O ordonna à Eustache de Cubsac de les attendre sans les suivre. M. du Plessis, seigneur de Richelieu, qui avait été convoqué la veille, les attendait dans le petit cabinet tendu de cuir doré.

Richelieu était à la fois prévôt de l'Hôtel et grand prévôt de France. Chargé de la police et de la justice des maisons royales, c'est-à-dire de la Cour et des maisons de la reine et de la reine mère, il avait toute autorité pour juger en dernier appel les traîtres, les rebelles et les espions.

Visage blême et émacié, yeux sombres profondément enfoncés dans leurs orbites, justaucorps, mantelet et toque noire, fine barbe de la même teinte, tout paraissait sinistre chez lui. Quand le roi entra, il regardait la Seine, la main appuyée sur la poignée de sa lourde épée à arceaux de bronze.

Au bruit, il se retourna tandis que Génissac et Saint-Pastour, les deux des quarante-cinq présents avec lui dans le cabinet, portaient la main à leur épée. D'un geste agacé, le marquis d'O leur fit signe de sortir. Saint-Pastour hésita et, d'un regard, demanda confirmation au roi qui hocha la tête. Alors seulement le Gascon obtempéra.

— Ces chiens féroces doivent apprendre à obéir ! gronda le marquis d'O qui détestait les quarante-cinq du duc d'Épernon, sauf Cubsac bien sûr puisqu'il avait été à son service.

Richelieu s'inclina en s'avançant vers le roi et le marquis. Bien que tous deux aient à peu près le même âge, le contraste était saisissant. Le marquis d'O avait un visage dur, nerveux, un regard vif et inquisiteur, souvent féroce. Si les rides étaient maintenant nombreuses sur son front et autour des yeux, il gardait un corps d'athlète. Sa chevelure noire était très courte, ainsi que sa barbe taillée en pointe. Il portait un pourpoint de soie noire brodé de perles et un collet à l'italienne. Une épée à poignée d'argent et une miséricorde étaient serrées à sa taille.

À côté, le roi, presque chauve, édenté, maladif, marchait péniblement, souffrant d'abcès et de fistules. Sa cape flottait sur ses maigres épaules. Sa pâleur était maquillée de poudre rose. Son crâne dénudé était masqué par une toque aux plumes serties de diamant. À ses oreilles pendaient des chapelets de lourdes perles. Un panier contenant trois minuscules petits chiens était attaché à son cou par un large ruban bleu.

Richelieu songea avec tristesse combien son maître avait changé depuis le siège de La Rochelle, treize ans plus tôt, quand il était rentré à son service. Le jeune homme brillant et hardi qu'il avait connu n'était plus qu'un vieillard usé, même si, par un lourd maquillage, il tentait de faire croire qu'il était *dans la fleur et la force de son âge, et en pleine santé*.

Le roi fit deux pas vers son fauteuil tandis que O et Richelieu restaient debout.

Une fois assis, Henri III se tint un instant immobile, ne parlant ni ne remuant pied ou main, avant de déclarer d'une voix lente :

— La maladie de Mayenne est la première bonne nouvelle depuis longtemps. Le diable puisse l'emporter, ainsi que son frère, et toute la Ligue ! Quand je songe à tout ce que j'ai fait pour lui !

— Sa Majesté a appris ce matin que le duc de Mayenne est au plus mal, expliqua le marquis d'O à Richelieu. Au cours du siège de Montségur, les maladies se sont répandues dans son armée affaiblie par les privations de nourriture. Lui-même a été atteint d'une fièvre tierce et transporté en litière à Bordeaux. On dit qu'il pourrait avoir attrapé la peste…

— Montségur est tout de même tombé, soupira le roi.

— C'est de peu d'importance, sire, le rassura O. Songez qu'avec ses huit mille hommes, Mayenne n'a gagné que quatre villes en quatre mois : Montignac, Castets, Sainte-Bazeille et Montségur. Combien d'années lui faudra-t-il pour tenir toute la Gascogne ? En revanche, Henri de Navarre a bien joué à cache-cache avec lui. Il s'est adroitement sorti du piège de Nérac. On m'a dit qu'il se dirigerait vers Exoudun [1] qu'assiège depuis trois mois Agrippa d'Aubigné.

— Ce ne sont que des coups de main ! remarqua Richelieu en haussant les épaules. Croyez-vous que Navarre reprendra le Poitou avec quelques centaines d'arquebusiers et de gentilshommes ?

— Non, bien sûr ! répliqua le roi, Navarre a beau être un brillant capitaine, il ne peut que jouer à cache-cache… Au demeurant les protestants n'ont jamais gagné sur un champ de bataille et si je n'avais pas demandé à Biron et à Matignon de retenir leurs armées, mon cousin ne serait plus rien… Mais gardez ça pour vous ! Si les ligueurs l'apprenaient, ils auraient tôt fait de venir me saisir dans mon Louvre pour m'enfermer dans quelque couvent ! Il doit être clair qu'aucune alliance entre mon beau-frère et moi ne sera possible tant qu'il sera protestant, je veux juste qu'il ne soit pas écrasé pour qu'il continue à gêner ce gros pourceau de Mayenne.

— Votre mère parviendra peut-être à le convaincre de se convertir, suggéra O.

— Parlons-en, puisque c'est la raison pour laquelle j'ai demandé à M. de Richelieu de venir.

Il s'adressa au grand prévôt :

— Ma mère pense avoir désormais le moyen de convaincre Navarre d'accepter la conversion.

— Elle en est bien capable, sire, fit poliment Richelieu. Elle y est parvenue avec son père.

1. Le 23 mai 1586, Henri de Navarre et le prince de Condé délogèrent la garnison catholique de la forteresse et du bourg.

— Henri n'est pas Antoine, monsieur de Richelieu ! répliqua sèchement le roi. Je sais que mon cousin a déjà cinq fois changé de religion, alors une fois de plus, me direz-vous ? Pourtant, il ne le fera pas, car il sait que se convertir maintenant serait perdre le soutien des protestants, ses seuls fidèles.

— Mais madame votre mère sait tout cela, sire. Pourquoi donc souhaite-t-elle cette rencontre ? interrogea Richelieu.

Le roi ne répondit pas tout de suite, il garda un visage figé. Henri aimait sa mère, mais il connaissait mieux que personne son machiavélisme. Ne l'avait-elle pas entraîné dans l'assassinat de Coligny ? N'avait-elle pas convaincu son frère Charles d'ordonner l'épouvantable massacre de la Saint-Barthélemy ?

— Je ne veux pas qu'elle tue mon beau-frère, lâcha-t-il finalement.

— Croyez-vous que c'est ce qu'elle envisage ? demanda Richelieu, avec une expression d'horreur.

— Franchement, je l'ignore encore, monsieur le Grand Prévôt. Pour l'instant, Navarre n'a pas accepté de parler avec elle, et rien ne dit qu'une entrevue aura lieu. Mais je dois m'y préparer. Ma mère souhaite rencontrer mon beau-frère à Chenonceaux. Elle s'y rendra avec sa maison et sa cour. Jusqu'à présent, Bellièvre [1] l'avait toujours accompagnée et me tenait informé, mais elle m'a fait savoir que, cette fois, elle ne souhaitait pas sa présence. Quelque chose se trame que j'ignore, et je n'ai personne autour d'elle pour me renseigner, sauf si vous êtes parvenu à placer quelqu'un dans sa maison…

1. Surintendant des finances, proche d'Henri III.

— J'ai essayé, et j'ai échoué, monseigneur. Le lieutenant criminel M. Rapin, qui est aussi prévôt de l'hôtel de votre mère, a plusieurs fois, à ma demande, essayé d'introduire des espions comme femme de chambre, huissier, cuisinier, ou même conducteur de sa haquenée, en vain. C'est M. de Bezon qui s'occupe de la police secrète de madame la reine mère et personne n'est parvenu à le tromper. J'ai moi-même tenté de corrompre des dames de compagnie, son secrétaire, son médecin, des chapelains, ou même des nains, mais c'est impossible…

Henri savait tout cela. Il soupira.

— Pourtant, vous m'avez fait savoir que vous aviez peut-être trouvé quelqu'un ?

— En effet, mais ça restera une solution fort boiteuse. Madame votre mère a fait venir d'Italie une troupe de théâtre, les Gelosi, pour qu'ils jouent à Chenonceaux un spectacle exceptionnel devant Henri de Navarre. Je suis parvenu à faire entrer un homme à moi dans leur troupe…

Le roi leva un sourcil intéressé.

— J'ai beaucoup aimé les Gelosi quand ils étaient en France, se souvint-il, c'est moi qui les avais fait venir pour les états généraux de Blois, en 76. Je me souviens encore de leurs représentations à l'hôtel de Bourbon, c'était une grande fête ! Flavio dirige-t-il toujours la troupe ?

— Oui, monseigneur.

— J'aurais plaisir à me rendre à une de leurs représentations. Jouent-ils à l'hôtel de Bourbon ?

— Non, sire, ils sont à l'hôtel des abbés de Cluny. Mais il vaudrait mieux que vous ne les rencontriez pas, grimaça Richelieu. La reine ne doit rien suspecter, et si vous les approchiez, elle pourrait se méfier.

— Vous avez raison. Qui est votre homme ?

— Un comédien italien qui joue à l'hôtel de Bourgogne. Flavio devait compléter sa troupe et, sur mes conseils, mon homme s'est fait engager.

— Je le connais ?

— Il fait courir tout Paris en ce moment dans le rôle de Scaramouche. Il dit se nommer Lorenzo Venetianelli, mais je doute que ce soit son nom véritable. On le surnomme Il Magnifichino.

— J'en ai entendu parler, approuva le roi en hochant la tête. Êtes-vous sûr de lui ?

— Je l'ai déjà utilisé à plusieurs reprises. Il est parfois invité à jouer à l'hôtel de Guise et chaque fois qu'il entend quelque chose là-bas, il me le transmet. C'est un comédien talentueux qui ne craindrait pas d'utiliser le poignard si nécessaire. Je le juge hardi et peu torturé par les scrupules. Il m'a accompagné et attend dans le petit cabinet. Voulez-vous que je vous le présente ?

À demi satisfait, le roi remua légèrement la tête de haut en bas pour acquiescer et Richelieu se dirigea vers une porte dissimulée dans la boiserie. Un homme de moins de trente ans attendait de l'autre côté, surveillé par deux des quarante-cinq. Il lui demanda de le suivre.

O et le roi examinèrent attentivement le comédien quand il entra. Il portait un pourpoint de velours noir et une élégante chemise en damas, ainsi qu'un bonnet sans plume et des souliers hauts de qualité. Pas de bijoux, sinon une bague. Son visage fin et avenant, avec une élégante barbe en pointe et une fine moustache faisait plus penser à un séducteur prétentieux qu'à un coureur d'aventures.

Venetianelli se mit à genoux devant le roi et garda la tête baissée.

— C'est vous Il Magnifichino ?

— Oui, sire.

Henri III resta silencieux, dissimulant à peine sa déception. Quelle aide pouvait lui apporter ce fat ?

— M. le Grand Prévôt vous a-t-il dit ce qu'il attendait de vous ?

— Il me l'a dit, sire, dit l'Italien, d'une voix grave et chaude. Votre mère envisage de rencontrer monseigneur Henri de Navarre à Chenonceaux. Les Gelosi seront chargés des divertissements et je devrai essayer d'apprendre ce qui se passe.

— Comment comptez-vous faire ? demanda le roi d'une voix sceptique où perçait l'ironie.

— Je peux séduire ses servantes, les dames de compagnie, sire, je sais crocheter une porte, ouvrir une serrure... écouter discrètement et interroger habilement

Henri III grimaça. Sa mère était certainement bien trop forte pour ce jolet trop imbu de ses talents.

— Imaginons, fit le roi, qu'une personne tente... quelque chose contre monseigneur de Navarre.

— Un attentat, monseigneur ? s'étonna l'Italien, en écarquillant les yeux comme s'il jouait la comédie.

— Seriez-vous capable de le déjouer à temps ?

— Peut-être, monseigneur. Je serai vigilant, je vous le promets.

Il prit une posture avantageuse que n'aurait pas rejetée le capitaine Spavento.

— Supposons que vous découvriez celui ou celle qui veut s'en prendre au roi de Navarre. Sauriez-vous l'écarter ? demanda O.

— Oui, monsieur, répondit Il Magnifichino, après une brève hésitation qui n'échappa pas au marquis.

Le roi fit un geste de la main, comme si tout cela le fatiguait.

— Le grand prévôt vous informera de ma décision.

Il lui fit signe de se retirer et l'homme sortit par le même chemin.

— Pouvons-nous lui faire confiance ? demanda-t-il alors à Richelieu.

— Je le pense, sire. Tant que je le paie suffisamment.

— Votre avis, O ?

— Il nous faudrait un autre homme, sire. Ce serait plus de sécurité, l'un pourrait surveiller l'autre.

— Certainement, mais où trouver le second ?

— Savez-vous déjà qui accompagnera madame votre mère, sire, si l'entrevue a lieu ?

— Non, mais elle emmènera certainement Gondi [1], sa créature. Peut-être Nevers, qui balance toujours entre Guise et moi. Je demanderai qu'il y ait un Bourbon dans sa suite, ce sera donc M. de Montpensier qui me reste fidèle, même s'il penche un peu trop pour Navarre en ce moment. Ensuite, elle aura sa maison et ses fidèles, son haras de putains aussi. Mme de Sauves sans doute, si elle n'accompagne pas

1. Albert, duc et maréchal de Retz dont on disait qu'il avait suggéré l'assassinat de l'amiral de Coligny. Son frère, Pierre de Gondi, était l'évêque de Paris.

Guise qui m'a annoncé son prochain départ pour Châlons.

Le duc de Guise était à Paris depuis le début du mois de mars. Châlons était une des villes de sûreté que le duc avait exigées après le traité de Nemours.

— Croyez-vous vraiment que votre mère demandera à Mme de Sauves de l'accompagner ? Elle est tout de même la maîtresse du duc de Guise…

— Du duc de Guise et de son frère, ricana le roi. Oui, elle le fera, car Charlotte de Sauves a aussi été la maîtresse de Navarre quand il était prisonnier ici. Sans doute ma mère pense-t-elle qu'il aura encore envie d'y goûter. Vous savez bien ce qui se chante dans Paris…

Il se saisit d'un luth qui se trouvait sur un coffre et entonna, en pinçant les cordes de l'instrument :

Mme de Sauves y est bonne,

Son con est toujours pour la paix !

Ils pouffèrent, ce qui détendit un peu la tension.

— Votre bateleur ne m'inspire guère confiance, il est jeune et prétentieux et n'apprendra rien, fit le roi à Richelieu en posant son luth. Il pourra quand même être utile…

Il s'adressa à O :

— Tu le sais, François, je n'ai guère de talents, mais j'ai une certaine intuition des choses… Et ma mère est très prévisible. Il y aura dans sa maison une personne – une femme, certainement – qu'elle chargera d'approcher et de séduire, mon beau-frère. Cette femme, il faut que votre Lorenzo Venetianelli la découvre.

— Mais supposons que cette femme parvienne à séduire Navarre, suggéra Richelieu. En quoi cela pose-t-il problème ?

Le roi considéra un instant Richelieu, toujours aussi impassible.

— Ne faites pas le sot, monsieur le Grand Prévôt. Vous avez parfaitement compris que ma mère ne chargera pas seulement cette femme de séduire mon beau-frère…

Richelieu hocha lentement du chef.

— Imaginons maintenant que Il Magnifichino découvre cette femme, et qu'il… l'écarte. Que se passera-t-il s'il est pris ? s'enquit O. Torturé, il parlera… de nous.

Richelieu renchérit :

— Imaginons aussi que cette femme soit Mme de Sauves. Quelle sera la réaction de Guise s'il découvre que nous sommes derrière la disparition de sa maîtresse ?

Le roi ne répondit pas et resta immobile un long moment avant de finalement lâcher :

— Il nous faut un autre homme. Trouvez une solution, O !

À cheval, suivi de deux valets d'armes, Michel de Montaigne remontait la rue Saint-Martin, cherchant du regard une tourelle hexagonale à l'angle d'une cour couverte. Mlle de Mornay lui avait dit qu'elle se situait à une cinquantaine de toises de l'hôtellerie du *Fer à Cheval*, elle-même, entre le cul-de-sac Clairvaux et l'impasse du More, du côté de la rue de Venise, à peu près en face de la rue des Ménétriers.

Il venait de l'hôtel de la Reine, à côté de l'église Saint-Eustache, où il avait rencontré Catherine de Médicis. Plus de deux mois avaient été nécessaires pour venir de Nérac. D'abord, il avait dû patienter trois semaines avant que les gens de Mayenne ne se retirent, puis il avait dû se rendre à Bordeaux demander une escorte au maréchal de Matignon. Il avait alors été terrassé par une terrible crise de goutte. La goutte ne le quittait jamais, comme bien d'autres maux dont il souffrait, mais là, il avait été immobilisé plus de deux semaines. Il n'était donc arrivé à Paris que la veille.

Catherine de Médicis l'avait reçu dans la matinée. Il lui avait fait part de l'accord d'Henri de Navarre sous la condition d'une trêve. La reine souhaitait que la conférence ait lieu à Chenonceaux, mais elle ne pouvait s'engager pour la trêve. Elle parviendrait certainement à convaincre son fils de demander à Matignon et Biron de suspendre leurs opérations, mais pour Mayenne, ce serait plus difficile. Il lui faudrait l'accord du duc de Guise, à qui elle écrirait. Et bien sûr, en échange, il fallait que Navarre s'engage aussi sur une trêve avec toutes les troupes protestantes.

Montaigne songeait maintenant à son départ. Il quitterait Paris le lendemain avec une escorte que Catherine mettait à sa disposition. Ensuite il rencontrerait Henri de Navarre à La Rochelle et lui transmettrait les propositions de la reine mère, mais il lui demanderait aussi de trouver quelqu'un de plus jeune que lui pour poursuivre les négociations. Il se sentait trop vieux pour ces voyages, et la goutte le faisait trop souffrir, quand ce n'était pas la gravelle.

Soudain, au milieu des maisons biscornues, il aperçut la tourelle à six pans qui avançait sur la rue. Il y avait bien l'échoppe d'un tailleur avec deux devantures voûtées en ogives au coin d'une courette couverte. La maison de deux étages, avec de grands combles sous la haute toiture pentue, paraissait en bon état. Celui qui l'habitait devait être un bourgeois. Michel de Montaigne fit entrer son cheval dans la cour et descendit de la selle lentement tant la goutte était douloureuse. Un de ses valets d'armes attacha l'animal à un anneau avant d'aller frapper à la porte de la tour.

De l'autre côté, une voix de femme demanda qui il était.

— Je me nomme Michel de Montaigne, j'ai une lettre pour Olivier Hauteville.

Il attendit quelque temps avant d'entendre un bruit de ferraille, comme si on levait une herse. Puis on tira des verrous, à moins que ce fût une clef, et la porte s'ouvrit. C'était un jeune homme d'une vingtaine d'années au visage plaisant, portant un filet de barbe autour du menton. Essoufflé d'être descendu au plus vite, il affichait une expression de surprise.

— Monsieur ? Vous... Vous êtes l'auteur... des *Essais* ?

— En effet... répliqua Montaigne, un peu étonné qu'on connaisse ici son livre publié six ans plus tôt.

— Je viens de les lire, monsieur [1]. Mais ne restez pas là, j'aurais tant à vous dire !

Montaigne se mit à rire devant l'enthousiasme du jeune homme.

— Je ne serai pas long, dit-il à ses valets.

— Perrine, ma servante, va leur servir à boire dans la cuisine, et nous portera aussi un verre de vin, fit le jeune homme en désignant la jeune femme dans son dos.

1. Le livre I avait été publié le 1er mars 1580.

Montaigne suivit son hôte jusqu'au premier étage. Ils entrèrent dans une chambre donnant sur la rue. Le jeune homme proposa le fauteuil tapissé, et Montaigne s'étant assis, lui-même prit une escabelle.

— Je n'aurais jamais imaginé vous recevoir ici, monsieur.

— À quelle occasion avez-vous lu mon livre, jeune homme ? demanda Michel de Montaigne.

— C'est… c'est un peu compliqué, monsieur. Il s'agit d'une personne que j'ai rencontrée ici. Nous ne nous étions pas quittés amis, et pourtant, il m'a fait parvenir ce livre par l'intermédiaire de M. Sardini.

— Le banquier ?

— Oui, monsieur. L'ouvrage est là, vous voyez, près de mon lit (il désigna une table). Cette personne en avait souligné une partie, je l'ai aussi annoté.

— Qu'en avez-vous retenu ?

— Qu'une tête bien faite est meilleure que bien pleine ! plaisanta Olivier.

— C'est bien ! Mais c'est tout ? ironisa Montaigne.

— Non, monsieur… J'ai surtout découvert la tolérance et le doute. Je suis catholique, monsieur, j'avais approuvé la Ligue, mais grâce à vous, j'ai appris à réfléchir par moi-même.

— Qui est cet homme qui vous a envoyé mon livre ? sourit Montaigne.

— Un homme tolérant, lui aussi, bien que je ne le connaisse guère. J'ai juste lu ce qu'il avait écrit. Il s'agit de M. de Mornay.

Montaigne resta silencieux. Il commençait à comprendre.

— Le connaissez-vous, monsieur ? poursuivit Olivier. Je sais que vous avez rencontré Henri de Navarre et qu'il est l'intendant de sa maison.

— Je le connais, mon garçon. J'étais avec lui à Nérac il y a deux mois, ainsi qu'avec M. de Rosny et le roi de Navarre…

Il fouilla son pourpoint.

— … Et voici une lettre de sa fille, dit-il avec un sourire en coin.

— Cassandre ? balbutia Olivier.

— Oui, elle me l'a remise pour vous, mais son père l'ignore, aussi ne la trahissez pas ! dit Montaigne, pince-sans-rire. Songez-vous à l'épouser ?

— Oui, monsieur, mais tout nous sépare : je suis à Paris et elle à Montauban. Je suis catholique et elle protestante. Je suis roturier et elle est noble.

— Le mariage est une cage, mon ami. Les oiseaux en dehors désespèrent d'y entrer, ceux dedans désespèrent d'en sortir, plaisanta Montaigne. Vous êtes avocat, m'a dit Mlle de Mornay.

— En effet, avocat assermenté à la Chambre des comptes. J'étais d'abord avocat à la Cour des aides, mais le président M. de Sully m'a fait radier. Grâce au soutien de M. Séguier, j'ai été accepté à la Chambre des comptes.

— Je repars demain, annonça Montaigne en se levant. J'aurai l'occasion de passer par Montauban, un jour prochain. Si vous voulez me donner une lettre, je loge à la *Grande Nonnain qui ferre l'oie.*

— Je le ferai, monsieur.

Montaigne s'arrêta alors et le regarda droit dans les yeux.

— Je suis curieux, monsieur Hauteville, c'est un de mes défauts. Devant moi, Mgr de Navarre a remercié M. de Mornay et sa fille pour lui avoir fait gagner neuf cent mille livres, or Mlle Cassandre m'a assuré que c'est vous qui avez tout fait…

Le visage d'Olivier s'assombrit.

— Elle se gausse, monsieur, car c'est bien son œuvre. Voici ce qui s'est passé : un receveur des tailles nommé Salvancy détournait les impôts et remettait ses rapines à monseigneur de Guise et à la Ligue parisienne. Mon père, qui était contrôleur des tailles, a découvert cette fraude, aussi les ligueurs l'ont tué. J'ai repris son travail et grâce à Mlle de Mornay, je suis parvenu à la fois à faire rendre le fruit de son vol à M. Salvancy et à venger mon père. Ensuite, mais ce serait trop long à vous raconter, M. de Mornay a repris cet argent pour le donner à monseigneur de Navarre.

Montaigne considéra un instant le jeune homme avec un sourire narquois. Il ne lui disait pas tout, et c'était bien normal. Quelles relations délicates y avait-il entre lui et M. de Mornay ?

Olivier le raccompagna dans la cour avant de revenir dans sa chambre en songeant, le cœur serré, qu'il ne reverrait pas Cassandre avant des mois ou des années alors que M. de Montaigne, qui passait son temps sur les chemins, la rencontrerait bientôt. Il se sentit soudain envieux de cette vie d'aventures qu'il ne connaîtrait jamais.

Il ouvrit la lettre. Cassandre lui racontait sa vie, jour après jour. Ce n'étaient que des faits insignifiants, mais qui pour lui comptaient beaucoup. Il la lut plusieurs fois avant de la ranger avec deux autres lettres d'elle, une portée par M. de Rosny et l'autre par Mme Sardini.

Les trois missives rejoignirent un livre que Cassandre lui avait aussi fait parvenir par l'intermédiaire de Mme Sardini. C'était le Nouveau Testament traduit par M. de Bèze [1]. Sur la page de garde, Cassandre avait écrit : *Pour toi Olivier, mon époux devant Dieu.*

Brusquement, une idée folle lui traversa l'esprit. Et s'il partait à Montauban la rejoindre ? Qu'est-ce qui le retenait à Paris ? Rien ! Et si M. de Montaigne était capable, à son âge, de traverser la France, pourquoi ne pourrait-il le faire ?

1. Théodore de Bèze, successeur de Calvin à Genève.

6.

En ce dimanche de Pentecôte[1], l'église de Saint-Merri était toute pavoisée, autant pour la grande fête religieuse que pour la présence de la duchesse de Montpensier, Catherine de Lorraine, sœur du duc de Guise et du duc de Mayenne, invitée à assister à la messe et à écouter le sermon prononcé par le père Boucher, le recteur de la Sorbonne qui remplacerait, pour l'occasion, le curé habituel.

Le curé Boucher, un des plus enflammés prédicateurs de la Ligue, avait sonné le tocsin à la Saint-Barthélemy pour appeler à l'occision des protestants et on disait qu'il était membre du conseil des seize de la Ligue parisienne. À chacun de ses sermons, il louait le duc de Guise et pourfendait l'hérétique Navarre, assurant à ses paroissiens que la venue de l'Antéchrist sur le trône de France – si elle se produisait – les enverrait tous en enfer. Quant au roi, bougre et hérétique lui aussi, il devrait finir sa vie dans un couvent pour expier ses péchés.

1. Le 25 mai 1586.

Olivier Hauteville avait hésité à venir à l'église quand il avait su que Boucher ferait le sermon, mais son ami Nicolas Poulain lui avait conseillé de ne pas s'en abstenir. La Ligue était désormais puissante dans Paris, les dizainiers et quarteniers, qui surveillaient chacun, s'apercevraient immanquablement de son absence. Lui-même n'avait aucune envie d'écouter les imprécations du père Boucher, mais ils avaient tous deux suffisamment connu les cachots du Châtelet pour se faire inutilement remarquer.

Installés sur les bancs qu'ils louaient, en compagnie de leurs domestiques, les deux amis n'échangèrent pas une parole, car ils savaient qu'il y avait autour d'eux bien des oreilles indiscrètes. Ils observèrent ainsi le silence en attendant l'arrivée de la duchesse.

La duchesse de Montpensier avait embrassé avec ardeur le parti de la Ligue. Comme tous les membres de sa famille, Catherine de Lorraine était ambitieuse, mais au surplus de ses frères, on disait qu'elle possédait une résolution qu'ils n'avaient pas. Olivier ne la connaissait pas et se souvenait seulement que feu son époux, Louis de Bourbon, duc de Montpensier, avait participé au massacre des protestants dans la rue Saint-Martin, et qu'il l'avait vu de ses yeux tuer femmes et enfants. Le duc avait eu la réputation d'un homme féroce et impitoyable. On disait qu'il faisait toujours pendre ou égorger ses prisonniers après les batailles.

La duchesse était la seconde épouse du duc qui avait eu un fils d'un premier lit. Celui-ci était le nouveau duc depuis la mort de son père. Le jeune homme détestait sa belle-mère pour plusieurs raisons.

D'abord, elle était Guise et il était Bourbon. Deux familles qui aspiraient au trône. Ensuite, la duchesse lui avait fait un procès – qu'elle avait perdu – pour se faire attribuer la fortune des Montpensier. Enfin, il était un des rares Grands du royaume encore fidèle à Henri III, alors que Catherine de Lorraine éprouvait une mortelle haine envers le roi qui l'avait rejetée.

La duchesse, comme son frère Guise, avait hérité de la beauté de sa mère Anne d'Este, fille du duc de Ferrare. Veuve, elle avait tenté de séduire le roi afin de le rapprocher de son frère. Elle n'y était pas parvenue et Henri l'avait publiquement raillée, car elle avait une légère claudication. Depuis, humiliée, elle répétait partout que le dernier des Valois était un bougre et qu'elle l'enfermerait dans un couvent. À la ceinture de sa robe, elle portait une paire de ciseaux d'or qui, disait-elle, servirait à le tonsurer pour en faire un moine.

Ardente dans sa foi, autant pieuse que belle, assidue aux sermons et à la confession, elle était vénérée des curés de Paris et encore plus du petit peuple qui la comparait à Jeanne d'Arc. Mais ceux qui la connaissaient vraiment savaient qu'elle était intolérante jusqu'à la violence, incapable de maîtriser ses accès de courroux, brouillonne, et surtout encore plus orgueilleuse que son frère Guise.

Soudain, les ovations éclatèrent dans l'église. Ceux qui étaient proches de l'autel, comme Olivier et Nicolas, se retournèrent et virent arriver une femme en robe de satin noir à manches ballons rehaussée d'un col de dentelle qui montait jusqu'au menton et dont la traîne était tenue par deux pages. Le regard dédaigneux et le front haut, ses cheveux étaient serrés en arrière dans un filet de perles. Elle avançait avec majesté, suscitant vivats et acclamations tout en restant impassible. Une reine de France n'aurait pas fait mieux, reconnut Nicolas dans un mélange d'admiration et de répulsion.

Arrivée au niveau de la chaire, le père Boucher, un de ses fervents admirateurs, la salua par ces mots :

— Voici notre Judith qui tuera Holopherne !

Elle sourit à peine, tandis que les acclamations redoublaient.

Devant le chœur était dressée une estrade tapissée sur laquelle se trouvaient une cathèdre et des prie-Dieu. Un majordome attendait. Il fit monter celle qu'on nommait la gouvernante de la Ligue à Paris, puis ses gentilshommes et ses dames d'atours.

Tout autour de l'estrade étaient suspendues des enseignes en taffetas couleur or à bande de gueules chargée de trois alérions d'argent : les armes des Guise.

La suite ducale installée, le silence revint peu à peu, malgré l'immense foule serrée, debout au fond de l'église, et la messe commença.

Au sermon, le père Boucher fut, comme d'habitude, d'une violence inouïe envers le roi et Navarre, *ce cyclope navarrais, de qui la caverne est pavée de têtes d'hommes, qui ne se repaît que de chair humaine et ne s'abreuve que de sang !*

— Imaginez, poursuivit-il en levant une main pour faire taire les brouhahas, les chiens en leurs curées qui plongent le nez au sang des bêtes, qui déchirent leurs entrailles, qui frétillent de la queue, qui s'égaient aux appétits d'un si furieux repas. Tels verrez-vous les hérétiques revenant de la chasse des catholiques, à qui le sang regorge par la bouche et par les oreilles. Après avoir abattu, éventré et écorché ceux de la vraie religion, ils se fourrent en leur sang, s'y plongent jusqu'aux oreilles, en font des soupes, se gorgent de leur chair. Vous les verrez se plaire à verser, à tirer le sang humain, à s'y baigner, à s'y étuver[1]....

En l'écoutant, Olivier se reprochait d'être resté si longtemps aveugle. Dans sa première lettre, Cassandre avait joint quelques pages du livre de son père : *De la vérité de la religion chrétienne.* M. de Mornay y expliquait la création du monde, le rôle de la Providence, et surtout affirmait l'immortalité de l'âme. S'il s'en prenait à des hommes, c'était aux adversaires du christianisme, aux athées et aux païens, jamais aux catholiques. Après cette lecture, Olivier n'était plus certain que la religion réformée soit hérétique, et quand bien même on le lui prouverait, les appels à la tolérance et à la liberté des consciences de Michel de Montaigne, pourtant sincère catholique, l'avaient convaincu du danger des discours de la Ligue.

D'ailleurs, dans son appel à la ruine du roi et de Navarre, le père Boucher voulait-il vraiment sauver les âmes de ses paroissiens, ou installer le duc de Guise sur le trône des lys ?

La messe terminée, la duchesse et sa suite sortirent en dernier afin d'être à nouveau ovationnées. À regret, Nicolas Poulain demeura sur le parvis, car sa femme voulait admirer la robe de Catherine de Lorraine et celles de ses dames de compagnie.

1. Ce sermon est extrait d'un discours de la Ligue.

Olivier et ses gens restèrent avec eux puisqu'ils devaient rentrer ensemble. Perrine, la servante d'Olivier, en profita pour contempler avec envie les parures des dames.

Pressé par la foule, et pour éviter que Perrine ne soit écrasée, Olivier se trouva au premier rang quand la duchesse s'approcha. Elle marchait lentement, ne cachant pas son plaisir de voir le peuple l'acclamer. Un long moment, son regard radieux balaya la populace à ses pieds, puis elle remarqua, avec un certain étonnement, un beau jeune homme qui, contrairement aux autres, paraissait réserver son adulation.

Intriguée, elle posa son regard sur lui. Il devait avoir une vingtaine d'années, c'était un bourgeois, d'après ses habits et son absence de chapeau et d'épée. Leurs regards se croisèrent. Olivier fut d'abord surpris de découvrir que la duchesse le dévisageait avant de ressentir un inexplicable malaise. Pourquoi la sœur du duc de Guise s'intéressait-elle à lui ?

Catherine de Lorraine détacha son regard du jeune homme quand M. de Puyferrat, son premier gentilhomme, lui dit que sa litière était prête. Dans le coche, elle pensa à nouveau à lui. Pourquoi était-il si réservé ? Pourquoi ne l'admirait-il pas ? Son désir d'en savoir plus envahit son esprit à un point qui la troubla, mais en arrivant à l'hôtel du Petit-Bourbon où elle habitait [1], un autre sujet retint son attention.

---

1. Construit par le duc de Montpensier, il se situait à l'angle de la rue du Petit-Bourbon (Saint-Sulpice) et de la rue de Tournon. Il en reste les rues Guisarde et Princesse.

Un messager venait de porter un courrier de son frère le duc de Mayenne.

Tous deux correspondaient assez régulièrement depuis le début des opérations militaires contre les huguenots en Gascogne et en Périgord. Après un début de campagne très lent, paralysé par la mollesse de Matignon, Charles de Mayenne avait finalement pris Tulle. Avec sa puissante armée, il aurait dû être rapidement maître de tout le pays s'il n'y avait eu l'hiver, un des plus froids jamais connu, la peste qui décimait ses troupes, et surtout la famine. Vivant sur un pays ruiné, l'armée de Mayenne s'étendait sur des dizaines de lieues, pillant fermes et villages pour se nourrir et ne respectait aucun commandement. Il était donc difficile au duc de conduire la guerre à son gré.

Mayenne avait pourtant bien cru prendre Navarre à Nérac, mais le Béarnais s'était enfui comme un lâche, sans livrer bataille. Le duc avait alors choisi de réduire toute la Gascogne avant de remonter vers le Poitou et d'assiéger La Rochelle. En avril, il avait pris la ville de Saint-Bazile, mais sans y trouver plus de profits que quelques rats affamés.

Par malheur, un peu plus tard, lors du siège de Montségur, il était tombé malade d'une fièvre tierce et avait été transporté à Bordeaux. C'est de là qu'il lui écrivait pour lui annoncer qu'il y resterait quelques semaines tant le mal l'avait affaibli.

Mauvaises nouvelles ! constata la duchesse en jetant avec fureur le pli sur une table. L'été approchait, le meilleur moment pour les armées qui pouvaient se déplacer et livrer bataille. Or, celle de son frère n'était pas en ordre de marche et son général ne pouvait la commander. Cette année risquait fort d'être perdue, comme l'avait été la précédente. Il était loin le mois de novembre 1585 où Charles lui écrivait, après sa victoire sur le prince de Condé qu'il avait contraint à fuir en Angleterre :

... Je vous dirais en vérité que ceci est une œuvre de Dieu... La plus grande part de la noblesse [huguenote]... *s'est sauvée... le reste s'est jeté dans les bois quittant leurs armes et leurs chevaux... ceux qui sont attrapés criaient miséricorde... les soldats... disent qu'on les a menés à la boucherie et qu'ils ne seront jamais commandés d'un tel chef* [Condé].

Hélas, Charles n'avait pu exploiter cette déroute, rageait-elle. Comme son frère Henri, d'ailleurs, qui avait eu Paris et le royaume à portée de main, en 1585, lorsqu'il avait imposé au roi le traité de Joinville. Mais Henri était trop légitimiste, trop prudent. Il soutenait les seize mais ne voulait pas se mêler à leurs basses intrigues. Il aspirait au trône tout en refusant d'y accéder par des moyens bas et honteux. Il affirmait ses droits à la couronne, mais il était incapable de les exercer par la force. Finalement, il se contentait de sa popularité.

Ce pusillanime lui coûterait le royaume. Décidément ses deux frères la décevaient !

Dans la fratrie des Guise, la duchesse était certainement celle qui avait le plus de caractère. Elle possédait l'habileté de son aîné le cardinal de Guise, la capacité de se faire aimer de son frère Henri, et l'audace furieuse de Charles de Mayenne. De surcroît, contrairement à eux, elle n'était arrêtée par aucune barrière morale, car elle était persuadée que Dieu guidait ses pas.

Elle était aussi nantie d'une étonnante perspicacité, qu'elle tenait sans doute de son oncle, le cardinal de Lorraine – celui qui avait longtemps dirigé les actes de son père François de Guise –, aussi avait-elle deviné le danger que représentait le roi de Navarre pour sa famille.

Pour son frère Mayenne, le Béarnais n'était qu'un hérétique qu'il réduirait par la force. Pour Guise, le Bourbon n'était qu'un prétendant à la couronne sans aucun droit puisque le pape l'avait excommunié. Elle seule avait perçu la redoutable habileté militaire du Béarnais, ce don qu'il avait d'anticiper les avantages et les dangers d'une position lors d'une escarmouche. Tout aussi menaçantes étaient son audace et sa ruse dans la conduite des coups de main. Plus inquiétante encore était cette capacité qu'il avait à inspirer confiance à tous ceux qui l'approchaient.

Ces qualités en faisaient le plus formidable adversaire que les Guise aient jamais trouvé devant eux.

Son frère Mayenne ne vaincrait pas Henri de Navarre par la force, se disait-elle, et si le Bourbon s'alliait avec le roi, ou s'il se convertissait, les Guise seraient facilement écartés. Il fallait donc qu'il disparaisse rapidement. Mais comment ? Si Catherine de Lorraine avait l'étoffe d'un capitaine, elle n'était pas Jeanne d'Arc. Elle n'avait pas d'armée, pas de Dunois ou de Gilles de Rais sur qui se reposer. Faire assassiner le Béarnais ? Elle y songeait souvent, mais comment ? Personne ne savait où il se trouvait ! On le croyait à Nérac, il était dans le Poitou. On assurait qu'il était en Saintonge, il conduisait un coup de main dans le Périgord ! Il ne dormait jamais deux nuits au même endroit, toujours à chevaucher avec sa troupe de fidèles. Au demeurant, il était d'une grande méfiance et aucun inconnu, ou inconnue, ne pouvait l'approcher.

C'est dans cet état d'esprit qu'elle se rendit l'après-midi au palais de la reine. Catherine de Médicis avait invité toute la Cour à assister à un spectacle de farces et soties à l'occasion de la Pentecôte.

Au dîner qui suivit, Catherine de Lorraine fut placée à côté de la reine mère. Le repas fut gai et plaisant, plusieurs dames d'honneur chantèrent accompagnées de violes et de luths. À la fin du dîner, Catherine de Médicis lui proposa de rester un moment avec elle et de l'accompagner dans sa chambre d'apparat pour déguster des confitures. Là, la reine abandonna ses dames de compagnie et fit passer la duchesse dans le petit cabinet lambrissé qui jouxtait la pièce.

Connaissant parfaitement la rouerie de la Médicis, Mme de Montpensier ne s'étonna pas. Quant à la reine mère, elle n'ignorait rien des ambitions de la sœur de Guise et savait qu'elle accepterait un entretien secret. Mais avant de parler politique, elles devaient jouer la comédie de l'amitié. Sans même un sourire ambigu, la duchesse complimenta la reine sur la douce politique que son fils conduisait pour le royaume, et l'arrière-petite-fille de Laurent de Médicis la remercia pour les bontés que ses frères apportaient au roi.

Après ces hypocrites douceurs, Catherine de Médicis en vint au sujet qu'elle avait à cœur.

— Tout irait tellement mieux en France si mon gendre n'était pas hérétique, soupira-t-elle, avec une infinie tristesse.

— C'est vrai, madame, mais avec son armée mon frère parviendra bien à le convertir…

— Croyez-vous ? demanda la Médicis, dans une feinte amabilité.

Elle ajouta sans laisser paraître la moindre perversité :

— On m'a rapporté que M. de Mayenne était très malade, avez-vous de ses nouvelles ?

— J'en ai eu ce matin, madame, mon frère est solide comme un sanglier, il sera vite sur pied. La haine qu'il a envers Navarre vaudra toutes les médecines !

— Je prie le Seigneur chaque jour pour lui, jura la reine mère en joignant les mains, avant d'ajouter : Mais tout serait tellement plus simple pour ce pauvre royaume si mon gendre reconnaissait qu'il fait fausse route et qu'il suit une damnable hérésie.

— Hérésie que vous avez parfois tolérée, madame, remarqua la duchesse d'une voix douce, mais où perçait le reproche.

— Je l'ai surtout combattue avec fermeté ! répliqua la reine sèchement. Mais pour l'heure, alors que je vais bientôt rejoindre le Père éternel, je sens que je dois assurer une dernière mission.

— Laquelle, madame ?

— Convertir mon gendre pour qu'il revienne dans la vraie foi. Je ne veux pas qu'il brûle dans les flammes de l'enfer.

La Montpensier tressaillit. Qu'avait la reine en tête ? Croyait-elle que Navarre allait l'écouter ? Elle, l'instigatrice de la Saint-Barthélemy ?

— Ce serait un miracle, madame, fit-elle, en réprimant son ironie.

— Le Seigneur est avec moi, je le sais. Voyez-vous, Catherine, j'ai écrit à mon gendre pour le supplier de m'écouter.

— Et que vous a-t-il répondu ?

— Qu'il acceptait de m'entendre.

— Viendra-t-il ici ?

— Non, je lui ai proposé une conférence à Chenonceaux…

La duchesse dissimula sa surprise, et son intérêt. Elle perçut immédiatement tous les avantages de cette entrevue. Navarre était inaccessible dans son Béarn ou à La Rochelle. S'il venait à Chenonceaux, il serait vulnérable.

— … Mais il n'acceptera pas de venir en territoire hostile, poursuivit Catherine.

— C'est bien possible, en effet, approuva prudemment la duchesse de Montpensier.

— Il veut une trêve, pour assurer sa sécurité.

— Autour de Chenonceaux ?

— Non, une trêve générale, pendant tout le temps de la conférence.

— Votre fils peut la lui accorder, sourit la duchesse. Il lui suffira de cantonner ses troupes.

— Mon fils ? Sans doute. Mais qu'en sera-t-il de vos frères Mayenne et Guise ?

Catherine de Lorraine resta silencieuse. Elle avait compris ce que voulait la reine. Elle lui suggérait qu'elle demande la trêve à ses frères. Certes, elle en voyait tout l'intérêt, mais elle ne pouvait pas accepter si facilement. Au demeurant, il lui faudrait convaincre Henri et Charles.

— Souhaitez-vous que je leur demande cette trêve, Majesté ? Je le ferai volontiers pour vous être agréable.

— Je vous en serai éternellement reconnaissante, répondit la reine avec soulagement.

En rentrant à l'hôtel du Petit-Bourbon dans son coche (ces voitures confortables qu'on commençait à appeler carroche) escortée d'une troupe armée et de domestiques porteurs de flambeaux, Catherine médita sur la façon dont elle allait présenter la demande de la reine à ses deux frères. Mayenne serait facile à convaincre, car elle le manipulait facilement. Il accepterait la trêve si celle-ci permettait de faire disparaître celui qui le ridiculisait dans cette guerre. Restait son frère Henri, qui serait plus malaisé à persuader.

Ayant réfléchi à ce qu'elle allait faire, bercée par les cahots de sa voiture, sa pensée vagabonda vers ce jeune homme dont elle avait croisé le regard à l'église.

La duchesse de Montpensier vivait seule depuis la mort de son mari, quatre ans plus tôt. Le seul homme dont elle avait voulu se faire aimer était le roi et il l'avait repoussée. Profondément humiliée, elle n'avait connu depuis aucune personne du sexe opposé. Pourtant, à trente-quatre ans, elle se savait encore belle et désirable. Ce soir-là, elle ressentit à nouveau le besoin d'être aimée. Sans en comprendre les raisons, elle s'interrogea. Depuis des années, elle ne s'intéressait plus à l'amour, alors pourquoi maintenant ? Et pourquoi songeait-elle si souvent à ce jeune homme qui l'avait ignorée ? Elle en vint alors à éprouver une sorte de jalousie, à se demander s'il avait une femme ou une maîtresse.

Portée par un messager, une lettre chiffrée partit le lendemain à Bordeaux pour Charles de Mayenne. Catherine expliquait à son frère qu'elle aurait peut-être une opportunité pour écarter définitivement Henri de Navarre, mais pour cela il lui fallait un homme *qui ait l'expérience de ce genre de choses*. Elle savait que le duc comprendrait. Si quelqu'un pouvait lui envoyer un assassin patenté, c'était lui.

À son autre frère, Henri de Guise, qui se trouvait en Champagne, elle choisit d'envoyer M. de Mayneville qui s'occupait des intérêts de la famille de Lorraine à Paris.

François de Roncherolles, marquis de Mayneville, avait toute sa confiance. La duchesse lui détailla les projets de Catherine de Médicis dont, par des rumeurs et des espions, il avait déjà entendu parler, et elle lui fit part de son dessein : à la cour de la reine, à Chenonceaux, Navarre serait sans défense. Même si son frère affichait des règles d'honneur remontant à la chevalerie et rejetait l'assassinat, c'était une occasion unique d'écarter le seul homme qui lui disputait le trône. Sans Navarre, les huguenots n'auraient plus de chef, il ne resterait que Condé, un capitaine insignifiant que Mayenne avait déjà vaincu.

Mais pour venir à Chenonceaux, Navarre exigeait une trêve. Mayneville, approuvant son plan, s'engagea à convaincre le duc de Guise et partit le rejoindre.

Le dimanche suivant, après beaucoup d'hésitations, la duchesse de Montpensier décida de retourner à la messe à Saint-Merri afin d'en savoir plus sur ce jeune homme qui occupait toujours ses pensées. Elle s'était masquée, comme le faisaient beaucoup de dames de qualité, et n'était accompagnée que d'une dame de compagnie et de deux gentilshommes. Personne ne la remarqua. En revanche, en entrant dans l'église, elle vit Olivier, toujours avec les gens de sa maison. Le loueur de chaises lui proposa un siège non loin de lui.

À la fin de la messe, elle sortit la première et demanda à sa dame de compagnie de se renseigner sur celui qu'elle lui avait désigné dans l'église. Elle attendit ensuite sur le parvis.

Quand Olivier sortit et ne fut plus qu'à quelques pas d'elle, elle baissa son masque comme s'il la gênait et elle planta ses yeux dans les siens avec impudence. Mais le jeune homme ne lui prêta aucune attention et poursuivit son chemin. Tant d'indifférence la bouleversa à un point qu'elle n'aurait jamais cru ressentir. Elle resta immobile, douloureusement muette, le regardant s'éloigner alors que son cœur plein d'amertume battait le tambour.

Le roi de France l'avait rejetée. Ce petit bourgeois roturier faisait de même. Était-elle désormais incapable de séduire un homme ? Ceux-ci n'éprouveraient-ils plus jamais d'appétence pour elle ? Était-elle devenue si peu désirable ?

Elle en vint à songer qu'on lui avait peut-être jeté un sort. Après tout, les sorciers étaient capables de nouer l'aiguillette chez les hommes [1], pourquoi n'y parviendraient-ils pas chez les femmes ? Quelque magicien aurait-il pu la rendre déplaisante, disgracieuse ? Comment savoir ?

— Je me suis renseignée, madame.

1. Maléfice qui rendait les hommes impuissants.

C'était sa dame de compagnie qui la fit sortir de ses pensées.

— Qui est-il ?

— Il est avocat à la Chambre des comptes, madame, et bourgeois de Paris.

— Rentrons !

Dans le coche, elle ne pensa qu'à lui. Certaine d'avoir reçu une malédiction, il lui vint à l'idée que ce sortilège disparaîtrait si elle parvenait à se faire aimer de lui. Elle avait le sentiment que si elle y parvenait, elle se ferait aussi fatalement aimer du roi. Finalement, la mort de Navarre et l'amour de ce jeune homme n'étaient que les deux facettes du même problème. Navarre disparu, à nouveau aimée des hommes, elle gouvernerait le roi à sa guise.

Mais comment faire ? Comment se faire désirer de quelqu'un qui affichait son indifférence ? Comment l'ensorceler à son tour ?... C'est en songeant à ce mot qu'elle se souvint de cette effroyable histoire survenue à la Cour, douze ans plus tôt.

Deux gentilshommes du duc d'Alençon avaient participé à un obscur complot permettant la fuite du duc et d'Henri de Navarre, alors prisonniers au Louvre. Ils se nommaient Boniface de La Mole et Annibal de Coconnat. Piémontais venu en France pour défendre la cause catholique, Coconnat s'était tellement fait remarquer pour sa cruauté envers les protestants durant la Saint-Barthélemy que le roi Charles IX l'avait qualifié d'un des plus méchants hommes de son royaume. Pendant le massacre, il avait racheté trente huguenots des mains du peuple. Sous la promesse de les laisser saufs, il leur avait fait renier leur religion avant de les poignarder à petits coups pour qu'ils meurent le plus douloureusement possible. Contrairement à lui, son ami La Mole était fort doux. On l'appelait le baladin de la Cour tant il était aimé des dames. C'était aussi un homme fort religieux, persuadé que la messe expiait tous les péchés. Ainsi, pour éviter d'être damné, il en entendait cinq à six par jour et on se gaussait de lui en disant que, pour tenir registre de ses débauches, on n'avait qu'à compter les messes auxquelles il assistait.

Après la fuite d'Alençon, les deux hommes furent emprisonnés et leur logis fouillé. Chez La Mole, on découvrit une figure de cire et de fer représentant un homme ayant le cœur et la tête percés. Or le roi était au plus mal, cruellement tourmenté par des maux de tête et de ventre. Charles IX fut convaincu que Cosimo Ruggieri, le mage de sa mère, avait fabriqué la statuette et était à l'origine de son envoûtement.

La Mole avait été interrogé à la Bastille en présence du souverain. Bien qu'ayant juré n'avoir jamais rien entrepris, on l'avait mis à la torture. Sous les brodequins, il avait reconnu que la statuette avait été faite par Ruggieri, mais c'était pour se faire aimer d'une maîtresse dont il avait refusé de donner le nom.

Torturé à son tour, Coconnat avait, lui, reconnu l'envoûtement du roi. Catherine de Médicis avait donc été contrainte d'autoriser l'interrogatoire de Ruggieri : *Faites-lui tout dire... Que l'on sache la vérité du mal du roi et qu'on lui fasse défaire s'il a fait quelque enchantement pour nuire à sa santé...* avait-elle écrit au lieutenant civil.

Bien qu'ayant tout nié, Ruggieri avait été condamné aux galères et les deux gentilshommes avaient eu la tête tranchée en place de Grève. Quelques jours plus tard, Charles IX était mort dans d'horribles souffrances et son frère Henri, alors en Pologne, était devenu roi sous le nom d'Henri III[1].

La duchesse de Montpensier savait que l'histoire ne s'était pas terminée par la mort de Coconnat et de La Mole. Le soir de l'exécution, deux dames masquées s'étaient présentées chez l'exécuteur de la haute justice et avaient enlevé les têtes des deux hommes, leurs amants, pour les faire embaumer et les conserver. L'une aurait été Marguerite de Navarre, la femme du Béarnais, la propre sœur du roi, et l'autre Henriette de Clèves, l'épouse du duc de Nevers.

Ces deux dames étaient-elles celles qui avaient été envoûtées par la magie de Ruggieri ? Catherine de Lorraine l'avait toujours pensé. L'envoûtement avait dû être bien puissant pour qu'elles agissent ainsi. Tandis qu'elle rentrait à l'hôtel du Petit-Bourbon, elle se demandait si grâce à une sorcellerie similaire elle parviendrait à se faire aimer de ce jeune homme si indifférent à son égard.

Mais qui pourrait pratiquer un tel maléfice ? Impossible de s'adresser à Ruggieri, car Catherine de Médicis l'aurait su. Or, elle ne connaissait pas d'autre mage. Comment faire ?

Elle songea alors à l'un de ses domestiques, Dominique Miraille.

---

1. Catherine fit gracier Ruggieri qui en réalité l'avait informée du complot et était à l'origine de l'arrestation de La Mole et de Coconnat.

Revenue dans son hôtel, la duchesse de Montpensier le fit appeler. C'était un vieil homme de soixante-dix ans qui avait été concierge de sa belle-sœur, la princesse de La Roche-sur-Yon, et que son intendant avait engagé à la mort de celle-ci. Miraille s'occupait du fourrage aux écuries. Il était encore fort vigoureux pour son âge et s'était récemment marié avec une fraîche jeune femme. Sa précédente épouse, une bonne vieille grosse, était morte l'année précédente, et tout le monde, la duchesse la première, avait été surpris de son nouveau mariage.

C'était une dame d'atours qui l'avait finalement renseignée. On murmurait que l'ancien concierge s'était débarrassé de sa première épouse par un sortilège. Ce caquetage avait inquiété Mme de Montpensier qui l'avait engagée à en apprendre davantage. Pour s'attirer les bonnes grâces de sa maîtresse, la dame d'atours avait fait quelques agaceries au vieil homme afin de lui faire avouer la vérité. Elle n'y était pas parvenue, mais le vieillard lui avait tout de même dit en riant que, si elle continuait à faire ainsi la galante, il la mettrait dans son lit.

— Je suis une honnête femme, monsieur Miraille ! lui avait-elle sèchement rétorqué.

— Peu importe, madame, je connais des charmes si puissants qu'ils pourraient vous faire aller contre votre volonté, avait-il ironisé.

La dame d'atours avait rapporté la conversation à la duchesse qui avait demandé à son intendant d'interroger Miraille. Si le moindre doute existait que l'homme pratique la magie, il devrait être chassé. Mais l'intendant n'avait rien découvert, sinon l'amour que la jeune épousée portait à son vieux mari, et la duchesse ne s'était plus intéressée à ces médisances.

Aujourd'hui, elle avait une bonne raison de le faire.

Quand Miraille se présenta dans sa chambre d'apparat, elle fit sortir ses dames d'honneur et resta seule avec le vieillard dont le visage affichait l'inquiétude. La duchesse était debout et fit quelques pas, une expression sévère et soucieuse sur son beau visage.

— Monsieur Miraille, de méchants bruits courent toujours sur votre compte, commença-t-elle.

— Moi, madame ? murmura le concierge, maintenant terrorisé.

— On m'a rapporté que pour vous faire aimer de votre épouse vous avez fait une statuette de cire... et pratiqué sur cette image un envoûtement... Je suis catholique craignant Dieu et je ne veux pas de sorcellerie chez moi !

— C'est un mensonge, madame ! Je n'ai jamais pratiqué les charmes, je le jure sur les Saints Évangiles ! balbutia Miraille.

— Ne niez pas, j'ai des preuves ! Vous quitterez donc cette maison sur-le-champ. Remerciez-moi de ne pas vous dénoncer au lieutenant civil.

Le vieillard se jeta à ses genoux et se mit à sangloter.

— Pitié, madame ! Que vais-je devenir à mon âge, avec ma femme et ma belle-mère ?

— Je m'en moque...

Il se coucha sur le parquet et lui baisa les pieds en pleurnichant tandis qu'elle l'observait dans un mélange de répulsion et de plaisir.

— Je pourrais cependant être indulgente..., souffla-t-elle après s'être repue de sa terreur.

— Madame, je vous en supplie ! Je ferai ce que vous me demanderez...

— Vous allez m'expliquer comment vous pratiquez votre magie... Je suis curieuse...

— Mais il n'y a pas de magie, madame, je vous jure...

— Vous vous obstinez, mon ami... Allez donc prévenir votre femme et quittez mon hôtel ! menaça-t-elle.

— Non ! glapit-il... Je vais tout vous dire.

— Enfin ! sourit-elle avec malignité.

Le concierge releva la tête, affolé, éperdu. Il n'était ni mage, ni astrologue, ni envoûteur. Sa jeune femme, c'étaient ses pécunes qui l'avaient ensorcelée, la pauvre vendant auparavant ses charmes dans la rue Gratte-Cul. Il n'avait inventé cette histoire de magie que pour cacher l'origine de la puterelle et celle de sa mère qui exerçait le même métier en se faisant passer pour une bourgeoise.

En revanche, comme tous les Parisiens, il avait souvent entendu parler de sorts et de magie. Cherchant désespérément à sortir du piège dans lequel il s'était placé en racontant des sottises, il inventa après avoir dégluti :

— Souhaitez-vous savoir comment je fais un envoûtement pour être aimé, madame ?

— Pourquoi pas...

— Je fais une statuette de cire dans laquelle j'enfonce, à l'endroit du cœur, une épingle imprégnée par un philtre.

— Si je souhaitais être aimée d'un ennemi, ou d'un être à qui je serais indifférente, ce charme opérerait-il ?

— Sans doute, madame.

Elle resta silencieuse, hésitant à se découvrir, puis elle se dit que si ce vieux serviteur parlait, elle nierait, et ce serait sa parole contre la sienne.

— Vous ferez une telle statue, maître Miraille, ainsi que le philtre.

L'ancien concierge resta la bouche ouverte, désemparé. Il ne connaissait rien à la magie... Il lui vint à l'idée qu'il fallait qu'il propose quelque chose d'irréalisable.

— Il m'est facile de faire la statuette, madame, mais pas le philtre. Pour un envoûtement, il me faut quelques éléments ayant appartenu à celui dont on veut être aimé.

— Quoi donc ?

— Des cheveux, des rognures d'ongles, ou des vêtements intimes, madame.

Une autre idée lui vint, car c'était un homme vif et plein d'esprit.

— Mais pour un charme d'amour, il faut un objet imprégné d'amour, qui soit cher à celui que l'on veut envoûter...

— Quel genre d'objet ?

— Euh... Par exemple une lettre d'amour, madame.

— Mais comment voulez-vous que je me procure cela ? s'irrita-t-elle.

— Je ne sais pas, madame... je peux faire la statuette, mais sans une lettre d'amour, je ne pourrais faire le philtre, et le charme n'agira pas.

Elle scruta son visage, tentant de voir s'il se moquait d'elle.

— Nous en reparlerons, monsieur Miraille, déclara-t-elle en le congédiant.

Quelques jours plus tard, le marquis de Mayneville revint de Champagne. Il avait rencontré le duc qui, malgré ses réticences, avait accepté la suggestion de sa sœur.

Mme de Montpensier l'ignorait mais, en vérité, son frère Guise songeait de longue date à faire disparaître Henri de Navarre. Le duc, qui portait sur le Béarnais le même jugement qu'elle, tant il le connaissait, ayant été son ami dans sa jeunesse, était très endetté et avait besoin que la guerre se termine au plus vite. Il avait compris depuis longtemps que Navarre était son principal adversaire, et il avait même déjà choisi l'homme qui le ferait disparaître. Il ne manquait que l'occasion, or sa sœur venait de la lui fournir !

Comme il avait déjà bien réfléchi à cet assassinat, il mit juste en garde Mayneville sur ses conséquences. Si le crime avait lieu à la cour de la reine, l'enquête serait conduite par le prévôt de l'hôtel, M. Rapin. Or celui-ci était aussi lieutenant criminel. Qu'il parvienne à remonter jusqu'à eux, ou que M. de Richelieu se mêle de l'affaire, ils pourraient être mis en accusation devant le parlement qui leur était hostile. Une telle implication de leur maison pourrait alors leur faire tout perdre.

Il avait donc suggéré qu'un homme à eux remplace Rapin. Mayneville lui avait proposé quelqu'un qui pourrait agréer au grand prévôt de France. Un homme qui faisait secrètement partie de la Sainte Union et qui était déjà lieutenant du prévôt d'Île-de-France.

La duchesse approuva ces mesures de précaution. Il lui serait facile d'imposer cet homme comme prévôt de la cour de la reine mère en échange de l'accord sur la trêve. Pour l'organisation de l'assassinat, son frère Guise lui laissait carte blanche, mais il lui faisait cependant connaître qu'il avait choisi l'assassin.

Il avait déjà écrit à Charles de Mayenne à ce sujet.

7.

Dans la rue Saint-Martin, un gentilhomme à cheval accompagné d'une troupe d'une dizaine d'écuyers, valets ou hommes d'armes, fit halte devant la maison de l'épicier au *Drageoir bleu.* La chaleur était accablante, orageuse, et la puanteur des crottes et des bouses qui couvraient la rue n'avait jamais été si forte. L'un des valets d'armes mit pied à terre et s'adressa à l'épicière qui rangeait les pots de miel déposés sur la tablette de son échoppe.

— Commère, ce gentilhomme est François de Roncherolles, marquis de Mayneville, dit-il en désignant un cavalier. Il souhaite rencontrer Nicolas Poulain, lieutenant du prévôt des maréchaux d'Île-de-France qui logerait ici.

— M. Poulain est mon gendre, monsieur. Il est à l'étage, je peux aller le chercher.

— Conduisez plutôt mon maître, dit le valet.

La belle-mère de Poulain coula un regard vers celui que le serviteur lui avait montré. M. de Mayneville était en pourpoint de soie bleue à manches courtes, chemise turquoise aux manches brodées, chausses cramoisies et toquet pastel avec aigrette en diamant. Une épée à poignée dorée était serrée à sa taille. Barbe en pointe et moustache mangeaient un visage à la moue dédaigneuse.

Ayant entendu la conversation, le marquis descendit de cheval et, en évitant de tacher ses bottes, s'approcha de la porte du *Drageoir bleu* où l'attendait la marchande. Elle le précéda dans l'escalier. En haut, elle gratta à une porte et sa fille ouvrit.

— Marguerite, il y a là un gentilhomme qui veut s'entretenir avec Nicolas.

Derrière Marguerite, Poulain apparut. Il reconnut le marquis et le fit entrer.

Âgé de trente-deux ans, Nicolas Poulain n'avait jamais connu son père, seigneur d'une des maisons où sa mère avait été domestique. Après l'avoir engrossée, ce gentilhomme ne l'avait pourtant pas abandonnée et lui avait acheté l'étage de la maison du *Drageoir bleu*. Plus tard, sans se faire connaître, il avait fait porter à son fils une lettre de provision pour un office de lieutenant du prévôt des maréchaux d'Île-de-France.

Nicolas Poulain passait donc ses journées à poursuivre les brigands de grand chemin dans les forêts de Saint-Germain avec une troupe d'archers et ne retrouvait sa femme et ses enfants qu'en fin de semaine.

Presque personne ne le savait, mais Nicolas Poulain appartenait aussi à la Sainte Union, une confrérie bourgeoise à l'origine de la Ligue. La Sainte Union avait été fondée par Charles Hotman, receveur de l'évêque de Paris, autant pour la défense de la religion catholique et romaine que pour lutter contre le poids des impôts. Elle comprenait la plupart des officiers du Grand-Châtelet et de la Cour des aides, ainsi que bon nombre de bourgeois parisiens et de curés des paroisses.

Recruté par deux de ses anciens compagnons de collège, le procureur Jean de Bussy, sieur de Le Clerc, et le sergent Michelet, Poulain avait été chargé d'acheter des armes pour la Ligue et de les remettre à M. de Mayneville, qui assurait la liaison entre Guise et la Sainte Union.

Plus secrètement encore, car seuls Henri III, le marquis d'O et M. de Richelieu le savaient, Nicolas Poulain était un espion. Il les avait ainsi informés d'une entreprise du conseil des seize, qui représentait les seize quartiers de Paris au sein de la Ligue, visant à faire entrer les troupes du duc de Guise dans la capitale. Avec l'aide de son ami Olivier Hauteville, Nicolas avait aussi mis fin à un rapinage des tailles organisé par les ligueurs. L'argent volé ayant cependant été enlevé par ruse par Philippe de Mornay pour le compte de Navarre.

— Monsieur de Mayneville, dit Poulain en s'inclinant. Que me vaut l'honneur de votre visite ?

Les deux hommes restèrent seuls, Marguerite étant partie à la cuisine avec ses enfants.

— J'avais besoin de vous voir, monsieur Poulain. Il n'y a plus beaucoup d'assemblées de la Sainte Union, et quand il y en a, je m'y rends rarement.

Il ne précisa pas que les réunions étaient désormais limitées au conseil des seize, ce qui expliquait que Poulain n'y était que très rarement invité. Il s'approcha de la fenêtre ouverte, la chaleur dans la pièce était suffocante, et jeta un regard sur ses hommes qui l'attendaient dans la rue. Puis, cherchant des yeux un siège et n'en trouvant pas, il s'assit sur un coffre vermoulu.

— Comment se passe votre charge de lieutenant du prévôt ?

— Bien, monsieur, je suis rentré de chevauchée hier…

Mayneville lui coupa la parole :

— Ce que je vais dire ne doit pas sortir d'ici… Mais je sais que vous êtes un homme de confiance, un homme loyal…

— En effet, répondit Poulain, en songeant combien Mayneville était peu perspicace.

— Mme la Reine Mère envisage de rencontrer Navarre afin de le convaincre d'abandonner l'hérésie…

— Ce serait sans doute une bonne chose pour le royaume, monsieur.

Une ombre de mécontentement traversa le visage de M. de Mayneville.

— Vous croyez ? Ce n'est pas ce que pense Mgr de Guise ! Mais peu importe puisque Navarre n'acceptera jamais. Il a trop peur de perdre ses derniers fidèles.

Poulain ne sut que répondre, il hocha simplement la tête. Que lui voulait l'homme de confiance des Guise ?

On gratta à la porte. C'était Marguerite qui revenait avec deux gobelets et un flacon de vin de Montmartre frais. Elle servit les deux hommes avant de se retirer.

Mayneville vida le sien d'un coup, claqua de la langue pour marquer sa satisfaction et poursuivit :

— M. de Montaigne, un ami de la reine, a porté la réponse du Béarnais. Celui-ci accepterait l'idée d'une rencontre, uniquement s'il y a une trêve générale. Bien sûr, cette trêve, Mgr de Guise devrait aussi l'autoriser…

— Certainement…

— Mme de Médicis en a donc parlé à son amie, Mme de Montpensier, laquelle a transmis la proposition à son frère.

Poulain hocha la tête sans pour autant comprendre pourquoi M. de Mayneville venait chez lui pour lui raconter tout cela.

— Mgr de Guise est agacé et préoccupé. Il ne veut pas d'une trêve qui permettrait uniquement à Navarre de se renforcer. Mais il lui est difficile de s'opposer à la paix… Par ailleurs, Mgr sait bien que Navarre ne se convertira pas, et il sait que Catherine de Médicis le sait. Alors pourquoi une rencontre ?

— Je l'ignore, monsieur, répondit Poulain comme la question restait en suspens.

— Mgr devine qu'il y a là quelque entreprise qu'il lui faut percer. Il pourrait accepter cette trêve s'il y avait quelqu'un à lui près de Catherine de Médicis pour l'informer sur ce qui se prépare.

— Mais il y aura sans doute sa sœur, Mme de Montpensier…

— Sans doute. Simplement, elle pourrait avoir besoin d'un homme disposant de pouvoirs de police… S'il y avait crime.

— Crime ? s'exclama Poulain.

Une idée lui traversa soudain l'esprit. Mayneville songeait-il à lui ?

— Oui, vous ! sourit Mayneville qui avait percé l'expression de son visage.

— Mais… comment ? bredouilla Poulain.

— Quand madame la Reine Mère se déplace avec sa maison, un lieutenant du grand prévôt de France l'accompagne comme prévôt de l'hôtel. Vous ne l'ignorez pas, il a juridiction quant à la sûreté, à la subsistance et au bon ordre de la maison de la reine. Il traite des causes civiles entre les officiers, les domestiques et les commensaux, et plus généralement entre ceux qui suivent la Cour.

— Mais je suis lieutenant du prévôt d'Île-de-France, monsieur.

— M. de Guise souhaite demander pour vous une charge par commission. En contrepartie, vous informeriez Mme de Montpensier de tout ce que vous apprendriez. Elle pourrait aussi s'appuyer sur vous en cas de besoin.

Poulain hocha lentement la tête. Mayneville lui demandait d'être l'espion de Guise dans la maison de Catherine de Médicis. Mais était-ce seulement cela qu'on voulait de lui ? Si Mme de Montpensier accompagnait la reine, elle aurait autour d'elle plusieurs personnes de confiance. Nicolas Poulain devinait que le duc de Guise voulait plutôt que le prévôt de l'hôtel soit à ses ordres. Pour quelle raison ? Que préparait-il ? Envisageait-il d'assassiner Henri de Navarre ? Et la reine mère, pourquoi voulait-elle rencontrer Navarre alors qu'elle savait qu'il ne se convertirait pas ? Envisageait-elle aussi de l'assassiner ? Il se souvint de son serment de fidélité lorsqu'il avait été reçu en l'état de lieutenant de la prévôté. Il avait juré que, s'il se préparait quelque chose contre l'État, il était tenu, sous peine de crime de lèse-majesté, d'en avertir le roi. C'est ce qu'il avait fait quand la Sainte Union avait voulu prendre le pouvoir à Paris. Il ne se déroberait pas maintenant.

— J'accepte, monsieur, dit-il d'une voix égale pour cacher son émotion, et sa peur.

— Mme de Montpensier proposera donc votre nom à la reine. Ce sera la condition des Guise à cette trêve. Vous n'êtes pas bien riche, je vois…

Son regard balaya la chambre. Il n'y avait aucune tapisserie, seulement un buffet que Poulain avait acheté avec la picorée qu'il avait faite l'année précédente en travaillant pour la Sainte Union. Le roi lui avait aussi fait parvenir cent écus avec lesquels il avait acheté des vêtements pour sa femme et pour lui. Le lit à piliers, qui était le meuble principal, ne portait que des rideaux de grosse toile.

— Si ce voyage a lieu, je vous ferai porter deux cents écus pour vous équiper. Vous aurez besoin d'un sergent, de domestiques, d'un chariot pour vos bagages et de montures.

Deux cents écus ! C'était bien peu ! se dit Poulain. À peine six cents livres. Un petit gentilhomme avait besoin de deux mille livres, au moins, pour tenir son rang à la Cour. Il ne pouvait que souhaiter que ce voyage ne dure pas plus de trois mois !

Mayneville prit congé, laissant Nicolas réfléchir. Devait-il prévenir M. de Richelieu ou le marquis d'O ? Il jugea que O étant désormais au plus proche du roi, il serait de meilleur conseil. Cependant le marquis devait être au Louvre à cette heure. Pouvait-il lui écrire chez lui ? C'était fort risqué, rien ne prouvait que Mayneville ne le faisait pas surveiller, ou que sa lettre ne tomberait pas en de mauvaises mains. En revanche, il pouvait facilement joindre le grand prévôt. Richelieu lui avait donné un code : toute lettre cachetée à l'attention de son valet de chambre, M. Pasquier, lui serait remise immédiatement si elle portait dessus une double croix dans le cachet de cire.

Il écrivit donc une courte missive, demandant au grand prévôt que le marquis d'O le reçoive. Il la signa de son nom, prévint sa femme et sortit. Il descendit la rue Saint-Martin puis tourna vers le cimetière des Innocents qu'il traversa, s'arrêtant sous l'arcade de Nicolas Flamel pour vérifier qu'on ne le suivait pas. Ensuite, il serpenta dans les allées des Grandes Halles avant d'emprunter échelles, escaliers et passages couverts ou à claire-voie dans le lacis de ruelles aux maisons à pans de bois qui se serraient dans ce quartier, se glissant parfois entre deux bâtisses et s'arrêtant souvent, tout en restant dans l'ombre, pour regarder derrière lui.

Il déboucha finalement en bas de la rue du Bouloi.

À l'angle de cette rue et de la rue des Petits-Champs[1] se dressait l'hôtel du grand prévôt de France, reconnaissable aux trois chevrons de gueules sur champ d'azur et aux deux épées nues symbolisant la prévôté qui ornaient le porche. Il entra, fit appeler Pasquier et lui remit sa lettre.

Le surlendemain dimanche, jour de la Fête-Dieu, il reçut en soirée la visite d'un page lui annonçant qu'on l'attendait chez le marquis d'O.

---

1. Approximativement à l'emplacement de la galerie Véro-Dodat. La rue des Petits-Champs est devenue la rue Croix-des-Petits-Champs.

François d'O occupait une solide maison en pierre à deux étages de la rue de la Plâtrière, à l'enseigne de l'image du *Cheval bardé*. Les fenêtres du rez-de-chaussée étaient protégées d'épaisses grilles, celles des deux étages de lourds volets intérieurs. Le page se fit connaître et on les fit entrer. Dimitri, le garde du corps sarmate du marquis, l'attendait, en robe et toujours avec son sabre. Sans même un sourire, il le fit passer devant lui et le conduisit dans la chambre du premier étage qui donnait sur un jardin. O et Richelieu s'y trouvaient déjà.

Le marquis était en costume de Cour violet, la chaîne de l'ordre du Saint-Esprit pendue à son cou. Richelieu était en noir, sombre et triste comme la mort.

— Monsieur Poulain, demanda O, qu'avez-vous de si important à me dire ?

Nicolas raconta en détail la visite de Mayneville et ce qu'il lui avait proposé. Tout en parlant, il observait les visages des deux hommes et les vit plusieurs fois échanger des regards, mélange de stupéfaction et de satisfaction.

— Cette proposition de monseigneur de Guise ne pouvait pas mieux tomber, déclara le marquis d'O, quand il eut terminé. Si une entrevue a effectivement lieu entre madame la Reine Mère et Navarre, Sa Majesté souhaite savoir ce qui se prépare. Monsieur de Richelieu, pensez-vous que M. Poulain puisse avoir cette charge à l'hôtel du roi ?

— M. Rapin est prévôt de l'hôtel de la reine mère. Si Sa Majesté signe un brevet par commission, monsieur Poulain le remplacera sans que j'y voie objection. Cela ne dérangera pas non plus M. Rapin, car sa charge de lieutenant criminel est très prenante.

— Mais croyez-vous, monsieur, que Mme de Médicis acceptera que j'entre à son service ? demanda Poulain.

— Si Mme de Montpensier l'exige comme condition de la trêve, sans doute. Mais la reine mère saura aussi que vous êtes son espion et se méfiera de vous.

— Que dois-je faire ?

— Pour l'instant, attendre, je verrai le roi demain après le conseil. D'ici là, vous informerez M. de Richelieu de tout ce que vous apprendrez, surtout si Mayneville revient.

Poulain se tourna vers Richelieu :

— En quoi consisterait ma charge, monsieur ?

— Vous aurez une compagnie d'archers en hoqueton sous vos ordres. Vous serez chargé de la police des vivres, du maintien du bon ordre et du service judiciaire. Vous le savez, ceux qui sont trouvés commettant des larcins dans le logis du roi sont pendus et étranglés. Vos jugements en matière criminelle ou de police seront sans appel, mais vous avez l'habitude de ces attributions.

Le lendemain de la Fête-Dieu, à l'hôtel de la reine, Catherine de Médicis méditait dans sa chambre privée, immobile, comme toujours vêtue de noir, avec son éternel bonnet de velours en pointe sur le front. Un chien dormait à ses pieds. À quelques pas, deux de ses nains jouaient en silence aux échecs sur le tapis. Ce jour-là n'était pas un jour comme les autres. C'était la Sainte-Diane.

Chaque année à cette date, la reine mère songeait à Diane de Poitiers, la maîtresse de son mari Henri II qui l'avait si longtemps humiliée. Son cœur s'emplissait d'allégresse quand elle se rappelait la façon dont elle s'était vengée de cette garce quand elle était devenue régente : Diane avait été exilée et le château de Chenonceaux, qu'elle aimait tant, lui avait été confisqué. Ce château était désormais le sien. C'est là qu'elle rencontrerait Navarre. Elle y organiserait une fête grandiose, avec en clou le spectacle des Gelosi, et Navarre se laisserait envoûter. C'est à Chenonceaux, avait-elle décidé, qu'elle rendrait son trône à son fils et qu'elle vaincrait la prophétie de Nostradamus.

Ceci grâce à Diane de Poitiers.

Dans son visage blafard, son expression changea imperceptiblement et un léger sourire se dessina. Son esprit vagabondait maintenant vers sa grande entreprise qui se déroulait comme prévu.

Le matin, après la messe, elle avait reçu Mme de Montpensier qui lui avait dit que son frère accepterait la trêve si, durant le voyage, le prévôt de son hôtel était un homme qu'il choisirait. Il s'agissait d'un lieutenant du prévôt d'Île-de-France. Quelqu'un de vertueux, bon catholique et respecté. Le duc de Guise l'estimait et souhaitait reconnaître son mérite.

La reine avait accepté sans barguigner. Le prévôt de l'hôtel n'était là que pour régler les problèmes des vivres et des logements. M. de Bezon se chargeait du maintien de l'ordre, et de dépister les espions ! Peu importait qui remplaçait Rapin, et ce serait encore mieux si elle connaissait l'agent de Guise au sein de sa Cour !

Il faudrait pourtant qu'elle se renseigne sur ce nommé Nicolas Poulain et qu'elle le reçoive, se disait-elle. Peut-être pourrait-elle en faire un serviteur.

Son regard s'égara vers ses nouvelles favorites, Marie de Surgères et Hélène de Bacqueville, de toutes jeunes filles de seize ans à peine, qui chantaient doucement une triste ballade, accompagnées d'un luth. Elles étaient respectivement les filles d'Hélène de Surgères et de Cassandre Salviati qui s'étaient beaucoup aimées, Hélène ayant même été chassée de la Cour dix ans plus tôt pour dépravation.

M. de Montaigne devait avoir transmis ses propositions à Henri de Navarre, songea la reine. Bientôt, elle recevrait de lui un messager. Alors commencerait le marchandage sur le lieu de la rencontre. D'ores et déjà, elle avait prévenu son intendant pour qu'il rassemble voiture, coches et litières, ainsi que les chevaux et les mules nécessaires. Il ne lui manquait plus que le philtre.

M. de Sarlan, son maître d'hôtel, entra et annonça Ruggieri.

Enfin ! se dit Catherine, en se redressant.

Elle eut un geste autoritaire et ceux qui se trouvaient dans la pièce se retirèrent tandis qu'entrait un austère vieillard à la barbe d'argent. Vêtu d'une robe de velours noir sur laquelle il portait une pelisse en renard, il avait un je-ne-sais-quoi d'effrayant avec sa bouche presque invisible, son visage profondément sillonné de rides et son front cerclé d'une couronne de longs cheveux blancs.

Catherine frissonna, comme si la température de la pièce avait brusquement baissé. C'était toujours ainsi quand elle voyait le mage.

— Maître Ruggieri, y êtes-vous parvenu ? demanda-t-elle d'un ton suppliant comme les yeux noirs et brûlants de l'astrologue se posaient sur elle.

Cosimo Ruggieri était le fils de Ruggiero il Vecchio, médecin et astrologue de son père. Arrivé en France avec elle, il avait son âge et l'avait toujours fidèlement servie et surtout protégée des démons. C'est lui qui lui avait prédit qu'elle serait reine, alors même que son époux n'était pas l'aîné de François Ier, et donc destiné à ne pas régner. C'est lui aussi qui lui avait annoncé qu'elle aurait dix enfants.

Ruggieri avait tout accepté pour elle, même de participer à la conspiration de La Mole et Coconnat afin de capter leur confiance pour les dénoncer à la reine quand il avait su qu'ils envisageaient de tuer le roi. Pourtant, à cause de la statuette percée d'aiguilles trouvée chez La Mole, on l'avait arrêté et condamné aux galères.

Gracié après la mort de Charles IX, Catherine l'avait fait abbé de la riche abbaye de Saint-Mahé, en Bretagne, pour le récompenser et le dédommager de ses souffrances. Depuis, Cosimo Ruggieri était devenu son seul confident, celui qui consultait les astres pour l'aider à prendre les bonnes décisions, celui qui faisait les philtres dont elle avait besoin.

Longtemps le mage avait habité rue du Four, mais depuis que Catherine avait fait construire l'hôtel de la reine, c'est là qu'il vivait, dans un petit appartement qui communiquait avec celui de Catherine de Médicis par un escalier à vis édifié dans une colonne utilisée comme observatoire astrologique[1]. Il y avait établi son antre de sorcier où personne n'avait le droit d'entrer. En janvier, après que le jeune Nicolas Gouffier fut parti pour Milan, Catherine s'y était rendue et lui avait confié son dessein. Il ne l'avait pas interrompue sauf quand elle lui avait parlé du philtre qu'il avait fait jadis pour Mlle de Limeuil.

— Je n'en ai plus, madame, et je n'ai plus les ingrédients me permettant d'en faire.

— Il me le faut, Cosimo ! avait martelé la reine. Que vous manque-t-il ?

— Des herbes qui viennent d'Arabie. Je puis les faire venir de Smyrne, mais cela prendra des mois.

— Faites-le, il me les faut rapidement !

Il s'était incliné mais quand elle lui avait parlé du second philtre, du poison, elle avait vu le visage du vieillard se figer.

— Il ne sera utilisé qu'en dernier recours, lui avait-elle promis

— Vous le savez, madame, je n'ai jamais donné la mort, avait-il dit avec une tristesse infinie. Vous pouvez me demander toutes sortes de potions, de philtres, d'horoscopes, d'envoûtements, mais pas de poison.

À cette époque, l'empoisonnement était arrivé à une perfection inimaginable. Avec un couteau habilement préparé, on pouvait couper un fruit en deux et n'en empoisonner qu'une moitié. Celui qui mangeait le mauvais morceau mourait dans l'heure. Certains empoisonneurs étaient capables de parfumer des

1. Qui existe encore devant la Bourse du commerce, rue de Viarmes.

bouquets de fleurs dont la senteur seule donnait la mort. Longtemps Catherine avait utilisé les services de René Bianchi, un parfumeur florentin du pont Saint-Michel qui se vantait de *composer des parfums qui n'étaient pas propres à la santé*. Sa réputation était telle qu'on l'appelait l'empoisonneur de la reine.

C'est lui qui avait préparé la paire de gants parfumés que Jeanne d'Albret avait mise, quelques jours avant la Saint-Barthélemy. À peine les avait-elle enfilés qu'elle avait été saisie d'une violente fièvre et était morte quelques heures plus tard.

Mais René Bianchi, après avoir égorgé et volé son voisin et ami, un riche joaillier, durant la Saint-Barthélemy, était mort à son tour de mort violente. Depuis, la reine n'avait plus d'empoisonneur et elle avait remis à Ludovic Gouffier la dernière fiole de poison qu'elle avait.

— Tu dois m'aider, Cosimo ! avait-elle insisté. À qui puis-je faire confiance, sinon à toi ?

— Je ne peux pas, madame…

Un silence plein de fâcherie s'était installé entre eux et, pour y mettre fin, il avait suggéré :

— Il y aurait une possibilité…

— Laquelle ?

— Vous savez que Bianchi avait deux fils ?

— Oui, des scélérats qui seront bientôt roués.

Ces mots amenèrent un bref sourire sur le visage du vieillard. La reine voulait assassiner Henri de Navarre mais considérait les autres assassins comme des scélérats !

— C'est vrai, madame. Il y a deux ans, ces deux fils indignes sont entrés dans un logis du faubourg Saint-Germain où ils ont tué la maîtresse de la maison, sa servante et son petit-fils de dix ans pour voler l'argent et les meubles. Ils n'ont été arrêtés qu'en décembre et sont enfermés au Grand-Châtelet en attendant leur procès.

— Et alors ?

— Leur père a pu leur laisser ses philtres.

— Le procureur a dû faire fouiller leur maison du pont Saint-Michel.

— Si leur père leur a laissé des poisons, ceux-ci devaient être bien cachés, car il ne les a pas trouvés.

— Imaginons que je les fasse interroger à ce sujet, pourquoi parleraient-ils ? interrogea Catherine après un instant de réflexion.

— Vous devriez les voir vous-même. Pour vous justifier, expliquez au procureur que vous voulez comprendre pourquoi ils ont commis un crime si horrible, alors que leur père était votre parfumeur et un homme de bien qui les avait élevés dans la religion catholique.

— Ensuite ?

— Vous leur promettriez une grâce du roi, s'ils vous disent où sont les poisons de leur père, ceci sans témoins, bien sûr.

Elle était restée encore un moment silencieuse, scrutant le masque impassible de Ruggieri. Le mage ne voulait pas se compromettre, elle pouvait le comprendre après son séjour aux galères. Finalement, elle avait juste décidé :

— Occupez-vous de l'autre philtre, Cosimo. Je le veux avant l'été.

L'après-midi, elle avait convoqué Rapin, son prévôt de l'hôtel qui était aussi lieutenant criminel.

Elle lui avait raconté la fable suggérée par Ruggieri et il avait fait le nécessaire.

Elle avait pu se rendre au Grand-Châtelet pour rencontrer les deux criminels en tête à tête et ils avaient accepté sa proposition.

Il y avait bien une cache dans leur maison du pont Saint-Michel et ils la lui avaient indiquée en échange d'une grâce. Catherine avait communiqué l'information à Cosimo Ruggieri qui avait récupéré un coffret.

C'était une boîte de fer sans serrure qui contenait douze fioles de couleurs différentes. Catherine connaissait suffisamment les drogues pour savoir que, parfois, une seule inhalation pouvait provoquer la mort. Ayant examiné les petites fioles, elle en avait repéré une dont la couleur bleutée ressemblait fort à un violent poison que lui préparait en général Bianchi. Avec d'infinies précautions, et un mouchoir sur les narines, elle en avait mis quelques gouttes sur un morceau de viande qu'elle avait jeté discrètement par une fenêtre à un des nombreux chiens qui traînaient dans les jardins. Restant à la fenêtre, elle avait vu le chien pris d'un brusque spasme, puis s'écrouler.

Elle avait alors rangé le précieux flacon dans un coffret de bois précieux avec ses poudres et ses parfums.

Quelques jours plus tard, Pierre de L'Estoile écrivait dans son journal : *Les 29 et 30, furent par arrêt de la cour de Parlement de Paris roués au bout du pont Saint-Michel deux fils de René Bianchi parfumeur milanais demeurant sur ledit pont* [...] *jeunes hommes dont le plus vieil n'avait atteint l'âge de vingt-cinq ans, tous condamnés audit supplice, à cause de l'assassinat, par eux* [...] *à coups de dague,* [d'une] *damoiselle âgée de soixante-dix ans,* [d'une] *servante, et* [d']*un enfant de dix ans.*

Le mage astrologue s'inclina longuement devant elle. Elle lui demanda très vite :

— Avez-vous préparé le philtre ?

— Oui, madame.

Il plongea la main dans son manteau et en sortit un flacon couleur d'encre.

— Vous n'en avez qu'une dose, car je ne pouvais en faire davantage. Vous savez comment il agit : celui qui l'absorbe, soit en boisson, soit en nourriture, perd un instant connaissance. Lorsqu'il ouvre les yeux, son esprit s'immobilise sur le premier regard qu'il rencontre, il en éprouve une si puissante reconnaissance qu'il est persuadé de l'aimer. Il est donc nécessaire que votre petite-fille soit au plus près d'Henri de Navarre, à ce moment... mais je vous rappelle que cet effet ne dure pas.

La reine mère hocha gravement la tête.

— Pourtant, lorsque Condé l'a absorbé, il est longtemps resté amoureux de Mlle de Limeuil, remarqua-t-elle.

— Ce philtre n'est qu'une étincelle, madame. Le feu allumé ne continuera à brûler que si l'on y met du bois. De la même façon, l'amour provoqué par ma potion ne se développera et ne durera que si chacun souhaite rester dans cet état, sinon, l'effet disparaîtra en trois jours au plus. Il vous faudra donc convaincre Mlle de Lorraine de rester près d'Henri et de lui témoigner son affection.

— N'ayez crainte, Cosimo, elle fera ce que je lui ordonnerai. Mais êtes-vous sûr que Navarre l'aimera ? Christine est une femme exceptionnelle, mais elle n'est pas bien belle.

— Si elle l'aime, cela devrait suffire, affirma le mage. Au moins quelques mois…

— Ce sera assez pour les marier, conclut Catherine en prenant le flacon pour se diriger vers une table de marbre, dans un angle de sa chambre, où se trouvaient des brosses à cheveux, quelques bijoux, ainsi qu'un coffret de bois marqueté.

Elle souleva le couvercle et glissa le flacon dans une petite case, à côté d'autres fioles dont l'une était de couleur bleue.

À cet instant, on gratta à la grande porte. Catherine abandonna le coffret ouvert et se retourna.

— *Che… ?* fit-elle en italien.

Un valet entrebâilla la porte.

— Madame, dit-il, un jeune homme souhaite vous voir.

— J'avais interdit qu'on me dérange, répliqua-t-elle sèchement.

Le valet se recroquevilla.

— Je sais, madame, déglutit-il, mais il a… la médaille.

Après la terrible expérience de Chaumont, Catherine avait fait frapper des médailles commémoratives, en cuivre et en forme de bouclier, qui la représentaient à genoux en forme de suppliante, au pied d'un homme sur un trône, entouré de ses trois fils nommés par leurs initiales, F, K, H, et avec la devise *Soit, pourveu que je règne* ! Ce roi sur le trône était son mari et les enfants étaient ceux qui devaient régner[1]. Elle confiait ces médailles à ceux qu'elle acceptait de recevoir à toute heure. Ses valets et ses gardes le savaient.

— Qu'il entre !

C'était Ludovic Gouffier.

Le comédien ne connaissait pas Ruggieri, mais il en avait entendu parler et il devina qui était cet effrayant vieillard seul avec la reine.

Il s'inclina en balbutiant :

— Madame, excusez-moi… Je vous dérange…

— En effet, qu'avez-vous à me dire, Ludovic ? demanda-t-elle en s'éloignant de la table au coffret.

— Un procureur et deux conseillers du Châtelet sont venus samedi à l'hôtel de Cluny pour ordonner à maître Flaminio Scala de cesser son spectacle.

— Pourquoi ? J'avais cru comprendre qu'ils ne jouaient que des pièces irréprochables…

— Ils le font, madame, mais la tragédie écrite par Isabella aurait déplu à des proches de monseigneur de Guise. Ils y auraient vu une allusion déplaisante au duc de Mayenne…

Catherine regarda le jeune homme, les yeux fulminant de colère. Son corps entier se raidit.

— *Che bestia !* Ne pouviez-vous faire attention ! ragea-t-elle. Je n'ai nul besoin d'avoir la Ligue contre moi maintenant ! Que Scala obéisse ! Nous partirons d'ici un mois et que les Gelosi se tiennent

1. François, Karolus et Henri. Les ennemis de la reine disaient que c'était un démon qui se trouvait sur le trône, et que la médaille prouvait qu'elle avait confié son âme et son destin au diable !

prêts ! Qu'ils profitent de ce temps libre pour préparer un spectacle exceptionnel.

Détournant les yeux, Ludovic laissa passer l'orage. Machinalement et par curiosité, il balaya du regard la partie de la pièce où se trouvait le lit, car c'était la première fois qu'il entrait dans la chambre privée de la reine.

Il aperçut un coffret ouvert. Ludovic avait l'esprit vif et comprit en un éclair. La reine se trouvait devant ce coffre à parfums quand il était entré. Elle venait de l'ouvrir et n'avait pas eu le temps de le refermer. Le vieillard devait être le fameux Ruggieri, l'empoisonneur bien connu. Donc il venait de porter quelque chose que Catherine de Médicis avait mis à l'intérieur, sans doute du poison. Cela avait-il un rapport avec la rencontre avec Henri de Navarre ?

8.

Le mardi 10 juin

Dans son coche, tout au long du trajet entre la rue du Fer-à-Moulin et l'hôtel de la reine, Isabeau de Limeuil – Mme Sardini – resta préoccupée. Catherine de Médicis l'attendait avant vêpres. Que lui voulait-elle ? Cela faisait plus d'un an qu'elle n'avait pas vu la reine et elle n'avait plus été convoquée de la sorte depuis son mariage.

Elle n'échangea pas une parole avec sa dame de compagnie. Hans et Rudolf, les deux Grisons protestants au service de son mari, l'escortaient à cheval. Comme toujours quand ils accompagnaient leur maîtresse, ils portaient corselet, gorgerin et barbute italienne couvrant leur nuque, lourde épée de taille d'un côté, miséricorde de l'autre, gantelets de maille et bottes ferrées. Le banquier Sardini était détesté des Parisiens qui s'en seraient pris avec plaisir à sa voiture.

Le cocher fit entrer le véhicule dans la cour de l'hôtel et les Suisses accompagnèrent Isabeau et sa suivante dans la grande antichambre. Là, l'intendant conduisit Mme Sardini dans les appartements de la reine, laissant les serviteurs attendre en bas.

Quand Isabeau entra dans la grande chambre de Catherine de Médicis, celle-ci était figée sur son large fauteuil habituel, toute en noir comme d'habitude, le visage marmoréen et bouffi. Elle n'était pas seule. À côté d'elle, debout, immobile, se tenait le minuscule et redoutable M. de Bezon. Limeuil frissonna.

Gouverneur des nains de la reine, nain lui-même, M. de Bezon ne dépassait pas une vingtaine de pouces. Vêtu avec une rare élégance, son épée à pommeau d'or et de nacre indiquait qu'il était gentilhomme et la lourde chaîne en or qu'on apercevait sous sa barbe grise parfaitement peignée, ainsi que les nombreuses bagues à pierres précieuses à ses doigts, prouvaient sa fortune. Comme toujours, il arborait l'expression dédaigneuse d'un Grand d'Espagne.

Isabeau de Limeuil savait que M. de Bezon était le fils de Balthazar de Sade, seigneur de Saint-Rémy. Elle avait bien connu sa sœur, la belle et redoutable Reynière, dame d'honneur de Catherine de Médicis – comme elle – qui vivait désormais en Provence avec son époux viguier d'Aix [1].

Si Reynière et Bezon n'avaient aucune ressemblance physique, ils partageaient un caractère dur, un même esprit fin, et surtout une même habileté aux armes. Reynière de Sade avait longtemps été l'espionne de Catherine de Médicis, et Bezon était

1. Voir *Nostradamus et le dragon de Raphaël*, éditions du Masque.

toujours le chef de sa police secrète. À la tête de la minuscule armée des nains dont personne ne se souciait, il savait tout ce qui se passait dans l'hôtel de la reine. Et il n'hésitait pas à punir, Rapin se chargeant des châtiments.

La porte fermée, la reine arrêta sur Isabeau de Limeuil le coup d'œil fascinateur de l'oiseau de proie sur sa victime.

— Vous n'avez guère changé, Isabeau, remarqua-t-elle, tout sourire.

— Vous non plus, madame, répondit Mme Sardini en s'agenouillant et baisant sa robe.

— Vous mentez toujours aussi bien, fit la reine en gardant son sourire figé. Mais relevez-vous donc ! Comment va M. Sardini ?

— Bien, madame.

— J'ai appris qu'il a quelques soucis avec monseigneur de Guise et ses amis.

— Des soucis passagers, madame, certainement dus à sa fidélité à Sa Majesté.

Au printemps de l'année précédente, la banque Sardini avait remis à M. de Mornay, surintendant de la maison de Navarre, neuf cent mille livres en échange de quittances. Cet argent était sur le compte de M. Jehan Salvancy, un receveur général des tailles qui avait organisé une grande opération de fraude au bénéfice de la Ligue. Pour être payées, les quittances devaient porter sa signature et son sceau.

Cassandre de Mornay avait contrefait le sceau et Salvancy, sous la menace du marquis d'O et d'Olivier Hauteville, avait lui-même signé les documents autorisant le paiement, avant qu'ils ne leur soient extorqués par M. de Mornay.

Quelques jours plus tard, une vingtaine d'hommes d'armes conduits par M. de Mayneville s'étaient présentés à la maison du banquier. M. Sardini n'avait laissé entrer chez lui que Mayneville et deux des hommes qui l'accompagnaient. Il ne laissait jamais une troupe armée pénétrer dans sa banque, même si celle-ci était protégée par une importante garde.

Les deux hommes qui accompagnaient Mayneville étaient M. Robert Letellier, ancien drapier, trésorier de la maison du duc de Guise à Paris, et Jehan Salvancy, receveur général des tailles en fuite recherché par le lieutenant civil pour les fraudes qu'il avait commises.

M. Salvancy venait dire au banquier qu'on lui avait rapiné ses quittances et qu'il voulait reprendre son argent. M. Sardini, feignant la surprise, lui avait répondu que ses quittances avaient été présentées au paiement, signées et cachetées, comme le contrat passé entre eux l'exigeait. Il les avait donc payées sans barguigner.

Salvancy avait assuré qu'elles ne pouvaient avoir été cachetées de son sceau, aussi Sardini lui avait montré les documents. Le receveur avait alors juré qu'il s'agissait de faux, mais le premier commis, appelé comme témoin, et même M. Letellier, avaient reconnu que la marque des quittances était identique au modèle imposé dans le contrat.

Quand Mayneville avait demandé qui s'était fait payer les quittances, le mari d'Isabeau avait répondu qu'il ne le connaissait pas, mais qu'il s'était présenté comme un commis de M. Robert Letellier. Comme il avait déjà payé cinq cent mille livres dans les mêmes circonstances, il n'y avait pas trouvé malice.

Salvancy avait juré qu'il porterait l'affaire devant le parlement, mais le banquier savait que ce n'était qu'une vaine menace, puisqu'il était recherché par la justice. Mayneville avait aussi compris qu'ils avaient été abusés et, avant de partir, il avait promis à Scipion Sardini qu'il subirait la vengeance des Guise.

Au cours des semaines qui avaient suivi, tous les proches des Lorrains avaient retiré leurs dépôts de chez le banquier et ceux qui avaient obtenu des prêts avaient cessé de les rembourser. Depuis le début de l'année, la situation financière de la banque était devenue intenable et M. Sardini avait supplié le roi de lui venir en aide.

Au sein d'une Cour où l'affairisme était prodigieux, il était habituel de solliciter ainsi le souverain. Comme Henri III était trop pauvre pour distribuer des pensions, il donnait des bénéfices ecclésiastiques, des offices, des charges d'intermédiaires dans toutes sortes de transactions, ou encore des participations dans les fermes d'impôt. Celle des gabelles, par exemple, laissait la moitié des gains à l'affermeur. Elle avait été donnée à un groupe de traitants comprenant O, Cheverny et le duc de Joyeuse. Charlotte de Sauves, en récompense de ses services galants, avait obtenu l'affermage des greffes du parlement de Montpellier.

Henri III avait promis à Sardini qu'il lui confierait le recouvrement d'un nouvel impôt sur les procureurs et les conseillers au Châtelet. Pour continuer à exercer, ces magistrats devraient en effet acheter une lettre de confirmation de deux cents écus. Sardini encaisserait le produit de la vente, et en garderait le denier huit[1].

---

1. 12 %.

Seulement le parlement avait refusé d'enregistrer cet arrêt.

— J'ai conseillé à mon fils de tenir un lit de justice pour contraindre le parlement à enregistrer les édits sur les nouveaux impôts. Cet affermage serait le bienvenu pour soulager les finances de votre époux… poursuivit la reine mère.

— Certainement, madame, et je vous en remercie, s'inclina Isabeau de Limeuil.

— Dans quelques semaines, je vais partir avec ma maison à Chenonceaux. J'aurais plaisir à vous avoir près de moi.

— Moi, madame ?

— Ce pauvre royaume souffre trop. Je souhaite rencontrer Henri de Navarre et lui faire des propositions de paix. J'espère qu'il viendra jusqu'à Chenonceaux, sinon nous irons jusqu'à Loches. Le voyage sera long et ennuyeux et vous m'aiderez à passer le temps. Nous nous remémorerons le passé…

— Si vous le souhaitez, madame, s'inclina Isabeau, cette fois avec froideur.

— Votre mari a la confiance d'Henri de Navarre, m'a-t-on rapporté, fit la reine d'un ton plus dur.

— Je ne connais rien à ses affaires, madame, répondit Isabeau d'une voix égale.

— Mon fils est en guerre avec Navarre. Il n'apprécierait pas que son banquier et ami correspondît avec son ennemi.

Cette fois, la menace était à peine voilée. C'était donc la raison de cette convocation… Une mise en garde.

— Mais la paix sera bientôt faite avec mon gendre, rassurez-vous, Isabeau. Navarre aura certainement beaucoup de plaisir à vous revoir tant il estime votre époux…

Isabeau se figea. Quand elle était la maîtresse de Condé, Navarre avait dix ans. Elle se souvenait de l'enfant qu'il était. Elle l'avait revu lors de son mariage, et il lui avait fait un brin de cour, mais elle était à ce moment-là Isabeau Sardini, femme fidèle à son mari. Elle en avait fini avec sa vie passée de bordelière. Que lui voulait Catherine de Médicis ? Qu'elle reprenne son ancienne activité de puterelle au sein de l'escadron volant ? Qu'elle séduise Navarre ? À son âge ? Cela n'avait aucun sens !

— Madame… Je suis mariée, et honnête femme, je ne crois pas que mon honneur, ni celui de mon mari, m'autoriserait à rencontrer seule monseigneur de Navarre, mais il y a autour de vous bien des dames d'honneur qui le souhaiteraient.

— Votre honneur ? Ma fille, je vous ai connue moins prude quand vous dansiez *nudonato* [1] à Chenonceaux avec Mme de Sauves, ironisa méchamment la reine.

Elle se reprit pour ajouter d'un ton moins rude :

---

1. Brantôme rapporte dans *Les Femmes galantes* : *une grande dame* […] *grandissime* [Catherine de Médicis] […] *faisait dépouiller ses dames et filles* […] *les plus belles, et se délicatait fort à les voir.* […] *Son contentement estoit de les voir remuer et faire les mouvements et tordions de leur corps et fesses.* P. de L'Estoile confirme que *lors d'un banquet à Chenonceaux les dames* […], *à moitié nues, et ayant leurs cheveux épars…, furent employées à faire le service.*

— Mais rassurez-vous, ce n'est pas ce que vous croyez, Isabeau. D'ailleurs, vous êtes trop vieille et trop flétrie pour mugueter avec mon gendre.

Dans un sourire glacial, elle considéra Isabeau qui rougissait de honte.

— Navarre n'aura aucune envie de rataconniculer avec vous, soyez-en certaine. Simplement, il appréciera votre compagnie, car je sais qu'il a confiance en vous et dans votre époux… Cela seul compte pour moi…

— Que voulez-vous, madame ?

— Que vous restiez avec lui, que vous parliez du passé, des affaires de votre mari aussi, et… s'il a soif, que vous lui serviez à boire…

Isabeau comprit, ou crut comprendre.

— Non, madame ! s'exclama-t-elle.

Le silence tomba. Bezon restait impassible, la reine s'était figée.

— *Che cosa ? Mà…* Pour qui vous prenez-vous, petite ? s'exclama-t-elle enfin avec méchanceté.

— J'en ai terminé avec mon passé, madame. J'ai payé les dettes que j'avais envers vous.

— Les dettes ? Certainement ! Vous êtes libre d'accepter ou de refuser de venir avec moi. Vous pouvez partir, si vous le souhaitez. (Elle tendit une main vers la porte.) Simplement, sachez que, dans ce cas, il n'y aura pas de lit de justice.

— Mon mari comprendra, madame, que mon honneur passe avant sa fortune.

Isabeau s'agenouilla. La reine lui donna sa main à baiser d'un geste indifférent et lui fit signe de s'en aller.

Isabeau se leva et recula vers la porte.

— J'avais aussi demandé à M. de Bezon de vous parler d'un enfant dont il a découvert la trace, marmonna Catherine.

Cette fois, ce fut Isabeau qui se figea.

— Un enfant qui serait né en octobre 1565…

Isabeau sentit la pièce tourner autour d'elle. Depuis vingt ans elle pensait chaque jour à cet enfant. Le second qu'elle avait eu avec le prince de Condé et qu'on lui avait pris quand ils s'étaient séparés.

En chancelant, le visage hagard, elle revint vers la reine mère.

— Que savez-vous, madame ?

— Ce sera un marché, Isabeau, rien qu'un marché, répliqua sèchement la reine. Je vous dirai où est votre enfant uniquement si vous m'aidez.

Isabeau resta silencieuse un moment, mais elle savait qu'elle était vaincue. Pour cet enfant qu'elle cherchait depuis toujours, elle était prête à tout.

— Je vous aiderai, madame.

— *In buon' ora ! O che parla bene !*

Chez les Sardini, le souper rassemblait les gentilshommes de la maisonnée et les principaux commis de la banque, mais ce soir-là Isabeau demanda à son époux qu'ils dînent seuls. Le repas terminé, et les domestiques sortis, elle lui raconta son entrevue avec Catherine de Médicis. Selon elle, la reine mère lui demandait de gagner la confiance du Béarnais pour lui faire boire un poison, comme elle avait déjà agi avec sa mère. Elle avait refusé, mais la reine lui avait parlé de la situation financière de son mari et, sous la menace qu'il perde l'affermage des impôts qu'on lui avait promis, elle avait accepté.

Elle ne parla pas de son enfant disparu. M. Sardini savait qu'elle avait eu un fils du prince de Condé, et qu'il était mort, mais il ignorait, comme tout le monde, qu'elle avait eu un second enfant qu'on lui avait repris quand le couple s'était séparé.

— J'irai donc, expliqua-t-elle, si vous m'y autorisez, mais je ne donnerai jamais rien à boire à Henri de Navarre. Au contraire, je le préviendrai…

Sardini ne répondit pas tout de suite et resta un instant à méditer en lissant sa barbe. Isabeau avait eu raison d'accepter. Sans l'affermage de ces nouveaux impôts, il était ruiné, mais sa femme se trompait si elle pensait trahir facilement Catherine de Médicis. L'Italien connaissait la reine mère et devinait qu'elle disposait d'un autre moyen de pression. Un moyen dont Isabeau ne lui avait pas parlé. Quel secret pouvait-elle lui cacher ?

— Vous avez eu raison, lui dit-il, mais en prévenant Navarre, il vous faudra être très prudente. Il y aura des espions partout et la reine va vous faire surveiller.

— Je ne crains rien, mon ami, lui assura-t-elle. Je serai plus forte qu'elle.

— Combien de temps durera ce voyage ?

— Je ne sais. La reine pense convaincre Navarre de la retrouver à Chenonceaux ou à Loches. Mais rien ne dit qu'il acceptera…

— Il acceptera ! assura Scipion Sardini. Sa situation est bien trop mauvaise en ce moment. Mais il cherchera surtout à gagner du temps. Donc ce déplacement sera long, il durera certainement plusieurs semaines, sinon plusieurs mois.

» Préparez-le soigneusement. Il vous faudra au moins trois chariots, et une douzaine de chevaux. Je vous donnerai Hans et Rudolf. Gardez toujours l'un d'eux auprès de vous. Vous prendrez aussi vos femmes de chambre, au moins trois serviteurs dont l'un sera intendant, ainsi que mon médecin. Vous resterez sans doute quelque temps à Blois pour attendre ce que Navarre aura décidé…

— Certainement, car à Chenonceaux nous serons très à l'étroit.

— Vous logerez donc chez nous. Vous y aurez au moins un peu de confort. J'enverrai quelques valets faire préparer le logis et porter des meubles.

Elle le remercia, mais après qu'elle eut quitté la pièce pour retourner dans ses appartements, Scipion Sardini resta seul à réfléchir.

Il ne voulait perdre ni sa femme ni sa fortune. Devait-il prévenir Navarre ? C'était fort dangereux autant pour lui que pour Isabeau si sa lettre tombait dans de mauvaises mains. De surcroît, envoyer un messager était impossible avec la guerre qui faisait rage en Gascogne, et personne ne savait où se trouvait le Béarnais. Son seul recours contre la reine mère était son propre fils, le roi.

Le lundi suivant, Henri III vint au parlement tenir un lit de justice pour imposer aux parlementaires, qui refusaient de les enregistrer, vingt-sept édits présentés par son chancelier. Tous augmentaient les impôts et chacun savait que cet argent devait servir à financer la guerre contre Navarre imposée par Guise, aussi furent-ils appelés les édits guisards.

Parmi ceux-ci, un des édits défendait aux procureurs de la Cour et du Châtelet de faire exercice de leur état s'ils n'avaient payé à Scipion Sardini une lettre de confirmation de deux cents écus.

Après le lit de justice, Scipion Sardini glissa un placet à Henri III pour lui demander audience. Le lendemain, il vint au Louvre en passant par le pont dormant, la porte principale du palais depuis que Pierre Lescot l'avait agrandi. Épée au côté, richement habillé, entouré de nombreux domestiques et gentilshommes à son service, lui et sa troupe pénétrèrent dans la salle des Caryatides après avoir laissé leurs montures aux valets. L'immense pièce décorée des statues de Jean Goujon était pleine de pages en habits multicolores, de serviteurs aux livrées armoriées, de gentilshommes aux capes brodées de perles, d'hommes de guerre cuirassés, de magistrats en robe et de bourgeois en bonnet.

Ce jour-là, le roi avait dîné à huis ouvert dans la salle de parade de l'étage afin de démentir les bruits qui couraient sur sa santé. Le repas terminé, il était descendu et se promenait maintenant au milieu des courtisans qui espéraient un regard, un mot ou un sourire de celui qui pourtant n'avait presque plus de pouvoir. Sardini l'aperçut en compagnie de Chicot – un gentilhomme qui jouait au bouffon –, du banquier da Diacceto et du marquis d'O. Autour de ce petit groupe, quatre hommes farouches repoussaient ceux qui serraient de trop près le souverain. C'étaient les gardes qu'Épernon avait placés autour d'Henri III ; les fameux quarante-cinq qu'on appelait aussi les *ordinaires*, car ils étaient toujours près du roi contrairement aux gentilshommes qui servaient par quartiers.

Le roi, perles aux oreilles, fardé et maquillé comme une femme, portait un pourpoint de soie finement brodé avec une chaîne d'or où pendait une grosse médaille de vermeil représentant trois couronnes, celles de France et de Pologne, et celle qu'il espérait obtenir au paradis, avec la légende *Manet ultima cálo*[1]. À sa taille pendaient un chapelet de têtes de mort et une épée d'argent. Mais ce qui attira surtout l'attention de M. Sardini, ce fut le panier, noué par un large ruban bleu, qu'Henri III portait sur le ventre et qui contenait trois minuscules chiens endormis. On disait qu'il avait plus de trois cents chiots, un enfantillage qui le faisait passer pour fol.

En le voyant ainsi, Sardini se demanda s'il avait eu raison de venir. Mais il était trop tard pour hésiter, car le roi l'avait aperçu. Il lui fit un signe amical en déclarant à son entourage, dans un éclat de rire forcé :

— J'ai à parler finance avec mon compère Sardini que voici !

Demandant au banquier de le suivre, il quitta ses courtisans pour se diriger vers le tribunal, une pièce située à l'extrémité de la grande salle. Là, dans l'abside construite dans l'épaisseur du mur de façade du Louvre, une porte dissimulée ouvrait sur un étroit passage conduisant à une petite pièce et à un escalier à vis permettant d'accéder à l'étage, dans sa chambre de parade.

---

1. La dernière est au ciel.

Avant qu'ils ne s'y engagent, un groupe de gentilshommes, avec à leur tête M. de Cubsac, les entourèrent. Quatre d'entre eux précédèrent le roi dans l'escalier, tandis que quatre autres le suivirent, laissant Sardini fermer seul la marche.

La chambre d'apparat était garnie de boiseries avec, en son milieu, un lit à colonnes drapé de damas et de velours. Le parquet était marqueté et le plafond splendidement peint. Deux valets se tenaient sur un banc, à côté de la haute et large cheminée au manteau orné de figures d'animaux. Le roi leur fit signe de passer dans la chambre voisine et ordonna aux quarante-cinq de rester à la porte. Il entraîna ensuite Sardini vers l'extrémité de la pièce, dans l'embrasure d'une des hautes fenêtres cintrées qui ouvraient sur la Seine.

— Qu'aviez-vous à me dire de si important, compère ? demanda Henri.

Le banquier lui raconta l'entrevue entre son épouse et Catherine de Médicis. En parlant, il observait le visage maquillé d'Henri III qui restait inexpressif. Quand il eut terminé, le monarque ne posa aucune question et lui fit signe de se retirer par la porte de sa chambre.

Une fois seul, Henri s'approcha de la fenêtre et regarda les barques qui descendaient lentement la Seine. Si un témoin avait pu l'observer, il aurait été surpris par son attitude. La mâchoire et les poings serrés, le roi réfrénait sa rage, mais surtout son désespoir. Il avait parfaitement jugé sa mère, et il en était malade.

Quand il s'estima calmé, il revint dans la chambre et ordonna :

— Cubsac, allez chercher O dans la salle basse.

Moins d'une minute plus tard, le marquis d'O entrait. Entre-temps le roi avait déposé le panier de chiens sur le sol.

— Cette comédie est usante, fit-il en désignant les chiots. Je commence à être las. Il m'arrive de plus en plus souvent d'éprouver l'envie de me retirer dans un monastère, comme l'avait fait Charles Quint.

— Non, sire, vous devez continuer à vous battre ! Sans vous, qui sauvera ce pauvre royaume ?

— Me battre ? Contre Guise qui m'impose ses volontés ? Contre mon beau-frère Navarre que j'estime, et qui pourtant me combat ? Je suis ruiné et chaque jour ma situation empire !

— Il vous faut gagner du temps, sire. À moins que ne soit venue l'heure de l'ultime bataille…

Le roi observa un silence désapprobateur. Ils en avaient souvent parlé avec Épernon, Villequier, et ses autres fidèles. Certains le poussaient à quitter Paris, à se réfugier à Chartres ou à Tours et à regagner son royaume à la pointe de son épée, comme l'avait fait le dauphin Charles VII, quitte à s'allier alors à Navarre. Mais à chaque fois, Henri III leur répondait qu'il n'avait point de Jeanne d'Arc, et qu'hors de Paris il ne serait plus rien.

— Je dois même me battre contre ma mère ! soupira-t-il enfin. Sardini vient de me raconter ce qu'elle a en tête.

Il répéta à O le récit du banquier.

— Ainsi ce serait Isabeau de Limeuil que votre mère a prévue pour gagner la confiance de Navarre…

— Ce n'est pas un mauvais choix, rumina le roi. Limeuil est une pécheresse repentie, elle a été la maîtresse de l'oncle de Navarre. Cela peut toucher mon beau-frère, qui a aussi besoin de M. Sardini.

O ne répondit pas tout de suite. Il s'était toujours interrogé sur le rôle de Sardini dans l'affaire des trois cent mille écus repris à Jehan Salvancy que Mornay lui avait volés. La fille de Mornay, Cassandre, s'était introduite chez Olivier Hauteville pour le convaincre de reprendre les quittances du receveur des tailles, mais comment elle et son père avaient-ils su que Salvancy se livrait à cette fraude ? Et pourquoi habitait-elle chez Sardini ? Il n'y avait qu'une explication : c'est Sardini qui les avait informés, et la Limeuil était déjà en relation avec eux. Mais Catherine de Médicis le savait-elle ? C'était bien possible, la reine mère avait tant d'espions ! Dans ce cas pourquoi avait-elle choisi Isabeau de Limeuil pour faire avaler un poison à Henri de Navarre ?

O sentait qu'il y avait là un mystère, et que la reine était sans doute bien plus retorse que son fils ne le pensait.

— Une fois de plus votre intuition était la bonne, sire. Que voulez-vous que je fasse ?

— Prévenez Richelieu. Si l'entrevue a lieu, ce sera à Chenonceaux, mais la maison de ma mère restera quelque temps à Blois. Juste avant que la reine ne quitte Blois, Il Magnifichino fera parvenir à Mme de Limeuil une lettre lui ordonnant de revenir à Paris. Sans Limeuil, ma mère sera comme une lionne qui a perdu ses griffes et son plan s'écroulera.

O hésita à objecter. D'esprit retors, Catherine de Médicis avait certainement prévu une remplaçante si Limeuil faisait défaut. Celle-ci pouvait aussi ne pas obéir à l'ordre royal. Mais cela au moins, il pouvait le régler facilement...

— Mme Sardini ne doit pas approcher mon beau-frère. En aucune façon, répéta le roi. Maintenant, rattachez-moi ce panier puisque la comédie n'est pas terminée...

Le lendemain, le marquis d'O se rendit chez le grand prévôt de France pour lui faire part de la décision du roi.

— Sa Majesté vous fera parvenir la lettre ordonnant à madame Sardini de rentrer à Paris. Vous la donnerez à Il Magnifichino. En aucune façon madame Sardini ne doit aller à Chenonceaux et approcher Navarre. Si Il Magnifichino découvrait qu'elle ne rentre pas à Paris, il ferait ce que nous avons décidé.

C'est une dizaine de jours plus tard que Nicolas Poulain fut convoqué par Richelieu. Le grand prévôt le reçut en présence de Nicolas Rapin, lieutenant criminel de robe courte au Châtelet et prévôt de l'hôtel de la reine. Il lui confirma que la reine mère l'avait agréé et qu'il devait la rencontrer dans l'après-midi.

Il aurait la charge de prévôt par brevet pour la durée du voyage. Nicolas Rapin garderait ses gages, mais lui reverserait cent livres par mois. Il lui laisserait aussi son lieutenant et quatre sergents dont il assurerait les gages. Poulain aurait bien sûr droit au produit des amendes qu'il infligerait, en revanche il devrait payer le commis qui s'occuperait des subsistances.

Plus âgé que Richelieu, Rapin était d'une taille médiocre avec un bel embonpoint et un visage rubicond. Poulain savait qu'il briguait la place du grand prévôt et que les deux hommes ne s'entendaient guère. Contrairement à Richelieu, homme d'action, Rapin était un humaniste parlant latin et ayant traduit l'Arioste. Tout l'opposait au violent Richelieu, tout sauf une chose : leur fidélité sans faille au roi.

— C'est la charge des subsistances qui est la plus lourde, expliqua le lieutenant criminel à Poulain d'une voix nasillarde, mais vous pourrez vous reposer sur mon lieutenant et ses sergents, qui sont des hommes fort expérimentés. La maison de la reine comprend plus de six cents serviteurs, gentilshommes et dames de qualité. Bien sûr, tout le monde ne participera pas à ce voyage, mais il y aura bien trois cents personnes à nourrir et à loger chaque jour, sans compter les gens d'escorte, et les maisons de ceux qui accompagneront la Cour. Il faudra aussi trouver du fourrage pour trois cents chevaux et mules. Le plus important est de bien préparer les étapes. Je suis allé plusieurs fois à Chenonceaux avec la reine. Je vous donnerai un mémoire sur les fermes où trouver fourrage et nourriture. La maison de la reine dispose de chariots pour le ravitaillement. Les services de l'intendance et les maréchaux des logis, accompagnés d'archers, devancent la Cour de deux jours pour fixer les prix des vivres et des denrées nécessaires. En général, des marchands apportent eux-mêmes ce qu'ils veulent vendre. Il faut aussi contrôler les boissons des cabarets et punir les infracteurs. Vous avez parfaitement le droit de faire dresser une potence pour donner l'estrapade aux contrevenants. N'hésitez pas à le faire une fois ou deux. La peur est toujours salutaire.

— J'ai plutôt l'expérience des tâches de police et de justice, remarqua Poulain, un peu inquiet de ce nouveau métier qu'il ne connaissait pas.

— N'ayez crainte, le rassura Rapin, en le gratifiant d'un sourire bonhomme. Mon lieutenant a l'habitude de ces voyages. Tout comme les intendants de la reine, vous n'aurez qu'à surveiller qu'ils font bien leur travail et qu'ils ne volent personne ! Pour ce qui est de la justice et de la police, vous ne resterez pas les bras ballants. À chaque étape, vos lieutenants et vos archers patrouilleront autour des lieux habités par la reine. Vous arrêterez vagabonds et gens sans aveux qui seront punis sans procès, ainsi que tous ceux qui troublent la tranquillité de la Cour. Mais il y aura aussi à faire la police dans la maison de la reine. Les querelles et les règlements de comptes y sont habituels. Surtout des affaires de femmes, en rapport avec les dames d'honneur ou les servantes et les lingères.

» Ceux qui suivent la reine sont tenus de vous obéir sans rébellion à peine d'être pendus ou étranglés. Vos archers ont le droit d'entrer dans la cour du logis de la reine, mais non dans les escaliers ou les salles dont l'accès est réservé aux Suisses ou aux gardes du corps. Vous interviendrez dans toutes les causes entre officiers et domestiques de quelque condition qu'elles soient. Vous pouvez juger et condamner toute action susceptible de faire du tort à la reine. En résumé, vous avez presque tous les droits. À vous de faire preuve de sagesse et de ne pas en abuser.

— Juste un mot, monsieur Rapin, intervint Richelieu sombrement. Vous ne lui avez pas parlé de M. de Bezon.

— Qui est M. de Bezon ? s'enquit Nicolas.

— Le gouverneur des nains de la reine, répondit Rapin. Un petit homme étonnant de vingt pouces de haut.

— Je n'ai pas peur des nains ! plaisanta Poulain.

— Vous avez tort ! répliqua Richelieu d'une voix d'outre-tombe. Bezon dirige la police de la reine. Au pistolet il tue son homme à cent pas, et si vous le gênez il vous fera couper la gorge au coin d'une galerie, comme ça !

Il claqua entre ses doigts.

Poulain se sentit à nouveau mal à l'aise. Il savait la Cour lieu d'intrigues et de désordres où crime et raffinement étaient étroitement imbriqués, mais il n'en connaissait que les rumeurs. Ce monde obscur commençait à l'inquiéter.

— Évitez de le contrarier, poursuivit Richelieu. En cas de conflit avec lui, la reine vous donnera tort. Elle protégera aussi toujours sa maison et ses filles d'honneur, même si vous avez raison. Ne tentez jamais de vous opposer à elle, elle est rancunière. Soyez souple envers ceux qui pratiquent le jeu ou la débauche, et faites preuve de sagesse et de tolérance envers les petites fautes. Essayez de calmer les querelles avant de punir. Ne vous faites pas trop vite des ennemis, le poison et le poignard seront les moyens les plus sûrs de vous écarter.

— Je comprends…, dit prudemment Poulain.

— Je ne suis pas certain que vous compreniez vraiment, monsieur Poulain. Aussi, pour votre bien, je dois vous donner d'autres conseils. Jusqu'à présent, vous n'avez fait que pourchasser des larrons dans les bois de Saint-Germain. À la Cour, tout est différent. Sous la bienséance, vous ne découvrirez que le vice et la luxure. Derrière la religion, vous n'apercevrez que le blasphème. La modestie et la sagesse que vous apprécierez chez certains ne seront qu'apparences pour dissimuler la débauche et les dérèglements. Méfiez-vous des dames d'honneur qui tenteront de vous prendre dans leurs filets, vérifiez les rumeurs que vous entendez, ne croyez jamais vos amis, ou ceux qui se feront passer pour tels.

» Je mettrai à votre disposition quelques dizaines de Suisses de l'hôtel qui vous seront plus fidèles que les gardes de la reine.

Poulain eut l'impression que Richelieu voulait ajouter quelque chose, mais qu'il ne pouvait le faire à cause de Rapin qui ignorait les vraies raisons de sa nomination. Le grand prévôt le fixait avec sévérité, certainement pour lui faire passer un autre message. Il comprit qu'il voulait lui rappeler qu'il serait l'espion du roi dans cette Cour, même s'il était aux ordres de Mme de Montpensier, et que personne ne devait deviner qu'il trahissait les Guise.

— Je crois que madame la Reine vous attend, monsieur Poulain, dit finalement Richelieu, laissant entendre que l'entretien était terminé. M. Rapin va vous introduire auprès d'elle.

Ils quittèrent l'hôtel du prévôt à cheval et sans escorte. En chemin, Rapin raconta à Poulain quelques anecdotes sur la cour de la reine, essayant aussi de savoir pourquoi la reine mère avait demandé qu'il soit prévôt à sa place. Poulain resta évasif, expliquant que certains de ses amis avaient proposé son nom, car ils voulaient l'aider à avancer à la Cour.

Rapin ne le crut guère mais accepta l'explication. Après tout Poulain avait bonne réputation et Richelieu approuvait sa nomination. Le reste ne le regardait pas, d'autant qu'il n'avait aucune envie d'aller à Chenonceaux.

À l'hôtel de la reine, Rapin fit annoncer leur venue par un maître d'hôtel. On les fit attendre deux grosses heures sur une banquette avant de les laisser pénétrer dans le cabinet de Catherine de Médicis.

Entièrement en noir, elle les reçut sur un fauteuil tapissé. La pièce était plutôt de petite taille et entièrement lambrissée. La reine mère était seule. Rapin et Poulain s'agenouillèrent puis, sur un signe, se relevèrent.

— C'est donc vous, monsieur Poulain ? demanda-t-elle sans marquer beaucoup d'intérêt.

— Oui, Majesté.

— M. Rapin vous a informé de votre service ?

Sans attendre de réponse, elle poursuivit d'un ton qui sonnait comme une menace :

— J'attends de vous efficacité et fidélité.

En même temps, elle examinait avec attention Nicolas.

— Vous serez satisfait de moi, madame, promit-il.

— Vous êtes lieutenant de M. Hardy, c'est cela ?

— Oui, Majesté.

— Prévôt à la Cour est très différent de prévôt des maréchaux, vous vous en doutez. Êtes-vous noble ?

— Non, madame. J'ignore qui est mon père.

Pour la première fois depuis le début de l'entretien, la reine sembla intéressée.

— Expliquez-moi ça…

— Ma mère était servante, madame. Elle a été engrossée et, même sur son lit de mort, elle a refusé de me révéler le nom de mon père.

— Comment êtes-vous devenu prévôt ?

— Ce devait être quelque riche ou noble personnage et il ne nous a pas abandonnés. Il a acheté à ma mère la maison où je vis et lui a laissé une petite rente pour que je fasse des études. Quand j'ai eu vingt-deux ans, il m'a fait porter une lettre de provision pour la charge de lieutenant de prévôt et une dispense d'âge puisque je n'avais pas vingt-cinq ans.

L'histoire tira un sourire de la Florentine. Ce père devait être quelqu'un d'important, se dit-elle, car les dispenses d'âge pour les offices étaient signées par le roi et le chancelier. Finalement ce Poulain que la Montpensier lui avait imposé était peut-être plus intéressant que prévu. Il serait facile de savoir qui avait demandé cette dispense…

— Vous n'avez jamais cherché à savoir qui il était ?

— J'ai essayé, madame, tant je voulais le remercier de sa bonté, mais je n'y suis pas parvenu.

Elle resta pensive. Si elle découvrait l'identité de son père, elle pourrait manipuler ce prévôt à sa guise. Et si ce père était encore vivant, le fait qu'elle connaisse l'existence de son fils bâtard pouvait aussi être fort utile…

— Dans quelles maisons votre mère avait-elle travaillé ?

Il lui énuméra celles qu'il connaissait, mais la reine parut se désintéresser de son histoire. Elle l'interrompit :

— Monsieur Poulain, je n'ai d'autre but dans ce voyage que d'obtenir enfin la paix pour ce pauvre royaume. Mgr de Navarre vient de m'informer qu'il accepte une rencontre à laquelle Mgr de Guise n'est pas opposé. Mon fils approuve bien sûr cette tentative de paix. J'espère rencontrer mon gendre cet été à Chenonceaux. Je lui ai fait de nouvelles propositions, et si elles l'agréent, nous partirons dans un mois. Tenez-vous prêt. M. Rapin vous aidera pour tout ce que vous avez besoin de savoir.

» J'ai fait venir d'Italie la troupe des Gelosi afin qu'ils donnent quelques spectacles à mon gendre quand il nous rejoindra. Vous irez les voir pour leur annoncer ce départ. Ils jouaient dans la grande salle de l'hôtel de Cluny jusqu'à ce que le Châtelet le leur interdise. Vous veillerez à ce qu'ils disposent de suffisamment de voitures et de mules pour ce voyage. Le trésorier des menues affaires de ma chambre vous remettra un contrat qu'il a dû préparer pour eux. Vous le leur remettrez et me ferez savoir s'il les satisfait.

Elle eut un geste pour annoncer que l'entrevue était terminée. Ils s'inclinèrent et sortirent.

Seule, la reine appela.

— Bezon !

Une partie de la boiserie glissa et le nain apparut.

— Vous avez entendu ?

— Oui, Majesté.

— Découvrez qui était le père de ce Poulain.

Rapin le présenta à plusieurs serviteurs de la reine qui seraient du voyage, ainsi qu'aux principaux officiers, puis il le conduisit au trésorier des menues affaires de la chambre de la reine qui s'occuperait du règlement des subsistances. Il fut convenu que Poulain engagerait un ou deux commis qui viendraient au palais pour apprendre en quoi consisterait leur travail. Le trésorier lui remit ensuite le contrat à proposer aux Gelosi.

Nicolas rentra chez lui assez tard. En chemin, il décida de passer voir son ami et voisin Olivier Hauteville pour lui raconter sa nomination.

Olivier finissait de dîner dans la cuisine avec son commis Jacques Le Bègue, sa servante Perrine, Thérèse la cuisinière et leur nouveau concierge, un jeune cousin. Il reçut son ami avec grande joie et ils montèrent ensemble dans sa chambre.

Nicolas Poulain n'avait jamais parlé à Olivier de son rôle d'espion dans la Ligue. Il ne pouvait donc lui raconter la visite de Mayneville, aussi lui dit-il seulement que la reine mère allait partir pour Chenonceaux afin de négocier avec Navarre la paix et sa conversion. Cela, Olivier le savait, car depuis plusieurs jours cette rumeur circulait dans Paris. Mais quand Nicolas ajouta que le prévôt de l'hôtel de la reine ne pouvait quitter la capitale, écrasé par sa charge de lieutenant criminel, et qu'on avait proposé son nom pour le remplacer, Olivier resta interloqué.

— Ainsi tu vas partir dans quelques semaines ? Combien de temps resteras-tu absent ?

— Je ne sais pas, sans doute pas plus de trois mois. Mon épouse sera un peu fâchée, mais cette charge me sera bien payée et me permettra de briguer un autre office moins dangereux que la chasse aux brigands dans les bois de Saint-Germain.

— Tu as de la chance, murmura Olivier, les yeux pleins d'envie.

— Je n'en suis pas certain, Olivier. La Cour est un nid de guêpes où je n'aurai aucun ami, personne à qui faire confiance.

— Tu verras le roi de Navarre ?

— S'il vient, sans doute, répondit Poulain en riant.

— Crois-tu qu'il viendra avec M. de Mornay ?

— C'est bien possible, répondit Poulain, qui commençait à comprendre où son ami voulait en venir. Tu veux me donner une lettre à lui remettre ?

— Oui, si tu peux l'approcher.

Cette fois, ce fut Nicolas qui resta silencieux un moment avant de dire :

— Je pourrais te proposer mieux…

— Quoi donc ?

— Accompagne-moi !

— Moi ?

— Je dois engager un ou deux commis pour s'occuper des subsistances. Tu pourrais parfaitement faire ce travail avec Le Bègue.

— Mais j'ignore les manières de la Cour, je n'ai ni habit ni moyen pour me déplacer… Et je ne saurais faire un travail que je ne connais pas.

— Je dois acheter un chariot et des chevaux pour mes bagages. Tu pourrais t'en occuper puisque nous ferions le voyage ensemble. Pour le reste, tu apprendras. Je dois présenter mes commis au trésorier de la reine la semaine prochaine. En quelques jours, il t'aura appris tout ce que tu dois savoir.

Olivier avait le cœur qui battait le tambour. Aller à la Cour… Peut-être rencontrer Mornay…

— Et si M. de Mornay vient avec Navarre, pourquoi n'y aurait-il pas Cassandre ? suggéra Nicolas en souriant.

— Tu crois ?

— Non, je te taquine. Si M. de Mornay est avec les capitaines et les conseillers du Béarnais, il n'emmènera jamais sa fille, ce serait trop dangereux.

— Mais on dit qu'il y aura une trêve ! s'exclama Olivier, plein d'espoir.

— Ne te fais pas d'idées, je suis certain qu'il ne l'amènera pas !

Nicolas regrettait maintenant d'avoir évoqué Cassandre.

— Je vais tout de même avec toi ! décida Olivier.

Un an plus tôt, M. de Mornay lui avait proposé une charge de secrétaire. Il était prêt maintenant à l'accepter et à repartir avec le père de Cassandre.

— Tu es plus qu'un ami pour moi, Nicolas, poursuivit-il. Tu es un frère…

Nicolas, ne se doutant nullement du dessein d'Olivier, lui frappa sur l'épaule.

— Va pour un frère ! Je te laisse, car mon épouse m'attend. Passe chez moi demain matin, je dois aller voir des comédiens, les Gelosi, qui feront le voyage avec nous. Le trésorier de la reine m'a remis un contrat pour eux. Tu m'accompagneras et tu commenceras ainsi ton travail. Au fait, je ne t'ai pas parlé de tes gages et de ceux de Le Bègue, s'il vient avec nous…

— Mais je ne veux rien ! s'offusqua Olivier.

— Ma bourse est à toi, mais ce n'est pas une mission qui nous enrichira. Je recevrai cent livres par mois. C'est peu et il nous faudra vivre avec à trois, mais la reine paiera notre lit et nous serons nourris[1] et chauffés. On m'a aussi promis deux cents écus pour m'équiper, mais j'en laisserai la moitié à ma femme. Le reste couvrira largement l'achat de deux chevaux – je prendrai le mien –, d'une charrette et de quelques habits de Cour que nous achèterons chez un fripier.

— On peut prendre mon bardot… proposa Olivier.

— Non, je préfère deux chevaux, nous pourrons en avoir besoin. C'est toi qui géreras les dépenses. Parle de tout cela à Le Bègue. À demain.

Après le départ de Nicolas, Olivier resta à méditer, le cœur enflammé à l'idée qu'il allait se rapprocher de Cassandre. Et cela grâce à son ami Nicolas. Il se souvint alors de cette phrase qu'il avait lue dans le livre de M. de Montaigne :

Si on me presse de dire pourquoi je l'aimais, je sens que cela ne se peut exprimer qu'en répondant : parce que c'était lui, parce que c'était moi.

---

1. On considère qu'un gentilhomme économe pouvait vivre à la Cour avec cent livres par mois dont un quart pour le loyer de son logement.

9.

Quand la duchesse de Montpensier était venue chez Catherine de Médicis pour lui annoncer que son frère acceptait l'idée d'une suspension provisoire des opérations militaires, elle lui avait soumis trois requêtes, laissant clairement entendre qu'il s'agissait de la contrepartie de la trêve souhaitée. La première concernait Nicolas Poulain, un lieutenant du prévôt d'Île-de-France que le duc de Guise voulait récompenser. Son frère Henri suggérait que la reine lui offre un brevet de prévôt de l'hôtel durant le voyage de sa cour à Chenonceaux.

Catherine de Médicis comprit parfaitement que cet homme serait un espion de Guise dans sa maison, mais elle accepta, certaine que ce Poulain ne pourrait lui causer aucun tort. La deuxième requête de la duchesse était qu'elle participe à ce voyage, mais comme la reine mère avait déjà envisagé de le lui proposer, il n'y eut pas débat.

Quant à la troisième, elle concernait Ruggieri. Catherine de Lorraine souhaitait le rencontrer, et seule Catherine de Médicis pouvait convaincre le mage de la recevoir, car il ne recevait personne. Il vivait dans l'appartement le plus haut du palais d'où il ne sortait qu'exceptionnellement. La reine accepta aussi cette troisième demande tant elle était intriguée, et elle conduisit elle-même la duchesse dans la colonne astrale qui faisait communiquer son cabinet à l'appartement de Ruggieri.

L'astrologue occupait trois pièces sous le toit et n'avait que peu de domestiques. La dernière porte de la colonne ouvrait directement dans son cabinet de travail pour que la reine puisse y entrer à toute heure sans être annoncée. Les deux femmes découvrirent donc le mage debout, lunettes sur les yeux, plongé dans un gros grimoire posé sur un lutrin.

— Maître Ruggieri, dit la reine en s'avançant vers lui, je vous amène une visite.

Il s'interrompit et regarda les deux femmes avec surprise tant il était rare que la reine vienne chez lui accompagnée.

— Ma cousine souhaite vous poser quelques questions, répondez-lui comme à moi-même…

L'astrologue s'inclina, autant par respect que pour dissimuler sa surprise. Que voulait la sœur du duc de Guise ? La reine ne faisant pas mine de se retirer, la duchesse lui proposa obligeamment d'écouter ce qu'elle avait à dire à l'astrologue. Catherine lui répondit par un sourire et un hochement de tête.

— Maître Ruggieri, demanda la sœur de Guise, c'est parce que j'ai toute confiance en vous et dans Sa Majesté que je viens vous interroger. Une amie qui m'est chère a constaté la disparition d'objets personnels…

L'astrologue leva un sourcil d'étonnement. Allait-on lui demander de les retrouver ?

— Lesquels, madame ?

— Des lettres, du linge intime... Mon amie a entendu dire que de tels objets sont parfois utilisés pour pratiquer des envoûtements...

Le mage blêmit légèrement.

— Pourrais-je savoir qui est cette amie, madame ?

— Non, elle souhaiterait seulement savoir si de tels envoûtements sont possibles...

Le mage se passa la main droite dans la barbe pour dissimuler son embarras.

— Le monde a des mystères qui nous échappent, madame, répondit-il prudemment.

— Mais encore... s'impatienta la duchesse.

— Votre amie est-elle malade ? Souffre-t-elle ?

— Non.

— Elle n'a donc pas à s'inquiéter, madame.

— Il n'y a pas que la douleur, maître Ruggieri, vous ne l'ignorez pas. Ce que craint mon amie, c'est que de tels envoûtements la contraignent à agir contre sa volonté, est-ce possible ?

Catherine de Médicis écoutait ce dialogue avec une certaine inquiétude. La sœur de Guise aurait-elle deviné son dessein au sujet de Navarre ? Sans doute pas, d'ailleurs, elle n'avait pas envisagé un envoûtement pour son gendre. Mais alors, pourquoi ces questions ? Craignait-elle d'être envoûtée ? Ou son frère ?

— C'est possible, madame.

— Comment cela est-il possible ?

— Je l'ignore, madame, répondit plus sèchement l'astrologue. Par le passé, j'ai été accusé à tort de telles pratiques bien que je les réprouve. J'ai même été injustement condamné...

— Je le sais, maître Ruggieri, répondit la duchesse avec une douceur feinte. Je le sais, mais je n'ai confiance qu'en vous.

Elle poursuivit avec prudence, en évitant de regarder la reine. Après tout elle allait maintenant parler de sa fille Marguerite… Margot !

— On avait trouvé chez M. de La Mole une statue de cire utilisée pour se faire aimer d'une certaine dame, certainement contre sa volonté…

L'astrologue jeta un regard interrogateur vers Catherine de Médicis qui opina imperceptiblement.

— M. de La Mole avait agi ainsi pour se faire aimer d'une dame si haut placée à la Cour qu'il n'aurait pu la séduire autrement. Il avait percé le cœur d'une statuette de cire la représentant avec une pointe trempée dans un philtre formé d'un mélange de mandragore, de crapaud desséché, de cheveux et de poudres d'objets qui lui étaient chers, comme des lettres d'amour, répondit le mage.

La duchesse eut un triste sourire, marquant son inquiétude.

— Comment se préserver d'un tel sort si diabolique ? s'enquit-elle.

— Par la prière, madame, et la sainte communion. Dieu est plus puissant que tous les maléfices.

La sœur du duc de Guise resta silencieuse, se demandant s'il était aussi possible par la prière de dénouer le sort qu'on lui avait jeté, ce sort effroyable qui faisait que les hommes ne s'intéressaient plus à elle. Elle se promit d'essayer.

— Je parlerai de tout cela à mon amie, maître Ruggieri, décida-t-elle.

En la raccompagnant, Catherine de Médicis lui posa quelques questions indirectes pour tenter d'en savoir plus, mais la duchesse n'y répondit qu'évasivement. Son désir pour Olivier occupait entièrement son esprit.

Au cours des deux derniers mois, elle s'était plusieurs fois rendue à la messe de Saint-Merri. À chaque fois, elle avait tenté d'attirer l'attention d'Olivier Hauteville, mais il l'avait toujours ignorée. Après cette entrevue avec Ruggieri, elle était convaincue que son domestique ne lui avait pas menti. Avec un charme, elle parviendrait à l'ensorceler.

Le samedi 28 juin, Nicolas vint chercher Olivier pour qu'il l'accompagne à l'hôtel de Cluny afin de rencontrer les Gelosi. Avant de partir, il lui remit le contrat préparé par le trésorier de la reine pour qu'il en prenne connaissance.

Depuis l'interdiction qui leur avait été notifiée par le Châtelet, les Gelosi ne jouaient plus, mais ils avaient pu garder la salle de Cluny pour répéter les spectacles qu'ils présenteraient à la cour de la reine, à Blois et à Chenonceaux.

Lorsque Olivier et son ami entrèrent dans la salle éclairée par de hautes fenêtres, celle-ci était occupée par un grand décor de toile et de bois en forme de rocher couvert d'arbres. Deux joueurs de flûte vêtus à l'antique se tenaient sur un char de bois couvert de trophées d'armes, de livres et d'instruments de musique. L'équipage était traîné par un comédien déguisé en serpent. Deux femmes revêtues de robe bleue semée d'étoiles d'or jouaient du luth de part et d'autre du char.

Ils contemplaient cette étonnante scène quand, du plafond, descendit un nuage de carton et de bois dans lequel se tenait une Minerve armée qui leur déclama, en les apercevant :

Père, ici-bas, qui nage dans les flots,
De la nue argentée, où je te vois enclos,
Regarder les mortels !
Fais, père, qu'elle s'ouvre,
Et flamboyant d'éclairs, ton visage découvre !

Le tonnerre se mit à gronder et un Jupiter barbu surgit de derrière la scène. Les apercevant, il ôta son masque en faisant quelques pas dans leur direction.

— Messeigneurs ? demanda-t-il en les saluant, tandis que la Minerve ôtait son casque, dévoilant un visage d'homme, et que les deux femmes cessaient de jouer du luth.

— Je suis Nicolas Poulain, prévôt de la cour de madame la Reine Mère, et je cherche M. Flaminio Scala.

— Qui pourrait évoquer Jupiter sinon l'illustrissime Flaminio Scala des Gelosi ! répliqua le barbu dans un rire tonitruant tout en soulevant d'une main sa fausse bedaine et en désignant, de l'autre, Minerve.

L'homme Minerve s'avança à son tour, le regard interrogateur.

— Je suis Flaminio Scala, et voici mes associés : Francesco et Isabella Andreini, dit-il en montrant Jupiter et une des femmes qui jouaient du luth. Que nous vaut l'honneur de votre visite ?

— Monsieur Scala, je me nomme Olivier Hauteville et je suis avocat à la Chambre des comptes. Durant le déplacement de la cour à Chenonceaux, c'est moi qui m'occuperai des comptes de la prévôté de la reine. Je suis venu vous porter le contrat qui vous liera à la Cour durant le voyage.

Olivier tendit un feuillet à Scala qui s'approcha d'une des fenêtres pour le lire. L'ayant terminé, il le donna à Isabella avant de dire :

— Ces clauses sont celles que Ludovic avait négociées et me conviennent, sauf les termes du paiement. Il y est dit que nous serons payés au retour de la cour à Paris, mais nous ne pouvons assurer nos dépenses de logement et de subsistance, surtout si ce déplacement dure des mois. Je veux donc recevoir chaque semaine un terme de cinquante écus qui correspond à une avance sur la base de quatre sols par spectateur, et de trois cents spectateurs dix jours par mois.

— Je vais en parler au trésorier des menues affaires de la chambre, promit Olivier.

— La reine m'a déjà fait porter deux cents écus pour les dépenses engagées à l'occasion de ce voyage, mais ils ont été dépensés. Nous avons dû faire de nouveaux décors et il nous faudra des chariots pour les transporter. J'ai préparé un mémoire que vous remettrez au trésorier.

Olivier le suivit jusque dans un petit cabinet derrière la scène qui servait à Flavio de chambre pendant que Nicolas Poulain faisait connaissance des autres membres de la troupe. Un seul était absent, un acteur engagé récemment surnommé Il Magnifichino qui continuait à jouer à l'hôtel de Bourgogne.

Olivier et Nicolas repartirent, séduits par la courtoisie de la troupe de comédiens et, sans qu'ils se l'avouent, par la beauté de la charmante Isabella Andreini.

Poulain conduisit ensuite son ami à l'hôtel de la reine où il le présenta au trésorier. Olivier lui remit le mémoire du chef des Gelosi et expliqua les conditions qu'il posait, conditions que le trésorier accepta. Les deux hommes convinrent de se rencontrer durant la semaine suivante pour qu'Olivier apprenne ce qu'il aurait à faire. Il viendrait avec son commis Jacques Le Bègue, qui avait accepté la veille de participer au voyage. Le trésorier remettrait à Olivier les sommes que demandait Flaminio Scala à l'occasion de cette visite.

Les deux amis se rendirent ensuite au cabaret de la Croix de Fer, rue Saint-Denis.

Ce n'est que l'année suivante qu'Henri III devait organiser la profession de marchand de vin en distinguant les bouchons, les tavernes, les cabarets, les auberges et les hôtelleries. Pour l'instant, la seule chose qu'on demandait à un cabaretier était d'être bon catholique et de vendre un vin ni aigre ni coupé d'eau. Appréciant la fraîcheur de la salle, Olivier et Nicolas s'installèrent à une table sans nappe où se trouvaient déjà quelques marchands ambulants. La servante leur servit une épaisse soupe aux choux et aux lardons, accompagnée de pain de Gonesse et d'un pot de vin clairet.

Ils s'entretinrent des préparatifs du voyage qui durerait certainement deux ou trois mois et convinrent d'engager un valet et d'acheter une charrette. Poulain expliqua qu'il voulait une charrette à deux roues, plus facile à désembourber dans les ornières. Ils y attelleraient trois chevaux les uns derrière les autres.

Olivier posa quelques questions sans grand intérêt auxquelles son ami répondit évasivement. Sans qu'ils en soient conscients, un diffus malaise s'installait entre eux, car ils ne parlaient que des conditions du voyage, et non des raisons profondes pour lesquelles ils y participaient.

Olivier préférait taire que si M. de Mornay accompagnait le roi de Navarre et acceptait de le prendre à son service, il ne rentrerait pas à Paris et laisserait sa maison à la garde de son commis, et Nicolas ne dit pas qu'il avait rendu visite au marquis d'O et au grand prévôt, pas plus qu'il avait reçu la visite de M. de Mayneville.

Confusément, tous deux se rendaient pourtant compte que ces mensonges par omission pouvaient être fatals à leur amitié.

Le mardi 1er juillet, alors que régnait une chaleur écrasante dans Paris, un messager apporta enfin à Mme de Montpensier une lettre de son frère Mayenne. Elle le reçut dans sa chambre d'apparat, entourée de ses dames de compagnie et de ses amies. Le porteur de missive était un Gascon maigre et noueux nommé Foulques Cabasset, petit homme brun comme un charbonnier avec une longue moustache tombante et des cheveux drus. Avec son plastron de fer et sa barbute, il paraissait particulièrement mal à l'aise au milieu de toutes ces femmes.

Dans sa lettre, Mayenne disait à sa sœur que son messager était un très vaillant et très fidèle capitaine et qu'il le lui laissait pour sa maison. Elle pourrait ainsi faire appel à lui si elle avait une lettre à transmettre en Guyenne. Il racontait ensuite qu'il était toujours à Bordeaux, mais que sa fièvre tierce semblait presque vaincue. Il se plaignait ensuite du roi.

[Il] *joue à faire le pis que l'on peut contre nous*, écrivait-il avec amertume. *J'attends les soldes de mes hommes depuis des semaines, alors que l'armée d'Épernon en Provence est payée chaque mois. Toutes mes demandes sont négligées par la Cour.*

Le reste de la lettre était chiffré et la duchesse se retira dans son petit cabinet pour la décoder. Son frère lui avait laissé un disque de fer pour traduire les messages qu'ils échangeaient. C'était un travail lent et fastidieux ; chaque lettre du message ayant une correspondance dans le disque à partir d'un décalage fixé par la date de la missive. Elle y passa près d'une heure.

Dans cette partie du courrier, son frère expliquait qu'il envisageait de construire un pont sur la Garonne afin de prendre la ville de Castillon occupée par les protestants, et surtout il abordait le projet d'assassinat du Béarnais.

Il y avait un homme au service de leur famille, un homme que tout le monde croyait mort, qui était capable de mener à bien cette tâche. Elle le trouverait au château d'Arcueil où il se cachait sous le nom de M. Le Vert.

La duchesse relut plusieurs fois ce passage tant il était inattendu. Elle connaissait ce château qui appartenait à leur famille, mais elle le croyait abandonné depuis des années. Elle n'y était d'ailleurs jamais allée. Quant à celui qui s'y cachait et que l'on croyait mort, qui cela pouvait-il être ?

Dans les jours qui suivirent, ayant eu confirmation que la cour de la reine mère partirait à la fin du mois de juillet, Catherine de Lorraine fit appeler Miraille et lui demanda où il en était dans ses travaux d'envoûtement. Le vieil homme lui répondit qu'il avait terminé une statuette de cire et qu'il attendait des objets personnels de la personne à envoûter afin de préparer le philtre indispensable.

La duchesse lui annonça son prochain départ et lui assura qu'elle lui fournirait ce dont il avait besoin à son retour. Après la mort de Navarre, il lui serait facile de corrompre les domestiques du jeune Hauteville pour obtenir d'eux une lettre de leur maître, se disait-elle.

Certaine désormais que la sorcellerie de Miraille vaincrait l'indifférence du jeune homme, et donc la malédiction qui pesait sur elle, elle ordonna que l'on prépare son équipage pour rejoindre la cour à Chenonceaux. Elle ferait une première étape à Arcueil.

En plus de son coche, le train de la duchesse comprenait une dizaine de chariots et de charrettes escortés de trente gardes porteurs de casaque à la croix de Lorraine. Pour la servir, Mme de Montpensier avait cinq gentilshommes, quelques dames de compagnie, deux pages, son médecin, son chirurgien et son confesseur, ainsi qu'une vingtaine de domestiques, femmes de chambre, cochers et cuisiniers.

À Arcueil, la suite s'installa dans des maisons réquisitionnées et la duchesse, en croupe devant M. de Puyferrat – son premier gentilhomme – et escortée seulement du capitaine Cabasset, se rendit au château qui n'était qu'une grosse maison fortifiée entourée d'un fossé avec deux tours d'angle en façade [1]. En s'approchant, Cabasset remarqua combien le bâtiment était ruiné. La toiture en pointe de la tour était percée en plusieurs endroits et une large fissure courait tout au long de la tour carrée.

Le pont-levis était baissé, mais une grille de bois fermait le passage. Le gentilhomme appela et un valet d'armes s'avança, méfiant, une pique à la main.

— Mme la duchesse de Montpensier demande à entrer pour rencontrer M. Le Vert ! cria le gentilhomme.

Le valet d'armes ne connaissait pas la duchesse, aussi alla-t-il chercher le concierge qui ne la connaissait pas plus. Les deux hommes ne sachant que faire, la duchesse leur demanda d'aller prévenir M. Le Vert.

Le valet se dirigea vers le corps de logis principal. Il revint au bout d'un long moment avec deux individus qui restèrent dans l'ombre de la porte d'entrée. Tout ce que l'on voyait d'eux était que l'un portait une épée tandis que l'autre tenait deux pistolets ou arquebuses. Le valet avait dû leur dire que les visiteurs n'étaient que trois, dont une femme, et qu'il n'y avait aucun risque à les laisser entrer car, aidé du concierge, il leva la herse avec une grande manivelle rouillée.

Les cavaliers pénétrèrent dans la petite cour.

---

1. Le château était situé aux environs de la rue Berthollet. Il en reste la maison des gardes.

M. de Puyferrat, dont le cheval portait la duchesse, faisait approcher sa monture du corps de logis quand l'un des deux hommes tapis dans l'ombre de la porte les interpella :

— Madame la duchesse, je suis Le Vert, dites à vos gens de rester au milieu de la cour. Je tiens à vous rencontrer seule.

Mme de Montpensier adressa quelques mots à M. de Puyferrat qui sauta aussitôt au sol pour l'aider à descendre de cheval. Elle se rendit ensuite seule vers le mystérieux M. Le Vert.

En s'approchant, elle ne découvrit de ses traits qu'un front haut, un nez aquilin et des lèvres presque inexistantes. Tout le reste était masqué par une épaisse barbe taillée en pointe et de larges moustaches blanches. Tout juste jugea-t-elle qu'il devait avoir entre quarante et soixante ans. Elle ne le connaissait pas, pas plus que son jeune compagnon, et en fut dépitée.

— Madame, s'inclina Le Vert. Je ne reçois guère de visite ici...

D'un geste, et comme pour s'excuser, il désigna la grande salle du logis, entièrement vide.

— Puis-je vous parler en tête à tête ? demanda la duchesse.

— Paul, laisse-nous ! ordonna Le Vert à son compagnon.

Celui-ci se dirigea vers un escalier à vis au bout de la salle et disparut.

— C'est mon frère, le duc de Mayenne, qui m'envoie vers vous, monsieur Le Vert, mais j'ignore qui vous êtes.

— Moi, je vous connais, madame. Je vous ai souvent vue à la Cour et chez monseigneur votre frère, le duc de Guise. Vous deviez avoir vingt ans à cette époque.

— Je ne me souviens pas de vous, monsieur.

— C'est normal, madame, car je suis mort.

— Mort ? frémit-elle.

— Pas vraiment, rassurez-vous ! sourit Le Vert, dévoilant des dents gâtées. Seuls vos deux frères et mon écuyer que vous venez de voir savent que je suis encore en vie. Que me voulez-vous ?

Elle hésita. Quelle confiance pouvait-elle avoir dans cet inconnu ?

Il devina son indécision.

— Puis-je moi-même être certain que c'est Mgr de Mayenne qui vous envoie ? persifla-t-il.

— Voici la lettre qu'il m'a fait parvenir. Elle est chiffrée, mais j'ai écrit au dos ce qu'il me faisait savoir.

Il prit la missive qu'elle lui tendait et la lut attentivement. Bien que le sceau soit celui de Mayenne, cette lettre ne prouvait rien, se dit-il quand il eut terminé, mais il connaissait la duchesse et il savait qu'elle avait la réputation de défendre, encore plus que ses frères, les ambitions de sa famille.

— Je me nomme Charles de Louviers, seigneur de Maurevert, madame, dit-il simplement.

— Maurevert… balbutia-t-elle, celui qui…

— A assassiné l'amiral de Coligny, ou tout au moins l'a blessé. Oui, madame.

— Mais, vous êtes mort…

— C'est ce que je vous ai dit, madame, fit-il dans un sourire sans joie.

Comme tout le monde, la duchesse savait que Maurevert, caché dans une maison de la rue des Fossés-Saint-Germain appartenant à un familier de son frère, avait tiré avec une arquebuse sur l'amiral le vendredi 22 août alors que celui-ci sortait du Louvre. Mais il ne l'avait que blessé et l'attentat avait entraîné le massacre des protestants de Paris.

— Après la Saint-Barthélemy, votre frère m'a protégé et je lui en suis reconnaissant. Diable ! C'est que les parpaillots voulaient ma peau ! Ils m'ont pourtant retrouvé, il y a trois ans. Avec Paul, mon écuyer, nous avons été agressés par une troupe de spadassins, près de la Croix-des-Petits-Champs. On m'a percé le ventre de plusieurs coups d'épée et pour tout le monde, je suis mort dans la nuit. En réalité, j'ai survécu et votre frère m'a caché ici.

Alors qu'il s'expliquait ainsi, la duchesse l'examinait. Maurevert avait visiblement une main raide, elle avait aussi remarqué qu'il boitait. Comment cet invalide pourrait-il tuer Henri de Navarre ? Elle était venue ici pour rien. Son expression ne cachait pas sa déception et Maurevert s'en rendit compte.

— Vous me croyez fini, madame ? C'est vrai, je boite, et j'ai une main en moins, mais on ne m'a pas surnommé le Tueur des rois pour rien. Vos deux frères le savent. Que voulez-vous de moi ?

— C'est une tâche impossible, soupira-t-elle.

— Je n'accepte que les tâches impossibles, madame ! fanfaronna-t-il. À l'épée ou au mousquet, je ne crains personne, et surtout je sais faire passer à trépas discrètement, soyez-en certaine.

— Après tout… Si mon frère vous fait confiance… Vous croyez-vous capable de tuer l'homme le mieux protégé du royaume ?

— Le roi ?

— Non.

Maurevert réfléchit un instant avant de proposer :

— Navarre ?

— Oui.

— Dites-m'en plus…

— La reine mère va rencontrer Navarre à Chenonceaux. J'y serai.

Maurevert hocha lentement la tête.

— C'est un défi qui me plaît, madame. Je pense en être capable.

— Nous verrons, répliqua-t-elle, toujours dubitative. Pouvez-vous me rejoindre à Orléans ?

— Je peux partir à l'instant.

— Je vous y attendrai dans une semaine. Je serai dans notre maison de la rue de Recouvrance, celle qui a une tourelle d'angle. Prenez une chambre dans une hôtellerie et envoyez-moi un billet. Le gentilhomme qui m'accompagne vous laissera une cinquantaine d'écus pour vos frais. Engagez aussi deux ou trois hommes dont vous pourriez avoir besoin.

» Bien sûr, si vous parvenez à assassiner Navarre, votre fortune sera faite, ajouta-t-elle, après une hésitation.

— Ce n'est pas pour l'argent que je tue, madame, mais pour rester dans l'Histoire, répliqua-t-il gravement.

Entre Henri de Navarre et Catherine de Médicis, les négociations, ou plus exactement les marchandages, battaient leur plein. Certaine de l'accord du duc de Guise, la reine lui avait proposé une trêve de quelques jours pour qu'il vienne la retrouver à Chenonceaux. Il avait rétorqué qu'une trêve était fort insuffisante et il exigeait l'évacuation des troupes royales autour de la Loire, en particulier le départ du maréchal de Biron. En contrepartie, promettait-il, il voulait bien se faire mieux instruire sur la religion catholique. La reine mère rétorqua qu'elle n'avait pas le pouvoir de rappeler Biron, aussi Navarre suggéra-t-il tout simplement de faire la paix, et de réunir un concile national pour rapprocher les deux religions. Mais en même temps, ses capitaines menaient des coups de main en Saintonge qui lui permettaient de contrôler un vaste territoire dans lequel les protestants faisaient la loi.

La reine mère suspendit donc un temps les pourparlers tandis que La Marsillière, le secrétaire particulier du Béarnais, venait à Paris rencontrer Henri III pour lui proposer plus simplement une alliance contre Guise et la Ligue. C'était une nouvelle tentative de la négociation qu'avait déjà conduite – sans succès – Maximilien de Rosny. Mais comme le roi faisait retraite dans un couvent, il refusa de le rencontrer.

Pourtant Henri III souhaitait une telle alliance, mais il ne pouvait publiquement s'y déclarer favorable sous peine de provoquer des émeutes qui soulèveraient Paris. *Guise me tient par le collet !* répétait-il à ses proches, dans un mélange de rage et de honte.

La Marsillière repartit donc avec une réponse si froide qu'Henri de Navarre reprit les négociations avec la reine mère. Les courriers se succédèrent, bien que le roi de Navarre n'envisageât nullement de se rendre à Chenonceaux. Informé de la lenteur des tractations, le roi se prit à espérer qu'elles n'aboutiraient pas et que sa mère ne parviendrait pas à ses fins. Villequier lui proposa d'ailleurs un moyen infaillible pour faire échouer les pourparlers : faire violence aux derniers huguenots vivant dans Paris, ce qui contraindrait Navarre à céder à ceux de ses conseillers qui voulaient rompre les discussions. Cependant la méthode déplut tellement au roi qu'il la refusa, tout en promettant pourtant d'y réfléchir.

C'est que, chaque jour, Henri III perdait un peu plus son royaume. Ses fidèles l'abandonnaient et il se jetait dans la religion et la prière pour oublier les humiliations qu'il subissait. Seul son désir sincère de soulager les souffrances de son peuple l'incitait à ne pas abandonner le royaume aux Guise et aux ligueurs.

Au début du mois de juillet, il partit à Saint-Maur faire retraite mais dut revenir précipitamment pour s'enfermer dans le Louvre, car on venait d'afficher dans Paris un libelle annonçant que deux cents conjurés avaient juré sa mort s'il ne retirait pas les édits fiscaux qu'il avait imposés.

Dans les jours suivants, la capitale et le palais se couvrirent de pamphlets séditieux contenant des injures et des menaces tant contre lui que contre sa mère et le chancelier.

Pour ces raisons, le roi et sa mère décidèrent de quitter Paris plus tôt que prévu.

Trois jours avant le départ des deux cours, Richelieu fit venir Il Magnifichino à son hôtel pour lui remettre un paquet cacheté et lui donner ses dernières instructions.

— Monsieur Venetianelli, j'ai identifié au moins une des personnes – car rien n'indique qu'il n'y en ait pas plusieurs – qui approchera le roi de Navarre pour lui causer du tort. Il s'agit de Mme Sardini.

Il Magnifichino marqua sa surprise, car il connaissait le banquier de nom et le savait très proche du roi.

— Dois-je…

— Non, il suffira de lui faire porter ce paquet juste avant que la Cour n'arrive à Chenonceaux. Ce pli contient un ordre de Sa Majesté. Le roi demande à Mme Sardini de rentrer immédiatement à Paris et de se rendre au Louvre où il la recevra.

— Pourquoi ne pas tout simplement l'empêcher de partir avec madame la Reine Mère, monsieur ?

— Le roi serait contraint de donner des explications, et ceux qui veulent du mal au roi de Navarre auraient le temps de la remplacer.

Richelieu n'avait bien sûr pas informé Il Magnifichino que l'éventuel complot contre Navarre venait de la mère du roi.

— Supposons, monsieur le grand prévôt, que Mme Sardini n'obéisse pas à l'ordre du roi…

— C'est impensable ! Si cela arrivait toutefois, vous n'auriez qu'une chose à faire : l'empêcher de partir à Chenonceaux par tous les moyens…

À cet ordre, Venetianelli se sentit mal à l'aise. Il devinait que M. de Richelieu ne lui disait pas tout, et qu'il pourrait payer cher l'assassinat de cette femme… Évidemment, le grand prévôt lui avait promis deux cents écus au retour, mais c'était peu pour une vie.

— Je comprends, soupira-t-il. Quelle tâche difficile… Si par malheur j'étais pris…

— Rassurez-vous, vous ne risquerez rien ! Si vous étiez arrêté, vous demanderiez à rencontrer le prévôt de l'hôtel de la reine et vous lui montreriez ceci…

Richelieu lui tendit une médaille en argent.

— Cette médaille vient du roi qui les fait frapper pour ceux qui sont à son service.

La médaille représentait une femme nue [1] entre les constellations du Bélier et du Taureau, le nom d'Asmodée sur la tête, un dard à la main, un cœur dans l'autre.

— Le prévôt saura que celui qui lui montre cette pièce est au roi. Il ne vous inquiétera pas.

Venetianelli regarda longuement le petit ovale argenté en se frottant la moustache de l'autre main. Jusqu'à présent, il n'avait été qu'un agent subalterne pour le prévôt. En possession de cette médaille, il devinait qu'il prenait une tout autre importance. Il serait désormais un agent du roi. Satisfait, il accrocha la pièce à la chaînette qu'il avait au cou et la glissa sous sa chemise.

— Vous me la rendrez quand tout sera terminé, le prévint Richelieu, avec un rictus. Le roi compte sur vous. Ne le décevez pas !

Un peu plus tard dans la journée, le grand prévôt reçut Nicolas Poulain. Il lui rappela qu'il devrait toujours, et uniquement, agir dans l'intérêt du roi de France, et protéger, même au prix de sa vie, celle

1. On a dit que c'était Catherine de Médicis.

d'Henri de Navarre. Il lui montra ensuite une médaille similaire à celle qu'il avait donnée au comédien.

— Si quelqu'un vous présente ceci, monsieur Poulain, vous saurez qu'il est aussi à mon service, et dans la mesure où vous pourrez le faire, vous l'aiderez.

Poulain comprit qu'il y aurait d'autres agents du roi dans l'équipage de la reine mais qu'on ne voulait pas les lui nommer. Avec tout ce qu'il avait déjà fait pour le roi, il fut indigné de ce manque de confiance.

— Si j'ai moi-même de graves décisions à prendre, monsieur le grand prévôt, qui sera là pour m'aider à la Cour ? demanda-t-il avec aigreur.

— Personne ! Et ne demandez aucun secours à la reine, ni à M. de Nevers, ni au maréchal de Gondi.

Le grand prévôt ne voulait pas dévoiler l'existence de Venetianelli, mais il comprenait le courroux de Poulain, aussi précisa-t-il après un instant, d'un ton plus aimable :

— Il y aura à la Cour un fidèle de Sa Majesté qui a toujours rejeté la Ligue. C'est M. de Montpensier. C'est un Bourbon, il est prince de sang et il a la confiance du roi de Navarre. Si vous vous trouvez acculé, il vous aidera… peut-être.

Le roi et la reine mère quittèrent Paris le 23 juillet. La cour du roi se rendait à Moulins, et de là à Lyon, afin d'installer M. La Valette au gouvernement de Lyon et le duc d'Épernon à celui de Provence. La cour de la reine partait pour Chenonceaux et devait faire étape à Orléans et Blois. Durant leur absence, le chancelier et le seigneur de Villequier furent chargés du gouvernement de la capitale.

Le déplacement de la Cour était une entreprise considérable. Non seulement des centaines de serviteurs, de courtisans et de soldats partaient, mais ils emmenaient avec eux meubles, tentures, ravitaillement et vêtements.

Bien sûr, à cause des encombrements, tout le monde ne partait pas en même temps. Certains courtisans quittaient leur hôtel la veille ou le lendemain. Les plus riches avaient leur propre équipage et suivaient même un itinéraire différent de celui du roi ou de la reine, se retrouvant seulement aux étapes.

C'est devant le Louvre, et principalement le long de la Seine, que se situait le point de ralliement. La cour du roi partit la première et sortit par la Porte Neuve, ne laissant derrière elle que des monceaux de déjections, de purin et de paille souillée. Ensuite, ce fut l'arrivée des équipages de la cour de la reine : charrettes à deux roues, lourds chariots à quatre, attelages de toutes sortes, coches ciselés ou litières. Les charrettes et chariots qui ne transportaient que des coffres, des malles ou des meubles étaient tirés par des mulets de bât ou des courtauds, parfois même par des bœufs. Les voitures transportant femmes et serviteurs étaient plutôt tractées par des chevaux mais beaucoup de domestiques feraient le voyage à pied ou à dos d'âne. Enfin, il y avait les cavaliers : gentilshommes, pages, laquais, gardes suisses et gardes de la reine, sans compter les haquenées des amazones.

Au fur et à mesure de leur arrivée, Nicolas Poulain et ses hommes les faisaient se ranger en respectant le protocole et en tentant d'éviter les querelles entre la maison royale et celles des grandes familles qui accompagneraient la reine. En ce jour de départ, il n'y aurait que la maison de Nevers et celle de Montpensier, M. de Gondi étant parti la veille avec une petite armée d'arquebusiers et de piquiers.

L'autorité du prévôt n'était pas toujours respectée et il y eut des tentatives d'indiscipline. L'intendant de René de Daillon, un conseiller d'État proche de Catherine de Médicis, refusa l'emplacement où l'on faisait ranger les voitures de son maître, arguant qu'elles seraient trop éloignées de celles de la reine. Poulain le fit saisir et le menaça de verges s'il ne demandait pardon à genoux. Devant l'attroupement qui s'était formé, il annonça qu'il ferait pendre quiconque n'obéirait pas à ses ordres, sachant bien que si cette démonstration valait pour les domestiques, elle serait inopérante pour les gentilshommes. Par chance, ou par crainte, il n'y eut plus d'incident.

Suivant les conseils de M. Rapin et de M. de Bezon, Nicolas Poulain avait fait partir en avant-coureurs les fourriers et les maréchaux des logis pour qu'ils préparent l'étape du soir, réquisitionnent les maisons et organisent les points de ralliement choisis en général près des églises, pour être faciles à trouver.

La reine, ses dames d'honneur et ses gentilshommes arriveraient au dernier moment. En les attendant, Nicolas et son lieutenant, Arnaud Pontier, firent rassembler les centaines de serviteurs qui suivraient la Cour. C'étaient les valets de chambre, lingères, lavandières, médecins, barbiers, chirurgiens, musiciens, sommeliers, panetiers et menuisiers, la plupart à pied. Il fallait pour chacun tenir compte des préséances, en n'oubliant pas de réserver les meilleures places aux prêtres et aux chapelains placés juste après les régiments de gardes suisses.

Presque tout le monde était à sa place quand arriva, venant du Louvre, un énorme chariot péniblement tiré par six mulets. C'était le lit de Catherine de Médicis. Ce premier véhicule annonçait l'arrivée de la reine. Effectivement, peu de temps après, apparut un immense coche à piliers aux rideaux de velours d'Espagne brodé d'or, lui-même suivi d'un grand nombre de litières et de cavaliers ainsi que d'une armée de laquais en livrée à trois fleurs de lys, les armoiries des reines de France.

Nicolas Poulain s'avança vers le coche à piliers. À l'intérieur, masquée et tout en noir, la reine était enfoncée dans un immense fauteuil capitonné. À côté d'elle se tenaient une jeune fille au visage disgracieux et, en face, une femme plantureuse d'âge mur.

Le lieutenant de Poulain, qui connaissait tout le monde, lui expliqua que la jeune fille était Christine de Lorraine, la petite-fille de la reine mère, et que l'autre femme était Mme de Sauves, la maîtresse du duc de Guise.

Nicolas Poulain alla les saluer avec beaucoup de respect malgré l'indifférence de Catherine de Médicis à son égard.

Deux splendides haquenées blanches montées en amazone par de très jeunes filles escortaient le coche royal. Poulain allait les faire s'éloigner quand son lieutenant lui murmura qu'il s'agissait des favorites de la mère du roi, Marie de Surgères et Hélène de

Bacqueville, que la reine gardait toujours auprès d'elle.

Ce ne fut que le soir qu'il apprit que leurs mères avaient été adulées par Ronsard, et que, comme elles, les deux jeunes femmes rejetaient la compagnie des hommes.

Derrière le coche royal suivaient une dizaine de carroches remplis de dames masquées entourées d'une nuée de jeunes gentilshommes. C'était le fameux escadron volant. Nicolas passa de voiture en voiture pour se présenter. C'est dans le dernier véhicule que se trouvaient les nains de la reine, huit petits personnages habillés de vert ou de blanc, à l'air maussade, qui lui firent des grimaces.

Au-delà suivaient les gentilshommes de la chambre et toute l'administration de sa maison. Poulain échangea quelques mots avec le trésorier avant de revenir au-devant du convoi et de donner aux Suisses l'ordre du départ.

Il s'écoulerait plus d'une heure avant que les derniers véhicules ne s'ébranlent. Ayant confié le commandement du cortège à son lieutenant, Nicolas Poulain repartit vers l'arrière, bien au-delà de la suite royale. Il s'arrêta d'abord devant l'équipage des Gelosi avec lesquels il échangea quelques mots courtois. Derrière eux se trouvait le chariot de ses propres bagages conduit par un valet et Le Bègue. Un peu plus loin, Olivier, à cheval, tenait compagnie à Mme Sardini, transportée dans une litière tirée par des mulets. Les serviteurs d'Isabeau de Limeuil, dames d'atours, femmes de chambre, valets, page et médecin, suivaient dans deux coches. Ses meubles et bagages complétaient le convoi dans deux gros chariots escortés par trois hommes d'armes et les deux Suisses Hans et Rudolf.

Bien au-delà commençait l'équipage de la maison du duc de Montpensier avec une imposante troupe d'une centaine d'arquebusiers en livrée. Le duc, François de Bourbon, avait quarante-cinq ans et, rappelons-le, aucun lien de sang avec la sœur du duc de Guise qui avait épousé son père en secondes noces. Si ce dernier, Louis de Bourbon, s'était distingué par sa sauvagerie durant la Saint-Barthélemy, son fils François, même s'il était zélé catholique, avait refusé de rejoindre la Sainte Ligue. Prince de sang, il était un des derniers fidèles du roi, tout en se rapprochant de plus en plus de son cousin Henri de Navarre.

Poulain se présenta, puis poursuivit son chemin jusqu'à l'équipage du duc de Nevers qui se rassemblait le long de la Seine, à bonne distance des gens de Montpensier.

Le duc de Montpensier et le duc de Nevers ne s'aimaient pas. Ils avaient d'ailleurs failli se battre en duel et il avait fallu toute la diplomatie d'Henri III pour éviter qu'ils ne s'entre-tuent.

Malgré son nom français, Louis de Nevers était italien et à ce titre fort aimé de Catherine de Médicis. Frère cadet de Guillaume de Gonzague, duc de Montferrat et marquis de Mantoue, qui, on s'en souvient, avait emprisonné les Gelosi au début de ce récit, il était arrivé en France à dix ans comme otage de Mantoue, alors que Henri II guerroyait en Italie. Le roi l'avait traité comme un prince et par son mariage avec Henriette de Clèves, duchesse de Nevers, Louis de Gonzague était devenu à la fois duc de Nevers et l'une des premières fortunes de France.

C'était un homme de haute taille, courageux mais violent, ressemblant curieusement à un lion avec une épaisse crinière blonde, un large nez, un front découvert et plissé, et une bouche aux lèvres rouges et charnues. Il avait fait partie de la suite du roi quand celui-ci était parti en Pologne mais il s'était depuis éloigné d'Henri III, car sa femme Henriette, dont la sœur avait épousé le Balafré, l'avait incité à rejoindre la Ligue. Henriette était une femme autoritaire qui dominait son mari. Les mauvaises langues rapportaient que c'était elle la maîtresse de Coconnat qui avait gardé la tête de son amant, comme l'aurait fait la reine Margot avec celle de La Mole.

Catholique d'une grande piété et au caractère intransigeant, Nevers s'interrogeait maintenant sur la Ligue et sur ses desseins. Avait-on le droit de déposer le roi ? Guise voulait-il vraiment usurper le trône ? Ses amis le sentaient hésitant, prêt à se rapprocher à nouveau d'Henri III. On se moquait ainsi de lui dans une chansonnette où on comparait les ducs guisards à des vins :

M. de Nevers est troublé,
M. de Guise est frelaté,
M. de Mayenne est passé !

Poulain échangea quelques mots avec le duc puis se rendit jusqu'à l'arrière-garde composée d'une demi-compagnie d'arquebusiers. Quand il fut arrivé au bout du cortège et qu'il eut constaté le bon ordre du convoi, il revint au trot jusqu'à la voiture de la reine mère pour se mettre à ses ordres. Elle avait déjà passé la Porte Neuve.

La Cour mit quatre jours pour gagner Étampes, et huit de plus pour atteindre Orléans. C'est entre Étampes et Orléans qu'Olivier prit conscience de la grande misère du pays. En ce mois d'août, les pauvres gens mourant de faim allaient par groupes sur les chemins. Il les vit plusieurs fois couper les épis à demi mûrs qu'ils mangeaient sur place, menaçant les laboureurs de les manger eux-mêmes s'ils ne les laissaient pas faire.

10.

La cour de Catherine de Médicis s'installa à Orléans au début du mois d'août. Son gouverneur, Charles de Balzac d'Entragues, ligueur proche des Lorrains, était l'un des survivants du duel des mignons qui, en 1578, avait opposé trois amis des Guise à trois partisans du roi. Il avait épousé Marie Touchet, l'ancienne maîtresse de Charles IX.

L'année précédente, le roi avait envoyé le duc de Montpensier avec une troupe de gendarmes pour reprendre la ville qui s'était déclarée pour la Ligue, mais Entragues l'avait repoussé en lui faisant tirer dessus. Depuis, par le traité de Nemours imposé au roi par Guise en juillet 1585, Orléans était devenu place de sûreté pour la Ligue.

La reine mère n'envisageait donc pas d'y rester longtemps, cette ville n'étant qu'une étape. En revanche, la duchesse de Montpensier, qui était arrivée bien avant le cortège royal, appréciait la cité ligueuse. Installée dans sa maison de la rue de la Recouvrance, elle avait rapidement été contactée par Maurevert.

Le tueur des rois avait pris logis à l'hostellerie de l'Escu de France et engagé deux hommes de main italiens qui se présentaient eux-mêmes comme des spadaccini. Ils avaient fui de Rome après avoir battu un cardinal, expliquèrent-ils à Maurevert, mais depuis qu'ils étaient en France, ils vivaient dans la misère et recherchaient un protecteur. L'un, grand et maigre, était maître escrimeur et se faisait appeler Maestro Jacopo, le second, petit et rondouillard, était son valet et se nommait simplement Giovanni.

Avant de les prendre à son service, Maurevert avait voulu mesurer leur habileté dans la *scienza cavalleresca*[1]. Après quelques assauts en salle d'armes, puis en champ clos en dehors de la ville, il avait été convaincu ; tous deux étaient d'une rare virtuosité. De surcroît, les deux spadassins savaient aussi bien manier le pistolet et le poignard que la rapière. Maurevert leur avait promis trois écus par semaine avec le gîte et le couvert. Sans maître et sans passeport, les Italiens, qui ne voyaient comme fin de leur misère que de devenir brigands de grand chemin, avaient accepté.

La cour de la reine mère était à Orléans depuis trois jours quand un gamin vint déposer un billet chez la duchesse de Montpensier. Maurevert souhaitait lui parler de toute urgence. Accompagné du capitaine Cabasset, elle se rendit masquée à l'Escu de France, car il était trop risqué que Maurevert vienne chez elle où un de ses gentilshommes aurait pu le reconnaître.

---

1. Nom que les Italiens donnaient à l'escrime.

Dans l'hôtellerie, dont l'enseigne représentait un écu fleurdelisé tenu par deux anges, une servante les conduisit dans la chambre de Maurevert, puis leur porta à dîner. Après avoir été servi, Maurevert fit sortir la servante et s'expliqua.

— Madame, j'ai aperçu en ville un homme que votre frère m'avait demandé de faire disparaître, l'année dernière à Paris.

Il avait été convenu entre la duchesse et Maurevert que Cabasset, homme de confiance de Mayenne, serait mis dans la confidence du projet d'assassinat d'Henri de Navarre. Le capitaine, pourtant, n'avait pas été informé de l'identité réelle de celui qu'on appelait uniquement M. Le Vert.

— De qui s'agit-il ? s'inquiéta la duchesse.

En quelques mots, Maurevert lui raconta ce qui s'était passé au printemps 1585. Comment Mayenne était venu le chercher à Arcueil, lui demandant de faire disparaître un contrôleur des tailles pouvant causer du tort à la Ligue…

— La difficulté, madame, était que cet homme était protégé par un lieutenant du prévôt d'Île-de-France, un ligueur qui ne devait être ni blessé ni tué. De surcroît, ce contrôleur trop curieux avait un garde du corps…

— Quel était le nom de ce lieutenant du prévôt ? l'interrompit-elle, prise soudain d'un inquiétant pressentiment.

— M. Poulain, madame. Nicolas Poulain.

À ce nom, la duchesse frémit. L'homme choisit par son frère pour être prévôt de la Cour ! Qu'est-ce que cela signifiait ? Puis elle se rassura : M. de Mayneville lui avait assuré qu'il était aux Guise, elle pouvait lui faire confiance. D'ailleurs Maurevert venait de dire qu'il était ligueur...

— Continuez ! fit-elle.

— J'engageai quelques truands et je préparai l'attaque de la maison de M. Hauteville...

— Quel nom venez-vous de dire ? intervint-elle d'une voix si aiguë qu'il ne la reconnut pas.

— Hauteville, madame... Olivier Hauteville... C'est le nom de l'homme que votre frère voulait que je fasse disparaître...

La duchesse resta un instant abasourdie, pétrifiée.

— Où habite-t-il ?

— Rue Saint-Martin, madame, dans la paroisse Saint-Merri.

Ainsi, ce jeune homme que son frère avait voulu faire assassiner était celui qu'elle avait remarqué à l'église Saint-Merri ! C'était celui qui ne faisait pas attention à elle !

Peut-être s'était-elle trompée dans l'interprétation de son comportement, se dit-elle après un instant de réflexion. Peut-être l'avait-il remarquée, mais sachant que son frère avait tenté de le meurtrir, il ne souhaitait pas s'approcher d'elle...

— Poursuivez, murmura-t-elle en tentant de cacher son trouble.

— Votre frère m'avait donné le nom d'un bourgeois nommé Jehan Salvancy qui pouvait m'aider. Il était membre de la Ligue parisienne et je lui demandai de me fournir des cuirasses et des casques du guet bourgeois. Ainsi déguisés, nous sommes entrés par ruse chez Hauteville, mais malheureusement, il recevait des amis. Il y avait là son garde du corps, et ce Poulain dont je vous ai parlé, ainsi qu'un gentilhomme accompagné d'une femme. Nous nous sommes battus, mais ils étaient bien plus forts que mes truands et j'ai dû quitter les lieux, vaincu.

Comme la duchesse restait impassible, il poursuivit.

— J'ai ensuite loué une chambre en face de chez lui pour l'assassiner avec un mousquet. Mais n'y parvenant pas, je me suis finalement introduit chez lui en son absence. Mon dessein était d'attendre son retour et de le poignarder. Seulement il y avait des gens dans sa maison…

— Des domestiques ?

— Pas seulement, madame. Des gens qui m'ont reconnu… Un homme en particulier…

Il resta silencieux une seconde, comme pour insister sur ce qu'il allait dire, puis il lâcha :

— C'était M. de Mornay.

— Le pape des huguenots ? Le surintendant de la maison de Navarre ? Mais que faisait-il à Paris ? Et chez ce Hauteville ?

— Je l'ignore, madame. Il était avec le gentilhomme et la femme que j'avais déjà vus chez Hauteville. Cette femme se bat à l'épée comme un démon, madame, je n'avais jamais vu ça ! J'étais seul, ils étaient trop nombreux, ils m'ont tiré dessus et je me suis à nouveau enfui. Votre frère ne m'avait pas donné les raisons pour lesquelles je devais tuer Hauteville. Je décidai donc de demander des explications à ce bourgeois, le nommé Salvancy, car je voulais savoir comment Mornay était impliqué dans mon affaire. Je me présentai chez lui, mais sa maison était fermée, abandonnée. On m'apprit qu'il était en fuite, poursuivi par le lieutenant civil et que ses gardes du corps avaient été arrêtés. Ils furent d'ailleurs pendus et étranglés devant la Croix-du-Trahoir quelques jours plus tard pour avoir assassiné le père de M. Hauteville, ce que j'ignorais aussi.

» Je ne savais que faire, j'appris alors que votre frère Mayenne était à Dijon et je m'y rendis. Je parvins à lui faire passer une lettre puis à le rencontrer. Je lui racontai tout. Il fut très contrarié et me dit seulement qu'il n'y avait plus rien à faire. Je devais retourner à Arcueil attendre de nouvelles instructions. Depuis, j'attendais. Cette affaire a été un grave échec pour moi, et je brûle de me rattraper, et surtout de faire disparaître M. de Mornay qui sait que je suis toujours vivant.

Après un silence, il ajouta d'un ton de reproche :

— Si votre frère m'en avait dit plus, s'il m'avait fait confiance, j'aurais sans doute agi différemment. Mais même maintenant, je ne sais toujours pas ce qui s'est vraiment passé…

— Mon frère Charles ne m'a jamais rien dit sur cette affaire, fit-elle, songeuse, pas plus qu'Henri.

Elle resta un long moment à méditer avant de demander :

— Le plus invraisemblable reste la présence secrète à Paris de M. de Mornay. Il n'a pu venir que pour une affaire de la plus haute importance. Qui était cette fille avec lui ? Et comment connaissait-elle ce Hauteville ?

— Je sais seulement qu'elle s'appelait Cassandre, madame. Je pense qu'elle est de sa famille, peut-être sa fille…

— Était-elle la maîtresse de Hauteville ?

— Je l'ignore, madame, mais elle a vécu plusieurs jours chez lui.

La duchesse sentit le feu brûlant de la jalousie envahir son cœur. Elle ne put se retenir de serrer les poings.

Ainsi cet Olivier Hauteville sur qui elle avait daigné jeter un regard avait une maîtresse, et celle-ci était peut-être la fille de Mornay. Une hérétique ! D'ailleurs, lui-même était peut-être un huguenot... Non ! se raisonna-t-elle. Il allait tous les dimanches à Saint-Merri, donc il était bon catholique. Mais il n'empêche qu'il avait vécu avec une hérétique. Le savait-il ? Elle se jura qu'elle le sauverait de la damnation à laquelle il n'échapperait pas s'il envisageait de la revoir.

Elle manquait cruellement d'informations sur ce qui s'était passé. Son frère Mayenne en savait certainement beaucoup plus. Devait-elle lui écrire ? Lui envoyer Cabasset comme messager ? Mais ce serait se séparer d'un homme qui pourrait lui être utile, et puis, son frère lui répondrait-il ? Raconterait-il tout ce qu'il savait dans un courrier qui, même chiffré, pouvait tomber entre les mains de Navarre ?

— Savez-vous ce que fait M. Hauteville ici ?

— Non, mais je pourrai me renseigner, madame. Il était avec un domestique que j'ai déjà vu chez lui, rue Saint-Martin, et deux gardes suisses. Je pense qu'il est avec la cour de la reine.

— C'est bien possible... Savez-vous que monsieur Poulain est le prévôt de l'hôtel de la reine ?

— Non... Je l'ignorais... Mais cela expliquerait la présence de Hauteville, ces deux-là sont amis.

— C'est tout de même étonnant : M. Poulain est à la Ligue et M. Hauteville reçoit des hérétiques chez lui...

— Peut-être ne sont-ils pas vraiment des amis, suggéra Maurevert. Peut-être Hauteville espionne-t-il Poulain, ou l'inverse…

— Peut-être…

Si Hauteville était avec Poulain, il irait aussi à Chenonceaux, se dit-elle. Elle aurait alors l'occasion de le rencontrer, de lui parler, et de découvrir ce qu'elle ignorait. Elle jugea finalement qu'elle pouvait attendre avant d'écrire à son frère et de lui envoyer Cabasset.

— Évitez de vous faire voir de ces deux hommes, ce serait fâcheux qu'ils vous reconnaissent, prévint-elle Maurevert. Quand nous quitterons Orléans, vous suivrez le convoi à bonne distance. À Blois, je logerai au château ; vous pourrez me faire passer un billet.

À la fin de la première semaine d'août, la Cour partit pour Blois. Le déplacement devait durer cinq jours et tout le monde ne se retrouvait pas aux étapes, car certains logeaient dans les villages, d'autres dans des châteaux, d'autres encore dans des hôtelleries ou des monastères.

La duchesse fit le voyage en compagnie du duc de Nevers qu'elle jugeait le plus proche de son parti, et qu'elle appréciait, car tous deux partageaient la même haine envers le duc de Montpensier.

L'interminable convoi avançait fort lentement sur les chemins encombrés par des pèlerins à pied, des marchands en mule ou à dos d'âne, et surtout des détachements d'hommes d'armes. Au milieu de tout ce monde, Maurevert, son écuyer et les deux spadassins passaient inaperçus. D'ailleurs, ils suivaient le convoi royal de très loin. La duchesse aperçut plusieurs fois Hauteville, mais ne chercha pas à l'aborder. En revanche, Nicolas Poulain venait chaque jour courtoisement la saluer, se gardant bien sûr de lui rapporter ce que les gentilshommes de M. de Montpensier chantaient au sujet de ses valets et de ses gardes qui affichaient la croix de Lorraine des Guise sur leur livrée :

Dites-moi ce que signifie
Que les ligueurs ont double croix ?
C'est qu'en la Ligue on crucifie,
Jésus-Christ encore une fois !

Chaque jour, Poulain veillait à ce que les gens de M. de Montpensier logent assez loin de ceux de la duchesse. Sa plus grande crainte restait les duels ou une échauffourée entre les deux troupes.

Dans le château de Blois, la Cour fut logée dans des conditions de promiscuité propices au désordre et aux dérèglements. Les plus grandes salles avaient été cloisonnées pour recevoir gentilshommes et dames, et la domesticité s'entassait sous les toitures surchauffées. Les rares lits et paillasses étaient partagés à trois ou quatre et, avec la chaleur, la vermine grouillait. Chaque jour, ceux qui voulaient rester propres devaient passer beaucoup de temps à ôter leurs poux. Quant aux odeurs, elles étaient insupportables, même si les plus délicats s'aspergeaient de parfum tandis que les plus courageux allaient se laver dans la Loire.

En ville, les auberges étaient pleines et Nicolas Poulain avait bien du mal à imposer l'ordre et à éviter les débordements. Heureusement, il était aidé dans sa tâche par le capitaine des gardes de la reine et discrètement par M. de Bezon que tout le monde craignait.

Pour adoucir les caractères, Catherine de Médicis donna fêtes, ballets et comédies tous les jours. Les Gelosi avaient monté leur estrade dans la grande salle des États et durant le séjour la reine s'entretint à plusieurs reprises avec Isabella Andreini.

D'abord, elle reçut les Gelosi dans sa chambre de parade en présence de ses nains et des dames de son escadron volant. Elle organisa des jeux, des concours de poésie et des tournois de musique au luth et à la viole.

Les jours suivants, la reine ne fit venir qu'Isabella, en présence de sa petite-fille Christine de Lorraine et de ses favorites : Mme de Sauves, Isabeau de Limeuil et les deux jeunes dames d'honneur, Cassandre et Hélène. Au fil de leurs longues discussions, Catherine essayait de cerner le caractère de la comédienne et de la mettre en confiance. Elle parla de son gendre Henri, le roi de Navarre, et surtout de sa grand-mère Marguerite de Navarre qu'elle avait connue et aimée quand elle était arrivée à la cour de France. En effet, la poétesse auteur de l'*Heptaméron* était la sœur de François Ier qui avait décidé le mariage de Catherine de Médicis avec son fils cadet Henri.

La reine mère était adroite pour tendre ses filets. Quand elle fut certaine qu'Isabella l'aimait, elle la reçut seule et lui assura que Navarre serait séduit par les spectacles des Gelosi et qu'il voudrait sans doute la rencontrer, tant elle ressemblait à Marguerite de Navarre.

Elle ajouta en retenant quelques larmes que ce serait hors de sa présence car, pour son malheur, son gendre se méfiait d'elle. Toujours vêtue de noir, avec sa coiffe en dentelle, la reine apparut à Isabella comme une vieille femme très malheureuse. Quand elle lui dit qu'elle aurait souhaité qu'elle la remplace pour recevoir le roi de Navarre, Isabella fut si touchée qu'elle fondit en larmes. Pour la première fois depuis qu'elle avait quitté l'Italie, elle oublia le meurtre qu'elle avait commis et la mort de son amie Gabriella. Flattée de tant de confiance et d'affection, elle promit à la reine de faire tout ce qu'elle lui demanderait.

Catherine de Médicis eut aussi de longues entrevues avec Mme de Sauves et avec Isabeau de Limeuil. Avec la maîtresse du duc de Guise, elle n'eut pas à jouer la comédie. Charlotte de Sauves avait connu tous les hommes de la Cour et quand la reine lui proposa dix mille écus pour redevenir durant une nuit ou deux la maîtresse du roi de Navarre, elle accepta.

À Isabeau de Limeuil, la reine mère confirma qu'elle savait ce qu'était devenu son enfant. Mais pour connaître la vérité, elle devrait faire boire un philtre à Henri III. Isabeau refusa.

— Ce philtre, Isabeau, je vous le remettrai la veille, vous n'aurez qu'à l'essayer sur un animal si vous pensez qu'il s'agit d'un poison. C'est le même que vous avez reçu pour séduire le prince de Condé, se justifia Catherine de Médicis.

— Mais dans quel but, madame ? Pour que je séduise Navarre ? Je suis trop vieille !

Catherine eut cette expression pitoyable qui lui attirait immanquablement la sympathie :

— J'ai offert ma fille préférée à Navarre, or ce mariage a été un échec, Isabeau. Comme il n'a pas été consommé, il pourra être annulé. Or, je suis persuadée qu'une union entre les Bourbons et les princes lorrains pourrait rétablir la concorde entre ces deux familles, et la paix dans le royaume. Si Navarre est à nouveau libre, quelle meilleure alliance pourrais-je souhaiter que celle d'Henri avec ma petite-fille Christine dont le père est parent des Guise ?

On le voit, en mélangeant vérité et mensonges, Catherine de Médicis utilisait tous ses talents en fourberie pour arriver à ses fins. Elle y parvint, car Isabeau de Limeuil parut cette fois touchée. Encouragée, la reine poursuivit :

— Seulement... vous connaissez Christine, ce n'est pas une beauté, c'est pourquoi j'ai songé au philtre que vous avez déjà fait boire au prince de Condé. Si vous parvenez à le faire avaler à Navarre alors qu'ils sont ensemble, il tombera sous son charme. Ruggieri m'a dit que cela ne durerait que quelques jours, ou même que quelques heures, mais si Christine lui témoigne suffisamment d'affection, il pourrait bien décider de rester avec elle... Et la paix revenir dans ce pauvre royaume.

Limeuil resta silencieuse, tandis que la reine essuyait une larme.

— Et je saurai où est mon enfant ? demanda Isabeau au bout d'un long moment.

— Je vous dirai tout ce que M. de Bezon a découvert.

— Je dois réfléchir, madame, décida Isabeau.

— Vous avez le sort du royaume entre vos mains, ma cousine, dit la reine, en lui faisant comprendre, d'un signe de la main, que l'entretien était terminé.

Catherine de Médicis savourait son triomphe. Au moins une des trois femmes ferait avaler ses potions à Navarre. En premier, elle lui ferait absorber le philtre de Ruggieri et, si elle n'obtenait pas le résultat escompté, elle utiliserait celui de Roger Bianchi.

En revanche, les négociations sur la rencontre traînaient. Elle décida donc de montrer sa force. À la fin d'août, et sur son ordre, le maréchal de Retz se saisit de la ville de Montagu tenue par les protestants pour que Navarre comprenne que la trêve pouvait être rompue à tout moment.

Pendant ce temps, la vie s'écoulait au château au milieu d'intrigues et de débauches sur lesquelles Nicolas Poulain préférait fermer les yeux. L'oisiveté engendrait le vice, le jeu et la discorde. La dissolution des mœurs et l'impudeur des dames faisaient le reste. Poulain n'intervenait que pour les désordres les plus graves, le blasphème même devait être toléré, lui avait-on fait comprendre, sauf durant les messes.

Pourtant, quand on se promenait dans les jardins derrière le château, ou le long des levées de la Loire, ces digues empierrées pour protéger la ville, ce n'était que raffinement et apparence sage et modeste. Ici, point d'homme habillé en femme comme on en voyait souvent au Louvre lors des bals, et point de décolletés indécents. Les femmes étaient pour la plupart en robe noire à haut collet brodée de perle ou tissée d'argent. C'est à l'occasion d'une de ces promenades qu'Olivier Hauteville rencontra la duchesse de Montpensier. À dire vrai, il ne put l'éviter. Il était lui-même avec Nicolas Poulain et Mme de Limeuil quand ils croisèrent le duc de Nevers avec la duchesse. Mais malgré les apparences, ce n'était pas une rencontre fortuite.

La duchesse était logée au château et cherchait depuis plusieurs jours à approcher Olivier. Elle s'était jointe au duc de Nevers et à ses gentilshommes quand elle avait découvert, en arrivant en coche sur la promenade le long du fleuve, qu'Olivier s'y trouvait déjà.

On était en fin d'après-midi et chacun recherchait la fraîcheur des allées de peupliers tant la chaleur était écrasante. Le duc de Nevers s'adressa fort aimablement à Isabeau de Limeuil, puis à Nicolas Poulain qu'il voyait chaque jour au château. Nicolas présenta son ami Olivier, avocat à la Chambre des comptes, qui s'occupait de l'achat des fournitures de la Cour. Pour ne pas être en reste, le duc nomma quelques-uns des gentilshommes et des dames qui l'accompagnaient.

Évidemment, il y avait une distance immense entre l'état de Poulain et celui du duc, mais le prévôt de l'hôtel, même roturier, était un homme très respecté, aussi une discussion amicale s'engagea durant laquelle la duchesse de Montpensier s'approcha d'Olivier pour lui dire qu'elle se souvenait l'avoir aperçu à l'église de Saint-Merri.

— En effet, madame, dit-il en souriant, c'était sans doute le jour où vous étiez venue écouter le curé Boucher.

Elle s'efforça de dissimuler son dépit, car, apparemment, il n'avait pas remarqué les autres fois où elle était venue.

Le petit groupe déambulait le long de la rivière dont le cours était fort bas. La duchesse de Montpensier demanda à Olivier et à Mme Sardini leur avis sur le dernier spectacle des Gelosi, ainsi que sur le pieux sermon entendu à la messe célébrée à Saint-Solene. Puis elle se plaignit de la chaleur accablante qui régnait dans les chambres du château. À cette occasion, elle demanda à Olivier où il logeait, car elle ne l'avait pas vu au palais. Isabeau répondit à sa place :

— J'ai proposé à M. Hauteville de l'héberger à l'hôtel Sardini. Nous ne sommes pas très nombreux, et il restait une chambre libre.

Impassible, la duchesse accusa le coup. Comment se pouvait-il que Mme Sardini, cousine de la reine, petite-fille du vicomte de Tonnerre, épouse d'un des plus riches financiers de Paris, ait proposé à ce roturier, petit avocat à la Chambre des comptes, de loger chez elle ? Était-elle sa maîtresse ?

De nouveau la jalousie lui brûla le cœur et Mme Sardini, pas plus qu'Hauteville, ne dirent mot pour la rassurer. Rapidement, Mme de Montpensier abrégea la promenade pour rentrer au château, ne sachant comment assembler tout ce qu'elle savait désormais sur Olivier Hauteville.

Alors qu'elle avait ainsi l'esprit en désordre, un fait la frappa. Pourquoi la reine avait-elle demandé à Mme Sardini de l'accompagner ? Certes, Isabeau de Limeuil avait fait partie de l'escadron volant, vingt ans plus tôt, certes elle avait été la maîtresse du père de l'actuel prince de Condé, mais elle était désormais une femme fanée et sans attraits. Pourquoi devait-elle être présente pour la venue d'Henri de Navarre ?

Ce que la duchesse ne pouvait savoir, c'est que Mme Sardini connaissait bien Olivier.

La première fois qu'ils s'étaient rencontrés, c'était dans la maison du banquier. Olivier était venu annoncer à Cassandre qu'il avait envoyé M. de Cubsac demander de l'aide au marquis d'O, à Caen. Isabeau de Limeuil, informée de toute l'opération contre le receveur Salvancy, avait assisté à l'entretien.

De retour à Montauban, Cassandre avait écrit à Mme Sardini. Malgré la guerre, sa lettre était arrivée à l'hôtel du banquier, au chemin du Fer-à-Moulin. Elle était accompagnée d'un paquet.

Dans son courrier, Cassandre remerciait Mme Sardini pour ses bontés lors de sa venue et la suppliait de faire parvenir le paquet à M. Olivier Hauteville, rue Saint-Martin. Intriguée et curieuse, Isabeau de Limeuil l'avait porté elle-même, escortée par les Suisses Hans et Rudolf.

Olivier l'avait reçue dans un mélange d'inquiétude et de méfiance. Cela faisait cinq mois que M. de Mornay et sa fille lui avaient volé les quittances que lui-même avait prises au receveur félon. Depuis, il avait appris que les quittances avaient été payées par la banque Sardini, et comme il savait que Mme Sardini avait toujours été informée de l'entreprise, il se doutait bien qu'elle était complice de M. de Mornay.

Isabeau de Limeuil, en robe de drap noir doublée de bougran noir et bordée d'un bourrelet de velours aux épaules, lui avait expliqué d'une voix neutre que

Cassandre de Mornay lui avait demandé de lui apporter ce paquet. Il l'avait pris, hésitant à l'ouvrir devant elle, mais comme elle ne faisait pas mine de se retirer, il avait brisé le sceau et détaché les cordons.

Le paquet contenait une lettre et deux petits livres. Le premier, il l'avait reconnu : c'était le Nouveau Testament traduit par M. de Bèze qu'il avait trouvé dans son lit, quand elle habitait chez lui. Le second était les *Essais* de Michel de Montaigne, avec un mot amical de M. de Mornay.

Hésitant, il avait montré à Isabeau le livre de M. de Bèze.

— Mademoiselle de Mornay est une hérétique ! avait-elle dit dans un sourire.

— Je le sais, madame. Et je vous remercie de m'avoir porté ce paquet.

Évidemment, il ne lui avait pas fait lire le contenu de la lettre, sinon l'histoire que nous racontons aurait connu son épilogue à cet instant.

Olivier n'avait plus revu Mme Sardini jusqu'au jour du départ de la Cour, quand les véhicules s'étaient rangés le long de la Seine. Son chariot était placé juste avant la litière de la femme du banquier. Naturellement, il était donc allé la saluer.

Par la suite, ils avaient fait le voyage ensemble. Il n'y avait aucune attirance physique entre eux et, au début, ils avaient surtout parlé de Cassandre. Les deux Suisses se mêlant parfois à leur conversation, car ils étaient restés longtemps avec la fille de Mornay, lorsqu'ils avaient fait route ensemble de Figeac à Paris.

Au fil des rencontres, Olivier avait parlé de son père assassiné par la Ligue. Il s'était vite aperçu que Mme Sardini savait tout de l'entreprise de fraude sur les tailles à laquelle il avait mis fin. Ils n'avaient pourtant jamais abordé ouvertement leurs rôles respectifs, mais une certaine complicité, pleine de sous-entendus, les avait rapprochés.

À Blois, comme Olivier et ses domestiques ne disposaient que d'une paillasse pour trois sous les combles du château, c'est tout naturellement qu'elle leur avait proposé de loger dans une chambre vide de son hôtel de la rue du Puy-Châtel. Une belle demeure de pierre avec un jardin appelée la maison au porc-épic à cause de l'emblème de Louis XII gravé sur le porche.

Nicolas Poulain, invité à dîner, s'était déclaré envieux des conditions de logement de son ami. Lui-même n'ayant, dans le château, qu'un minuscule cabinet surchauffé et obscur.

Après la prise de Montagu, la reine reçut un nouveau négociateur du roi de Navarre et on commença à murmurer que la Cour partait pour Chenonceaux.

Tout au long du voyage, Lorenzino Venetianelli avait laissé traîner ses oreilles, séduit quelques filles de cuisine et femmes de chambre, et même livré quelques assauts à l'épée mouchetée avec des gentilshommes – il jurait avoir été maître d'armes en Italie – dans le but de s'en faire des amis. Malgré ses efforts, il n'avait rien appris des intentions de Catherine de Médicis.

Aussi, à Blois, dès qu'il avait su où habitait Mme Sardini, il s'était rendu rue du Puy-Châtel pour examiner l'hôtel du banquier et les maisons environnantes. Il avait aussi observé combien Mme Sardini était proche de la reine qui lui demandait souvent de rester auprès d'elle. Catherine de Médicis agissait d'ailleurs de même avec Isabella Andreani, ce qui intriguait beaucoup le comédien qui aurait aimé être une mouche afin d'assister à leurs entretiens. Il avait bien tenté de séduire les deux jeunes dames d'honneur, Hélène et Cassandre, qui restaient toujours près de la reine, mais il avait découvert qu'elles n'aimaient pas les hommes.

Il se demandait si Mme Sardini obéirait à l'ordre du roi. Que se passerait-il si elle en parlait à la reine ? Celle-ci pourrait bien s'opposer à l'injonction de son fils.

Un matin, Flavio lui annonça leur départ prochain pour Chenonceaux. Le lendemain, Venetianelli fit porter à Mme Sardini la lettre du roi par le valet d'une auberge proche. Il avait décidé que si la veille du départ de la Cour, Mme Sardini ne partait pas pour Paris, ce serait à lui d'agir, de l'écarter, comme le lui avait ordonné Richelieu, car il n'aurait pas trop d'une journée pour y parvenir.

Mme Sardini étant toujours escortée par deux Suisses, il ne pouvait l'approcher pour lui donner un coup de dague ou un coup de pistolet. Le moyen le plus simple était donc de lui tirer dessus avec un mousquet. Même s'il ne la tuait pas, la blessure l'empêcherait de quitter Blois.

Mais une telle entreprise soulevait quantité de difficultés. En premier lieu, il n'avait pas de mousquet. Il trouva un armurier non loin des cordeliers à qui il expliqua qu'il partait en voyage et qu'il désirait s'armer. La vente des armes à feu était surveillée par le lieutenant civil mais, pour soixante écus, l'armurier accepta de lui vendre discrètement un mousquet et de la poudre. Venetianelli promit de revenir le lendemain et l'armurier lui assura qu'il pourrait essayer l'arme dans le verger derrière son échoppe. Le comédien avait déjà tiré avec toutes sortes d'arquebuses, mais il manquait d'entraînement. Cette proposition le rassura.

Il restait encore à décider d'où tirer. Durant le voyage jusqu'à Chenonceaux, ce serait impossible. Le mousquet avait une portée d'une centaine de pas et il n'aurait jamais la possibilité de se dissimuler en chemin. Qui plus est, Mme Sardini serait en général à l'intérieur de son coche, sans doute invisible derrière des rideaux de cuir. Il en vint à la conclusion qu'elle ne serait vulnérable qu'en sortant de chez elle pour monter dans sa voiture. Mais d'où tirer dans cette étroite rue du Puy-Châtel ?

Il la parcourut plusieurs fois. À moins de cent pas, il n'avait guère de choix. Il y avait en face de l'hôtel Sardini, et un peu en amont et en retrait des autres maisons, un escalier en colombage à claire-voie conduisant à trois étages de galeries desservant des chambres et des logis. S'il tirait de cette hauteur, il ne serait pas gêné, même si le coche se trouvait devant le porche de l'hôtel.

Il explora les galeries. À leurs extrémités, elles communiquaient par des échelles jusqu'à un sombre passage qui longeait une cour avant de déboucher sur un petit jardin. De là, en se glissant entre deux maisons, on arrivait en bas des marches conduisant à la rue des Papegaux. Il lui serait donc facile de fuir.

Restait à trouver un endroit pour tirer. Il rechercha d'abord un logement vide, mais il n'y en avait pas. En revanche, en haut de l'escalier à claire-voie, il était possible, en passant sur la rambarde, d'atteindre le toit de la maison mitoyenne qui se trouvait un peu plus bas. Là, il pourrait se placer contre une cheminée où il serait à l'abri du vent. C'était chose facile pour un homme tel que lui, capable de toutes sortes de contorsions. Il découvrit même, contre la cheminée, un corbeau de pierre qui lui permettrait d'appuyer le mousquet.

À l'heure du départ, il ferait nuit – il espérerait au moins qu'il ne pleuvrait pas – mais la cour de Mme Sardini serait certainement illuminée par des flambeaux.

Par malchance, Olivier Hauteville l'avait aperçu, tandis qu'il rêvait à Cassandre, devant la fenêtre de sa chambre dans l'hôtel Sardini. La première fois, Olivier avait vu passer le comédien qui paraissait examiner les maisons de la rue, comme s'il cherchait une adresse. Il n'y avait pas prêté attention. En revanche, la seconde fois, c'était le lendemain matin, il l'avait aperçu quand il grimpait l'escalier à claire-voie. Olivier s'était dit alors que Scaramouche avait trouvé une bonne fortune !

Ce même jour, Mme Sardini avait reçu la lettre du roi mais elle n'en prit connaissance que le soir, en rentrant du château :

Madame Sardini, dame de Limeuil,

Pour ce que j'ai en grande estime votre fidélité et zélée dévotion à mon service, je vous ordonne et enjoins bien expressément que sans délai ni excuse reveniez au plus tôt en mon château du Louvre. Vous ferez chose qui me sera très agréable, et le contraire me déplairait grandement.

Priant Dieu, madame, qu'Il vous ait en Sa sainte garde.

En lisant le pli, elle resta stupéfaite. Que signifiait cet ordre ? Que lui voulait le roi ? Le cœur battant, elle relut plusieurs fois la missive avant de demander à ses laquais comment elle était arrivée, mais ils ne se souvenaient pas du porteur, sans doute un quelconque valet. Alors elle s'interrogea : devait-elle montrer cet ordre à la reine ? Et surtout, devait-elle se soumettre ?

Elle choisit vite de ne pas obéir. La reine savait où était son enfant, un enfant qu'elle avait cherché vingt ans. Elle ne pouvait partir maintenant. Elle décida que si le roi lui reprochait son indiscipline, elle affirmerait ne jamais avoir reçu de lettre. Après tout, celle-ci avait été portée par un inconnu, et non par un notaire, un magistrat ou un exempt.

Malgré tout, elle ne dormit guère, cette nuit-là.

Le lendemain devait être la veille du départ. Le château était devenu une ruche bourdonnante. Des centaines de domestiques préparaient les malles, démontaient les meubles et les tentures, transportaient caisses et coffres sur les charrettes et les chariots qui attendaient un peu partout dans la cour. Aucun divertissement, aucun ballet, aucune comédie n'était prévu.

Après la messe, Mme Sardini rendit visite à la reine et resta au château quelques heures. Rentrée chez elle, elle vérifia que son intendant avait tout préparé pour son départ. Elle n'emporterait à Chenonceaux que des matelas, du linge et des vêtements. Nicolas Poulain l'avait avisée qu'elle serait logée au château où la reine avait déjà fait porter des meubles et des lits, mais qu'elle serait particulièrement à l'étroit au deuxième étage.

Le soir, elle soupa avec Olivier, Nicolas, Hans et Rudolf, ainsi que son médecin, un homme taciturne d'une cinquantaine d'années. Ils n'échangèrent que des banalités et Isabeau resta absente de la conversation. Que lui voulait le roi ? se demandait-elle inlassablement.

Le départ était prévu à la pique du jour, aussi se fit-elle habiller à la lueur des flambeaux et des lanternes. Les domestiques étaient levés depuis deux heures déjà pour préparer le coche et atteler les animaux. Elle avala une soupe dans la cuisine et mangea quelques fruits confits. Olivier était déjà parti avec son équipage, car Nicolas Poulain voulait qu'il soit en tête du convoi.

Ayant donné quelques derniers ordres au concierge qui restait dans la maison, elle sortit. Le premier chariot de fournitures était dans la rue, sa litière attendait derrière. Plusieurs flambeaux étaient allumés. Elle se dirigeait vers la voiture quand un coup de feu retentit.

Mme Sardini s'écroula, couverte de sang.

11.

Le début du cortège royal s'approchait de la porte fortifiée du pont sur la Loire quand Hans arriva en courant par la rue des Étuves. Essoufflé, il bouscula ceux qui se trouvaient sur son passage, criant qu'il cherchait le prévôt de l'hôtel. Enfin un cavalier le lui indiqua. Poulain était en discussion avec son lieutenant, Arnaud Pontier.

— Ma maîtresse vient d'être tuée ! lui hurla-t-il.

Poulain se tourna et fit avancer sa monture vers lui.

— Quoi ?

— Tuée, monsieur ! Un coup de mousquet !

— Monte ! ordonna-t-il au Suisse en lui tendant la main pour qu'il saute en croupe.

— Arnaud, je te confie le commandement. Préviens la reine ! cria-t-il à son lieutenant.

Il remonta le convoi jusqu'au chariot qu'il partageait avec Olivier. Le Bègue tenait les rênes, à côté du valet. Son ami était devant, à cheval.

— Olivier, madame Sardini vient d'être tuée ! Viens avec moi !

Olivier n'eut pas le temps de poser des questions, car Nicolas galopait déjà vers la rue du Puy-Châtel.

La litière, les coches et les chariots de Mme Sardini attendaient toujours devant la maison. Rudolf, armé de pied en cap, surveillait la porte. Un flambeau de cire était accroché sur la façade. Hans et Nicolas sautèrent au sol, presque aussitôt suivis d'Olivier. Sans l'attendre, Nicolas se précipita. Un domestique, livide, lui indiqua la salle où on avait porté sa maîtresse. C'était une chambre d'apparat éclairée par plusieurs bougeoirs. Mme de Limeuil était allongée sur le lit. Deux servantes sanglotaient doucement à côté d'elle. Son médecin avait découpé sa robe et, avec un linge, nettoyait une plaie au bas du torse.

La première chose que Poulain remarqua fut la poitrine de Mme Sardini qui se soulevait par instants. Elle avait encore un souffle de vie.

Le médecin se tourna vers lui. À la faible lueur des bougies, son visage blême était sinistre, décomposé.

— Que s'est-il passé ? s'enquit Poulain d'une voix rendue aiguë par l'émotion.

— Je ne sais pas exactement, monsieur le Prévôt, j'étais à l'intérieur, mais un valet m'a raconté. Mme Sardini était dans la cour quand on a entendu un coup de feu. Elle est tombée, on l'a transportée ici.

— Est-ce grave ?

Le médecin baissa les yeux.

— Est-ce grave ? cria Poulain.

— La balle est entrée ici. Elle a brisé la dernière côte et s'est logée sous le poumon ou dans le ventre. Elle a beaucoup saigné...

Ce genre de blessure ne laissait que peu d'espoir. Poulain le savait, car la balle pouvait être n'importe où dans les viscères. Il se tourna vers Olivier, silencieux, qui venait d'entrer derrière lui.

— Qui a pu faire ça ? siffla-t-il entre ses dents. Où est le valet qui était avec elle ?

— Dehors, je pense.

— Viens, Olivier !

Ils ressortirent. Le valet, livide, était toujours devant la porte.

— C'est vous qui étiez avec Mme Sardini quand elle est tombée ?

— Oui, monsieur le Prévôt, balbutia le domestique.

— Venez me montrer où elle se trouvait.

Ils se rendirent dans la cour, face à la rue.

— À peu près là, monsieur.

— Où était exactement Mme Sardini ?

— Devant la porte.

Poulain balaya la rue du regard. Le coup de feu ne pouvait qu'avoir été tiré d'une des maisons de l'autre côté, mais laquelle ? Ce ne pouvait pas être à plus de cent pas…

— Vous n'avez rien remarqué ? Le bruit, d'où venait le bruit ?

— Je… je ne sais pas trop… De là-bas, je crois… répondit le serviteur en désignant l'escalier à claire-voie.

Un escalier ? C'était bien possible… un endroit pratique pour un tireur, se dit Poulain.

Il prit le flambeau accroché à un corbeau de fer et courut vers l'escalier qui se situait dans une petite cour en retrait des maisons. Olivier le suivit. Ils le gravirent lentement jusqu'au sommet, aux aguets du moindre bruit. L'endroit était sale, couvert de terre, de boue et de crottes. Par instants retentissaient des éclats de voix assourdis venant des logements des alentours, mais ils ne virent personne. Ceux qui avaient entendu le coup de feu n'avaient aucune envie de sortir, d'être interpellés, questionnés, et peut-être suspectés.

Il n'y avait pas de vent et, en haut, Poulain renifla l'odeur de la poudre. Il fut alors certain que c'était de là qu'on avait tiré.

— Tu sens ?

— Oui, renifla Olivier. Le coup est parti d'ici ?

— Sans doute. (Il se pencha sur la rambarde.) Ou de ce toit… Le tireur était en embuscade et doit être loin à l'heure qu'il est. C'était bien Mme Sardini qu'il visait. Mais pourquoi ? Rentrons, il n'y a plus rien à découvrir ici.

Une cavalcade se fit entendre dans la rue. Ils se penchèrent mais on n'y voyait pas grand-chose. Puis un autre flambeau fut allumé devant la maison de Mme Sardini et ils distinguèrent quelques cavaliers.

Ils redescendirent. En chemin, Olivier fit part à son ami de ce qui le taraudait depuis qu'ils avaient emprunté l'escalier.

— Tu sais… Cela n'a peut-être aucun rapport… Je ne veux accuser personne, mais j'ai vu un des Gelosi, avant-hier dans la rue, et je l'ai revu hier dans cet escalier.

— Qui ?

— Il Magnifichino.

Poulain resta silencieux. Il avait plusieurs fois observé le comédien italien durant des assauts d'escrime. C'était un bon bretteur. Où avait-il appris ? Savait-il aussi utiliser un mousquet ? C'était probable. Mais pourquoi aurait-il tiré sur Mme Sardini ?

Vengeance ? Jalousie ? Il pencha pour une vengeance. À travers Mme de Limeuil c'était peut-être son mari qu'on avait voulu atteindre. Pourquoi pas une intrigue des Guise ? C'étaient bien leurs méthodes… On avait tué ainsi l'amiral de Coligny. Il se promit d'interroger Il Magnifichino dès qu'il aurait rejoint le convoi. Finalement, malgré sa réputation, ce comédien n'était peut-être qu'un assassin, un spadassino.

Arrivés devant la maison au porc-épic, ils virent trois chevaux et un petit poney. Aux montures, Poulain comprit immédiatement qui était là. Ils entrèrent. Trois hommes d'armes attendaient avec le valet. Ils passèrent dans la chambre. M. de Bezon était au pied du lit.

Le nain se retourna en entendant leurs pas.

— Où étiez-vous, monsieur Poulain ? demanda-t-il autoritairement, comme pour lui reprocher son absence.

— Dans la rue, monsieur de Bezon, dans une maison en face. J'ai trouvé d'où on avait tiré…

— Si vite ?

— Oui, monsieur. Comment va-t-elle ?

Le médecin avait un visage ravagé.

— Elle vit encore, mais il n'y a rien à faire, murmura-t-il.

— Il y a toujours à faire ! répliqua sèchement Bezon. Il faut extraire la balle.

— Elle mourra ! répliqua le médecin, en haussant les épaules.

— Elle mourra dans tous les cas ! Connaissez-vous un chirurgien ?

— Il y en a un dans la rue, dit le médecin. Mais je ne sais pas…

— Allez le chercher ! l'interrompit autoritairement Bezon. Qu'il n'oublie pas ses instruments !

Même si la tête du nain arrivait à peine au niveau du lit, personne n'osait discuter son autorité.

— Faites chauffer de l'eau, qu'elle soit brûlante, beaucoup d'eau, plusieurs bassines, ordonna-t-il à la servante. Apportez-moi aussi des récipients vides et du linge propre. Quelles herbes avez-vous aux cuisines ?

— Je… Je ne sais pas, monsieur… Je ne crois pas qu'on en ait beaucoup, la maison était inoccupée avant notre arrivée… Je vais demander au concierge.

— Trouvez-moi du vin, alors, et du vinaigre. Qu'un de mes hommes aille chez l'herboriste et ramène du mille-feuille et de la belladone. Je veux des feuilles et des baies.

Elle sortit avec le médecin pendant que Bezon se tournait vers Olivier.

— Apportez-moi ce tabouret, je suis trop petit.

Olivier s'exécuta et le nain monta sur le petit siège.

— Monsieur Poulain, faisons fi de la décence, vous serez plus rapide que moi, déshabillez-la !

Poulain regarda Olivier, gêné, puis il s'approcha et commença à défaire le laçage du corsage. Le médecin avait juste découpé un morceau de la robe et de la chemise pour dégager la plaie.

La robe s'ouvrait devant, Olivier défit ensuite un gilet, puis la chemise. Il ne restait que la brassière. Il n'osait la défaire.

— Ça ira ! dit le nain, baissez sa robe plus bas.

La plaie, toute petite, boursouflée, était maintenant bien visible au-dessous du sein gauche. Il n'y avait plus beaucoup de sang. Mme Sardini respirait toujours aussi lentement, elle était sans conscience.

— Monsieur Poulain, puisque vous savez d'où le coup est parti, pouvez-vous me montrer à peu près la trajectoire. Je pense comme M. Paré qu'il faut tout d'abord savoir où est exactement la balle.

Poulain leva le bras gauche vers le plafond.

— On a tiré d'un escalier dans la rue, au deuxième étage, vers la gauche. La balle est arrivée d'en haut, mais tout dépend de la position qu'avait Mme Sardini.

— Je vais supposer qu'elle était debout, face à la rue.

Le médecin entra à cet instant avec un jeune homme porteur d'une trousse de cuir.

— Vous êtes chirurgien en robe longue ?

— Non, monsieur.

— Ce sont vos instruments ?

— Oui.

— Donnez-les-moi.

— Vous... Vous voulez extraire la balle ? s'offusqua le médecin.

— Oui.

— Vous allez la tuer ! protesta-t-il à nouveau.

— Je vous l'ai dit, si je ne fais rien, elle est morte, et je crois avoir plus d'expérience que vous. Mon oncle m'a appris.

— Qui était votre oncle ?

— Michel de Nostre-Dame.

— Nostradamus ?

— On le nomme ainsi [1].

---

1. Voir *Nostradamus et le dragon de Raphaël*, éditions du Masque.

D'autorité, il avait pris la sacoche des mains du chirurgien et l'avait ouverte pour en étaler le contenu sur le lit. Olivier et Nicolas restèrent près de Mme Sardini, fascinés et épouvantés par l'opération que voulait tenter le nain.

Trois valets entrèrent, porteurs de bassines d'eau bouillante qu'ils déposèrent sur une table. La servante arriva ensuite avec deux flacons de vin et une jarre de vinaigre.

Le nain demanda qu'on trempe tous les objets du chirurgien dans l'eau bouillante, puis il descendit du tabouret et ordonna à un valet de le porter devant la table. L'ayant suivi, il remonta sur l'escabelle.

— Vous ! ordonna-t-il au chirurgien. Allez vous laver les mains au vinaigre ! Comme moi.

La servante plaça une bassine vide devant eux et vida le vinaigre sur leurs mains qu'ils frottèrent l'une contre l'autre avant de les essuyer à un linge propre. Ensuite, Bezon fit ramener le tabouret devant le lit et grimpa dessus.

— Vous écarterez la plaie, expliqua-t-il au chirurgien. Il faudrait que j'incise, mais elle saignerait trop. Messieurs Poulain et Hauteville, vous tiendrez Mme de Limeuil. Elle va avoir mal, très mal, et elle se débattra. Mais il ne faut surtout pas qu'elle bouge.

Il ajouta à l'attention de la servante :

— Trempez du linge dans un récipient d'eau bouillante et portez-le-moi quand je le demanderai. Amenez maintenant la bassine qui contient les instruments.

Quand tout le monde fut en place, Olivier et Nicolas maintinrent solidement la pauvre femme évanouie. Bezon saisit une tige de fer dans la bassine posée sur le lit, à côté de lui, il secoua un instant sa main, à cause de la chaleur, puis introduisit lentement la tige dans la plaie.

Isabeau de Limeuil se raidit et poussa un cri.

— La balle est là, comme je le pensais ! fit le nain dans un sourire satisfait. Heureusement que vous avez trouvé d'où on a tiré, monsieur Poulain. Par chance, en brisant la côte, le plomb ne s'est pas enfoncé profondément, il n'a pas dû toucher les entrailles.

Il saisit une longue pince et demanda au chirurgien :

— Écartez les bords de la blessure, et vous deux, tenez-la de toutes vos forces.

Quand Bezon introduisit la pince dans la plaie, Isabeau se cambra encore plus en lâchant un long hurlement épouvantable. Olivier et Poulain la maintenaient. Bezon, imperturbable, fouilla la blessure jusqu'à sentir la balle. Limeuil hurlait maintenant sans interruption. Brusquement, elle s'affaissa.

Bezon montra la pince à l'assistance : la balle était serrée entre les mâchoires.

Il prit un des linges qui trempait dans l'eau et, doucement, entreprit de nettoyer la plaie qui saignait à nouveau.

— Le sang fera peut-être sortir les brins de tissus qui se trouvent encore au fond, fit-il en grimaçant.

Il demanda à la servante :

— A-t-on les herbes ?

— L'herboriste vient de les apporter, monsieur.

— Donnez-moi du vinaigre, et dites-lui qu'il fasse cuire du mille-feuille dans de l'eau en y ajoutant des feuilles de belladone. Qu'il m'écrase aussi quatre grains de belladone.

Il lava longuement la blessure au vinaigre, provoquant un nouveau hurlement de la pauvre femme.

— C'est le traitement des blessures que mon oncle recommandait, dit-il à l'attention du médecin. Une fois la plaie bien lavée, il faut mettre des compresses de mille-feuille et les changer toutes les heures. Elles provoquent la cicatrisation. La belladone est là pour réduire la douleur.

L'apothicaire lui présenta la pâte de belladone écrasée dans une cuillère en argent.

— Ouvrez-lui la bouche et faites-la l'avaler.

Il descendit du tabouret et dit au médecin :

— Je ne peux rien faire d'autre. Occupez-vous des compresses. Et ne lui donnez pas trop de belladone, la plante peut provoquer des empoisonnements, même en petites quantités. Si elle ne meurt pas, je reviendrai dans quelques jours.

Il se tourna vers Poulain :

— Monsieur le Prévôt, nous pouvons maintenant rejoindre le cortège. La reine doit avoir hâte de savoir ce qui s'est passé.

— Nicolas, je reste ici, décida Olivier. Mme Sardini a été bonne pour moi et je ne veux pas l'abandonner maintenant. Elle peut avoir besoin de moi. Je te rejoindrai plus tard si elle reprend conscience. J'en profiterai pour interroger les voisins. Si quelqu'un a vu le tireur, je te le ferai savoir.

Depuis trois jours, Nicolas Poulain avait envoyé des fourriers et des chariots de meubles à Chenonceaux. Il avait fait lui-même deux fois le chemin et connaissait parfaitement l'itinéraire du convoi. Après avoir traversé la Loire, galopant sur le chemin avec M. de Bezon et ses trois gardes, ils dépassèrent des marchands en mule ou en charrettes, des âniers, et bien sûr d'innombrables pèlerins à pied, en route pour Rome ou Compostelle. On voyait peu d'hommes en armes, aussi, les quatre cavaliers que Poulain aperçut à un moment devant lui attirèrent son attention.

Il les observa en passant devant eux. Devant se trouvait un barbu en demi-armure, la tête recouverte d'une bourguignote à nasal. Nicolas Poulain ne put distinguer ses traits, mais la silhouette et un bras ballant lui rappelèrent vaguement quelqu'un, sans qu'il puisse se souvenir qui. Sans doute l'avait-il croisé à Blois. Ses compagnons étaient aussi solidement armés, mais il ne les reconnut pas.

Ils retrouvèrent le cortège royal un peu après midi. Le convoi s'était arrêté devant un bois, à côté d'une grande ferme pour avoir l'eau du puits. Poulain et Bezon se rendirent jusqu'au coche de la reine, évitant plusieurs gentilshommes qui voulaient les interroger, car tout le monde savait maintenant qu'on avait tiré sur Mme Sardini.

La reine terminait de dîner dans sa voiture en compagnie de sa petite-fille. Dans une sorte de tente dressée sur l'un des côtés du véhicule attendaient courtisans et serviteurs qui passaient les plats et servaient les boissons.

— Monsieur de Bezon ! s'exclama la reine en les voyant, j'allais envoyer des gens aux nouvelles !

D'un geste impérieux, le nain fit sortir tout le monde et fermer la tente. Poulain et lui restèrent seuls avec les femmes.

— Que s'est-il passé ? demanda Catherine de Médicis. Mme de Limeuil... est-elle...

— Elle est au plus mal, madame, répondit Bezon, j'ignore si elle vivra.

— Racontez-moi.

— Parlez, monsieur Poulain, vous étiez le premier sur les lieux, déclara Bezon en le désignant.

— J'ai été prévenu par un des Suisses de Mme Sardini, Majesté. Quand je suis arrivé, elle était dans son lit, inconsciente. Une balle de mousquet l'avait touchée en haut du ventre. Son médecin était avec elle. J'ai immédiatement cherché à savoir d'où on avait tiré. Avec un ami qui m'avait accompagné, nous avons exploré la rue. En face, en haut d'un escalier extérieur, cela sentait encore la poudre. On avait tiré de là ou du toit proche, avec un mousquet.

— Qui ?

— Je ne sais pas, madame, il n'y avait plus personne. M. de Bezon est arrivé peu après.

— Elle était perdue, madame, expliqua le nain, comme pour se disculper d'avance. J'ai tenté l'impossible. J'ai extrait la balle.

— Comment va-t-elle ?

— Elle a perdu beaucoup de sang, madame, déclara Bezon. Il y a des brins de tissus dans la plaie, l'infection est probable. J'ai fait ce que j'ai pu.

— Je ne vous reproche rien ! répliqua la Médicis. Monsieur Poulain, que comptez-vous faire pour retrouver l'assassin ? poursuivit-elle.

— Ce sera difficile, madame, répondit-il, ne voulant pas parler du Gelosi suspect de peur qu'il ne l'apprenne et ne s'enfuie. L'ami qui m'avait accompagné est resté là-bas. Il connaît Mme Sardini et conduira une enquête.

— Selon vous, pourquoi a-t-on fait ça ? demanda-t-elle.

— Cela ressemble à une vengeance, madame.

— Contre Isabeau ? Mais c'était une sainte femme !

— À travers elle, c'était peut-être M. Sardini qui était visé, suggéra Poulain

La reine ne dit mot. Elle aussi y avait songé quand elle avait appris qu'on avait tiré sur Isabeau de Limeuil. Sardini avait fait quelque action mauvaise contre les Guise, elle le savait. Et cette façon de faire était bien celle des Lorrains.

À aucun moment elle ne songea que ce crime pouvait être lié à son dessein contre Navarre. En revanche, le prévôt Poulain ne lui paraissait guère désireux de trouver le coupable, or il était homme des Guise. Peut-être en savait-il bien plus qu'il ne le disait. Peut-être même avait-il organisé cet attentat !

Elle décida de prévenir Bezon, d'autant que Poulain avait dit avoir laissé quelqu'un à lui chez Isabeau. Et si celui-là avait pour charge de terminer la besogne de l'assassin ?

— Vous avez fait du bon travail, monsieur Poulain, déclara-t-elle sans laisser paraître sa défiance. Vous pouvez faire repartir le convoi.

Nicolas se retira. Sorti de la tente, il fut entouré par plusieurs gentilshommes qui le questionnèrent et lui demandèrent de venir raconter à leur maître ce qui s'était passé. En quelques mots, il leur expliqua la situation et promit d'aller voir chacun durant le trajet de l'après-midi.

Ayant écarté les fâcheux, il alla donner quelques ordres à son lieutenant et à ses sergents, puis se dirigea vers les voitures des Gelosi.

Venetianelli et Flavio préparaient un combat burlesque avec des sabres de bois pour la prochaine comédie qu'ils représenteraient à Chenonceaux.

— Monsieur Venetianelli, fit Poulain en s'approchant, les traits durs, puis-je vous dire deux mots ?

Une lueur de crainte traversa le regard de l'Italien qui se contraignit à sourire.

— Certainement, monsieur le Prévôt, répondit-il avec une feinte nonchalance.

Il tendit son sabre de bois à Flavio qui les vit s'éloigner avec inquiétude. Comme tout le monde, les Gelosi avaient appris la mort de Mme Sardini – car chacun pensait qu'elle était morte – pourquoi à peine arrivé le prévôt voulait-il parler à Il Magnifichino ?

En s'éloignant avec Poulain, Venetianelli faisait défiler dans son esprit toutes les raisons pour lesquelles le prévôt voulait lui parler. Malheureusement, une seule s'imposait... Il s'agissait de l'assassinat de Mme Sardini. L'avait-on vu tirer sur elle ? Était-il soupçonné ? Que pouvait-il raconter ? Avait-il le temps de s'enfuir ? Il jeta quelques brefs regards autour de lui. Les autres Gelosi les suivaient des yeux et il leur sourit chaleureusement. Plusieurs gentilshommes et soldats les observaient de même. S'il tentait quelque chose, sans cheval, il n'avait aucune chance.

Quand ils furent à une vingtaine de toises de toute oreille indiscrète, Poulain déclara, la main sur son épée.

— Monsieur Venetianelli, on vous a vu, ne niez pas ! Pourquoi avez-vous tiré sur Mme Sardini ?

Il Magnifichino soupira. Il n'avait pas le choix et devait se découvrir s'il ne voulait pas être pendu.

— Puis-je vous montrer quelque chose, monsieur le Prévôt ?

Sans attendre, il fouilla sous le col de sa chemise et sortit sa chaîne. Deux médailles y étaient attachées, une de la Vierge et une seconde représentant une femme nue entre les constellations du Bélier et du Taureau, avec gravé le nom d'Asmodée.

Découvrant la médaille que Venetianelli lui montrait, Nicolas Poulain eut l'impression qu'un gouffre sans fond s'ouvrait sous ses pieds. Le comédien n'avait pas nié quand il l'avait accusé, et cette médaille prouvait qu'il était un agent de Richelieu, comme lui. Donc il avait tiré sur Mme Sardini sur ordre du grand prévôt… et sans doute du roi. Il inspira profondément pour se calmer.

— Qui vous a donné ça ? s'enquit-il, en s'efforçant de ne pas laisser paraître son trouble.

— On nous regarde, monsieur le Prévôt, dit doucement Venetianelli. Vous devriez avoir un comportement obligeant avec moi, sinon, on finira par me suspecter vraiment. Jouons la comédie un moment…

Poulain hocha du chef et prit le comédien amicalement par l'épaule. Il s'était ressaisi. Tout comme Olivier, il en était venu à apprécier Isabeau de Limeuil. Il l'avait soignée, il l'avait vue souffrir, et il voulait punir l'assassin. Maintenant il n'était plus sûr d'y parvenir. Pourquoi Venetianelli lui avait-il tiré dessus ? Était-ce une vengeance du roi ou du marquis d'O qui auraient appris quelque complicité des

Sardini dans le vol des quittances par M. de Mornay chez Olivier, l'année précédente ? Si c'était le cas, le roi et le marquis d'O ne méritaient que son mépris et il quitterait le service du grand prévôt, décida-t-il, le cœur plein d'amertume.

— C'est M. de Richelieu qui m'a donné cette médaille. Il m'a dit de vous la montrer si j'étais en difficulté… (Il se racla la gorge.) Je crois que je le suis !

— C'est vous qui avez tiré sur Mme Sardini ?

— Je croyais que vous aviez des témoins ! railla perfidement l'Italien. Oui, je l'avoue, mais j'ai agi sur ordre.

— De M. de Richelieu ?

— En effet, et surtout du roi.

— Pourquoi le roi aurait-il donné l'ordre de tuer cette femme innocente ?

Jusqu'à présent, le comédien était resté badin. Son sourire s'effaça.

— Elle n'est pas innocente, monsieur le Prévôt. Je lui ai fait remettre, il y a deux jours, un ordre écrit du roi pour rentrer à Paris. Si elle avait obéi, elle serait encore vivante. M. de Richelieu m'avait ordonné de l'écarter si elle refusait de partir.

— Mais pourquoi ? s'exclama Poulain, désemparé.

— Elle ne devait pas arriver à Chenonceaux, monsieur le Prévôt. Et ceci pour une raison simple : Mme Sardini est chargée de tuer monseigneur de Navarre.

À cette accusation à laquelle il ne s'attendait pas, Poulain demeura comme pétrifié. C'était impossible !

— Je suis désolé de vous l'annoncer, ironisa Il Magnifichino. Mais je pense vous avoir rendu service…

Nicolas Poulain était en pleine confusion. Elle ? Une criminelle ? Pourtant, le doute lui vint rapidement. Il se souvint des accusations qu'on lui avait rapportées quand Mme Sardini était encore Isabeau de Limeuil. On l'avait accusée d'avoir empoisonné un de ses amants et elle avait été emprisonnée avant que le prince de Condé ne la fasse évader.

— Que savez-vous d'autre ? demanda-t-il, le visage contracté.

— Rien ! Je crois que je vous ai dit tout ce qu'a voulu me confier le grand prévôt. Je suis à son service depuis deux ans. Il sait – j'ignore comment – qu'à l'occasion de ce voyage, certains vont tenter d'assassiner Navarre. Il a eu la preuve que l'un des assassins présumés était Mme Sardini, mais il y en a peut-être d'autres. Il m'a d'ailleurs chargé de les découvrir, persifla-t-il. Pourquoi ne m'aideriez-vous pas ?

— Vous n'avez jamais pensé que M. de Richelieu aurait pu vous mentir ?

— Bien sûr ! Je ne suis pas né de la dernière pluie ! Mais j'ai vu aussi le roi, alors, je suis bien obligé de croire et de faire ce que l'on me dit.

— Vous avez rencontré Sa Majesté ?

— Oui, au Louvre, dans son cabinet. Il m'a confirmé cette mission.

Poulain se sentit amer. Si tout cela était vrai, pourquoi Richelieu ne lui avait-il rien dit ? En le prévenant, il aurait pu empêcher le crime et forcer Mme Sardini à partir. C'était un gâchis !

— Qu'allez-vous faire ? s'inquiéta l'Italien.

— En ce qui vous concerne ? Rien, bien sûr, rassurez-vous. Je vais maintenant parler à ceux qui m'ont demandé de leur raconter ce qui s'est passé. Nous reparlerons de tout cela.

Il s'apprêtait à revenir vers les Gelosi quand il demanda :

— Vous avez tiré du haut de l'escalier, mais je n'ai pas trouvé le mousquet...

— Comment le savez-vous ?

— L'odeur de la poudre.

— J'ai acheté le mousquet la veille. Il m'a coûté soixante écus et je n'ai pas voulu l'abandonner. Je l'ai roulé dans mon manteau. Il est dans ma malle. Dois-je m'en débarrasser ?

— Non. Si on doit tenter de tuer monseigneur de Navarre, j'aurai besoin de votre aide, et un homme sachant tirer aussi bien que vous peut être utile, persifla Poulain. Puis-je compter sur vous ?

— Je suis à votre service.

— Je veux bien vous faire confiance. Autre chose : Mme de Limeuil est encore vivante. Je ne sais pas si elle survivra, mais ne tentez plus rien contre elle. Sinon, c'est moi qui vous tuerai !

— Je devais l'empêcher de venir à Chenonceaux. C'est chose faite, répliqua nerveusement l'Italien.

Ils revinrent en silence vers Flavio et les autres comédiens.

— À vous revoir, monsieur Poulain ! lança Il Magnifichino, avec impertinence comme le prévôt s'éloignait.

Le convoi s'était reformé et l'avant-garde s'était mise en route. Poulain alla chercher son cheval et se dirigea vers le coche de Mme de Montpensier. Elle était en compagnie du duc de Nevers.

— Monsieur Poulain, vous daignez enfin venir jusqu'à moi ! ironisa aigrement la duchesse alors qu'avec sa monture il s'approchait de la fenêtre du coche.

— Je suis désolé, madame, mais l'enquête que je mène prime sur mes devoirs de courtoisie.

— Que s'est-il passé ? On dit que madame Sardini n'a pas été tuée ? demanda le duc de Nevers d'un ton conciliant.

Nicolas Poulain fit un résumé de l'attentat, de l'opération qu'avait tentée M. de Bezon, et des premières constatations qu'il avait faites.

— Pourquoi étiez-vous avec M. Venetianelli ? demanda la duchesse avec suspicion.

— Il m'avait fait savoir qu'il avait vu un individu assez étrange dans la rue de Mme Sardini, hier. Un homme... avec une épaisse barbe blanche qui examinait les maisons, inventa brusquement Poulain, en songeant à celui qu'il avait croisé sur le chemin. Je l'ai interrogé, mais je ne peux rien en tirer d'intéressant.

— Revenez dès que vous en saurez plus, demanda Nevers. Si ce crime restait inexpliqué, il pourrait dissuader le roi de Navarre de venir à Chenonceaux.

Poulain les salua pour aller faire le même compte-rendu au duc de Montpensier.

Le convoi repartit. Il y avait encore quatre à cinq heures de route avant l'étape. En chemin, la duchesse de Montpensier ne parla guère au duc de Nevers. Tout se bousculait dans sa tête. Elle avait découvert la présence du jeune Hauteville à Blois, puis son amitié avec ce Poulain, qui heureusement était aux Guise, et enfin la présence de M. de Mornay chez

Hauteville. Quant à la fille du pape des huguenots, c'était peut-être sa maîtresse. Enfin, elle avait appris avec stupeur que le jeune homme logeait chez Mme Sardini, et maintenant on venait de tenter d'assassiner son hôtesse.

Quels liens y avait-il entre tous ces événements ?

Elle avait l'impression d'être un bouchon ballotté dans une tempête. Il fallait qu'elle reprenne l'initiative. Mais comment ?

Le lendemain, M. de Bezon envoya un des gardes de la reine à Blois. Celui-ci revint avec de mauvaises nouvelles. Encore inconsciente, Mme Sardini souffrait d'une forte fièvre. Le pronostic du médecin était très pessimiste.

12.

La suite royale mit trois jours pour atteindre Chenonceaux où la Cour s'installa au début de septembre. Les gentilshommes et les dames d'honneur de Catherine de Médicis furent logés au château dans des conditions d'infecte promiscuité. Ainsi ceux qui étaient sous les combles durent partager leur paillasse dans des chambres cloisonnées par de simples tentures, mais c'était le prix à payer pour être au plus près de la reine. Les autres logeaient dans les bâtiments de la ferme, la tour des Marques, ou la chancellerie. Enfin, ceux qui souhaitaient un peu de confort choisirent les hostelleries et les maisons du village réquisitionnées ou encore les fermes environnantes. Ainsi le duc de Nevers s'établit dans la maison des Pages, devant l'église, les Gelosi s'installèrent à l'hostellerie des Trois-Rois, et si Mme de Montpensier eut droit à plusieurs pièces du château, son beau-fils, le duc, prit logis à Chissay.

Nicolas Poulain s'attribua un logement dans la tour des Marques, devant le château, et obtint une chambre pour Olivier, son commis et leur valet dans un corps de logis de la ferme. Comme Olivier était resté à Blois, les deux serviteurs disposèrent d'une belle pièce.

La reine s'installa dans ses appartements habituels, une de ses chambres servant au conseil qu'elle tenait chaque jour avec les ducs, tandis que son cabinet et sa bibliothèque, qui dominaient le Cher, restaient ses endroits préférés pour travailler. C'est là qu'elle reçut, dès son arrivée, M. des Réaux, ambassadeur envoyé par le roi de Navarre.

Durant les trois jours du voyage, la duchesse de Montpensier n'avait rien appris d'autre sur la tentative d'assassinat de Mme Sardini, sinon qu'elle n'avait pas repris connaissance et qu'Olivier Hauteville était toujours auprès d'elle.

Arrivée à Chenonceaux, elle songea que l'absence du jeune homme était une opportunité à ne pas laisser passer. Son bagage étant dans la chambre qu'occupaient ses domestiques, elle décida de le faire fouiller. Le deuxième jour, Le Bègue, qui remplaçait son maître pour tenir les registres des fournitures, partit avec Nicolas Poulain et le valet pour une tournée de ravitaillement.

En leur absence, le capitaine Cabasset se rendit au bâtiment où ils étaient logés. Avec le désordre qui régnait depuis l'arrivée de la Cour, personne ne lui prêta attention. La chambre des commis était la dernière du premier étage. On y accédait par un escalier extérieur, ce qui facilitait les choses. Avec sa dague, Cabasset força aisément le dormant et ouvrit la porte sans abîmer la serrure.

À l'intérieur, il y avait deux lits en planche à paillasse et trois coffres. Le plus gros, recouvert de cuir, était sans doute celui d'Hauteville, mais il était fermé à clef. De la même façon qu'il avait forcé la porte, Cabasset en brisa la serrure. À son retour, Hauteville découvrirait que son coffre avait été ouvert, mais comme il n'y manquerait rien, il penserait que c'était un larron qui cherchait de l'argent ou des bijoux.

Le coffre contenait du linge, une robe d'avocat, des chaussures, des draps et de la literie, de l'encre, une écritoire et des plumes d'oie ainsi que deux pistolets, une miséricorde, et plusieurs bonnets noirs. Au fond, étaient serrés un portefeuille et un livre.

Le livre était le Nouveau Testament traduit par M. de Bèze. Sur la page de garde était inscrit :

Pour toi Olivier, mon époux devant Dieu.

Dans le portefeuille, il y avait également un passeport et plusieurs lettres, trois d'entre elles écrites de la même main, avec la même signature : Cassandre de Mornay, et se terminant par la même phrase énigmatique :

Mon cœur, si jamais vous m'avez fait cet honneur [de m'aimer,
Il faut que vous me le montriez à cette heure.

Il les lut plusieurs fois, s'efforçant d'en retenir le contenu, puis il parcourut les autres papiers, mais la plupart traitaient de finance et il n'y comprit goutte. Il y avait aussi une lettre du lieutenant civil Séguier félicitant le sieur Hauteville pour le mémoire qu'il avait remis à la surintendance, et une seconde du surintendant lui-même lui assurant qu'il pourrait acheter la charge de contrôleur des tailles de son père quand il aurait vingt-cinq ans.

Cabasset remit tout en place sans rien emporter. Il referma soigneusement le coffre de façon à ce qu'on ne remarque pas trop vite qu'il avait été ouvert, puis il quitta la chambre en écartant à nouveau le dormant avec sa dague pour fermer la porte.

Sur l'heure, il fit son compte rendu à la duchesse. Mme de Montpensier fut surtout atterrée par la bible de Bèze. Depuis l'arrêt royal d'octobre de l'année précédente, le culte protestant était interdit et les calvinistes avaient eu quinze jours pour quitter le royaume. La présence de ce livre prouvait que le jeune Hauteville était un hérétique. Elle frissonna à l'idée qu'elle avait failli aimer un protestant ! Pire, un apostat qui allait à la messe pour mieux dissimuler ! Comment avait-elle pu se méprendre ?

Elle avait aussi le sentiment que l'effroyable malédiction qui la poursuivait, celle d'être rejetée par les hommes, s'imposerait quoi qu'elle fasse. En effet, elle ne pouvait plus séduire Olivier, un protestant, mais si elle renonçait à lui, elle ne se ferait jamais aimer du roi, et probablement plus d'aucun homme.

La seule solution était qu'il abjure, décida-t-elle.

Il y avait aussi ces lettres du surintendant des finances et du lieutenant civil. Tous deux étaient des politiques, des partisans d'un rapprochement avec Navarre. Pourquoi remerciaient-ils Hauteville ? Savaient-ils qu'il était protestant ? Y avait-il une conspiration entre les huguenots et les politiques ?

Enfin, ce que Cabasset avait lu confirmait que Cassandre de Mornay, une hérétique aussi, était sa maîtresse. À cette vérité qu'elle redoutait, la jalousie la submergea. Qu'avait-elle de plus qu'elle ? Comment l'avait-elle séduit ? Pourquoi avait-elle vécu chez lui ?

Son frère Mayenne en savait certainement plus, puisqu'il avait demandé à Maurevert de tuer Hauteville. Il fallait qu'elle sache ce qui s'est passé à Paris. Elle décida de lui envoyer Cabasset, porteur d'un courrier dans lequel elle raconterait ce qu'elle savait.

Ce serait un voyage facile, car on disait que la situation militaire en Gascogne venait enfin de tourner en faveur de Charles de Mayenne. En effet, le 12 juillet, le duc avait mis le siège devant Castillon, une petite ville de Guyenne qui ne présentait aucun intérêt militaire mais qui avait appartenu à son épouse. La ville avait pourtant été défendue par le baron de Savignac, un des meilleurs officiers du Béarnais, et par quelques centaines de vétérans protestants. De surcroît, Turenne avait envoyé des troupes à son secours. Malgré tout, après six semaines de siège atroce, elle s'était rendue, vaincue tant par la peste que par l'armée catholique. Quand elle avait été donnée au pillage, il ne restait qu'une centaine de défenseurs valides.

La nouvelle de ce succès avait enflammé les partisans de la Ligue, persuadés que désormais Mayenne serait partout vainqueur. À Chenonceaux, les plus enthousiastes chantaient dans les auberges :

Le duc de Mayenne arrive !

Je tiens perdu le Béarnais !

Les adversaires des Guise, eux, brocardaient ces soi-disant victoires. Ainsi un messager venant de Paris raconta qu'un favori d'Henri III avait déclaré au sujet des soi-disant victoires de Mayenne : *S'il ne prend tous les ans que trois villes, il sera encore longtemps en peine !*

Le capitaine Cabasset, persuadé que le duc tenait toute la Gascogne, et peut-être même la Saintonge, assura à la duchesse qu'il gagnerait Bordeaux en moins de six jours et qu'il reviendrait encore plus vite. Partant au début du mois, il serait de retour avant la mi-septembre.

Avant même d'arriver à Chenonceaux, Poulain était retourné à Blois, expliquant à la reine qu'il voulait poursuivre son enquête dans la rue du Puy-Châtel. Il demanda à Il Magnifichino de l'accompagner et lui prêta un cheval.

Mme Sardini étant toujours inconsciente, Nicolas Poulain proposa à Olivier, intrigué par la présence du comédien, qu'ils se rendent ensemble jusqu'aux remparts qui dominaient la Loire. Il voulait lui parler loin d'oreilles indiscrètes.

En chemin, Olivier fit quelques remarques sur l'état de la blessée tout en jetant des regards préoccupés à Venetianelli qui restait indifférent. Il expliqua aussi qu'il n'avait pas encore prévenu M. Sardini afin de lui laisser un peu d'espoir. Constatant le silence du comédien italien et de son ami, il se tut finalement, devinant que Nicolas allait lui annoncer quelque mauvaise nouvelle.

Aux murailles, ils grimpèrent un escalier et s'installèrent sur le chemin de ronde. Il était une heure de l'après-midi et le temps était beau. Il y avait quelques soldats et des miliciens, mais suffisamment loin pour qu'ils ne puissent les entendre.

— Olivier, annonça brusquement Nicolas. Comme tu le craignais, c'est M. Venetianelli qui a tiré sur Mme Sardini.

Olivier considéra son ami la bouche ouverte, atterré.

— Tu… tu l'as laissé libre ?

— Venetianelli est à Richelieu, Olivier. Il a tiré sur Mme Sardini sur ordre du roi. Il va t'expliquer…

Devant un Olivier désemparé, Il Magnifichino fit un compte rendu de son entretien avec le roi, O et Richelieu, puis de sa dernière conversation avec le grand prévôt de France.

— Mme Sardini voudrait tuer le roi de Navarre ? Je ne peux y croire !

— J'ignore comment M. de Richelieu le sait, dit Venetianelli. Peut-être s'est-il trompé… mais si c'était le cas, elle aurait obéi à l'ordre royal que je lui ai fait parvenir.

L'argument était imparable. Le roi avait beau être faible, c'était un crime de lèse-majesté de lui désobéir. Pour s'y être risquée, Mme Sardini devait avoir eu des motifs bien puissants.

— Que vas-tu faire ? demanda Olivier à Nicolas.

— Attendre ! M. de Richelieu souhaitait que madame Sardini ne vienne pas à Chenonceaux. Elle n'ira pas. Si elle guérit, elle rentrera à Paris, et si elle meurt… Ce crime concernera Richelieu. Je suis venu te parler aujourd'hui parce que je voulais que tu connaisses la vérité.

Nicolas repartit pour Chenonceaux avec Venetianelli. Olivier n'avait pas échangé un mot avec le comédien. Il s'installa dans un fauteuil dans la chambre de Mme Sardini et resta à réfléchir. Qu'est-ce qui l'attachait à cette femme ?

Il n'en était pas amoureux. Cela ne lui avait pas effleuré l'esprit, et si on le lui avait reproché, cela l'aurait fait rire. Mais Isabeau était venue lui parler de Cassandre. Elle la connaissait un peu, car elles avaient vécu ensemble quelques jours. Il prit conscience que c'était pour ces raisons que cette femme ne lui était pas indifférente.

Que devait-il faire ? Prévenir son mari ? L'abandonner et se rendre à Chenonceaux ? Après tout, il n'était d'aucune utilité ici. Mme Sardini avait ses domestiques, son médecin, et elle aurait même son mari, s'il venait. Pourtant, un je-ne-sais-quoi lui disait qu'il devait rester et attendre.

Isabeau ouvrit les yeux le lendemain. Elle n'avait pas mangé depuis qu'elle avait été blessée et le médecin l'avait juste forcée à boire un peu d'eau. Ce jour-là, elle parvint à avaler quelques cuillères de bouillon et supplia Olivier de faire venir M. de Bezon.

Il partit pour Chenonceaux le lendemain, accompagné par Hans. Les chemins n'étaient pas sûrs, et il n'était pas un homme d'armes.

— Mme Sardini est mourante, dit-il au nain quand il le rencontra au château, mais elle a repris conscience. Elle demande à vous voir.

Malgré les mises en garde de Catherine de Médicis, M. de Bezon lui demanda l'autorisation d'aller voir Isabeau. Ce sera peut-être la dernière fois, lui dit-il.

Curieuse d'en savoir plus, la reine accepta.

Ils repartirent avec six hommes d'armes, car M. de Bezon était trop grand seigneur pour se déplacer sans escorte.

Toque à aigrette blanche enfoncée sur la tête, barbe bien peignée, pourpoint de soie couvert de perles avec une lourde chaîne d'or au cou et son épée à pommeau d'or et de nacre, le gouverneur des nains de la reine se présenta à l'hôtel Sardini en grand gentilhomme. Il était parti avec sa troupe à sept heures et ils avaient chevauché cinq heures durant.

Olivier le conduisit dans la chambre d'Isabeau tandis que son escorte allait se restaurer dans une auberge de la rue.

M. de Bezon découvrit Mme Sardini effroyablement amaigrie, la peau parcheminée, tendue, presque transparente sur les os. Il ôta le fourreau de son épée et s'assit sur le lit, puis défit délicatement les pansements, alors qu'elle sommeillait. La plaie était rouge, purulente et sa grimace n'échappa pas à Olivier. Il lui toucha le front, Isabeau était brûlante.

À cet instant, elle ouvrit les yeux, le découvrit et eut un faible sourire.

— Je savais que vous viendriez, monsieur de Bezon, murmura-t-elle.

— Vous allez guérir, Isabeau, affirma-t-il.

— Non... Je l'ai vu, dans mon sommeil... Il est venu me voir... Il était toujours aussi blond, vif... railleur et résolu... Je sais que je vais le rejoindre... Pour l'éternité...

Il ne dit rien, inexplicablement ému, car il était insensible à la compassion. Bezon avait tout connu à la Cour : le mensonge, le parjure, le crime et la débauche. Il avait toujours été d'une totale loyauté avec la reine qui l'avait accueilli et traité comme le gentilhomme qu'il était, malgré sa difformité. Il lui devait tout et lui obéissait en tout, même s'il n'avait accepté pour elle que ce que sa conscience lui autorisait, respectant toujours la morale que son père et son oncle lui avaient inculquée. S'il avait eu du sang sur les mains, cela avait toujours été dans l'intérêt de l'État. Ou au moins en était-il persuadé.

Chef de la police de la reine, c'est lui qui avait découvert et dénoncé le *tumulte* d'Amboise, ce complot visant à enlever François II. Il n'avait pas frémi quand les centaines de huguenots avaient été pendus et décapités. La Saint-Barthélemy lui avait fait horreur, mais il avait approuvé l'assassinat de Coligny, un chef de guerre coupable des plus atroces violences et qui voulait entraîner la France dans une guerre absurde.

Pourtant, maintenant, pour la première fois, il s'interrogeait. Il savait que Limeuil devait faire absorber un philtre à Navarre pour qu'il tombe sous le charme de Christine de Lorraine, et il ne croyait guère à la réussite de ce projet. En revanche, il avait deviné que la reine empoisonnerait son gendre en cas d'échec, et cela, il y était opposé.

Henri de Navarre n'était pas Coligny. C'était un homme tolérant et généreux et il serait son prochain roi. Sa famille avait toujours été loyale à la couronne, donc il ne le laisserait pas tuer, dût-il trahir la reine.

Voici tout ce qui passait dans la tête du gouverneur des nains alors qu'il regardait Isabeau mourante.

Soudain, elle se mit à fredonner doucement, les yeux fermés, comme si elle rêvait.

Le petit homme tant joli,
Toujours cause et toujours rit,
Et toujours baise sa mignonne,
Dieu garde du mal le petit homme.

C'était la chanson du prince de Condé. Quand elle eut terminé, elle ouvrit les yeux et implora.

— Je voudrais un notaire…

— Il n'est pas encore temps de faire votre testament, Isabeau.

— Je l'ai déjà fait, mais je voudrais laisser quelque chose à mon enfant… Est-il encore vivant ?

— Je ne sais pas, Isabeau.

— La reine m'a dit que vous saviez…

Sa voix se perdit dans un murmure.

Il hésita. Il connaissait Isabeau depuis plus de vingt ans. Il savait ce qu'elle était, ce qu'elle avait été. Elle avait souffert, et il avait essayé de la sauver. Elle allait mourir… Elle ne lui avait jamais fait de mal…

— Je sais seulement ce que le prince de Condé a fait de l'enfant, avoua-t-il.

— Je vous en prie, dites-le-moi… Le fils que j'ai eu avec le prince est mort deux mois après que je le lui ai envoyé… J'ai toujours regretté ce geste fou… Mais que pouvais-je faire d'autre ? J'étais prisonnière… Quand le second enfant est né, le prince m'a promis de s'en occuper… Puis il m'a abandonnée et n'a jamais voulu me dire où il était… Je dois savoir… Je suis sa mère…

Elle étouffa un gémissement, mais maintenant qu'il avait commencé à parler, Bezon n'hésita plus.

— La femme du prince, sa première épouse, j'entends, était Éléonore de Roye…

Elle baissa les paupières pour faire comprendre qu'elle le savait.

— La grand-mère d'Éléonore était la sœur du connétable Anne de Montmorency. Le prince était très proche des Montmorency. Quand il décida de garder votre enfant, il le confia à M. d'Ambrière, un serviteur des Montmorency. Mais les Ambrière étaient protestants... Ils ont été tués à la Saint-Barthélemy.

— Mon Dieu, si près ! Vous savez que ma sœur a épousé Jean d'Avaujour, un cousin éloigné de M. d'Ambrière ?

— Je le savais.

— Et l'enfant ?

— On ne l'a jamais retrouvé.

— J'interrogerai ma sœur sur les Ambrière. Je saurai !

— Je l'ai fait, Isabeau, ils sont tous morts...

— Vous vous trompez ! hurla-t-elle en l'attrapant à son pourpoint avec ses mains décharnées. Ils étaient de Bretagne... Il n'y a pas eu de massacre là-bas ! Où vivaient-ils ? Dites-le-moi !

— Ils n'étaient pas en Bretagne, ils vivaient près de Dieppe, madame, répondit Bezon, bouleversé.

À ces mots, elle s'écroula, riant et pleurant à la fois.

— Qu'avez-vous ? demanda-t-il, déconcerté par l'état d'Isabeau.

— Je le savais ! s'exclama-t-elle avant de perdre connaissance.

Bezon resta encore quelques heures, mais Mme Sardini ne reprit pas conscience. En revanche, il eut l'impression qu'elle dormait, qu'elle était plus calme. Il demanda au médecin de continuer à changer les pansements et à lui faire boire du bouillon, de force si nécessaire. Puis il invita Olivier à le prévenir si l'état de la malade s'aggravait.

Le lendemain, quand Isabeau se réveilla, sa fièvre avait baissé. Elle but du bouillon de poule et se rendormit. Dans les jours qui suivirent, le médecin observa que la plaie avait cessé de suppurer. À la mi-septembre, elle n'était plus que rougeur.

Isabeau put ensuite s'asseoir et recommencer à manger. Un après-midi, elle resta de longues heures à parler avec Olivier. Elle était maintenant hors de danger, et il lui annonça qu'il partait pour Chenonceaux. Il lui conseilla de rentrer à Paris, car son mari ignorait toujours sa blessure et il pouvait maintenant l'apprendre à tout moment.

Malgré ce que Nicolas lui avait dit, il n'arrivait pas à croire qu'elle ait envisagé de tuer le roi de Navarre, aussi resta-t-il pétrifié quand elle lui dit :

— Je vous remercie, monsieur Hauteville, mais je me rendrai à Chenonceaux dès que j'irai mieux. En aucune manière je ne veux manquer l'arrivée d'Henri de Navarre.

Le premier mois, Chenonceaux fut pour les courtisans un lieu de plaisirs. Ce ne furent que promenades et fêtes dans les jardins de Diane de Poitiers et de Catherine de Médicis. Les journées étaient longues, le temps agréable et la nourriture riche et abondante. Durant les après-midi et les soirées se succédaient ballets et comédies dans la grande salle qui enjambait le Cher. Les incessantes allées et venues entre le village et le château provoquaient d'aimables rencontres. L'une des festivités les plus appréciées étaient les cavalcades dans les allées où les femmes de l'escadron volant défilaient à cheval fort court vêtues devant des tribunes où la Cour avait pris place.

Nicolas Poulain devait surtout veiller à ce que les rivalités ne s'exacerbent pas, car les gens du duc de Montpensier défendaient la légitimité au trône du roi de Navarre et s'opposaient sans cesse aux ligueurs. Malgré tout, il n'y eut pas de graves incidents. Il faut dire que la reine mère parvenait à maintenir un certain ordre avec les femmes de l'escadron volant, cette armée qui lui permettait de mener les gentilshommes *par le bout du chalumeau*, comme le disait un contemporain.

Le désœuvrement, les plaisirs et la présence de l'escadron volant ne pouvaient qu'entraîner luxure et débordements. Dans l'ombre des cuisines, serviteurs et domestiques n'hésitaient pas, quand ils étaient seuls, à se moquer de ces femmes qui *se couchent et en sont à l'escarmouche*, entonnant ce refrain à la mode à Paris :

Douarti, c'est trop caqueté !
Quand tu auras bien mugueté,
L'amour des princes et princesses,
Tu trouveras des coups de fesses[1] *!*

Mais dans l'entourage politique de la reine, on ne prêtait aucune attention à ces persiflages. Le climat était laborieux. Catherine de Médicis tenait conseil chaque matin avec les Grands qui l'avaient accompagnée : le duc de Nevers, M. de Gondi – le duc de Retz, qui était arrivé avec sa compagnie d'hommes

---

1. Cité par Pierre de L'Estoile.

d'armes – et le duc de Montpensier. D'autres fidèles y assistaient parfois : M. de Rambouillet, M. de Chémerault, Charles de Birague, ou encore René de Daillon. Chacun donnait son avis sur ce qu'il y avait lieu de faire. Navarre allait-il venir, ou fallait-il aller à sa rencontre ?

Le Cher était une limite que beaucoup ne voulaient pas franchir. Le duc de Retz avait placé ses hommes d'armes sur l'autre rive, pour se protéger de toute surprise, et les Suisses surveillaient les abords du château. Chacun savait que le roi de Navarre adorait les coups de main, et Chenonceaux n'était pas un château fort.

L'après-midi, entourée de ses secrétaires et de ses proches conseillers, la reine recevait parfois les plénipotentiaires protestants venus de La Rochelle, ou elle écoutait les propositions que lui rapportaient ses propres ambassadeurs, principalement Rambouillet et Chémerault.

Les discussions avançaient fort lentement. Chaque parti se méfiait – à juste raison – de l'autre. Navarre proposait maintenant que la conférence ait lieu plus au sud, sur la Loire, avec une trêve générale tout au long du fleuve. Catherine refusait, craignant que ce ne soit qu'un prétexte à une attaque des huguenots contre elle et ses gens.

C'est que le Béarnais n'avait aucune confiance, et ses deux plus proches capitaines, le vicomte de Turenne et le prince de Condé, opposés à la conférence de paix, lui conseillaient de rompre. L'attitude du roi, à Paris, n'allait pas non plus dans le sens d'une ouverture. Brusquement, Henri III s'était raidi et conduisait une politique extrêmement violente de confiscation et d'emprisonnement envers les derniers protestants qui y restaient. Ceux qui ne comprenaient pas l'attitude du roi ignoraient qu'il voulait faire rompre les négociations et que c'était le seul moyen qu'il avait pour empêcher Navarre de rencontrer sa mère.

Pour autant, la prudence naturelle du Béarnais l'incitait à ne pas repousser les avances de Catherine de Médicis. Il voulait seulement de solides garanties. Il écrivait ainsi à un proche : *On nous a fait quelques ouvertures d'entrevue, mais d'autant que je n'ai point aperçu qu'on y marcha de bon pied.*

En même temps, il poursuivait sa guérilla dans la Saintonge, grappillant petites villes et maisons fortes avec des poignées de fidèles, tandis que le maréchal de Biron laissait faire. Navarre attendait aussi l'arrivée des reîtres allemands que le frère de l'électeur palatin lui avait promis pour peser dans la négociation.

Au fils des jours, il apparut clairement que rien ne se ferait si la Cour restait là. La reine acceptait maintenant de se rendre jusqu'à Saint-Maixent. Navarre, lui, avait changé d'avis et exigeait Cognac, en plein pays protestant.

La reine allait-elle céder ? C'était prendre des risques inouïs pour une paix hypothétique, grondait le duc de Retz, et dans les cabarets du village, les hommes du duc de Montpensier raillaient ainsi quand ils avaient trop bu :

Catin en Guyenne ira-t-elle,
Abuser le prince fidèle ?
Non, fera, non ! Si, elle ira !

C'est là où la paix se fera,
J'entends une paix de marconne
Mme de Sauves y est bonne[1].

La fin du mois vit arriver le froid et la pluie. Maintenant que chacun devait se terrer chez soi, l'inconfort devint général dans un château et un village où rien n'était prévu pour accueillir autant de monde si longtemps. Comme l'avait écrit un jour le cardinal de Lorraine lors d'un déplacement de la Cour : *Nous sommes ici aux crottes et au froid jusqu'aux yeux, et la Cour est plus pleine de brouillerie que jamais parmi les dames.*

Ceux qui n'étaient pas logés par la reine devaient payer une pension de quarante sols par jour. Dès lors, les moins fortunés devaient vivre d'expédients. Les trafics de toutes sortes s'intensifiaient : vente de vêtements, de bijoux, petits larcins, et bien sûr prostitution déguisée. Discrètement les couples se faisaient et se défaisaient, pardonnés par les confesseurs complaisants suivant l'adage de l'Église : *Péché n'est plus péché quand il est bien celé.*

Le prévôt Poulain avait de plus en plus de mal à nourrir ce monde. Il devait aller s'approvisionner de plus en plus loin, alors que la famine régnait dans les campagnes, et il passait le reste de son temps à tenter d'éviter les querelles pour des motifs futiles.

La duchesse de Montpensier était fort inquiète. Le capitaine Cabasset n'était pas revenu. Avait-il été tué ou capturé en route ?

1. Cité par Pierre de L'Estoile.

C'est dans ce milieu désœuvré, licencieux, violent et insatisfait que Isabeau de Limeuil arriva le 1er octobre.

Affaiblie, amaigrie, vieillie, pouvant à peine marcher, elle fut reçue par la reine avant de s'installer dans les appartements qu'on lui avait préparés. Deux chambres au-dessus de la grande galerie du château. Le soir même, Nicolas Poulain demanda à la voir. Elle le reçut à demi couchée sur son lit, d'abord en présence du Suisse Hans, puis seule après que Poulain l'eut demandé.

— Madame, je n'ai pas envie de dissimuler. Je sais qui vous a tiré dessus et pourquoi, dit-il sèchement, en restant debout.

Le visage de Mme Sardini resta impénétrable.

— Vous aviez reçu un ordre du roi, la veille, pour rentrer à Paris, et vous ne l'avez pas suivi, ajouta-t-il sur un ton de reproche.

— C'est pour cela que l'on a tenté de me tuer ? articula-t-elle lentement.

— Oui, vous ne deviez pas venir ici.

— Pourtant j'y suis, railla-t-elle avec un sourire sans joie.

— C'est la raison pour laquelle je vous ai demandé cet entretien. Je suis là pour vous supplier de rentrer à Paris.

Elle secoua négativement la tête avant de demander :

— C'est vous qui m'avez tiré dessus ?

— Non, madame, et je ne l'aurais jamais fait si on me l'avait ordonné, mais je vous l'ai dit, j'ai interrogé le coupable.

— Qui est-ce ?

— Je ne vous le dirai pas, car il a agi sur ordre du roi.

Elle resta à nouveau muette, et le silence s'installa entre eux. Mais étrangement, ce n'était pas un silence hostile. Elle réfléchissait.

Quelle confiance pouvait-elle accorder à ce prévôt ? Certes, il était l'ami d'Olivier Hauteville, un jeune homme dont elle ne doutait pas de la droiture. Cassandre lui avait aussi raconté que Poulain était un policier perspicace – il l'avait très rapidement suspectée, lui avait-elle dit – et qu'il était loyal au roi de France, mais elle avait su – de la reine – qu'il n'avait eu sa charge à la Cour qu'avec l'appui du duc de Guise. Maintenant, il lui apprenait que c'est le roi qui avait donné l'ordre de l'assassiner ; un ordre qu'il paraissait désapprouver. Quel jeu jouait-il ?

— Avez-vous dit ceci à votre ami, monsieur Hauteville ?

— Oui, madame, il le sait. Il l'a su dès les premiers jours où il était chez vous. Je vous le dis pour que vous sachiez que ni lui ni moi ne vous voulons du mal.

— Il connaît… mon assassin ?

— Oui, madame.

— Et pourtant… Il est resté à prendre soin de moi… Répondez-moi franchement, monsieur, êtes-vous à Guise ?

— Non, madame, je suis au roi. Uniquement au roi.

— Savez-vous pourquoi le roi veut ma mort, monsieur Poulain ?

— Oui, madame, répondit-il sans hésiter.

Isabeau de Limeuil n'était pas sotte. Elle devina que Henri III avait appris, d'une façon ou d'une autre, quel devait être son rôle lors de la venue du roi de Navarre.

— Pouvons-nous être honnêtes l'un envers l'autre, monsieur Poulain ?

— Je le souhaite de tout cœur, madame. Vous devez comprendre ma position, si vous restez ici, le roi ne l'acceptera pas, et je ne pourrais plus vous défendre.

— Me défendre ? Malheureusement pour moi, je dois rester, monsieur Poulain… Le roi pense-t-il que je représente un danger ?

— Sans doute, madame.

— Pour Henri de Navarre ?

— Oui, madame.

— Il se trompe ! Je ne serais jamais un danger pour le roi de Navarre ! s'insurgea-t-elle.

À grand-peine, elle se leva de son lit.

— Aidez-moi à faire quelques pas, je vous prie. Je voudrais voir la rivière. La vision des flots m'apaisera.

Il lui prit le bras et l'accompagna. Marcher lui était pénible.

— La reine m'a demandé de l'accompagner dans un but bien précis, poursuivit-elle devant la fenêtre. Le roi de Navarre a confiance en moi, et en mon mari. Elle souhaite donc que je le reçoive, et que j'aie l'honneur de lui servir à boire, ce qu'il n'aurait jamais accepté d'une autre personne de cette Cour.

Poulain frémit à ces mots. Il avait enfin compris. C'était Catherine de Médicis qui voulait tuer son gendre, et Henri III, son fils, voulait l'en empêcher !

Il allait parler quand elle lui fit signe qu'elle voulait poursuivre.

— J'ai eu deux enfants de monseigneur Louis de Condé. Mon garçon est mort à deux mois, faute de soins – il était né en mai 1564. Le second, je l'ai eu en octobre 1565 alors que je croyais que le prince allait m'épouser. Je vivais chez lui, dit-elle en regardant Nicolas.

Il vit des larmes rouler sur ses joues. Pour la première fois, devant ce visage décharné, il eut l'impression d'être avec une très vieille femme.

— Mais un mois après, il épousait mademoiselle de Longueville, reprit-elle, et il garda mon enfant. Il le confia à une nourrice et ne me dit jamais ce qu'il était devenu. Louis est mort à Jarnac en mars 1569, emportant son secret. Depuis, pas un jour ne s'est écoulé que je n'aie pensé à cet enfant. Quand la reine m'a demandé… de rencontrer Navarre, j'ai refusé. Elle m'a promis alors, en contrepartie, de me dire où était l'enfant.

» J'ai accepté, espérant trouver un moyen de connaître la vérité sans avoir à faire ce qu'elle me demandait.

— Mais vous n'y êtes pas parvenue, c'est la raison pour laquelle vous êtes revenue ici…

— Pas du tout, monsieur Poulain. Je sais où est ma fille désormais. Je ne suis venue que pour prévenir monseigneur de Navarre.

13.

La Baiserie était une grande ferme fortifiée à une demi-lieue au nord de Chenonceaux. Avec la pénurie de logements, le fermier proposait aux voyageurs peu exigeants sur leur confort quelques galetas avec une paillasse posée sur un lit de planches à partager à trois ou quatre. C'étaient essentiellement des domestiques pauvres qui s'installaient là, leur maître ne pouvant leur offrir une chambre au village où les prix étaient très élevés.

C'était à la Baiserie que logeaient Maurevert, son écuyer et les deux spadassins. Suffisamment éloignés du village et du château pour qu'on ne les remarque pas, ils ne se rendaient jamais aux auberges, jouant toute la journée aux cartes ou aux dés devant la cheminée de la ferme, ou s'entraînant à l'escrime dehors. Seul le valet Giovanni était allé au château porter une lettre à Mme de Montpensier le jour de leur arrivée pour lui dire où ils étaient.

Les quatre hommes trouvaient le temps long quand, le 6 octobre – ils étaient là depuis plus de cinq semaines –, une femme et un gentilhomme italiens de passage demandèrent s'il y avait une chambre de libre. Le fermier laboureur leur proposa la seule pièce qu'il lui restait. Un bouge mitoyen de la chambre de Maurevert, simplement séparé par une cloison de bois. Maurevert, à la fois méfiant, curieux et désœuvré, s'intéressa aux nouveaux venus, si différents des autres locataires de la ferme. L'homme et la femme ne sortaient guère dans la journée et il se demandait qui ils étaient. Ils ne parlaient que très peu, ou en tout cas à l'abri des oreilles indiscrètes. Étaient-ils amants ? Rien ne l'indiquait bien qu'ils partageassent la même chambre et la même paillasse, mais c'était courant chez les voyageurs. Maurevert sut seulement qu'ils arrivaient de Paris. La femme avait un teint blafard et voyageait sur une haquenée. Maigre comme si elle relevait d'une récente maladie, elle ne s'exprimait que par quelques mots en italien. Quant au gentilhomme, avec son épaisse barbe et son regard dédaigneux, il avait un je-ne-sais-quoi du coureur d'aventures, bien qu'il soit policé et élégant comme un damoiseau de Cour, avec un pourpoint sans manches capitonné et une chemise rouge finement brodée. De quelle ville venait-il ? Milan, avait-il répondu en italien, la seule langue qu'il parlait. Mais était-ce vrai ? Maurevert avait aussi remarqué la lourde épée de duel que l'homme portait haut à la taille, comme les spadassins italiens, la main gauche à poignée de cuivre ciselée, les arquebuses de fonte à la selle et le mousquet sur le cheval de bât.

Chaque matin, le gentilhomme se rendait au village et en revenait au bout d'une heure. Certains soirs, la femme l'accompagnait et ils rentraient tard. Deux fois, Giovanni les suivit, mais ils allaient toujours à l'auberge des Trois-Rois pour dîner et ils ne parlaient à personne. Visiblement, il s'agissait de voyageurs qui attendaient quelqu'un, aussi, au bout de quelques jours, Maurevert ne s'intéressa plus à eux.

Lorsque le couple se rendait à Chenonceaux, la femme portait un masque – ce n'était pas inhabituel – et se couvrait d'un grand manteau à capuchon. À l'auberge, ils s'installaient à l'écart et n'échangeaient que quelques rares mots.

Un client observateur aurait remarqué qu'il ne venait que les jours où la troupe des Gelosi jouait au château. C'est en effet pour obtenir ce renseignement que le gentilhomme se rendait chaque matin au village.

Car les Gelosi ne jouaient que deux ou trois fois par semaine, en alternance avec les concerts ou les ballets. Le spectacle terminé, la joyeuse bande rentrait à leur auberge pour souper. Les comédiens occupaient toujours la même table, fort éloignée de celle des deux voyageurs, mais sous son masque la jeune femme ne les perdait pas de vue.

Ce soir-là, on était le 10 octobre, la salle de l'hôtellerie était enfumée et bruyante. Bien que le souper ne fût pas encore terminé, Isabella Andreini se leva soudain en s'excusant :

— Mes amis, j'ai très mal dormi cette nuit, je tombe de sommeil, aussi vais-je me coucher.

Son mari proposa de la raccompagner, mais elle refusa, préférant le laisser avec ses compagnons. Elle se dirigea au bout de la salle, jusqu'à l'escalier de bois qui conduisait aux chambres des étages. À peine s'y était-elle engagée que la femme masquée se leva à son tour pour la suivre.

Avec la foule dans la salle, personne ne remarqua rien. Au deuxième étage, Isabella s'arrêta devant la porte de sa chambre quand une voix l'interpella :

— Isabella !

À ce mot, la comédienne ressentit une si violente secousse que son cœur s'arrêta de battre un instant. La voix était celle d'une morte !

Tremblante, elle se retourna lentement. La morte s'avançait vers elle, le visage hâve, livide, comme tous les spectres. Isabella essaya de crier mais, muette d'épouvante, elle ne put émettre aucun son.

— Isabella, c'est moi, Gabriella ! dit doucement le fantôme, comme pour la rassurer. Je suis désolée si je t'ai fait peur.

— Va-t'en ! Tu es morte ! implora Isabella d'un ton perçant.

— Non, Isabella, je suis vivante ! J'ai été soignée. Ma blessure a guéri.

Peu à peu, la terreur se changea en stupéfaction sur les traits épouvantés d'Isabella Andreini. Elle se détendit enfin, tout en restant en pleine confusion.

À ce moment, la morte s'était tellement rapprochée qu'elles se trouvaient face à elle.

— Je suis vivante, Isabella ! Touche mes mains, insista-t-elle.

Elle obéit. En sentant cette douce chaleur, Isabella se calma d'un coup et un mélange de surprise et de joie se peignit sur ses traits.

— Est-ce possible ? Comment es-tu venue jusqu'ici, Gabriella ?

— Accompagnée d'un gentilhomme du duc de Mantoue. Il faut que je te parle, Isabella, mais à toi seule.

— Entrons !

La comédienne sortit une clef de sa robe et ouvrit la porte.

La chambre était froide et humide. Isabella entraîna son amie vers le lit où elle la fit asseoir :

— Raconte-moi tout !

— Quand j'ai repris conscience, on m'a dit ce qui s'était passé. Je ne me souvenais de rien. Je souffrais affreusement. On m'a annoncé que les Gelosi étaient partis, puis que tu t'étais évadée. Le duc m'avait installée dans une chambre du *castello di San Giorgio* et venait me voir chaque jour. C'est un homme sévère, et intransigeant, mais soucieux de la vérité. Le vice-podestat Beltramino Crema est venu aussi me montrer le couteau, tu sais celui à la lame qui disparaît. Quelqu'un avait ouvert le manche et placé un morceau de bois en sorte que la lame ne pouvait plus entrer dans le manche. Quand tu m'as frappée, c'était un vrai coup de couteau !

— Qui a pu faire ça ? balbutia Isabella, épouvantée.

— Un Gelosi, forcément ! C'est pour ça que je voulais te parler seule. Tu es la seule qu'on ne peut suspecter !

— Ni Flavio ni mon mari… Ni même les autres… Pourquoi quelqu'un aurait-il fait ça ? Tu es certaine ?

— Oui, j'ai vu la lame démontée ! Ce ne peut être qu'un Gelosi !

Isabella resta muette, incapable d'imaginer un de ses compagnons comme un assassin. Pourquoi l'un d'eux l'aurait-il fait passer pour une criminelle ? Elle frissonna en se souvenant de l'abominable torture qu'elle avait subie. Qui avait pu souhaiter qu'elle soit traitée ainsi ?

— Tout est étrange dans cette histoire, Isabella. Le vice-podestat m'a raconté ton évasion. Les Gelosi avaient déjà quitté la ville…

— Je sais. C'est Ludovic… C'est lui qui m'a sauvée !

— Sauvée ? Attends au moins que je te raconte ce qui s'est passé. Le vice-podestat a interrogé le concierge de la *Torre communale*. Mis à la question, il a reconnu avoir été payé et a donné un nom : celui d'un changeur du quartier juif. Celui-là a aussi été interrogé mais a tout nié. Il n'était pas possible de le torturer, car il prête à trop de monde et il a des amis puissants. Mais il a une certaine réputation : il serait un agent de la banque Carnesecchi, à Florence, un fidèle de Catherine de Médicis.

— C'est Catherine de Médicis qui nous a fait venir en France, murmura Isabella.

— Je sais, j'étais avec vous en Espagne quand Flavio a reçu l'invitation et l'a refusée. Le vice-podestat a retrouvé nos compagnons qui n'ont pas voulu partir en France avec vous. Ce sont eux qui lui ont dit que vous seriez les bienvenus à la cour de France. Ludovic s'y était engagé. Ludovic qui venait d'entrer dans la troupe. Ce même Ludovic qui t'a fait évader.

— Tu veux dire…

— C'est lui qui a modifié le couteau ! J'en suis persuadée, et le vice-podestat aussi. Tu sais, Crema est un policier d'une grande probité. Il se reprochait tant de t'avoir soumise à la torture.

— Il aurait pu ne pas le faire ! grinça Isabella.

— Lui et monseigneur Guglielmo Gonzaga ont regretté sincèrement, Isabella. Tu dois leur pardonner. Le duc a fait enregistrer une lettre de grâce que je t'ai portée. Rentre en Italie. Il t'attend à Mantoue et te remettra une indemnité de mille florins.

— Mille !

— Oui ! Comme je voulais te dire que j'étais vivante et te mettre en garde contre Ludovic, il m'a confiée à un gentilhomme de sa maison, le seigneur di Castello, qui m'a accompagnée à Paris avec d'autres voyageurs, car je n'aurais pu venir seule.

— J'ai pensé à toi chaque jour et chaque nuit, Gabriella. J'ai prié et fait dire des messes. Je ne pouvais supporter d'être une criminelle…

— Tu ne l'étais pas, Isabella ! dit son amie en l'embrassant. À Paris, j'ai appris que les Gelosi étaient partis avec la reine pour Orléans et Chenonceaux, poursuivit-elle. Je vous ai suivis et depuis quelques jours j'attendais cette occasion de te parler seule à seule.

— Tu vas rejoindre la troupe ?

— Non ! Pas tant que je ne saurai pas ce qui s'est passé. Je rentre à Mantoue avec le seigneur di Castello. Pour l'instant, je suis heureuse avec lui, je n'ai plus besoin de jouer la comédie. Mais prends garde à toi. Je sens qu'une épouvantable entreprise se trame autour de toi et des Gelosi. Pour quelle raison la reine voulait-elle tant vous avoir près d'elle ?

— Nous sommes les meilleurs ! tenta de plaisanter Isabella. Tout le monde est jaloux de nous : *Virtù, fama ed honor ne fèr gelosi !*

Elle redevint sérieuse en lançant un regard d'inquiétude à son amie.

— J'ai rencontré la reine plusieurs fois, seule avec elle.

— Toi ? Comment est-ce possible ?

— Je ne sais pas... La reine est si bonne avec moi... Elle souhaite que j'accueille le roi de Navarre après la représentation que nous donnerons pour lui.

— Le roi de Navarre ? Mais on dit qu'il ne viendra peut-être pas ici...

— Quelle importance ? Les Gelosi suivront la Cour.

— Pourquoi veut-elle que tu accueilles ce roi ?

— La reine m'a dit que je ressemble à sa grand-mère, Marguerite, qu'il me fera confiance.

Gabriella resta silencieuse. Mais Isabella, qui lui tenait la main, se rendit compte que celle-ci était devenue glacée.

— ... Et si c'était pour cela qu'elle t'avait fait venir ? suggéra doucement Gabriella.

Isabella frissonna, l'esprit en pleine confusion.

Gabriella venait de lui apprendre trop de choses à la fois et de raviver les horreurs qu'elle avait connues... Elle éprouvait un immense bonheur en découvrant que son amie était vivante mais, en même temps, elle prenait conscience qu'elle n'était peut-être qu'un instrument entre les mains de la reine mère. Elle était italienne, elle écrivait des tragédies et n'ignorait rien tant de l'histoire antique que de celle, récente et violente, des villes de son pays. Soudain, la vérité la frappa avec violence : la reine ne voulait pas rencontrer le roi de Navarre pour négocier avec lui, mais pour l'assassiner, et elle, Isabella, serait d'une façon ou d'une autre un instrument dans ce crime. C'est elle qu'on accuserait… Tout recommencerait comme à Mantoue !

Elle se leva brusquement et regarda son amie dans les yeux. À son expression, elle comprit qu'elle aussi avait deviné.

— Que faire ? Dois-je partir ?

— Essaie d'en savoir plus auparavant, conseilla Gabriella. Tu pourrais fouiller les affaires de Ludovic, il y a certainement des papiers intéressants. Au fait, rencontre-t-il souvent la reine ?

— Je ne sais pas, c'est impossible à savoir ici. Il y a trop de monde. Mais tu as raison, je vais fouiller son coffre demain. Revoyons-nous ici, dans deux jours. Tu peux rester jusque-là ?

— Oui. Je reviendrai ici, à la même heure.

— Si j'ai la preuve d'un complot, je partirai avec toi à Mantoue et les Gelosi me suivront.

En rentrant à la ferme, Gabriella Chiabrera et l'officier du duc de Mantoue montèrent immédiatement dans leur chambre. Gabriella se déshabilla sans gêne, car ils étaient amants, et revêtit un manteau de nuit. Elle avait à peine terminé quand elle entendit une voiture entrer dans la cour de la ferme. L'officier italien s'approcha de la fenêtre et aperçut un coche tiré par quatre chevaux précédé de deux cavaliers porteurs de flambeaux. C'était très inhabituel.

Le couple entendit ensuite du bruit dans la maison, puis ils reconnurent la voix de leur voisin et distinguèrent les paroles d'une femme. C'était sans doute elle qui était arrivée en coche.

— Quel froid ! se plaignit la voix féminine, vous n'avez donc pas de cheminée ?

— Non, madame la duchesse, répliqua Maurevert.

Une duchesse ? s'interrogea Gabriella qui comprenait parfaitement le français.

— Peut-on nous entendre ici ? s'inquiéta Mme de Montpensier.

— Nos seuls voisins sont des voyageurs italiens qui ne comprennent pas notre langue, madame.

— C'est parfait ! Il aurait été déplaisant d'aller parler dans mon coche avec ce froid ! La dernière fois que je vous ai vus, j'avais envoyé Cabasset à mon frère Charles de Mayenne pour tirer au clair les relations entre Hauteville, Poulain et Mme de Limeuil, ainsi que le rôle que vous avez joué à Paris. Mais Cabasset ne revenait pas, et je commençais à douter de le revoir. Il est enfin arrivé ce soir. Il avait été capturé par une bande de huguenots qui ont voulu le pendre, mais il est parvenu à les convaincre qu'il pouvait leur payer une rançon. Charles a fait porter la somme et ils l'ont libéré.

» Cabasset m'a remis une lettre de mon frère qui m'explique les raisons pour lesquelles il a fait appel à vous, je comprends désormais les rôles respectifs de Hauteville, de Poulain et de la Limeuil... Nous en reparlerons...

Dans une lettre chiffrée, le duc de Mayenne avait en effet raconté ce qu'il savait de la fraude sur les tailles conduite par le receveur Salvancy au profit de la Ligue et de leur frère Guise. Il y affirmait que l'argent détourné avait été repris par Hauteville qui l'avait donné à M. de Mornay, sans doute avec la complicité du banquier Sardini. Tout cela, bien sûr,

Enfin elle parvint à l'ouvrir. À l'intérieur, il y avait des vêtements, des costumes de scène et des masques ainsi qu'un couteau et un pistolet à rouet. Au-dessous de tout cela se trouvaient plusieurs lettres d'un seigneur nommé Claude Gouffier, marquis de Caravaz, à Mme Vincenza Armani. Elle les parcourut. Dans l'une d'elles, Claude Gouffier écrivait à Mme Vincenza Armani qu'il avait pris des dispositions pour que leur fils ne soit jamais dans le besoin. Un autre feuillet était la copie d'un acte notarié signé Claude Gouffier, grand écuyer de France, seigneur d'Oiron, qui cédait le fief de Garde-Épée à Jacques Ancellin, marchand à Beauvais, avec l'autorisation d'édifier une maison à créneaux dénommée L'Espée de Garde. Un dernier feuillet était un plan sommaire qui délimitait le fief avec une ligne entre un carré noté L'Espée de Garde et un autre noté Notre-Dame.

Tout cela n'était pas très clair. Isabella savait que Ludovic était le fils de Vincenza Armani, une des grandes comédiennes des Desiosi. Ces documents semblaient montrer que Ludovic était aussi le fils naturel de ce Claude Gouffier. Mais pourquoi Ludovic n'avait-il pas fait valoir ses droits ? Sans doute y avait-il eu une difficulté inattendue, se dit-elle, mais comme ces papiers ne concernaient en rien l'affaire de Mantoue, elle les remit soigneusement en place.

De retour à la grange, elle eut le temps de replacer a clef dans la poche du manteau où elle l'avait prise. lus tard Ludovic découvrirait qu'on avait forcé son ffre, mais elle jugea que c'était sans importance.

la duchesse ne voulait pas le dévoiler devant les deux spadassins italiens.

— Mon frère rentrera à Paris quand il aura pris quelques dernières maisons fortes. Il m'a suggéré d'enlever Cassandre de Mornay. Avec elle en otage, il serait possible de gouverner son père et, ainsi, de piéger facilement le roi de Navarre.

— Tout cela me paraît bien hypothétique, grimaça Maurevert. Cette fille habite à Montauban, l'une des villes huguenotes les mieux fortifiées de France. Nous allons l'attaquer avec M. Cabasset et le maestro ?

— Ce sera plus facile que vous ne le pensez. Hauteville a dans sa malle de voyage des lettres de Cassandre de Mornay. Cabasset, qui les a lues, va en voler une. Il prendra aussi quelques papiers écrits par Hauteville. Nous rejoindrons mon frère qui fera écrire par son secrétaire, un homme qui imite toutes les écritures, une fausse lettre de Hauteville suppliant Cassandre de suivre celui qui la portera.

— Vous croyez qu'elle se laissera prendre à un piège aussi grossier ? demanda Maurevert avec une moue de scepticisme.

— Oui, le porteur de la missive sera un de mes gentilshommes qui lui dira qu'Olivier l'attend à la sortie de Montauban. Pour preuve de sa bonne foi, il remettra à mademoiselle de Mornay l'une de ses lettres subtilisées par le capitaine Cabasset. J'y ai bien réfléchi. Ce plan ne peut échouer.

— Peut-être… fit Maurevert en dodelinant de la tête. Mais nous ne sommes pas très nombreux pour aller jusqu'à Montauban, et que ferons-nous ensuite ?

— Je demanderai cinquante hommes d'armes à mon frère. Avec notre otage, nous irons à Saint-Maixent. C'est sans doute là que Navarre rencontrera la reine. Entre-temps j'aurai fait parvenir un courrier à Mornay lui ordonnant de suivre mes instructions s'il veut revoir sa fille.

— Il refusera ! assura Maurevert d'un mouvement d'épaules.

Maurevert avait raison et la duchesse le savait. Il paraissait difficile de croire que Mornay sacrifie sa foi en Navarre pour sa fille, bien que ce ne soit pas totalement impossible. Mais Cassandre n'était pas qu'une otage pour la sœur du duc de Guise, elle était aussi un obstacle dont la duchesse voulait se débarrasser pour gagner le cœur d'Olivier Hauteville.

— S'il refuse, vous la tuerez, laissa-t-elle tomber.

— Soit ! soupira Maurevert. Mais avez-vous pensé que Navarre pourrait rencontrer la reine pendant que nous sommes sur les routes ?

— J'en ai parlé à M. de Nevers et au maréchal de Retz. À l'allure où avancent les négociations, c'est peu probable. La reine attend un accord de Navarre pour aller jusqu'à Saint-Maixent. Sa réponse n'arrivera pas avant une semaine ou deux, ce qui repoussera sa venue à la Cour à au moins un mois. Nous serons de retour avec l'otage.

— Quand partons-nous ? s'enquit Maurevert, finalement pas mécontent de quitter la ferme où il se morfondait.

— Dès que Cabasset aura pris les lettres dans les bagages de Hauteville.

Le lendemain, les Gelosi ne jouaient pas mais pre-paraient leur prochain spectacle. On leur prêtait pour cela une grange abandonnée, non loin du village. Pour répéter, certains s'étaient vêtus de leurs habits de scène et avaient laissé leurs manteaux accrochés à une cloison. Isabella parvint à fouiller ceux des comédiens qui partageaient la chambre de Ludovic. Dans la poche de l'un d'entre eux, elle trouva la clef de la chambre. Pendant que Ludovic jouait, elle fouilla aussi son manteau, mais il n'y avait pas la clef de sa malle. Il devait la garder dans son pourpoint, ou attachée à son cou, se dit-elle, dépitée. Elle essaya de se souvenir du genre de coffre qu'il avait… Une grosse malle en bois, assez vieille. Pouvait-elle être restée ouverte ? Sinon, elle pourrait peut-être la forcer ? Après tout, il croirait à un voleur…

Elle alla prévenir son mari qu'elle avait un fort mal de tête et qu'elle rentrait à leur auberge. Depuis les tortures qu'elle avait subies, Isabella était sujette à de telles douleurs et on ne s'inquiéta pas de son départ.

Elle revint au village, entra dans l'auberge et pénétra dans la chambre des comédiens. Leurs coffres étaient le long des murs. Elle alla droit à cel
de Nicolas, une malle cerclée de lames de fer avec
gros clous.

La serrure paraissait bien rouillée et le coffre
moulu. Elle chercha un outil dans la chamb
vain. Elle alla donc dans sa propre chambre c
une dague de chasse de son mari.

Pour briser la serrure, elle dut monter sur
afin d'exercer une pression suffisante ave

Effectivement, Ludovic s'en aperçut le soir même et s'affola. Il vérifia soigneusement le contenu du coffre. Or, il ne manquait rien. Qui l'avait forcé ? Un de ses compagnons ? Mais pourquoi maintenant ? Quelqu'un de l'hôtellerie ? Mais les coffres de ses voisins n'avaient pas été brisés, alors qu'ils étaient aussi fermés à clef.

Un frisson le parcourut comme l'évidence s'imposait : c'est après lui qu'on en avait ! C'est alors que son regard fut attiré par un minuscule morceau de tissu turquoise, une déchirure de broderie de robe accrochée à un des clous des ferrures. Une servante ?

C'était l'heure du souper. Ne pouvant rien découvrir de plus, il descendit dans la salle commune. En bas, il commença à examiner les robes des femmes. Ressentant alors la vague impression qu'on le regardait, il se retourna avec indifférence et découvrit que c'était Isabella Andreini. Elle détourna le regard et se rendit à leur table tandis qu'il remarquait l'accroc en bas de sa robe turquoise.

C'était elle ! Mais pourquoi avait-elle fouillé son coffre ?

Il resta taciturne durant le repas, l'esprit ailleurs. Angoissé, il se souvenait de ce qu'avait dit Flavio après l'évasion, des menaces qu'il n'avait jamais cessé de répéter : s'il attrapait celui qui les avait fait emprisonner, et qui était responsable des tortures d'Isabella, il le découperait en lanières. Ludovic savait que cette menace était à prendre au pied de la lettre.

Mais pour l'instant, Isabella n'avait fait que fouiller ses affaires après avoir certainement obtenu la clef de la chambre d'un de ses compagnons.

Comme il ne possédait rien de compromettant, il n'était pas en danger. Il décida pourtant de la surveiller, car si elle avait agi ainsi, c'est qu'elle le soupçonnait. S'il le fallait, il la ferait disparaître avant qu'elle ne l'accuse.

Le lendemain, il ne la quitta pas des yeux. Bien qu'elle parût ne jamais faire attention à lui, il remarqua qu'elle l'évitait.

Le soir, après les répétitions, il la vit se lever au milieu du repas en déclarant qu'elle était fatiguée et qu'elle allait se coucher. Se souvenant qu'elle s'était comportée ainsi deux jours plus tôt, il remarqua la femme masquée qui se levait aussi, à l'autre bout de la pièce, et qui empruntait l'escalier derrière Isabella. Feignant une quinte de toux, il quitta la salle à son tour.

En haut de l'escalier, il se dirigea vers la chambre d'Isabella et colla son oreille à la serrure.

— Tu n'as rien trouvé ? entendit-il.

— Non, Gabriella. Il n'y avait que des vêtements et des papiers sans importance.

— Cela veut seulement dire qu'il est prudent.

Il reconnaissait cette voix : c'était celle de Gabriella Chiabrera ! Elle était donc vivante ! Et comment pouvait-elle être ici ?

— Tu devrais malgré tout rentrer à Mantoue avec nous, dit-elle.

Entendant du bruit dans l'escalier, Ludovic se précipita dans sa chambre et n'entendit pas la suite de la discussion.

— Comment convaincre Flavio et mon époux ? Certes ils seront aussi soulagés que moi de te savoir vivante, mais je ne veux pas accuser Ludovic sans preuve. Flavio le tuerait. Et s'il est innocent, j'aurai à nouveau un crime sur la conscience. Je vais être très prudente, rassure-toi. Je ne parlerai pas de toi, et à la première crainte que j'ai, nous partirons.

— Tu sais que mille florins t'attendent à Mantoue ! dit Gabriella en souriant.

Les deux femmes s'embrassèrent. En se dirigeant vers la porte, Gabriella ajouta, l'air soucieux :

— Un curieux incident a eu lieu hier soir à la ferme de la Baiserie où je loge. Un coche est arrivé dans la nuit et une femme a rejoint nos voisins de chambre. Une duchesse.

— Il y a la duchesse de Retz ici, et la duchesse de Montpensier. Laquelle était-ce ?

— Je ne sais pas... mais elle a parlé de son frère le duc de Mayenne.

— C'était donc la duchesse de Montpensier, dit Isabella, continue...

— Nos voisins sont des gens étranges, ils sont quatre : deux Italiens, un jeune homme et un vieil homme boiteux. Ils ne sortent jamais sinon pour s'entraîner à l'escrime. Ce sont plutôt des spadassins, tu vois. À travers la cloison, j'ai surpris leur conversation. La duchesse leur demandait de partir à Montauban pour enlever une femme nommée Cassandre. La fille d'un M. de Mornay. Ils veulent attirer le roi de Navarre dans un piège. J'ai écouté, car j'ai d'abord pensé que ce qu'elle disait avait un rapport avec les Gelosi, mais ils n'en ont pas parlé, ni de la reine. Il semble qu'il s'agisse d'un autre complot.

— Cela ne m'étonne pas, la Cour n'est qu'intrigues et luxure ! répliqua Isabella en secouant la tête. Ton histoire est bien triste pour cette pauvre fille qui va se faire enlever, mais je ne veux pas m'en mêler. D'ailleurs, à qui en parler ? À la reine ? Je n'aurais que ton témoignage… Et ça nous entraînerait trop loin…

— Je ne veux d'ailleurs pas témoigner, je serai partie demain. Je t'ai juste raconté ça pour que tu le saches, rien d'autre, peut-être cela aura-t-il de l'importance plus tard…

— J'ai bien peur que d'ici l'arrivée du roi de Navarre, il se passe bien d'autres choses épouvantables, mais nous ne sommes que des comédiens, cela ne nous regarde pas. Porte-toi bien, Gabriella.

— Toi aussi, Isabella.

Ludovic parcourait sa chambre comme un lion en cage. Sa première résolution avait été de s'enfuir. S'il tombait entre les mains des Gelosi, c'en était fini de lui. Puis il se raisonna, s'il avait à fuir, il devait préparer sa fuite. Cela allait lui prendre quelques jours. Après tout, Isabella ne l'avait pas encore dénoncé, car elle n'avait pas de preuves… et elle n'en aurait jamais. Donc, il avait du temps devant lui. En se calmant, il en revint même à sa première idée : s'il trouvait une occasion favorable, il se débarrassait d'elle. Pourquoi pas un accident dans le voyage ? Ce serait mieux que de fuir, car il n'avait aucune idée de l'endroit où il serait à l'abri de la vengeance des Gelosi. Quant à Gabriella, puisqu'elle rentrait à Mantoue, elle n'était plus un danger, pour autant qu'il n'aille pas en Italie.

Il songea un instant à demander la protection de la reine avant de se raviser. Elle n'avait plus besoin de lui maintenant que les Gelosi étaient en France, et s'il devenait gênant, elle le ferait disparaître d'un coup de poignard.

Il décida donc de rester tout en cherchant une opportunité pour se débarrasser d'Isabella.

Le lendemain, samedi, la duchesse de Montpensier demanda à la reine l'autorisation de rentrer à Paris. Ce voyage l'avait affaiblie, se justifia-t-elle, et elle voulait rejoindre son frère Guise pour se reposer. La reine accepta, pas fâchée de la voir partir.

Dans la journée, tandis qu'Olivier et son commis travaillaient dans la tour des Marques sur les comptes de l'intendance, Cabasset s'introduisit dans sa chambre et subtilisa les papiers qu'il cherchait.

Le lundi, Nicolas Poulain et son lieutenant reçurent la visite du fermier de la Baiserie. Comme tous ceux qui logeaient des gens de passage, le fermier devait signaler au prévôt de l'hôtel l'arrivée et le départ des voyageurs qu'il hébergeait. Il le faisait une ou deux fois par semaine, apportant leur passeport, ou, s'il ne pouvait le faire, demandant à ses visiteurs de se présenter eux-mêmes au prévôt ou à son lieutenant.

C'est ce qu'avait fait le gentilhomme italien qui était venu voir le lieutenant de Poulain, expliquant moitié en français, moitié en italien qu'il faisait étape pour quelques jours à Chenonceaux, sa compagne étant malade. Son passeport était en règle et indiquait qu'il se nommait Castello et qu'il était gentilhomme de la chambre du duc de Gonzague, le frère de Nevers.

Le lieutenant de la prévôté de l'hôtel s'était étonné qu'il loge dans cette ferme inconfortable, mais l'Italien l'avait rassuré. Incidemment, il lui avait d'ailleurs indiqué qu'il n'était pas le seul gentilhomme à la ferme. Sur le coup, le lieutenant n'avait pas relevé cette remarque, mais maintenant que le fermier était devant lui, il demanda sans chercher malice :

— Qui est cet autre gentilhomme dans votre ferme dont m'a parlé le seigneur Castello ?

Le fermier parut d'un coup pétrifié.

Il n'avait jamais déclaré qu'il logeait Maurevert et ses spadassins. Maurevert lui avait donné trois écus pour son silence et l'avait menacé de trois coups de dague s'il ne le respectait pas. Mais ne pas avoir appliqué les règlements de police pouvait maintenant lui valoir le fouet et le pilori.

Habituellement, Nicolas Poulain n'assistait pas aux visites des logeurs, laissant son lieutenant ou des sergents s'en occuper. Aujourd'hui, il attendait la visite d'Olivier pour examiner avec lui les achats de ravitaillement. En effet, avec la pénurie de nourriture, les marchandises étaient de plus en plus chères et l'intendant de la reine s'était plaint.

Nicolas Poulain ne prêtait guère attention au dialogue entre son sergent et les visiteurs mais fut troublé par l'attitude de ce fermier, visiblement terrorisé.

— Qui est ce gentilhomme ? demanda-t-il, intrigué.

— Je… Il n'est pas resté, monsieur le Prévôt… C'est pour cela que je n'en ai pas parlé… Il n'a passé qu'une nuit, implora le fermier.

— Il vous a présenté son passeport ?

— Oui, monsieur le Prévôt. Je n'ai pas eu le temps de venir… et il aurait dû passer vous voir…

— Où est-il maintenant ?

— Il est parti, monsieur le Prévôt.

Croyant éviter les ennuis en mentionnant la sœur du duc de Guise, il ajouta :

— Il rejoignait Mme la duchesse de Montpensier.

Cette remarque surprit encore plus Nicolas Poulain.

— Comment le savez-vous ? Ils vous l'ont dit ?

— Oui, monsieur le Prévôt, la duchesse est d'ailleurs venue le voir.

— À votre ferme ?

Que la duchesse se soit rendue dans cette ferme malpropre de la Baiserie était invraisemblable ! se dit Poulain, ou alors, elle avait quelque chose à cacher !

— Comment s'appelait ce gentilhomme ? insista-t-il.

— M. Le Vert, déglutit le fermier.

— Le Vert ! s'étouffa Poulain, sous le coup de la surprise.

L'année précédente, après que des truands commandés par un homme boiteux et manchot eurent attaqué la maison d'Olivier, Nicolas Poulain s'était rendu à l'auberge de la Tête Noire où l'un des brigands, blessé et prisonnier, lui avait avoué que logeait le boiteux. Là, il avait appris que celui-ci se nommait Le Vert.

— Décrivez-moi ce gentilhomme !

— Euh… Il avait une épaisse barbe blanche, c'était difficile de distinguer ses traits… Il boitait, et il avait une main ou un bras en moins.

Un manchot barbu et boiteux nommé Le Vert : c'était lui ! comprit Poulain, qui se souvint en même temps du cavalier aperçu sur la route de Blois. Que préparait-il avec la duchesse de Montpensier ? Était-ce à lui et à Olivier qu'ils en avaient ?

— Il était seul ?

— Non, monsieur le Prévôt, murmura le fermier. Il y avait aussi deux Italiens et un jeune homme.

— Vous savez que vous méritez la corde ?

— Pitié, monseigneur ! gémit le fermier en tombant à genoux. Je sais que j'ai fauté, mais ils m'avaient menacé…

— Dites-moi tout ce que vous savez !

Un peu plus tard, quand le fermier fut reparti avec un sévère avertissement de fouet et de pilori s'il récidivait, Nicolas raconta l'histoire à Olivier.

— Cet homme est après nous ! s'exclama Olivier.

— Peut-être est-il simplement au service des Guise, chargé de la protection de la duchesse… Cela expliquerait qu'il soit avec des spadassins, suggéra Poulain sans y croire.

Olivier secoua négativement la tête.

— Il y a quelque chose que je ne t'ai pas dit, Nicolas, car je pensais que c'était sans importance. Tandis que j'étais à Blois, avec Mme Sardini, quelqu'un a forcé mon coffre.

— Le Bègue n'a rien remarqué ?

— Non, mais il n'est pas souvent dans notre chambre.

— Qu'a-t-on pris ?

— Rien, justement ! C'est cela qui est étonnant. Comme si on voulait juste savoir ce que je transportais… Ou qui j'étais…

— Ce pourrait être ce Le Vert, en effet. Mais jusqu'à présent, il avait cherché à te tuer, pourquoi n'a-t-il pas recommencé s'il t'a identifié ?

— Je contrôlais les tailles royales à ce moment-là et je gênais la Ligue. Maintenant, il n'aurait aucune raison, sinon une vengeance. Mais je reconnais que cette fouille est incompréhensible.

— Je vais donner son signalement à tous les gardes, conclut Poulain. Tout cela est fort inquiétant.

Quelques jours plus tard, la reine convoqua son prévôt pour lui annoncer que bien qu'elle soit torturée par la goutte, la Cour partirait sous peu pour Saint-Maixent. Elle lui demanda de prendre toutes les précautions nécessaires pour ce voyage. Le cortège passerait par Loches, où elle se reposerait quelques jours, et chaque soir l'étape se ferait dans un château fortifié. Le duc de Retz protégerait la Cour avec une petite armée, tant il craignait un coup de main de Navarre.

Nicolas Poulain l'assura de sa diligence. La seule difficulté qu'il éprouvait, remarqua-t-il, était le ravitaillement. Les marchands et les cabaretiers avaient de plus en plus de mal à approvisionner la Cour, quant au fourrage, il était hors de prix.

14.

Le coche attelé à quatre chevaux quitta Chenonceaux aux premières lueurs de l'aube du dimanche 12 octobre. Personne ne remarqua qu'il ne prenait pas la route de Blois mais qu'il suivait le cours du Cher. La voiture roulait à bonne allure sur le chemin sec, car il n'y avait à l'intérieur que la duchesse de Montpensier, sa femme de chambre et un valet.

Loin devant, Foulques Cabasset et un de ses hommes galopaient pour ouvrir la route et réserver des chevaux frais, s'ils en trouvaient. Jusqu'au vieux pont de Tours-Saint-Sauveur, tout se passerait bien, avait expliqué le capitaine, mais les choses changeraient dans le Poitou.

Cinq soldats de Mayenne l'avaient accompagné en revenant de Guyenne. Le duc voulait que sa sœur soit protégée par une solide escorte et il avait choisi des vétérans de son armée. Comme Cabasset, ils connaissaient toutes les routes, toutes les étapes, et surtout ils savaient quels villages, châteaux ou fermes étaient tenus par les protestants.

Car la situation militaire n'était pas si bonne qu'on le disait. Même si quatre armées catholiques occupaient les provinces qu'ils allaient traverser, elles ne les protégeraient guère, avait prévenu le capitaine Cabasset, la veille du départ, quand ils s'étaient réunis à la Baiserie pour préparer le voyage…

Ce soir-là, pour recevoir Mme de Montpensier, ses gentilshommes et le capitaine Cabasset, Maurevert avait demandé au fermier de leur laisser sa cuisine, la seule pièce chauffée. Lui-même était avec son écuyer et ses spadassins italiens.

Maurevert avait déjà rencontré Aymar de Puyferrat, le premier gentilhomme de la duchesse. La cinquantaine, maigre avec une fine barbe grise qui lui donnait un air cruel, Puyferrat venait du Périgord. Il avait été au duc de Montpensier – le mari de la duchesse – et en avait gardé une grande férocité envers les hérétiques. Le second gentilhomme se nommait Arnaud de Saveuse. Il avait vingt ans et son frère, ligueur forcené, appartenait au duc de Guise. Saveuse compensait son étonnante bêtise par une obéissance servile. Maurevert avait remarqué que la duchesse s'en arrangeait.

Sur une carte, Cabasset avait tracé la route à suivre pour en expliquer les dangers. Entre Tours et Poitiers stationnaient les troupes d'Armand de Gontaut, maréchal de Biron. Biron était loyal au roi mais désormais en bons termes avec Henri de Navarre. Cependant, il respecterait le laissez-passer du duc de Mayenne et leur fournirait une escorte, s'ils la demandaient.

Plus loin en Saintonge, leur chemin pourrait croiser des détachements de l'armée que Joyeuse avait conduite quelques mois plus tôt. Ceux-là, Cabasset préférait les éviter, car ces franches compagnies qui ne respectaient rien étaient réputées pour les colliers d'oreilles arrachées à ceux qui n'étaient pas de leur parti !

En Gascogne se trouvait l'armée du maréchal de Matignon, mais comme elle était cantonnée dans les villes, ils ne devraient pas croiser de soldats. Matignon ne faisait rien pour aider M. de Mayenne, avait affirmé Cabasset, mais il leur donnerait une escorte pour rejoindre le duc. Ce serait nécessaire, car autour de Bordeaux beaucoup de déserteurs battaient la campagne.

C'étaient ces troupes qui inquiétaient Cabasset.

— Quand j'ai quitté Chenonceaux, je croyais monseigneur le Duc vainqueur, avait-il dit. Je me trompais : le siège de Castillon avait ruiné son armée et ses meilleures troupes avaient été décimées par M. de Turenne. De surcroît, il y avait eu la famine, la peste, et surtout le non-paiement des soldes par le roi. La plupart des soldats, affamés, avaient déserté. Des huit mille hommes du début de la campagne, il ne restait que quatre compagnies quand je suis arrivé à Castillon, ce qui signifie que des centaines de mercenaires allemands ou albanais travaillent à leur compte. Ils s'attaquent aux villages, aux fermes et aux voyageurs sans les interroger sur leur parti ou leur religion.

— Ce ne sera donc pas une promenade ! avait plaisanté Maurevert, qui n'était pas poltron.

— Nullement, monsieur ! D'autant que je n'ai pas terminé, car il y a aussi les huguenots ! Saintonge, Aunis et Angoumois sont les berceaux du protestantisme et des détachements de Navarre ou de Condé se cachent au détour de chaque chemin. La population nous sera hostile et nous croiserons quelques bandes de pillards qui, sous couvert de la religion, s'attaquent aux villages catholiques et aux gens de passage. Pour toutes ces raisons, aucun de nous ne doit arborer les croix de Lorraine du duc de Guise sur son manteau.

— Vous y veillerez, monsieur de Puyferrat, avait ordonné la duchesse.

— Pour passer à travers tout ce joli monde, avait conclu Cabasset, nous ne ferons que de courtes étapes, d'autant plus que nous ne trouverons que rarement des chevaux, et qu'il faudra ménager les nôtres. Je commanderai la troupe et conduirai l'avant-garde. Monsieur Le Vert vous tiendrez l'arrière-garde, et monsieur de Puyferrat, avec le gros de nos hommes, vous défendrez le coche en cas d'attaque.

— Combien serons-nous ? avait demandé Maurevert.

— Les cinq hommes que m'a donnés M. de Mayenne et cinq ou six gardes du corps que j'ai choisis parmi les meilleurs. Le reste de la maison de Mme la Duchesse rentrera à Paris.

— C'est peu…

— Oui, mais si nous étions plus, il serait encore plus difficile de trouver de la nourriture et du fourrage, et nous irons plus vite peu nombreux. De surcroît, Mme la Duchesse pourra obtenir des escortes des gouverneurs des villes fidèles au roi que nous traverserons.

Le jour du départ, ils étaient donc une quinzaine d'hommes d'armes, sans compter le valet de chambre capable lui aussi de manier le pistolet. Tous étaient armés en guerre et arboraient barbute italienne, casque à bourguignotte ou bassinet arrondi. Leur manteau dissimulait leur cuirasse de fer ou leur brigantine. Seul Cabasset ne portait qu'une jaque de mailles sous son pourpoint matelassé. Quant aux gentilshommes, ils étaient protégés par des corselets ciselés, des cuissards de lames d'acier et des gantelets. Arquebuses à main et pistolets étaient accrochés au flanc de leur selle, ainsi que de lourdes épées de cavalier.

Derrière le coche, en longe, suivaient cinq chevaux de remplacement qui portaient bagages, nourriture et fourrage, car en Saintonge, ils ne trouveraient pas d'approvisionnement.

Foulques Cabasset était certainement un très vaillant soldat, comme l'avait écrit Mayenne à sa sœur, mais il était aussi méfiant et peu loquace. C'était sans doute ce qui lui avait permis d'atteindre un âge bien avancé pour un capitaine. Il n'adressait que rarement la parole à Maurevert – qu'il appelait Le Vert – et encore moins aux Italiens ou aux autres soldats.

Pourtant, le soir de la première étape, comme ils étaient reçus dans le château fortifié d'un féal des Guise, Maurevert le questionna :

— Capitaine Cabasset, Mme la Duchesse m'a dit que, en vous rendant chez monseigneur le Duc, le mois dernier, vous avez été capturé par un parti de protestants. Comment vous en êtes-vous sorti ?

Ils étaient autour d'une grande table, dans la grande salle du château. Le souper était terminé. Il avait été copieux malgré la pénurie dans les campagnes. Leur hôte était avec eux, ainsi que ses deux fils, tous très honorés de recevoir la sœur du duc de Guise.

Cabasset grimaça, n'ayant guère envie d'en parler.

— Racontez, monsieur Cabasset ! lui demanda la duchesse. Vous n'avez pas à avoir honte de ce qui s'est passé, et cela permettra à chacun de prendre la mesure des dangers de la route.

Il hocha du chef, obéissant visiblement à contrecœur.

— Je devais être à une vingtaine de lieues de Bordeaux, fit-il. J'avais réussi à passer entre toutes les compagnies qui rôdaient dans les campagnes, qu'elles soient catholiques ou hérétiques. Il est vrai que c'est plus facile pour un homme seul. Je dormais souvent dehors, dans des fourrés, évitant chaque fois que je le pouvais les villages qui changent si facilement de maître. Mais j'étais épuisé et il pleuvait. La fatigue est mauvaise conseillère ! Ce soir-là, j'aperçus un village fortifié avec de solides murailles. Les gens étaient de bons catholiques, m'avait assuré un paysan en chemin. Je me présentais au pont-levis et on m'y accueillit d'autant plus facilement que j'étais seul et que j'avais un laissez-passer de monseigneur de Mayenne. Il y avait même une sorte d'auberge. Cela faisait plusieurs jours que je n'avais pas dormi dans un lit. Après un repas plus que frugal, car il n'y avait plus rien à manger dans le pays, on me donna une paillasse pouilleuse et je m'endormis comme une souche.

» Le matin, j'allais repartir quand on me prévint que la porte du village était fermée. Une compagnie de huguenots venait de s'installer devant l'enceinte et préparait un siège. Je montais sur les murailles. Les huguenots n'étaient que quatre douzaines, alors que le village avait plus de trois cents feux, aussi les habitants n'étaient nullement inquiets. Ils avaient connu d'autres sièges que les parpaillots avaient toujours abandonnés. Mais moi, j'étais bloqué là, sans doute pour plusieurs jours.

» Les assiégeants avaient une petite couleuvrine avec laquelle ils tirèrent un grand nombre de boulets de pierre sur les murailles sans rien faire d'autre que de les égratigner. J'étais finalement rassuré et, après avoir passé une partie de la nuit sur la muraille, j'allai me coucher.

» Je fus réveillé par le tocsin. Il faisait nuit noire et je compris aussitôt que le village était attaqué. Mais en vérité, il n'était pas attaqué, il était pris ! Déjà les hurlements des femmes retentissaient et les incendies éclairaient la nuit. Je regardai dans la rue et l'épouvante me prit. On tuait, on massacrait, on violait. Des groupes de furieux, porteurs de falots et de torches, brisaient les portes des maisons et jetaient les habitants dehors, meurtris et ensanglantés.

» J'appris plus tard que le capitaine qui commandait la troupe protestante avait lancé des cordes sur les murs et fait entrer ses hommes par escalade. Je m'armai, prêt à défendre chèrement ma vie, mais personne ne monta à l'étage où j'étais, alors que j'entendais les cris et les coups de feu dans l'auberge. Puis le silence revint, ponctué par les cris des servantes violentées. Je décidai de fuir par la fenêtre. J'étais au premier étage et, m'agrippant à un lierre, je sautai dans la rue. Hélas, à peine en bas, un parti de huguenots me prit. Ils étaient armés de mousquets et de pistolets, je dus rendre mon épée.

» On m'enferma dans une cave avec d'autres habitants. Quelques heures plus tard, on nous fit sortir, garrottés par les mains, et on nous conduisit sur la place publique où se trouvaient l'église et des halles à piliers. L'église avait été pillée. Les hérétiques avaient même sorti les vases sacrés et le saint ciboire qu'ils avaient remplis de saintes hosties avant d'uriner dedans.

À la table, tous les convives se signèrent.

— Plusieurs habitants étaient pendus par les pieds à la charpente des halles. Quelques-uns remuaient encore et des femmes étaient attachées aux piliers. Mon voisin m'expliqua que les pendus étaient le maire et les échevins. Quant aux femmes, c'étaient leurs épouses, leurs mères ou leurs sœurs. Violentées, la plupart étaient inconscientes. Le capitaine huguenot nous interrogea à tour de rôle. Suivant les réponses faites, on était rangé à droite ou à gauche. J'expliquai que j'étais à Mayenne et que je pouvais payer rançon, aussi on me mit à droite, comme le bourgeois qui m'avait renseigné.

» Ensuite, le capitaine fit signe à un de ses hommes qui portait un bonnet rouge sur la tête et qui avait à la main un poignard bien aiguisé. Il s'approcha des femmes et à chacune coupa une oreille qu'un autre vint clouer à la porte de l'église. Tandis que les femmes hurlaient, les huguenots riaient à gorge déployée, comme des démons, et le capitaine s'exclama : "La prochaine fois, ne vous trompez pas de religion !"

» Ils emmenèrent ensuite les hommes placés à gauche ainsi que le prêtre de l'église pour les conduire sur la muraille. Moi et mes compagnons de droite les suivîmes, mais nous restâmes en bas de l'enceinte. En haut, un soldat faisait déshabiller les prisonniers et les faisait monter nus sur le parapet de la courtine. Là, il les perçait d'un coup d'épée pour les faire tomber dans le fossé. Ils en tuèrent ainsi plus de cinquante. "Je crois qu'ils n'ont plus assez de corde." m'a murmuré mon compagnon.

» Tous les catholiques prisonniers furent ainsi mis à mort de sang-froid, sans autorité, forme, ni procédure de justice.

» On nous ramena ensuite dans la cave. En chemin, je vis partout des corps arquebusés ou dagués, et des pendus… hommes, femmes et enfants. Plus tard, on nous conduisit à l'auberge où chacun écrivit une lettre précisant la rançon à payer. Pour moi, elle fut fixée à cinquante écus. À mon compagnon qui avait un frère négociant à Bordeaux, ils demandèrent cent écus, mais pour ce prix-là il obtint qu'on lui rende sa femme qui avait subi toutes sortes d'outrages.

» Je restai enfermé dix jours dans le noir, avec un seau d'eau et un morceau de pain noir pour toute nourriture. Enfin, on me sortit de ma cave. Les pendus étaient toujours accrochés aux branches. Les odeurs de mort et de brûlé étaient encore plus prenantes. On me conduisit au pont-levis où m'attendait un gentilhomme de monseigneur de Mayenne avec un cheval. En chemin, je vis que les maisons avaient été pillées et saccagées, certaines abattues jusqu'aux fondements. Je n'ai pas su ce qu'était devenu mon voisin [1].

Quand il eut terminé, personne ne dit mot. Tous avaient connu la guerre et le pillage. Tous les

---

1. Ce récit est un mélange de plusieurs récits de pillage de villages rapportés par des contemporains.

hommes les avaient pratiqués, mais tous aussi en avaient honte. Sauf Maurevert, peut-être, car il n'avait pas de conscience.

La duchesse de Montpensier était restée impassible durant le récit. Avant de quitter Chenonceaux, Foulques Cabasset avait tenté de la dissuader de faire le voyage. Prise, il lui arriverait ce qui arrivait à toutes les femmes, peut-être perdrait-elle ses oreilles, et en plus elle servirait d'otage. Pourtant, elle n'avait pas changé d'avis, même quand il lui avait raconté la prise du village. Dieu était avec elle, lui avait-elle assuré. Et les Guise n'étaient pas des poltrons.

Cabasset n'avait rien répondu. En vingt ans de troubles, il avait acquis une certitude : Dieu ne s'intéressait pas à cette guerre, le diable s'acquittait de tout !

À Tours, ils rencontrèrent un officier de Biron, bon gentilhomme, qui leur fournit aimablement une escorte pour aller jusqu'à Poitiers. Ce n'était pas vraiment une escorte, mais un détachement d'une trentaine d'hommes qui devaient compléter la garnison de la ville ligueuse.

Ensuite, sur la route d'Angoulême, ils repartirent seuls. Le capitaine Cabasset avait prévu des étapes très courtes, la Saintonge, terre protestante, étant livrée à toutes sortes de bandes de brigandage et pour ne rien arranger il pleuvait et le froid était de plus en plus vif. L'hiver arrive tôt, s'inquiétait Cabasset. Trouveraient-ils à se nourrir ?

Ils ne suivaient pas la grande route de Poitiers à Angoulême, trop dangereuse. Après Civray, par où ils avaient fait un détour pour se ravitailler, ils avaient emprunté un chemin qui longeait la Charente. Pourtant, même à l'écart de la route principale, le pays était plein d'embûches. Parfois, ils apercevaient des cadavres attachés aux bois flottants par leur robe ou leur manteau, pauvres gens tués et noyés dans la prise de leur village ou de leur maison.

Cabasset chevauchait en tête avec un homme de Mayenne, puis suivaient deux autres soldats, enfin le reste de la troupe qui entourait le coche et, juste derrière, les spadassini. Malgré ces précautions, ils tombèrent dans un guet-apens le long de la Charente.

La bande de brigands avait dû les suivre depuis Civray et observer la façon dont ils voyageaient. Ils furent soudain assaillis par une vingtaine de gueux, à pied, armés d'épées et d'épieux, brusquement surgis d'un bosquet. L'endroit était bien choisi. Le bois les dissimulait complètement et, sans chevaux, ils n'avaient fait aucun bruit. Deux d'entre eux portaient des arquebuses à main qu'ils ne pouvaient utiliser sous la pluie, mais ils savaient qu'il en était de même pour leurs adversaires.

Giovanni était le plus près d'eux et n'avait pas le temps d'allumer la mèche de son mousquet. Il sortit un pistolet à rouet de dessous son manteau mais, avec l'humidité, le coup ne partit pas. Déjà le cheval d'un des soldats venait d'avoir les jarrets coupés par une guisarme et s'écroulait. Un autre brigand, grimpé sur le coche, poignardait l'un des deux cochers. Le maestro Jacopo tentait d'éloigner un audacieux en faisant des moulinets.

Quelques secondes s'étaient à peine écoulées et le combat faisait rage. Les cavaliers tentaient d'éviter guisarmes et épieux quand les portières du coche s'ouvrirent. Maurevert et Puyferrat, chacun un pistolet à rouet à la poudre bien sèche en main, tirèrent sur les assaillants les plus proches d'eux. Immédiatement après, ils se saisirent de quatre autres arquebuses posées sur la banquette et refirent feu.

Les brigands furent rapidement réduits à merci. Après les premiers coups de feu, quelques-uns étaient restés pétrifiés par la surprise et Giovanni en avait profité pour en sabrer deux. Les autres soldats en firent autant sur ceux qui étaient les plus proches d'eux. Déjà Maurevert et Puyferrat étaient sortis du coche et perçaient plusieurs bandits de coups d'estoc avec leur brette.

Six survivants détalèrent sans pouvoir aller loin, car les chevaux devaient vite les rattraper. Cabasset et ses hommes arrivaient aussi au galop, ayant tourné bride aux premiers coups de feu.

Jacopo et deux des soldats allaient planter leurs épées dans le dos des fuyards quand Maurevert, qui avait sauté sur un des chevaux en longe, leur cria de ne rien faire. Il pressa sa monture et leur hurla :

— Je les veux vivants !

Les six brigands furent encerclés, frappés de plats d'épée, et s'écroulèrent dans la boue, demandant merci.

— Nous allons les pendre ! se réjouit le maître Jacopo, avec un sourire féroce.

— Peut-être pas, intervint Maurevert, j'ai une meilleure idée. Vous, les marauds, mettez-vous debout et allez jusqu'au coche !

Lui-même revint à la voiture. Mme de Montpensier était à la fenêtre.

— Monsieur Maurevert, vous aviez raison de rester au sec avec vos pistolets, sourit-elle, les cheveux trempés par la pluie.

— L'expérience, madame, répondit le tueur des rois en la saluant.

— Pourquoi les laisser vivants ? demanda-t-elle. Il y a des arbres pour les pendre.

— Avec votre autorisation, madame, je vais leur proposer un marché.

Il se retourna vers les gueux. La plupart n'avaient pas vingt ans.

— Toi ! Comment tu t'appelles ?

— Émeric de Rouffignac, monsieur.

C'était un jeune homme imberbe, terrorisé. Un des rares qui avait une épée, se souvenait Maurevert.

— Noble ?

— Oui, monsieur. Les troupes de M. de Guise ont pris notre château, il y a vingt ans. Mon père a pu fuir et a épousé ma mère, une paysanne. Dieu les a rappelés à lui à présent, et je n'ai plus de famille, sinon eux.

L'adolescent montra le reste de la bande.

— Je me souviens de la prise du château des Rouffignac, intervint Puyferrat en s'esclaffant. Nous y avons passé un bon moment ! Si tu y avais été, mon garçon, je t'aurais pendu avec les autres, mais je vais me rattraper maintenant…

— Assez, Puyferrat ! intervint la duchesse. Que voulez-vous faire, Maurevert ?

— Ces gueux connaissent le pays, madame. Qu'ils nous guident et nous servent de piétaille. J'aimerais bien dormir au chaud et remplir ma panse ce soir !

— Que préférez-vous, marauds, entrer au service de cette noble dame ou être pendus ? cria Puyferrat.

Les six se regardèrent, hésitants, puis ils baissèrent tous la tête.

— Alors à genoux, et prêtez serment sur les Saints Évangiles.

Ils obéirent, et Maurevert leur fit réciter une patenôtre.

— Attention ! Je coupe les oreilles et j'ouvre le ventre à celui qui nous trahit avant de le pendre avec ses boyaux. Maintenant, en route, conduisez-nous à un bon logement et un bon souper pour la nuit.

Il leva les yeux vers le ciel chargé de neige.

— Il y a un village à une demi-lieue, monsieur, fit l'un des bandits, sans doute le plus âgé.

Roux comme un renard, il avait tant de pilosité sur sa face qu'on n'apercevait que ses yeux et son front plissé.

— Catholiques ?

— Oui, monsieur, bons chrétiens comme nous.

— On te suit, passe devant !

Le village, entouré d'un mur crénelé, était perché sur une butte. Un chemin serpentait jusqu'à une porte fortifiée. En s'approchant avec deux de ses hommes et Puyferrat, le capitaine Cabasset remarqua le silence, les corbeaux qui tournaient au-dessus des maisons, puis l'odeur de brûlé.

Le pont-levis était baissé sans sentinelles, c'était incroyable dans ce pays en guerre ! Vigilants, ils passèrent la porte, mousquet en main avec la mèche allumée, ou arquebuse à rouet prête à tirer.

L'unique rue qui traversait le village était couverte de corps détranchés en plusieurs endroits. Les maisons avaient été pillées, saccagées et brûlées. Un parti huguenot était passé avant eux, se dit-il. Arrivés au bout de la voie, les quatre hommes, restant aux aguets, revinrent par les lices sans rencontrer âme qui vive. Cabasset repéra vite la plus grande des maisons. Sa porte avait été enfoncée, mais les fenêtres possédaient de solides grilles et on pouvait s'y retrancher. De surcroît il n'y avait pas de cadavres puant au-devant.

Il demandait à Puyferrat d'aller chercher le reste du cortège quand ils entendirent la quinte de toux venant de la maison. Cabasset fit signe à Puyferrat d'attendre et sauta au sol. Il se dirigea vers la porte ouverte, pistolet dans une main et épée dans l'autre.

Il entra dans une salle sombre et empuantie. Au bout d'un instant, il distingua une table au milieu et, dans un angle, un lit à rideaux. Il s'approcha avec prudence. Dans le lit, une femme âgée agonisait. Malgré l'obscurité, il vit que son visage était marqué d'hémorragies aux yeux et au nez.

La peste !

— À boire, murmura-t-elle, avant de tousser convulsivement.

Il recula et fit signe à ceux qui l'avaient suivi de sortir.

— À boire, par le sang du Christ…

Cabasset, bon catholique, n'était pas mauvais homme. Cette femme souffrait. Ramassant un pot ébréché par terre, il se dirigea vers le puits qu'il avait aperçu dehors. Le pot rempli, il le porta à la mourante et le posa sur son lit avant de s'éloigner en se signant.

— Les parpaillots vous ont attaqués ? demanda-t-il.

Sur le visage émacié de la mourante, la surprise apparut. Elle murmura, entre plusieurs quintes de toux :

— Les parpaillots ? Non... Les... démons papistes ! La peste avait déjà tué... la moitié du village. Ils le savaient et n'ont eu aucun mal à entrer... On s'était pourtant rendus... Qu'ils soient damnés. Ils ont tué notre boulanger qui venait de cuire le pain de la Cène... Ils l'ont découpé vivant... et salé... ce sont des démons... Ils ont coupé les oreilles des autres...

Elle se releva avant de s'affaisser brusquement. Elle était morte.

Ainsi le rouquin les avait trahis ! songea Cabasset avec rage. Il les avait envoyés dans un village huguenot où la peste s'était déclarée. Qu'espérait-il ? Que les protestants les massacrent ? Qu'ils attrapent le mal de saint Roch[1] ?

Il sortit en donnant des coups de botte dans les pots sur le sol.

— Nous dormirons dehors si nous ne trouvons rien, décida-t-il, mais pas dans ce maudit charnier !

En chemin, il raconta aux autres ce qu'avait dit la femme. Le coche attendait plus bas, au bord de la Charente qui roulait des flots furieux. Les six anciens brigands étaient assis par terre. Cabasset s'approcha d'eux.

— Il nous a trahis, dit-il à Maurevert, en désignant le rouquin. Vous le saviez ? demanda-t-il ensuite aux autres prisonniers.

1. Saint Roch était censé intercéder auprès de Dieu pour protéger de la peste, aussi donnait-on son nom à la maladie.

Terrifiés, ils secouèrent la tête, tandis que le rouquin souriait avec insolence. Il savait ce qui allait lui arriver, mais au moins il aurait tout tenté contre ces maudits catholiques.

— Attachez-lui les mains et les pieds avec sa chemise, ordonna-t-il.

Le rouquin tenta de fuir mais un des cavaliers le rattrapa et le fit tomber d'un coup de botte.

— Pendons-le ! décida Maurevert.

— Non, ne gaspillons pas de corde ! Vous autres, attachez-le avec sa chemise. Si ça ne suffit pas, utilisez les lanières de ses grègues ! ordonna Cabasset.

Les cinq autres marauds obéirent. Le rouquin, torse nu, tremblait de froid et de peur et se débattait comme un fou, mais les autres le tenaient étroitement. Ils parvinrent à l'attacher. Quand ce fut terminé, Cabasset leur montra la Charente.

— Jetez-le à la rivière !

Ils obéirent. Le rouquin hurlait, tentant de résister en les maudissant. À plusieurs, ils le lancèrent à une toise de la rive et le flot glacé l'emporta. Ils le virent rouler dans la rivière, puis disparaître dans un remous.

— Maintenant, vous autres, dites-moi où on peut passer la nuit…

Rouffignac s'avança, les yeux baissés.

— Un peu plus bas, il y a un moulin ruiné sur la rivière, monseigneur. Il reste une grande salle couverte qui peut nous abriter.

— Si tu nous trompes, menaça Cabasset, tu connais ton châtiment !

Ils repartirent. La neige commença à tomber, de plus en plus épaisse.

Ils arrivèrent au moulin à la nuit. Rouffignac ne leur avait pas menti, le moulin avait encore quelques fortifications et une salle basse voûtée – une sorte de cave – où étaient entreposés des fagots de bois. Sans doute le bâtiment était-il utilisé par des bergers, car il puait la chèvre et le mouton, et le sol était jonché de crottin.

Ils firent entrer les chevaux et dressèrent un lit de fortune et un coin isolé pour la duchesse et sa femme de chambre. Les hommes dormirent à même le sol, après avoir allumé un feu et fait un repas frugal de pommes et de fromage.

Le matin, la neige était toujours là, mais pas trop épaisse et ils purent repartir.

La nuit suivante, ils logèrent dans une auberge fortifiée sans autre dîner qu'une bouillie d'avoine. Partout, les champs étaient abandonnés, les vergers arrachés. On ne voyait pas d'habitants, personne sur les chemins. La nourriture et le fourrage manquaient. L'un des soldats proposa à Cabasset de se rendre à une ferme fortifiée qu'il connaissait pour acheter du fourrage et de la nourriture. Le capitaine accepta.

C'était un corps de bâtiments entourés de murs avec des échauguettes en encorbellement aux angles et protégé par un fossé. La porte voûtée était flanquée de deux tourelles. Une barbacane en bois était dressée devant, pas très haute mais empêchant d'arriver jusqu'à la porte. On apercevait les murs pignons des granges dépassant des murailles.

Ayant laissé le coche en arrière, la troupe s'approcha. À cinquante pas, un guetteur leur cria de s'éloigner. Il avait un mousquet, affirma-t-il, et tirerait sur le premier qui approchait.

Cabasset s'avança seul, un linge blanc au bout de son épée. À portée de voix, il expliqua qu'il voulait du fourrage et de quoi manger.

— Nous n'avons rien ! répondit la voix.

— Si vous refusez, nous prendrons la place ! cria Cabasset.

— D'autres ont essayé. Nous sommes nombreux, bien armés et la maison est imprenable.

Cabasset revint vers Maurevert et les autres.

Maestro Jacopo proposa de poser une mine à la porte. Ils avaient de la poudre et pouvaient faire un pétard.

— Ce sera difficile d'approcher à cause de la barbacane, remarqua Cabasset. D'autres ont déjà dû essayer de prendre la place sans succès.

— Assiégeons-la ! décida Puyferrat.

— Et que mangerons-nous ?

— Nous sommes vingt, avec les gueux, dit Maurevert. Attaquons cette nuit. Avec des cordes, on passera l'enceinte et une fois dedans nous passerons tout le monde au fil de l'épée.

— Et nous prendrons les femmes, plaisanta Jacopo.

— Ce sont peut-être des catholiques, objecta Puyferrat.

— Ce sont des catholiques ! affirma un soldat. La ferme dépend de l'abbaye.

— Quelle importance ? intervint un autre soldat qui avait une trogne affreuse, avec le nez et un œil en moins, due à un coup d'épée. Moi, je suis pour le pillage !

— Je vais tenter une conciliation, proposa Cabasset, sinon, nous ferons ce qu'a proposé M. Le

Vert. Nous n'avons pas le choix, mais attendez-vous à des pertes.

Il revint en agitant son drapeau.

— On peut parler ?

— Partez ! cria une autre voix.

— Vous avez le choix. Si vous nous vendez du fourrage pour deux jours et trente chevaux, ainsi que de la nourriture pour vingt hommes, nous vous paierons en écus d'or. Si vous refusez, nous prendrons la place. Nous pendrons les hommes après les avoir écorchés vifs. Nous tuerons les enfants. Pensez à ce que nous ferons à vos femmes. Je vous laisse une heure.

Sans attendre la réponse, il rejoignit ses hommes, puis alla prévenir la duchesse.

— Croyez-vous qu'ils céderont ? demanda-t-elle.

— S'ils sont sages, oui.

— Et si ce sont des catholiques… hésita-t-elle.

— Sans fourrage, nos chevaux mourront, déclara Cabasset. Je préfère que ce soit eux.

— Mais les femmes et les enfants, dit-elle encore.

— C'est la guerre, madame, dit-il en secouant la tête et en évitant son regard. Quand le pillage a commencé, personne ne peut l'arrêter.

Il revint vers la barbacane.

— Nous pouvons vous vendre le fourrage. Ce sera vingt écus au soleil. Pour la nourriture, nous n'avons que des choux et des pommes, cria un villageois.

— Il nous faut aussi de l'avoine.

— Un sac, pas plus.

— D'accord.

— Dix écus de plus pour la nourriture ! lança une autre voix.

Cabasset retourna voir la duchesse. Elle lui remit la somme qu'il apporta jusqu'à la barbacane.

— Voici l'or, n'essayez pas de nous tromper, dit-il en jetant les pièces devant la porte.

— Éloignez-vous tous, nous déposerons devant la barbacane ce que nous avons promis.

Cabasset revint à ses hommes et les fit reculer. Plusieurs grondèrent sans bouger. Ils attendaient le pillage et les femmes.

— Je fais pendre celui qui discute encore, dit simplement le capitaine Cabasset en les menaçant de son épée.

La grogne s'arrêta et ils obéirent.

De loin, ils virent les paysans sortir des sacs et empiler des bottes de fourrage, puis rentrer à vive allure.

Ils récupérèrent tout avant de repartir. Le soir, ils dormirent dans un village abandonné. Tous les habitants avaient fui, ou étaient morts. Sur la porte de l'église, il y avait les habituels colliers d'oreilles et encore quelques corps pendus à l'intérieur.

À Angoulême, ils furent magnifiquement logés au château où ils dormirent entre deux draps pour la première fois depuis longtemps. La duchesse resta masquée, ne souhaitant pas qu'on la reconnaisse, mais les passeports du duc de Guise, du duc de Mayenne, ainsi qu'une lettre du roi, firent merveille.

Cabasset avait remarqué que le jeune Rouffignac cherchait à se faire accepter. Il obéissait immédiatement aux ordres qu'on lui donnait et se montrait toujours de bon conseil. Après Angoulême, et avec l'accord de la duchesse, on lui proposa d'entrer dans la compagnie. Il accepta et prêta serment à la duchesse, après quoi on lui confia une épée et un cheval. Les autres anciens brigands restèrent comme piétaille et valet. Maintenant qu'on avait moins besoin d'eux, Maurevert voulait les pendre, mais Cabasset s'y opposa, arguant qu'ils seraient leurs serviteurs.

En approchant de Montlieu, ils rencontrèrent un détachement de cavalerie portant la casaque bleue aux croix blanches de l'armée de Matignon. Une fois de plus Cabasset montra les ordres de Mayenne et les soldats les saluèrent. Ils amenaient à Montlieu onze huguenots prisonniers surpris dans la maison d'un riche paysan où ils célébraient la Cène. Les hommes, de tous âges, étaient en pourpoint et tête nue, liés entre eux et garrottés. Meurtris et ensanglantés, ils avaient été battus par les habitants qui les avaient capturés. Arrivé à la porte de la ville, l'officier s'enquit de la présence d'un bourreau ou d'un exécuteur de haute justice, car les protestants qui pratiquaient leur culte devaient être mis à mort quand ils étaient livrés par les habitants. On lui répondit par la négative, aussi fit-il porter des cordes et étrangler ses prisonniers aux fourches des jardins qui servaient à puiser de l'eau.

La duchesse et ses hommes étaient restés à regarder le spectacle, comme bon nombre d'habitants et de paysans. Quand ce fut terminé, Cabasset expliqua à l'officier qu'il logerait à Montlieu et qu'il voulait qu'on envoie quelqu'un prévenir le maréchal de Matignon. Ils avaient besoin d'une escorte, et qu'on les guide auprès du duc de Mayenne.

L'escorte de cinquante lances arriva le surlendemain avec un guide qui les mena au château de Puynormand que le duc de Mayenne venait de prendre. Ils y arrivèrent aux premiers jours de novembre. Ils avaient mis plus du double de temps prévu, ayant sous-estimé les intempéries et la famine.

Mayenne fut soulagé de voir arriver sa sœur qu'il attendait avec impatience. Il aurait déjà dû être en route pour la maison forte de La Vauguyon où il avait déjà fait partir des troupes et son meilleur capitaine.

Au souper, entouré de quelques-uns de ses officiers et des gens de la duchesse, il raconta cette prochaine expédition avec force éclats de rire.

— Il y a plusieurs semaines, j'ai eu la visite de Mme de Caumont. Elle est de la religion prétendue réformée et pourtant elle venait me demander de l'aide ! Deux ans auparavant, le seigneur de la Vauguyon était venu la visiter avec une troupe de gentilshommes et, invoquant un accord entre leurs familles, il avait enlevé sa fille Anne. C'est la seule héritière de la maison de Lustrac, et elle a quatre-vingt mille livres de rente ! Depuis, il la garde dans sa maison forte près de Périgueux et il lui a fait épouser son fils de huit ans. Bien sûr, le mariage n'est pas valide, car la pauvrette n'a que douze ans.

» Mme de Caumont[1] avait demandé l'aide du maréchal de Biron pour reprendre sa fille, mais La Vauguyon n'a jamais voulu la rendre, aussi m'a-t-elle proposé de soutenir son mariage avec mon fils si je

1. Mme de Caumont avait pour nom de jeune fille Marguerite de Lustrac. Comme Isabeau de Limeuil, elle avait été la maîtresse du prince de Condé et avait espéré l'épouser !

saisissais la maison forte de La Vauguyon. J'ai accepté, et, à l'heure qu'il est, La Vauguyon s'est rendu et Anne de Caumont et ses demoiselles d'honneur sont avec mon épouse [1]. Je vais aller les chercher et nous irons ensemble à la Cour dès notre arrivée à Paris.

Chacun le félicita pour ce nouveau succès, et le duc se rengorgea. Malgré quelques déboires, cette campagne de Gascogne était selon lui un franc succès [2].

Auparavant, après avoir promis à sa sœur trente hommes d'armes pour compléter sa troupe, il avait eu avec elle un long entretien, lui confiant tous les détails qu'il connaissait sur la fraude des tailles conduite par le conseil des seize et lui prodiguant des conseils judicieux pour l'enlèvement de Cassandre de Mornay. Il avait surtout assuré que le moyen le plus simple pour se débarrasser de Navarre était de l'amener à portée du mousquet de Maurevert. Avec un otage tel que la fille de M. de Mornay, ce devrait être trop difficile.

La duchesse de Montpensier repartit le lendemain pour Montauban avec sa petite armée après avoir fait écrire par le secrétaire de son frère une courte lettre pour Cassandre de Mornay avec l'écriture d'Olivier Hauteville, imitée grâce aux documents volés par Cabasset..

1. Henriette de Savoie, duchesse de Mayenne.

2. Ce ne fut pas l'avis du roi. Mayenne fut raillé en arrivant à Paris. Henri III déclara qu'il n'avait fait le voyage de Guyenne que pour enlever cette riche héritière, que c'était le seul butin de ses hautes entreprises et conquêtes. Les huguenots renchérirent en disant que, n'ayant pu prendre la Guyenne, il avait pris une fille.

15.

La Cour entra dans la ville de Loches le 24 octobre. Les deux jours précédents, Nicolas Poulain avait envoyé des fourriers et des maréchaux des logis pour marquer à la craie blanche la porte des maisons retenues par la Cour, ainsi que le nom et la qualité de ceux qui devaient y loger. En même temps, toutes les chambres d'auberges avaient été réservées. La Cour devait rester trois jours avant de repartir vers La Haye. Les Gelosi et Olivier furent logés à l'enseigne du *Cheval noir*, à côté du couvent des Ursulines. Dès le lendemain de leur arrivée, le majordome de la reine convoqua les comédiens au château afin qu'ils préparent la grande salle du Logis royal dans laquelle ils donneraient leur spectacle.

Depuis deux semaines, le ventre perpétuellement noué par la peur, Ludovic Gouffier ne dormait plus, persuadé que, s'il fermait les yeux, les Gelosi en profiteraient pour lui faire un mauvais sort. Il tentait vainement de se rassurer en se disant qu'il n'avait jamais rien laissé permettant de l'incriminer, mais Gabriella était bien venue en France pour mettre en garde Isabella contre lui et celle-ci avait bien fouillé son coffre. Il l'avait aussi entendu proposer à son amie de revenir à Mantoue, ce qui signifiait qu'Isabella avait été innocentée. Sans doute le vice-podestat avait-il découvert dans le couteau factice la pièce qui empêchait la lame d'entrer dans le manche. Dès lors, le magistrat avait dû en déduire qu'il s'agissait d'une tentative d'assassinat préparée par un des comédiens, et Ludovic, dernier arrivé dans la troupe, avait dû être le premier soupçonné.

Isabella l'évitait et ne lui adressait plus la parole. Quand allait-elle dire à Flavio qu'il était le responsable de ses tortures et de leur emprisonnement ?

À Chenonceaux, chaque matin, après une nuit sans sommeil, il décidait de fuir, puis il repoussait sa décision quand il s'apercevait que les autres comédiens le traitaient toujours amicalement.

Pourquoi Isabella ne le dénonçait-elle pas ? Par manque de preuves ? Sans doute. Après tout, elle ne pouvait deviner la raison pour laquelle il avait truqué le couteau. À moins qu'elle attende un moment favorable pour se venger. Chaque heure, chaque minute, il craignait d'être saisi par ses compagnons, traîné dans un bois et découpé en lanières. Pourtant, s'il reçut des injures de Flavio, ce fut seulement parce qu'il jouait de plus en plus mal sur scène.

Le voyage entre Chenonceaux et Loches avait été un supplice. L'un de leurs chariots s'était embourbé et ils s'étaient trouvés isolés dans la forêt. Ludovic avait bien cru sa dernière heure venue tant l'occasion était propice pour Flavio de le torturer à mort, mais personne n'avait fait attention à lui.

Son idée de faire disparaître Isabella lui paraissait désormais irréalisable. À moins de la tuer devant tout le monde, il n'avait jamais eu d'occasion. Et s'il se faisait prendre, c'était la question, puis l'exécuteur de la haute justice qui lui couperait les mains et les brûlerait avant de le pendre. Il avait assisté à ce tourment plusieurs fois devant la Croix-du-Trahoir.

Entre les supplices de Flavio et ceux du bourreau, quel espoir lui restait-il ? Ne pouvant plus supporter ces perpétuelles terreurs qui le rongeaient, il prit la décision de fuir en arrivant à Loches. Il savait même où il irait. Retourner en Italie n'était pas envisageable : les Gelosi le retrouveraient partout et le marquis Guglielmo Gonzaga était puissant. Revenir à Paris était tout aussi impossible, car il y était trop connu.

Il se rendrait à Cognac.

Dans la large ceinture de cuir qu'il portait à même la peau, il y avait sept cents écus d'or. Ceux que lui avait donnés Catherine de Médicis et ceux qu'il avait gagnés. Avec ça, il pourrait vivre des années. À Cognac, il ferait des recherches autour de l'abbaye de Notre-Dame de Châtres. Peut-être le prieur n'était-il pas mort, peut-être avait-il laissé à d'autres les papiers qu'il possédait, ou bien les avait-il cachés. Il pourrait aussi interroger les notaires du pays. Avec un peu de chance, il s'était persuadé qu'il parviendrait à rentrer en possession de sa maison de Garde-Épée.

Avant de monter au château avec les autres comédiens, il se rendit à l'une des écuries qui se trouvaient le long des remparts. Là, on lui proposa deux bons chevaux, une selle et un équipement de voyage comprenant des bottes de cavalier, une grosse couverture et un épieu, pour une centaine d'écus. Il avait déjà fait la route de Cognac à Paris et se savait capable d'y retourner. Avec deux chevaux, il voyagerait rapidement. Il promit au marchand de repasser en début d'après-midi. Il voulait d'abord retrouver les autres comédiens au château pour montrer qu'il était là, puis il trouverait un prétexte pour revenir à l'hôtellerie. Il préparerait ses bagages, se rendrait à l'écurie et quitterait la ville. Il trouverait bien où loger en chemin, à une lieue ou deux. Au pire, il dormirait dehors ; même si le ciel était sombre, il ne pleuvait pas.

Au château, il se rendit au Logis royal, à la pointe nord de l'enceinte. On lui expliqua que la reine mère s'était installée dans le logis neuf construit par Louis XII, tandis que la salle pour le spectacle serait celle où le dauphin Charles avait reçu Jeanne d'Arc après sa victoire à Orléans, quand elle l'avait supplié d'aller se faire sacrer à Reims.

Il resta un moment avec les femmes de la troupe qui, sur les bancs de pierre du petit jardin, regardaient Il Magnifichino et Francesco Andreini se livrer à une hilarante parade de capitans. C'est Flavio qui vint le chercher pour lui demander conseil sur la construction de la scène que des menuisiers montaient dans la grande salle du vieux logis.

La reine venait de lui faire savoir qu'elle allait recevoir un homme de grand talent, un gentilhomme qu'elle estimait beaucoup et qui était aussi un des amis les plus chers d'Henri de Navarre. Elle voulait l'honorer en le conviant au spectacle du lendemain. Dans la salle, ouvriers et artisans sciaient des planches et accrochaient des tentures. Ludovic fit quelques remarques sur l'assemblage des décors, puis laissa Flavio en grande discussion avec un artisan. Tout le monde l'ayant vu, personne ne penserait qu'il avait quitté Loches si on le cherchait maintenant. Il allait fausser compagnie à la troupe quand Marie de Surgères, accompagnée d'un valet, l'aborda : la reine voulait le voir.

Inquiet par cette convocation inattendue, il la suivit. La dame d'honneur le fit passer dans une chambre d'apparat remplie de gentilshommes et de serviteurs mais où il n'aperçut aucune dame. Sans doute étaient-elles encore en train de se pimplocher, à cette heure. Ensuite ils traversèrent la chambre privée pour entrer dans l'ancien cabinet de travail de Charles VIII. Catherine de Médicis était assise au fond d'un grand fauteuil, tout en noir, pareille à une sinistre corneille. Sur une escabelle, Hélène de Bacqueville lui tenait compagnie, deux lévriers couchés à ses pieds.

— Laissez-nous ! ordonna la reine, au valet, tandis que Marie de Surgères attendait debout.

Catherine de Médicis hocha plusieurs fois de la tête en exhalant un long soupir.

— Ce voyage m'a fatiguée, Ludovic. La goutte me torture et j'ai hâte de rentrer chez moi... Mais je me dois d'être au service de mon fils et du royaume... Je viens d'être prévenue de l'arrivée d'un plénipotentiaire de monseigneur de Navarre accompagné d'un de mes amis, M. de Montaigne. Je les recevrai ce soir. J'ai prévenu Flavio que je voulais demain un spectacle exceptionnel. À cette occasion, je *veux* (elle insista sur ce mot) que Mme Andreini apparaisse comme une véritable déesse. Vous qui la connaissez bien, conseillez-lui de se faire aussi belle et aussi charmante qu'elle le peut, car il faut que M. de Montaigne rapporte tant de louanges à Navarre que celui-ci n'ait plus qu'une envie : la connaître.

Venant du jardin, des rires et des applaudissements parvinrent soudain jusque dans la salle.

— Que se passe-t-il dehors, monsieur Gouffier ? demanda la reine.

— Il Magnifichino et Francesco Andreini improvisent la rencontre entre le capitaine Spavento et Scaramouche, Majesté.

— Allez voir ! ordonna Catherine de Médicis à Hélène, et dites-moi si je dois aller regarder.

La jeune femme s'approcha de la fenêtre aux petits carreaux en losange. Comme on y voyait mal à travers le verre dépoli, elle tenta d'ouvrir la croisée, mais ne put y parvenir.

— Allez donc à la loggia de l'oratoire ! fit la reine avec brusquerie.

La dernière pièce du logis neuf était l'oratoire d'Anne de Bretagne, une élégante salle gothique où la pierre était travaillée comme de la dentelle avec des formes d'hermine et de cordelière. Un petit balcon ouvrait sur le jardin.

La jeune fille s'y rendit et revint presque aussitôt.

— Je n'ai jamais rien vu d'aussi drôle, madame, vous devriez venir ! s'exclama-t-elle.

Les deux dames d'honneur aidèrent la reine à se lever tant elle avait de difficultés à bouger avec sa goutte. La soutenant, elles l'accompagnèrent sur la loggia en passant par un cabinet où la reine rangeait ses affaires privées.

Ludovic se trouva seul dans la salle. Comme le valet avait refermé la porte, les gentilshommes de la reine qui se trouvaient dans la pièce d'à côté ne pouvaient le voir.

Il aperçut alors, sur une table d'angle du cabinet, près d'une des fenêtres donnant sur le chemin de ronde, le coffret à flacons de Ruggieri qu'il avait vu à Paris. Pris d'une idée subite, il s'approcha. Et s'il prenait un flacon de poison ? se dit-il. Il ouvrit prestement le coffret et découvrit les flacons qu'il avait vus à l'hôtel de la reine. Lequel prendre ? se demanda-t-il. Le noir lui parut le plus sinistre. Il s'en saisit, le glissa dans son pourpoint et referma le coffret à l'instant où la reine revenait de l'oratoire.

— Vous auriez dû m'accompagner, Ludovic. C'était d'une drôlerie !

— Je le sais, madame, j'espère un jour atteindre le niveau de leur art.

— N'oubliez pas de parler à Isabella. Ne me décevez pas ! Hélène, raccompagnez-le !

Ludovic sortit en se disant que s'il pouvait faire absorber rapidement ce poison à Isabella, il serait sauvé et n'aurait pas à fuir…

Serrant précieusement le petit flacon noir au fond de sa poche, il quitta le château en réfléchissant sur la façon dont il allait s'y prendre. Il était bien sûr impossible de vider son contenu dans un verre lorsque les Gelosi dînaient, en revanche, empoisonner l'aiguière d'eau de la chambre des Andreini lui parut plus sûr.

Après réflexion, il jugea que ce n'était pas une bonne idée, car si Francesco se servait de l'aiguière, il mourrait et Isabella devinerait tout. À ce point de ses réflexions, il fut pris d'un doute. Et si le flacon ne contenait pas de poison ? Il se dit qu'il devait faire un essai sur un animal. Mais lequel ? S'il utilisait un chien, il risquait de ne pas avoir assez de produit, et on pourrait s'interroger en découvrant le cadavre de l'animal.

Il songea à une souris. Arrivé à l'auberge, il avisa un garçon d'écurie et lui demanda de lui attraper une souris ou un mulot, en justifiant qu'il en aurait besoin pour son spectacle. Le gamin, qui avait l'habitude de piéger les rongeurs dans le cellier, lui promit de lui en apporter un dans une des petites cages de bois qu'il utilisait.

Moins d'une heure plus tard, Isabella rentrait au *Cheval noir* en compagnie des deux autres comédiennes de la troupe, Maria, l'épouse de Pantalone, et Flaminia, la femme de Flavio. Elles y attendraient les autres comédiens pour dîner à l'auberge.

Depuis plusieurs jours, Isabella était préoccupée, et si elle ne parlait plus à Ludovic, ce n'était pas parce qu'elle se méfiait toujours de lui car, n'ayant rien découvert, ses soupçons s'étaient atténués. Non, la véritable raison de son angoisse portait sur l'enlèvement de cette femme à Montauban dont Gabriella lui avait parlé.

Pourtant, à ce moment-là, elle n'avait pas voulu s'y intéresser. Sans doute n'y croyait-elle pas jusqu'au jour où elle avait appris que Mme de Montpensier, souffrante, avait quitté Chenonceaux soi-disant pour rentrer à Paris. Elle s'était renseignée. La duchesse était, en réalité, partie par la route de Tours avec une troupe armée dirigée par un nommé Cabasset, capitaine du duc de Mayenne qui venait justement de revenir de Guyenne. Les voisins de Gabriella, logés à la Baiserie, les accompagnaient.

Étaient-ils partis pour Montauban enlever cette Cassandre ? Cela paraissait maintenant vraisemblable. Ne devait-elle pas en parler à la reine ? Mais porter une telle accusation contre la sœur du duc de Guise, avec pour seul témoin une personne qui n'était plus là était impossible. Elle serait accusée de diffamation. Devait-elle pour autant rester silencieuse ? Sa conscience s'y opposait, mais que faire d'autre ? Elle se sentait rongée par le remords et l'impuissance.

Elle traversa la cour de l'hôtellerie sans se rendre compte que Ludovic la regardait arriver de la fenêtre de sa chambre.

Un peu plus tôt, le garçon d'écurie lui avait apporté une souris dans sa cage. Sitôt seul, il avait trempé un morceau de paille dans le flacon noir et en avait frotté l'extrémité sur le museau du rongeur. Au bout de quelques secondes, l'animal s'était affaissé, mort. C'était bien du poison ! Ludovic avait ouvert la fenêtre et jeté le cadavre dans la cour.

C'est alors qu'il avait aperçu Isabella et ses deux amies qui revenaient du château.

Peut-être était-ce une occasion inespérée, se dit-il. Isabella allait sans doute dans sa chambre, elle serait seule, et il avait du poison.

Mais comment le lui faire absorber ? Il repensa à l'aiguière d'eau. Il avait le temps d'aller dans la chambre de la comédienne. Il savait parfaitement crocheter une serrure, surtout celles de cette hostellerie qui étaient d'une grande simplicité. Mais si elle ne buvait pas ?

Ne sachant que décider, et à la recherche d'une solution, son regard balaya sa chambre pour s'arrêter sur une coupe en terre emplie de pommes. Isabella adorait les pommes tandis que son mari ne les aimait pas. Ne pourrait-il pas empoisonner celles qui étaient là, et les déposer chez elle ?

Il revint à la fenêtre. Isabella était toujours dans la cour et parlait maintenant avec ses amies. Il se saisit de deux des pommes, parmi les plus belles, et les perça plusieurs fois près de la queue avec une grosse aiguille qu'il utilisait pour attacher son costume de scène, évidant le plus possible l'intérieur du trou. Ensuite, dans le creux, il fit couler une bonne partie du flacon. Les trous absorbèrent rapidement le liquide. Tout ceci n'avait pas pris deux minutes. En même temps, il jetait par moments un regard dans la cour. Isabella y était toujours. Quand le poison fut entièrement absorbé, il prit l'aiguille, les pommes et sortit. La chambre des Andreini était à deux portes de la sienne. Il tordit l'aiguille et l'introduisit dans la serrure, faisant rapidement basculer le pêne. Il entra. La première chose qu'il vit fut la coupe de pommes. Il en retira trois et plaça les deux siennes au-dessus, puis il ressortit. Des bruits de pas retentissaient déjà dans l'escalier de bois, faisant grincer les marches. N'ayant pas le temps de refermer, il se précipita chez lui.

Pendant ce temps, la souris, qui était tombée sur de la paille au pied de sa fenêtre, avait repris connaissance et détalé.

Dans la cour, Isabella avait demandé à ses deux amies si elles savaient où logeait M. Hauteville, car à force de tourner et de retourner son dilemme dans sa tête, elle avait songé à ce jeune homme avec qui elle avait plusieurs fois parlé et qui était l'ami du prévôt de la Cour. Elle s'était dit qu'elle pourrait lui raconter ce qu'avait entendu Gabriella, et lui demander conseil. Il l'écouterait et, s'il le jugeait utile, il en parlerait à son ami sans qu'elle soit incriminée.

Flaminia venait justement de lui dire qu'il logeait dans la même hostellerie qu'eux, à l'étage au-dessus. Elle l'avait vu le matin même. Isabella s'était donc renseignée auprès d'une servante de l'hôtellerie qui lui avait confirmé la présence d'Olivier Hauteville dans sa chambre.

Comme elle était avec ses amies, elle pouvait aller voir le jeune homme chez lui sans risquer sa réputation. Il lui suffirait de lui parler seule à seule, sous la surveillance à distance de celles-ci. Elle leur annonça son dessein, en le justifiant par une demande de renseignements sur la prochaine étape de la Cour, et leur demanda de l'accompagner, ce qu'elles acceptèrent avec plaisir, car Olivier était beau garçon et les deux comédiennes fort sensibles aux jeunes gens.

Seulement, comme elles avaient faim, elles se rendirent dans leur chambre chercher un fruit. Isabella fut surprise de trouver la porte de la sienne ouverte, mais elle se dit que son mari – ils avaient chacun une clef – avait dû oublier de fermer. Elle entra, prit deux pommes et rejoignit ses amies. Ensemble, elles montèrent à l'étage. Au palier, Isabella planta ses dents de nacre dans un fruit. La servante lui avait dit qu'Hauteville logeait à la troisième chambre. En marchant, elle avala sa bouchée, puis s'arrêta devant la porte et gratta à l'huis. À cet instant, elle s'écroula.

Entendant les hurlements provenant de l'étage au-dessus, Ludovic se précipita, le cœur battant. Quand il arriva dans la chambre d'Olivier Hauteville, Maria et Flaminia étaient autour du lit à rideaux où reposait Isabella, rigide, livide, morte. Les deux comédiennes sanglotaient. Olivier Hauteville, assis sur le lit, lui tenait les mains comme pour tenter de la ranimer.

— Que se passe-t-il ? s'enquit Ludovic en dissimulant sa joie.

— Cours chercher Flavio et Francesco, Ludovic ! Isabella a eu un malaise. Trouve aussi un médecin !

— Il faudrait des sels, proposa-t-il, pas pressé de partir.

— Inutile ! intervint Olivier, Mme Andreini ouvre les yeux ! Ce ne sera rien...

Isabella ouvrait en effet les yeux, et son premier regard tomba sur Olivier. Son sauveur, celui qui l'avait ramenée du pays des morts ! Elle ressentit la chaleur des mains qui tenaient les siennes et reprit vie.

Son cœur s'emplit brusquement d'un sentiment de reconnaissance et d'amour d'une force qu'elle n'avait jamais connue.

— Olivier... murmura-t-elle.

— Ludovic, qu'attends-tu ? Va vite chercher Flavio et Francesco ! cria Maria.

Ludovic était paralysé par la terreur. Elle vivait ! Le flacon ne contenait donc pas de poison ! Il devait fuir, vite !

— J'y vais, balbutia-t-il en sortant.

Dans le couloir, il aperçut les deux pommes et les ramassa. Il se précipita dans sa chambre, ouvrit sa malle, vida son contenu dans deux grands sacs de toile, jeta les pommes à l'intérieur, défit son pourpoint, détacha sa ceinture contenant sa fortune, sortit cent écus, se rhabilla, remplit ses poches des écus, mit son manteau, saisit toutes les couvertures de la chambre, prit son sac, ramassa une dague et un pistolet, et sortit en courant.

Bien que surpris de sa précipitation, le patron de l'écurie fit seller la jument hongre qu'il lui avait vendue sans poser de questions. Ludovic vida ses sacs dans les sacoches du second cheval. Vérifia l'équipement, attacha tout son matériel avec des sangles, paya et partit.

Passé la porte de la ville, il s'arrêta à une boulangerie dans le faubourg pour acheter un pain de seigle, puis mit ses chevaux au trot. Il fallait qu'il soit loin avant la nuit.

Dans la chambre, Isabella avait l'esprit complètement engourdi, envahi par une passion qui avait chassé tous les autres sentiments. Elle serait restée prostrée s'il n'y avait eu Olivier, l'homme qu'elle chérissait désormais le plus au monde.

La voyant ainsi affaiblie, le jeune homme se leva pour lui servir un verre de vin de Touraine qu'il avait fait monter. Il s'assit à nouveau sur le lit et la fit boire avec une grande douceur. Un peu de couleur revint sur les joues de la jeune femme.

— Que m'est-il arrivé ? demanda-t-elle.

— Tu as croqué dans la pomme, et tu es tombée, déclara Maria.

— La pomme ? Je ne me souviens plus… Mais… pourquoi suis-je là ?

— Je ne sais pas ! répondit Maria, debout, les mains sur les hanches. Tu nous as seulement dit que tu voulais parler à M. Hauteville. Nous t'avons accompagnée.

— Pourquoi ? demanda Isabella à Olivier.

Toujours assis sur le lit, il se mit à rire :

— Je l'ignore, madame ! Vous avez frappé à ma porte et quand j'ai ouvert, vous étiez couchée sur le plancher.

— Comme c'est étrange, dit-elle. Je ne me souviens de rien…

Elle se redressa et s'assit, balayant la pièce des yeux.

— Nous sommes à Loches… C'est ça…

Maria se mit à rire en approuvant.

— Tu nous as fait peur, tu sais !

— La mémoire me revient, dit Isabella en regardant béatement Olivier. C'est pour Gabriella… poursuivit-elle.

— Gabriella ? s'exclamèrent ensemble Maria et Flaminia, abasourdies.

— Je ne vous l'ai pas dit, mes amies, et je le regrette maintenant : Gabriella est vivante. Elle est venue me trouver à Chenonceaux.

— Que dis-tu ?

— Qui est Gabriella ? demanda Olivier, étonné.

— Une comédienne comme nous, que je croyais avoir tuée par accident. Je vous raconterai tout dans un instant, monsieur Hauteville.

Elle poursuivit à l'égard de ses deux amies :

— Gabriella est venue pour me mettre en garde. Elle a été soignée au château de monseigneur de Gonzague et a guéri… Il faut réunir la troupe, j'ai été folle de ne pas parler plus tôt. Le vice-podestat a découvert que le couteau de scène avait été truqué... Quelqu'un voulait que je tue Gabriella...

— Je ne comprends rien, dit Olivier, soudain sérieux.

— Je vais vous expliquer, monsieur Hauteville, c'est promis, lui sourit Isabella avec un long regard d'adoration qui surprit ses amies. Mais auparavant, laissez-moi vous répéter des paroles que Gabriella a surprises. Elle est restée quelques jours à Chenonceaux, ne sortant pas pour ne pas être reconnue, je vous dirai tout à l'heure pourquoi. Elle logeait dans une ferme éloignée où vivaient aussi quatre spadassins, reclus autant qu'elle.

Se souvenant de ce que Nicolas lui avait rapporté, Olivier devint brusquement très attentif.

— Quelle était cette ferme ?

— La Baiserie.

Un frisson glacial le parcourut.

— Continuez, madame, fit-il en maîtrisant le ton de sa voix.

— Un soir, une duchesse est venue en coche rencontrer les spadassins. Elle leur a annoncé qu'ils partaient pour Montauban enlever une femme.

— Quoi ! Quelle femme ? Son nom ! s'écria Olivier dans un râle, certain que ces hommes étaient ceux dont son ami lui avait parlé quelques jours plus tôt.

Il n'avait aucun doute : le manchot était Le Vert avec qui Cassandre s'était battue quand on avait attaqué sa maison, et il était allé à Montauban pour se venger !

— La duchesse a parlé de son frère, le duc de Mayenne, dit Isabella, décontenancée par l'attitude d'Olivier. Il s'agissait sans doute de Mme de Montpensier. Celle qu'elle voulait enlever s'appelait Cassandre de Mornay.

— Sang du Christ !

Il se leva brusquement, pâle comme un mort.

— Vous connaissez cette Cassandre ? s'inquiéta la comédienne.

— C'est la femme que j'aime, madame !

Sans attendre davantage, il saisit son manteau et partit comme un fou, sans s'expliquer ni saluer.

Il courut ainsi jusqu'au château, le cœur battant et l'esprit en désordre.

La sœur de Guise allait enlever Cassandre ! Celle qu'il aimait allait tomber entre les mains de Le Vert... Et tout ça s'était passé il y a douze jours ! C'était déjà trop tard !

Toujours courant, il ne put se retenir de sangloter.

C'est le visage plein de larmes qu'il arriva au donjon. Les gardes sur la barbacane, surpris de le voir en cet état, le laissèrent pourtant passer, puisqu'ils le connaissaient et qu'ils savaient qu'il travaillait pour le prévôt. Il courut au logis du gouverneur où on lui indiqua où était Nicolas. Celui-ci, dans une salle du premier étage, réglait les derniers problèmes de logement avec deux maréchaux des logis.

— Olivier ? Qu'as-tu ? s'inquiéta-t-il en voyant son ami dans cet état.

— Cassandre ! On va l'enlever ! C'est peut-être déjà fait !

Nicolas fit signe aux maréchaux de s'éloigner et prit son ami par le bras.

— Calme-toi : Que se passe-t-il ?

En mélangeant tout, dans un récit haché, Olivier raconta à peu près ce qu'Isabella avait dit. Malgré la confusion de l'histoire, Poulain comprit tout. Il avait désormais une explication à la présence de Le Vert et à la visite que lui avait faite la duchesse de Montpensier. Il devinait à quel point Cassandre pouvait être un otage puissant quand Navarre viendrait à la Cour.

— Je pars, Nicolas, je suis venu te le dire. Je vais à Montauban…

— Tu es fou ! Traverser la France en cette saison, en pleine guerre, tu n'as aucune chance !

— J'y vais, Nicolas ! Tu ne me feras pas changer d'avis. Elle a besoin de moi ! cria Olivier.

Nicolas resta un instant désemparé. Il devinait que son ami n'en démordrait pas. Pourtant, il ne pouvait le laisser partir ainsi… et s'il l'accompagnait ? Après tout, si Mme de Montpensier voulait nuire à Navarre, il lui serait plus facile d'agir en se lançant à sa poursuite. Richelieu ne lui avait-il pas dit de faire au mieux pour le roi ?

— Je vais avec toi, Olivier, décida-t-il.

— Toi ? Mais tu ne peux pas !

— Je t'expliquerai plus tard. Moi aussi je dois empêcher Mme de Montpensier d'agir, laisse-moi seulement un couple d'heures. Je veux questionner Isabella, et ensuite j'aurai d'autres personnes à voir.

— Nous partirons aujourd'hui ?

— Oui, dans l'après-midi. Tu as raison, il n'y a pas une minute à perdre.

Au *Cheval noir* ils trouvèrent Isabella dans sa chambre avec Flavio, son mari et quelques autres Gelosi ; ceux qui avaient fui Mantoue. Isabella venait de leur révéler que Gabriella était vivante et de leur raconter sa visite.

À peine entré, et ignorant le regard surpris de Flavio, Nicolas se dirigea vers le lit d'Isabella.

— Madame, mon ami vient de me raconter ce que vous lui avez dit. Veuillez m'en refaire un récit très précis... Pouvez-vous nous laisser seuls un moment ? demanda-t-il aussi aux autres comédiens.

Francesco Andreini voulut protester mais Flavio le prit par le bras en lui murmurant quelques mots à l'oreille.

Seule avec Olivier et le prévôt, Isabella recommença son récit, mais cette fois d'un ton très froid. Poulain l'interrompit plusieurs fois pour lui demander des précisions, et elle répondit évasivement car, assura-t-elle, Gabriella ne lui avait pas donné de détails. Elle se souvenait pourtant que son amie lui avait dit que la duchesse rejoindrait d'abord son frère pour avoir des soldats.

— Tu entends, Olivier ? Cela signifie qu'ils n'ont pas beaucoup d'avance !

Il se tourna vers Isabella pour lui reprocher sévèrement :

— Vous auriez dû me parler de tout ça plus tôt, madame.

— Je n'avais aucune preuve, monsieur le Prévôt, et je ne suis qu'une comédienne, répliqua-t-elle avec froideur... Qui est cette Cassandre ? reprit-elle d'un ton sec.

— Je vous l'ai dit, madame, répondit Olivier, celle que j'aime et que je souhaite ardemment épouser.

— Si vous l'aimiez, vous seriez près d'elle ! lâcha-t-elle avec méchanceté.

— Je pars la rejoindre, madame. C'était pour me rapprocher d'elle que j'étais venu ici, se justifia-t-il, surpris.

Elle digéra la réponse, s'efforçant de cacher sa jalousie sous un masque inexpressif. Depuis la fin de son évanouissement, elle était dominée par une passion des plus violentes. Bien qu'elle mesurât l'égarement de son esprit, elle se jura d'empêcher Olivier de rejoindre cette femme. Pour cela, il fallait qu'elle en sache davantage…

— Pourquoi veut-on l'enlever ? s'enquit-elle.

— C'est la fille du surintendant du roi de Navarre, madame. M. de Mornay est le premier de ses ministres, répondit Nicolas.

À cet instant, on frappa et Flavio entra dans la chambre, les yeux fulminant de colère.

— Ludovic a fui ! aboya-t-il.

— Qui est Ludovic ? demanda Poulain.

— Ludovic Armani, un comédien de la troupe, lui répondit Olivier, il était avec nous tout à l'heure.

— Ludovic est un félon ! gronda Flavio. Je pars avec Francesco pour le rattraper.

— Attendez ! dit Poulain. Je ne sais pas ce que vous avez en tête, mais vous allez d'abord m'expliquer ce que vous voulez à ce Ludovic.

Francesco, qui venait d'entrer à son tour, résuma ce qui s'était passé à Mantoue, puis Isabella expliqua les raisons de la visite de Gabriella à Chenonceaux.

— Mais pourquoi ce Ludovic aurait-il monté une entreprise si tortueuse ? demanda Poulain, passablement incrédule après avoir écouté l'invraisemblable récit.

Olivier restait absent de la discussion, brûlant de vider les lieux.

— Je crois que Ludovic voulait nous contraindre à nous rendre à Paris, expliqua lentement Isabella. Je n'en ai pas la preuve, mais je pense qu'il était aux ordres de la reine.

— Mais dans quel dessein ?

— Que les Gelosi suivent la Cour, et que nous fassions une exceptionnelle représentation pour le roi de Navarre.

À ces derniers mots, Olivier devint attentif.

— La reine souhaitait que le roi de Navarre s'entretienne avec moi après cette représentation, que j'obtienne sa confiance, ajouta Isabella, d'un ton neutre.

— Tu ne m'en as jamais rien dit ! lui reprocha Francesco, en levant les sourcils.

— C'était inutile. Je n'aurais jamais rien fait que tu puisses me reprocher, mon ami, affirma-t-elle, avec un sourire sans joie. Je ne sais rien d'autre, mais je devine qu'il y a là derrière quelque obscure entreprise qui nous dépasse.

— J'en suis certain, madame, lui répondit Poulain, après un instant de réflexion. Je crains que beaucoup de gens ici en veuillent à monseigneur de Navarre.

Il se tourna vers Flavio.

— Il serait sage que vous quittiez la Cour, au lieu de poursuivre ce Ludovic qui se fera prendre ailleurs un jour ou l'autre. Suivez mon conseil, rentrez à Paris.

— Je ferai ce que j'ai à faire, monsieur le Prévôt, répliqua sèchement Flavio.

Nicolas se rembrunit, puis haussa les épaules. Il ne se considérait déjà plus comme le prévôt de l'hôtel. Si les Gelosi s'entre-tuaient, cela ne le regardait plus. Désormais, seul comptait le roi de Navarre.

— Comme vous voulez. Viens, Olivier !

Ils sortirent. Si l'un d'eux s'était retourné, il aurait été effrayé par le regard d'Isabella.

— Allons dans ta chambre, tu apprêteras tes bagages, dit Nicolas quand ils furent dans la galerie qui desservait les chambres. J'irai préparer les miens et nous nous retrouverons à l'écurie où tu as tes chevaux.

— Que vas-tu faire ?

— J'ai des affaires à régler au donjon. Quand tu auras terminé, préviens Le Bègue de notre départ. Il continuera à faire son travail avec l'aide de mon lieutenant. Mais avant, j'ai à te parler…

Ils entrèrent dans la chambre d'Olivier. Nicolas ferma soigneusement la porte.

— J'ai une confession à te faire, mon ami. J'aurais dû te parler plus tôt, mais je repoussais toujours ce moment, pour ma sécurité comme pour la tienne…

Olivier ne comprenait pas où Nicolas Poulain voulait en venir, alors qu'ils auraient déjà dû être sur la route.

— … Quand je t'ai rencontré, quand Le Bègue est venu me demander de l'aide pour t'innocenter, j'étais sur le point de m'engager dans une dangereuse entreprise dont même mon épouse ne sait rien.

Un soupçon d'inquiétude traversa le visage d'Olivier.

— Je suis au service du grand prévôt et du roi, commença Nicolas, gauchement.

— Je sais, Nicolas, tu es aussi lieutenant du prévôt d'Île-de-France…

— C'est autre chose. Je suis… leur agent secret, avoua Poulain, mal à l'aise. Par fidélité envers le roi, je suis entré dans la Ligue parisienne, dans la Sainte Union…

C'est plus l'attitude embarrassée de son ami que ce qu'il confessait qui déconcerta Olivier. Nicolas était toujours incisif, autoritaire, sûr de lui. Ébahi, il ouvrit la bouche pour poser une question, puis se ravisa.

— C'est moi qui achète les armes des ligueurs. Pour le commissaire Louchart, pour M. de La Chapelle, pour le père Boucher, et même pour le duc de Guise, je suis des leurs…

— Toi ?

La confusion se fit dans l'esprit d'Olivier, puis il comprit que plusieurs des événements qu'il avait vécus avaient un tout autre sens que celui qu'il leur avait donné. Le silence s'installa entre les deux amis.

— Je suis désolé de ne pas t'en avoir parlé plus tôt, dit finalement Nicolas avec un sourire penaud.

La surprise fit alors place à la curiosité chez Olivier.

— Tu savais ce que préparait la Ligue, l'année dernière ? demanda-t-il sans qu'il y ait une ombre de reproche dans sa voix.

— Je suis en effet au plus près du conseil des seize, ce qui m'a permis de renseigner le roi sur ce qui se tramait contre lui.

— Tu es ici pour eux ?

— C'est le duc de Guise qui a demandé à la reine ma charge de prévôt de l'hôtel. Il voulait savoir ce que la reine préparait, et sans doute que je conduise l'enquête de telle sorte que sa famille reste hors de cause, si Navarre trouvait la mort à la Cour. En temps utile, je pense que la duchesse de Montpensier m'aurait donné ses ordres.

» Or, le roi craignait qu'un attentat se prépare contre son beau-frère durant ce voyage, aussi quand monsieur d'O et le grand prévôt de France ont su que je serais le prévôt de l'hôtel, ils m'ont ordonné de tout faire pour qu'il n'arrive rien à Henri de Bourbon.

— Mais Mme de Limeuil était aux ordres de la reine… pas des ligueurs…

— Sans doute parce que Catherine de Médicis veut aussi la disparition de monseigneur de Navarre. Maintenant que tu sais tout cela, es-tu certain que le meilleur moyen de prévenir le roi de Navarre soit d'aller à Montauban ? La Rochelle est bien plus près, et nous l'y trouverons plus facilement.

— Pour moi, Cassandre passe avant Navarre ! répliqua Olivier. C'est près d'elle que je veux être. Je dois la prévenir et, si c'est trop tard, la délivrer. Et puis, qu'apprendrions-nous à Navarre ? Crois-tu qu'il ne se méfie pas ? En revanche, si nous sauvons Cassandre, il n'y aura pas d'otage pour faire pression sur Mornay.

— Je m'incline, dit Nicolas. Tu devines, cependant, les dangers que nous aurons à affronter…

— Ils ne me font pas peur, et puis, avec toi, je ne risque rien ! plaisanta Olivier.

— J'aimerais, mon ami ! lâcha Nicolas avec un soupir. J'aimerais ! Je prierai ce soir pour nous, pour ma femme et pour mes enfants. Mais faisons comme convenu, nous nous retrouverons dans deux heures à l'écurie où tu as tes chevaux. Je vais voir Venetianelli qui doit être dans l'auberge, puis M. de Montpensier pour l'informer de mon départ. J'espère qu'il me défendra auprès de la reine. Je dois aussi préparer mes bagages et régler un dernier problème d'intendance pour le logement de M. de Montaigne.

— Il est ici ?

— Il vient d'arriver. Quand tu es venu me trouver, je venais d'apprendre que son logement était déjà occupé et je proposais qu'il s'installe à l'hostellerie de la Tonnellerie. La reine l'a fait venir, car les négociations piétinent et qu'il a la confiance de Navarre. Elle espère que le Béarnais l'écoutera plus facilement que M. de Rambouillet, son négociateur habituel.

— M. de Montaigne est venu chez moi au printemps.

— Tu le connais ? s'étonna Nicolas.

— Il m'a porté une lettre de Cassandre. Il arrivait de Nérac où il l'avait rencontrée. J'ai confiance en lui. Je vais aller le trouver pour lui dire ce que nous venons d'apprendre et je lui demanderai une lettre pour monsieur de Mornay, car nous aurons du mal à entrer dans Montauban avec nos passeports.

— C'est une bonne idée. Montaigne verra certainement Navarre avant nous et le préviendra aussi bien que si nous étions allés à La Rochelle.

— J'aimerais aussi dire au revoir à Mme de Limeuil, proposa Olivier.

— Cette fois c'est toi qui nous retardes ! dit Nicolas avec un sourire. Néanmoins, tu as raison, il est bon qu'elle connaisse notre départ. Ne lui donne pourtant pas trop de détails, je ne sais pas à quel point on peut lui faire confiance.

Venetianelli dînait dans la grande salle de l'auberge en compagnie d'une partie de la troupe des Gelosi. Flavio et Francesco n'y étaient pas. Nicolas Poulain lui fit signe qu'il voulait lui parler et le comédien le rejoignit dans la cour.

— Monsieur Venetianelli, lui dit Nicolas Poulain, je viens d'apprendre qu'il se trame autre chose contre le roi de Navarre. Je pars sur-le-champ, et je ne serai plus à la Cour dans les jours à venir. Je compte sur vous pour protéger le Béarnais, s'il vient.

— Où allez-vous ? Vous rentrez à Paris ?

— Non, nous allons à Montauban.

— Nous ? Avec qui ?

— Avec M. Hauteville.

— Seuls ?

— Seuls.

— C'est pure folie ! D'ici à Montauban, vous ne trouverez que peste et famine. Vous serez attaqués par des compagnies franches, par des brigands, par des loups, et même par des paysans affamés. Il y a le froid, la neige, les glaces… Vous n'arriverez jamais là-bas !

— Nous devons y aller, répondit sèchement Poulain.

— Comme vous voulez… dans ce cas, je vous accompagne.

— Vous ? Pourquoi viendriez-vous ?

— Si vous prenez tant de risques, c'est que vous avez de bonnes raisons. Après tout, j'ai aussi promis à M. de Richelieu de veiller sur Henri de Navarre ! répliqua le comédien.

— Vous risqueriez votre vie ?

— Je dois me racheter, dit-il simplement.

Poulain le regarda avec attention. Venetianelli se frottait les mains nerveusement, ce qui n'était pas dans ses habitudes.

— Je ne suis pas fier d'avoir tiré sur Mme de Limeuil, expliqua gauchement Il Magnifichino... Et puis, je m'ennuie ici, ajouta-t-il, avec un rire forcé.

Poulain ne savait que dire tant il ne s'attendait pas à ce discours.

— Je n'ai pas toujours été comédien, monsieur le Prévôt, poursuivit Venetianelli.

— Vous maniez bien la brette, en effet...

— Vous avez remarqué ? Je ne sais pas ce que vous voulez faire, mais ce doit être important pour le roi... J'aimerais rester au service de M. de Richelieu, et un exploit ne me serait pas inutile... Un exploit plus glorieux que celui de tirer la nuit sur une femme. Il pourrait aussi me reprocher d'être resté ici, alors que vous êtes parti.

Poulain devinait que c'était aussi l'attrait de l'aventure qui motivait le comédien. Mais une épée de plus serait bien utile dans un voyage si dangereux.

— Nous partons dans moins de deux heures. Rendez-vous avec arme et bagages à l'écurie dans la rue, dit-il.

— Je n'ai pas de cheval.

— Je vous en porterai un.

Olivier prépara rapidement tous ses bagages. Constatant que la sacoche de sa selle serait insuffisante pour le voyage, il se rendit chez un marchand où il en acheta deux autres. Il y rangea des couvertures et ses affaires puis il se rendit à l'hostellerie de la Tonnellerie, une auberge à la façade couverte de lierre située au bout de la Grande-Rue.

Il trouva Michel de Montaigne qui finissait de dîner dans la grande salle. Seul à sa table, il mangeait avec ses doigts un ragoût de lapin.

— Monsieur Hauteville ! s'exclama l'ancien maire de Bordeaux la bouche pleine. Êtes-vous avec la Cour ?

— Oui, monsieur, je tiens les registres des comptes de la prévôté de l'hôtel.

— Tenez-moi compagnie ! Comme vous le voyez je suis seul, je vais vous faire porter du vin !

— Merci, monsieur, mais je ne peux rester. J'ai appris par mon ami qui est le prévôt de l'hôtel…

— Monsieur Poulain ?

— Oui… que vous étiez là. Nous venons de découvrir une infâme entreprise qui se trame contre le roi de Navarre. Nous quittons la ville dans deux heures pour la déjouer.

Montaigne le dévisagea avec une évidente suspicion.

— Dites-m'en plus, demanda-t-il enfin.

— Mme de Montpensier est partie pour Montauban afin de saisir en otage mademoiselle de Mornay dont vous m'aviez porté une lettre. Nous devons rattraper la sœur du duc de Guise et l'empêcher de nuire.

Montaigne resta silencieux. Il prit avec les doigts un morceau de râble et commença à le dépecer soigneusement.

— Pourquoi Mme de Montpensier agirait-elle ainsi ? s'enquit-il enfin.

— Pour gouverner à sa guise M. de Mornay lors de l'entrevue.

Montaigne hocha du chef. Avec un tel otage, les Guise pourraient en effet peser dans les négociations à venir.

— Pourquoi êtes-vous venu me trouver ? demanda-t-il encore au bout d'un instant.

— Vous aurez certainement l'occasion de rencontrer Mgr de Navarre. Rapportez-lui ce que je viens de vous dire. Dites-lui aussi de se méfier des comédiens, des Gelosi. Qu'il ne reste jamais avec eux. Qu'il n'ait confiance en personne. Plusieurs partis ont prévu sa perte et ce projet de conférence n'est qu'un piège.

— Je le ferai, dit lentement Montaigne. Vous me paraissez bien informé… Vous partez donc avec M. Poulain ?

— Oui, monsieur.

— Seuls ?

— Oui, monsieur.

Montaigne secoua la tête négativement.

— Vous paraissez ignorer l'état du pays, mon garçon ! Vous n'arriverez jamais à Montauban.

— Je n'ai pas le choix, monsieur. Madame de Montpensier est partie il y a déjà deux semaines. Je viens juste d'apprendre qu'elle voulait enlever Cassandre.

— C'est sans doute trop tard.

— Elle voulait rejoindre son frère en Guyenne, cela lui aura fait faire un détour.

Montaigne grimaça. Il se méfiait malgré tout, même si ce garçon avait un accent de sincérité. Pourtant, aurait-il pu inventer une histoire si invraisemblable ?

— À Montauban, j'aurais peut-être du mal à entrer dans la ville. Me feriez-vous une lettre pour son gouverneur ?

— Je croyais que vous connaissiez M. de Mornay.

— Je l'ai rencontré dans des circonstances... difficiles.

— L'affaire des neuf cent mille livres ?

— Oui, monsieur.

— Vous voulez que je vous fasse confiance, mais vous taisez le plus important.

— Vous avez raison, monsieur... Voici l'histoire en quelques mots...

D'une seule traite, il raconta la fraude de Salvancy, la mort de son père, comment Cassandre s'était introduite chez lui, comment avec des gens du roi – qu'il ne nomma pas – il avait volé les quittances, et comment M. de Mornay les lui avait reprises. Sans mentionner le rôle de Poulain dans la Ligue, il parla du barbu manchot qui s'était introduit chez lui, et qui était maintenant avec Mme de Montpensier.

Ce ne pouvait être que la vérité, songea Montaigne quand il eut terminé, car personne – sauf peut-être un auteur de romans – n'aurait pu inventer une histoire aussi incroyable.

— Repassez dans deux heures, monsieur Hauteville, dit-il. J'aurai fait votre lettre.

Olivier repartit vers la rue aux Ours, une voie située entre l'enceinte et le château. À l'origine, c'était une rue réservée aux chanoines de la collégiale, aussi était-elle fermée par une porte fortifiée. Il savait que Mme Sardini logeait dans la maison de l'Argentier [1], et elle accepta de le recevoir immédiatement quand il eut expliqué au Suisse Hans que sa visite était très urgente.

Isabeau de Limeuil, toujours pâle et amaigrie, était assise sur une banquette, près de son lit, en compagnie de la dame d'atours qui s'occupait de l'habiller et de la pimplocher. Celle-ci, debout derrière elle, attachait des perles dans sa chevelure relevée en chignon. Isabeau était en noir, sans bijoux, avec un petit col de dentelle blanc comme seule parure. Pour la première fois, Olivier remarqua les fils blancs qui parsemaient sa chevelure. Il n'y avait plus rien en elle de l'ancienne amazone de l'escadron volant. Son époux lui avait écrit pour lui demander de rentrer à Paris et elle avait refusé. Elle voulait attendre la visite de Navarre pour enfin savoir, avec certitude, si son enfant était celui auquel elle pensait.

Olivier lui annonça qu'il partait avec Nicolas Poulain, qu'il voulait la saluer avant, et qu'il lui demandait un service. Il laissait à la Cour son commis et son valet, ainsi que son équipage. Pouvait-elle les aider durant le reste du voyage ? Ils n'auraient aucun protecteur en son absence.

Avant de répondre, elle l'interrogea pour connaître les raisons si subites de ce départ inattendu, surtout avec le prévôt de l'hôtel. Olivier ne voulait pas

---

1. Qui existe encore, 21, rue aux Ours.

l'inquiéter. Ils avaient suffisamment souvent parlé de Cassandre pour savoir que Mme Sardini aimait bien la jeune fille. De surcroît, Nicolas lui avait demandé de ne rien dire.

— Nous avons surpris une entreprise que nous voulons déjouer, madame.

— Vous parlez par énigme. Où allez-vous ?

— Dans le Midi, madame.

Son visage s'assombrit.

— Si loin ? Avec la guerre ? J'espère que M. Poulain est accompagné d'une forte troupe.

— Seulement lui et moi, madame.

— Vous êtes déments ! Jusqu'où irez-vous ? s'exclama-t-elle en faisant signe à sa dame d'honneur de sortir.

— En Guyenne, madame.

Elle resta un moment à le scruter, cherchant des réponses sur son visage embarrassé. Que lui prenait-il de partir ainsi en Guyenne ?

— C'est votre idée, ou celle de votre ami ? demanda-t-elle enfin.

Il déglutit, se sentant piégé.

— C'est la mienne, madame. Nicolas a seulement la bonté de m'accompagner.

Elle blêmit un peu plus et son visage décharné laissa paraître son inquiétude, puis sa peur.

— C'est pour *elle* que vous partez ?

Olivier fut incapable de mentir.

— Oui, madame… Pour Cassandre.

Elle était en face de lui. Elle se leva et lui saisit les mains.

— Dites-moi la vérité ! Je vous en supplie !

Elle le serrait à lui faire mal. Il ne comprenait pas son émotion, et il en resta pantois. Qu'avait-elle ? Il bredouilla :

— Je viens d'apprendre qu'on veut l'enlever, madame…

— Quoi ?

Pétrifié de surprise, il vit le corps entier de Mme Sardini se raidir et son visage se contracter dans une affreuse laideur.

— Ses ravisseurs veulent en faire un otage, madame, lors de la venue de Navarre, expliqua-t-il.

Elle sentit la tête lui tourner et vacilla. Il parvint pourtant à la retenir, puis il l'aida à s'asseoir.

— Qu'avez-vous, madame ? Voulez-vous que j'appelle ?

— Non, ce ne sera rien… Ma blessure est parfois douloureuse.

Déjà, elle s'était ressaisie.

— Qui veut enlever mademoiselle de Mornay ? s'enquit-elle en maîtrisant sa voix.

— Nous ne sommes sûrs de rien, madame, quelqu'un a saisi une conversation… Ce serait Mme la Duchesse de Montpensier.

— La sœur de Guise ! Malédiction ! Si elle touche à un de ses cheveux, menaça-t-elle, les yeux fulminant de colère.

Après ce bref accès de rage, de nouveau elle parut perdre toute énergie.

— Je pourrais partir avec vous, proposa-t-elle, avec une expression désespérée, presque suppliante.

— Vous, madame ? Mais vous nous retarderiez…

Elle se força à se recomposer un visage impavide.

— Je suis stupide… Prenez Hans et Rudolf, alors.

Il secoua négativement la tête.

— Non, madame. Vous en aurez besoin. La Cour va entrer dans un territoire en guerre. Avec Nicolas, nous irons plus vite à deux. Il s'agit juste de prévenir mademoiselle de Mornay avant que Mme de Montpensier n'arrive…

Elle ne l'écoutait pas et elle murmura si bas qu'il ne put comprendre :

— Si près… et la perdre déjà…

— Que dites-vous ?

— Rien, monsieur. Soyez prudent, retrouvez-la… et vous aurez ma bénédiction. Maintenant, laissez-moi, je vous attendrai et je prendrai soin de vos gens. Votre commis aura toute l'aide possible de mon intendant.

Olivier repartit, l'esprit en plein désordre. Pourquoi Mme Sardini s'était-elle mise dans cet état inexplicable quand il lui avait parlé de Cassandre ?

Par privilège, la reine possédait le droit de *joyeuse entrée* dans la ville de Loches. Ce droit signifiait que les habitants devaient loger la Cour, participer aux dépenses, donner des cadeaux et offrir des réceptions. Ainsi un vin d'honneur devait être proposé aux fourriers qui réquisitionnaient les maisons et des gages devaient être versés aux huissiers d'armes, aux musiciens et au guet royal. Comme la *joyeuse entrée* était particulièrement ruineuse pour les habitants, les échevins cherchaient toujours à en contester les montants. C'est pourquoi Le Bègue en faisait une liste détaillée dans un mémoire qui serait ensuite retranscrit dans le registre des comptes.

Quand Olivier arriva, son commis travaillait avec d'autres employés d'écriture dans une petite salle mal éclairée, en bas du donjon, celle même où Philippe de Commynes avait été enfermé dans une cage de fer. Olivier lui demanda de le rejoindre dans le jardin et, s'étant mis à l'écart d'oreilles indiscrètes, il lui annonça son départ.

Le Bègue resta atterré, tant cette nouvelle était inattendue.

Olivier lui expliqua qu'il partait pour sauver Cassandre et lui remit cent écus qu'il avait préparés, la plus grande partie de l'argent qu'il possédait. Il ajouta qu'il pouvait engager un commis pour l'aider, que le lieutenant de Nicolas Poulain le confirmerait dans sa charge, et qu'il serait sous la protection de Mme Sardini. Il pourrait voyager avec elle et, en cas de besoin, se faire aider de son intendant.

Désemparé, le commis ne savait que dire. Très ému, Olivier l'accola, car Le Bègue était pour lui comme un père. Il ne voulut pourtant rien lui dire de plus sur son voyage, se doutant bien qu'on l'interrogerait. Il lui précisa seulement qu'il avait pris toutes ses précautions avant de quitter Paris. Sans nouvelles de lui, Le Bègue devrait se rendre à l'étude Fronsac, rue des Quatre-Fils, où on lui ferait part des volontés de son maître.

En effet, Olivier avait toujours pensé qu'il resterait près de M. de Mornay. Il avait donc laissé à l'étude notariale un acte donnant la jouissance de sa maison à son serviteur.

Pendant ce temps, Nicolas Poulain s'était rendu chez M. de Montpensier qui logeait dans l'une des plus remarquables maisons de la Grande-Rue dont la façade était ornée de niches abritant des statues. Le duc allait partir au château pour rencontrer la reine. Il reçut cependant le prévôt de l'hôtel quand celui-ci insista, en lui assurant qu'il n'en aurait que pour quelques minutes.

— Monsieur le Duc, commença Nicolas, je m'adresse humblement à vous sur le conseil de M. de Richelieu.

— Le grand prévôt ?

— Oui, monsieur le Duc. Avant de prendre ma charge, M. le Grand Prévôt m'a demandé d'agir au mieux des intérêts du roi.

Montpensier hocha la tête sans dire une parole.

— Je dois partir sur l'heure, abandonner ma charge, quitter la Cour, monsieur le Duc. Il s'agit d'une gravissime affaire mettant sans doute en jeu la vie et la personne du roi de Navarre…

— Peste ! Mon cousin…

— En effet, monsieur le Duc. C'est aussi pour cela que je m'adresse à vous. Je suis confus, mais je ne peux rien vous dire d'autre. Je vous demande seulement la grâce de défendre mon honneur auprès de la reine.

Montpensier fit quelques pas, à la fois hésitant et troublé par cette demande inattendue.

— Pourquoi ne pouvez-vous vous expliquer plus avant ? s'enquit-il en se passant la main gauche sur sa barbe comme pour la peigner.

— L'affaire terminée, je vous donne ma parole que je vous dirai tout.

Montpensier eut une grimace d'agacement avant de lâcher avec quelque condescendance :

— Vous conviendrez que, dans ces conditions, il m'est difficile de vous accorder ma confiance...

— Je le comprends, soupira Poulain après un instant d'hésitation. Je me fie donc à votre discrétion. Mme votre belle-mère a quitté la Cour le 12 octobre...

— Je le sais.

— Je viens d'apprendre qu'elle n'est pas partie pour Paris, mais qu'elle a rejoint son frère, le duc de Mayenne.

Un air incrédule se peignit sur le visage du duc.

— Je l'ignorais.

— Il doit lui donner un détachement de son armée. Elle a prévu d'aller ensuite à Montauban et, par ruse et trahison, d'enlever la fille de M. de Mornay. Elle aura ainsi un moyen de pression sur votre cousin, monseigneur de Navarre.

Le duc haïssait sa belle-mère. Qu'elle envisage de s'attaquer ainsi, par félonie, à un Bourbon, qui plus est le prochain roi, le hérissait.

— Rien ne doit arriver à mon cousin, monsieur le Prévôt, lâcha-t-il, les traits durs.

Poulain tomba à genoux.

— Sur ma vie, monseigneur, vous avez ma parole.

— Je dirai à la reine que c'est moi qui vous ai envoyé en mission. Avez-vous besoin d'autre chose ?

— Un laissez-passer me serait utile, monseigneur.

— Vous l'aurez, vous partez seul ?

— Non, monseigneur, avec deux amis.

— Accompagnez-moi !

Il se rendit dans sa chambre, au premier étage. En chemin, il demanda à un valet d'y envoyer son secrétaire.

Dans la chambre, le duc se dirigea vers un petit cabinet marqueté, ouvrit une porte avec une clef attachée à son cou et en sortit un sac de cuir.

— Voici cent écus pour vos frais.

On frappa. C'était le secrétaire.

— Pierre, remplissez un laissez-passer au nom de M. Poulain, prévôt de l'hôtel de la reine. Comment se nomment vos amis, monsieur le Prévôt ?

— Olivier Hauteville et Lorenzino Venetianelli.

Le secrétaire remplit le document et le tendit au duc qui le parapha, puis y apposa son cachet. Le serviteur ayant fait chauffer la cire sur un petit fourneau.

À l'écurie, Olivier et Lorenzino attendaient depuis un moment quand Poulain arriva avec un palefrenier qui menait deux chevaux supplémentaires. Le prévôt était casqué d'une bourguignotte et à sa taille pendait une lourde épée dalmate, une *shiavone*, qu'Olivier ne lui avait jamais vue. Il avait ses lourdes bottes ferrées et des gantelets de maille sur ses gants de cuir. Sous son manteau, il portait son corselet d'acier avec gorgerin. Un mousquet était attaché à sa selle.

— Il m'a fallu un peu plus de temps que prévu, s'excusa-t-il. J'apporte un peu d'équipement, ajouta-t-il en désignant l'un des chevaux que le valet avait laissés.

Il examina ses compagnons d'un œil critique.

— J'ai déjà une épée et un pistolet, dit Olivier.

— Et moi, j'ai une jaque de maille, fit Lorenzino, ainsi qu'une dague. Je n'ai pas pris mon épée en bois, sourit-il, mais j'ai le mousquet avec lequel j'ai tiré sur Mme Sardini.

Il l'avait posé à ses pieds.

Poulain détacha l'équipement porté par l'un de ses chevaux.

— Olivier, prends cette barbute et enfile ce buffletin cousu sur un corselet de fer. Voici une autre épée, plus solide. Et vous, Lorenzino, mettez ce plastron d'acier et coiffez ce bassinet. Il est un peu cabossé mais il vous protégera aussi bien qu'un neuf. Prenez aussi cette épée. J'ai aussi pour vous des arquebuses courtes.

— Comment as-tu eu tout cet équipement ? s'étonna Olivier.

— Je l'ai acheté, ainsi que du fourrage et des provisions avec les cent écus que m'a remis le Duc de Montpensier. Monsieur Venetianelli, vous monterez l'un de ces chevaux. L'autre est pour les bagages.

Tandis qu'ils prenaient la Grande-Rue en direction de la porte Poitevine dont on apercevait les mâchicoulis et les échauguettes, une vague de sentiments contradictoires envahissait Olivier ; un mélange d'excitation et d'angoisse. Sans savoir pourquoi, il lui revint la phrase avec laquelle Cassandre concluait ses lettres :

Mon cœur, si jamais vous m'avez fait cet honneur [de m'aimer,
Il faut que vous me le montriez à cette heure.

Il allait le montrer !

16.

Le roi de Navarre appréciait M. de Mornay plus que tous les autres gentilshommes de son conseil. Il connaissait son talent, sa perspicacité et surtout son dévouement désintéressé. C'est pour ces raisons qu'il se l'était étroitement attaché et qu'il lui avait remis la conduite de sa maison. Il l'avait aussi nommé gouverneur de Montauban, l'une des principales places fortes octroyées aux protestants avec La Rochelle. M. de Mornay s'y était installé avec quelques gentilshommes de ses amis et une compagnie de deux cents arquebusiers. Il avait fortifié la ville et établi de nouveaux fronts bastionnés de l'autre côté du Tarn, dans le faubourg de Ville-Bourbon, occupé par les protestants chassés de Toulouse en 1562.

Quand Mornay était à Montauban, entre deux missions pour Navarre, il n'était pas rare de le voir sur les remparts encourager les ouvriers ou faire manœuvrer les soldats. Avec sa femme et ses enfants, il habitait la grande maison de l'ancien consul Hugues Bonencontre, conseiller à la chambre de Castres et un des plus respectables représentants de la bourgeoisie de la ville.

L'après-midi du 13 novembre, sous une petite pluie glaciale, Aymar de Puyferrat arriva au faubourg de Ville-Bourbon accompagné de deux hommes d'armes. Maurevert avait proposé que Rouffignac l'accompagne, car le jeune homme était de plus en plus apprécié pour sa fidélité, mais celui-ci avait expliqué qu'il était venu à Montauban quand il était voleur et qu'on le reconnaîtrait immanquablement.

À la porte de la ville, Puyferrat présenta au capitaine de la milice bourgeoise un passeport signé par Henri de Navarre dont la description lui correspondait. Au cours de la campagne, Mayenne avait capturé et fait pendre bien des messagers ou des espions huguenots. À chaque fois, il conservait précieusement leur passeport qui pouvait être utile. Bien sûr, on faisait de même dans le camp opposé !

Puyferrat dut à nouveau présenter son passeport pour passer la porte en forme d'arc de triomphe qui barrait le pont en brique sur le Tarn. Dans la vieille ville, posant habilement des questions aux marchands devant leur étal, il apprit où logeait la famille de Mornay. Lui et ses deux compagnons prirent ensuite une chambre à l'hôtellerie de l'Amiral située non loin de la maison de Hugues Bonencontre.

Durant deux jours, en alternant la surveillance, ils observèrent les allées et venues des gens de la maison. Très vite, ils repérèrent Mme de Mornay et Cassandre.

Au troisième jour, on était un samedi, Puyferrat vit Mme de Mornay sortir seule. C'était ce qu'il attendait. Maurevert et la duchesse de Montpensier avaient bien insisté : il devait rencontrer la jeune femme sans Mme de Mornay, car celle-ci ne laisserait jamais partir sa fille.

Il prévint ses deux compagnons pour qu'ils sortent de la ville et l'attendent, puis, ayant fait préparer son cheval, il alla frapper à la maison de Bonencontre. Le concierge vint lui ouvrir. Puyferrat lui remit une lettre à porter à Mlle Cassandre de Mornay, en expliquant qu'il attendait la réponse. On le fit donc asseoir dans une minuscule antichambre sombre et glaciale.

Cassandre était dans sa chambre, encore sous le coup de la colère après la lecture de la lettre qu'elle et sa mère adoptive venaient de recevoir du pasteur de leur quartier, M. Bérault.

Cela faisait plus d'un an que Mme de Mornay était en chicane avec lui. Ministre du culte d'une grande rigidité, M. Bérault appliquait à l'excès les prescriptions du synode, en particulier celles sur la décence des vêtements, aussi refusait-il que participent à la Cène [1] les femmes portant des coiffures à la mode, comme c'était le cas pour Mme de Mornay et sa fille.

Seulement, pour éviter de se mettre à dos le gouverneur, le refus de M. Bérault était toujours sinueux. L'une de ses manières était de ne pas donner de méreau, ce jeton de métal distribué avant la communion dans des réunions catéchétiques [2]. Le pasteur les

1. La Cène est chez les protestants de cette époque un repas de partage de pain et de vin en mémoire du dernier repas de Jésus. Elle correspond à la communion chez les catholiques.

2. Au Moyen Âge, les méreaux étaient distribués aux chanoines lors de la célébration des offices. Calvin décida de les utiliser comme signe de reconnaissance des réformés entre eux.

refusait à Mme de Mornay et à ses enfants sous le prétexte qu'ils étaient étrangers à la ville. Or on ne pouvait participer à la Cène si l'on n'en avait reçu un.

La querelle avait déjà éclaté d'autres fois et le pasteur avait toujours été débouté par le consistoire. Il venait de recommencer, car il savait que le gouverneur était en chevauchée, loin de Montauban. Mme de Mornay s'était rendue chez lui pour le mettre en garde de la colère de son mari.

C'est dans cet état d'esprit que Cassandre prit la lettre apportée par le concierge qui lui précisa que le gentilhomme l'ayant portée attendait dans l'antichambre. Ayant fait sortir sa femme de chambre, elle examina le pli le cœur battant, car elle avait reconnu l'écriture. Le cachet de cire, sans marque, n'avait pas été brisé. Elle l'ouvrit.

Cassandre,

Vous m'écriviez : Mon cœur, si jamais vous m'avez fait cet honneur de m'aimer, il faut que vous me le montriez à cette heure.

J'ai voulu vous le montrer. J'ai traversé la France. L'homme qui vous remettra cette lettre est un ami. Je vous attends près de Montauban, il vous dira où.

Olivier

Stupéfaite, elle relut la missive plusieurs fois. La dernière lettre qu'elle avait reçue d'Olivier avait été portée avant l'été par Michel de Montaigne, et il n'y faisait aucune allusion à un prochain départ. Que s'était-il passé ?

Elle pensa immédiatement à un piège. Mais deux choses lui prouvaient que ce ne pouvait en être un. D'abord l'écriture, qui était bien celle d'Olivier, mais surtout la phrase :

Mon cœur, si jamais vous m'avez fait cet honneur
[de m'aimer,
Il faut que vous me le montriez à cette heure.

Quand M. de Mornay l'avait trouvée à Dieppe, quelques jours après la Saint-Barthélemy, abandonnée, ne sachant même pas son nom, il avait été intrigué par un médaillon qu'elle portait au cou. L'ayant ouvert, il avait découvert cette phrase gravée à l'intérieur. Que signifiait-elle ? Venait-elle de son père ou de sa mère ? Elle ignorait tout de ses parents sinon qu'ils avaient sans doute été assassinés à la Saint-Barthélemy. Quoi qu'il en soit, elle terminait toujours ses lettres à Olivier avec ces deux lignes. C'était leur signe de reconnaissance.

Certaine que la lettre était de lui, elle fit appeler le messager.

C'était un gentilhomme d'une cinquantaine d'années au visage franc et souriant. Il portait une épée à manche de cuivre, une toque à aigrette et un manteau brodé sous lequel elle aperçut un corselet.

— D'où venez-vous, monsieur ? lui demanda-t-elle en l'examinant.

— De Chenonceaux, madame.

Elle leva un sourcil interrogateur.

— La reine est à Chenonceaux avec la Cour, expliqua-t-il. Une personne que vous connaissez, M. Nicolas Poulain, a reçu la charge de prévôt de l'hôtel. Comme il avait besoin d'un commis d'intendance, il a proposé à monsieur Hauteville de l'accompagner…

Elle digéra l'explication avant de demander :

— Comment les connaissez-vous ?

— Le hasard, madame. M. Poulain m'a sauvé la vie en forêt alors que mon cheval s'était emballé. J'étais dans la maison de monsieur de Montpensier. Nous sommes devenus amis, ainsi qu'avec M. Hauteville.

— Et vous êtes venus à Montauban ? ironisa-t-elle.

— Il y a de cela trois semaines, monsieur Hauteville nous a dit, à M. Poulain et à moi-même, qu'il voulait tout quitter et vous rejoindre. M. Poulain lui a répondu que c'était folie de traverser la France en ce moment, mais Olivier ne voulait rien savoir. M. Poulain ne pouvait l'accompagner, cela aurait été faillir à son devoir, alors, comme je n'avais pas d'obligations, je lui ai proposé de le remplacer. La vie de Cour m'ennuie en ce moment, et j'aime ce genre d'entreprise un peu folle.

Le discours de Puyferrat mêlait ainsi adroitement la vérité et le mensonge. Il avait été préparé par Mme de Montpensier à partir de souvenirs sur les conversations qu'elle avait eues avec Poulain et Hauteville.

Cassandre resta silencieuse, malgré tout méfiante.

— Pourquoi est-ce vous qui êtes venu ici, et non M. Hauteville ?

Il écarta les mains en signe d'évidence.

— Il n'avait qu'un passeport signé par M. de Cheverny. M. de Montpensier, à qui j'ai demandé mon congé, possédait des passeports signés de monseigneur de Navarre, son cousin. Il m'en a remis un.

— Il aurait pu en remettre un à M. Hauteville.

— C'était impossible, je ne lui ai jamais parlé de lui. Je lui ai juste dit que je devais revenir chez moi, dans le Périgord, pour une affaire de famille.

De nouveau elle resta silencieuse. Ce que lui disait ce gentilhomme avait l'accent de la vérité. Néanmoins, un mauvais pressentiment, inexplicable, l'incitait à rester sur ses gardes.

— Où est Olivier ? s'enquit-elle.

— Il vous attend à la tuilerie, sur la route de Saint-Hilaire. C'est à environ une lieue d'ici.

— Je connais…

Elle regarda à nouveau la lettre, hésitante. Si elle attendait le retour de Mme de Mornay, elle était certaine qu'elle l'empêcherait d'y aller.

— Olivier m'avait prévenu que vous étiez méfiante, aussi m'a-t-il remis ceci pour vous convaincre…

Le gentilhomme fouilla dans son manteau et en sortit une lettre qu'il lui tendit.

Elle l'ouvrit. C'était la première qu'elle lui avait écrite. Cette fois, le doute s'évanouit.

— Je m'habille et je vous rejoins. Attendez-moi en bas.

Elle appela un domestique pour demander qu'on lui prépare sa jument, puis elle se changea. Quand elle fut prête, elle s'assit à sa table et écrivit quelques lignes pour sa mère adoptive, expliquant qu'elle se rendait aux tuileries rencontrer M. Hauteville, le jeune homme qui l'avait aidée à Paris à reprendre les quittances de M. Salvancy. Elle regagnerait la ville avec lui.

Elle ouvrit ensuite un coffre et en tira une dague effilée dans un étui en cuir d'où pendaient des lanières. C'était un cadeau de Caudebec, le fidèle capitaine de son père avec qui elle s'entraînait à l'épée. Elle laça le fourreau le long de sa cuisse gauche. Elle pouvait ainsi saisir la dague rapidement de la main droite en soulevant sa robe. Elle prit son manteau et sortit.

Puyferrat l'accompagna à l'écurie et ils partirent sans échanger une parole. Alors qu'elle aurait dû être pleine d'allégresse à l'idée de retrouver Olivier, elle était pourtant mal à l'aise, ressentant une sorte de contraction dans la poitrine qu'elle essaya vainement de chasser.

Le chemin serpentait le long du Tarn, longeant de sombres bois de chêne. Il était désert et elle ne songea pas à se retourner. Si elle l'avait fait, elle aurait peut-être remarqué les deux cavaliers derrière eux.

Devant les tuileries, un gros coche attendait. Cela l'étonna et, n'apercevant pas Olivier, elle flaira le piège et arrêta son cheval.

— Avancez, mademoiselle, menaça Puyferrat d'une tout autre voix que celle qu'il avait eue jusqu'alors.

Elle se tourna vers lui. Il tenait un pistolet à rouet. Elle tenta de faire faire demi-tour à son cheval, mais montée sur une haquenée, elle ne pouvait la mettre au galop. Elle découvrit aussi que le chemin était barré par deux cavaliers et que, devant elle, une troupe approchait. Elle avait été piégée.

— Descendez, mademoiselle, et allez jusqu'au coche. Nous ne vous voulons pas de mal, vous nous êtes bien trop précieuse.

Elle obéit, s'efforçant de se rassurer avec la dague qu'elle sentait contre sa cuisse.

Au coche, un des hommes d'armes la rejoignit et lui ouvrit la portière. Elle monta. À l'intérieur, il y avait deux dames qu'elle ne connaissait pas.

— Asseyez-vous, mademoiselle, fit poliment celle qui était le plus richement habillée. Nous allons faire un long voyage.

Déjà le coche se mettait en route.

— Qui êtes-vous ? demanda Cassandre en tombant sur la banquette.

— Catherine de Montpensier. Je suis la sœur de monseigneur le Duc de Guise.

Durant plusieurs heures, Cassandre n'ouvrit pas la bouche. À travers sa robe, elle sentait le contact rassurant de la lame contre sa jambe. La voiture roulait et ne s'arrêtait brièvement que pour un changement de chevaux. L'intérieur était glacial. Les rideaux de cuir étaient tirés mais parfois elle les soulevait pour regarder l'escorte qui les entourait. À ces moments-là, la duchesse l'observait d'un air moqueur. À l'un des relais, un homme monta et leur remit un gros pain, des flacons de vin et des verres ainsi que de la viande froide dans une terrine. La femme qui était avec Mme de Montpensier les servit.

— Où allons-nous ? demanda enfin Cassandre.

— Je me demandais quand vous alliez parler, persifla la duchesse. Nous nous rendons à Saint-Maixent. Votre père nous rejoindra, on a dû lui porter une lettre que je lui avais préparée.

— Qu'y a-t-il à Saint-Maixent ?

— Le roi de Navarre.

Cassandre ne demanda rien d'autre. Elle avait compris qu'elle serait un otage, et qu'on allait demander quelque chose d'infamant à son père.

Elle devait s'évader.

Après plusieurs heures de route et de cahots sur des chemins boueux défoncés d'ornières, la voiture roula sur des pavés. Cassandre tira le rideau de cuir qui les protégeait du froid et regarda à la fenêtre. Il faisait déjà sombre mais elle vit qu'ils se trouvaient dans la cour d'un château.

— Où sommes-nous ?

— Nul besoin que vous le sachiez. Vous dînerez avec nous, puis vous serez enfermée dans une chambre. Ne tentez rien. Ce château est fermé la nuit. Une servante s'occupera de vous et je vous ferai porter du linge pour la nuit. Il est à ma taille, mais il devrait vous aller.

C'est à table, dans la grande salle, qu'elle découvrit Maurevert, le spadassin venu deux fois chez Olivier. Son père lui avait dit qui il était.

Elle s'approcha de lui et le salua en se forçant à sourire :

— Monsieur Maurevert ! Quelle surprise de vous trouver ici ! Vous n'assassinez plus ? Maintenant vous ravissez les femmes ?

Elle le vit blêmir.

— Taisez-vous ! gronda-t-il.

— On ne vous connaît pas sous ce nom ? ironisa-t-elle.

Ses adversaires avaient commis leur première erreur, jugea-t-elle.

— Si vous répétez ce nom, mademoiselle, je m'occuperai de vous. Cette nuit.

Elle lui tourna le dos pour ne pas montrer sa peur. Le maître du château n'était pas avec eux, ni aucun serviteur. Deux des gardes faisaient le service avec la domestique présente dans le coche. Elle ne pouvait donc se plaindre d'avoir été enlevée ou demander justice. Au demeurant, qui l'aurait écoutée ?

Outre la duchesse, il y avait autour de la table Maurevert, le gentilhomme qui lui avait fait croire être l'ami d'Olivier, un autre qu'ils appelaient le capitaine Cabasset, ainsi que des officiers et des gentilshommes dont elle ne retint pas le nom.

Le repas fut copieux. Quand il fut terminé, on la conduisit dans une chambre. Il y avait un feu et une jeune femme l'attendait. Cassandre lui dit qu'elle n'avait pas besoin d'elle, mais la servante lui répondit qu'elles étaient enfermées. Elle-même dormirait sur une paillasse sur le sol. Cassandre utilisa la chaise percée et se lava sommairement avec une bassine et l'aiguière d'eau. Des régiments de poux couraient dans le lit malgré le froid. Elle se coucha habillée, ne voulant laisser voir qu'elle avait une arme contre la jambe. Elle ignora donc le sac de vêtements de nuit qu'on lui avait laissé.

On vint la chercher avant l'aube. Le feu était éteint. Elle eut droit à un bol de soupe dans la cuisine, puis la duchesse la rejoignit, élégante et coiffée. Avec un regard méprisant, elle considéra sa prisonnière, hirsute dans ses vêtements fripés.

— Il y a une courte messe à la chapelle, proposa-t-elle.

Cassandre secoua négativement la tête.

— Vous resterez donc enfermée dans le coche. Les gardes vous surveilleront.

Ils repartirent une heure plus tard. Cassandre en avait profité pour écraser quelques-uns des poux qui l'avaient adoptée.

Il plut toute la journée et la voiture avança très lentement. Ils dormirent dans un monastère. Cette fois elle eut une cellule glaciale sans domestique, et un lit de planches sans même une paillasse.

Les journées s'écoulèrent, toutes identiques. Ils furent à Villefranche le dimanche, et y entendirent la messe avant de repartir. Cassandre refusa de nouveau d'aller à l'office et resta encore dans la voiture, surveillée par deux soldats. Elle se sentait de plus en plus sale, dévorée continuellement par la vermine. La nourriture était maintenant toujours mauvaise, souvent insuffisante. Plusieurs fois, il n'y eut qu'un repas de bouillie d'avoine. Le temps restait glacial. La neige succéda à la pluie jusqu'au moment où le coche tomba dans une ornière.

On la fit descendre. Pour la première fois, elle découvrit la troupe d'hommes d'armes au complet. Ils étaient plus de cinquante, tous équipés en guerre. Le chemin traversait une forêt aux sous-bois éclaircis. La pluie avait cessé mais le vent du nord était fort. Elle frissonna dans son manteau, aussi fit-elle quelques pas en passant de pierre en pierre pour se réchauffer. On la laissa faire. De toute façon, elle n'aurait pu fuir. Une vingtaine d'hommes essayaient de soulever le lourd coche dont la roue droite était enfoncée jusqu'à l'essieu.

C'est alors qu'elle reconnut Rouffignac. Il avait ôté sa barbute pour aider les autres. Ce n'était certainement pas un ami, mais au moins quelqu'un qu'elle connaissait. Après tout, elle lui avait laissé la vie quand, avec sa famille – une bande de brigands –, il s'était attaqué à elle, à Caudebec et aux Suisses de Sardini. Hans et Rudolf voulaient le pendre après qu'ils eurent décimé la bande et qu'elle-même eut tué son frère. Pourtant, elle s'y était opposée tant il était jeune. Il avait alors promis de payer une rançon, un jour.

Le voir ici était presque rassurant. Tandis qu'elle s'approchait, il la vit et lui sourit. Elle en fut bouleversée, car ce n'était pas un sourire impudique comme celui des autres soldats. Il y avait de la complicité, presque de l'amitié dans son expression.

Comment devait-elle interpréter cela ?

Ils repartirent. Elle réfléchit le reste de la journée à ce sourire. Comment pourrait-elle parler à Rouffignac ? Il ne devait jamais être seul. Lui donner une lettre ? Mais elle n'avait rien pour écrire.

Le soir, la voiture s'arrêta. La duchesse sommeillait. Cassandre écarta le rideau et vit des remparts qu'elle reconnut. Ils étaient à Périgueux où elle était venue une fois. Depuis, la ville s'était soustraite à l'obéissance du roi et les ligueurs y faisaient la loi.

Ils passèrent la nuit dans le couvent attenant à l'église Saint-Front dont l'hôtellerie accueillait les pèlerins se rendant à Compostelle.

Le lendemain dimanche, alors que toute la troupe déjeunait d'une soupe dans le réfectoire des pèlerins, la duchesse lui proposa de l'accompagner à la messe. Elle refusa, mais demanda à pouvoir marcher dans le cloître. La duchesse secoua négativement la tête.

— Je peux la surveiller, madame, proposa Rouffignac, qui n'était pas loin.

— J'ai besoin de prier moi aussi, madame ! insista Cassandre. Marcher dans le cloître m'aidera, vous ne pouvez me le refuser !

— Je resterai avec eux, dit à son tour M. de Puyferrat, qui n'avait pas envie d'aller à l'office.

— Soit ! soupira Mme de Montpensier qui n'avait rien de mieux à proposer. Mais ne la perdez pas des yeux.

Ils partirent pour le cloître alors que les cloches sonnaient l'appel à la messe. Sur place, Puyferrat ordonna à Cassandre de rester dans la galerie où ils se trouvaient. Elle hocha la tête, comme indifférente. Pourquoi Rouffignac avait-il proposé de la surveiller ? se demandait-elle. Envisageait-il de l'aider ? Elle fit quelques pas, effleurant sa jambe et sentant l'étui de la dague. Pouvait-elle avoir le temps de la sortir et de poignarder Puyferrat ? Mais comment réagirait Rouffignac ? Et où aller ensuite ?

Elle se retourna, agitée, et ne sachant que décider. Les deux hommes parlaient ensemble. Elle vit Rouffignac désigner à Puyferrat quelque chose vers une voûte d'ogive du cloître. Puis tout se passa très vite. Alors que Puyferrat cherchait des yeux ce qu'on lui montrait, le jeune homme sortit sa miséricorde de dessous son manteau et coupa la gorge de son compagnon en lui tirant la tête en arrière avec le bras gauche. Le sang jaillit et Rouffignac repoussa vivement le corps en avant pour ne pas être éclaboussé.

Le jeune homme se baissa, essuya par deux fois la dague au manteau de sa victime, la remit calmement dans son étui, puis fouilla le corps. Il prit la bourse dans le pourpoint et détacha la ceinture où le fourreau de l'épée était attaché.

— Venez, madame, dit-il en lui tendant le fourreau et la ceinture.

Elle était toujours pétrifiée.

— Venez ! répéta-t-il avec impatience.

Il lui prit la main et l'entraîna vers une petite porte à l'extrémité de la galerie du cloître. Cassandre tenait le fourreau et la ceinture de l'autre main. Il ouvrit la porte qui donnait sur une cour bordée par l'écurie de l'hôtellerie du couvent.

— Restez là, lui dit-il, en lui montrant le cloître. Je vais seller des chevaux.

Il ne lui demanda pas si elle savait monter, il l'avait vue à l'œuvre.

Il se dirigea vers l'écurie. Il y avait là quelques palefreniers et deux des gardes de la duchesse qui se réchauffaient près d'un feu. Des hommes de Mayenne.

— J'ai un ordre du capitaine Cabasset. Je dois prendre deux chevaux et vous devez en préparer huit autres ! ordonna-t-il.

Les gardes entrèrent avec lui dans l'écurie. Il choisit les bêtes les plus robustes et, se faisant aider d'un gamin, il sangla les selles pendant que les soldats s'occupaient des autres montures.

Enfin il passa les mors et entraîna les chevaux dehors, jusqu'à la porte du cloître. Elle l'avait vu arriver et sauta en selle en relevant sa robe. Ils trottèrent jusqu'à la porte de la cour. Elle était ouverte et le frère tourier parlait avec un garde. Les cavaliers passèrent sans les saluer. Devant l'église Saint-Front, Rouffignac tourna vers la porte du Pont.

— Il ne faut pas passer L'Isle ! cria-t-elle.

Il s'arrêta dans la rue déserte en ce dimanche matin.

— Vous ne voulez pas rentrer à Montauban ?

— C'est la première route qu'ils prendront quand ils partiront à notre poursuite. Mon père a un ami à Brantôme, ils ne nous chercheront pas par là.

Brantôme était au nord, Montauban au sud.

Elle fit demi-tour tandis qu'il passait devant elle en disant :

— Je connais sans doute mieux la ville que vous.

C'était certain, car elle n'y était venue qu'une fois, et encore plusieurs années auparavant. Il s'engagea sans hésiter dans un lacis de ruelles enneigées.

Une ceinture de remparts, irréguliers et sinueux, entourait la ville. Par moments, ils pouvaient apercevoir les lignes des créneaux et les tours surmontées d'un corps de garde. Cassandre savait qu'entre chaque tour se trouvaient d'énormes portes enfoncées de plus de six pieds dans l'épaisseur de la muraille. Elle tentait de se repérer grâce à elles. Il fallait qu'ils gagnent au plus vite la porte de l'Éguillerie qui leur permettrait de rejoindre le chemin de Brantôme.

Devant une maison dont le fronton de la porte portait une salamandre se tenait un pèlerin enveloppé dans un sayon de gros drap de laine avec un chaperon et une gibecière pendante. Elle s'adressa à lui :

— Je t'échange mon manteau contre ta casaque.

— Nous n'avons pas de temps, mademoiselle ! s'exaspéra Rouffignac. La porte de l'Éguillerie est par là !

Il indiqua la direction à prendre mais elle ne bougea pas.

— Et je te donne aussi un écu pour tes bottes, ajouta-t-elle, ayant remarqué qu'il avait aux pieds des chaussures hautes, ferrées et épaisses.

— Mais je serai nu-pieds, madame !

— Avec un écu d'or, tu achèteras toutes les bottes que tu désires ! Dépêche-toi !

Pendant qu'elle parlait, Rouffignac ne cachait ni son impatience ni sa peur. Il savait ce qu'il subirait si on les rattrapait.

— Retrouvons-nous de l'autre côté du pont-levis de la porte de l'Éguillerie, lui proposa-t-elle en le voyant alarmé. Il vaut mieux qu'on ne remarque pas deux cavaliers. Passez le premier !

Il fila sans attendre pendant que le pèlerin s'asseyait sur une borne de pierre et tirait ses chaussures. Puis il enleva son sayon. Elle lui tendit alors son manteau avec une pièce qu'elle avait tirée de la boursette attachée à sa taille.

Elle pressa alors sa monture dans la direction qu'avait prise son compagnon. En même temps, elle mettait le sayon sur ses épaules et attachait les bottes à sa selle. La rue qu'elle longeait portait quantité d'enseignes de tailleurs et parfois de grands ciseaux suspendus à des chaînes. Elle était sur le bon chemin.

Quand elle arriva à la porte, Rouffignac n'était pas là. Le pont-levis était baissé et la herse levée. On surveillait surtout les entrées et elle passa sans difficulté. Elle retrouva Rouffignac cent toises plus loin. Ils entendirent alors les cloches des églises sonner. Les messes se terminaient.

— Prenons par là, dit-il en désignant une sente qui grimpait.

Il avait été brigand et il connaissait les sentiers. Elle le suivit, s'inquiétant déjà de l'avenir. Ils n'avaient rien à manger. Ils ne savaient pas où ils dormiraient.

Mais elle était libre !

Ils suivirent le sentier une heure, puis redescendirent dans une épaisse forêt aux châtaigniers et aux chênes blancs de givre et de neige. Là, dans un vallon, ils trouvèrent un chemin pavé de larges pierres qui affleuraient sous la neige. Tout en chevauchant, elle enfila les bottes du pèlerin avant de jeter ses chaussures dans les fourrés.

— C'est une ancienne voie romaine, lui expliqua-t-il, amusé en la voyant faire.

— Je ne vous ai pas remercié, monsieur de Rouffignac, dit-elle quand elle eut terminé.

— C'était inutile. J'étais en dette. Je vous l'avais promis, un Rouffignac paie toujours ses dettes.

Son ton était dur et sa voix rocailleuse.

— Pourtant vous ne vouliez pas de moi comme serviteur, lui reprocha-t-il.

Elle se mordit les lèvres et observa un silence durant quelques instants, avant de s'excuser.

— Je suis désolé, et je regrette pour votre frère.

— Ça arrive ! répliqua-t-il, comme indifférent.

Visiblement, il n'était pas très loquace. Elle se souvenait du jeune homme de seize ans à qui elle avait percé le bras tant il maniait mal l'épée, après qu'elle eut tué son frère. Il pleurait et avait encore la voix d'un enfant.

— Comment va votre bras, Émeric ?

— Vous vous souvenez de mon prénom ? sourit-il pour la première fois.

— Bien sûr ! J'aurais préféré que vous, vos frères et votre père ne vous attaquiez pas à nous.

— Moi aussi, madame. Ils me manquent…

Il resta encore silencieux un long moment avant de dire :

— Cet homme que j'ai tué, M. de Puyferrat, avait participé à la prise du château de ma famille. Il s'en était félicité. Je les ai vengés…

— Comment êtes-vous entré au service de Mme de Montpensier ?

Il lui raconta qu'après avoir été laissé libre, il était resté avec les deux valets d'armes qui avaient rejoint une autre bande dans le Poitou. Ils se mêlaient parfois à des groupes plus importants qui rançonnaient les villages. Finalement, il était entré dans une bande commandée par un protestant. Ils s'en étaient pris au cortège de la duchesse, mais ils avaient été vaincus. Les survivants de leur bande avaient été incorporés dans la troupe de la duchesse comme valets. Il avait été obéissant et on lui avait fait confiance, mais il avait toujours eu pour dessein de tuer M. de Puyferrat. Et quand il avait découvert et reconnu Cassandre, il s'était juré de la laisser s'enfuir. Le hasard lui avait permis de réaliser ces deux entreprises.

— Vous savez qui je suis ?

— On me l'a dit. La fille de M. de Mornay.

— Mon père vous prendra à son service, il a besoin d'hommes comme vous.

— Mais je suis catholique, mademoiselle…

— Et alors ? Il y a des catholiques autour de mon père. Et encore plus autour du roi de Navarre.

— Vous connaissez Mgr de Navarre ?

— Ce sera le meilleur roi que nous aurons jamais.

Il ne dit mot, et comme ils chevauchaient côte à côte, elle s'étonna de son manque d'intérêt.

— Savez-vous ce que mon père m'a rapporté, un jour où ils étaient ensemble, et où certains des amis de Navarre lui suggéraient de mieux afficher sa religion ?

— Non, mademoiselle.

— Il a dit : ceux qui suivent leur conscience sont de ma religion. Quant à moi, je suis de celle de tous ceux qui sont braves et bons.

Rouffignac ne répondit pas. Elle essaya de percer le masque sur son visage mais ne distingua rien.

Elle aurait pourtant dû comprendre. Émeric de Rouffignac n'avait connu que la violence et le meurtre. Dès sa naissance, il avait vu son château pris et sa famille assassinée. Depuis, il n'avait fait que tuer. La sauver était la première bonne action qu'il ait jamais faite. Pour lui, le mot conscience n'avait pas de sens, pas plus que celui de bonté. Il s'était seulement vengé et avait voulu honorer sa dette d'honneur.

C'était un fauve.

Au bout d'un moment, elle lui demanda :

— Où allons-nous ?

— À Agonac. Il y a un pont pour traverser la Beauronne et une auberge pour dormir où on achètera du ravitaillement.

— Nous y serons quand ?

— Ce soir.

— C'est dangereux d'entrer dans une ville, on se souviendra de nous. Pourquoi ne pas dormir dehors ? Nous avons des couvertures et les arbres sont épais.

— Les loups, mademoiselle. Si nous n'avons pas d'abri, ils nous dévoreront.

Catherine de Médicis était arrivée à Saint-Maixent deux jours avant que Cassandre ne soit enlevée. Elle était d'une humeur noire. Tout allait mal. Navarre tergiversait et elle commençait à douter de le voir la rejoindre un jour. Mme de Limeuil lui avait fait savoir qu'elle souffrait trop pour quitter sa chambre, et les Gelosi avaient disparu sans explication depuis Loches. Sans doute, comme d'autres, avaient-ils eu peur de la suite du voyage.

Quant à son prévôt, on en avait perdu la trace.

Saint-Maixent était bien fortifié. Ses murailles dataient du XIe siècle, mais elles n'avaient pas empêché les protestants de prendre la ville, le château et l'abbaye. La reine était inquiète, et sa Cour encore plus. Ils étaient dans un pays en guerre et les troupes du maréchal de Biron pourraient bien être insuffisantes si les gens de Navarre attaquaient. Certes, ils avaient signé une trêve, mais la respecteraient-ils ?

Elle s'installa à l'hôtel de Balizy et donna fête sur fête pour rassurer chacun. Le 25 novembre, il y eut même un grand festin alors que la famine régnait dans tout le pays.

Mais Navarre ne vint pas.

Ils approchaient d'Agonac quand ils croisèrent un colporteur à pied qui transportait des couteaux dans une hotte sur son dos. Il avait des guêtres, un mantelet et un bonnet de mouton. Il s'arrêta et leur tint ce discours :

— Messieurs, je ne veux point m'informer sur vous, mais si vous êtes huguenots, et que vous allez jusqu'à Agonac, vous êtes perdus. Il y a un bataillon d'Albanais à cinq mille pas d'ici. Environ cent cinquante arquebusiers.

— Ils sont à Agonac ? demanda Rouffignac.

— Non, le corps de ville leur a offert cinq cents écus pour qu'ils passent leur chemin et comme avec le château, la ville est difficile à prendre, les Albanais ont accepté l'argent et se sont installés dans l'église Saint-Martin.

— Où vont-ils ?

— Qui peut le savoir ? Je les ai évités par ce sentier…

Il montra une direction sur le chemin.

— Ils viennent de Saint-Front dont ils auraient pillé les maisons et massacré les habitants en les détranchant à la hache pour s'amuser, m'ont dit les gens d'Agonac qui étaient épouvantés.

— Nous ne sommes point huguenots ! martela Rouffignac.

— Cela leur importe peu ! Vers Saint-Jean, cette compagnie a pillé et brûlé plusieurs châteaux et villages. Ils pendent les prêtres qu'ils disent malins catholiques après leur avoir arraché les oreilles pour les clouer aux portes des églises.

— Merci, monsieur, dit Cassandre en frémissant, nous suivrons votre conseil et prendrons le sentier.

Le sentier était un grand détour. La nuit s'approchait et ils avaient faim. Ils trouvèrent enfin la Beauronne où ils purent faire boire leurs chevaux et se désaltérer. En chemin, ils n'avaient aperçu que des flaques boueuses.

C'est Cassandre qui proposa de traverser la rivière à un gué. Ils arriveraient ainsi de l'autre côté du village et seraient plus facilement reçus si on pensait qu'ils venaient de Brantôme.

À la porte du bourg – la porte de Palenchas –, on ne les laissa pas entrer. De l'autre côté de la herse en grosses poutres, les deux miliciens portant de vieilles plates d'armure et des salades datant de la guerre de Cent Ans, de l'époque où le Périgord était anglais, avaient trop peur qu'ils soient protestants.

— Mais je suis bon catholique craignant Dieu ! assura Rouffignac. Comme mon frère qui m'accompagne.

— Vous ne vous ressemblez guère ! dit l'un des gardes après les avoir dévisagés. Nous allons chercher le curé qui décidera.

Ils attendirent dans le froid. Finalement le prêtre arriva accompagné du maire et d'un autre bourgeois, tous martialement armés et casqués.

— D'où venez-vous ?

— D'Angoulême.

— Si vous êtes catholiques, décida le curé, vous devez bien avoir une médaille sainte !

Rouffignac n'avait rien, mais Cassandre songea brusquement à celle que lui avait donnée Olivier, et qu'elle gardait autour du cou par amour pour lui, bien qu'elle la considérât comme l'image d'une idole.

— J'ai une médaille de la Sainte Vierge, dit-elle.

Elle la sortit et la présenta au curé à travers la herse.

— Je vous crois, dit-il en se signant. Ce sont de bons catholiques ! fit-il aux autres.

— Mais vous devez payer un droit pour être à l'abri, dit le maire. Ce sera trois écus pour la nuit.

Ils payèrent et on les laissa entrer.

Ils repartirent le matin, à l'ouverture de la porte, ayant pu acheter du fourrage, deux pains et un morceau de lard. Ils arriveraient à Brantôme avant la nuit, avait assuré Rouffignac.

Très vite, le temps se gâta et la neige se mit à tomber dru. Malgré la tempête, ils entendirent le bruit étouffé d'une galopade. Derrière eux, une troupe arrivait.

Sans se consulter, ils mirent leur cheval au galop. Le cœur battant, Cassandre songeait que ce pouvait être les Albanais, ou les gens de la duchesse qui les avaient déjà retrouvés. Elle suivait Rouffignac qui avait l'air de savoir où aller. Il abandonna le chemin et ils entrèrent dans un bois. Très vite, le bois devint forêt et ils n'avancèrent plus qu'au trot à travers les taillis givrés. La neige tombait toujours, mais cela avait l'avantage d'effacer leurs traces.

La chevauchée dura plusieurs heures. Ils faisaient moult détours, Rouffignac ne parlait pas, regardant parfois le ciel noir d'un air inquiet. Cassandre se demanda s'ils n'étaient pas perdus.

— Nous aurions dû voir Eyvirat, dit-il à un moment.

— On s'est égarés ?

— Peut-être… avec cette neige, grommela-t-il.

— Ceux qui étaient derrière nous sont aussi perdus, plaisanta-t-elle.

Il grimaça en désignant une sente.

— Essayons de passer par là. On arrivera peut-être à la Côle.

La brume s'épaississait. Avec la neige qui volait dans leurs yeux, ils y voyaient de moins en moins. La fatigue se faisait sentir. Les chevaux trébuchaient ou glissaient parfois sur le sentier rocailleux. Cassandre avait encore faim. Un peu plus tôt, ils avaient partagé le pain, mais ils devaient garder l'autre pour plus tard, avait décidé Rouffignac. À l'étape, il ferait cuire des châtaignes, avait-il promis.

Où allaient-ils dormir ?

Ils replongèrent dans un bois, au fond d'un vallon. Au bout d'une heure, remontés au sommet d'une légère butte, ils découvrirent un village.

Ce n'était pas vraiment un village. Juste quelques maisons basses serrées autour d'un mur d'à peine une toise, mais il n'y avait aucune fumée. Un champ au-devant avait été défriché et cultivé mais paraissait abandonné.

Ils s'arrêtèrent un moment, observant l'endroit. C'est alors qu'ils virent le loup. Il ne se pressait pas, il n'avait pas peur. C'était un très gros loup gris qui tenait quelque chose entre ses mâchoires. L'animal descendait de la butte pour regagner le bois. Il s'arrêta quand il les vit, posa sur le sol ce qu'il serrait dans sa gueule et se mit à hurler. Puis il récupéra l'objet et s'éloigna vers la forêt.

Cassandre n'était pas sûre de ce qu'elle avait vu : une main humaine entre les dents du loup…

Contournant l'élévation, Rouffignac fit avancer son cheval vers l'endroit d'où le loup sortait. Cassandre le suivit. Ils longèrent le mur d'enceinte et découvrirent un autre mur, plus bas. C'était le cimetière.

— C'était un loup-garou ! affirma Rouffignac d'une voix blanche. Il venait de là !

— C'était un loup, Émeric ! Et il avait un bras d'homme dans la gueule ! Il a dû déterrer un cadavre.

Elle sortit son épée et pressa son cheval, passa devant lui et entra dans le village dont les doubles battants de la porte étaient ouverts.

En fait, il n'y avait qu'une grande maison serrée contre une grange, une étable et un cellier. Les constructions étaient en torchis de paille et de terre à pans de bois. L'enceinte n'était qu'une protection contre les rôdeurs et les animaux sauvages. Le mur fermait une cour intérieure où le bétail et la basse-cour devaient être à l'abri. Le lieu avait l'air abandonné.

Elle sauta au sol. La grange était vide, l'étable aussi, visiblement depuis longtemps. Elle passa devant un puits, ouvrit le loquet de la maison et entra. L'odeur de mort et d'excréments la prit à la gorge.

Elle fit quelques pas dans la sombre pièce. Il n'y avait qu'une fenêtre aux minuscules verres dépolis. Sur un lit à rideaux crasseux reposaient deux corps. À leurs visages noirs, elle reconnut les stigmates du mal et sortit précipitamment.

Rouffignac attendait dehors, terrorisé.

— La peste, dit-elle en s'efforçant de rester calme.

Les yeux hagards, il secoua la tête.

— Les autres loups-garous vont venir. Partons ! dit-il d'une voix apeurée.

— Ne soyez pas stupide, les loups-garous n'existent pas ! Quand il fait grand froid et que leur gibier manque, les loups dévorent les cadavres morts de maladie. Celui que l'on a vu a seulement sorti un corps fraîchement enseveli.

— Non ! rétorqua-t-il en se signant. Ce sont des sorciers qui se sont transformés en loups ! Ils ont porté la peste pour pouvoir dévorer les paysans et les enfants. Rassasié, ce loup reprendra sa forme humaine. Je le sais ! Même que lorsqu'ils sont blessés, ils gardent leur blessure en redevenant des hommes.

— Sornette ! Allons voir le cimetière si vous ne croyez pas qu'il a simplement dévoré un cadavre.

— Non ! hurla-t-il.

Il se signa encore et commença à psalmodier un pater.

— Vous connaissiez cette ferme ? demanda-t-elle pour changer de sujet.

— Non !

— La nuit approche, nous devrions dormir dans la grange.

— Non ! Le loup-garou va revenir ! assura-t-il, terrorisé. Il faut repartir !

Elle le considéra avec incrédulité. Émeric tremblait comme une vieille femme. Qu'était devenu le jeune homme courageux et plein d'audace qui avait égorgé Puyferrat et l'avait fait évader ?

— Pour aller où ? Écoutez, plutôt ! dit-elle.

Les hurlements de loups se faisaient entendre du côté du bois.

— Il y a d'autres loups-garous ! glapit-il. Si nous restons, ils nous prendront, et nous deviendrons aussi loups-garous.

— C'est une légende ! fit Cassandre en haussant les épaules, peu rassurée, malgré tout, tant les hurlements paraissaient humains.

— Non, c'est vrai ! Quand j'étais jeune, avec des paysans, on a découvert le corps mutilé d'un jeune garçon. Un loup s'acharnait sur lui et il s'est enfui quand il nous a vus. En le poursuivant, on est tombés sur un homme nu accroupi dans les taillis. Il avait une barbe hirsute, des cheveux longs, et des ongles immenses, acérés comme des griffes, auxquels étaient encore accrochés des lambeaux de chair sanguinolents.

— Soyez raisonnable, c'était certainement un simple d'esprit comme il y en a dans les campagnes ! Il n'avait rien à voir avec le loup !

— C'était le sorcier ! On l'a tué ! glapit-il. Mais faites ce que vous voulez, mademoiselle, je ne resterai pas une minute de plus ici !

Il piqua des deux et sortit de la cour.

Elle resta hésitante, puis elle entendit les hurlements des loups qui s'étaient rapprochés. Son cheval hennit de terreur derrière elle. Rouffignac était fou de peur, mais en voyant les loups, il reviendrait, se dit-elle. Elle poussa les vantaux, mais ne plaça pas la barre de bois qui faisait verrou.

Il y avait une échelle contre le mur, elle grimpa pour le rappeler.

Elle le vit contourner l'enceinte au galop, puis prendre un chemin presque opposé à celui par lequel ils étaient arrivés. Le chemin s'engageait aussi dans le bois. C'est alors qu'elle aperçut les loups. Ils étaient bien visibles, taches sombres dans la neige et ils l'attendaient à la lisière de la forêt. Ils devaient être trois ou quatre, assis sur leurs pattes de derrière.

Rouffignac les vit aussi et arrêta son cheval, puis sortit son épée.

— Émeric ! Revenez ! cria-t-elle.

D'autres loups venaient d'apparaître et rejoignaient les premiers. Elle en compta dix, puis beaucoup plus. Toute une meute. Rouffignac ne bougeait toujours pas, hésitant à se jeter sur la bande d'animaux.

C'est alors qu'elle vit une autre meute arriver par le chemin qu'ils avaient pris. Il y avait trois, quatre loups. Puis d'autres encore. Ces loups étaient organisés comme des hommes, remarqua-t-elle pleine d'effroi. Ils allaient le prendre à revers !

— Émeric ! Revenez vite ! Il y en a d'autres derrière vous ! cria-t-elle.

S'il se dépêchait, il passerait à travers la seconde bande qui était clairsemée, jugea-t-elle.

Mais contre toute attente, Rouffignac fonça droit devant lui, l'épée haute.

En temps ordinaire, les loups n'attaquaient pas. Mais ceux-là étaient nombreux et avaient faim. Au moment où Rouffignac arrivait sur eux, deux gros loups lui sautèrent dessus. D'autres attrapèrent les pattes du cheval. Cassandre vit avec horreur la bête vaciller. Rouffignac avait perdu son épée et tentait de repousser un loup qui le mordait au bras.

Elle n'avait même pas un mousquet ! Elle descendit de l'échelle, sauta à cheval et sortit son épée pour lui porter secours.

Quand elle ouvrit la porte. Elle vit que la seconde meute avait rejoint la première. Le cheval et Émeric de Rouffignac étaient recouverts par les loups qui les dévoraient. Tout s'était passé si vite !

Elle resta pétrifiée devant l'horreur du spectacle. Il y avait bien quatre douzaines de loups qui se battaient et se repaissaient des chairs. Déjà des corbeaux tournoyaient. Elle entendait les jappements et les hurlements des bêtes.

Elle resta longtemps immobile. La nuit tombait. Les loups poursuivaient leur repas, d'autres, repus, la regardaient, assis sur leurs pattes de derrière.

Elle revint lentement à la ferme, descendit de cheval et plaça la barre sur le portail.

Rouffignac avait le pain avec lui, elle n'avait aucun vivre. Et dans la maison se trouvaient deux cadavres de pestiférés.

Au cimetière à côté, plusieurs morts étaient déterrés.

Elle était terrorisée.

La neige recommença à tomber.

Elle se dirigea vers la grange, trouva des fagots, puis, malgré sa peur, entra dans la maison pour chercher un briquet ou des pierres à feu. Elle eut du mal à les trouver, car il faisait de plus en plus sombre.

Elle revint à la grange, alluma le feu, tira un seau d'eau du puits et s'occupa de son cheval. Le ventre vide, elle resta longtemps à regarder les flammes, regrettant de ne pas avoir ramassé de châtaignes, mais n'osant aller dans le bois pour en chercher. Finalement, elle s'enroula dans sa couverture et s'endormit en sanglotant, songeant à Rouffignac, à son père et à Olivier.

17.

Changeant de monture à tour de rôle quand l'une fatiguait, Olivier Hauteville, Nicolas Poulain et Lorenzino Venetianelli arrivèrent à la nuit tombante à Esves, à quatre lieues de Loches, où Nicolas savait que le prieuré du bourg fortifié accueillait les voyageurs de passage. Ils n'avaient pas pris le chemin du Grand-Pressigny, trop fréquenté.

Après leur départ, Flavio, Francesco Andreini, et deux autres Gelosi armés de dagues et d'épées avaient emprunté des chevaux à une écurie pour s'élancer sur les traces de Ludovic. Isabella était restée seule, rongée de jalousie et de haine. Son désir était si violent, et si incompréhensible, qu'il submergeait entièrement son esprit. Elle aimait Olivier comme elle n'avait jamais aimé, et en même temps elle le maudissait depuis qu'il lui avait annoncé qu'il partait pour une autre.

Elle refusa de dîner et resta longtemps prostrée avant de se décider à monter au château. Le temps fraîchissait et il y avait peu de monde dans les rues. Quelques Gelosi erraient dans les jardins, inquiets et ne sachant que faire puisque Flavio n'était pas là. De surcroît, Ludovic avait disparu et personne ne savait où se trouvait Il Magnifichino. Isabella entra dans la grande salle du vieux logis, emplie de courtisans. Un feu crépitait dans la cheminée. Ignorant les nombreux hommages qu'elle entendait, elle traversa la pièce et passa dans l'antichambre. Là, elle aperçut enfin une dame d'honneur qu'elle aborda, lui demandant de dire à la reine qu'elle souhaitait lui parler. La jeune femme la considéra dans un mélange de dédain et de curiosité avant de lui assurer qu'elle le ferait dès son retour dans la chambre royale.

Isabella revint auprès du feu, éprouvant envers elle un insupportable sentiment de mépris. Elle resta là près d'une heure, harcelée par des désirs contradictoires, tentée de s'enfuir mais incapable de maîtriser sa violente passion. Elle était pourtant sur le point de se dominer et de retourner à l'hostellerie quand un gentilhomme vint la chercher. Comme si une autre commandait à son corps, elle le suivit. Ils entrèrent dans la chambre d'apparat. Il y avait foule autour de Catherine de Médicis. Isabella reconnut Mme de Sauves entourée de gentilshommes et Christine de Lorraine en compagnie du duc de Nevers et de Mme de Retz. La reine la vit et lui fit signe d'approcher.

— Que voulez-vous, Isabella ? demanda Catherine de Médicis tandis que la comédienne tombait à genoux devant elle, pétrifiée de honte.

Elle resta ainsi, ne parvenant pas à prononcer un mot. La reine l'observa avec insistance avant de dire à une de ses suivantes :

— Hélène, conduisez Mme Andreini dans mon cabinet et restez avec elle.

Dominant les larmes qui montaient, Isabella se releva et obéit.

Le temps s'écoula. Plus il passait, plus elle prenait conscience de l'égarement de son esprit. Elle souhaitait s'en aller mais la dame d'honneur la surveillait. D'ailleurs, pour sortir, elle aurait dû passer dans la chambre d'apparat. Finalement, la porte s'ouvrit et Catherine de Médicis entra en boitillant, appuyée sur une canne. M. de Bezon trottinait sur ses talons.

— Je vais recevoir M. de Montaigne, lui dit-elle. Vous me faites perdre mon temps, madame Andreini… et vous perdez le vôtre… Vous devriez répéter votre spectacle au lieu de venir ici ! Que voulez-vous ?

Isabella déglutit. Elle était prise au piège.

— M. Hauteville et le prévôt ont quitté la Cour, Majesté, balbutia-t-elle.

La reine resta interdite, ne comprenant pas.

— *Che ?*

Isabella resta muette. Ce supplice était pire que celui qu'elle avait subi à Mantoue.

— *Perche ?* Expliquez-vous, ma fille, ou je vous fais donner les étrivières ! gronda la reine.

— Ils sont partis pour Montauban, Majesté. M. Poulain accompagne M. Hauteville qui rejoint la fille de M. de Mornay.

— *Tradimento !* Racontez-moi tout !

Isabella bredouilla quelques mots incompréhensibles qui lui permirent de retrouver un peu de son sang-froid. Prenant enfin pleinement conscience de la folie qui l'avait guidée, elle essaya de rattraper sa forfaiture. Elle inventa, dit avoir surpris quelques mots à l'hostellerie, ne parla pas de la duchesse de Montpensier et conclut en assurant ne pas en savoir plus.

Depuis des années, elle improvisait de la *commedia dell'arte* et Catherine de Médicis était trop surprise pour mettre en doute ses explications. Elle interpréta le trouble d'Isabella comme une marque de fidélité envers elle.

— Hélène, portez-moi ma cassette !

La fille d'honneur obéit, se rendant dans le petit cabinet et rapportant le coffret. Catherine l'ouvrit et sortit une poignée d'écus qu'elle donna à la comédienne.

— Je compte sur vous demain pour le spectacle, fit-elle, aigrement.

Isabella s'enfuit. Traversant les jardins du château, elle jeta les pièces d'or dans un fourré en sanglotant. Rentrée à l'hôtellerie, elle s'enferma dans sa chambre, morte de honte. Qu'avait-elle fait ?

Pendant ce temps, la reine avait appelé son capitaine des gardes, fait fermer les portes de la ville et donné ordre qu'on arrête Nicolas Poulain pour félonie. Peu de temps après, des détachements partaient sur les routes à sa recherche tandis que des messagers prévenaient les prévôts de La Haye et de Châtellerault.

M. de Bezon était resté silencieux.

Le lendemain, la neige commença à tomber alors qu'ils avaient repris le chemin du Grand-Pressigny. En passant à Betz, ils achetèrent du pain à la ferme du château. Comme ils repartaient, un gamin d'une effrayante maigreur, pieds nus dans ses sabots, s'approcha d'Olivier.

— Monsieur, des gens vous cherchent ! Pour un sol, je vous dirai qui…

Nicolas s'approcha de lui, la main sur son épée.

— Qui ?

— Des soldats, monsieur, bredouilla l'enfant brusquement apeuré par ce gentilhomme intimidant. Ils sont arrivés hier soir et ont dormi au château. Ils partaient pour Le Grand-Pressigny.

Olivier lui donna le sol demandé.

— Combien étaient-ils ?

— Six, monsieur, ils venaient de Loches.

Comment la reine avait-elle pu savoir si vite ? se demanda Nicolas. M. de Montpensier l'aurait-il trahi ?

Bien sûr, Nicolas Poulain ne pouvait imaginer la dénonciation d'Isabella. Quant à M. de Montpensier, s'il ne l'avait pas trahi comme il le craignait, le duc était pourtant resté silencieux quand la reine avait annoncé au conseil qu'elle ferait pendre ce prévôt félon qui avait rejoint les protestants.

Ils avaient envisagé de traverser la Creuse au pont de La Haye, mais avec les cavaliers qui les cherchaient, c'était impossible.

— Petit, où y a-t-il un pont sur la Creuse ? demanda-t-il au gamin.

— À La Haye, monsieur, je l'ai jamais vu, mais mon grand-père l'a traversé.

— À part La Haye ?

— À La Guerche, je crois qu'il y a un pont devant le château.

La Guerche appartenait à Claude de Villequier, le frère aîné de René – le gros Villequier –, le beau-père du marquis d'O. C'était assez loin de La Haye, on ne les chercherait pas si bas, se dit Poulain.

Ils choisirent de passer par là et repartirent, s'égarant parfois dans de petits chemins enneigés.

La nuit, ils dormirent dans la grange d'un prieuré et furent à La Guerche le lendemain matin. Les tours circulaires du château et la tour carrée de l'entrée dominaient les eaux de la rivière. Ils durent acquitter un péage pour franchir le vieux pont en dos d'âne, mais personne ne les interrogea.

Passé la Creuse, la campagne changea. Les trois hommes découvrirent de plus en plus de champs en friche, de châteaux et de maisons en ruine ou brûlés. Les fermes étaient fortifiées, les fermiers refusaient de leur vendre du ravitaillement ou de les héberger. Ils ne trouvèrent asile que dans des monastères.

Ils aperçurent plusieurs fois des troupes de picoreurs qui sillonnaient les chemins. Étaient-ce des protestants ou des bandes indisciplinées de l'armée catholique qui battaient la campagne ? Ils ne cherchaient pas à le savoir et fuyaient au galop ou se cachaient dès qu'ils les repéraient. Six jours après leur départ de Loches, épuisés, transis et affamés, ils arrivèrent à proximité d'un village en espérant pouvoir passer la nuit dans une auberge tant ils avaient besoin de se sécher et de se restaurer. Mais était-ce un village catholique ou protestant ?

Les trois amis avaient cousu leur passeport dans leur pourpoint. Olivier avait ainsi caché la lettre de Montaigne et Venetianelli gardait celle du duc de Montpensier.

Le pont-levis était baissé et des arquebusiers en morion en gardaient l'entrée. Plusieurs d'entre eux portaient la croix de Lorraine sur leur manteau. Poulain montra donc à l'officier un laissez-passer signé du duc de Guise que lui avait remis M. de Mayneville à Paris. Le soldat les laissa entrer sans barguigner.

Ils comprirent immédiatement qu'il s'agissait d'un village protestant, ou d'un village où protestants et catholiques vivaient jusque-là ensemble, qui venait d'être pris par la compagnie d'arquebusiers. Bien que l'attaque ait eu lieu au lever du jour, il y avait encore beaucoup de morts étendus par les rues. Ils demandèrent où se trouvait le cabaret ou l'auberge. C'était sur la place, devant l'église.

L'endroit était plein de monde comme vautours à la curée. Un bûcher avait été préparé et une dizaine d'hommes garrottés chantaient des psaumes devant une potence dressée. Des colliers d'oreilles couvertes de sang séché étaient cloués sur la porte de l'église.

Poulain se renseigna auprès d'un laboureur au visage tanné et buriné. Celui-ci lui expliqua que les protestants étaient de plus en plus nombreux, et de plus en plus intolérants dans le village. Eux, les catholiques, souffraient de leurs prêches qui auraient fini par les damner. Que leur curé lui-même s'était converti, et que les vrais chrétiens comme lui en avaient eu assez. Il y avait eu dispute. Le tisserand, chez qui se tenaient les assemblées de prières, avait été tué par ses voisins qui lui avaient empli la bouche avec les pages d'un Nouveau Testament trouvé chez lui. Craignant une vengeance, les bons catholiques avaient appelé à leur aide une compagnie d'arquebusiers du duc de Guise cantonnée à Poitiers.

Les quatre-vingts arquebusiers étaient entrés dans le village le matin, les portes ayant été ouvertes par les catholiques. Ceux-ci avaient aussitôt saisi les hérétiques. Les plus chanceux avaient été rapidement tués et leur tête tranchée avait servi aux soldats pour jouer à la pelote. Les femmes et les filles avaient été forcées. Les autres avaient été battus, torturés, et maintenant ils étaient rassemblés là, sanguinolents, attendant d'être pendus, pour la plupart sans leurs oreilles.

Poulain, Olivier et Lorenzino assistèrent au supplice des protestants qui chantèrent des psaumes jusqu'à leur mort. Ensuite, le curé fut brûlé vif sous les cris de joie des spectateurs.

Ils se retirèrent dans l'auberge, mangeant dans la chambre, leurs armes près d'eux. Dans la nuit, ils entendirent un des officiers de la compagnie d'arquebusiers proposer à ses compagnons une fricassée d'oreilles.

Ils repartirent aux aurores. Sans échanger une parole.

En quelques mois, la situation militaire avait bien changé pour le roi de Navarre. Non que son armée soit devenue plus forte, puisqu'il n'en avait plus, mais il avait su adroitement utiliser les faiblesses et la discorde de ses adversaires. Pendant que Mayenne était immobilisé en Gascogne par Turenne, par la peste et par le manque de ravitaillement, il s'était solidement installé en Saintonge, terre réformée, avec La Rochelle comme imprenable place forte. De là, avec des compagnies franches de gentilshommes protestants, il conduisait une guerre de coups de main, de prises de châteaux, d'abbayes et de petits bourgs.

La seule armée qui aurait pu contrarier ses desseins était celle du maréchal de Biron, mais Henri de Bourbon était parvenu à conclure avec lui une trêve à son avantage. Biron, comme Matignon, était désormais légitimiste et savait qu'il n'avait aucun intérêt à affaiblir celui qui deviendrait, sans doute, son roi.

À la fin de l'été, Henri de Navarre possédait de nombreuses villes et châteaux dans un large demi-cercle autour de La Rochelle, ce qui lui permettait de pousser des incursions plus lointaines en Poitou, et même d'assurer le ravitaillement de Saint-Jean-d'Angély qui appartenait au prince de Condé.

Son fidèle Ségur avait enfin obtenu une armée de Suisses et de lansquenets. Il restait encore à les rassembler et surtout à les faire entrer en France sans que le duc de Guise ne les arrête. Quelques capitaines protestants voulaient qu'on les fît passer par la Lorraine afin qu'ils écrasent les forces guisardes. Les autres, plus prudents, car ils ne sous-estimaient ni la force ni l'habileté du duc de Guise, soutenaient qu'il fallait qu'ils viennent par le Bourbonnais et le Poitou en côtoyant la Loire. Montmorency et Châtillon – le fils de l'amiral de Coligny – opinaient, eux, pour les engager en Languedoc et le long du Rhône.

Finalement, le choix fut pris de les faire entrer dans la Beauce d'où ils rejoindraient l'armée protestante sur la Loire.

Le roi de Navarre, se voyant délivré de la crainte de renforts du duc de Guise à son frère Mayenne, mena ses troupes attaquer Chizay, puis Sanzay. Renforcé de deux cents chevaux et de quinze cents hommes que lui amena le comte François de La Rochefoucauld, colonel général de son infanterie, il prit Fontenay, seconde place du Poitou, puis Mauléon. Tenant ainsi presque toute la province, il descendit vers Poitiers à la tête d'une petite compagnie de deux cents valeureux gentilshommes pour un coup de main d'une rare audace.

Les trois hommes chevauchaient depuis cinq heures. Le temps était si couvert qu'on avait l'impression que la nuit allait tomber, alors que midi était à peine passé. Dans la ferme où on les avait accueillis pour la nuit, et qu'ils avaient quittée à l'aube, on leur avait indiqué la route et assuré qu'elle était sûre jusqu'à Angoulême. De là, ils n'auraient qu'à demander le chemin de Périgueux.

De plus en plus souvent, Nicolas Poulain se demandait s'ils étaient dans la bonne direction. Ils auraient dû tourner à un calvaire, leur avait-on dit, mais ils n'avaient pas vu de calvaire. Le chemin se mit à monter le long d'un petit bois et ils mirent leurs montures au trot pour ne pas les fatiguer. En arrivant au sommet de la butte, où se dressait un pigeonnier, ils découvrirent un détachement qui faisait reposer ses chevaux. Il y avait là une vingtaine d'hommes, tous casqués et cuirassés, pour la plupart revêtus de belles casaques rouges brodées et semées de croix blanches. Les drapeaux en taffetas de toutes les lances et enseignes des guidons portaient des croix de Lorraine : ils étaient tombés sur un détachement de catholiques qui partaient en guerre.

Le temps que Poulain ordonne à Olivier et à Lorenzino de faire demi-tour, un coup de mousquet avait atteint son cheval au poitrail. Il chuta et roula au sol.

Quand il se releva, les hommes d'armes étaient sur eux, épées et piques hautes.

Un jeune gentilhomme au visage avenant et aux yeux pétillants, écharpe rouge à croix blanches autour du cou, s'approcha de Nicolas, une épée à la main.

— Catholique ?

— Oui, monsieur, répondit Poulain, sans hésiter.

— Pas de chance, vous avez perdu ! grimaça le gentilhomme avec un sourire attristé.

Il se tourna vers un autre homme, d'une vingtaine d'années, qui approchait à son tour.

— On vient de capturer trois espions, monsieur le Comte. Je les fais pendre à ce chêne ?

— Attendez un peu, monsieur de Dangeau, vous êtes toujours trop pressé ! Il serait préférable qu'on les emmène à monseigneur. Il souhaitera certainement les interroger et nous pourrons toujours les pendre après.

— Comme vous voulez, monsieur le Comte, laissez-moi juste le temps de les faire garrotter.

Olivier et Venetianelli furent jetés au sol et deux soldats leur serrèrent une corde aux poignets. Un autre fit de même à Poulain.

On leur avait bien sûr ôté leurs armes et le nommé Dangeau s'était approprié leurs chevaux. Ils furent mis en laisse derrière trois chevaux montés par des soldats et la troupe se remit en marche.

Ils étaient trop éloignés l'un de l'autre pour pouvoir parler. Poulain avait perdu espoir. Qui étaient ces guisards à la croix de Lorraine pour traiter si mal des catholiques ? Par malheur, ils avaient dû tomber sur une compagnie franche qui conduisait une guerre privée. Il ne donnait pas cher de leur sort, après ce qu'ils avaient déjà vu. Pourtant, on leur avait assuré le matin qu'il n'y avait pas de danger... ils avaient dû se tromper de route. Mais tout cela n'avait plus guère d'importance. Les larmes aux yeux, il songea à sa femme et à ses enfants et se mit à prier pour eux. Il demanda aussi à Dieu une mort rapide, songeant en frissonnant aux fricassées d'oreilles et aux tortures que les guisards aimaient infliger.

Olivier avait tout autant peur bien qu'il fût persuadé qu'il avait affaire à des protestants déguisés. Pourtant ils n'étaient que des voyageurs. Pourquoi ne les avaient-ils pas seulement rançonnés ? Peut-être pourraient-ils plaider leur cause, espérait-il.

Quant à Il Magnifichino, il envisageait toutes sortes de plans pour s'échapper, sauf qu'il n'en voyait aucun de réalisable.

À la nuit, ils arrivèrent épuisés à une maison forte après des heures de marche. Ils passèrent un pont-levis et entrèrent dans une cour dans laquelle étaient rassemblés au moins trois cents arquebusiers. C'était bien un seigneur du pays qui préparait un mauvais coup contre un voisin, se dit Poulain. La plupart avaient des casaques à croix blanches et des écharpes rouges, signe de ralliement des catholiques, pourtant quelques-uns portaient en travers de leur corselet des écharpes blanches, signe des protestants. C'était incompréhensible.

En les bousculant, on les conduisit vers le logis principal où on les fit entrer dans une grande salle bruyante pleine de gentilshommes en armes. Le silence se fit peu à peu quand Dangeau et le comte, qui les précédaient, s'approchèrent d'un jeune homme à la barbe en broussaille.

Nicolas l'examina, espérant le reconnaître pour lui réclamer leur grâce, mais il ne l'avait jamais vu. L'inconnu était vêtu de blanc sous sa cuirasse de fer damasquinée et portait un chapeau blanc avec un panache de la même couleur qui lui tombait aux épaules.

— Quel gibier m'amènes-tu, François ? plaisanta-t-il avec un accent rocailleux.

— Des espions catholiques, monseigneur.

— Je ne sais pas qui vous êtes, monsieur, intervint Poulain, mais sachez que nous ne sommes pas des espions !

Le soldat qui tenait sa corde lui administra un soufflet avec une telle violence qu'il s'effondra. Il se releva, le visage en sang, pour envoyer un coup de tête dans le torse de son tortionnaire qui s'écroula à son tour.

— Assez ! fit le barbu en riant, tandis que plusieurs hommes d'armes maîtrisaient Poulain. Tudieu, François ! Tu m'as ramené un sanglier !

Olivier essayait de comprendre où ils étaient, qui étaient ce monseigneur et ce François. Qui étaient ces gens armés et cuirassés en guerre ? Ils préparaient quelque expédition et il devinait avec terreur qu'on ne les laisserait jamais partir, de crainte qu'ils ne donnent l'alerte.

— Qui êtes-vous ? demanda le barbu à Poulain quand celui-ci fut calmé.

— Je me nomme Nicolas Poulain, je suis lieutenant du prévôt d'Île-de-France.

— Un prévôt ? Ici ? Que faites-vous ? Vous poursuivez des brigands ?

Le ton n'était pas agressif.

— Non, monseigneur, répondit Poulain en reprenant le titre qu'avait utilisé le nommé François. J'accompagne mon ami qui se rend à Montauban.

D'un geste de la tête, il le désigna.

Le barbu s'approcha alors d'Olivier, qui remarqua que cet homme qu'on appelait monseigneur avait des vêtements particulièrement crasseux et les mains sales et calleuses. Qui plus est, il puait l'ail. C'était certainement un petit nobliau du Poitou qui n'était jamais sorti de sa campagne.

— Qui êtes-vous ? s'enquit le nobliau.

— Olivier Hauteville, monsieur, je suis bourgeois de Paris et avocat à la Chambre des comptes.

— Et lui ?

— Il Magnifichino, monseigneur ! Je suis comédien et leur ami, lança l'Italien avec emphase.

— Un comédien avec une épée ? ricana un petit homme d'une trentaine d'années, lui aussi en blanc.

— Je joue Scaramouche, monseigneur, répliqua Il Magnifichino en esquissant une révérence malgré ses liens. Avez-vous vu Scaramouche sans épée ?

L'assistance éclata de rire.

— Ils ne sont pas sur la route de Paris à Montauban, gronda le petit homme qui prit les rires pour lui. Ce sont des espions ! Nous perdons inutilement notre temps, pendons-les et finissons-en !

— Avez-vous fouillé leurs bagages ? demanda le barbu en blanc, sans relever la remarque.

— Pas encore, monseigneur, dit Dangeau. Je vais le faire.

— Allez-y !

Dangeau sortit.

— Vous n'êtes pas sur la route de Montauban comme vient de le dire fort justement mon cousin Henri.

— Nous avons dû nous égarer, monseigneur, expliqua Poulain. Nous venons de Poitiers et étions sur la route d'Angoulême.

— Vous avez un passeport ?

— Dans mon pourpoint, monseigneur.

Le comte prénommé François, qui était resté à côté de lui, le fouilla et sortit un portefeuille qui contenait un laissez-passer au nom de Nicolas Poulain, lieutenant du prévôt, ainsi qu'une lettre de commission nommant ledit Poulain prévôt de l'hôtel à la cour de la reine. Elle était signée Richelieu et contresignée Henri, roi de France.

— Prévôt de la cour de la reine ? s'enquit le barbu avec suspicion.

— Oui, monseigneur, j'ai obtenu mon congé pour accompagner mon ami.

— La reine vous a donné congé ?

— Non, monseigneur, je l'ai demandé à M. de Montpensier qui représente le roi.

Dangeau entra, l'air soucieux. Il tenait un petit livre à la main qu'il montra au barbu en blanc.

Celui-ci le prit et l'examina. C'était le Nouveau Testament traduit par M. de Bèze. Sur la page de garde était écrit *Pour toi Olivier, mon époux devant Dieu.*

— Vous êtes protestant ? demanda-t-il à Olivier.

— Catholique ou protestant, peu importe, monseigneur. Dieu m'a fait naître chrétien et cela doit suffire.

À ces mots, le sourire ironique s'effaça du visage du barbu. Il fit quelques pas, tandis qu'un lourd silence tombait dans la pièce. Poulain grimaça. Quelle idée avait eue Olivier de défier ces catholiques !

Le barbu revint vers Olivier, il paraissait troublé et lui tendit le livre de Bèze.

— Vous l'avez lu ?

— Oui, monseigneur. Je n'y ai rien trouvé que ma conscience puisse me reprocher, et je déplore que les Français s'entre-tuent pour l'eucharistie.

Olivier savait qu'il allait être pendu et il avait choisi de ne pas s'humilier devant ceux qui l'avaient capturé.

— Qu'alliez-vous faire à Montauban, place forte protestante ?

— Une affaire personnelle, monsieur.

À l'expression du barbu, Poulain vit que, une fois encore, ce n'était pas la réponse qu'il attendait. Il crut bon d'intervenir.

— Mon ami allait retrouver la femme qu'il aime, monseigneur.

Brusquement, le barbu sourit à nouveau. Il avait l'explication de la dédicace.

— Elle est protestante ? demanda-t-il presque amicalement à Nicolas Poulain.

— Oui, monseigneur.

— Et lui, catholique ?

— Oui, monseigneur.

— Ventre-saint-gris, des amoureux ! s'exclama le barbu, hilare.

Il s'adressa à celui qui les avait capturés.

— François, penses-tu qu'un catholique qui traverse la France en guerre pour retrouver une garce protestante, et qui lit M. de Bèze, puisse être un espion ?

— Peut-être pas, monseigneur ! plaisanta le nommé François dans un grand sourire.

— Et toi, Henri, crois-tu que ton père aurait fait de même avec ses maîtresses ?

Poulain remarqua alors que les gentilshommes dans la salle souriaient à présent. Leur affaire allait-elle s'arranger ?

— Peut-être, monseigneur, grimaça le nommé Henri. Mais mon vénéré père a tout de même commis quelques erreurs... Pourquoi l'accompagnez-vous ? demanda-t-il rudement à Poulain.

— Je suis son ami, monsieur.

— L'amitié ? ironisa le petit homme en blanc. Vous n'avez pas d'autre explication ?

Le barbu leva une main en se tournant vers l'assistance qui écoutait :

— Henri, tu sais ce que disait Cicéron : l'amitié ne peut exister que chez les hommes de bien, chez ceux qui font preuve de loyauté, d'intégrité et de générosité [1].

Il revint vers Olivier :

— Auriez-vous ces qualités, monsieur l'avocat ?

— Je... Je ne sais pas, monsieur... Je ne peux expliquer notre amitié, sauf peut-être par ces mots d'un homme que j'admire : *Parce que c'est lui, et parce que c'est moi*, bredouilla Olivier.

---

1. *De amicitia.*

Le barbu changea de visage. Devenu brusquement sérieux, il s'approcha si près d'Olivier que celui-ci sentit à nouveau son haleine empuantie.

— Vous connaissez M. de Montaigne ? demanda-t-il avec méfiance.

Olivier regretta d'avoir ainsi parlé et balbutia :

— Je l'ai rencontré… monseigneur.

— Quand ?

— À Paris, en avril, et il y a quelques jours, à Loches.

— À quelle occasion ?

— À Paris, il m'apportait une lettre, et à Loches, il m'en a écrite une.

Le barbu lui mit le livre sous le visage.

— Il apportait une lettre d'elle ?

— Oui, monseigneur.

— Et celle qu'il a écrite, que contenait-elle ?

— Je l'ai sur moi. Il demande à M. de Mornay de nous laisser entrer dans Montauban.

Le barbu se tourna vers celui qui les avait capturés.

— François, enferme-les dans la cave où ils passeront la nuit. Demain, nous aurons pris le château et vous pourrez les délivrer. Vous leur rendrez leurs chevaux et leurs bagages, vous leur donnerez quelques provisions, et vous leur indiquerez la direction de Montauban, puisqu'ils sont incapables de la trouver seuls ! Qu'il ne leur arrive rien.

Qu'avait dit Olivier, se demanda Poulain, pour que cet homme les traite ainsi ? Connaissait-il M. de Montaigne ?

On les conduisit cette fois avec ménagements dans un cellier souterrain où on les détacha, mais on les laissa dans le noir sans eau ni nourriture. Olivier et Nicolas parlèrent un moment dans l'obscurité. Qui était ce monseigneur ? Ce François ? Cet Henri ? Et ce parti de catholiques qui tolérait les protestants ? Et pourquoi ne les avait-on pas pendus ?

Il Magnifichino leur répliqua qu'ils se posaient des questions inutiles :

— Nous sommes vivants, et nous serons libres demain. Ce sera sans doute une autre rude journée, aussi dormons maintenant !

Il avait raison et ils s'étendirent sur le sol glacial. Malgré leur manteau qu'on leur avait laissé, ils grelottèrent toute la nuit. Enfin, l'aube apparut par une minuscule lucarne. Tout était silencieux au-dehors. Ils avaient faim et soif. La matinée s'écoula lentement. Poulain essaya vainement de briser la porte et Il Magnifichino de grimper jusqu'à la lucarne. Au fil des heures, ils virent avec inquiétude le soleil décliner. Les avait-on oubliés ? Poulain songea que si ces gens avaient attaqué une place forte, ils avaient peut-être été écrasés et personne ne viendrait les délivrer. Ils allaient mourir ici, de faim, de froid et de soif.

Le désespoir les avait envahis quand retentit un martèlement de sabots. C'était un peloton de cavaliers qui entrait dans la cour. Il y eut des ordres donnés, des bruits de bottes et de ferraille, et finalement un verrou fut tiré. Dangeau entra, souriant, la cuirasse de fer qui lui barrait la poitrine était maintenant barrée d'une écharpe blanche.

— Vous êtes libres, messieurs ! Vos chevaux vous attendent. Monseigneur vous en a offert un pour remplacer celui qui a été abattu. Vos bagages y sont attachés, vos gourdes remplies, et j'ai ajouté quelques provisions et un peu d'avoine. Je suis désolé pour mon retard, mais notre affaire a été plus rude que prévue. L'important est que la place soit à nous.

Ils sortirent, épuisés, chancelants et transis. Dans la cour, Dangeau ajouta :

— Voici aussi un laissez-passer, vous en aurez besoin à Montauban.

Olivier remarqua alors quelque chose d'étrange. Il n'y avait plus de casaques à croix blanches et d'écharpes rouges. Tous les gentilshommes portaient des écharpes blanches.

— Un laissez-passer ? De qui ?

— Du roi, bien sûr ! s'étonna Dangeau.

— Du roi ?

— Du roi de Navarre ! Monseigneur Henri de Bourbon !

— Vous... vous voulez dire... que monseigneur... bégaya Olivier.

— Était le roi de Navarre ? Bien sûr ! Vous ne l'aviez pas reconnu ? En tout cas, vous l'avez convaincu. Vous devez être un bon avocat !

Olivier se souvint soudain de ce que lui avait dit Cassandre en parlant de Navarre : *Ce roi, ce sera un jour le tien !* D'un seul coup, son cœur s'emplit d'allégresse. Ce gentilhomme si affable, si bienveillant, était le roi de Navarre ! Il fut dès lors certain qu'il aimerait ce roi-là !

— Monsieur de Dangeau, je vous remercie de ne pas nous avoir pendus ! dit alors Poulain avec un sourire fatigué.

— Je l'aurais regretté, monsieur, ironisa Dangeau en s'inclinant.

— Dites-moi encore : qui étaient ces deux gentilshommes, François et Henri ? demanda Olivier.

— Vous l'ignorez aussi ? s'enquit Dangeau avec une expression ahurie. François est monseigneur le comte de La Rochefoucauld, colonel général de nos armées, et Henri est monseigneur de Bourbon, prince de Condé.

Devant l'air effaré de ses anciens prisonniers, il ajouta dans un rire :

— Moi-même, je suis Louis de Courcillon, seigneur de Dangeau[1]. J'habite à Chartres et j'espère que, la guerre finie, vous viendrez me voir !

— Nous le ferons, monsieur de Dangeau, nous le ferons ! assura Poulain tout ému, en montant en selle.

— J'espère tout de même que la guerre ne finira pas trop vite, précisa Dangeau, car comme le dit M. de Bourdeille[2], qu'est-ce qu'un gentilhomme sans guerre, sinon un nourrisson sans nourrice ou une cheminée sans feu ?

Olivier resta silencieux, n'approuvant guère les plaisirs des gentilshommes, tandis que Nicolas demandait :

— Une dernière chose, monsieur de Dangeau, pourquoi portiez-vous des couleurs catholiques ?

— Nous autres, protestants, sommes faibles et peu nombreux, alors nous suppléons nos insuffisances par la ruse, sourit Dangeau. Les catholiques affichent

---

1. Son petit-fils sera le mémorialiste dont Saint-Simon utilisa les Mémoires.

2. Pierre de Bourdeille, seigneur de Brantôme, auteur des *Dames galantes*.

avec stupidité leurs convictions, nous profitons simplement de leur bêtise !

» Suivez ce chemin, monsieur Poulain, voici une carte pour vous conduire à Angoulême. Que Dieu soit à vos côtés !

Bien qu'affamés, ils préférèrent faire un long morceau de chemin afin de se trouver suffisamment loin de la troupe protestante avant d'effectuer une halte. Ayant rejoint un grand chemin, ils gardèrent le trot jusqu'à apercevoir une ferme brûlée. Le jour tombant vite, ils résolurent de passer la nuit dans les ruines. Le cellier voûté étant encore solide, ils s'y installèrent avec leurs montures. Olivier rassembla du bois, Venetianelli donna du fourrage à leurs bêtes, tandis que Poulain installait le campement et élevait un muret de pierres pour les protéger, en cas de mauvaise surprise.

Ce n'est qu'après avoir allumé le feu et s'être partagé un jambon et deux flacons de vin qu'ils parlèrent de ce qu'ils avaient vécu.

— Je comprends mieux pourquoi M. de Navarre garde tant de partisans, même dans l'adversité, dit Olivier. Quelle différence, dans son comportement, avec M. de Guise !

— Mais tous les protestants ne sont pas comme lui, nuança Poulain. N'oublie pas que le prince de Condé voulait nous pendre.

— Je crois n'avoir jamais senti de si près la corde, plaisanta Il Magnifichino, en passant un doigt autour de son col, comme pour desserrer une étreinte invisible.

Ils arrivèrent à Angoulême sans encombre et prirent la route de Périgueux. S'ils avaient vu la misère et la famine en Poitou, ils découvrirent à partir de là une détresse qu'ils n'imaginaient pas. Dans des villages ravagés par les bandes armées, les paysans faisaient du pain avec des glands, des racines, des fougères, et même de l'écorce de pin mêlée à de la tuile broyée avec du son.

La peste était partout. Les loups dévoraient les enfants et les cadavres. On leur parla même d'hommes malades qui creusaient leur propre tombe avant de s'y coucher pour mourir, tant ils avaient peur qu'on laisse leur corps à l'abandon et qu'il ne soit pas enseveli.

Jamais les paroles de cette triste chanson n'avaient été aussi vraies :

Le Soldat ravage tout,
Le Diable enfin emportera tout.

Ils croisèrent avec appréhension une troupe de soldats en casaques bleues ornées de croix blanches. Poulain leur dit qu'ils étaient des gentilshommes rejoignant l'armée de Mayenne et on les laissa passer, après qu'il eut montré le sauf-conduit de M. de Mayneville.

Soulagés de ne pas avoir eu d'ennuis, ils s'arrêtèrent au village suivant. Mais comme ils entraient dans une hôtellerie, n'ayant eu aucune difficulté pour passer la porte fortifiée, ils furent soudain environnés et assaillis de paysans brandissant fourches et faux. Désarmés et cruellement frappés, ils furent garrottés de cordes et celui qui commandait la bande décida de les noyer dans la rivière.

— Nous n'avons rien fait ! criait Poulain en se débattant comme il le pouvait. Laissez-nous !

Alors qu'on les entraînait difficilement, car Olivier donnait de violents coups de pied et Venetianelli des coups de tête, deux bourgeois du bourg, en habit noir et chapeau sans passementerie ni bijoux, arrivèrent en courant.

— Qu'ont fait ces hommes ? cria l'un d'eux.

— Ils font partie de ceux qui ont attaqué la ferme des Cussac.

— Faux ! démentit Olivier. On arrive de Poitiers et on va à Montauban !

— Ce sont eux, monsieur Peyrat ! protesta le chef des paysans. On les a vus parler aux soldats en casaques bleues ! Ceux qui ont tout pillé là-haut, qui ont massacré les hommes et forcé les femmes. Ils ont pris le pasteur, ils lui ont brûlé de la poudre dans les oreilles, lui ont tailladé les jambes et ont versé du vinaigre et du sel sur ses chairs avant de le pendre. On va leur faire pareil avant de les noyer !

En parlant ainsi, les larmes lui coulaient sur les joues.

— Vous avez des passeports ? demanda celui qu'on avait appelé Peyrat.

— Bien sûr, monsieur !

Poulain avait deviné qu'ils avaient affaire à des protestants.

— Nous avons même un passeport de monseigneur le roi de Navarre.

Mots magiques !

On les délia, et Poulain montra le précieux document.

— Pourquoi les soldats vous ont-ils laissés passer ? demanda, toujours suspicieux, le paysan qui voulait les torturer et les jeter dans la rivière.

— Je suis prévôt d'Île-de-France. J'ai un passeport. Leur capitaine a jugé que je n'étais pas un ennemi de sa cause. Nous nous rendons à Montauban pour une importante affaire privée.

— Accompagnez-moi ! décida M. Peyrat.

— Nos chevaux et nos bagages sont à l'hôtellerie, monsieur, je ne voudrais pas qu'on les pille.

— Ils ne risquent rien, ils sont sous ma protection, dit-il d'une voix calme. Il n'y a ici que des honnêtes gens.

L'homme était un marchand, leur expliqua-t-il. Il achetait du drap, vendait du miel et toutes sortes de condiments. Il les invita à dîner avec son ami, marchand lui aussi, et leur demanda de lui parler du roi de Navarre qu'il avait vu une fois à un synode protestant. Poulain lui dit la vérité, comment ils avaient été capturés, et comment Henri de Bourbon les avait graciés.

— Ça ne m'étonne pas, dit le second bourgeois avec un doux sourire. Monseigneur est un esprit tolérant et pénétrant. Il a vu que vous étiez des hommes justes.

— C'est sa familiarité qui m'a frappé, intervint Olivier. Si rare pour un prince de sang.

— Je le sais. On dit de lui qu'il aime à se faire petit avec les petits. Lorsque je l'ai rencontré, chacun pouvait l'approcher. Il frappait sur l'épaule de l'un, demandait à l'autre des nouvelles de sa femme et de ses enfants, serrait la main à celui-ci, faisait un salut à celui-là, adressait quelques paroles honnêtes à tous, et à ceux qui s'étonnaient de sa bonhomie, il répondait : « Entre Gascons, nous ne tirons jamais à la courte paille. Personne ne calcule avec moi, et je ne calcule avec personne. Nous vivons à la bonne franquette, et l'amitié se mêle à toutes nos actions[1]. »

Le bourgeois poursuivit avec ferveur :

— Navarre mène une rude vie pour la cause de notre religion. On dit qu'il n'a ni le temps de dormir ni celui de manger. Quand il dort, il le fait vêtu et à même le sol. Quand il mange, c'est à n'importe quelle heure, et n'importe quoi ! C'est pour cela que nous l'aimons. Il sera notre roi… Il sera un bon roi.

Ils repartirent, mais le surlendemain ils tombèrent sur une autre troupe qui leur barra le chemin. Une vingtaine d'hommes barbus, aux habits bariolés de vives couleurs avec des découpures aux manches, aux trousses et aux jarretières, et des rubans sales noués autour des bras et des jambes. Leurs trousses étaient de deux couleurs, en tissu spiralé et bouffant. Certains avaient des corselets d'acier, d'autres des cuirasses à tassettes. Certains portaient des chapeaux larges avec une masse de plumes, et d'autres des cervelières protégeant la nuque.

C'étaient des lansquenets, des mercenaires germaniques, venus au secours des calvinistes français et qu'on avait dû oublier de payer. Poulain savait que s'ils portaient des vêtements si larges et si découpés, c'était pour ne pas être gênés dans leurs mouvements durant les batailles.

Celui qui paraissait commander, et qui portait un manteau rouge, s'avança à pied, sa *zweilhander* – une épée à deux mains – attachée dans le dos. C'était un colosse blond et hirsute, à la bouche d'ogre, aux

1. Cette phrase est authentique.

lèvres lippues surmontées d'une épaisse moustache, à la longue barbe blonde tressée et nouée avec des rubans rouges et surtout aux épais sourcils qui faisaient ressortir ses traits burinés. D'une main noueuse, il tendait sa cervelière aux voyageurs :

— Messeigneurs, leur dit-il avec un accent guttural, vous devez payer votre passage en crachant à mon bassinet [1].

— Combien ? demanda Olivier, terrorisé par cette troupe à l'allure de sauvages.

— Ce que vous voulez, mais comme vous êtes trois, si c'est moins de trois écus, je vous montrerai, avec ma *zweilhander*, de quelle couleur est votre cervelle, plaisanta le lansquenet.

— Pour ma part, la couleur de ma cervelle m'importe peu, messire ! ironisa Venetianelli.

— Évidemment, vous pouvez préférer être pendus ! s'esclaffa l'Allemand qui visiblement aimait plaisanter.

Ses compagnons les entouraient, tous de joyeuse humeur. Certains tenaient des piques garnies d'une queue de renard, d'autres des hallebardes, d'autres encore portaient leur *zweilhander* suspendue au travers de leur dos au moyen d'une courroie. Tous avaient, dans un fourreau pendu sur l'estomac, une courte et large épée à double tranchant qu'ils surnommaient la mutileuse.

Déjà Nicolas Poulain avait sorti sa bourse et compté trois ducats d'or à quatre livres dix sous.

L'autre les compta puis leva un sourcil, mélange d'étonnement et de satisfaction.

1. L'expression des lansquenets a fait florès !

— Merci, messeigneurs, nous sommes désolés d'être des voleurs, mais il nous faut bien vivre. Et comme vous avez été généreux, nous vous invitons à dîner. Notre camp est par là !

L'invitation ne pouvait être refusée et, de mauvais gré, ils les suivirent dans une clairière proche. Il y avait là des chariots, des femmes et des enfants. Même en campagne, les lansquenets avaient coutume d'être accompagnés de leur famille.

Un mouton grillait sur un feu et l'odeur était fort appétissante. Nos amis décidèrent de faire contre mauvaise fortune bon cœur.

Le chef, qui se nommait Heinz, les présenta à son épouse, une grosse femme à la poitrine plantureuse entourée d'une marmaille innombrable, et leur proposa des sièges pliants.

— D'où venez-vous ? demanda Venetianelli.

— Du Palatinat. Nous avons été recrutés par un *condottiere* pour une compagnie de quatre cents hommes. Notre *fahnlein* [1] est en France depuis cinq ans, mais vous voyez là tout ce qu'il en reste. Condé ne nous a pas payés, alors chacun est parti de son côté. J'étais le prévôt et ceux-là viennent tous de mon village. Nous nous connaissons tous et sommes tous égaux. Pas de *doppelsoldner* [2] chez nous, car nous sommes des vétérans. Pour vivre, nous avons d'abord pillé les églises et les monastères, et emporté les vases sacrés et les reliquaires pour les fondre, poursuivit-il, tandis que sa femme distribuait des galettes de son avec un morceau de mouton dessus,

1. Compagnie.
2. Soldats expérimentés, payés double.

mais on a tout perdu lors d'un affrontement avec des catholiques. Nous ne sommes plus que quelques-uns, démunis de tout, ajouta-t-il tristement en montrant ses gens, d'un vaste geste de la main.

» Nous formons désormais une compagnie franche. Comme nous ne sommes plus assez nombreux pour prendre châteaux ou villages fortifiés, on s'est installés ici pour détrousser les voyageurs. Dès que nous aurons suffisamment, nous rentrerons chez nous, sauf si on trouve un engagement.

Poulain expliqua qu'ils allaient à Montauban, et que s'ils rencontraient des chefs protestants, il parlerait d'eux.

Ils se quittèrent, presque bons amis.

18.

Ce fut le froid qui la réveilla. Serrée dans sa couverture, Cassandre sortit de la grange et tenta vainement de rallumer le feu : la neige tombée dans la nuit avait recouvert les cendres. L'eau qu'elle avait tirée du puits était gelée. Elle cassa un morceau de glace qu'elle suça avant de le rejeter.

Que faire ? Où aller ? N'était-il pas préférable qu'elle reste là quelques jours ? Mais que mangerait-elle ? Elle songea un instant au cadavre du cheval de Rouffignac, puis au pain qu'il avait dans les sacoches. Peut-être pourrait-elle retrouver le pain...

Elle était brisée, affamée, transie. Elle eut brusquement envie de se coucher et d'attendre la mort.

Puis elle pensa à son père. À ce qu'il lui avait raconté de la Saint-Barthélemy. Malgré l'horreur, la peur, il n'avait jamais été découragé, lui.

Arte et marte ! Par le talent et par le combat ! C'était la devise des Mornay. Elle la suivrait et lui ferait honneur.

Les mains engourdies, elle se força à prendre la selle et harnacha son cheval, puis elle roula sa couverture, l'attacha et conduisit sa monture jusqu'au portail qu'elle ouvrit avec précaution. Elle n'aperçut aucun loup et sauta en selle. Il ne neigeait pas mais le froid était vif. Elle avançait lentement, car l'aube naissait à peine et le sol était gelé.

Elle arriva à l'endroit où se trouvaient les restes du cheval et de Rouffignac. Une centaine de grands corbeaux charognards s'envolèrent. De la monture, il ne restait que la tête et des morceaux de jarrets ainsi que les sabots et la selle. Les sacoches avaient été déchiquetées.

De Rouffignac, il ne restait rien sinon son épée à quelques pas, sa miséricorde, ses éperons et quelques pièces de ses vêtements. Les loups avaient dû traîner son corps pour le dévorer. Elle descendit chercher l'épée, puis, dans le silence, murmura doucement un psaume.

... Ailleurs qu'à toi notre pensée,
Seigneur, ne s'est point adressée...

Après quoi, elle remonta en selle et prit le chemin dans le bois. À cette heure, jugea-t-elle, les loups, repus, devaient dormir. Elle chevaucha ainsi une heure, peut-être deux, puis s'arrêta pour donner ce qu'il restait de fourrage à son cheval. La faim la faisait cruellement souffrir. Elle ramassa quelques châtaignes qu'elle rongea, mais n'osa faire de feu en plein jour. On devait être à sa recherche. Elle arracha aussi quelques feuilles de plantes rabougries qu'elle mâchonna avant de les recracher tant elles étaient amères.

Elle leva à nouveau les yeux au ciel. Les corbeaux tournaient en rond au-dessus de l'endroit d'où elle venait. Ils seraient là tant qu'ils auraient à manger.

Elle distingua alors vaguement le soleil. Elle allait vers le nord, donc dans la bonne direction, se dit-elle. Elle finirait bien par arriver, tôt ou tard, à la Côle. Ensuite, elle n'aurait qu'à suivre la rivière. Elle remonta en selle.

C'est à un détour qu'elle découvrit la troupe d'hommes d'armes, juste devant elle. Immédiatement, elle fit faire demi-tour à son cheval et le lança au galop.

La horde fit de même, ils la talonnaient, elle le sentait. Puis il y eut des coups de feu. Elle sentit sa bête sursauter. Elle était touchée et elle l'arrêta. Immédiatement le pauvre cheval s'écroula et elle roula au sol.

— Vous nous avez fait perdre bien du temps ! dit le capitaine Cabasset alors qu'elle se relevait.

Elle tira son épée.

— Que comptez-vous faire ? ricana-t-il. Rassurez-vous, nous ne vous voulons pas de mal. Je dois seulement vous ramener à Mme de Montpensier, mais essayez de vous battre et je vous fais fouetter.

Ils étaient une dizaine. Deux avaient encore une arquebuse à rouet à la main. Fouettée devant eux ? Ils n'attendaient que ça.

— J'ai votre parole que je serai bien traitée ?

— Vous l'avez. Où est Rouffignac ?

— Il est mort.

— Vous l'avez tué ? demanda-t-il, songeant que le jeune homme avait peut-être tenté de la violenter.

— Non, ce sont les loups.

— Ils vous ont attaqués ?

Elle hocha sombrement du chef.

— Il a eu de la chance, remarqua Cabasset. La duchesse voulait le faire écorcher vif pour la mort de son gentilhomme.

Il s'arrêta de parler, alarmé par le visage hâve et les traits tirés de la jeune femme. Depuis quand n'avait-elle pas mangé ?

— Vous avez faim, mademoiselle ? Soif ?

Elle hocha la tête, ne voulant pas quémander.

— Pierre, donne-lui du pain et une gourde de vin.

Cabasset était soldat mais n'était pas un mauvais homme. Il était même secrètement admiratif de ce qu'avaient fait Rouffignac et la jeune femme. Lui n'était pas parvenu à s'évader quand il avait été fait prisonnier.

— Vous monterez derrière moi, décida-t-il. Je ne vous attache pas si vous me donnez votre parole de ne pas tenter de vous enfuir.

— Vous l'avez, soupira-t-elle.

Le nommé Pierre, un jeune soldat, l'aida à monter en selle, puis lui donna un morceau de pain noir et un flacon de vin en terre cuite.

La colonne se mit en route. Elle but et mangea, presque soulagée, mais songeant déjà à une nouvelle fuite. En aurait-elle l'occasion ? Elle avait toujours la dague contre sa jambe.

Au bout de deux heures, ils arrivèrent à une rivière qu'ils longèrent. Jusque-là, elle n'avait pas dit un mot, Cabasset non plus.

— Comment m'avez-vous trouvée ? demanda-t-elle enfin.

— Les corbeaux ! On les a remarqués tournoyer ce matin tandis qu'on bivouaquait dans le bois.

Après qu'ils eurent traversé la rivière à gué, elle reconnut les grosses tours rondes crénelées de La Chapelle-Faucher.

Elle se souvint de ce que son père lui avait raconté sur le château. Après la défaite de Jarnac, l'amiral de Coligny et trois mille reîtres allemands étaient passés par Brantôme, où ils avaient exigé le gîte et le couvert, puis ils avaient poursuivi jusqu'à La Chapelle-Faucher où ils avaient rencontré une bande de paysans catholiques. Ceux-ci, trop peu nombreux pour se battre, s'étaient réfugiés dans le château. Coligny les avait poursuivis et les avait enfermés dans la salle basse.

Le 2 juin 1569, vers 9 heures du matin, il les avait fait égorger les uns après les autres.

La forteresse était aux Chabans qui, pour éviter d'être pillés, s'efforçaient de garder une juste distance entre les deux partis. Ils n'avaient sans doute pas pu refuser de recevoir la sœur du duc de Guise. Cela arrivait souvent. Pierre de Bourdelle, l'abbé de Brantôme, avait bien été contraint de donner l'hospitalité à Coligny le protestant.

Ils contournèrent le château et passèrent le pont-levis, avant de traverser un corps de garde voûté en croisée d'ogive. Les regards malveillants des gardes du château envers les soldats de Mayenne n'échappèrent pas à Cassandre. Pouvait-elle espérer une aide ici ?

Devant eux se dressait un corps de logis entre deux tours. Cabasset conduisit sa prisonnière dans celle où Mme de Montpensier avait sa chambre. Il la trouva avec deux autres gentilshommes et Maurevert qui rentraient eux aussi de leur patrouille.

— Où l'avez-vous trouvée ? s'enquit méchamment la duchesse, voyant entrer la prisonnière dans son sayon de colporteur, sale et épuisée.

— Des corbeaux m'ont signalé une charogne, madame. C'était Rouffignac que les loups avaient tué.

— Dommage ! fit Maurevert avec un effrayant sourire.

— Rouffignac était un brigand qui se conduisait en gentilhomme, monsieur de Maurevert, et vous, vous êtes un gentilhomme qui se conduit en brigand ! s'emporta Cassandre.

Il s'approcha d'elle, les yeux fulminant de colère, et la souffleta à la volée.

— Je vous avais prévenue, garce ! Allez au diable !

— Assez ! cracha la duchesse. Mademoiselle, je devrais vous faire fouetter devant les hommes.

— Faites-le donc, vous avez déjà tant déshonoré le nom de votre race que vous ne pourrez tomber plus bas !

Mme de Montpensier devint blême et fit deux pas vers elle. Elle la gifla à son tour.

Cabasset intervint immédiatement en se mettant entre les deux femmes.

— Madame, Mlle de Mornay est un otage qui doit être traité avec respect, dit-il.

La duchesse inspira un grand coup pour se contenir avant de déclarer :

— Vous avez raison. Mademoiselle, veuillez accepter mes excuses. M. Cabasset, conduisez-la à la plus haute chambre de la tour. Les gentilshommes qui y logent iront s'installer avec vous. Vous lui enverrez ma femme de chambre pour qu'elle l'aide à se nettoyer. Nous partirons demain.

Ils quittèrent effectivement La Chapelle-Faucher le lendemain et arrivèrent à Angoulême le 8 décembre.

Ils avaient quitté Cahors dans le brouillard. Le froid était vif et on y voyait à peine à quelques pas. Chacun restait plongé dans ses maussades pensées. Olivier songeait qu'ils avaient déjà mis bien trop de temps et se demandait où était Cassandre à cette heure. Nicolas Poulain pensait à sa femme et à ses enfants qui devaient s'inquiéter d'être sans nouvelles de lui. Quant à Il Magnifichino, il se demandait s'il avait bien fait de quitter la Cour.

Dans la brume matinale, ce fut Olivier qui, le premier, aperçut les cavaliers. Ils étaient trois, casqués et cuirassés. Son cœur se mit à battre le tambour. Allait-il devoir se battre ?

Déjà, Nicolas avait tiré son épée pour ne pas être surpris et, de la main qui tenait les rênes, il avait aussi saisi une arquebuse à rouet. En même temps, il fit ralentir son cheval, puis l'arrêta complètement. Olivier et l'Italien l'avaient imité. Les trois cavaliers devant eux avaient agi de même.

Les deux groupes se tenaient à cinquante pas, méfiants, à peine visibles dans la brume. Chacun attendait.

— Laissez-nous le passage ! cria finalement l'un des cavaliers inconnus. Nous allons à Cahors.

Le chemin était étroit, bordé d'un fossé. Si l'un d'eux avançait, le premier qui tirerait sur lui aurait un avantage indéniable, encore que la balle pouvait être arrêtée par les cuirasses ou les casques. Mais il était aussi possible de blesser ou de tuer le cheval. Nicolas Poulain ne voulait pas prendre de risque.

— Nous allons à Montauban ! répliqua-t-il d'une voix forte.

— Qu'allez-vous y faire ? demanda le cavalier.

— Et vous, d'où venez-vous ? s'enquit Poulain sans répondre à la question.

— De Montauban.

C'était donc sans doute des protestants.

— Connaissez-vous M. de Mornay ?

Les trois cavaliers se regardèrent, puis l'un d'eux répliqua :

— Oui.

— C'est lui que nous allons voir.

Les trois cavaliers se concertèrent à nouveau.

— Avez-vous un passeport ? demanda l'un d'eux.

— J'ai une lettre de M. de Montaigne, l'ancien maire de Bordeaux ! cria Olivier.

— Et un laissez-passer de monseigneur de Navarre, compléta Nicolas.

De nouveau, les cavaliers échangèrent quelques paroles jusqu'à ce que l'un d'eux propose :

— Posez-les sur le chemin et reculez.

Olivier prit le papier que lui tendait Nicolas, puis descendit de cheval, plaça les lettres sous un caillou et remonta en selle. Tout ceci sous la vigilance de ses amis. Mais les cavaliers n'avaient pas bougé.

Olivier tourna bride avant de s'arrêter cinquante pas plus loin, Nicolas et Il Magnifichino firent de même. La voie libre, les cavaliers s'approchèrent et ramassèrent les lettres. Ils les lurent et se concertèrent encore un moment. Puis celui qui avait parlé le dernier demanda, d'un ton hostile :

— Vous êtes Olivier Hauteville ?

— Oui.

— Où est ma fille ? Je suis Philippe de Mornay ! lança-t-il avec agressivité.

En disant ces mots, il s'avança, menaçant, tenant cette fois son épée à la main.

— Je suis venu vous prévenir, monsieur. On veut enlever Cassandre, répondit Olivier en rangeant ses armes.

— Nous cherchons Cassandre qui a disparu depuis quatre jours, répliqua rageusement Mornay. Elle a écrit qu'elle partait pour vous retrouver !

— Sang du Christ ! s'exclama Olivier, bouleversé. C'était un piège, monsieur ! C'est Mme de Montpensier qui a tout fait !

— La sœur de Guise ? Expliquez-vous ! Que savez-vous ? s'enquit durement Mornay.

En quelques mots hachés, Olivier, qui s'était approché du père adoptif de Cassandre, raconta d'où ils venaient et ce qu'ils savaient.

— Vous avez suivis le chemin d'Angoulême ? s'enquit Mornay, un peu moins hostile.

— Oui, monsieur. Nous sommes venus aussi vite que nous avons pu depuis Loches.

— Et vous n'avez rien remarqué en chemin ? Nous ne savons pas ce qui s'est passé, mais Cassandre a laissé une lettre disant qu'elle allait aux tuileries de Montauban, que là, vous l'attendiez, qu'elle reviendrait avec vous. Inquiète, ma femme s'y est rendue. Il y avait les traces d'une lourde voiture et d'un grand nombre de cavaliers, plus de trente…

Le ton de sa voix était maintenant presque désespéré.

— … Si ce que vous dites est vrai, vous auriez dû les croiser…

— Nous n'avons pas rencontré de coche et de soldats, monsieur. Nous sommes partis le 24 octobre de Loches, dès que nous avons connu le projet d'enlèvement, mais Mme de Montpensier avait presque deux semaines d'avance sur nous.

Constatant que la méfiance s'effaçait, les autres s'approchèrent. Poulain leva son casque, l'un des cavaliers fit de même.

— Monsieur Caudebec ! s'exclama Nicolas.

— Monsieur Poulain ? Quelle surprise…

Les deux hommes s'approchèrent, rengainèrent leurs armes et s'accolèrent amicalement par l'épaule. L'affaire de Paris, où Caudebec avait menacé Poulain de le tuer, était oubliée. Provisoirement…

— Nous avons pris la mauvaise route, dit Caudebec en s'adressant à Mornay, ils ont dû filer vers Villefranche et Périgueux.

— Nous pouvons encore les rattraper… Messieurs, nous ne sommes que trois, Venez-vous avec nous ? demanda Mornay en regardant nos amis.

— Bien sûr ! Mais pourquoi êtes-vous si peu nombreux, s'ils sont trente ?

— Je n'ai pu prendre plus d'hommes, car mes gentilshommes doivent rester pour protéger Montauban. Je réglerai seul mes affaires de famille. Seul Caudebec m'a suivi, ainsi qu'Antoine, mon écuyer.

— Je me souviens de lui, il était à Paris avec vous, dit Poulain. Mais imaginons que nous rattrapions les ravisseurs, que ferons-nous s'ils sont trente ou plus ?

— Nous verrons ! répondit sombrement Caudebec.

Poulain secoua négativement la tête en grimaçant.

— Je suis prévôt, je poursuis souvent des brigands et je n'ai pas pour habitude d'agir ainsi !

— Alors ne venez pas ! répliqua sèchement Mornay.

Poulain inspira longuement pour se calmer.

— Cessons de nous quereller, monsieur, voulez-vous ? Je ne vous dois rien, je suis juste venu pour aider mon ami, tout comme M. Venetianelli. Je vous propose de discuter de stratégie avant la bataille, pour éviter d'être écrasés par négligence !

Mornay hocha la tête avec un soupir.

— Excusez-moi, monsieur Poulain... Vous avez raison, mais je perds la tête en songeant à ma fille.

— Nous avons laissé hier derrière nous une troupe de vingt lansquenets sans emploi, pourquoi ne pas les engager ?

— Ils sont loin ?

— Je peux les rejoindre d'ici ce soir.

— Allez-y, engagez-les ! Je leur offre dix écus par tête.

— Où nous retrouvons-nous ?

— Si les ravisseurs de ma fille ont pris par Villefranche, ils passeront par Périgueux. Nous pouvons être ce soir à Villefranche, demain soir ou après-demain matin à Périgueux. Nous pourrons avoir des informations là-bas, mais je ne pourrai pas entrer en ville, car on me connaît. Retrouvons-nous près du château de Caussade, à l'est de Périgueux, à l'auberge du Loup Gris.

— J'y serai, promit Poulain. Au plus tard dans deux jours. Olivier, je te laisse en de bonnes mains. Monsieur Venetianelli, restez aussi avec eux !

Il fit faire demi-tour à son cheval et partit au galop.

— Nous allons revenir vers le chemin de Villefranche. Monsieur Hauteville, maintenant, racontez-nous tout sans rien omettre.

Le récit d'Olivier fit frémir M. de Mornay qui s'efforça pourtant de n'en rien laisser paraître. En effet, le jeune homme expliqua que la duchesse de Montpensier était non seulement accompagnée d'une troupe importante mais qu'elle avait avec elle un homme redoutable, boiteux et manchot, nommé Le Vert, certainement celui qui s'était introduit chez lui avec des truands, pendant le séjour de Cassandre.

— ... Sans doute le même qui a tué votre écuyer, le jour où vous êtes venu me reprendre les quittances, conclut-il.

Pour Mornay, il n'y avait pas de doute : il s'agissait de Maurevert.

La présence de l'assassin de Coligny avec les ravisseurs de sa fille était un coup rude. Il savait combien cet homme était dangereux et dévoyé. Pourtant, il ne dit pas à Olivier qui était vraiment Le Vert. Il était sans doute seul, à part les Guise et sa fille, à savoir que Maurevert était vivant, et il voulait venger lui-même son maître, l'amiral.

Mais désormais la peur rongeait son cœur de père.

Le lendemain en fin d'après-midi, alors qu'ils étaient encore à deux lieues de Périgueux et qu'ils songeaient à trouver quelque ruine pour passer la nuit, ils virent approcher un homme s'appuyant sur un long bâton avec une coquille. Un pèlerin qui se rendait à Compostelle, comme il y en avait tant en toute saison.

Mais celui-ci portait un étonnant manteau brodé sur lequel il avait attaché une gibecière.

Mornay mit brusquement son cheval au galop pour s'approcher de lui.

— Toi ! Où as-tu eu ce manteau ? cria-t-il, désespéré, en reconnaissant celui de sa fille.

Si ce pauvre homme le portait, s'était-il dit en le découvrant, c'est qu'il avait dû le trouver... sur son corps.

— On me l'a donné, monseigneur, répondit l'autre, effrayé.

— Quand ? Qui ?

— Dimanche, à Périgueux, une dame.

— Explique-toi !

Les compagnons de Mornay avaient aussi piqué des deux et entouraient le pauvre homme, persuadé que sa dernière heure était arrivée et qu'on allait le pendre.

— Elle était à cheval, monseigneur, en compagnie d'un seigneur, pleurnicha-t-il. Elle m'a demandé d'échanger son manteau contre mon vieux sayon. Et je lui ai aussi vendu mes bottes, j'ai dû racheter des chaussures lundi, j'étais pieds nus.

— Décris cette femme !

L'autre obéit. Pas de doute, c'était Cassandre !

— Et l'autre homme ? demanda Olivier, piqué par la jalousie.

— Jeune, monsieur, armé comme un soldat. Ils étaient pressés. Ils avaient l'air de fuir.

Il ajouta en baissant les yeux :

— Je crois qu'elle ne voulait pas qu'on la reconnaisse en passant les portes.

— Quelle porte ont-ils prise ?

— Sans doute celle de l'Éguillerie, monseigneur, c'était la plus proche.

— Ils devaient aller vers Agonac, remarqua Caudebec.

— Mais si elle fuyait, c'est qu'elle s'était évadée avec cet homme, pourquoi ne pas rentrer à Montauban ? intervint Antoine.

— Ses ravisseurs ont dû s'apercevoir rapidement de leur fuite, elle a pensé qu'ils la rattraperaient trop vite si elle prenait la route de Montauban, dit Mornay. De l'autre côté, il y a des forêts dans lesquelles ils pouvaient disparaître…

— Elle est peut-être encore cachée là-bas, fit Olivier.

— Oui, mais la Montpensier a pu aussi retrouver ses traces.

Mornay jeta un sol au pèlerin et ils repartirent.

— Nous n'arriverons pas ce soir au château de Caussade. Trouvons un endroit pour faire étape, décida Caudebec.

Nicolas Poulain et les lansquenets arrivèrent au point de ralliement vers midi. Tous étaient à cheval, dans leur habit multicolore, bassinet et cuirasse de fer, espadon au dos et mutileuse sur la poitrine, lance ou mousquet à la main.

Ils étaient venus à quinze avec leur chef et prévôt, Heinz, ayant laissé leurs chariots de bagages et leur famille sous la garde de cinq d'entre eux. Mais comme l'expliqua Heinz avec un rire tonitruant :

« Nos femmes ne risquent rien, avec une épée et un mousquet, elles se battent comme des hommes ! »

Mornay discuta de leur engagement. Il leur promit dix écus à chacun, pour rester au plus un mois avec lui, et cinquante écus à verser à la famille si l'un d'eux était tué. Mais il n'y aurait ni pillage ni butin. Ils acceptèrent et signèrent un contrat, comme c'était l'usage. Ensuite, ils partirent. En chemin, Mornay raconta à Poulain ce qu'ils avaient appris du pèlerin. Caudebec connaissait le pays, Mornay et Antoine un peu moins, Heinz, assez bien. Ils décidèrent de se séparer et de se retrouver à Agonac le lendemain. S'ils apercevaient les gens de la duchesse, quelques-uns resteraient pour les surveiller, les autres iraient prévenir le reste de leur compagnie à Agonac.

Le lendemain, aucun n'avait trouvé la moindre trace.

À Agonac les habitants refusèrent l'entrée aux lansquenets et à Mornay quand ils surent qui ils étaient. Mais Nicolas Poulain ayant prouvé qu'il était prévôt des maréchaux et montré un passeport signé du roi, on le laissa passer avec Olivier. Les prévôts étaient toujours craints et respectés dans les campagnes. À l'auberge, ils obtinrent – à prix d'or – de la nourriture et du fourrage, et le maire du bourg leur indiqua une grange, à une demi-lieue, où les lansquenets pourraient s'installer. Olivier expliqua qu'ils recherchaient une jeune femme accompagnée d'un jeune homme. Elle portait un sayon. Personne n'avait vu de femme, mais le curé leur dit qu'il avait fait entrer deux jeunes hommes, trois ou quatre jours plus tôt, dont l'un avait un sayon à capuche. L'un des jeunes gens, qui n'avait ni barbe ni moustache, avait montré une médaille de la Vierge qu'il avait au cou. Olivier fut certain que c'était Cassandre.

Le curé leur apprit aussi qu'une importante troupe, ainsi qu'une noble femme en coche, était passée le lendemain.

Fort de ces informations, ils poursuivirent jusqu'à Brantôme, mais on n'y avait pas vu les fugitifs. Ils explorèrent ensuite, en vain, toutes les routes, tous les chemins, durant plusieurs jours. Ce fut M. de Mornay qui retrouva leur piste à La Chapelle-Faucher. Reçu par M. de Chabans, il apprit que la duchesse de Montpensier était partie quatre jours plus tôt avec une prisonnière. Une femme de chambre qui l'avait volée, avait-elle expliqué, et qu'elle devait remettre à la justice à Angoulême.

Ils repartirent et arrivèrent devant Angoulême le 10 décembre, sans avoir obtenu plus d'informations.

À Angoulême, la duchesse de Montpensier logea chez M. Sibert Tison d'Argence qui avait servi dans les troupes catholiques sous les ordres de Montluc. Argence avait activement participé aux luttes et aux massacres contre les protestants et était gouverneur d'Angoumois depuis quinze ans.

Le soir même de son arrivée, un lundi, la duchesse, qui s'apprêtait à repartir pour Saint-Maixent, apprit de son hôte que la reine mère avait quitté cette ville le 3 décembre après avoir accepté l'ultime proposition d'Henri de Navarre : les conférences de paix se tiendraient à Cognac.

Il était donc inutile de repartir vers le nord. Cabasset apprit de son côté que le roi de Navarre était sur le point d'arriver à Jarnac avec ses meilleurs capitaines et une petite armée. Tout le pays à l'est d'Angoulême, jusqu'à Cognac, était pour l'instant aux mains des protestants, même si une trêve venait d'être décidée et que chacun pouvait y circuler librement.

Quant aux conférences, ils surent le lendemain qu'elles commenceraient le samedi et qu'elles auraient lieu à Saint-Brice, à mi-distance entre Cognac et Jarnac, dans un château appartenant à Daniel de Fors, maître d'hôtel du roi de Navarre. La cour de France s'installerait à Cognac, dans le château natal de François Ier, puis dans le château de Saint-Brice, durant les négociations.

Mme de Montpensier fut prise de court. On était le 9 décembre ! Elle n'avait pas de temps à perdre si elle voulait être sur place pour la première conférence.

Son projet d'assassinat du roi de Navarre avait sensiblement évolué, sous la pression de Maurevert. Connaissant M. de Mornay, celui-ci avait convaincu la sœur de Guise que même avec sa fille en otage, Mornay ne trahirait jamais le Béarnais. En revanche, tuer Henri de Bourbon d'un coup de mousquet n'était pas difficile.

— Je ferai comme pour Coligny, madame, lui avait-il dit. Je savais quelle rue suivrait l'amiral et je me suis caché pour tirer. Il me faut juste connaître la route que prendra Navarre de Jarnac à Saint-Brice, que je puisse me dissimuler, et bien sûr que je puisse fuir aussitôt après, car je n'ai pas envie de subir le sort de M. Poltrot de Méré [1].

---

1. Poltrot de Méré, gentilhomme protestant assassin de François de Guise. Il fut écartelé dans d'atroces circonstances.

Entre Jarnac et Saint-Brice, il y avait un chemin direct, le long de la Charente, et un second, un peu plus haut dans les terres, avait remarqué Cabasset qui était de tous leurs conciliabules. Restait à savoir lequel emprunteraient le roi et son escorte, puis à dissimuler Maurevert et à organiser sa fuite.

— Pour tirer, je dois être dans une maison, madame, et que le roi passe à cinquante pas de moi. Pour fuir, j'ai besoin d'une seconde sortie. Il serait bien que la maison soit fortifiée, car vos hommes s'y battraient jusqu'à la mort, le temps que je sois loin. Simplement, il ne faudra pas les prévenir que ce sera leur dernier combat... C'est alors que Mme de Mornay sera utile. Le roi mort, son père n'aura plus les mêmes scrupules. Nous ne lui rendrons sa fille que s'il nous aide à passer entre les lignes protestantes.

L'entreprise était réalisable, avait estimé Cabasset, encore fallait-il trouver d'où tirer ! Y avait-il seulement une maison forte sur les deux chemins que le roi pouvait emprunter ?

À l'hostellerie de la Croix-Blanche, près de la porte Saint-Martial où logeait la troupe d'hommes d'armes, Cabasset et Maurevert interrogèrent les soldats et l'aubergiste. Plusieurs hommes d'armes venant de Cognac affirmèrent qu'il y avait bien une maison fortifiée, non loin de Saint-Brice.

La duchesse se renseigna dans l'après-midi auprès d'un gentilhomme au service de M. d'Argence.

— Cette maison se nomme Garde-Épée, madame. Elle a été construite par M. Ancellin, un marchand de Beauvais qui a acheté le fief à M. Claude Gouffier, grand écuyer de notre roi François Ier et seigneur de

Bourg-Charente. Ce n'est qu'une ferme, mais avec une belle enceinte crénelée en bordure du chemin entre Saint-Brice et Jarnac. L'habitation a été dressée sur un vieux logis fortifié appartenant à l'abbaye de Châtres. Garde-Épée n'est pas défendable contre une forte troupe, car il n'y a ni tour ni donjon et ses murs ne sont guère épais, mais elle peut résister un moment.

Cabasset se fit expliquer exactement où se situait l'endroit. Le fief, qui commençait près de la Pierre-Levée[1], était borné par le moulin de l'abbaye de Châtres. L'endroit paraissait parfait pour ce qu'ils voulaient faire, pour autant que le roi de Navarre emprunte cette route plutôt que celle le long de la Charente. Mais ça, Maurevert assurait en faire son affaire.

Seulement, pour être en place avant le samedi, jour de la première conférence, sachant qu'il y avait plus de dix lieues pour aller à Garde-Épée, il fallait qu'ils partent dès le lendemain et qu'ils trouvent où loger en route.

Le gentilhomme de M. d'Argence leur suggéra de s'arrêter au prieuré de Sainte-Catherine. La duchesse y serait en sécurité et le reste de la troupe trouverait place dans les communs et les écuries. Il se proposa même de les accompagner et de les guider.

La troupe d'hommes d'armes et le coche partirent le mercredi dès l'ouverture de la porte Saint-Martial. Ils passèrent la nuit au prieuré, qu'ils quittèrent aux

1. Garde-Épée et la Pierre-Levée, un dolmen, sont toujours visibles.

aurores, et se présentèrent le jeudi soir devant la maison forte de Garde-Épée.

Une muraille crénelée par des mâchicoulis entourait une cour carrée où se trouvait le logis principal. Des échauguettes aux angles et une tourelle carrée protégeaient l'entrée qui se faisait par un porche aux battants ferrés et une poterne sur laquelle était gravé : *Le Seigneur soict la garde de l'antrée et de la sortie.*

Maurevert annonça que la duchesse de Montpensier voulait faire halte dans leur maison. Ce serait un honneur pour eux de recevoir la sœur du duc de Guise et du duc de Mayenne.

Méfiant, le fermier demanda à rencontrer la duchesse qui lui fit passer, par une archère dans la muraille, divers papiers prouvant sa qualité. Rassuré, le fermier ouvrit. Dans la ferme, il n'y avait que lui, sa femme, quatre valets et deux servantes. La troupe entra et les hommes d'armes les massacrèrent. Les cadavres furent descendus dans une cave voûtée, reste du premier logis fortifié.

Ensuite, Maurevert explora les lieux, tandis que Cabasset et les gentilshommes de la duchesse préparaient une chambre pour la loger et enfermaient Cassandre dans un minuscule et obscur cellier.

Depuis sa fuite, Cassandre n'avait guère été ménagée. Elle portait toujours comme manteau le sayon du pèlerin et n'avait jamais quitté ses bottes. À peine nourrie, elle gardait le plus souvent les mains attachées, ne pouvant ni se laver, ni se changer, ni utiliser sa dague.

Désespérée, souffrant continuellement du froid, elle perdait espoir de s'évader. À Angoulême, la duchesse lui avait demandé d'écrire à son père pour lui annoncer qu'elle était otage. Elle avait refusé et Mme de Montpensier avait rédigé elle-même la lettre. Un valet l'avait portée à Jarnac, où logeait le roi de Navarre, car la duchesse était certaine que Mornay y viendrait.

Mais pour avoir refusé d'écrire, Cassandre n'avait plus droit qu'à une chiche bouillie d'avoine.

Le lendemain, Maurevert s'installa dans l'échauguette située face au chemin entre Saint-Brice et la Pierre-Levée. Avec un mousquet, jugea-t-il, il n'aurait aucune difficulté à atteindre le roi de Navarre s'il passait par là. Il avait aussi découvert une poterne au nord qui conduisait par un sentier à l'abbaye de Châtres, une ancienne abbaye d'augustins détruite quelques années plus tôt par une compagnie protestante.

Mais un peu plus tard dans la journée, une autre idée vint au tueur de roi. Il s'en ouvrit à la duchesse qui l'approuva. Cabasset confirma qu'ils disposaient de deux tonnelets de poudre. Ce serait suffisant.

Maurevert rassembla pioches et pelles et fit enlever le tube de terre cuite qui faisait s'écouler l'eau du puits central jusqu'aux abreuvoirs.

19.

Le 10 décembre, Philippe de Mornay et sa troupe arrivèrent à Angoulême profondément démoralisés. Depuis La Chapelle, ils n'avaient trouvé aucune trace du convoi de la duchesse de Montpensier qui semblait s'être volatilisé. La duchesse avait sans doute pris un autre chemin pour gagner Saint-Maixent et Caudebec suggéra même qu'elle aurait pu emmener Cassandre en Lorraine, chez son frère, comme un otage à monnayer plus tard.

Comme les lansquenets ne pouvaient pénétrer dans la cité catholique, ils s'installèrent dans une hôtellerie des faubourgs, non loin des ruines de l'abbaye Saint-Cybard, pillée quelques années plus tôt.

Nicolas Poulain décida d'entrer dans la ville par le Châtelet, un vieux château fortifié, constitué de trois grosses tours rondes enserrant un donjon circulaire, construit par le roi pour surveiller les seigneurs d'Angoulême. Cette forteresse était désormais une prison et comme prévôt d'Île-de-France Poulain savait qu'on le laisserait passer par là sans l'interroger, puisque c'était un domaine royal. M. de Mornay et ses compagnons étant avec lui, on ne leur demanderait rien non plus, tandis que prendre une autre entrée pouvait entraîner des difficultés.

Ils passèrent une première porte, flanquée de deux tours, où Poulain montra ses titres, puis longèrent la forteresse proprement dite jusqu'à une seconde courtine crénelée qu'ils franchirent par un pont-levis.

Dans la ville, tandis que Poulain, Hauteville et Venetianelli interrogeaient les boutiquiers autour du Châtelet, M. de Mornay, accompagné de son écuyer et de Caudebec, se rendit chez M. Terrasson, un vieil échevin de ses amis, colonel de sa paroisse, qui habitait près de l'église Saint-Paul. Comme l'église était à quelques pas d'une des portes principales, M. de Mornay était persuadé que son ami lui apprendrait beaucoup de choses.

M. Terrasson était catholique mais faisait partie de ces politiques qui toléraient la religion protestante. Il annonça à Mornay que le roi de Navarre n'était pas en route pour Saint-Maixent mais sur le point d'arriver à Jarnac ! Depuis deux jours, des compagnies de gentilshommes huguenots se pressaient, venant de toute la Saintonge. La reine mère avait quitté Saint-Maixent le 3 décembre et était, peut-être, déjà arrivée à Cognac. On disait que les conférences de paix se tiendraient à Saint-Brice.

Quant à la venue de la duchesse de Montpensier à Angoulême, M. Terrasson la confirmait, mais il croyait savoir qu'elle était partie. Pour où ? Il l'ignorait.

M. de Mornay retrouva Poulain, Hauteville et Venetianelli dans une gargote près du Châtelet. Leur ayant rapporté ce qu'il venait d'apprendre, il leur dit qu'il partait pour Jarnac avec les lansquenets afin d'y être quand le roi de Navarre arriverait et leur demanda de rester à Angoulême pour découvrir où était la duchesse de Montpensier. Elle ne pouvait pas être bien loin, si sa fille était toujours sa prisonnière.

À Garde-Épée, la duchesse avait besoin de savoir quand Navarre arriverait pour la première conférence. Elle écrivit une lettre que M. de Saveuse, devenu son premier gentilhomme depuis la mort de Puyferrat, porta à Saint-Brice, accompagné d'une petite escorte.

La Cour venait d'arriver et Arnaud de Saveuse demanda audience au duc de Nevers. Il lui remit la lettre, inventant qu'il venait de Paris et souhaitait assister à la conférence comme observateur de la famille des Guise. Une demande que Nevers jugea raisonnable.

Arnaud de Saveuse resta l'après-midi au château, laissant traîner ses oreilles, puis discrètement, en soirée, il quitta le village avec son escorte et revint à Garde-Épée annoncer à la duchesse que Navarre arriverait le lendemain. Ce serait la première conférence, les suivantes étaient prévues le lundi et le mardi.

Maurevert en fut satisfait. Il serait prêt dès le dimanche, assura-t-il, et Navarre serait mort mardi.

Le château de Jarnac dressait ses tours crénelées face à la Charente. Cette forteresse était tenue par Léonord Chabot, baron de Jarnac et gouverneur de La Rochelle, dont le père, Guy, s'était illustré dans un fameux duel à Saint-Germain.

François Ier était alors roi. Le dauphin – le futur Henri II – avait fait courir une rumeur insultante sur Guy Chabot. Pour laver l'affront, Chabot voulut se battre avec le fils du roi, mais François Ier s'y était opposé. Pour éviter que l'affaire ne s'envenime, le dauphin avait demandé à un de ses amis, M. de La Châtaigneraie, de dire qu'il était l'auteur de la rumeur. Chabot voulut donc se battre avec La Châtaigneraie, mais le roi avait aussi refusé, jugeant la querelle futile.

Après l'avènement de Henri II, Guy Chabot avait à nouveau défié La Châtaigneraie. Le nouveau roi avait approuvé le duel, car il connaissait la force de La Châtaigneraie et qu'il avait ainsi un moyen de se débarrasser de Chabot qu'il détestait. Mais celui-ci avait appris d'un maître italien une botte secrète, un coup de revers, qui avait fendu le jarret de son adversaire, lequel était mort dans la nuit.

Plus tard, Guy Chabot, comme bien d'autres familles de Saintonge, les Coligny, les Condé ou encore les La Rochefoucauld, avait rallié la religion protestante et Jarnac était devenu un bastion de la Réforme.

Pour les conférences, la ville attendait des milliers de huguenots. Les trois étages du château de Jarnac permettraient à peine à Léonord Chabot de loger le roi de Navarre, sa maison et celles des capitaines qui l'accompagneraient. Les hommes d'armes et les gentilshommes arrivés les premiers avaient trouvé place chez l'habitant ou dans les hostelleries, et les suivants camperaient sur l'esplanade, devant le pont-levis du château où l'on avait dressé des tentes.

La ville, serrée dans ses remparts bornés de tours rondes, était donc pleine comme une outre quand M. de Mornay, Caudebec et Antoine y entrèrent. À prix d'or, ils trouvèrent une minuscule chambre chez un tailleur, avec une paillasse à partager à trois. Quant aux lansquenets, ils n'eurent droit qu'à la paille d'une écurie.

Navarre et sa suite arrivèrent le lendemain. Dès qu'il le sut, Mornay se rendit au château où il fut immédiatement reçu bien que le roi fût avec ses capitaines pour préparer la conférence du lendemain.

— Je ne m'attendais pas à vous rencontrer ici, mon ami. Je croyais que vous guerroyiez autour de Montauban, plaisanta le Béarnais, qui était d'humeur badine.

Dans la salle se trouvaient le prince de Condé, La Rochefoucauld, Turenne, Rosny, ainsi que M. de Fors – le seigneur du château de Saint-Brice – et bien sûr M. Chabot.

Mornay expliqua ce qui l'amenait. Il raconta l'enlèvement de sa fille par la sœur du duc de Guise, et l'aide que lui apportait un lieutenant du prévôt d'Île-de-France, nommé Nicolas Poulain, ainsi qu'Olivier Hauteville, un bourgeois de Paris, tous deux à Angoulême où ils poursuivaient leurs recherches pour retrouver les ravisseurs. Avant de terminer, il ajouta à l'attention du roi de Navarre :

— Ce sont déjà ces deux-là qui avaient mis fin à cette fraude sur les tailles royales dont je vous ai parlé l'année dernière, monseigneur, et qui étaient parvenus à reprendre des quittances à un receveur félon…

Navarre comprit parfaitement l'allusion et fit surtout le lien avec les hommes qu'il avait interrogés et libérés quelques semaines plus tôt.

— Ventre-saint-gris ! Si je m'attendais à les retrouver ici ! Savez-vous que François les avait capturés quand nous étions en Poitou ? Ils étaient en compagnie d'un insolent comédien et j'ignorais que c'étaient vos amis. Mon cousin voulait les pendre !

Il se tourna vers Condé, les yeux pétillants de malice.

— J'ai bien fait de ne pas vous écouter, Henri !

— Ils me l'ont raconté, monseigneur, fit tristement Mornay qui pensait sans cesse à sa fille.

— Bien, mais qu'allons-nous faire, mon ami ?

— Messieurs Poulain et Hauteville m'ont dit qu'ils avaient déjà mis un terme à d'autres entreprises voulant votre mort durant les conférences. Selon eux, la reine tentera de vous faire avaler quelque philtre, mais elle peut aussi préparer d'autres diableries... Quant à Mme de Montpensier, elle pense pouvoir m'utiliser au travers de ma fille.

— M. de Montaigne m'a aussi prévenu, dit Navarre.

Avec une moue d'inquiétude, il sortit une lettre de son pourpoint.

— Savez-vous ce qui se passe à Paris, Philippe ? Le roi a lancé une effroyable chasse à ceux de notre religion. Il enjoint à ses officiers de se saisir des protestants et de vendre leurs biens pour subvenir aux frais de la guerre contre nous. Mais en même temps, il m'écrit ceci :

Mon frère, je vous avise que je n'ai pu empêcher, quelque résistance que j'ai faite, les mauvais desseins du duc de Guise. Tenez-vous sur vos gardes et n'attentez rien. Ne soyez pas surpris de ce que vous apprendrez sur moi.

Votre frère : Henri.

Pendant que Mornay lisait la missive, le baron de Rosny intervint :

— Le roi aurait dû se résoudre à accepter l'union de vos troupes avec les siennes. Il est maintenant réduit à une extrémité qui pourrait bien être fatale à sa couronne, et qui restera toujours honteuse à sa mémoire.

— Je crois que cette chasse à nos compatriotes est un message désespéré qu'il vous envoie, monseigneur, ajouta Mornay. Il veut vous forcer à rompre les négociations avec sa mère en s'attaquant ainsi à nos coreligionnaires.

— Rompons donc ! dit rudement Turenne. Pour moi, j'ai toujours été opposé à cette conférence. C'est folie de se mettre dans les mains de Catherine de Médicis, Sire. Dieu sait ce qu'elle prépare contre vous !

— Rassure-toi, compagnon ! Mon cousin Condé a pris toutes les précautions possibles : le château appartient à notre ami, M. de Fors. La reine y logera, certes, mais c'est moi qui en aurai les clefs, et ce sont mes régiments qui monteront la garde pendant les séances.

On annonça alors l'arrivée du duc de Nevers qui venait discuter des conditions de l'entrevue de Saint-Brice. Mornay se retira, car cette partie militaire concernait surtout Condé et Turenne. Mais une fois hors de la chambre du roi, ayant retrouvé Caudebec et Antoine qui attendaient, un secrétaire s'approcha pour lui remettre une lettre.

Elle venait de Mme de Montpensicr, bien qu'elle soit cachetée sans marque et non signée. On y disait que Mlle de Mornay était en sécurité et qu'il recevrait bientôt des instructions, s'il voulait revoir sa fille.

— L'attente sera longue, murmura Mornay à ses deux capitaines.

— Peut-être que messieurs Poulain et Hauteville nous porteront de bonnes nouvelles, le rassura Caudebec.

Mornay ne répondit pas. Déjà, songeait-il, il manquait à ses devoirs envers Navarre en gardant pour lui que Maurevert, l'assassin de Coligny, était avec la duchesse de Montpensier. Mais s'il l'avait fait, des milliers de protestants seraient partis en chasse de cet homme, or il s'était juré que lui seul ferait justice.

Olivier, Poulain et Il Magnifichino laissèrent leur cheval supplémentaire et leurs bagages dans une écurie proche du Châtelet pour faire le tour des hostelleries et des cabarets situés près des portes, afin de découvrir celle que Mme de Montpensier avait empruntée. La duchesse était avec une troupe importante, et on se souviendrait immanquablement de son passage.

À la porte du Palet, puis à la porte de Beaulieu, ils n'obtinrent aucune information. Le lendemain, ils reprirent leur enquête sans se décourager. C'est à la porte Saint-Pierre qu'ils rencontrèrent Flaminio Scala et Francesco Andreini.

Le chef des Gelosi et le mari d'Isabella leur tombèrent dans les bras. Flavio fut stupéfait de découvrir son ami Scaramouche en compagnie du prévôt de l'hôtel et de son commis, et ce qui le surprit encore plus fut de les voir équipés et armés comme des *condottieri*.

Évasivement, Nicolas Poulain lui expliqua qu'il était en mission pour le roi et qu'il avait rencontré Il Magnifichino en chemin. À son tour, il ne put se retenir de demander aux Gelosi ce qu'ils faisaient là, puisque la reine et sa Cour étaient en route pour Cognac.

— C'est une longue histoire ! expliqua Flavio qui tenait un mulet par le licol. Accompagnez-nous à notre auberge et dînons ensemble pendant que je vous la conterai. Isabella sera si heureuse de vous revoir.

Nicolas Poulain jugea qu'ils n'avaient pas suffisamment de temps pour un dîner d'amis. Il fallait, avant tout, qu'ils retrouvent la trace de la Montpensier. Néanmoins, il interrogea Olivier du regard, mais son ami pensait comme lui et secoua négativement la tête.

— Merci, Flavio, mais notre mission est plus importante.

— Ah, votre mission ! dit Flavio en lui coulant un regard rusé. Peut-être pourrions-nous vous aider…

— Nous aider ?

— … À retrouver la duchesse de Montpensier.

— Quoi ? Que savez-vous ? cria presque Olivier.

— Uniquement ce qu'Isabella m'a dit, répondit doucement Flavio, mais je préférerais que ce soit elle qui vous parle.

Cette fois Olivier et Nicolas acceptèrent. Flavio monta sur le mulet, et Francesco sauta en croupe derrière Olivier. Lorenzino Venetianelli fermait la marche. C'est en cet équipage qu'ils traversèrent la ville par des rues étroites et tortueuses, car les Gelosi logeaient à l'hostellerie de la Croix-Blanche, près de la porte Saint-Martial.

En chemin, Flavio expliqua qu'ils venaient d'acheter le mulet à la grande écurie de la porte Saint-Pierre pour remplacer une de leurs bêtes malades. Toute la troupe partait le lendemain pour le Languedoc où ils joueraient devant le gouverneur, M. de Montmorency. Ensuite, passant par la Provence, ils rentreraient à Milan.

— Comment êtes-vous arrivés ici ? lui demanda Nicolas Poulain qui faisait avancer de front son cheval avec le mulet de Flavio.

— Après la fuite de Ludovic, expliqua le comédien, nous sommes partis à sa poursuite…

— Je vous l'avais déconseillé, grimaça Poulain.

— C'était une affaire qui nous concernait, intervint le mari d'Isabella. Ma femme a été torturée à cause de lui.

— J'avais cru comprendre qu'elle n'était pas certaine de sa culpabilité, remarqua Poulain.

— Innocent, il n'aurait pas fui ! répliqua Flavio. Mais peu importe puisque nous ne l'avons pas retrouvé. Le soir, Isabella nous a annoncé qu'elle voulait tout arrêter, rentrer en Italie. Le retour de Gabriella l'avait perturbée et elle était très fatiguée, ce qui explique son évanouissement. De surcroît, elle ne faisait que pleurer et était incapable de bien jouer.

— Gabriella lui a remis une lettre de grâce du duc de Mantoue qui lui a aussi promis une indemnité de mille florins. J'étais donc d'accord pour retourner en Italie, dit Francesco Andreini, qui avait entendu.

— Nous avons quitté Loches après une dernière représentation, précisa Flavio.

— La reine vous a laissés partir ? s'étonna Olivier.

— Nous ne lui avions pas demandé, sourit Flavio. Nous étions en fin de cortège quand la Cour a pris le chemin du Grand-Pressigny. Nous avons prétexté une roue cassée pour rester en arrière, puis nous avons pris une autre route. Nous avons traversé la Creuse à un endroit nommé La Guerche.

Ils avaient à peu près suivi leur itinéraire, se dit Poulain, mais ils avaient dû avancer bien plus lentement qu'eux, avec leurs lourds chariots tirés par des mules.

— Vous n'avez pas fait de mauvaises rencontres ? demanda-t-il.

— Nous avons l'habitude ! répondit Flavio avec insouciance. Les brigands savent que les comédiens sont pauvres et ne s'attaquent pas à eux. Et comme lors de notre dernier voyage en France, nous avions été pris en otages par des protestants, cette fois-ci nous avions pris nos précautions : j'avais quatre mousquets et quelques arquebuses à main, ainsi que des épées qui n'étaient pas en bois, croyez-moi !

» Ma seule crainte était que la reine nous retrouve. Nous n'empruntions donc que des chemins écartés. Arrivés ici, nous avons donné deux spectacles devant le château et nous aurions pu rester plus longtemps, mais dès que nous avons appris que la Cour venait à Cognac, nous avons décidé de partir.

À l'auberge, Il Magnifichino fut fêté comme un fils prodigue par le reste de la troupe, chacun l'embrassant et l'accolant sans retenue. Il déclina une invitation de rester avec eux car, expliqua-t-il, il se rendait en Espagne. Dès lors, il inventa une invraisemblable histoire, si longue et si compliquée qu'au bout d'un moment plus personne ne l'écouta.

Laissant Venetianelli avec ses amis, Olivier et Nicolas se rendirent dans la chambre des Andreini. Ils y trouvèrent Isabella assise sur un lit à piliers, amaigrie, les traits tirés et l'air malheureux. Elle parut stupéfaite en les voyant entrer, puis son visage s'éclaira d'une sorte de soulagement.

— Monsieur le Prévôt, et vous, monsieur Hauteville, vous ne pouvez savoir le bonheur que me procure votre visite, fit-elle après qu'ils l'eurent saluée. Que faites-vous ici ?

— Nous sommes toujours à la poursuite de Mme de Montpensier, madame, dit Olivier avec tristesse. Après avoir retrouvé sa trace près de Périgueux, nous l'avons à nouveau perdue. Nous savons cependant qu'elle est venue à Angoulême…

Il ajouta, en ayant du mal à retenir un sanglot :

— … Elle a enlevé mademoiselle Cassandre de Mornay.

— Plus grave encore, madame, nous pensons qu'elle prépare un attentat contre le roi de Navarre, ajouta Nicolas Poulain. Flavio nous a dit que vous pourriez peut-être nous aider.

— Peut-être, reconnut Isabella dans un sourire sans joie. Asseyez-vous près de moi, je vais vous dire ce que je sais, ou plus exactement ce que j'ai découvert, avec Flavio et mon mari.

En parlant, elle baissait les yeux, évitant de croiser le regard d'Olivier qui fut surpris de cette attitude réservée, si différente de celle qu'elle avait eue à Loches.

— Nous avons quitté la Cour sans prévenir la reine, deux jours après votre départ, poursuivit-elle. Nous étions dans cette auberge depuis une journée quand est arrivée une troupe d'hommes d'armes. Elle était commandée par le capitaine Cabasset que j'avais vu à Chenonceaux avec la duchesse. J'ai demandé à mes compagnons de se renseigner discrètement ; il s'agissait bien de l'escorte de Mme de Montpensier. La duchesse était logée chez M. Sibert Tison d'Argence, le gouverneur de l'Angoumois. Un soir, un des soldats que Flavio avait fait boire avoua qu'ils avaient une prisonnière, enfermée chez M. d'Argence. La duchesse avait dit au gouverneur que c'était une domestique qui devait être châtiée pour vol.

— Cassandre ! murmura Olivier.

— Il y a deux jours, toute la troupe est partie. Mon mari les a suivis. Ils se sont arrêtés devant la maison de M. d'Argence où un coche attendait, puis ils sont sortis par la porte Saint-Pierre.

— Cette porte est au nord ! Ils n'iraient donc pas vers Jarnac ou Cognac ? s'étonna Poulain,

— Cela n'a pas d'importance, puisque je sais exactement où ils se sont rendus, dit Isabella d'une voix égale. Je pense qu'ils ont simplement choisi un itinéraire leur permettant d'éviter Jarnac où il y a beaucoup de protestants.

— Vous savez où ils sont allés ? s'exclama Olivier.

— Oui, dit-elle en posant son regard sur lui, ce qui lui demanda un effort surhumain.

Elle poursuivit en s'efforçant de contenir son émotion :

— Tandis que les gens de la duchesse préparaient leur départ, j'ai demandé à mes compagnons de se rendre dans l'écurie et de se mêler aux soldats pour découvrir où ils allaient. L'un des nôtres s'est approché de Cabasset qui examinait un plan avec un gentilhomme. Les écoutant, il a surpris deux mots qui l'ont frappé et qu'il m'a rapportés : garde… épée.

— Je suppose qu'il s'agissait d'un conseil : Garde-toi… ou : Accroche ton épée, suggéra Poulain.

— Non, les deux mots se suivaient, et surtout il a pu voir le plan qui représentait la Charente et les chemins aux alentours.

— Cela ne nous avance pas, dit Olivier, brusquement découragé.

Elle lui sourit, toujours aussi tristement, et poursuivit.

— À Chenonceaux, après l'arrivée de Gabriella et ses mises en garde, j'avais fouillé la malle de Ludovic. Je n'avais rien trouvé pouvant l'incriminer, mais au fond de son coffre il y avait plusieurs lettres pliées. Vous ai-je dit que Ludovic est le fils de Vincenza Armani, une des grandes comédiennes des Desiosi, morte il y a deux ou trois ans ? Une des lettres était envoyée par un gentilhomme français dont j'ai oublié le nom, et qui était apparemment le père naturel de Ludovic. Il avait cédé un fief à un marchand de ses amis, au cas où il viendrait à disparaître, de manière à ce que ce fief n'entre pas dans sa succession et revienne à Ludovic. Pour cela, son fils devait demander les actes de propriété à un prieur à qui il les avait confiés.

Voyant que Poulain et Olivier s'impatientaient, elle ajouta :

— Le fief se nomme Garde-Épée ou L'Espée de Garde, et se situe entre Cognac et Jarnac. Flavio s'est renseigné.

— C'est une maison forte à Saint-Brice, intervint Flavio.

— Ils sont là ! murmura Poulain, qui venait de tout comprendre.

— Merci ! dit Olivier en se levant.

— Vous partez ? demanda-t-elle.

— Oui, madame. Nous n'avons guère de temps.

Isabella se tourna vers son mari pour lui demander, les larmes aux yeux :

— Monsieur mon époux, je voudrais dire deux mots en tête à tête à M. Hauteville.

Francesco resta impassible un instant, puis hocha le chef. Tous sortirent, mais en laissant la porte ouverte comme la décence l'exigeait.

— Monsieur Hauteville, pardonnez-moi si je sors du profond respect que je vous dois, c'est la première fois que je vais être assez hardie pour vous parler ainsi, et ce sera aussi la dernière.

Elle déglutit avant de dire :

— Je ne m'explique pas ce qu'il s'est passé à Loches.

— Que s'est-il passé, madame ? demanda-t-il, surpris par ses paroles.

— Après que je me fus évanouie, sans que j'en connaisse la raison, je vous ai découvert devant moi en ouvrant les yeux. Je ne sais ce qui m'a pris. Mon cœur s'est mis à battre comme le jour de mes quinze ans quand je rencontrai mon époux. Je fus prise d'une passion aussi violente qu'inexplicable.

Olivier ne savait que dire tant il était interloqué.

— Je suis morte de honte en vous avouant cela, mais je crois que vous ne vous êtes aperçu de rien, dit-elle, avec douceur. Vous ne m'avez même pas témoigné de l'intérêt. C'est alors que nous avons parlé du départ de la duchesse, et que j'ai fait allusion à l'enlèvement de mademoiselle de Mornay. Vous m'avez déclaré que vous l'aimiez, et vous êtes parti sans un regard pour moi. Vous étiez alors l'homme le plus malheureux du monde…

Elle soupira.

— … Et moi la femme la plus malheureuse de la Terre ! Ah ! monsieur, quel mal que la jalousie ! Je dois vous l'avouer, mon esprit fut pris d'un dépit si violent et si mal fondé que je ne peux toujours pas me l'expliquer. Je ne sais ce qui m'a pris, j'ai pensé pouvoir être vengée par la punition que vous receviez. Après votre départ de Loches, je suis allée voir la reine, et je vous ai dénoncés…

— Vous, madame !

Ainsi s'expliquaient les gens d'armes de la reine qui les avaient poursuivis, songea Olivier.

— Mais très vite la honte, le dégoût envers l'ignominie que j'avais commise m'ont envahie. Je fus au désespoir. Je ne pouvais plus rester à la Cour. J'ai supplié Flavio de partir, mais même après, je ne pensais qu'à la noirceur de mes actes. Pourquoi avais-je agi ainsi ? Aujourd'hui encore je l'ignore et je ne le comprends pas. Car sachez, monsieur Hauteville, que je n'éprouve aucun sentiment amoureux envers vous et que je n'ai même pas eu à vous chasser de mon cœur.

— Je… je ne sais que vous dire, madame.

— Il fallait que je me rachète, aussi, quand j'ai appris que la duchesse était ici…

— Vous vous êtes rachetée au centuple, madame !

— Non ! Mais si vous m'accordez votre pardon, je crois que je pourrais me consoler et retrouver un peu d'estime envers moi.

— Mais, madame, sans vous, je n'aurais eu aucun moyen de retrouver Cassandre ! Songez-y ! Si je parviens à la libérer, ce sera vous qui serez la cause de mon bonheur !

Des larmes coulèrent sur les joues d'Isabella alors qu'elle sanglotait un : « Merci ! »

Olivier, bouleversé par ce qui venait de se passer, retrouva les autres dans la grande salle de l'auberge. Venetianelli dévorait un morceau de jambon après avoir terminé une soupe aux choux. Nicolas venait de se faire porter la même soupe. Malgré son émotion, Olivier avait faim et se joignit à eux.

— Nous partirons dès que tu auras fini de manger, déclara Nicolas. On m'a dit à peu près où se trouvait Garde-Épée. Il y a dix bonnes lieues et nous devrons faire étape en route.

— Cela signifie qu'on arrivera vendredi, le jour précédant la conférence. Que fera-t-on avec si peu de temps ?

Nicolas haussa les épaules pour marquer son indécision.

— Repérons les lieux et essayons de savoir si Mme de Montpensier est là, et avec combien d'hommes. Ensuite nous irons chercher M. de Mornay, Caudebec, les lansquenets, et s'il n'y a rien d'autre à tenter, nous prendrons d'assaut cette maison. Nous réglerons ainsi, en une seule fois, tous nos comptes avec la sœur du duc de Guise.

— Je préférerais une solution moins sanglante, soupira Olivier. N'oublie pas que Cassandre est leur otage.

Nicolas grimaça. Il n'avait aucune autre solution.

Ils reprirent leurs affaires à l'hostellerie, ainsi que le cheval qu'ils avaient laissé à l'écurie, puis sortirent par la double porte Saint-Martial et passèrent la Charente au premier pont.

Le temps était gris et humide, mais ils avaient connu pire. Après quatre heures de chevauchée, ils trouvèrent à se loger à Hirsac, dans une maison ouverte pour les voyageurs par les moines de l'abbaye de la Couronne.

Ils repartirent à la pique du jour et contournèrent Jarnac. La trêve limitait les risques d'être attaqués par des rôdeurs, mais autour de Jarnac, les patrouilles de huguenots étaient nombreuses. Nicolas Poulain dut montrer deux fois le laissez-passer d'Henri de Navarre.

Enfin ils arrivèrent sur le chemin de la Pierre-Levée. Ils aperçurent le gros dolmen sur leur droite, puis, un peu plus loin, ils découvrirent une vaste maison forte entourée d'une enceinte crénelée, avec un gros pigeonnier à l'extérieur, en face du porche. La route contournait la bâtisse en passant juste devant.

Ils étaient restés casqués, avec une écharpe blanche autour du cou comme des gentilshommes de Navarre. Ainsi, si le boiteux manchot était dans une des échauguettes à les observer, il ne pouvait voir leur visage. Ils longèrent la façade, s'attardant un instant devant le porche, comme s'ils s'assuraient que ce n'était pas une maison hostile. Dans la boue, ils virent des traces de roues d'une lourde voiture, et surtout des piétinements de cavaliers. Une troupe très nombreuse était entrée dans Garde-Épée.

Ils poursuivirent ensuite leur route vers Saint-Brice, jetant un ultime regard sur l'enceinte. C'est à cette occasion que Nicolas Poulain aperçut des casques qui brillèrent quand un rayon de soleil filtra entre deux nuages.

Ils sont là, se dit-il. Ce ne peut être qu'eux !

Dès qu'ils furent hors de vue de la maison forte, il proposa à Olivier et Lorenzino :

— Prenons par les bois, je veux voir l'arrière de cette maison.

Ils empruntèrent une sente avant de se retrouver dans une forêt. Ils ne voyaient plus Garde-Épée et ils avançaient avec prudence, car si les capitaines de la duchesse étaient vigilants, ils feraient certainement des patrouilles. En bas du sentier, ils découvrirent une église et les ruines de bâtiments conventuels.

Ils étaient maintenant au nord de Garde-Épée.

— Mme Andreini nous a parlé d'un prieur à qui Ludovic aurait dû demander les actes de la possession de son fief. Et si c'était là qu'il aurait dû venir ? Il y avait ici une abbaye qui a été pillée. Cela expliquerait qu'il n'ait rien obtenu et qu'il soit passé au service de la reine, suggéra Olivier.

— C'est bien possible.

Ils s'approchèrent des ruines du couvent. Toutes les constructions avaient été incendiées, sauf l'église romane dont les portes étaient brisées. Les colonnes du cloître gisaient à terre et les bâtiments conventuels n'étaient que décombres noircis. À l'autre bout de la cour centrale, dans l'angle opposé à l'église, ne restait debout qu'une bâtisse à la toiture incendiée construite sur un solide soubassement faisant sans doute salle basse. On distinguait, enchevêtré dans des poutres et des pierres écroulées, un gros cul-de-four arrondi englobé dans la maçonnerie du dernier mur encore debout. Ce devait être le four du couvent, qui servait peut-être aussi de séchoir à châtaignes ou à fruits ; probablement le plus vieux bâtiment des lieux.

Le porche de la salle basse était fermé par une double porte vermoulue.

— Il n'y a rien à découvrir ici ! décida Poulain après qu'ils eussent fait le tour des ruines. Mais nous pourrions laisser nos chevaux dans la salle de ce four et nous rendre à pied à Garde-Épée.

En s'approchant, ils entendirent hennir. Aussitôt, ils s'arrêtèrent et Poulain fit signe à ses compagnons de s'écarter du porche.

— Ça vient de là, dit-il à mi-voix en montrant le four. Il y a quelqu'un, peut-être plusieurs personnes. Mettez-vous à l'abri, ce ne peut être que des brigands.

Ils firent avancer leurs chevaux près du mur d'enceinte qui longeait l'ancien cloître. Nicolas Poulain sauta au sol, épée et arquebuse à rouet à la main. Les deux autres l'imitèrent et Venetianelli attacha les longes à une poutre noircie.

Ils progressèrent prudemment et silencieusement jusqu'au four. Poulain poussa doucement l'un des battants du porche, qui n'était pas verrouillé, et jeta un regard dans la salle. C'était trop sombre pour y voir, mais il sentit l'odeur d'écurie.

Il attendit un moment avant de pousser les battants. C'était une salle voûtée en gros appareil qui devait remonter aux guerres anglaises. Accolé au mur, il distingua un puits au fond, avec une ouverture par-devant pour tirer l'eau et une corde attachée à un anneau de fer. À côté se trouvait une paillasse de foin avec quelques hardes posées dessus. À l'autre extrémité de la salle, un cheval bai était attaché à un anneau. On avait dressé une cheminée en pierres sèches contre un trou dans le mur. Autour, sur des pierres et des souches, étaient étalés un chaudron en fonte, quelques instruments de cuisine, des fagots, une boîte à sel, des flacons et des pots en grès. D'autres souches servaient de tabourets ou de table.

Ils entrèrent avec précaution. Poulain s'approcha du puits et regarda au fond sans rien y voir. Il ramassa une pierre et la jeta ; un plouf retentit. Il tira sur la corde, qui n'avait pas de seau au bout. En face du puits, un escalier de pierre grimpait vers l'étage, mais il était bouché par un éboulement de poutres tombées de la toiture. L'escalier conduisait au four, se dit-il. Ici, on devait entreposer la farine et des fruits, et venir chercher l'eau pour faire la pâte. Il fit le tour de la salle, cherchant vainement une autre sortie. Pendant ce temps, Il Magnifichino examinait les quelques hardes sur la paillasse et Olivier s'intéressait au contenu des flacons et des pots.

L'Italien s'approcha de Poulain, lui tendant un bonnet noir qu'il avait trouvé.

— Je connais ce bonnet, lui dit-il à voix basse.

Poulain hocha la tête, puis mit un doigt sur sa bouche et leur fit signe de sortir.

Dehors, il leur proposa d'aller jusqu'aux chevaux.

— C'est le bonnet de Ludovic Armani, dit à voix basse Il Magnifichino.

— Ça explique bien des choses. Il a dû venir ici se cacher de la vengeance des Gelosi, suggéra Poulain.

— Mais où est-il ? demanda Olivier.

— Dans le puits ! répondit Poulain en souriant.

Il s'expliqua :

— J'ai souvent connu ce genre de cachette dans mes chevauchées. Les gens se dissimulent dans des puits où sont creusées des sortes d'alcôves avant le niveau de l'eau. On faisait ça dans le temps pour se cacher. Ce four est bien plus vieux que l'église. Il y a longtemps, il devait y avoir là juste deux ou trois moines pour s'en occuper. En cas d'attaque, ils n'avaient aucune protection et ne pouvaient que se dissimuler au fond du puits. Nous allons emmener le cheval et attendre. Ludovic finira bien par sortir.

— Pourquoi prendre son cheval ? demanda Olivier.

— Si nous étions des voleurs, c'est ce que nous aurions fait. Il sera ainsi certain qu'on est bien partis.

Ils firent comme le prévôt l'avait dit, puis ils se dissimulèrent autour du four et attendirent.

Le temps s'écoula lentement. Ils avaient froid. La nuit commença à tomber et Il Magnifichino songeait qu'ils perdaient leur temps quand un léger bruit se fit entendre : un glissement, un frottement. Le portail grinça – ils l'avaient refermé – et ils entendirent des pas.

Poulain jaillit, l'arquebuse à la main :

— Ne bougez plus !

Une ombre fit demi-tour mais déjà les trois hommes étaient sur ses talons et, avant qu'il ait pu entrer dans le puits, ils le tenaient par le collet.

— Monsieur Armani ! s'exclama Il Magnifichino. Pourquoi nous fuyez-vous ?

— Venetianelli ? Monsieur Poulain ? s'exclama le comédien, éberlué, j'ai eu si peur ! J'ai cru que c'étaient des brigands !

— Et vous, que faites-vous là ?

— Je suis chez moi ! Je possède le fief de Garde-Épée et ce four appartient autant au fief qu'à l'abbaye.

— Vous possédez ? ironisa Poulain.

— Oui, mais je n'ai pas d'acte de propriété, monsieur, reconnut Ludovic Armani, brusquement penaud.

» Je me suis querellé avec les Gelosi, reprit-il en soupirant. Je suis venu ici pour leur échapper et tenter de réunir les preuves de ma possession.

— Expliquez-nous… proposa Poulain.

— C'est une longue histoire…

— Nous avons le temps, nous passerons la nuit ici. Olivier, peux-tu aller chercher les chevaux ? Il faut les faire boire. Nous avons de quoi faire un bon dîner, monsieur Armani, nous vous invitons et nous écouterons votre histoire.

Ludovic Armani observa un silence, car il se doutait que ces trois hommes n'étaient pas là par hasard et s'interrogeait sur ce qu'ils attendaient de lui.

Olivier ramena les montures et ils s'installèrent sur des pierres, se partageant du vin, du pain et des charcutailles. En revanche, Poulain refusa que lc comédien en fuite allume un feu.

— Mais nous allons mourir de froid ! protesta-t-il.

— C'est mieux que de mourir d'autre chose, fit sèchement Poulain. Savez-vous ce qui se passe à Garde-Épée ?

— Non…

— Vous connaissez le fermier ?

— Oui, je suis allé lui acheter des pommes et du fourrage, il y a une semaine.

— Avez-vous parlé à des gens de Saint-Brice ?

— Une fois, quand je suis allé prier à l'église. Je ne suis arrivé qu'il y a trois semaines, personne ne sait que je suis là. Je ne fais un feu que la nuit venue. Ma visite au fermier de Garde-Épée était ma première sortie.

— Mme Catherine de Médicis vient d'arriver à Cognac, et Mgr de Navarre à Jarnac. Ils se rencontreront demain à Saint-Brice.

— Dieu du ciel ! C'est donc pour cela que vous êtes ici ?

— Oui, et pour ce qui se passe à Garde-Épée. Nous pensons que des catholiques s'y sont installés.

— Mais le fermier ?

— Nous ne savons rien de plus. Je pensais que vous auriez pu apprendre des choses… Combien de gens habitent là-bas ?

— Je ne sais pas exactement. J'ai vu trois hommes et une femme, il y a sans doute plus de monde quand M. Ancellin, le propriétaire du fief, est là. Vous savez, je ne bouge pas d'ici. Je vis comme un animal, dit Gouffier avec amertume.

— Pourquoi rester ? interrogea Olivier.

— Pourquoi pas ? Où puis-je aller ? Au printemps ou cet été, je rentrerai peut-être en Italie, ou je me rendrai en Espagne.

Il resta silencieux un instant avant d'ajouter :

— Mon père avait écrit à ma mère. Il avait vendu le fief à un homme de paille, monsieur Ancellin, pour que cette terre échappe à la succession, et il avait remis les preuves de ma propriété au prieur de cette abbaye. Mais quand je suis venu, elle était dans cet état…

Olivier eut un regard de satisfaction à l'attention de ses compagnons pour avoir vu juste.

— Je prie… Je garde espoir qu'un jour des moines reviendront pour reconstruire le monastère… Que je pourrais les interroger… Peut-être sauront-ils ce qu'est devenu le prieur. Aux beaux jours, j'irai dans les campagnes, j'interrogerai. Pour l'instant, tout ce que je sais, je l'ai appris à Cognac : une compagnie huguenote est arrivée ici et a pendu tout le monde. J'ai vu les tombes, derrière l'église. Que sont devenus les papiers de l'abbaye, les chartes… ? Rien ne dit que les huguenots les ont brûlés, ce peut être aussi des paysans qui les ont pris, car ces disparitions doivent arranger bien des censives.

— Sans doute, approuva Poulain. Les guerres font la fortune de certains, et la ruine d'autres. Mais vous deviez nous raconter votre querelle avec les Gelosi…

— C'est vrai… Ils sont aussi à Cognac ?

— Non, ils ont quitté la Cour.

— Je préfère ça ! J'ai eu une liaison avec une comédienne et son mari veut se venger.

— Laquelle ? s'enquit Venetianelli en s'esclaffant. Elles sont toutes plus jolies les unes que les autres et je suis sûr que Maria a la cuisse légère !

— L'honneur m'interdit d'en dire plus ! s'offusqua Gouffier.

— Vous vous cachiez dans le puits ! affirma Poulain.

— Oui, monsieur, dans une cavité.

— Elle est grande ? s'enquit Olivier par curiosité.

Surpris par la question, Ludovic Gouffier se mordit imperceptiblement les lèvres, hésitant à répondre. Puis il se dit que s'il mentait, et que ce prévôt vérifiait, il risquait de lui faire un mauvais sort. Et après tout, il avait bien caché ce qu'il avait découvert.

— Il y a un souterrain, répondit-il.

— Un souterrain ? Long ? demanda Poulain, soudain intéressé.

— Environ mille cinq cents pas, je l'ai mesuré. Il va jusqu'à Garde-Épée.

— Vous en êtes certain ? Vous êtes allé jusqu'à Garde-Épée ? insista Poulain.

— Je ne sais pas si c'est Garde-Épée, monsieur. Le souterrain suit la direction de Garde-Épée et se termine par une vieille porte en fer qui pourrait communiquer avec les caves.

— Ce serait bien possible, en effet, dit Poulain, pensif. Quand les Anglais occupaient le pays et que les grandes compagnies faisaient la loi, ce genre de passage permettait de fuir d'une maison à une autre. Mais tout de même, mille cinq cents pieds c'est très long ! Je n'ai jamais entendu parler de souterrains si longs. Il est praticable ?

— Ce n'est qu'une tranchée recouverte d'une voûte de pierre, ou parfois simplement de bois, puis dissimulée sous de la terre. Par endroits, le passage affleure le sol et on aperçoit le ciel entre les racines, car il y a eu des éboulements.

Poulain se leva.

— Allons-y, je veux voir.

— Je n'ai qu'une lampe à huile, monsieur, dit Ludovic Gouffier.

— Ce sera suffisant... mais, j'y pense, vous ne nous avez pas dit comment vous l'avez découvert...

— À la fois par chance et par curiosité. Le soir où je suis arrivé ici, il neigeait et tout était glacé. Mon outre d'eau avait gelé et s'était fendue. J'avais soif, et le cheval encore plus. On s'est réfugiés dans cette salle, j'ai fait un feu, mais je n'avais aucun moyen de tirer de l'eau du puits, car il n'y avait ni corde ni seau. J'ai observé que le niveau n'était pas très bas. Alors, je suis allé chercher une longue poutre pas trop lourde que j'ai immobilisée en travers du puits de façon à ce que la partie basse soit près de l'eau, puis, en m'aidant de ma dague que je plantais entre les pierres, je suis descendu remplir un sac de cuir. J'avais peur de tomber, mais tout s'est bien passé. Seulement, à une toise du bord, je n'ai plus trouvé d'endroit pour enfoncer ma dague : il y avait un grand trou.

» Le lendemain, avec une lanière, j'ai descendu une branche de pin enflammée. Il y avait bien une cavité. Je me suis alors souvenu du plan du fief que mon père avait envoyé à ma mère. Il y avait une ligne entre le four de l'abbaye et Garde-Épée. J'ai acheté une corde et une lampe à huile dans une ferme et je suis descendu. C'était un souterrain. Il m'a fallu deux semaines pour le dégager et l'explorer jusqu'au bout.

— Et cette porte qui le ferme ?

— Elle est en fer, je ne suis pas allé plus loin.

— Pourquoi les moines ne se sont-ils pas cachés là quand l'abbaye a été attaquée ? demanda Olivier.

— Sans doute ignoraient-ils l'existence de ce souterrain. Ce passage est certainement oublié depuis des siècles, répondit Ludovic.

Nicolas Poulain avait déjà saisi la lampe de terre cuite posée sur une pierre.

— Il y a de l'huile de noix dans ce flacon, proposa le jeune Gouffier. Je vous accompagne...

— Non, si c'est tout droit, je n'aurai pas de mal à trouver mon chemin.

Personne ne remarqua l'ombre de contrariété qui passa sur le visage de Ludovic. Nicolas emplit la lampe avec l'huile et glissa le flacon dans une poche de son pourpoint. La lampe n'était qu'un simple godet en fer avec d'un côté un bec qui portait une mèche de coton et de l'autre une anse assez longue. Il alluma la mèche avec son briquet à amadou.

Suivi des autres, il se rendit au puits, saisit l'anse de la lampe entre ses dents, attrapa la corde, se glissa à l'intérieur du puits, et se laissa descendre, non sans faire un dernier signe amical à Olivier.

La lampe éclairait peu, mais il repéra aisément le début du souterrain. Le puits étant étroit, il posa facilement ses pieds sur le sol de l'orifice, puis il s'engagea dans le tunnel.

Il ne pouvait rester droit. Au début, l'avancée fut pourtant assez rapide bien que fatigante, car il devait se baisser et tenir la lampe devant lui à bout de bras pour éviter de se cogner. Les parois du souterrain étaient en pierre et par endroits le mur s'était écroulé sous la pression des racines. Ludovic l'avait plus ou moins redressé en empilant les pierres.

À un moment, le boyau devint plus étroit, moins haut, et il dut s'accroupir pour avancer. Il sentit des courants d'air, l'humidité des sous-bois. Sans doute le tunnel affleurait-il le sol de la forêt. Il avança ainsi péniblement durant près d'une heure. Deux fois la lampe s'éteignit et il ne parvint à la rallumer qu'à grand-peine. Il arriva enfin à la porte rouillée, bardée de fer et hérissée de clous, mais si vieille que des morceaux entiers s'effritaient. Il colla un long moment son oreille au battant. Que pouvait-il y avoir derrière ? N'entendant rien, il jugea que ce devait être une cave rarement utilisée. Il examina un moment les clous, les arrachant facilement avec sa dague, puis, avec la lame, il gratta les gonds scellés dans l'encadrement de pierre envahi par le salpêtre et constata qu'il n'y aurait aucune difficulté à les desceller. Il serait facile d'enlever le bardage de fer et de détacher les pentures. Il suffirait ensuite de pousser la porte qui s'ouvrait vers l'intérieur, en évitant juste de la faire tomber pour ne pas provoquer d'alerte. S'il y avait une cave de l'autre côté, il fallait seulement espérer qu'on n'ait pas entreposé trop d'objets derrière.

Ne pouvant rien apprendre de plus, il fit demi-tour.

De nouveau, la lampe s'éteignit plusieurs fois et, alors qu'il ne devait plus être très loin du puits, il ne parvint pas à la rallumer.

Il resta un long moment dans le noir à frapper la pierre de son briquet, puis décida d'avancer à tâtons. Après tout, c'était tout droit et il devrait juste faire attention à ne pas tomber dans l'eau en arrivant.

Il s'aperçut vite que le tunnel n'était pas vraiment droit. À plusieurs reprises il heurta les murs dont les empilements de pierres s'écroulèrent. À chaque fois, il restait immobile, le cœur battant, craignant que la voûte entière ne s'écroule sur sa tête. C'est lors d'un de ces éboulements qu'il fut surpris par le bruit métallique. Ce n'étaient pas des pierres qui tombaient cette fois, mais des objets qu'il tâta dans le noir. Des coupes, des vases ?

Voulant savoir de quoi il s'agissait, il s'installa confortablement, graissa la mèche et entreprit de la rallumer. Enfin, la flamme jaillit et il put examiner ce qui s'était passé.

En heurtant les pierres, il avait fait effondrer un muret dissimulant une cache. Les objets n'étaient pas en fer ou en étain, comme il l'avait pensé, mais en or et en argent. C'étaient des vases religieux, des ciboires, des calices, des chandeliers. Probablement le trésor de l'abbaye dissimulé par les moines.

Seulement, ce n'était pas tout. Il y avait aussi une large ceinture en cuir, presque neuve. À des boucles était attachée une bourse plate qui contenait quelques centaines de pièces d'or ainsi que des papiers. Il en déplia un. C'était une lettre du marquis de Caravaz adressée à Mme Armani.

Ludovic avait trouvé le trésor de l'abbaye et l'avait caché là avec ses affaires.

Il remit tout en place et redressa le mur en empilant les pierres, puis il reprit son chemin en s'interrogeant sur ce qu'il devait faire.

Un quart d'heure plus tard, il retrouvait ses compagnons, inquiets de sa si longue absence.

— Nous pourrons entrer dans Garde-Épée par le souterrain, leur annonça-t-il. Dormons, et demain nous partirons pour Jarnac chercher M. de Mornay et les lansquenets.

— Et moi ? demanda Ludovic.

— Je suis désolé, mais je ne peux prendre le risque de vous laisser là, où vous pourriez être pris et nous dénoncer. Vous viendrez avec nous.

20.

Le samedi 13 décembre, une première compagnie de trois cents hommes d'armes sortit de Jarnac. Derrière elle chevauchait une centaine de gentilshommes qui entouraient le roi de Navarre. Derrière encore suivait une autre compagnie comprenant la fine fleur de la noblesse protestante de Saintonge. Cette petite armée emprunta le chemin longeant la Charente qui conduisait à Saint-Brice et à Cognac.

Au château de Saint-Brice, une grande partie de la Cour était arrivée la veille. La reine, bien sûr, mais aussi les ducs de Montpensier, de Nevers et de Retz, ainsi que plusieurs chevaliers du Saint-Esprit, tous conseillers de Catherine de Médicis ou observateurs pour le roi Henri III.

Le soir même de leur arrivée, la reine avait découvert la catastrophe. En cherchant le flacon contenant le philtre de Ruggieri pour le remettre à Mme de Sauves, elle ne l'avait pas trouvé dans son coffret.

Pour la première fois depuis la mort de son mari Henri, elle sentit le poids des ans. Depuis le début, ce voyage ne lui avait apporté que des déboires : l'incompréhensible tentative d'assassinat contre

Mme Sardini, la fuite de son prévôt, les Gelosi qui s'étaient volatilisés avec Ludovic Gouffier, et maintenant, ce vol.

Personne n'entrait jamais dans les pièces où était rangé le coffret à flacons, sinon ses dames d'honneur. Bezon avait enquêté. Selon lui, ce ne pouvait être qu'une de ses favorites qui l'avait pris. Probablement Marie de Surgères ou Hélène de Bacqueville, ces deux petites dindes ayant dû vouloir l'essayer pour s'amuser. Sûre d'elle, Catherine leur avait fait donner les étrivières, mais même sous le fouet, elles n'avaient rien avoué.

La reine ne pouvait plus utiliser ni Isabeau, qui, amaigrie et éteinte, n'était que l'ombre de la séduisante courtisane qu'elle avait été, ni Isabella, partie avec les Gelosi, et ne disposait même plus de philtre d'amour.

Son projet de mariage entre sa petite-fille Christine et le roi de Navarre était donc définitivement brisé. Pourtant, jusqu'au dernier moment, elle y croyait encore. Quelques jours auparavant, elle avait convaincu Mme de Sauves de recevoir dignement le roi de Navarre à sa place et de lui offrir à dîner, lors des conférences. Comme la maîtresse de Guise minaudait, en se jugeant trop vieille, la reine mère lui avait promis de lui faire passer un philtre d'amour qui, absorbé par le Bourbon, le ferait tomber dans ses rets.

Si Navarre refusait ses propositions de paix, ce serait donc le poison, et ce serait Mme de Sauves qui, à son insu, l'administrerait.

Catherine de Médicis avait décidé que la maîtresse du duc de Guise offrirait à dîner au roi le dernier jour de la conférence. Si le Béarnais avait accepté ses propositions de paix, il resterait en vie. Sinon, et si Mme de Sauves était parvenue à lui faire boire le contenu du flacon, la Cour serait en sécurité dans la forteresse de François Ier, à Cognac, quand le poison agirait.

Une fois Navarre mort, tout accuserait Mme de Sauves qui aurait un rapide procès et serait exécutée sur place. Il suffirait ensuite de répandre la rumeur que cette perverse femme avait agi sur ordre du duc de Guise pour que celui-ci soit définitivement écarté du trône de France.

Accueilli par le duc de Montpensier et le maréchal de Biron, le roi de Navarre et sa suite entrèrent dans la grande salle du château, tandis que les jardins et le village étaient occupés par quatre régiments du Béarnais.

En entendant la bruyante suite de Navarre, Catherine de Médicis qui se tenait dans un cabinet mitoyen songeait qu'elle était allée trop loin dans les concessions. Elle n'aurait jamais dû venir jusqu'ici. Le Béarnais, maître du château et des environs, pouvait à tout moment se saisir d'elle et la prendre en otage. Elle essaya de dissiper cette angoisse en se persuadant qu'il était homme d'honneur, et qu'il n'agirait jamais comme un brigand de grand chemin. Mais pouvait-elle avoir la même certitude envers ses capitaines ?

Elle soupira. Si au moins Navarre l'écoutait, s'il acceptait de se convertir, alors tous les risques qu'elle avait pris, toutes les fatigues qu'elle avait subies seraient justifiés. Sinon… Elle passa à nouveau son plan en revue et, malgré les souffrances infligées par la goutte, un frisson de satisfaction la parcourut. Elle avait tout prévu. Son arrière-grand-père Laurent serait fière d'elle, se félicita-t-elle

Debout devant un miroir, vêtue de cette longue robe noire et de la coiffe qu'elle ne quittait jamais depuis la mort de son mari, la reine mère tenta d'évacuer la douleur de la maladie et se composa un visage serein avant de pénétrer, majestueusement, dans la grande salle où Navarre et ses capitaines attendaient. Mme de Sauves, suffisamment maquillée pour masquer son âge, la suivait, ainsi qu'un groupe de dames d'honneur. Les ducs de Retz et de Nevers étaient déjà là, entourés de leurs gentilshommes.

Alors que les hommes de sa Cour avaient revêtu leurs plus beaux habits, Catherine de Médicis découvrit avec stupéfaction que son gendre, le prince de Condé, le vicomte de Turenne, M. de La Rochefoucauld et les autres seigneurs calvinistes étaient ostensiblement caparaçonnés en guerre, avec corselet, casque et épée de bataille. Ils affichaient ainsi, de façon ostentatoire, leur défiance envers elle.

— Aviez-vous besoin de ces armures ? s'enquit-elle avec rudesse, en s'adressant à la cantonade.

— C'est encore trop peu, madame, d'un plastron et d'une cuirasse pour se couvrir contre ceux qui ont faussé les édits du roi. Nos biens ayant été mis à l'encan, il ne nous reste plus que des armes et nous les avons prises pour défendre nos têtes proscrites [1] ! s'exclama le prince de Condé.

1. Nous avons ici repris la plupart des dialogues rapportés par les témoins de cette conférence.

Henri de Navarre, dont pourtant tout le monde connaissait l'habituelle bonhomie, approuva ce discours en hochant simplement la tête.

— On nous a aussi rapporté qu'une grosse troupe de gens de guerre de M. de Mayenne a débandé son engagement et court la campagne autour de Saint-Brice. Nous avons craint d'être attaqués ! fit-il pour nuancer le propos de son cousin.

Catherine de Médicis avait tant de facilité à dissimuler qu'elle sourit chaleureusement à son gendre. Bras ouverts, elle s'avança et l'embrassa avec une tendresse exagérée, tant elle était libérale en caresses qui ne lui coûtaient rien. Lui prenant ensuite le bras, elle lui dit affectueusement :

— Allons dans la salle que M. de Fors a préparée, et faisons une bonne paix !

— Nous irons à tour de rôle discuter de vos propositions, madame, intervint Navarre plus fraîchement. Pendant que je serai avec vous, mes cousins Condé ou Turenne garderont la porte, et quand le prince s'y rendra, je ferai la surveillance avec monsieur le vicomte de Turenne.

La reine blêmit à cette nouvelle injure, mais ravala sa rage. Feignant de n'avoir rien entendu, elle conduisit son gendre vers l'autre extrémité de la grande salle où une chambre d'apparat avait été préparée. Les ducs la suivirent, ainsi que les gentilshommes de la suite du Béarnais.

Navarre et sa belle-mère s'installèrent sur des fauteuils et les autres sur des chaises, mais la porte resta ouverte et Condé, farouche, la main sur son épée, s'installa devant.

— Eh bien, mon fils, ferons-nous quelque chose de bon ? demanda en souriant la reine.

— C'est ce que je désire, madame, repartit le roi de Navarre avec la même bonhomie.

Jarnac était en état de siège, mais le laissez-passer signé par Henri de Bourbon ouvrait toutes les portes. S'étant renseignés au corps de garde, ils apprirent que Philippe de Mornay était au château et avait prévenu les officiers qu'il attendait la visite du prévôt Nicolas Poulain. On les conduisit rapidement auprès de lui.

Mornay et Caudebec attendaient dans l'angoisse. C'est dire si les embrassades furent chaleureuses quand Olivier – il voulait être le premier à parler – annonça qu'ils avaient retrouvé la duchesse de Montpensier, et donc certainement Cassandre.

Ils présentèrent rapidement Ludovic Gouffier à Mornay avant de raconter leur découverte de Garde-Épée et l'existence du souterrain.

— Voici ce que je propose, dit Poulain. Partons après dîner avec les lansquenets, nous prendrons une route qui nous conduira à l'abbaye… sans passer devant Garde-Épée.

— La route de Nercillac ferait l'affaire, proposa Caudebec.

— Nous la suivrons donc. Arrivés à l'abbaye, nous attendrons la nuit pour emprunter le souterrain. Il sera aisé de briser la porte qui doit déboucher dans des caves. Ensuite, à la grâce de Dieu ! Nous prendrons la maison d'assaut…

— Ce plan me plaît, approuva Mornay gravement, mais à La Chapelle-Foucher on m'a dit que la troupe de la Montpensier comprenait une cinquantaine d'hommes d'armes. Nous ne serons que vingt et un, si je compte bien.

— Mais nous aurons l'avantage de la surprise, remarqua Caudebec.

— Et d'arriver au milieu de la nuit, ajouta Poulain.

— Comprenez-moi, fit Mornay, le visage contracté. Ce n'est pas pour moi, ou même pour vous, que je crains ce combat, c'est pour ma fille. Nous serons peu nombreux et nous ignorons où elle se trouve. Si on ne la délivre pas tout de suite, ils s'en serviront comme otage, et je ne sais ce que je ferai alors. Or, à Garde-Épée, il faudra occuper la cour, les portes, isoler la duchesse et ses gentilshommes. Il y a aussi ce Le Vert dont vous m'avez parlé.

— Ne pouvez-vous pas demander un détachement de soldats à monseigneur de Navarre ?

— Non, c'est ma guerre, et non la sienne. Henri a besoin de tous ses hommes.

Mornay se tourna vers Ludovic.

— Monsieur Gouffier, savez-vous vous battre ?

— Je sais tenir honnêtement une épée, et manier le pistolet si nécessaire, monsieur.

— Vous joindriez-vous à nous ? Avec notre petit nombre, chaque homme en plus compte…

Gouffier grimaça, faisant comprendre qu'il ne voulait pas prendre parti.

— Vous l'avez dit, monsieur, c'est votre guerre, et je ne suis qu'un comédien. Je ne suis venu aujourd'hui ici que parce qu'on m'y a forcé !

— D'après ce que vient de me dire M. Poulain, vous êtes le fils d'un gentilhomme et vous avez un droit sur un fief. Vous joindre à moi ferait avancer votre affaire…

— Comment cela ? tressaillit Ludovic.

— Une lettre de votre père suffirait à prouver votre naissance, et l'actuel propriétaire du fief vient d'en être privé par Mme de Montpensier et sa troupe. Possession fait loi ! Le fief est aux Guise pour l'instant, aidez-nous à le reprendre et je vous le laisse…

— M. Ancellin, qui l'a acheté, ira en justice…

— Et alors ? Engagez quelques hommes si vous avez un peu d'argent, et installez-vous dans Garde-Épée. L'affaire ira en justice ? Sans doute, mais je vous le dis : possession fait loi. Vous n'aurez pas pris ce fief à Ancellin, mais à Guise qui le lui avait conquis ! Je témoignerai pour vous, Navarre aussi, s'il le faut. C'est une chance inespérée… Saisissez-la !

Ludovic resta un instant hésitant, se frottant gauchement les mains, puis il posa son regard sur ses trois compagnons qui attendaient sa réponse. Finalement, il inclina la tête en signe d'adhésion.

Ils dînèrent avec Heinz et deux de ses lieutenants. Poulain leur donna des détails sur ce qu'il attendait d'eux, et Mornay des instructions précises. Après ce repas, Antoine et Venetianelli partirent se procurer lanternes et flambeaux, tandis que Caudebec s'occupait d'équiper Ludovic en lui trouvant cuirasse, épée et cervelière. M. de Mornay se retrouva avec Nicolas et Olivier comme il le souhaitait.

— Mes vaillants amis, l'heure du jugement est venue, comme il est dit dans les Psaumes, déclara-t-il d'un voix grave. J'y laisserai peut-être la vie, aussi dois-je vous confier un secret que seule Cassandre connaît. Mais si je survis à cette bataille, jurez-moi de n'en parler jamais.

M. de Mornay leur était toujours apparu sombre et préoccupé depuis qu'ils l'avaient rencontré. Nicolas Poulain pensait que c'était son tempérament naturel, tandis qu'Olivier jugeait que c'était l'enlèvement de sa fille qui le minait. Pourtant, ils ne l'avaient encore jamais vu ainsi et ils s'en inquiétèrent. Aussi jurèrent-ils sans hésiter.

— M. Le Vert a un autre nom, poursuivit Mornay. Il se nomme Charles de Louviers, seigneur de Maurevert…

— Maurevert ? le coupa Poulain.

— Oui, l'assassin de l'amiral de Coligny qui était mon maître et mon ami.

— Maurevert est mort, il y a deux ou trois ans, objecta Poulain.

— Je le croyais aussi, mais par quelque malice, il a survécu à ses blessures. Et il est toujours au service des Guise. Je l'avais reconnu chez M. Hauteville.

— Est-ce possible… l'assassin de Coligny ! murmura Poulain.

— Lui aussi m'avait reconnu. C'est une affaire entre nous deux, désormais. Il a tué mon maître, l'amiral, aussi je dois le tuer. Dans le combat de cette nuit, n'oubliez pas qu'il est à moi, n'y touchez pas, mais prenez garde. C'est un démon.

Olivier restait silencieux. Lui aussi avait entendu parler de Maurevert, mais ne savait que peu de choses sur lui, sinon qu'il avait provoqué la Saint-Barthélemy. Il en était terrorisé, non pour lui mais pour Cassandre.

— Le vrai dessein de Maurevert ne peut être que de tuer le roi de Navarre. C'est Guise qui l'en a chargé… Guise ou Mayenne, et l'enlèvement de ma fille n'est qu'un moyen pour y parvenir. Après tout, n'était-il pas surnommé le tueur des rois ? Maurevert est un ennemi formidable qui connaît rarement l'échec, et j'avoue me sentir impuissant contre lui, conclut Mornay avec une évidente détresse. Voilà pourquoi vous deviez savoir, pour me venger, si je devais succomber à mon tour. Maintenant, ceignons nos épées qui seront celles du jugement.

— Monsieur de Mornay, intervint alors Nicolas, je ne participerai pas à l'attaque de cette nuit.

Le père de Cassandre haussa un sourcil à la fois interrogateur et réprobateur.

— Ce que je vais vous confier à mon tour, seuls le roi, le marquis d'O et M. de Richelieu le savent, ainsi que mon ami Olivier. Mais avant d'aller plus loin, puis-je moi aussi avoir votre parole que vous n'en direz mot à quiconque, même au roi de Navarre ?

— Est-ce contraire à l'honneur ?

— Serait-ce possible, puisque je suis au service de Sa Majesté ? Le roi nous indique toujours le chemin de l'honneur, monsieur, répliqua sèchement Poulain.

— Le roi n'a pas toujours été bon avec nous, ni honorable, remarqua Mornay avec une ironie teintée de tristesse.

— C'est vrai en ce qui concerne la religion prétendue réformée, mais je ne veux pas me mêler de cette querelle. Je suis au roi, monsieur. Et je serai toujours au roi légitime… comprenez-vous ? Pour le moment, je ne suis pas à monseigneur de Navarre.

Ce soir, nous ne serons que des alliés d'intérêt, rien d'autre. Mais je sais que vous êtes un vrai gentilhomme. J'ai parlé de mes préoccupations avec Olivier, et c'est lui qui a insisté pour que je vous fasse confiance.

— Je peux vous comprendre, dit gravement Mornay, et je vous donne ma parole de ne rien rapporter de ce que vous allez me confier, comme vous l'avez fait avec moi.

— Je suis au roi, donc, mais pour les gens de la Ligue, je suis un des leurs. Monseigneur de Guise m'estime, ainsi que sa sœur, et croient que je suis leur serviteur.

— Que voulez-vous dire ? se raidit Mornay.

— Je suis un espion, monsieur. Je suis l'espion du roi…

À Saint-Brice, la conférence se poursuivait.

— Il faut que vous me disiez ce que vous désirez pour la paix, mon fils, proposa la reine.

— Mes désirs, madame, ne sont que ceux de Votre Majesté.

— Laissons ces cérémonies, et dites-moi ce que vous demandez ! fit-elle, pressante.

— Madame, je ne demande rien, et ne suis venu que pour recevoir vos commandements.

— Là, là, faites quelque ouverture… s'impatienta-t-elle.

— Madame, il n'y a point ici d'ouverture pour moi.

— Mais quoi, ajouta la reine, voulez-vous être la cause de la ruine de ce royaume ?

— Madame, vous et votre fils avez levé huit armées pour me ruiner !

— Quelles armées, mon fils ? Vous vous abusez ! Pensez-vous que si le roi eût voulu vous ruiner, il ne l'eût pas fait ! La puissance ne lui a pas manqué, mais il n'en a jamais eu la volonté.

— Excusez-moi, madame, mais ma ruine ne dépend point des hommes, elle n'est ni au pouvoir du roi ni au vôtre.

— Ignorez-vous la puissance du roi et ce qu'il peut ? s'irrita-t-elle.

— Madame, je sais bien ce qu'il peut, et encore mieux ce qu'il ne pourrait faire, fit Navarre en souriant benoîtement.

— Eh quoi donc ! Ne voulez-vous pas obéir à votre roi ? gronda-t-elle.

— J'en ai toujours eu la volonté, j'ai désiré lui en témoigner les effets, et je l'ai souvent supplié de m'honorer de ses commandements pour m'opposer, sous son autorité, à ceux de la Ligue, qui s'étaient élevés en son royaume, au préjudice de ses édits, pour troubler son repos et la tranquillité publique.

Là-dessus la reine éclata de colère.

— Ne vous abusez point, mon fils ! Ceux-là ne sont point ligués contre le royaume ; ils sont français et les meilleurs catholiques de France ! Simplement, ils appréhendent la domination des huguenots et, pour vous le dire en un mot, le roi connaît leur intention et trouve bon tout ce qu'ils ont fait !

Elle se radoucit.

— Mais laissons cela, ne parlez que pour vous. Demandez ce que vous voulez, le roi vous l'accordera, insista-t-elle.

— Madame, je ne vous demande rien, répéta Henri, brusquement refroidi, ayant compris que ce déplacement et cette conférence étaient inutiles, puisque la reine ne lui proposerait rien. Mais si vous me demandez quelque chose, je le transmettrai à mes amis, car j'ai promis de ne rien traiter sans eux.

— Or bien, mon fils, puisque vous le voulez, je vous dirai que le roi vous aime et désire vous voir auprès de lui, comme son bon frère.

— Madame, je le remercie très humblement et vous assure que jamais je ne manquerai au devoir que je lui dois.

— Mais quoi, ne voulez-vous dire autre chose ?

— N'est-ce pas beaucoup que cela ?

— Vous voulez donc continuer d'être cause de la misère de ce royaume ? Ne voulez-vous pas obéir au roi ? Ne craignez-vous point qu'il ne s'irrite contre vous ?

— Madame, il faut que je vous dise la vérité : il y a tantôt dix-huit mois que je n'obéis plus au roi !

— Ne dites pas cela, mon fils ! fit-elle en haussant le ton.

— Madame, je le puis dire, car le roi, qui m'est comme père, au lieu de me nourrir comme son enfant m'a fait la guerre en loup... Et quant à vous, madame, vous me l'avez faite en lionne.

— Quoi ! N'ai-je pas toujours été bonne mère pour vous ?

— Oui, madame, mais seulement en ma jeunesse, car depuis six ans votre naturel a fort changé.

— Croyez, mon fils, que le roi et moi ne demandons que votre bien.

— Madame, excusez-moi, je ressens tout le contraire…

— Mon fils, laissons cela… Voulez-vous que la peine que j'ai prise depuis six mois demeure infructueuse, après m'avoir tenue si longtemps à baguenauder ?

— Madame, ce n'est pas moi qui en suis cause ! Au contraire, c'est vous ! Je ne vous ai jamais empêchée de reposer dans votre lit, tandis que vous, depuis dix-huit mois, vous m'empêchez de coucher dans le mien !

La reine se mit le visage entre les mains et fit semblant d'étouffer un sanglot.

— Serai-je toujours en cette peine, moi qui ne demande que le repos ?

— Madame, cette peine vous plaît et vous nourrit, sourit Navarre, ce qui dérida l'assistance.

Elle secoua la tête, affichant une fausse détresse.

— Je vous ai vu autrefois si doux et si traitable, et à présent je vois sortir votre courroux par les yeux, et l'entends par vos paroles.

— Madame, il est vrai que les fâcheux traitements dont vous avez usé à mon endroit m'ont fait perdre mon naturel.

— Or bien, regardons alors à faire une trêve pour quelque temps, vous pourrez conférer avec vos ministres afin de faciliter une bonne paix. À cette fin, des passeports vous seront expédiés pour gagner Paris.

— Je vais en parler à mes amis, madame.

Pendant cet échange de sourds, tandis que le prince de Condé et François de La Rochefoucauld restaient devant la porte de la chambre de négociation et que le vicomte de Turenne patrouillait dans les jardins, M. de Rosny, cuirassé et armé comme ses compagnons, circulait dans la grande salle quand un jeune page vint lui dire que Mme de Sauves voulait le rencontrer. Il le suivit à l'étage en s'interrogeant sur les raisons de cette entrevue. Charlotte avait bien sûr été sa maîtresse, comme elle l'avait été pour la plupart des gentilshommes de la Cour, mais, à la différence des autres, elle l'avait aimé, au moins le lui avait-elle assuré.

Mme de Sauves se tenait debout dans une petite chambre et le reçut seule, ce qui n'était guère conforme à la bienséance, mais habituel à la cour de la reine mère.

— Baron, j'ai prié pour que vous acceptiez de venir, lui dit-elle en lui prenant les mains.

— Moi, madame ?

— Oui, monsieur, car vous êtes un homme bon, en qui je me fie, et qui ne me reprochez rien…

Elle eut un regard effrayé qui troubla Rosny.

— … Que le roi de Navarre n'attende rien de cette conférence ! lâcha-t-elle.

— Savez-vous quelque chose, madame ? s'inquiéta-t-il.

— Juste qu'il prenne garde ! Qu'il ne boive ni ne mange et refuse tout dîner, même si c'est moi qui le propose.

— Vous, madame ? s'inquiéta Rosny.

— Je ne puis vous en dire plus, baron. Me ferez-vous confiance ?

— Je le ferai, madame, mais vous vous alarmez pour rien. La reine ne cherche qu'à sacrifier le roi de

Navarre à la Ligue en l'engageant à changer de religion.

— Plût à Dieu que ce ne fût que cela ! soupira-t-elle. Maintenant, laissez-moi, j'en ai trop dit.

Rosny se retira dans un mélange d'inquiétude et de satisfaction. Mme de Sauves devait être chargée de quelques sombres manœuvres contre le roi, mais elle ne voulait pas s'y prêter. Ainsi, peu à peu, les soutiens de la reine l'abandonnaient.

Il revint dans la grande salle quand Navarre en sortait. Le roi échangea quelques mots avec le prince de Condé qui rentra à son tour discuter avec la reine des modalités d'une trêve.

Rosny raconta en quelques mots son entrevue avec Mme de Sauves, ce qui fit rire le Béarnais qui n'avait jamais songé à boire ou à manger dans le château, ayant même fait porter son dîner et son vin dans des bouteilles cachetées.

À son tour, il raconta au baron les premières propositions de Catherine de Médicis.

— Elle me demande de retourner au Louvre, mais me refuse toute sûreté sur cette téméraire démarche ! Ce n'est qu'un piège pour me priver du secours de mes amis et me laisser seul, abandonné de tous mes partisans ! Comment peut-elle croire une seconde que j'accepterai ?

Il s'interrompit en voyant arriver M. de Bezon et une femme amaigrie au teint cendré qu'il eut du mal à reconnaître.

— Madame Sardini ! s'exclama-t-il. J'ignorais que vous étiez avec Sa Majesté ! Votre mari est-il là aussi ?

— Non, monsieur. La reine m'avait demandé de l'accompagner.

— Mme Sardini a été gravement blessée à Blois, monseigneur, expliqua M. de Bezon, raide comme un Grand d'Espagne. Je lui ai conseillé de rentrer à Paris, mais elle souhaitait vous rencontrer.

— Me rencontrer ! Ventre-saint-gris ! si j'avais su, je serais venu bien plus vite ! s'esclaffa le roi. Mais comment avez-vous été blessée, madame ?

— Un homme lui a tiré dessus avec un mousquet, sire.

— Qui ? s'inquiéta Rosny.

— Nous l'ignorons, monsieur. J'ai pensé à une vengeance des Guise envers M. Sardini, déclara Bezon en dévisageant le roi.

— Ce serait bien possible, murmura sérieusement Henri de Navarre. Quoi qu'il en soit, madame, je suis votre serviteur. Quel que soit votre souhait, dans la limite de mes moyens, il sera accepté.

— Je souhaite parler à M. de Mornay, dit Isabeau d'une voix qui n'était qu'un murmure.

— Il n'est pas ici, répondit le roi, mais il vient d'arriver à Jarnac.

— Auriez-vous la bonté de lui transmettre ma requête, monseigneur ?

— Je le ferai, madame, mais je dois vous prévenir qu'en ce moment, M. de Mornay a… des contrariétés.

Rosny remarqua que la pâleur d'Isabeau s'accentuait. Soudain, elle vacilla et il n'eut que le temps de la soutenir.

— Lesquelles ? demanda-t-elle dans un souffle.

— Il vous les dira quand vous le verrez, proposa le roi de Navarre dans un rire forcé, comme pour ne pas remarquer le malaise de la pauvre femme. La prochaine conférence aura lieu ici lundi. Voulez-vous que je lui propose de m'accompagner ?

— Je vous en serai éternellement reconnaissante, monseigneur, murmura-t-elle.

Puis elle s'inclina et, telle une ombre, elle repartit avec M. de Bezon.

— Rosny ? Mme Sardini est au plus mal, alors pourquoi veut-elle rencontrer M. de Mornay qu'elle ne connaît pas ? À votre avis, cela a-t-il un rapport avec la fille de Mornay ?

— Je ne sais pas, monseigneur, mais tout cela me déplaît. J'ai hâte que cette conférence soit terminée ! Nous sommes dans un nid de guêpes.

Ils arrivèrent à l'abbaye à la nuit tombante et s'installèrent dans l'église avec les chevaux, la salle sous le four étant trop petite pour recevoir tout le monde.

Pendant que les lansquenets soignaient les bêtes et préparaient leur dîner – qui serait froid, car ils ne devaient pas faire de feu –, Poulain conduisit M. de Mornay jusqu'au puits. Le père adoptif de Cassandre proposa à Olivier de l'accompagner.

En chemin, M. de Mornay prit affectueusement Olivier par le bras.

— Monsieur Hauteville, j'ai beaucoup d'estime pour vous, commença-t-il.

— Merci, monsieur.

— J'ai bon espoir que nous débarrassions définitivement le royaume de Maurevert et que nous délivrions ma fille, ce soir. Je connais les sentiments qui vous rapprochent, même s'ils ne sont pas raisonnables. Qu'allez-vous faire après ?

Olivier avait la gorge sèche. Il savait qu'il allait contrarier M. de Mornay, mais il se sentait fort.

— Monsieur, quand vous êtes venu chez moi… reprendre les quittances de M. Salvancy, Cassandre… votre fille… m'a dit que vous accepteriez de me prendre à votre service, peut-être comme secrétaire… J'ai alors refusé.

— C'est exact, nous en avions parlé…

— J'ai eu tort. Aussi, quand mon ami Nicolas m'a proposé de l'accompagner à Chenonceaux, j'ai accepté, car secrètement j'espérais vous rencontrer lors de la venue du roi de Navarre.

Nicolas écoutait, troublé par ce que disait son ami.

— Durant l'année qui vient de s'écouler, Cassandre m'a écrit trois fois, elle m'a aussi envoyé le Nouveau Testament traduit par M. de Bèze ainsi que quelques-uns des textes que vous avez écrits…

— Elle a fait ça ? s'enquit Mornay, en fronçant les sourcils, ce que seul Nicolas remarqua, car c'est lui qui tenait la lanterne.

Ils entrèrent dans la salle du puits. Poulain posa la lanterne sur une grosse pierre. Avant d'examiner le passage avec M. de Mornay, il préférait que les deux hommes aient fini de s'entretenir.

— Je ne sais si votre fille vous l'a dit, j'ai penché pour la Ligue quand j'étais plus jeune, mais la mort de mon père m'a dessillé les yeux. J'ai eu une année pour réfléchir, pour repenser à la Saint-Barthélemy, pour écouter les prêches fanatiques du père Boucher. Avec Nicolas, nous avons traversé la France et vu les atrocités que l'intolérance provoquait. Tout cela m'a changé, monsieur de Mornay.

» Nous avons rencontré monseigneur de Navarre. N'importe qui nous aurait pendus, il nous a écoutés. Il nous a même offert un cheval. Je crois monseigneur porteur de paix…

En l'écoutant, Mornay était touché par ce que disait le jeune homme.

— Aussi, maintenant, très simplement, je voudrais vous demander : Accepteriez-vous de me prendre à votre service ? Certes, je puis être un bon secrétaire. Je suis presque docteur en droit et je sais bien compter. Mais je peux être aussi un soldat. J'ai sans doute beaucoup à apprendre, mais je saurai vous montrer ma valeur.

Mornay ne dit rien pendant un moment. C'était une situation très embarrassante. Le pasteur de Montauban refusait que les femmes se coiffent coquettement, ils n'accepteraient jamais qu'un jeune homme habite sous son toit et courtise sa fille.

— Êtes-vous certain de vos sentiments ? demanda-t-il.

— Oui, monsieur.

— Nous en reparlerons, je ne veux pas de rumeurs… Mais n'espérez jamais l'épouser… Ma fille est noble.

— J'accepterai toutes vos conditions, monsieur, sauf celle-là. J'aurai la force et le courage de me battre pour elle, et je saurai la conquérir. Vous n'aurez jamais honte de moi, elle non plus.

— Il faut d'abord la sauver… murmura Mornay, la voix éteinte.

Le pape des huguenots se tourna vers Nicolas Poulain :

— Monsieur le Prévôt, montrez-moi ce passage dans le puits.

Lorsqu'ils revinrent vers l'église, ils observèrent le silence jusqu'à la porte. C'est à quelques pas de l'édifice, à la lueur de sa lanterne, que Poulain découvrit un lansquenet, sa *zweilhander* tenue à deux mains.

— Je ne vous avais pas vu ! s'étonna Nicolas.

— Moi, je ne vous perdais pas de vue, monsieur, ainsi que Gisbert, qui vous a suivis, fit l'Allemand en bon français.

— Vous montez la garde ?

— Toujours ! Il y a deux autres compagnons derrière l'église. Notre prévôt ne laisse rien au hasard, monsieur, dit-il, en s'écartant pour leur laisser le passage.

Mais M. de Mornay ne fit pas mine d'entrer et se tourna vers Olivier.

— Monsieur Hauteville, M. Poulain ne participera pas à la bataille de Garde-Épée, vous savez pourquoi. Je veux que vous restiez avec lui.

— Comment ? s'insurgea Olivier. Quelqu'un d'autre que moi délivrerait Cassandre ?

— Ce quelqu'un sera moi, son père, dit fermement Mornay en lui prenant à nouveau l'épaule. J'en ai le droit ! Laissez-moi vous expliquer : cette bataille sera sanglante, sans merci. De part et d'autre, les combattants seront des hommes d'armes expérimentés. De surcroît, les gens de la duchesse de Montpensier sont au moins deux fois plus nombreux que nous… Il y a Maurevert… Si vous étiez blessé, ou tué… ma fille ne me le pardonnerait pas.

Olivier secoua la tête, repoussa la main et s'écarta de Mornay comme s'il était un adversaire.

— Je ne suis qu'un bourgeois de Paris, monsieur, et vous pensez qu'un bourgeois ne peut avoir de cœur ? Que je serais un poltron ? Mais quelle estime aurait votre fille envers moi si je me cachais au moment de sa délivrance, si je quittais la bataille avant qu'elle ne commence ? fit-il avec agressivité.

— Ne te fâche pas, Olivier ! intervint Nicolas. M. de Mornay a raison. Les gens de Mayenne auxquels nous allons nous attaquer seront redoutables.

— Laisse-moi, Nicolas ! cria Olivier. Tu sais que je voulais venir seul jusqu'ici pour prévenir Cassandre ! Vous ne pourrez ni l'un ni l'autre m'empêcher d'être au premier rang. C'est mon combat !

Il planta ses yeux dans les yeux de Mornay.

— Vous savez ce qu'elle m'écrivait :

Mon cœur, si jamais vous m'avez fait cet honneur
[de m'aimer,
Il faut que vous me le montriez à cette heure.

» Je suis venu pour le montrer, gronda-t-il.

Le pape des huguenots hocha la tête. Ce serait donc au destin de décider.

De l'autre côté de la porte, deux lansquenets, espadons à la main, montaient aussi la garde. Les autres jouaient aux cartes, aiguisaient leur mutileuse, ou vérifiaient les rouets de leurs arquebuses. Venetianelli dormait, enroulé dans une couverture, et Ludovic Gouffier, assis, méditait sur son avenir.

Nicolas Poulain rassembla les lansquenets. Ils savaient déjà tous qu'ils allaient prendre une maison forte en passant par un souterrain, car leur chef et prévôt le leur avait annoncé.

— Ludovic Gouffier est le seul à connaître les lieux. Il va nous tracer sur ces dalles un plan sommaire de Garde-Épée.

Gouffier s'approcha et, avec une pierre blanche, raya les dalles de l'église, délimitant la cour de Garde-Épée, et la position du logis principal. Il ne pouvait faire plus, car il ne connaissait rien de son intérieur. Ensuite, il dit quelques mots du souterrain et de la porte de fer.

Antoine distribua les lanternes et les torches tandis que Nicolas Poulain expliquait son plan :

— Il y a une heure de marche dans le souterrain. Arrivés à la porte, les deux premiers hommes descelleront les gonds et ôteront les clous. Comme la plaque de fer tombe en morceaux, une fois sans soutien, il sera aisé de pousser la porte. Seulement, j'ignore ce qu'il y a de l'autre côté. Peut-être faudra-t-il se battre dès ce moment-là s'il y a des sentinelles. Le plus probable cependant est que l'on arrivera dans une cave. M. de Mornay, qui dirigera ensuite l'entreprise, va maintenant vous donner ses instructions. Je ne pourrai y participer, car ceux que nous allons attaquer ne doivent pas me reconnaître.

— Nous sommes vingt-deux et ils sont plus de cinquante, dont la plupart sont des soldats de Mayenne, dit Mornay, nous ne pourrons donc pas nous offrir le luxe de faire de prisonniers. Nous envahirons la maison, et nous tuerons tous ceux qui s'y trouvent, même ceux qui dorment. Je vais vous répartir en quatre groupes : le premier sortira dans la cour. Monsieur Gouffier, vous en ferez partie, car vous guiderez les autres jusqu'au porche pour empêcher quiconque de sortir. Monsieur Venetianelli, vous resterez avec M. Gouffier.

Mornay ne le dit pas, mais comme il jugeait peu probable qu'il y ait bataille à l'extérieur, les deux comédiens n'auraient pas à risquer leur vie.

— Les trois autres groupes se répartiront la maison, poursuivit-il. Un à droite, un à gauche, et un qui servira d'appoint. Je vous l'ai dit, pas de merci pour les guisards, mais que personne ne touche à la duchesse ou à ses serviteurs, sauf s'ils se défendent. Pas de pillage, je vous l'ai déjà dit. Il y a aussi un homme d'une quarantaine d'années, boiteux, ayant une main en moins et portant une barbe grise ou blanche. Il est très dangereux, mais je le veux vivant. Il y aura dix écus pour sa capture. Par ailleurs, vous savez que ma fille est enfermée ici. Dix écus pour ceux qui la trouveront. Ceux-là resteront ensuite auprès d'elle pour la protéger. Qu'ils se fassent tuer si on l'approche. Il ne faut en aucun cas la sortir de la pièce où elle est enfermée, elle y restera en sécurité pendant la bataille.

21.

La nuit tombée, des guetteurs ayant été placés, quatre soldats de Mayenne, choisis parmi les plus vigoureux, commencèrent à creuser une tranchée au pied de l'échauguette de Garde-Épée. Ils étaient éclairés dans leur travail de terrassement par des flambeaux que tenaient Maurevert et les deux *spadassini*. L'écuyer de Maurevert était resté dans la maison forte.

Les soldats travaillèrent ainsi une grande partie de la nuit. Vers deux heures du matin, ils avaient terminé et il ne restait qu'à faire disparaître les traces du terrassement.

Au même moment, dans les sous-sols de la maison forte, deux lansquenets s'étant relayés à retirer les clous et à desceller les gonds de la porte de fer ils parvenaient à la déplacer sans la faire tomber en arrière.

La troupe qui attendait derrière entra à leur suite dans la cave, une longue salle voûtée en grosses pierres de taille et de médiocre hauteur. Immédiatement, la nausée les prit à la gorge : l'odeur était ce mélange de mort et de déjections qu'ils connaissaient tous. Heinz, Mornay et Poulain, lanternes en main, firent le tour de la pièce. Il y avait quelques barriques et, sur des planches, des pommes et des poires, mais ce n'étaient pas les fruits qui sentaient. Même habitués aux horreurs de cette époque, ils furent pris d'un frisson en découvrant les cadavres d'hommes et de femmes entassés, dénudés et brisés, en bas d'un escalier qui montait vers le rez-de-chaussée de la maison.

— Si nous cherchions une confirmation que la duchesse de Montpensier et ses gens ont pris Garde-Épée, nous l'avons trouvée, dit Poulain sombrement. Ils auraient pu simplement enfermer ces pauvres gens ici, au lieu de les éventrer.

Il donna ordre aux lansquenets de transporter les corps dans un coin de la pièce, ce qu'ils firent rapidement, car les hommes d'armes qui avaient eu froid dans le souterrain avaient hâte de se réchauffer en commençant le massacre.

Pendant ce temps, Poulain grimpa précautionneusement l'escalier. Il était fermé en haut par un loquet qu'il fit jouer. La porte s'écarta légèrement. Ceux qui occupaient les lieux n'imaginaient pas que le danger puisse venir de la cave où il n'y avait que leurs victimes.

En bas, Caudebec et les lansquenets allumaient des torches. Poulain redescendit pendant que Mornay, à voix basse, rappelait ses ordres aux hommes regroupés autour de lui.

— Messieurs Gouffier et Venetianelli, ainsi que vous cinq – il désigna un groupe que Heinz avait choisi – vous passerez en tête pour vous rendre droit à la porte d'entrée. Vous la briserez et sortirez dans la cour. Ensuite, vous savez que faire. Caudebec et Antoine, vous prendrez chacun trois lansquenets. Dirigez-vous dans la partie gauche de la maison, en haut de cet escalier. Nous autres, avec Heinz et Olivier, nous irons vers la droite.

Mornay ne voulait pas mettre Olivier en danger. En le gardant avec lui, il le protégerait.

— Les autres, tuez tous les gens de Mayenne que vous verrez, sauf la duchesse et ses femmes. Maintenant, que Dieu soit avec nous. N'oubliez pas : c'est avant tout ma fille qu'il faut sauver !

Heinz monta le premier, ouvrit la porte et fit passer le premier groupe, puis les suivants. Tous s'éparpillèrent, pistolet, épée ou miséricorde aux mains. Plusieurs avaient des arquebuses à rouet dont le canon se prolongeait d'une lame ; ainsi, le coup tiré, ils disposaient encore du poignard pour tuer.

Enfermée dans une pièce minuscule sans fenêtre, Cassandre avait perdu la notion du temps. Parfois ses geôliers entraient pour prendre son pot d'excréments, lui laisser une cruche d'eau ou un pain rassis. Elle dormait peu, à même le sol, se réveillant au moindre bruit, ou lorsqu'un rat la frôlait. Ce dur régime aurait brisé n'importe quel caractère, mais pas le sien. Amaigrie, affaiblie, elle était toujours animée de la même rage. On l'avait détachée, puisqu'elle ne pouvait s'évader, et la première chose qu'elle avait faite avait été de sortir sa dague. Elle savait que sa main ne tremblerait pas si l'occasion se présentait.

Alors qu'elle tentait de s'assoupir, grelottant de froid, un hurlement déchira l'air. Elle se redressa pour mieux écouter, tandis que retentissaient les cris d'affolement, les hurlements de terreur et les supplications.

Elle comprit immédiatement qu'on attaquait la ferme. Peu importait qui étaient les assaillants, se dit-elle alors que le vacarme de la bataille, le fracas des portes brisés, les cliquetis de lame et les coups de pistolet dominaient maintenant les gémissements et les râles d'agonie. Pour elle, ce ne pouvaient être que des amis. Serrant la lame d'une main ferme, elle se plaça sur le côté de la porte, prête à tuer le premier homme de la duchesse qui ouvrirait.

L'escalier aboutissait à une grande salle où dormait l'escorte de la duchesse. Quand Olivier y entra, le carnage avait commencé. Les soldats ensommeillés étaient percés par les lansquenets ivres de sang sans même avoir la possibilité de se défendre. Il aperçut le jeune Gouffier et Venetianelli qui disparaissaient dans la cour silencieuse, suivis de leur peloton.

Déjà Mornay l'entraînait vers les deux pièces en enfilade où s'étaient précipités Heinz et ses hommes, leurs mutileuses ruisselantes de sang. Mais tirés de leur sommeil par les premiers bruits de l'attaque, François de Saveuse, le capitaine Cabasset et quelques hommes d'armes s'étaient précipités dans la pièce suivante pour s'y enfermer. Mornay et Olivier n'eurent donc pas à se battre. Ils tentèrent vainement d'enfoncer la porte, mais les coups de feu au travers les en dissuadèrent. Comme ceux qui s'y étaient réfugiés étaient prisonniers, ils laissèrent des lansquenets pour surveiller la porte et partirent porter secours à Caudebec.

De l'autre côté de la maison, le combat faisait rage. Ayant fini d'égorger les dormeurs, Caudebec et Antoine avaient conduit leur groupe dans une grande cuisine où des soldats s'étaient assoupis pour la nuit. Mais les cris de leurs compagnons et le tumulte les avaient réveillés. Les gens de la duchesse attendaient debout, arme au poing, quand Caudebec arriva.

Une furieuse bataille s'engagea, à peine éclairée par les flambeaux des agresseurs qui s'en servaient aussi comme arme.

Quand Olivier et M. de Mornay arrivèrent, la cuisine ruisselait de sang. Murs, sol, four et cheminée, tout était ensanglanté, mais les gens de Mayenne se battaient toujours avec l'énergie du désespoir.

Olivier se jeta dans la bataille avec rage et sans aucune réserve. Ces gens avaient fait prisonnière la femme qu'il aimait et il était décidé à ne leur accorder aucune merci. Son pistolet ayant une lame à son extrémité, il l'utilisait comme une dague après en avoir tiré l'unique coup, tandis qu'il frappait de taille avec son épée tenue de l'autre main. Il perça ainsi le cou d'un soldat, puis trancha le bras d'un autre. Reculant devant sa furie, les survivants se regroupèrent contre une porte.

— Demandez-vous merci ? cria Mornay, écœuré par le carnage. Si vous rendez les armes, vous avez ma parole que je vous laisserai la vie !

— Merci ! implora l'un des soldats, blessé de toutes parts.

— Merci ! supplièrent les autres.

Mornay dut passer devant Olivier et écarter les lansquenets qui ne voulaient pas être frustrés de la boucherie. Leur imposant de baisser les armes, il ordonna aux Allemands d'aller dans la cour prêter main-forte à leurs compagnons. Seuls deux d'entre eux restèrent pour garrotter les prisonniers.

— Où est ma fille ? demanda Mornay à l'un d'eux.

Un appel retentit de derrière la porte devant laquelle ils s'étaient battus :

— Père, je suis là !

On délivra aussitôt la prisonnière. Hâve, amaigrie, chevelure en désordre, elle apparut avec une dague à la main et se jeta dans les bras de son père. Puis, ayant aperçu Olivier, c'est vers lui qu'elle se précipita.

— J'étais sûre que tu me retrouverais ! sanglota-t-elle, ne pouvant se retenir de pleurer maintenant que son cauchemar était fini.

La rage et la fureur fondirent soudainement chez Olivier. Il serrait enfin contre son corps cette femme qui lui avait déclaré son amour un an plus tôt, mais qu'il n'avait jamais touchée. Les yeux pleins de larmes, elle lui offrit sa bouche. À peine ses lèvres effleurèrent-elles les siennes qu'une secousse l'ébranla de la tête aux pieds. Le baiser dura un temps infini, il voulait la garder éternellement contre lui. Il la sentit frissonnante de désir et une envie inassouvie l'enflamma. Les yeux fermés, elle s'abandonna, déjà leurs corps se mêlaient et ne formaient plus qu'un, mais M. de Mornay fit disparaître l'enchantement :

— Ma fille, ressaisissez-vous ! dit-il sévèrement. Vous n'êtes pas seule et il n'y a pas de temps à perdre en effusions !

À regret, Cassandre se domina et repoussa Olivier.

Celui-ci, confus devant le regard narquois de Caudebec et des deux lansquenets, partit prévenir Nicolas qui attendait dans la cave, tandis que M. de Mornay expliquait à sa fille qu'elle devait attendre dans son ancienne prison. Il allait appeler des lansquenets pour la protéger quand elle s'insurgea.

— Il n'en est pas question, père ! Qu'on me donne une épée. J'ai une revanche à prendre !

Caudebec lui tendit la sienne avec un sourire fraternel. L'arme était rouge, dégoulinante, mais Cassandre la prit sans faiblir. Le capitaine de Mornay alla ensuite chercher une cuirasse de fer et un casque parmi ceux que les soldats avaient entassés la veille avant de s'endormir. Il s'approcha de la jeune femme et lui attacha le corselet avec les lanières de cuir.

— Comment m'avez-vous trouvée ? demanda-t-elle.

— Tu le dois à Olivier et à M. Poulain, répondit son père, mais nous parlerons de tout cela plus tard. Caudebec, la duchesse est enfermée de l'autre côté avec quelques-uns de ses hommes. Négociez leur reddition avec Antoine. Je vais voir comment ça se passe dehors. Vous autres – il s'adressait aux lansquenets qui avaient garrotté les prisonniers –, jetez ces hommes dans la prison de ma fille et restez devant la porte.

Ils sortirent, enjambant les corps que des lansquenets fouillaient après avoir égorgé d'un coup de mutileuse ceux qui avaient encore un souffle de vie. C'était un spectacle d'enfer et Cassandre détourna les yeux. Plus d'une trentaine de cadavres étaient allongés, emmêlés dans une mare de sang.

Hélas, dehors, le combat avait causé plus de pertes aux assaillants.

Le groupe de lansquenets qui accompagnait Ludovic Gouffier et Venetianelli s'était dispersé dans la cour déserte quand Ludovic avait été abattu d'un coup de mousquet, tandis qu'il se précipitait vers le porche en tenant une torche. On avait tiré sur lui d'une échauguette.

Aussitôt, les lansquenets s'étaient précipités vers l'endroit d'où était parti le coup. C'étaient deux soldats de Mayenne. Épée au poing, sur le chemin de ronde, ils avaient vainement appelé à l'aide en voyant les lansquenets grimper vers eux à l'échelle. Le premier arrivé, d'un formidable revers de son espadon, les avait fauchés ensemble et ils étaient tombés dans la cour, tête et membres tranchés.

Quand Mornay arriva, Venetianelli était accroupi près de Ludovic. Il expirait, la balle ayant sectionné son dos.

— Monsieur de Mornay, balbutia le mourant… Je rejoins mon père et ma mère…

Les yeux déjà brumeux, il regarda Il Magnifichino qui lui soutenait la tête.

— Monsieur Venetianelli, demandez… à Isabella et aux Gelosi de me pardonner… et de prier pour mon salut, dit-il avant de rendre le dernier soupir.

La place était à eux. Mornay donna encore quelques ordres à Heinz, demanda à Venetianelli de faire porter le cadavre du jeune Gouffier à l'intérieur et de lui trouver un linceul, puis il rejoignit Caudebec qui négociait à travers la porte de la chambre où se trouvaient enfermés Cabasset et la duchesse. Olivier était déjà là avec Cassandre, l'épée au poing et décidée à faire payer cher à ses ravisseurs ce qu'ils lui avaient fait subir.

— Ils ne veulent pas se rendre, monsieur ! lança Caudebec à son maître.

— Je suis Philippe de Mornay, je vous donne une minute pour ouvrir, après quoi je fais sauter cette porte avec une mine, cria Mornay. Dans ce cas, il n'y aura pas merci. Vous serez tous passés au fil de l'épée, hommes et femmes... Mais si vous vous rendez, vous pourrez repartir libres.

— Avec nos armes ? cria une voix.

— Sans armes et sans bagages ! décida Mornay. Et c'est déjà beaucoup.

— Je suis la sœur du duc de Guise, monsieur de Mornay, je veux être traitée conformément à mon rang et je demande merci pour mes gentilshommes.

— Je suis Cassandre de Mornay, madame, et vous n'avez rien à attendre de moi ! répliqua Cassandre en fureur.

— C'est moi qui commande cette troupe ! intervint Mornay énergiquement, et non ma fille. Vous aurez grâce et pourrez partir, ainsi que vos gens si vous abandonnez vos armes.

— J'ai votre parole ?

— Vous l'avez ! Sortez sans arme !

La porte s'ouvrit, et Cabasset, après une hésitation, fit un pas en avant. Il ne portait aucune arme.

Cassandre le laissa passer, puis ce furent trois hommes d'armes morts de peur, car ils savaient que ce genre de promesse était rarement respecté. L'un d'eux tenait une lanterne dont la flamme vacillait tant il tremblait. Ensuite, ce fut M. de Saveuse, lui aussi sans épée, accompagné de la femme de chambre, livide, et enfin la duchesse, apparemment fière et hautaine, mais en vérité épouvantée par la horde de soudards couverts de sang qui la dévisageaient avec bestialité. Découvrant Olivier Hauteville, elle risqua un sourire, espérant un soutien, ou au moins un regard amical, mais il l'ignora.

Cette froideur l'atteignit plus que sa défaite.

Mornay les aligna le long du mur de la pièce, la seule où il n'y avait pas de sang.

— Madame, la place est à nous… Mais… où est M. Maurevert ? Il n'était pas avec vous ?

— Je ne sais de qui vous voulez parler, répliqua la duchesse.

Cassandre s'approcha d'elle, le visage malveillant. Son père voulut l'empêcher, mais elle le repoussa avec fermeté.

— Madame, M. Maurevert m'a souffletée, où est-il ?

— Je l'ignore, mademoiselle, répondit la duchesse en essayant de reculer, terrorisée par la tigresse qui s'adressait à elle.

— Caudebec, Antoine, fouillez partout ! ordonna Mornay. Prenez tous les hommes nécessaires, mais retrouvez-le. Pas de quartier !

Cassandre resta les yeux fichés dans ceux de la sœur de Guise qui les baissa rapidement.

— Il n'y a pas que Maurevert qui m'a souffletée, madame, poursuivit Cassandre d'une voix métallique, vous n'avez pas oublié…

D'un brusque revers de la main gauche, elle gifla doublement la duchesse qui chancela sous les coups.

Les lèvres en sang, la sœur de Guise fondit en larmes tandis que M. de Saveuse tentait de s'interposer, aussitôt repoussé par Olivier.

Le silence tomba dans la pièce à peine éclairée par des torches fumantes et une lanterne. Personne ne voulait intervenir dans ce règlement de comptes entre les deux femmes.

— Madame la sœur du duc de Guise, en m'enlevant, et en me traitant comme vous l'avez fait, vous vous êtes déshonorée ainsi que votre famille. Vous m'avez souffletée, et je viens de faire de même, car une Mornay ne peut accepter une telle injure. Maintenant, s'il vous reste un soupçon d'honneur, vous allez vous battre avec moi !

En ce temps glorieux, l'honneur était la valeur fondamentale de la noblesse et avait plus de valeur que la vie. C'est l'honneur qui distinguait le noble de la roture. Déshonoré, le noble n'était plus rien.

— Me… me battre… ? bredouilla la duchesse de Montpensier.

— Mon père, donnez-lui votre épée, dit lentement Cassandre. Madame, écartez-vous de ce mur et prenez place au milieu de la salle. Je vous ai souffletée, je suis femme comme vous, battons-nous, non au premier sang, mais à mort, pour laver notre honneur.

— Mais… je ne sais pas me battre, geignit la duchesse, paniquée devant la résolution de l'Euménide.

— Moi, je sais, madame, priez donc, car vous allez mourir.

— Madame la Duchesse, intervint M. de Saveuse, laissez-moi être votre champion.

— Vous souhaitez vous battre à sa place ? lui demanda Cassandre, étonnée.

— Oui, et vous ne pouvez m'en refuser l'honneur, si Mme la Duchesse m'accepte.

— En effet, reconnut M. de Mornay, qui craignait avec juste raison que sa fille ne tue la sœur du duc de Guise.

Cassandre parut hésiter, avant d'accepter d'un mouvement de tête.

— Battons-nous donc ! Prenez l'épée de mon père, monsieur de Saveuse.

Le gentilhomme saisit l'arme et se tourna vers la duchesse, avec un léger sourire. Il était bon escrimeur et pouvait inverser la situation en blessant cette démente.

— Madame, puis-je être votre champion ?

— Merci, monsieur de Saveuse… je saurai m'en souvenir, balbutia la duchesse.

— Je serai juge d'armes, décida Mornay. Avant toute chose, y a-t-il matière à arrangement ? Mme la Duchesse pourrait s'excuser… proposa-t-il en s'adressant à sa fille.

— Non, monsieur, aucun arrangement n'est possible, répondit Cassandre fermement.

— Gente dame et gentilhomme, jurez de vous battre en gens d'honneur. J'ai octroyé le champ libre à Cassandre de Mornay et au seigneur de Saveuse, champion de la duchesse de Montpensier, l'un défendant et l'autre assailli, pour mettre fin par armes au différend d'honneur dont entre eux est question, déclara Mornay.

C'était la formule rituelle des duels en champ d'honneur.

Il s'écarta, laissant les deux adversaires, déjà l'épée haute, face à face. Aucun des deux ne jura.

Dès l'annonce du duel, plusieurs lansquenets étaient allés chercher leurs compagnons. Il y avait maintenant, autour des duellistes, une dizaine de spectateurs avides du spectacle, plusieurs portant des flambeaux pour mieux voir.

Saveuse commença par quelques battements de lame, pour impressionner la jeune femme. Il ne souhaitait que l'égratigner pour la contraindre à s'excuser.

En un éclair, Cassandre écarta la rapière du jeune homme d'un coup de poignet et lui perça la gorge. Le gentilhomme guisard s'écroula dans un gargouillement, la bouche recrachant tout le sang de son corps.

La duchesse, blême, poussa un cri horrifié.

Cassandre remit la lame dans son fourreau et se tourna vers la duchesse, le visage décomposé. Sa rage avait fondu.

— Vous avez eu de la chance d'avoir un homme tel que M. de Saveuse, madame, dit-elle avant de quitter la pièce.

Olivier comprit ce qu'elle éprouvait : elle n'avait pas souhaité la mort de cet homme. Il la suivit.

Mornay brisa le silence en ordonnant à Heinz :

— Prenez quelques hommes et transportez les cadavres sur le chemin, devant le porche, ainsi que ceux qui sont à la cave. Demain, je demanderai au prêtre de faire ensevelir le fermier et ses gens. Quant aux soldats de Mayenne, vous les porterez à la Charente et les jetterez dans le fleuve. Ah, Caudebec ! As-tu trouvé notre homme ?

— Non, monsieur, tout est fouillé et il n'est pas ici. En revanche un prisonnier a reconnu son écuyer parmi les cadavres.

— Madame, votre liberté était en échange de la reddition de vos gens, dit sévèrement Mornay en se tournant vers la duchesse. Il en manque un, donc le marché est rompu et je vais vous pendre.

— Non ! hurla-t-elle. M. Maurevert n'est pas là, il est parti après le souper, avec quelques-uns de mes hommes.

— Où ?

— Je ne sais pas, je le jure sur les Évangiles... glapit-elle.

— Caudebec, trouve des cordes et pends-les tous aux merlons de l'enceinte.

— Non ! cria la duchesse dans un sanglot. Il... prépare un attentat contre monseigneur de Navarre, il n'a pas prévu de revenir... L'attentat aura lieu à Saint-Brice.

— Que va-t-il faire ?

— Une explosion... Il a pris plusieurs tonnelets de poudre.

Mornay regarda Caudebec, puis Olivier qui venait de rentrer avec Cassandre. Sa fille avait les yeux rougis de larmes et jeta un regard sombre à la sœur de Guise.

Il était bien possible que Maurevert n'ait rien dévoilé de ses intentions, se dit-il en réfléchissant sur la conduite à tenir. Il fallait maintenant qu'il prévienne le roi de Navarre. Quant aux gens de Mayenne, ils pouvaient maintenant aller se faire pendre ailleurs.

— Vous, quel est votre nom ? demanda-t-il à l'un des hommes de la duchesse, devinant à sa tenue qu'il était officier.

— Cabasset, capitaine de M. de Mayenne.

— Monsieur Cabasset, rassemblez vos hommes dans la cour. Vous partirez à pied, sans armes ni bagages. Je vous laisse trois chevaux. Un pour vous, un pour madame la Duchesse et un pour sa dame de compagnie. Vous irez vous faire pendre ailleurs.

— Mme la Duchesse a un coche, monsieur.

— Je le sais, il est dans la cour, mais c'est une prise de guerre, comme ses bagages et sa cassette. Je vous l'ai dit, vous partirez sans rien.

D'un regard, Caudebec fit comprendre à la duchesse qu'ils devaient accepter ces dures conditions. Quelques minutes plus tard, ils se retrouvaient dehors où il gelait à pierre fendre. Les soldats survivants de Mayenne se rassemblèrent autour de la duchesse et de sa servante.

Cassandre s'approcha du capitaine Cabasset qui préparait le cheval qu'on lui avait laissé. Elle était accompagnée de son père et d'Olivier.

— Monsieur Cabasset, vous êtes le seul à m'avoir témoigné un peu d'humanité. J'étais une prisonnière, mais vous m'avez défendue. Il ne serait pas juste que vous soyez traité comme les autres. Vous pouvez prendre vos bagages et vos armes avec vous. M. Hauteville vous accompagnera.

Cabasset la regarda un moment, interloqué, ne comprenant pas ce qu'elle lui disait. Puis son visage buriné se fendit d'un sourire qui souleva sa longue moustache. Ses bagages représentaient le butin et le fruit du pillage de toute la campagne de Mayenne. En les laissant ici, il rentrait ruiné. En les conservant, il pourrait acheter un bien, peut-être même un petit fief.

Il s'approcha de la duchesse qui attendait qu'on lui selle un cheval et, en quelques mots, lui rapporta ce que Cassandre de Mornay venait de lui annoncer. Catherine de Lorraine était trop anéantie pour parler et elle lui fit un vague signe de la main, lui faisant comprendre qu'il pouvait agir à sa guise. Comme M. de Mornay avait interdit tout pillage, il retrouva les sacoches et les malles de cuir qu'il transportait sur un second cheval. Aimablement, Olivier l'aida à les transporter et lui proposa une seconde monture. Cabasset reprit aussi son épée, son corselet, son casque, son mousquet et ses deux arquebuses à main.

Lorsqu'ils revinrent, les deux chevaux de la duchesse et de sa femme de chambre avaient été préparés. Elles devraient monter en amazone. Serrée dans son manteau, transie, Mme de Montpensier attendait qu'on l'aide quand Cassandre, toujours dans le sayon du pèlerin qu'elle avait refusé de quitter quand Olivier lui avait proposé son propre manteau, s'approcha d'elle.

— Madame, vous avez eu la bonté de me laisser cet humble vêtement quand je grelottais, je ne peux faire moins avec vous. Donnez-moi votre manteau et prenez le mien.

— Quoi ?

— Vous avez bien compris ! Veuillez me laisser votre manteau et prendre ce sayon ! Il est très chaud et il a une bonne capuche, je vous l'assure, persifla Cassandre.

La duchesse avait déjà tant pleuré de peur et de honte qu'elle croyait ne plus avoir de larmes, mais en comprenant qu'elle allait aussi perdre son épais manteau de laine écarlate doublé de fourrure, elle se remit à sangloter convulsivement. En même temps, elle en défit le cordon et enleva le vêtement. Le froid la saisit tandis qu'elle s'enveloppait en grelottant dans la casaque qui puait l'urine et la sueur.

En observant la scène, tout en chargeant ses deux chevaux, Cabasset se dit qu'il n'aurait pas souhaité avoir une adversaire comme cette fille Mornay. De qui pouvait-elle tirer tant de hargne ?

Le porche était ouvert, car les lansquenets transportaient les corps sur le chemin. Olivier regarda le convoi de vaincus s'éloigner. Tout était fini.

Un peu plus tard, Mornay réunit tout le monde dans la grande salle sommairement nettoyée. Nicolas Poulain les avait rejoints pour écouter le récit de la bataille.

— Mes amis, il y a de quoi souper dans la cuisine, qu'on remplisse le coche et nous dînerons à l'église pour fêter notre victoire. Monsieur le Prévôt, dit-il en s'adressant au chef des lansquenets, avez-vous placé des gardes aux échauguettes ?

— Bien sûr ! répondit l'Allemand en haussant les épaules tant la question lui paraissait sans objet.

Les morts avaient été dépouillés et tout un butin entreposé dans la chambre qu'occupait Mme de Montpensier. C'étaient des casques, des pièces d'armure, des épées et des arquebuses, de l'argent, des vêtements, les bagages des soldats et des officiers, et les biens de la duchesse. Tout reviendrait à ceux qui avaient participé à l'expédition, sauf aux lansquenets qui devaient être payés à salaire fixe. Certains d'entre eux grommelaient, car ils auraient aimé avoir une part de ce butin.

Ne voulant pas risquer une révolte, Mornay leur fit une proposition : à la place des dix écus qu'ils devaient recevoir pour un mois de service, il leur offrait les chevaux et le butin, sauf ce qui avait appartenu à la duchesse et à ses gentilshommes. Ensuite ils seraient libérés, car il n'avait plus besoin d'eux.

Or il y avait près de cinquante chevaux ! Ces montures représentaient à elles seules plusieurs fois la somme promise pour leur engagement. Il y avait aussi toutes ces armes, certes de diverses qualités mais qu'ils pourraient revendre, et les bagages des soldats de Mayenne, butin de leurs pillages. Aussi les mercenaires acceptèrent-ils de bon cœur.

Soulagé par cette décision, M. de Mornay rassembla ses gens, sa fille, Venetianelli, Olivier et Nicolas pour répartir le reste du butin.

Les bagages des gentilshommes de la duchesse, c'est-à-dire de M. de Saveuse, de M. de Puyferrat et de Maurevert avec leurs armes, leurs vêtements et leurs bourses, furent distribués aux hommes. Cassandre reçut la garde-robe de Mme de Montpensier, ainsi qu'un collier de la duchesse. Mornay, Poulain et Venetianelli se partagèrent les autres bijoux et Olivier reçut une dague ciselée au manche serti de rubis. Il échangea aussi sa barbute et son buffletin à corselet contre un casque ciselé et une belle cuirasse de cuivre. Poulain lui conseilla aussi une main gauche qui faisait partie du butin et, surtout, une épée plus large et plus lourde. Olivier possédait une épée dite à l'italienne, une rapière comme on disait, une arme d'estoc, mais dans les batailles, c'étaient les coups de taille qui portaient.

M. de Mornay garderait le coche. Il restait enfin une cassette contenant un millier de livres en diverses monnaies qui fut partagée en trois, pour Poulain, Venetianelli et Hauteville.

Tout le monde étant satisfait, la troupe partit dîner, laissant Garde-Épée à l'abandon. L'aube se levait. Dans la matinée, de retour à Jarnac, M. de Mornay préviendrait Navarre de la présence de Maurevert. Ce serait alors au roi de le faire chercher, et de prévenir. Quant à Nicolas Poulain, il s'engagea à demander au curé de Saint-Brice de faire ensevelir les morts.

C'est en chemin vers l'abbaye ruinée que Venetianelli prit le prévôt à part.

— Monsieur, lui dit-il, en fouillant Ludovic, j'ai trouvé ceci dans son pourpoint.

Il tendit à Poulain un objet de cuivre. C'était une médaille représentant une femme à genoux au pied d'un homme sur un trône, entouré de trois personnes nommées par leurs initiales, F, K, H, et avec la devise *Soit, pourveu que je règne.*

— Étrange ! dit Nicolas.

— On dirait un laissez-passer.

— En effet, peut-être venant de la reine mère. Je garde cette médaille, Lorenzino. Je me renseignerai.

À l'abbaye, pour le dîner, Olivier et Cassandre s'étaient isolés, assis sur des pierres, à quelque distance du feu allumé sous un vitrail brisé. Déjà, sur le chemin, ils étaient restés à l'écart, se serrant et s'embrassant dès qu'ils le pouvaient, persuadés comme tous les amoureux qu'ils étaient seuls au monde. Cela faisait plus d'un an qu'ils ne s'étaient pas vus et ils avaient tant à se dire. Sans se quitter des yeux, elle lui raconta les conditions de son enlèvement, comment un gentilhomme de Mme de

Montpensier avait abusé sa confiance avec un faux courrier et surtout une des lettres qu'elle avait écrites. Olivier comprit alors pourquoi on avait forcé son coffre et lui raconta l'incident.

— Mme de Montpensier a dû utiliser un faussaire pour imiter mon écriture, dit-il.

— Cela n'a pas porté chance au gentilhomme qui me l'a donnée, ironisa-t-elle.

Les lansquenets chantaient un peu plus loin, vidant sans mesure les flacons de vin qu'ils avaient emportés de Garde-Épée, tandis que Venetianelli les accompagnait joyeusement avec un fifre. De larges morceaux de viande cuisaient sur la braise, ainsi que des pommes. Toutes ces grillades dégageaient une succulente odeur. Antoine découpait de grandes tranches de pain qu'il distribuait à la ronde. Chacun appréciait d'être vivant, d'avoir gagné et d'être riche d'une belle part de butin.

Remarquant enfin que son père et François Caudebec n'osaient se joindre à eux, Cassandre les appela affectueusement. Ils s'approchèrent aussitôt, avides de savoir comment elle s'était évadée.

Elle leur raconta donc son enfermement, comment elle avait reconnu Maurevert, puis Rouffignac.

— Vous vous en souvenez, François ? demanda-t-elle à Caudebec. C'était le jeune homme que Hans et Rudolf voulaient pendre quand la bande de son frère nous avait attaqués près de la Dordogne.

— Bien sûr !

Cassandre raconta alors à Olivier ce qui s'était passé, éclairant un passage de sa vie qu'il ne connaissait pas.

— Mais comment ce Rouffignac était-il là ? demanda M. de Mornay.

Elle lui répéta ce que le jeune brigand lui avait dit.

— Monsieur de Rouffignac avait décidé de m'aider à m'évader pour me remercier de lui avoir laissé la vie sauve. Il savait aussi que le gentilhomme qui m'avait porté la fausse lettre avait pris le château de sa famille et passé ses proches au fil de l'épée. À Périgueux, il l'a donc poignardé sans états d'âme un jour où tout le monde était à la messe, et nous avons pris la fuite ensemble…

— C'est là que tu échangeas ton manteau, sourit son père.

— Comment le savez-vous ?

— Nous avons rencontré le pèlerin qui le portait, c'est ainsi qu'on a trouvé ta piste !

— Après, tout a mal tourné, poursuivit-elle, le cœur serré.

Elle raconta les larmes aux yeux la terreur qu'avait éprouvée Rouffignac devant les loups, puis sa terrible mort.

— Ensuite, j'ai été reprise, puis enfermée dans des conditions effroyables jusqu'à ce que vous me délivriez.

C'est après avoir mangé leur viande sur les tranches de pain que M. de Mornay s'adressa à Olivier. Ayant constaté que le jeune homme s'était conduit valeureusement dans la bataille, il lui annonça qu'il le prenait à son service comme écuyer, et pas seulement comme secrétaire. Ainsi, il le traitait presque en gentilhomme.

— Vous m'accompagnerez dans mes chevauchées, monsieur Hauteville, et vous serez plus souvent en campagne qu'à Montauban. Ce sera une vie rude et dangereuse, mais qui vous permettra de faire vos preuves.

Olivier comprit que s'il se montrait digne de sa fille, M. de Mornay ne refuserait pas une union et il en fut bouleversé. Cassandre lui prit la main et la porta à ses lèvres.

Puis vint le temps de la séparation. Les lansquenets partirent rejoindre leur campement et leur famille, et Mornay rentra à Jarnac prévenir le roi de Navarre du succès de son entreprise. Nicolas Poulain voulait rester encore sur place, avec Venetianelli et Olivier, et promit à M. de Mornay de le rejoindre un peu plus tard, dans la journée.

Il avait l'intention de récupérer les vases sacrés de l'abbaye que Ludovic Gouffier avait découverts. Nicolas n'en avait pas parlé à ses amis. Il le fit quand ils furent seuls avant de se rendre dans la pièce au four.

Descendus à nouveau dans le souterrain, ils en remontèrent une dizaine d'objets : des vases d'argent, un crucifix incrusté de pierres précieuses et quelques médailles. Nicolas proposa qu'ils revendent le tout à un orfèvre de Jarnac qui les fondrait. Selon Venetianelli, qui s'y connaissait, ils devaient pouvoir en tirer un millier de livres, ce qui, avec les sept cents écus d'or trouvés dans la ceinture de cuir de ce pauvre Ludovic Gouffier, triplerait leur part de butin.

Le soir, à Jarnac, M. de Mornay présenta sa fille au roi de Navarre après qu'elle se fut lavée et pimplochée. Elle revêtit la plus belle robe de la duchesse de Montpensier, ainsi que ses bijoux, et le Béarnais, pour la seconde fois qu'il découvrait Cassandre, tenta vainement de lui conter fleurette.

Pour cette audience, il n'y avait pas que M. de Mornay et sa fille. Étaient aussi présents Olivier et Il Magnifichino, plus magnifique que jamais dans un pourpoint emprunté à feu M. de Saveuse. En revanche, Nicolas Poulain était resté dans la minuscule chambre que Mornay avait louée chez un tailleur de la ville. Certes, le Béarnais et quelques-uns de ses capitaines l'avaient vu, quand il avait été capturé, mais au château de Jarnac, durant une audience publique, il y aurait autrement plus de monde, et certainement des espions. S'il voulait rester insoupçonnable pour la Ligue, Nicolas ne devait pas s'y montrer.

Dans la grande salle du château, en présence d'une grosse centaine de gentilshommes protestants, le Béarnais – entouré du prince de Condé, du vicomte de Turenne, de M. de Rosny et du baron de Jarnac – se fit raconter la délivrance de Cassandre par M. de Mornay qui annonça prendre désormais le jeune Olivier à son service, comme secrétaire et comme écuyer, bien qu'il ne fût pas noble.

Avec un évident dédain, le prince de Condé demanda au jeune homme s'il allait se convertir. Olivier lui répondit que non, ce qui fit éclater de rire le roi de Navarre.

— Mon cousin, ma belle-mère ne cesse de me demander de changer de religion, j'espère que vous n'allez pas faire comme elle avec ceux qui me servent ! Je vous l'ai dit, pour ceux qui m'aiment, peu importe la religion, pourvu qu'ils soient bons et fidèles.

Il poursuivit en s'adressant à Mornay :

— Mon ami, toute cette affaire se termine bien et je m'en réjouis. Vous avez peut-être été un peu sévère avec Mme de Montpensier, mais elle l'a bien cherché !

— N'oubliez pas, monseigneur, qu'un de ses hommes, plusieurs peut-être, sont à Saint-Brice ou dans les environs, et qu'ils songent à vous assassiner avec quelques tonnelets de poudre.

— Je ne l'oublie pas, mais je ne crois pas à leur projet. Dès le lever du soleil, nos gens patrouilleront sur les chemins et le long de la Charente ! Si ceux-là ont deux sous de jugeote, ils videront les lieux. C'est d'ailleurs ce qu'ils ont dû faire, faisant croire à la Montpensier qu'ils préparaient quelque chose uniquement pour lui tirer quelques clicailles et se payer ainsi !

Turenne approuvait d'un mouvement de tête quand M. de Rosny prit la parole :

— Sire, il faut dire à M. de Mornay que Mme Sardini souhaite le voir demain.

— C'est vrai ! Avec la délivrance de mademoiselle votre fille, mon ami, cette histoire m'était sortie de la tête ! J'ai vu Mme Sardini, samedi. La pauvre femme est bien vieillie, j'ai appris qu'on l'avait blessée…

À ces mots, Il Magnifichino chercha à se faire le plus discret possible.

— Mais j'y songe, monsieur Hauteville, dit brusquement le Béarnais, je ne vois pas ici votre ami le prévôt. Qu'est-il devenu ? Il doit en savoir beaucoup sur ce mystérieux coup de mousquet qu'elle a reçu.

— Mon ami a été retenu par d'autres affaires, monseigneur, répondit évasivement Olivier, quant à ce terrible attentat, je sais qu'il a enquêté, mais qu'il n'a rien trouvé. Selon lui, il s'agissait d'une vengeance, et à travers Mme Sardini, c'était son mari qui était visé.

— Ce serait bien possible, approuva Rosny. J'ai appris hier par un courrier de mon épouse restée à Rosny que le parlement gronde contre les nouveaux impôts dont M. Sardini a obtenu l'affermage.

— Mon cousin le roi a tort de trop pressurer son peuple, conclut Navarre avec sagesse, mais en ce qui concerne Mme Sardini, vous n'aurez qu'à m'accompagner demain à Saint-Brice, Philippe. Vous aurez ainsi toute la journée pour lui parler.

Le soir, Mornay invita Olivier, Nicolas et Il Magnifichino à dîner dans sa chambre avec sa fille. Nicolas annonça qu'il souhaitait rentrer à Paris au plus vite avec Il Magnifichino, mais M. de Mornay lui demanda de rester jusqu'à la fin de la conférence. Il fut donc convenu qu'ils s'installeraient tous à Garde-Épée d'où ils pourraient faire des patrouilles à la recherche de Maurevert, car ils avaient un avantage sur les gens de Navarre : ils pouvaient reconnaître le tueur des rois.

Le souper terminé, Cassandre prit à part Nicolas Poulain.

— Monsieur Poulain, je vous dois beaucoup…

— Vous devez beaucoup à Olivier, pas à moi, mademoiselle.

— Non, et vous le savez. Et puis, je n'ai pas à récompenser Olivier, sourit-elle. Mon père ne s'opposera pas à notre mariage s'il l'accompagne un an ou deux en chevauchée, le temps qu'il montre sa valeur. Mais vous, je ne sais pas quand je vous reverrai, ainsi que votre femme. J'ai donc fait préparer un paquet pour elle.

Elle le montra, déposé sur une tablette.

— C'est une robe de Mme de Montpensier, je sais qu'elle lui plaira.

Après la première entrevue, la reine mère avait deviné que les conférences suivantes seraient difficiles. À travers elle, ou à travers son fils, le roi de Navarre et ses amis voyaient la Ligue, leur ennemie mortelle. Il était évident qu'ils étaient venus avec le parti pris de ne pas s'accommoder, ayant déjà décidé que seule la destruction de leurs ennemis pouvait assurer leur sécurité.

Elle refusait pourtant de s'avouer vaincue. Déjà enfant, quand Navarre vivait au Louvre, il lui avait donné bien du fil à retordre. « Il est pire que mes propres enfants ! » avait-elle dit un jour de colère à l'ambassadeur vénitien. Depuis, il n'avait cessé de s'opposer à elle, mais cette fois, elle était décidée à le dominer.

Le matin du lundi, elle aborda la faiblesse des armées protestantes. Il lui répondit avec insouciance qu'il n'était pas sans soutien.

— Mon fils, vous vous abusez ! ironisa-t-elle. Vous pensez avoir des reîtres, et vous n'en aurez point !

— Madame, je ne suis pas ici pour entendre des nouvelles de mon armée, remarqua-t-il suavement.

— Je ne veux plus d'armée étrangère dans le royaume ! s'emporta-t-elle. Vous devez renoncer à cette levée allemande ! C'est la première condition d'une paix durable.

— Madame, répondit Henri, le respect du roi et ses commandements m'ont fait demeurer faible pendant des années. Vous ne pouvez m'accuser que de trop de fidélité, mais je dois aussi me défendre. Je ne suis pas homme à désarmer quand on s'efforce de m'accabler de toutes parts.

— Vous devriez trembler à la vue des forces considérables qui vont fondre sur vous, et dont j'ai jusqu'ici suspendu les coups ! menaça-t-elle.

— Vous voyez bien, madame, que j'ai besoin de secours ! plaisanta-t-il.

Comprenant qu'elle n'arriverait à rien par ses menaces, Catherine de Médicis revint sur le changement de religion de son gendre. Il lui répondit gravement, en secouant la tête :

— Je ne pourrais me décider à cette chose avec conscience et honneur que par un légitime concile, auquel nous nous soumettrons, moi et les miens.

Navarre proposa alors que son cousin le remplace un moment pour qu'il fasse part à ses amis de la discussion qui venait d'avoir lieu.

— Elle veut que j'abjure ! leur dit-il, mais me refuse toute sûreté. Ce n'est qu'un piège de plus pour me faire renoncer aux troupes qui arrivent d'Allemagne. Elle cherche seulement à me laisser seul, abandonné de tous mes partisans !

Avec Condé, la reine mère n'eut pas plus de succès. Elle l'exhorta aussi, au nom du roi, à se convertir au catholicisme. Il lui répondit, comme l'avait fait Navarre, et comme le fit plus tard le vicomte de Turenne, qu'il ne voulait changer de religion qu'après avoir été instruit par un concile.

C'était bien sûr une tactique. Ils devaient encore gagner du temps, et pour cela prolonger une trêve qui était toute à leur avantage. Au printemps ou à l'été, les reîtres seraient là pour les soutenir.

La conférence se poursuivit encore quelques heures sans aucune avancée. En dernier recours, la reine demanda à Navarre de renoncer à cette guerre dont il supportait seul les incommodités.

— Je les porte patiemment, madame, puisque vous m'en avez chargé… pour vous en décharger, répliqua-t-il gravement.

Peu après le début de la conférence, on prévint Mme Sardini de l'arrivée de M. de Mornay et de sa fille. Elle les reçut debout, dans sa chambre.

Quand ils entrèrent, elle dévisagea longuement Cassandre avant de l'étreindre avec une violence passionnée. Sans comprendre pourquoi, Cassandre la serra tout autant, éprouvant un inexplicable bonheur.

Comme M. de Mornay restait interdit par ces effusions, Isabeau de Limeuil se tourna vers lui en effaçant quelques larmes qu'elle n'avait pu retenir.

— Monsieur, je suis si heureuse. J'avais si peur pour ma… votre fille.

— Peur, madame ? s'enquit-il, troublé par le mot qu'il venait d'entendre.

— À Loches, M. Hauteville m'avait annoncé qu'il partait vous prévenir des funestes projets de Mme de Montpensier.

— Par tromperie, cette femme est parvenue à m'enlever, madame. Mais Olivier m'a retrouvée, et avec son ami Nicolas, mon père et M. Caudebec, ils sont parvenus à me délivrer.

— Racontez-moi tout, demanda Mme Sardini, les yeux maintenant brillants de bonheur.

Cassandre fit à nouveau le récit de son enlèvement, et son père celui de sa libération.

— J'aurais voulu remercier M. Hauteville, et son ami, dit alors Isabeau.

— Ce sera facile, madame, ils n'ont pas voulu venir à la Cour, craignant la vengeance de la reine, mais ils sont encore à Garde-Épée. Nous pouvons y aller facilement, c'est à quelques pas, dit M. de Mornay.

— Nous irons tout à l'heure, dit-elle, mais c'est pour tout autre chose que je voulais vous parler, monsieur. Cassandre m'a dit un jour que vous l'aviez adoptée.

— En effet, mais peu de gens le savent, et je regrette qu'elle vous ait dit cela.

— Elle devait le faire, monsieur ! répliqua énigmatiquement Isabeau. Racontez-moi dans quelles circonstances vous l'avez découverte…

Interloqué, Mornay regarda sa fille mais celle-ci lui fit signe qu'il pouvait parler.

— C'était quelques jours après la Saint-Barthélemy, madame, j'allais m'embarquer pour l'Angleterre. J'étais à Dieppe. Avec mon écuyer, nous avons trouvé Cassandre errant seule dans les rues. Elle devait avoir six ou sept ans. Elle était perdue et nous a dit que ses parents avaient fui leur village. À Dieppe, sa mère et leurs domestiques avaient été pris à parti par un groupe de massacreurs. Elle s'était enfuie et depuis elle vivait dans la rue. Elle ignorait le nom de ses parents et du village où elle habitait. Nous l'avons prise avec nous et elle ne m'a plus quittée.

— Quels vêtements portait-elle ?

— Ses parents devaient être des gens de qualité, car elle portait une robe en taffetas moiré.

— Avait-elle un papier ? Un bijou ? Quelque chose pour l'identifier ? implora Mme Sardini.

— Non, madame.

— Si, mon père ! J'avais ce bijou ! intervint Cassandre.

Elle sortit d'une chaînette d'or attachée à son cou, où pendait aussi la médaille de la Vierge que lui avait donnée Olivier, un médaillon en forme de cœur, en or et émaux, décoré de lys sur fond bleu.

Mme Sardini chancela en découvrant les fleurs de lys.

— Mon Dieu ! balbutia-t-elle.

M. de Mornay la rattrapa alors qu'elle allait s'écrouler.

— Qu'avez-vous, madame ?

— Ce médaillon… Il ne vous a pas frappé ?

— Non, j'en ai vu plusieurs du même genre à la Cour.

— Avec des fleurs de lys ?

— Parfois…

— Ce médaillon a aussi un secret, madame. Regardez, fit Cassandre en l'ouvrant et en s'approchant d'elle.

À l'intérieur était écrit :

Mon cœur, si jamais vous m'avez fait cet honneur
[de m'aimer,
Il faut que vous me le montriez à cette heure.

Mme Sardini s'évanouit en lisant les deux phrases.

22.

Isabeau de Limeuil reprit conscience, allongée sur son lit. Sa femme de chambre était près d'elle et son médecin venait de lui faire respirer des sels.

— Vous nous avez fait peur, madame, lui reprocha Cassandre en lui tenant affectueusement les mains.

— Je suis si désolée… Tout me revient, murmura Isabeau dans un souffle.

Elle se redressa et s'assit avant de poursuivre d'une voix plus assurée :

— J'aurais aimé que monsieur Hauteville entende ce que j'ai à dire.

— Il est à Garde-Épée, madame, mais dans votre état, vous ne pouvez y aller… dit le père de Cassandre.

— Vous croyez ? demanda Mme Sardini, en se levant. J'ai connu pires choses, monsieur de Mornay, et je suis plus forte que vous ne croyez. Le médaillon de Cassandre m'a bouleversée, mais j'ai maintenant repris mes sens et je puis tout affronter, car ma quête est terminée.

— Vous devriez vous reposer, madame, intervint le médecin.

— Je ne fais que me reposer depuis deux mois, monsieur ! répliqua Isabeau, avec une pointe d'agacement. Ce que j'ai à dire concerne Cassandre, et je crois l'avoir deviné – elle sourit tristement –, monsieur Hauteville. Je puis monter à cheval, partons pour Garde-Épée sur-le-champ.

Moins d'une heure plus tard, M. de Mornay, Isabeau et Cassandre, escortés de Caudebec, d'Antoine, de Hans et de Rudolf, arrivèrent à la maison forte.

Nicolas Poulain vint ouvrir. Il était dans l'échauguette devant le chemin de Saint-Brice et les avait vus arriver. Surpris de cette visite inattendue, il conduisit tout le monde dans la cuisine, la seule pièce chauffée.

En passant dans la grande salle, Isabeau remarqua les traces de sang partout. Rien n'avait été nettoyé. En revanche, il n'y avait plus d'odeur, la maison étant restée ouverte tout le dimanche.

Olivier, qui se trouvait dans une autre échauguette, les rejoignit rapidement, tout heureux de voir Cassandre. Quant à Il Magnifichino, le moins concerné par tout ce qui se passait, ils le trouvèrent devant la cheminée, jouant placidement d'un luth acheté à un soldat de Navarre.

— J'ai une révélation à vous faire, Olivier, ainsi qu'à Cassandre et à M. de Mornay, expliqua Isabeau de Limeuil qui resta debout.

Nicolas Poulain comprit qu'elle souhaitait être seule avec eux et lui proposa la chambre qu'avait utilisée la duchesse de Montpensier. Ils s'y rendirent. Le lit ne contenait plus que la paillasse. Les lansquenets avaient tout emporté, sauf un gros coffre vermoulu. Mme Sardini s'assit sur le lit et Cassandre sur le coffre.

— Ce que j'ai à vous dire, commença Mme Sardini, vous déciderez de le rendre public ou non. Cela vous fera du tort, je le sais, mais vous devez connaître la vérité...

Elle frottait ses mains nerveusement, ne sachant comment commencer tant ces souvenirs anciens lui étaient pénibles.

— ... Vous n'ignorez pas que la reine, qui est aussi ma parente, m'avait demandé de séduire le prince de Condé, le père du prince actuel. Elle m'avait confié un breuvage préparé par Ruggieri pour faciliter la chose, mais il ne fut pas nécessaire. Le *petit homme*, comme on l'appelait, m'aima au premier regard, et moi de même.

» Hélas, je fus grosse et accouchai à Dijon, alors que la Cour s'y trouvait. La reine me fit enfermer, tandis qu'on prenait mon fils. On l'envoya au prince dans un panier pour chien, et le pauvre enfant resta sans soins si longtemps qu'il mourut quelques mois plus tard.

» J'avais beaucoup d'ennemis à la Cour, car j'avais toujours repoussé vertement les hommages que je ne souhaitais pas entendre, mais étant affaiblie, on voulut se venger de moi, à moins qu'on eût aussi voulu compromettre le prince de Condé dans une méchante affaire. Quoi qu'il fût, M. de Maulévrier, qui me détestait pour je ne sais quoi, m'accusa d'avoir tenté d'empoisonner M. de La Roche-sur-Yon. C'était une accusation infâme lancée par un homme jaloux et méprisable. On me transféra au monastère des cordelières d'Auxonne pour m'interroger, puis à Mâcon, à

Lyon et à Vienne. Le prince ignorait où je me trouvais. J'étais démunie de tout. La reine m'avait abandonnée. Je n'avais pas d'habits, pas de linge, une seule robe, j'étais persuadée qu'on m'enfermerait au fond de quelque cellule de religieuse d'où je ne sortirais jamais. Pourtant, une geôlière eut pitié de moi et me laissa écrire, me promettant de faire parvenir ma lettre au prince.

» Je me suis toujours souvenue de cette lettre, dans laquelle je mettais tous mes espoirs.

Elle les regarda à tour de rôle avant de dire :

— *Mon cœur, si jamais vous m'avez fait cet honneur de m'aimer, il faut que vous me le montriez à cette heure, car si vous n'avez pitié de moi, je me vois la plus malheureuse créature du monde...*

Cassandre blêmit et M. de Mornay comprit immédiatement. Seul Olivier resta incertain, ne devinant pas encore vraiment ce qui allait suivre.

— Je suppliais ainsi le prince de me délivrer de ma prison. Je lui disais que je n'avais d'espérance qu'en lui et en Dieu, et le priais de n'être point parjure [1] puisqu'il m'avait promis son amour.

» Il reçut ma lettre et envoya des gens me libérer. Nous fûmes heureux quelques mois dans son château de Valery. Sa femme venait de mourir et il me promit que je deviendrais son épouse. En janvier 1565, je fus à nouveau grosse et j'accouchai en octobre... d'une fille dont je ne connus jamais le prénom.

---

1. Cette longue lettre se trouve dans l'ouvrage du Dr Cabanès, cité dans la bibliographie.

Elle planta ses yeux dans ceux de Cassandre, sans rien ajouter. Alors Olivier comprit à son tour.

En un tourbillon vertigineux, la vérité lui apparut, terrifiante. Il chancela sous cet effroyable coup du destin et crut même pendant quelques instants que son cœur s'arrêtait de battre. Cassandre était la fille du prince de Condé ! C'était une Bourbon, la sœur du prince actuel, la cousine du roi de Navarre, du prochain roi de France !

Il inspira, pour éviter de se trouver mal devant elle. Il venait de la perdre aussi définitivement que si Mme de Montpensier l'avait emprisonnée en Lorraine.

Une cousine du roi n'épouserait jamais un roturier bourgeois de Paris.

Isabeau poursuivit, mais il n'entendait plus.

— Je t'ai adorée cinq jours, Cassandre, mais, dans l'ombre, les amis du prince s'opposaient à mon mariage. J'étais catholique, poursuivie comme empoisonneuse, garce pour beaucoup. Ils firent le siège du prince et le convainquirent d'épouser mademoiselle de Longueville. Ensuite, tout alla très vite. On t'enleva de mes bras, puis on me chassa. Louis se remaria en novembre et me ferma sa porte. J'avais choisi que tu t'appellerais Louise, comme ton père. Ces huguenots-là t'ont volé ta mère, ton nom et ton prénom.

» La suite, c'est M. de Bezon qui me l'a racontée. La reine voulut savoir ce qu'était devenu mon enfant et il avait conduit une enquête. La grand-mère de la première épouse du prince était la sœur du connétable Anne de Montmorency. Le prince, ou son entourage, te confièrent à des serviteurs des Montmorency, les

Ambrière, des protestants qui habitaient près de Dieppe, pour que tu sois élevée dans cette religion. Ils ont été tués à la Saint-Barthélemy, et finalement c'est M. de Mornay qui t'a retrouvée.

Elle se leva en souriant timidement à sa fille, fit quelques pas vers elle et prit ses mains glacées.

— Tu comprends pourquoi tu es si brave et si vaillante, ma fille ? Ton père disait que les Condé n'avaient jamais été malades de la fièvre poltronne.

Ayant dit ces mots, elle se tourna vers Olivier.

— C'est pour retrouver ma fille que j'ai accepté d'entreprendre ce voyage. La reine m'avait promis de me dire ce qu'elle savait, si j'acceptais de faire boire un philtre à Henri de Navarre. Hélas ! le roi son fils l'apprit et m'envoya un ordre pour rentrer à Paris. Ma fille comptait plus que cet ordre, et au demeurant je n'aurais jamais empoisonné Navarre. J'aurais trouvé un moyen. Bref, je restai à la Cour où un sbire du roi me tira dessus pour m'écarter. Je sais que vous le connaissez, Olivier, même si M. Poulain n'a pas voulu le nommer. Mais peu importe, je lui pardonne, car c'est grâce à lui que je me suis approchée de la vérité. En effet, après m'avoir soignée et sauvée, M. de Bezon me fit le récit de ce qu'il avait découvert.

» Quand il me parla de Dieppe, je fus convaincue que tu étais ma fille, Cassandre. Déjà, quand tu étais arrivée chez moi, j'avais ressenti une étrange impression que je ne comprenais pas. J'avais besoin de m'intéresser à toi. Je t'avais interrogée et tu m'avais appris que tu étais orpheline, qu'on t'avait trouvée à Dieppe.

» Une telle coïncidence était impossible ! Dès lors, je ne pouvais plus quitter la Cour. Non pour voir le roi de Navarre, mais pour chercher à vous rencontrer, monsieur de Mornay. J'avais besoin de savoir comment vous aviez trouvé Cassandre. Enfin, aujourd'hui, il y a ces preuves. Ce médaillon, qui appartenait à Louis, et ces mots de ma lettre.

» À vous de décider si ceci doit être connu du roi de Navarre et du prince de Condé. Cacher cette vérité, c'est assurer votre bonheur. La dévoiler, c'est faire de ma fille la cousine du prochain roi de France et la sœur du prince. Les Bourbons n'accepteront jamais votre mariage. Vous ne devez pas vous faire d'illusions…

Avant que Cassandre n'ait pu intervenir, Olivier prit la parole.

— S'il le faut, je leur annoncerai moi-même la vérité, madame. Cassandre doit être fière de son nom et de son sang. Je ne compte pas.

Ce sera à moi de monter à son rang, décida-t-il.

Cassandre allait intervenir, s'insurger sans doute, quand M. de Mornay l'empêcha de se lever en lui mettant une main sur l'épaule.

— Il a raison, mon enfant ! Tu ne pourrais vivre en cachant que tu es une arrière-petite-fille de Saint Louis.

Le silence tomba dans la pièce. Tous les regards se tournèrent vers la jeune femme.

Cassandre était restée pétrifiée en apprenant qu'elle était la fille du prince de Condé et d'Isabeau de Limeuil qu'elle aimait sans comprendre pourquoi. Toute sa vie venait de basculer. Elle regarda son père adoptif, puis Olivier, et enfin… sa mère qui lui tenait toujours les mains. Ce contact l'avait un instant apaisée et lui avait permis de supporter cette incroyable révélation, mais elle ne put se maîtriser plus longtemps. Les sanglots lui gonflaient la gorge, l'étouffaient. En pleine confusion, elle se leva pour se jeter dans les bras de sa mère.

Les deux femmes s'étreignirent en mêlant leurs larmes et leurs baisers. Le flot d'émotion qu'elles avaient retenu si longtemps brisait toute réserve. Vaincue, Cassandre s'abandonna comme l'enfantelet qu'elle avait été et qu'on avait arraché à sa mère. Quant à Mme de Limeuil, elle aurait voulu garder éternellement contre elle cette fille qui n'avait jamais quitté son cœur, la serrer pour toujours contre son sein.

Submergés aussi par l'émotion, les deux hommes restaient silencieux. Mme Sardini fut la première à retrouver le contrôle de ses sens.

— Tu m'as tant manqué, ma fille ! murmura-t-elle en interrompant leur étreinte.

Cassandre sécha à son tour ses larmes avec la manche de sa robe, ne sachant plus si elle était accablée de bonheur ou de douleur. Gardant une main dans celle de sa mère, elle attira à elle Olivier.

— Je pourrais tout quitter pour toi, Olivier, mais je me plierai à ton souhait. Je refuse cette destinée que l'on veut m'imposer et je sais que tu sauras me conquérir, dit-elle solennellement. Rassure-toi, je serai patiente tant mon amour est fort.

— Ayez de la force et du courage, ma fille, murmura M. de Mornay.

— Monsieur de Mornay, demanda Olivier, en gardant serrée la main de Cassandre, ce que nous venons d'apprendre ne change rien à votre promesse de me garder près de vous ?

— Non, répondit tristement le père adoptif de Cassandre, mais ce sera encore plus difficile à supporter pour vous... pour vous deux.

— Si Cassandre est assez forte pour l'endurer, je le serai aussi, répliqua-t-il. Que puis-je dire à Nicolas, madame ? demanda-t-il ensuite à Mme Sardini.

— La vérité, puisque c'est ce que vous avez choisi. Va-t-il rentrer à Paris ?

— Oui, madame. La reine ne le reprendra pas à son service et il lui tarde de revoir sa femme et ses enfants.

— Monsieur de Mornay, restez-vous à Jarnac ? demanda Mme Sardini.

— Tant que monseigneur de Navarre y sera, mais je crois que les conférences vont se terminer sur un échec. Avec Cassandre et Olivier, nous partirons ensuite pour Montauban.

— Monseigneur de Bourbon pourrait souhaiter que Cassandre reste auprès de lui... Quand lui parlerez-vous ?

— Je resterai auprès de M. de Mornay, décida Cassandre. Dans mon cœur, il est toujours mon père.

— Je verrai le roi de Navarre ce soir, décida Mornay, et j'insisterai auprès de lui pour que rien ne change dans la vie de ma fille. Nous partirons aussitôt que possible.

— Je resterai avec vous... avec elle, tant que vous serez là, dit alors Mme Sardini, mais je n'ai plus rien à faire à la Cour, aussi je me joindrai volontiers à monsieur quand il rentrera à Paris, s'il veut de moi.

— Il sera certainement honoré. Comme compagnon de voyage, vous aurez aussi M. Venetianelli, le comédien des Gelosi qui était avec nous. Mon commis Le Bègue pourrait se joindre à vous.

— On n'aura plus besoin de lui à la Cour ?

— Peut-être, mais tout homme est remplaçable, et par sûreté je préférerais qu'il reste avec Nicolas. De surcroît, il doit s'occuper de ma maison à Paris.

Mme Sardini rentra au château de Saint-Brice pour préparer son départ et prévenir Le Bègue. Il fut ensuite convenu qu'elle irait à Jarnac pour rester avec sa fille le plus longtemps possible.

La reine ne se jugeant pas en sécurité à Saint-Brice avait demandé que la troisième conférence ait lieu à Cognac, au château de François Ier. De très bon matin, Turenne s'y rendit le premier, à la demande de Navarre, afin d'y laisser des troupes pour assurer la sécurité de son maître.

Le vicomte eut une brève entrevue avec la reine où il exigea une longue trêve pour que se poursuivent les négociations. Il parla d'un ton fort dur, car il souhaitait la guerre et n'avait aucune envie de ménager celle qu'il considérait comme son ennemie.

Cassante, Catherine de Médicis lui répliqua qu'elle accorderait la trêve seulement si le roi de Navarre promettait de retourner en l'Église catholique. Et elle ajouta, menaçante, que le roi ne voulait qu'une religion en France.

— Nous le voulons aussi, madame, mais que ce soit la nôtre, autrement nous nous battrons bien ! lui répliqua-t-il avec insolence.

Ce faisant, il lui fit une courte révérence et se retira sans rien dire de plus. Il repartit immédiatement pour Jarnac, afin de raconter au roi ce qui s'était passé.

Déjà en route pour Cognac sur le chemin qui longeait la Charente, le Béarnais fut arrêté un peu avant Saint-Brice, car la route avait été emportée par les flots. Certes, la rivière était grosse depuis des semaines, mais personne n'aurait pensé que le chemin puisse ainsi s'effondrer. Tandis que M. de Mornay paraissait fort préoccupé en contemplant les flots mugissants à l'endroit où passait la route la veille, l'un des officiers du roi lui fit remarquer en riant :

— Une mine ou une explosion n'aurait pas fait mieux, monsieur !

Cet incident inattendu déplaisait fort à M. de Mornay, qui serait bien resté pour en savoir plus mais Turenne arrivant, le roi le manda près de lui pendant que le vicomte faisait un compte rendu de sa conversation avec la reine mère. Après l'avoir écouté, Condé conseilla que l'on rebrousse chemin, mais Navarre se résolut à donner une dernière chance à Catherine de Médicis.

L'escorte prit donc un autre chemin qui les ramena vers la seconde route, celle qui passait devant Garde-Épée. Vaguement inquiet, Mornay décida alors de rester à tout instant au plus près du roi.

Un peu plus tard, un paysan venu examiner l'endroit où le chemin s'était effondré découvrit quatre cadavres flottant dans l'eau. Ce n'étaient pas des gens du pays. On les transporta à l'église de Bourg-Charente.

La veille, M. de Mornay avait demandé un entretien privé à Henri de Navarre et à son cousin le prince de Condé. Accompagné de Cassandre, il leur avait raconté comment Mme Sardini avait perdu sa fille après sa rupture avec le père du prince, et à quelle occasion il avait recueilli Cassandre après la Saint-Barthélemy.

Henri de Condé avait éclaté de rire.

— Monsieur de Mornay ? Croyez-vous vraiment à cette fable ?

— Pour ma part, oui, monseigneur, et je ne cherche pas à vous en convaincre. Je voulais juste vous informer. Si vous ne me croyez pas, tant mieux ! Ma fille – il insista sur ce mot – sera plus heureuse si elle reste simplement ma fille.

— Elle peut le rester ! avait lâché dédaigneusement Condé. Que ferais-je d'une sœur bâtarde ?

Cassandre, devenue livide, était parvenue à se contenir, tandis que Navarre avait arrêté son cousin d'un geste.

— Ne prenons pas de décisions hâtives, Henri. Que tu le veuilles ou non, mademoiselle de Mornay est peut-être une Bourbon. Cela demande qu'on s'y arrête. Après la conférence, nous réunirons un tribunal d'honneur et nous interrogerons Mme Sardini. Cela vous convient-il, mes amis ?

À Cognac, lors de la troisième entrevue, la reine demanda à nouveau à Navarre l'abandon de la religion protestante en insistant sur la volonté du roi. Devant son nouveau refus, elle accepta le principe d'une longue trêve entre les armées du roi et les groupes protestants, à condition que son gendre *contremande* l'armée étrangère des reîtres. Le roi de Navarre lui répondit qu'il ne voulait pas d'une longue trêve, mais plutôt d'une bonne paix, sans rien promettre sur l'armée étrangère.

Les conseillers de Catherine prirent cette fois la parole, s'efforçant de séduire Henri par la perspective des bonnes grâces royales, dont il tirerait de grands avantages. Mais les promesses de ces bénéfices – bien incertains – n'ébranlèrent nullement le Béarnais.

Le duc de Nevers eut alors la hardiesse de lui faire remarquer, sur un ton moqueur :

— Sire, vous seriez mieux à faire la cour au roi de France qu'au maire de La Rochelle où vous n'avez pas les moyens d'imposer un sou !

— Nous n'entendons rien aux impositions, car il n'y a pas d'Italien parmi nous, plaisanta Navarre, en faisant allusion aux financiers italiens de Paris qui affermaient les impôts.

L'assistance ayant ri, il ajouta, plus sérieux :

— Je fais à La Rochelle ce que je veux... n'y voulant que ce que je dois.

Catherine suggéra alors de suspendre, pour une année, l'exercice de la religion réformée, et de conclure en même temps une trêve afin d'assembler les États généraux auxquels on soumettrait les conditions d'un accommodement.

Henri de Navarre et le prince de Condé proposèrent plutôt une trêve pendant laquelle ils manderaient les députés protestants des provinces pour connaître leur sentiment. À son tour, Catherine refusa, si bien qu'il ne fut décidé qu'une trêve de douze jours, le temps de rendre compte au roi et d'attendre ses ordres.

Navarre quitta Cognac avec la conviction que la paix ne serait pas possible, mais satisfait tout de même d'avoir gagné du temps. Tandis que sa troupe traversait Saint-Brice, il découvrit une foule massée le long du chemin. C'étaient des gens venus de fort loin pour voir ce roi de Navarre qu'ils voulaient acclamer, car la plupart étaient de la religion réformée.

L'escorte peinait à se frayer un passage au milieu de cette joyeuse cohue. Navarre, tout en blanc, avec un chapeau droit à panache blanc, souriait et envoyait des baisers à la foule, mesurant ainsi l'aune de sa popularité. À la sortie du village, les badauds étaient moins nombreux, mais on en comptait encore des dizaines et des dizaines jusqu'à Garde-Épée. Au pied de l'enceinte de la maison forte, une centaine de fermiers, de laboureurs et de bourgeois venus depuis Bourg-Charente attendaient en criant leur joie.

Le cortège de Navarre approchait. Pour qu'on le voie mieux, le Béarnais s'était placé en tête. Sa mauvaise humeur devant l'échec de la conférence s'était dissipée à la vue de ce bon peuple qui l'aimait tant. Rien que pour ce jour de fête, il ne regrettait pas d'être venu.

Olivier Hauteville, Il Magnifichino et Nicolas Poulain étaient sur le chemin de ronde du mur de Garde-Épée, penchés vers la route, car eux aussi voulaient voir le roi. C'est alors qu'Olivier remarqua en bas de l'enceinte un homme accroupi entouré de deux compagnons dont il ne voyait que les chapeaux.

Intrigué, il ne le quitta pas des yeux. Il le vit se relever et s'aperçut qu'il avait un bras raide. De façon inattendue, car le roi était maintenant à cinquante pas, cet individu s'éloigna en claudiquant, suivi de ses compagnons.

Olivier comprit aussitôt. Il se précipita vers l'escalier qu'il dévala. Dans la cour, il se rua sur la porte qu'il ouvrit fébrilement. Les vivats retentissaient. En courant, il tourna l'angle du bâtiment. Le roi était à vingt pas. Il hurla :

— Fuyez ! Fuyez tous ! Il y a une mine ! Tout va exploser !

En même temps, il faisait de grands moulinets avec les bras, comme un forcené. Interloquée, la foule se retourna vers le furieux qui criait ainsi et le cortège royal s'arrêta.

— Fuyez, tout va exploser !

Les premiers badauds s'éloignaient déjà en courant et, très vite, ce fut la débandade.

Et l'explosion retentit.

Elle fut terrifiante. Tout le chemin se souleva, expédiant des monceaux de terre jusque dans la cour de Garde-Épée.

Nicolas Poulain, qui était resté sur la muraille, ne comprenant pas pourquoi Olivier était parti, vit le cheval du roi de Navarre se cabrer, se relever et s'écrouler en arrière. Henri fut écrasé par la bête.

Les débris retombèrent, et un silence effroyable s'étendit. Tandis que Poulain et Il Magnifichino descendaient du chemin de ronde aussi vite qu'ils le pouvaient, Olivier tenta de s'approcher du roi, étendu sans connaissance. Avec horreur, au milieu des fumées et des poussières, il le découvrit *jetant le sang par le nez et par la bouche*[1]. Sa barbe était ensanglantée, puis il disparut à sa vue, entouré de dizaines de serviteurs et de gentilshommes.

Un sanglot l'étouffa. Il était arrivé trop tard !

Soudain, on le saisit. C'était M. de Mornay, livide comme de la craie.

— Monsieur Hauteville, que s'est-il passé ? interrogea-t-il d'une voie aiguë, affolée.

La confusion était totale. Personne n'avait prévu un tel attentat et les officiers de Navarre lançaient des ordres contradictoires. Quelques-uns relevaient le corps du roi pour le porter à l'abri.

— Maurevert ! C'était Maurevert. Mais nous pouvons encore venger monseigneur ! Ils étaient trois, ils sont partis par là, vers la Charente !

Mornay regarda à nouveau le roi qu'on éloignait du lieu de l'attentat. Il hésita à partir, mais Henri paraissait mort. Il n'y avait plus rien à faire sur place.

— Que s'est-il passé ? cria quelqu'un qui les rejoignait.

C'était Poulain, suivi un peu plus loin de Il Magnifichino.

— C'était Maurevert ! Venez tous !

Épée en main, ils s'élancèrent dans les taillis qui longeaient la route. Des cris retentirent dans leur dos. Poulain se retourna. Des soldats, des hommes d'armes, venaient de saisir Venetianelli, ne reconnaissant pas cet homme qui tenait une épée, pensant même qu'il était la cause de l'explosion.

---

1. Phrase rapportée par Sully.

Il n'avait pas le temps d'intervenir et il poursuivit sa course pour rattraper les deux autres, espérant qu'on ne pendrait pas trop vite le comédien.

En courant, Olivier expliquait à M. de Mornay ce qu'il avait vu.

— Ils n'ont pu aller bien vite, car Maurevert boitait, conclut-il. Sans doute a-t-il prévu quelque barque. Il faut les rattraper avant qu'ils ne traversent la rivière !

Les branches les fouettaient et les giflaient, mais ils n'y prenaient garde. Maintenant, c'est Poulain qui avait pris la tête. Épée en main, il taillait un chemin devant lui, à grands coups de lame.

Ils arrivèrent aux berges. Personne !

— Ils peuvent être plus haut ou plus bas, haleta Nicolas Poulain, désemparé.

— Là-bas ! cria Olivier qui venait de voir bouger des buissons.

Trois hommes poussaient difficilement une barque à fond plat qu'ils avaient dissimulée sur la rive.

C'est Maurevert qui les vit arriver le premier. Il abandonna la barque, tira son épée et les salua avec ironie. Ses deux compagnons, les spadassins italiens, firent de même.

Poulain était le plus vigoureux et avait l'habitude de ce genre de poursuite, il restait en tête, tandis que Mornay, essoufflé, était à la traîne, aussi le pape des huguenots cria-t-il :

— Monsieur Poulain, je vous en prie, laissez-moi Maurevert !

— Je vous attends, monsieur de Mornay ! persifla Maurevert, nullement inquiet. Après avoir tué le maître, je me dois d'occire le serviteur !

En gentilhomme, il se mit en garde basse, tenant sa brette de sa main valide.

Le maestro Jacopo avait roulé son manteau autour de son avant-bras gauche dont la main tenait une dague de miséricorde. Poulain croisa immédiatement le fer avec lui. Olivier engagea donc le combat avec le valet, lui aussi utilisant une dague.

La rencontre était inégale. Maurevert était un fin escrimeur et Mornay bien moins fort que lui. Mais le *pape des huguenots* avait ses deux bras, de bonnes jambes et le bénéfice de l'âge. Lui aussi tenait sa dague de la main gauche, croisant habillement ses deux lames pour empêcher Maurevert de le dominer.

Dans la rencontre, le seul avantage qu'avait Nicolas Poulain était que maestro Jacopo ne pouvait donner toute sa science sur la berge boueuse de la rivière, car les pieds des duellistes collaient dans la vase. En revanche, bien campé sur ses jambes, le prévôt utilisait son épée comme une cognée et, avec sa force, il assenait des coups de taille d'une violence extrême au spadassin italien qui recula plusieurs fois.

Malgré tout, par une succession de savantes parades de tierce et de prime, le maître d'armes égratigna deux fois son adversaire au bras et un filet de sang commença à suinter le long de la manche de Nicolas qui, affaibli, commença à rompre.

Quant à Olivier, il ne faisait que reculer. Les parades de coups de pointe se succédaient aux parades de coups de tranchant. Le jeune Hauteville n'avait qu'une expérience d'un an en salle d'armes quand son adversaire était le valet d'un maître qui connaissait tout de la *scienza cavalleresca*.

Pendant un moment, on n'entendit que les chocs et les froissements des lames ponctués par les flocs des bottes dans la boue.

Mornay reculait, rompait, esquivait continuellement, et un sourire de satisfaction apparut sur les lèvres de Maurevert. Pourtant, brusquement, le *pape des huguenots* se dégagea et, bloquant une seconde l'épée de son adversaire avec la poignée de sa dague, il donna un foudroyant coup de revers dans le jarret de Maurevert. La surprise, puis la douleur, envahit le visage du tueur des rois qui s'écroula.

M. de Mornay venait de porter la fameuse botte secrète par laquelle Jarnac avait tué La Châtaigneraie.

À peu près au même moment, Poulain avait tellement reculé qu'il se trouva le dos à un saule. Sentant une branche derrière lui, il continua à rompre, esquivant au mieux les coups tout en compressant la branche qui pliait derrière lui. Il s'écarta soudain d'un saut latéral.

La branche tendue à l'extrême revint en avant comme un fouet et atteignit le spadassin en pleine face. À cette époque, les duels n'étaient pas encore codifiés comme d'élégantes rencontres d'honneur. C'étaient des boucheries où tous les coups étaient permis. Comme son adversaire était étourdi par la branche, d'un revers, Poulain écarta sa lame et, de son autre main, lui enfonça la miséricorde dans la joue jusqu'au crâne.

À quelques pas de lui, le jarret sectionné, baignant dans une mare de sang, Maurevert agonisait.

Olivier, lui, était dans une situation désespérée et ne faisait que parer. Reculant sans cesse, il heurta une souche et trébucha. Nicolas Poulain l'aperçut, glissant par terre, mais fut incapable d'arriver à temps pour le sauver. Il vit avec effroi le valet du maestro Jacopo sur le point d'enfoncer son épée dans la poitrine de son ami.

Le coup de feu retentit quand l'épée allait le toucher. Le visage du valet explosa dans une mare de sang.

Un groupe de cavaliers arrivait. C'était Caudebec qui avait tiré avec une arquebuse à rouet.

Il y avait là une dizaine de gentilshommes parmi lesquels Poulain reconnut M. de Dangeau le baron de Jarnac et Il Magnifichino en croupe derrière M. de Dangeau.

— À temps, monsieur Hauteville ! lança Caudebec dans un éclat de rire.

Olivier se relevait, couvert de boue, haletant. Ne comprenant pas comment il pouvait être encore vivant.

Déjà Mornay et Poulain s'avançaient vers les cavaliers qui sautaient au sol. Le premier mot de Mornay fut au baron de Jarnac :

— Le roi ?

— Inconscient, j'ai vu qu'on le transportait dans une charrette. Qui sont ceux-là ?

Il désignait les corps.

— Les assassins aux ordres de Mme de Montpensier, répondit Mornay. Ils avaient creusé une mine sous le chemin. Voilà à quoi servaient les tonnelets de poudre qu'ils avaient pris. Ils ont aussi fait sauter la route ce matin, pour nous obliger à prendre le chemin devant Garde-Épée.

— Que faisons-nous d'eux ? demanda Dangeau. Le barbu est encore vivant…

Si Maurevert avait les yeux ouverts, son regard était déjà vitreux, car il était en train de mourir, l'artère ayant été sectionnée.

— Jetez-les dans la Charente ! décida Mornay avec dégoût.

Les gentilshommes qui avaient accompagné Dangeau se saisirent des corps par les pieds et les mains et les lancèrent à l'eau. Maurevert fut le dernier, il disparut vite, emporté par les flots. Tout le monde le regarda couler, mais seul Mornay et ses proches savaient que disparaissait ainsi celui qui avait provoqué la Saint-Barthélemy.

— Monsieur Chabot, dit ensuite Mornay, je ne vous remercierai jamais assez pour m'avoir appris la botte de votre père. J'ai bien cru que ma dernière heure était venue avec ce démon. Je n'avais jamais croisé un duelliste pareil !

— C'est un plaisir pour moi de vous l'avoir enseignée, car en effet peu de gens arrivent à la parer si elle est bien amenée avec la dague.

— Quant à moi, monsieur Caudebec, je vous dois tout ! dit Olivier en l'accolant.

— Vous devez tout à M. Venetianelli ! le contraria Caudebec. Il a été attrapé par des gardes en tentant de vous rejoindre et se débattait comme un diable quand M. Dangeau l'a reconnu. Il parvenait à s'expliquer quand je suis arrivé. Je cherchais M. de Mornay, qui était près du roi, craignant qu'il ait aussi été atteint. On a rassemblé nos amis, et on est partis à votre poursuite. Mais vous n'auriez pas dû y aller seuls, vous avez failli être tués !

— Nous aurions attendu, ils se seraient enfuis, répondit sobrement Olivier.

— Je crois que nous pouvons rentrer, décida Mornay. Allons voir comment est le roi.

Ils revinrent à Jarnac. M. Léonord Chabot les conduisit directement à Henri de Navarre qui venait d'arriver, transporté dans une charrette. Le roi, couché, avait repris conscience. Ils furent tous reçus dans sa chambre, en présence de deux de ses médecins, du prince de Condé, de François de La Rochefoucauld, du baron de Rosny et de M. de Turenne.

— C'est la chute du cheval qui a provoqué les saignements, expliqua un médecin. Aucune partie vitale n'a été touchée.

— Que le secret soit gardé sur cet attentat ! gronda Condé. Cela pourrait donner à d'autres de funestes idées. Tous ceux qui étaient là ont été prévenus : il s'agit d'un accident. Quant aux autres, il sera raconté que le cheval de mon cousin a eu peur d'une bande de cochons sauvages [1].

Mornay approuva avant de s'agenouiller devant le roi.

— Sire, c'est M. Hauteville qui vous a prévenu.

— Ventre-saint-gris ! Il m'avait semblé vous reconnaître, monsieur, remuant les bras et hurlant comme un fou ! Racontez-moi tout !

— J'étais en haut du mur de Garde-Épée, sire, lorsque j'ai vu un homme accroupi se lever et s'éloigner à toute allure. Cette attitude n'avait pas de sens, puisqu'au contraire on se pressait pour vous voir. En

1. Ce fut l'explication officielle, telle qu'on la trouve dans les Mémoires du duc de Nevers et du baron de Rosny, duc de Sully.

un éclair, j'ai compris qu'il avait allumé une mèche et je me suis précipité. Malheureusement trop tard.

— Pas trop tard ! Vous auriez pu être tué par l'explosion, dit Turenne, ému par le courage du jeune homme.

— Et ensuite ?

— Avec mon ami, Nicolas, nous nous sommes élancés à sa poursuite. M. de Mornay nous a rejoints. On a retrouvé notre homme et deux de ses complices au bord de la Charente. Nous nous sommes battus, et je dois avouer, à ma grande honte, que je suis le seul à avoir été vaincu.

— Nous avions affaire à trois fins escrimeurs, sire, plaida Mornay, et Olivier n'était guère entraîné. Moi-même n'ai pu tuer mon adversaire que grâce à la botte que M. de Jarnac m'avait apprise !

— Mais nous sommes arrivés à temps, sire, intervint M. de Dangeau fièrement, et c'est l'essentiel. Vos assassins nourrissent en ce moment les poissons de la Charente.

— Dommage qu'on n'ait pu les faire écarteler, dit Condé, férocement.

— Vous oubliez que vous voulez garder cet incident secret, mon cousin ! Non, je crois que c'est très bien ainsi ! Mais ce que je ne comprends pas, c'est comment ils s'y sont pris pour faire sauter la route, juste devant moi.

— J'ai examiné le chemin avant de venir, sire, dit Poulain. J'ai trouvé des débris de conduite en terre. Ils ont dû les enfouir une nuit, ainsi que la poudre, et placer une mèche dans la conduite. C'est cette mèche que Maurevert allumait quand Olivier l'a vu.

— Mon cousin, dit Navarre en se tournant vers Condé, les yeux rieurs, j'ai bien fait de ne pas les pendre ! Monsieur Hauteville, je suis votre débiteur, ajouta-t-il.

— Non, sire, plaisanta Olivier, puisque vous ne m'avez pas pendu, nous sommes à égalité !

— Monseigneur, intervint Mornay, Mme Sardini souhaite rentrer à Paris. Elle sera ici demain pour rester près de sa fille jusqu'à son départ.

Le roi hocha la tête.

— Je ne retournerai pas à Cognac demain. François, tu iras à ma place, dit-il à La Rochefoucauld, et tu essaieras d'amadouer la reine, bien que la partie semble jouée. Tente de gagner encore quelques mois de trêve !

Il fit signe à Condé d'approcher.

— Henri, nous rencontrerons Mme Sardini demain. Soyez-y aussi, Mornay, ainsi bien sûr que votre fille. J'enverrai un billet à mon cousin, M. de Montpensier. Il serait juste que tous les Bourbons soient présents. C'est une affaire de famille, sourit-il à l'attention des autres. Mais j'y pense, sois là aussi, Turenne, tu es le petit-fils du connétable de Montmorency, et tu pourrais avoir ton mot à dire.

— Peut-être devrions-nous décider de ce que l'on fera après cette conférence, proposa Turenne, fier d'être invité à une réunion familiale dont il ignorait tout.

— En effet. Messieurs, laissez-nous, dit le roi, en souriant.

Tout le monde sortit et ne restèrent que les proches, dont Mornay, bien sûr.

— Cette conférence n'a servi à rien, déclara Henri de Turenne, qui y avait toujours été opposé.

— Je ne dirai pas ça, j'ai gagné six mois, remarqua le roi de Navarre. Tu veux toujours l'affrontement, Henri, mais moi, ce n'est pas la bataille que je recherche… c'est la victoire ! J'ai encore besoin de temps, et j'espère même gagner trois mois de plus.

— Nous pourrions gagner encore plus, proposa Condé.

— Comment donc ?

— Ici, nous sommes les plus forts. L'escorte de la reine ne pourrait la tirer de nos mains si nous l'attaquons quand elle quittera Cognac.

— Je n'y consentirai jamais, Henri, et tu le sais, dit gravement Navarre.

Il leva une main pour le faire taire.

— Je sais ce que tu vas me dire : si nous étions faibles, la reine agirait ainsi envers nous, mais ce serait indigne de moi. Il y a trêve, respectons-la ! Je refuse d'utiliser des moyens que j'ai si souvent condamnés chez mes ennemis.

Condé fit la moue. Turenne aussi, ainsi que plusieurs gentilshommes. C'était une occasion unique, jugeaient-ils, et de tels sentiments d'honneur n'avaient pas de place dans cette rude guerre.

Le lendemain, la réunion de famille eut lieu dans la chambre du roi, en présence du duc de Montpensier venu de Cognac. Navarre expliqua à Turenne de quoi il s'agissait, puis Mornay relata les circonstances durant lesquelles il avait recueilli Cassandre, enfin Mme de Limeuil raconta sa vie avec le prince de Condé.

Le pendentif passa de main en main, et ensuite chacun donna son sentiment.

— Pour ma part, je crois bien que mademoiselle de Mornay est la fille de ton père Henri, sourit Navarre à Condé. D'ailleurs, elle lui ressemble !

Le prince fit la moue. Tout ce qui rappelait les turpitudes de son père, soumis par Mlle de Limeuil à la Médicis, lui déplaisait profondément.

— Tout doux, mon cousin ! répondit-il, nous n'avons là que des témoignages. Madame Sardini, sans vouloir mettre votre parole en doute, avez-vous quelques papiers qui assureraient vos dires ?

— Oui, monseigneur. Quand votre père me demanda de quitter le château de Valéry où je vivais, et où on m'avait pris ma fille, je demandai à deux notaires de prendre les témoignages de tous ceux qui avaient vu ma grossesse, des deux sages-femmes qui m'avaient accouchée, ainsi que d'un médecin qui avait soigné ma fille à la naissance. Je fis aussi venir le curé auquel je dis que je voulais qu'elle soit nommée Louise, mais qui ne put la baptiser dans la religion catholique. J'ai aussi deux lettres de votre père durant ma grossesse dans lesquelles il m'écrivait espérer un fils. Je pourrais vous faire établir une copie de ces documents devant un notaire.

— Vous m'en ferez aussi copie, dit Navarre. Qui a choisi ce prénom de Cassandre ?

— Je l'ignore, dit Mme Sardini. Sans doute les Ambrière.

— Seras-tu convaincu au vu de ces pièces ? demanda le vicomte à son cousin.

— Sans doute, mais je vais aussi me renseigner sur les Ambrière, rétorqua Condé sans s'empêcher de grimacer.

— Les Ambrière étaient aux Montmorency, j'ai pensé que Turenne pourrait facilement en savoir plus, suggéra le roi.

— Je le ferai, sire, promit le vicomte.

— Et toi, Montpensier, que dis-tu ? On ne t'a pas entendu, demanda le Béarnais.

— Je n'avais rien à dire, cousin, tant je suis certain que mademoiselle de Mornay est la fille du prince de Condé. Voyez-vous, à la mort de mon père, j'ai lu bien des courriers qu'il avait reçus. Je me suis toujours souvenu d'une lettre du prince dans laquelle il lui disait que mademoiselle de Limeuil, qui habitait au château de Valéry, était à nouveau grosse.

Tous les regards se portèrent sur le prince.

— Je me dois d'être honnête, fit Henri de Condé en soupirant. Les Condé l'ont toujours été... Ce médaillon, madame, je possède le même !

— Mademoiselle, décida le roi de Navarre, pour l'instant je reconnais votre filiation, sous la réserve des pièces que m'enverra Mme Sardini. Mon cousin, dit-il à l'attention de Condé, le titre de Saint-Pol n'est plus porté, je propose que mademoiselle de Mornay soit désormais appelée Cassandre de Saint-Pol, pour que son appartenance à notre maison soit reconnue.

— Saint-Pol est un comté, sire ! s'offusqua Condé.

— Rassurez-vous, cousin, elle ne sera pas comtesse. Je lui confère seulement le titre. J'écrirai au roi à ce sujet pour qu'il lui envoie des lettres patentes.

— Dans ce cas…
— Je vous remercie, sire, dit Mornay, mais il y a autre chose…
— Je sais, Mornay ! dit le roi, avec un sourire sans joie, tout en levant une main pour l'interrompre. Il y a aussi Olivier Hauteville… je me doutais que tu en parlerais !
Condé fronça les sourcils, tandis que le roi hésitait à poursuivre tant ce qu'il allait décider lui déplaisait.
— J'ai beaucoup d'estime pour M. Hauteville, Philippe. Pour un roturier, il s'est conduit avec un courage étonnant, et il m'a sauvé la vie. Je m'en souviendrai toujours. Mais il y a trop de distance entre un bourgeois de Paris et mademoiselle de Saint-Pol. Vous devez le comprendre. Il a déjà beaucoup de chance que vous le preniez à votre service.
— Sire, il existe une ancienne loi des Francs : les bâtards des princes naissent gentilshommes, mais n'étant point dans la famille de leurs pères et mères, ils peuvent se marier sans leur consentement.
— C'est vrai, Mornay, mais c'est impossible pour une petite-fille de Saint Louis.
Il se tourna vers Cassandre :
— Oubliez-le, mademoiselle, vous êtes d'une autre race.
Cassandre baissa les yeux, se jurant de n'en rien faire.

Le lendemain, Nicolas Poulain fit ses adieux à son ami Olivier Hauteville et Mme Sardini à sa fille. Leur séparation fut longue, émouvante et pleine de larmes. Ils partirent avec Le Bègue, malgré un gel à pierre fendre. Il Magnifichino était évidemment avec eux. Le roi de Navarre leur donna une petite escorte jusqu'à Poitiers.

La veille, M. de Montpensier avait rencontré Poulain après le conseil de famille. Il avait parlé à la reine mère, après qu'elle avait eu connaissance de l'attentat, pour lui dire que l'entreprise criminelle avait été déjouée par M. Poulain, et que c'est lui-même qui avait demandé au prévôt de quitter la cour de la reine, à Loches, pour poursuivre une enquête à ce sujet. Ce mélange de vérité et de mensonges permettrait à Nicolas Poulain de ne pas subir les foudres de Catherine de Médicis en rentrant à Paris.

Nicolas le remercia, désormais pleinement rassuré.

Le Béarnais repartit pour La Rochelle après avoir signé la trêve tant désirée le 22 décembre. Celle-ci devait durer seulement jusqu'au 6 janvier. Le roi de Navarre ne devait jamais revoir Catherine de Médicis.

Philippe de Mornay rentra à Montauban avec sa fille et Olivier Hauteville. Henri de Navarre n'avait pas demandé que Cassandre reste à sa Cour. Le voyage fut particulièrement confortable dans le coche de la duchesse de Montpensier !

Le reine mère resta à Cognac jusqu'à la mi-janvier, traitant avec les ambassadeurs que lui envoyait Navarre et espérant toujours conclure. Puis l'insécurité devenant grandissante, car avec le départ du Béarnais, les bandes de pillards protestants étaient de plus en plus audacieuses, la reine remonta jusqu'à Niort, puis à Fontenay. Là, elle s'efforça de renouer les négociations, mais Henri ne voulut plus traiter en personne. Il lui envoya donc le vicomte de Turenne avec les pleins pouvoirs pour prolonger la trêve jusqu'à la fin de février. Durant ces conférences, Turenne resta raide et irrespectueux, exigeant deux mois de trêve supplémentaires pour que le roi de Navarre puisse convoquer des députés de toute la France. La reine refusa et quand Turenne apprit que l'armée des reîtres était prête, il lui déclara même avec insolence :

— Le roi de Navarre ne comptera sur la paix que le jour où il sera fort. Aujourd'hui, le voici fort, madame !

À Paris, de nouveaux troubles venaient de débuter à l'instigation de la Ligue et des seize. La reine avait échoué et perdu huit mois. Le 7 mars, Catherine de Médicis et sa Cour rentrèrent dans la capitale. Tout devait désormais se régler par les armes.

23.

Mme de Montpensier arriva à Paris au milieu d'un mois de janvier glacial, à peu près en même temps que Nicolas Poulain et Mme Sardini. Le froid terrible qui s'était étendu sur la France à la fin de l'année, et au début de 1587, l'avait contrainte plusieurs fois à des étapes prolongées. Pour la duchesse, le retour s'était fait dans la honte et dans des conditions d'extrême inconfort. À Angoulême, elle avait dû se faire prêter de l'argent pour acheter chevaux et voitures. Elle n'avait plus de linge, plus de bagages et les hommes d'armes qui lui restaient étaient démoralisés. Le capitaine Cabasset servait désormais de premier gentilhomme bien qu'elle éprouvât envers lui un sentiment mitigé, car elle ne comprenait pas pourquoi cette abjecte Cassandre de Mornay lui avait témoigné de la reconnaissance. En même temps, il était le seul sur qui elle pouvait s'appuyer.

Arrivée à l'hôtel du Petit-Bourbon, elle se reposa durant quelques jours, ruminant une terrible vengeance envers Cassandre et Olivier Hauteville pour qui elle ressentait à présent une incommensurable haine. Elle échafaudait ainsi d'effroyables représailles quand elle reçut la visite de Dominique Miraille. Le domestique lui annonça qu'il avait fabriqué la statuette de cire.

Miraille lui rappelait tout ce qu'elle avait éprouvé, et qu'elle rejetait désormais. Elle décida de le chasser, puis s'inquiéta de ce qu'il pourrait raconter, aussi fit-elle venir un ami procureur au parlement à qui elle expliqua qu'un serviteur de ses écuries pratiquait la magie. Elle lui demanda une enquête discrète à laquelle elle ne serait pas mêlée.

Le procureur, accompagné d'un conseiller et d'un exempt, pratiqua une perquisition dans la chambre du pauvre homme. Ils y découvrirent la statuette avec ses aiguilles, ainsi que toutes sortes de produits diaboliques pour faire des philtres. Miraille fut arrêté avec sa femme et sa belle-mère. Interrogé et mis à la question, il avoua tout et bien plus encore. Certes, il mit en cause la duchesse mais ce témoignage absurde fut rejeté. Pierre de L'Estoile raconta ainsi son exécution :

Le jeudi 26 février, Dominique Miraille, jadis concierge de la princesse de La Roche-sur-Yon, des faubourgs Saint-Germain-des-Prés, homme vieil, âgé de 70 ans, et une bourgeoise d'Estampes, sa belle-mère (de laquelle il avait en secondes noces épousé la fille, depuis deux ou trois ans, après la mort d'une bonne grosse vieille, sa première femme, laquelle on disait qu'il avait fait mourir par poison ou sortilège, afin d'épouser cette jeune seconde), par arrêt de la Cour, furent pendus et étranglés, puis brûlés au parvis de Notre-Dame, après avoir fait amende honorable devant ladite église, atteints et convaincus de magie et sorcellerie.

Nicolas Poulain retrouva sa famille avec une indescriptible joie et un immense soulagement. Mme Poulain, qui n'avait plus de nouvelles de son mari depuis des mois, était au désespoir. Heureusement, la robe de la duchesse de Montpensier lui fit vite oublier toutes ses angoisses. Quant au butin ramené en bijoux et autres, il rapporta quelques milliers d'écus qui furent placés chez un banquier, Nicolas songeant désormais à acheter une autre charge. Avec autant d'argent, les Poulain purent aussi acheter du bois pour se chauffer de tout leur saoul, car ce mois de janvier fut un des plus froids jamais connus.

Dès le lendemain de son arrivée, Nicolas Poulain se rendit rue du Bouloi, chez M. de Richelieu, à qui il raconta son voyage. Le grand prévôt de France lui montra sa satisfaction en lui remettant un millier d'écus de la part du roi et lui fit un résumé de ce qui s'était passé à Paris en son absence. Nicolas Poulain en retint surtout l'arrestation du financier Scipion Sardini.

Le banquier, qui recevait déjà les taxes sur les cabarets, avait obtenu l'affermage de nouveaux impôts. Certain de l'appui du roi, il avait commencé à les collecter sans que les édits nécessaires n'aient été enregistrés. Selon les parlementaires, il aurait même présenté de faux édits pour pouvoir agir en toute impunité. Il avait donc été arrêté et enfermé à la Conciergerie.

En colère, le roi avait convoqué le président du parlement qui avait pris cette décision. Devant la Cour, Henri III l'avait injurié, presque frappé, et l'avait envoyé libérer Sardini.

Malgré cette preuve d'autorité, déplora M. de Richelieu, la volonté royale restait chaque jour bafouée et les caisses étaient désespérément vides. Il devenait même difficile de payer la garde suisse.

Pour faire face à cette disette, le roi avait convoqué au Louvre les principaux parlementaires, le prévôt des marchands et quelques notables bourgeois, ainsi que les cardinaux de Bourbon, de Guise et les seigneurs de son conseil. Il leur avait annoncé qu'il était résolu de faire la guerre à outrance contre ceux de la nouvelle religion et qu'il avait enjoint à ses officiers de se saisir des hérétiques et de vendre leurs biens pour subvenir aux frais de la guerre.

Cette harangue avait été reçue avec acclamations jusqu'à ce que le roi eût annoncé que, toujours pour financer la guerre, un impôt de six cent mille écus serait prélevé sur les plus aisés de la ville. Les bourgeois étaient repartis en grondant et le maudissant.

Après cet incident, Richelieu craignait que les seize ne s'agitent à nouveau, aussi demanda-t-il à Poulain de reprendre langue avec eux pour savoir ce qu'ils préparaient.

Enfin le grand prévôt lui commanda de se rendre à l'exécution d'une bande de faux monnayeurs. Le spectacle attirerait beaucoup de monde et le roi exigeait la présence de tous les prévôts des maréchaux pour montrer sa volonté de faire appliquer l'ordonnance de son père qui enjoignait les prévôts de punir et d'extirper des provinces les fabricateurs de fausse monnaie.

Les supplices auraient lieu en place de Grève où l'exécuteur de la haute justice pendrait un procureur qui avait fait circuler la fausse monnaie ainsi que le graveur de la bande. Quelques jours plus tard, ce serait leurs complices qui seraient pendus, l'un aux Halles et l'autre à la place Maubert. Enfin l'orfèvre qui avait organisé ce trafic serait bouilli aux Halles dans une grande marmite ; c'était la peine pour faux monnayage prévue par l'édit du 11 juin 1556.

De son côté, Poulain s'inquiéta auprès de Richelieu des mesures prises contre les derniers protestants de Paris, et dont ses beaux-parents lui avaient parlé la veille. Fataliste, le grand prévôt lui répliqua que c'était le seul moyen que le roi avait trouvé, sur les conseils de Villequier, pour faire rompre les négociations entre Navarre et sa mère.

Quelques jours plus tard, ayant repris ses chevauchées à Saint-Germain, Nicolas Poulain reçut la visite du commissaire Louchart et de Bussy Le Clerc.

Après avoir écouté un récit de son voyage (un récit fort incomplet, bien sûr), les deux ligueurs lui expliquèrent qu'ils avaient à nouveau besoin qu'il leur achète des armes. Ils préparaient une nouvelle entreprise et ils l'attendaient vendredi, à la prochaine réunion de la Ligue qui se tiendrait au collège de Forteret, en haut de la montagne Sainte-Geneviève.

Malgré une épaisse neige, Poulain s'y rendit et retrouva tous les comploteurs qu'il connaissait, ainsi que de nouveaux. En particulier, il aperçut M. de Nully, le président de la Cour des aides, qui n'était plus prévôt des marchands depuis que M. de Perreuse, fidèle au roi, l'avait remplacé [1]. Circulant entre les groupes avant que la réunion ne commence,

1. En 1586.

Poulain remarqua que les ligueurs rageaient surtout contre le roi qui les saignait et les ruinait.

Le froid était mordant dans la salle non chauffée et beaucoup sautillaient en soufflant dans leurs mains. Enfin M. de Mayneville arriva accompagné d'une suite de gentilshommes, tous revêtus d'épais manteaux de fourrure. Ils escortaient le duc de Mayenne de retour de Guyenne.

Le silence se fit aussitôt et Mayenne s'installa dans une grande chaise, sorte de trône, qu'on lui avait préparé. Il remercia brièvement les bourgeois, et quand M. de La Chapelle s'inquiéta auprès de lui des impôts dont on les pressurait, il leur promit d'en parler au duc de Guise, son frère. Dans l'immédiat, ne pouvant s'opposer au roi, il leur suggéra de coller des affiches sur les portes afin de faire connaître à tout le monde les turpitudes royales et de rendre ainsi Henri III encore plus odieux.

Mayenne repartit sans rien proposer de plus, laissant les ligueurs fort désappointés. Après son départ, M. de La Chapelle prit la parole.

— Vous avez entendu monseigneur de Mayenne, mes amis. Je crois que nous ne devons désormais compter que sur nous. Monsieur Poulain, pouvez-vous nous acheter des mousquets ?

— Sans doute, hésita Poulain, mais pas beaucoup, vous le savez. Et ces armes sont très chères…

— Nous préférons utiliser notre argent à acheter des mousquets que le donner au roi pour ses mignons ! Monsieur Le Clerc, vous ferez porter deux mille écus à M. Poulain pour qu'il nous équipe. Et vous, monsieur Poulain, vous porterez ces armes chez moi et chez M. Le Clerc.

— Plus à l'hôtel de Guise ? s'étonna le lieutenant du prévôt.

— Non, il est temps que la Ligue parisienne montre sa force.

Nicolas informa Richelieu dans les jours qui suivirent, puis commença à acheter des mousquets en utilisant la lettre du prévôt Hardy que le grand prévôt lui avait donnée l'année précédente.

Ce ne fut que le vendredi 20 février qu'il apprit que les ligueurs de la Sainte Union avaient décidé de donner l'assaut au Louvre. Ils pénétreraient dans le palais le dimanche suivant par le pont-levis du côté de Saint-Germain-l'Auxerrois. Une armée de quelque cinq cents hommes était prête et La Chapelle lui demanda de la rejoindre à la Croix-du-Trahoir, le point de rassemblement.

Poulain rencontra Richelieu le lendemain. En dénonçant la tentative, il risquait fort d'être suspecté, mais il ne pouvait laisser attaquer le palais royal sans rien faire. Richelieu le rassura, car il n'y avait pas de raison pour qu'on le soupçonne plus que les cinq cents autres conjurés. En revanche, l'audace de l'entreprise l'inquiéta fort, car elle montrait à quel point les bourgeois parisiens n'avaient plus peur du roi, et combien ils étaient déterminés. Elle pouvait même réussir tant la garde suisse était clairsemée.

Le samedi 21 février, le roi fit renforcer la garde du palais et lever le pont-levis. Il ordonna aussi au prévôt des marchands d'organiser des rondes dans les rues de la ville et de saisir ceux qui circuleraient après le couvre-feu. Comprenant que leur entreprise était découverte, M. de Nully prévint son gendre, M. de La Chapelle, et l'expédition fut annulée.

Le lundi, comme le duc de Mayenne venait au Louvre, le roi l'accusa publiquement d'être responsable de l'entreprise qui venait d'être déjouée. Le frère de Guise, qui en ignorait tout, assura que ce n'étaient que ragots mensongers rapportés par les hérétiques afin de le rendre odieux. Henri III ne le crut pas et Mayenne repartit, alarmé par cette affaire qu'il ne comprenait pas et par les menaces du roi.

Henri III avait compris que l'irrésolution des chefs de la Ligue les avait fait reculer. Il poussa donc son avantage et établit dans tous les quartiers de la ville des chevaliers du Saint-Esprit pour monter la garde. En même temps, il fit rechercher dans les maisons suspectes les armes qui s'y trouveraient et fit crier à son de trompe que tout soldat sortît de la ville dans vingt-quatre heures, sur peine de la hart.

Les jours suivants, la Ligue, apeurée et sur la défensive, afficha des placards où on lisait :

Sera-ce toujours, pauvres catholiques, que vous vivrez en cette calamité, d'attendre que l'on vous vienne à toute heure couper la gorge dans vos lits, sous une prétendue fausse conspiration ?

Les affiches accusaient aussi les Parisiens de lâcheté et leur demandaient de ne plus céder à la force. *Reprenez cœur !* y voyait-on. C'était un appel à l'insurrection.

Quelques jours plus tard mourut Charles Hotman, receveur de l'évêque de Paris et fondateur de la Sainte Union. Presque en même temps les Parisiens apprirent l'exécution de la reine d'Écosse, qui avait eu la tête tranchée comme criminelle de lèse-majesté.

Ces deux événements calmèrent, un temps, les esprits agités.

Pour la mort de Marie Stuart, nièce des Guise, la Cour et la maison de Lorraine prirent le deuil et il fut fait un solennel service religieux où assistèrent tous les grands du royaume, les Cours souveraines, le Châtelet et le corps de la ville. Durant les semaines qui suivirent, les ligueurs crièrent partout que Marie Stuart était morte en martyre pour la foi catholique, apostolique et romaine. Une opinion soigneusement entretenue par Mme de Montpensier qui demanda aux prédicateurs des églises de louer la reine dans leurs sermons.

À Montauban, François Caudebec proposa à Olivier de le loger. Il occupait deux pièces au premier étage d'une rue sombre, étroite et non pavée, derrière la place d'Armes, et il savait qu'un bouge était disponible, à l'étage au-dessus. Olivier aurait pu trouver un logement plus agréable, il avait suffisamment d'argent pour cela, mais n'en éprouvant pas le besoin, il accepta le bouge qui ne contenait qu'un lit étroit et un coffre.

M. de Mornay était gouverneur de la ville. Il avait en charge non seulement la défense de Montauban et de ses environs mais aussi le ravitaillement, la justice et les affaires religieuses. Tous les matins, jusqu'en avril, Olivier se rendit chez lui où il avait continuellement des comptes à faire et des dépêches à écrire, travail qu'il partageait avec un autre secrétaire. Généralement, il dînait sur place et voyait Cassandre lors des repas. Cela lui suffisait.

L'après-midi, s'il faisait beau, avec Caudebec et d'autres gentilshommes, ils traversaient le Tarn par le grand pont de brique aux sept grandes arches, et, hors de la ville, ils s'entraînaient à l'épée, à la pique, au pistolet et à l'arquebuse. C'étaient parfois de véritables tournois auxquels assistaient M. de Mornay et les notables protestants de la ville, parfois rejoints par des hobereaux du Rouergue, du Quercy et du Périgord qui venaient à Montauban rencontrer le *pape des huguenots*.

Durant ces mois, Olivier ne se rendit jamais à la messe tout simplement parce qu'il n'y avait plus de lieu de culte. Depuis la prise du pouvoir par la bourgeoisie protestante en 1561, les églises catholiques montalbanaises avaient été saccagées et la plupart détruites. Seule l'église Saint-Jacques était toujours utilisée, mais comme lieu de culte protestant.

Au début, Olivier priait seul. Puis il le fit moins souvent. Sa foi s'atténuait. La lecture d'ouvrages protestants accentuait cette tiédeur sans pour autant l'inciter à se convertir. Tout simplement, il n'arrivait plus à faire de la religion le centre de sa vie.

Malgré le froid continuel, Mornay était souvent en chevauchée. Si les villages autour de Montauban étaient convertis au protestantisme et si la ville, bastion de la foi calviniste dans le Quercy, était imprenable, les bandes de maraudeurs catholiques, les compagnies débandées de l'armée de Mayenne ou encore les mercenaires albanais menaçaient perpétuellement les campagnes et seule la présence de la troupe du gouverneur permettait de sécuriser les routes.

Entre deux leçons d'escrime, Caudebec racontait à Olivier les exploits du *pape des huguenots*. Ainsi, l'année précédente, Mornay avait empêché les catholiques de s'emparer de Figeac et de Cardaillac. Il avait aussi ravitaillé les places de sûreté protestantes sur la Garonne et fait de vigoureuses expéditions avec son artillerie pour protéger les moissons de Villemur et de Caussade.

À table, c'était Mme de Mornay qui parlait des exploits de son mari. Les villes et les villages catholiques du Quercy étaient devenus des refuges pour les opposants à Henri de Navarre, expliqua-t-elle un jour en racontant la prise de La Francèse[1], un petit bourg catholique à trois lieues de Montauban.

Ayant juré de le réduire, M. de Mornay l'avait attaqué avec quelques gentilshommes et une compagnie d'arquebusiers. Après avoir placé des pétards contre la porte, la troupe protestante était parvenue à entrer, mais des gentilshommes catholiques s'étaient portés au secours de la ville soutenus par des paysans. Mornay s'était donc replié à Montauban pour chercher du secours en laissant juste une garnison de cinquante hommes. Malgré cela, les catholiques avaient repris la ville, tandis que la garnison protestante s'était réfugiée dans une maison forte.

Revenu avec une petite armée, le gouverneur de Montauban avait compris que la reprise de la ville, désormais bien défendue, serait coûteuse. Il avait alors écrit un billet pour son capitaine enfermé dans la maison forte. Le mot disait :

Ayez bon courage, M. de Châtillon est arrivé avec une armée. Demain nous nous joindrons !

Le billet avait été confié à deux paysans qui s'étaient volontairement laissé prendre. Épouvantés en apprenant que du renfort arrivait, les bourgeois

1. Lafrançaise.

avaient abandonné La Francèse durant la nuit. Une ruse qui avait bien plu au roi de Navarre.

C'est cependant avec Philippe de Mornay lui-même qu'Olivier apprenait le plus. Non seulement le pape des huguenots possédait un incroyable talent de stratège dans cette guerre d'escarmouches, mais il était aussi un adroit ingénieur et un talentueux mathématicien. Il prodigua plusieurs leçons à Olivier, lui expliquant l'importance de la géométrie pour mesurer les hauteurs et les distances dans les parties d'une fortification. Il l'initia aussi au calcul de la solidité des voûtes et à l'importance des revêtements de fortification, des flancs concaves et des contreforts. Le jeune Hauteville, fort habile à manier les nombres, n'avait aucun mal à suivre, d'autant que son maître lui donnait régulièrement des livres à étudier le soir.

Mais c'est encore dans l'artillerie que Mornay était le plus savant et, ayant observé qu'Olivier savait calculer vite et possédait un juste coup d'œil, il entreprit d'en faire un bon artilleur. En premier lieu, il lui montra comment on taillait les boulets de pierre à l'aide de moules en fer afin qu'ils soient de même diamètre. Ensuite, il lui enseigna la manière de purifier le salpêtre et de faire de la poudre avec une part de salpêtre, une de soufre et une de charbon pilé, mêlées ensemble et arrosées de vinaigre. Enfin, il lui expliqua comment charger les pièces à feu de la ville, les longues couleuvrines, les crapaudeaux, plus courts, et les serpentines de gros calibre. La charge ne devait occuper que trois fois le diamètre du tube pour éviter d'abîmer le canon. Une livre suffisait, ensuite, à jeter une pierre pesant neuf livres à quinze cents pas.

Après ces travaux pratiques vinrent les cours de géométrie. M. de Mornay instruisit son élève sur l'utilisation de l'équerre et du fil à plomb pour calculer les inclinaisons et les courbes de trajectoires. Les cours avaient lieu chez lui et parfois Cassandre y assistait.

Olivier découvrait chaque jour à quel point Philippe de Mornay avait l'âme bien trempée du soldat et du stratège, mais aussi combien il était homme de science. À toutes ces qualités s'ajoutaient une rigueur morale et surtout une foi qu'Olivier lui enviait, car lui ne l'avait plus. Si M. de Mornay ne désirait rien d'autre que faire son devoir, il ne craignait que Dieu, et la Bible était son arme autant que son épée.

Après avoir assisté plusieurs fois à l'entraînement d'Olivier, après avoir froissé l'épée avec lui et lui avoir appris tout ce qu'il savait sur l'artillerie et l'usage des poudres, Mornay jugea que le jeune homme était capable de l'accompagner en chevauchée pour combattre les catholiques. Il le convoqua en avril à une réunion des capitaines.

Le pape des huguenots avait décidé d'attaquer un petit village à trente lieues de Montauban. Olivier n'en comprit pas bien le nom, sinon qu'il finissait par « gnac », comme beaucoup de lieux en Quercy et en Périgord.

Plusieurs officiers jugeaient la place de médiocre intérêt. C'était une longue chevauchée, par un temps glacial, pour tenter de s'emparer d'un bourg bien fortifié, mais sans importance, remarquèrent-ils. Et comme ce n'était pas la première fois que M. de Mornay leur proposait cette équipée, l'un d'eux lui rappela que le roi de Navarre avait déjà déconseillé cette expédition en disant qu'il ne fallait pas s'embarquer sur de mauvais vaisseaux.

— J'ai choisi cette place malgré vos réserves, répondit Mornay avec le sourire, parce que celui qui la possède est maître des communications entre le Quercy et le Languedoc...

Sur une carte qu'il avait préparée, il leur montra alors les routes vers le sud, et combien ce bourg permettait de les contrôler. Les plus réticents en convinrent et l'entreprise fut décidée. À la fin de la réunion, Philippe de Mornay annonça à Olivier qu'il en serait.

Ils partirent le lendemain et arrivèrent sur place deux jours plus tard. Le bourg n'était qu'un petit village fortifié au sommet d'une butte, mais ses impressionnantes murailles le rendaient apparemment imprenable. Olivier était équipé de son casque et de la cuirasse de cuivre gagnée à Garde-Épée, ainsi que de l'épée et de la main gauche que Poulain lui avait conseillé de prendre. Sous son manteau, il tremblait autant de froid que d'inquiétude, car c'était son premier assaut comme soldat. Certes, il s'était déjà battu, notamment pour délivrer celle qu'il aimait ou encore lors de combats imposés par les circonstances, mais cette fois, il allait prendre la vie à des gens inconnus sans raison autre que de faire la guerre.

Ils attaquèrent la nuit, alors qu'il gelait à pierre fendre. Les murailles étaient cernées par un profond fossé et, pour ne pas paraître poltron, Olivier s'était porté volontaire dans le groupe qui portait les échelles, celui qui prenait lc plus de risques.

Comme il descendait dans le fossé avec ses compagnons, il entendit la sentinelle crier :

— Qui va là ?

Chacun retint son souffle, puis la voix retentit à nouveau après qu'un autre garde eut interrogé :

— Ce n'est rien ! Je pensais avoir entendu quelque bruit.

Passée cette alerte, les assaillants s'avancèrent contre les murailles, hautes de trente-six à quarante pieds, pour y planter leurs échelles emboîtées les unes dans les autres. Aussitôt qu'elles furent installées, ils montèrent à la file sur les murailles et les premiers arrivés tuèrent la sentinelle. Le capitaine qui dirigeait Olivier, suivi de son détachement, descendit au corps de garde, situé contre la porte du bourg. Ils y surprirent dix ou douze pauvres gens qui veillaient pendant que les riches dormaient dans leurs lits. Comme ils acceptèrent de faire silence, ils n'eurent point de mal. C'étaient les ordres de M. de Mornay qui voulait limiter les massacres inutiles. Mais comme ceux-là n'avaient pas les clefs des serrures – celles-ci étant remises chaque soir à leur colonel –, un des soldats monta sur la muraille et s'écria :

— Au pétard ! Au pétard !

Aussitôt, on fit jouer la mine qui rompit la porte, et on en mit une autre contre le pont-levis de la ville. Malgré un passage fort étroit, Mornay entra parmi les premiers, suivi de Caudebec et d'Antoine. Rejoint par Olivier, leur groupe fila rapidement vers la halle et l'église bien que les deux explosions aient réveillé les habitants qui sortaient des maisons armés et équipés.

Pour se donner du courage, et se reconnaître dans la nuit, les assaillants criaient :

— Vive Navarre ! Vive Navarre !

Olivier au moins aussi fort que les autres.

Auprès de l'église, le lieutenant de la ville et quelques habitants s'élancèrent courageusement, mais la blessure à mort du lieutenant, tué par Caudebec, fit perdre cœur aux habitants qui ne pensèrent plus qu'à se sauver.

Moins d'une heure après le début de l'attaque, Mornay et ses hommes étaient maîtres du bourg sans plus de perte que cinq ou six hommes alors qu'ils avaient tué vingt-cinq habitants. Olivier s'était battu comme un diable, ayant même tué deux gardes et n'ayant récolté qu'une estafilade. Mais ce ne fut qu'à la pointe du jour et forts d'être maîtres de la place que les soldats se mirent au pillage. Même si quelques femmes furent violées, aucun habitant ne fut blessé ou tué à ce moment-là. Les protestants se saisirent de cinq canons de batterie et d'une grosse quantité de poudre, ainsi que de deux couleuvrines fort longues et de trois autres couleuvrines moyennes. Cette bonne prise renforcerait les défenses de Montauban.

En rentrant, après avoir laissé une garnison, Mornay confia l'artillerie saisie à Olivier, à charge pour lui de rendre les couleuvrines moyennes transportables, lors des prochaines expéditions. Il ajouta qu'il avait été satisfait de son comportement et de son obéissance aux ordres donnés.

C'est à leur retour à Montauban qu'ils apprirent que le vicomte de Turenne avait repris la ville de Castillon. Et comme il avait besoin de renfort, Mornay rassembla à nouveau ses gens pour passer en Gascogne et porter secours à la ville de Leyrac.

Malgré le froid intense, cette vie d'aventures se poursuivit en mai, mais ayant été blessé, M. de Mornay s'installa à Nérac pour se soigner. Sa famille le rejoignit et Olivier put ainsi rester quelques jours avec Cassandre. Ce bonheur fut cependant de courte durée, car en juin, Navarre les appela à La Rochelle.

La situation venait de s'aggraver pour le Béarnais.

24.

Malgré la mort de Hotman, les réunions de la Sainte Union reprirent au début du mois de mars. Le duc de Mayenne, désireux de laver l'affront que le roi lui avait infligé en l'accusant à tort, vint proposer aux ligueurs parisiens un plan audacieux. Avec son frère, le cardinal de Guise, il logeait soixante spadassins au faubourg Saint-Germain et comptait surprendre le roi lorsqu'il se rendrait à la foire Saint-Germain, le dimanche de Carême.

Nicolas Poulain avertit Richelieu et, une nouvelle fois, l'entreprise tourna court. De surcroît, le roi, prévenu, envoya à la foire le duc d'Épernon qui provoqua une échauffourée avec des écoliers en quête de chahut.

Le lendemain, Richelieu fit fouiller les maisons du faubourg Saint-Germain-des-Prés et le roi renforça la garde aux portes de la ville ainsi que le guet de nuit. L'entreprise étant devenue impossible, les spadassins de Mayenne abandonnèrent, non sans avoir taxé les bourgeois de six écus pour leurs frais !

Quant au duc de Guise, ayant appris l'affaire, il conçut un violent courroux envers les gens de la

Ligue, tant il craignait un affrontement ouvert avec le roi. Il menaça même d'abandonner la Sainte Union. Quelques jours plus tard, Henri III ordonna au duc de Mayenne de quitter Paris, l'accusant d'être responsable des appels à la révolte lancés contre lui par les prédicateurs des églises. Or, ces attaques provenaient de sa sœur, la duchesse de Montpensier, qui, elle, restait dans la capitale.

Peu après le départ du duc, la Cour apprit que le vicomte de Turenne avait repris la ville de Castillon et l'avait rendue à la religion protestante. On se moqua donc sans retenue du *gros Mayenne*, incapable de réussir quelque entreprise que ce soit.

Avec ces projets avortés, la défiance s'était installée entre les factions catholiques et au sein même de la famille des Guise. Cependant le roi n'exploita pas ses avantages et parut tomber dans la religion la plus excessive. Au début du mois d'avril, il fit assembler aux Augustins tous les capitaines des dizaines de Paris pour une procession dont il prit la tête, portant lui-même un cierge allumé et se couvrant d'un sac de toile grise. Il assista ensuite à la messe en grande dévotion. Durant l'office, il marmonna des mots incompréhensibles en égrenant un chapelet de têtes de mort que depuis quelque temps il portait à sa ceinture, et fit en apparence tous les actes d'un dévot catholique.

En apparence, car au sortir de l'église, ses proches l'entendirent se moquer de ces simagrées et déclarer en brandissant son chapelet :

— Voilà le fouet pour mes ligueux !

Ses fidèles ne savaient plus que penser. Quelle comédie jouait le roi ? Pourquoi refusait-il d'affronter la Ligue ? Cherchait-il seulement à gagner du temps ?

À la fin du mois, Richelieu prévint Poulain que M. de Villequier, pourtant un des plus fidèles serviteurs du roi, penchait de plus en plus vers les Lorrains. Or, Villequier avait entendu dire que Nicolas avait rencontré le roi. S'il en parlait à Mayneville, son rôle d'espion pourrait bien être mis au jour.

Cet avertissement angoissa fort le lieutenant du prévôt d'Île-de-France qui, depuis l'échec de la dernière conspiration, n'était plus convié aux réunions de la Sainte Union. Il songea même à quitter Paris avec sa famille. Mais pour aller où ?

Dans la capitale, la famine et le froid tuaient chaque jour. L'hiver n'en finissait pas. Il gela tout le mois de mai et le setier de froment atteignit trente livres. Le pain et le bois étaient hors de prix. Des campagnes et des faubourgs affluaient des centaines de mendiants. Autour de Paris, le désordre régnait, partout les maisons des protestants étaient pillées et leurs familles soumises à la fureur des plus cruels fanatiques. Plusieurs femmes, accusées d'avoir assisté à des prêches, furent même brûlées. Avec sa troupe, Nicolas Poulain tentait difficilement de réduire ces violences mais son chef, le prévôt Hardy, avait rejoint la Ligue et partout les prédicateurs exigeaient une guerre totale contre les huguenots.

Les officiers et les magistrats n'étaient plus payés. L'argent manquait si cruellement que le roi saisit les rentes de l'Hôtel de Ville pour régler ses dépenses, ce qui ruina la bourgeoisie rentière. Il fit aussi vendre quantité de biens appartenant à l'Église. À la Cour, les jalousies se déchaînaient, car le souverain n'avait plus les moyens de distribuer des largesses comme dans le passé.

Son beau-frère, le duc de Joyeuse, et son archimignon, le duc d'Épernon, étaient devenus de farouches adversaires. Non seulement ils cherchaient à obtenir le plus d'honneurs et d'avantages mais ils s'opposaient sur la politique du royaume.

Anne de Joyeuse était issu de petite noblesse. Gentilhomme de la chambre à dix-sept ans, son ascension avait été fulgurante : conseiller d'État à dix-neuf ans, chevalier de Saint-Michel à vingt ans, duc et pair à vingt et un. Fat, ambitieux et cruel, il avait épousé la sœur du roi et poussait à un rapprochement avec les Lorrains.

Épernon avait connu à peu près la même ascension mais était autrement habile et calculateur. Sur le point de se marier avec une nièce de M. de Montmorency, il défendait un rapprochement avec Navarre. Détesté pour sa magnificence et sa morgue, Épernon était cependant l'homme fort du Louvre où il ne se déplaçait qu'entouré d'une centaine de gentilshommes, sans compter les quarante-cinq gardes du corps qu'il avait donnés au roi.

Le roi avait plusieurs fois essayé de réconcilier ses deux mignons en déclarant à la Cour combien il les aimait.

— Je ne vous tiens pas pour mes serviteurs, seulement comme mes frères, répétait-il inlassablement.

Un jour, il les avait même contraints à échanger leurs chapeaux ainsi que le sien, puis à s'embrasser en affirmant publiquement :

— Nous ne sommes que trois têtes en un chapeau !

Seulement ces simagrées n'avaient servi à rien et Henri III avait compris qu'il devait les éloigner l'un de l'autre pour éviter un bain de sang, mais aucun des deux ne voulait quitter la Cour si l'autre y restait.

Dans ce climat de haine, ballotté par les factions, réduit à la ruine, Henri III laissa sa mère trouver un accommodement avec Guise. Avec son accord, elle se rendit à Reims à la mi-mai. Seulement ce n'était pas uniquement la paix qu'elle avait en tête, elle avait aussi des questions sur Nicolas Poulain à poser au cardinal de Bourbon.

Après l'échec des conférences de Saint-Brice, et le retour du duc de Mayenne à Paris, il n'y avait plus d'armée autour de La Rochelle pour limiter l'action du roi de Navarre. Celle du maréchal de Matignon restait à Bordeaux, et le maréchal de Biron avait accepté une trêve. Henri de Navarre repartit donc en campagne et bientôt la Saintonge et une grande partie du Poitou furent à lui.

Au demeurant, bien des villes, des châteaux et des monastères souhaitaient se retrouver sous son autorité tant on louait sa tolérance et l'obéissance de ses troupes. Quel contraste avec les déserteurs catholiques de l'armée de Mayenne qui se comportaient en compagnies franches, pillant plus souvent qu'à leur tour les villes catholiques et les couvents. Ce brigandage faisait dire à Henri de Navarre :

— J'ai plus d'occasions d'aimer la Ligue que de lui en vouloir, attendu qu'elle ruine davantage le parti catholique que celui de la religion !

Mais à la fin du printemps, et sous la pression des Guise et des prédicateurs ligueurs qui enflammaient le peuple, le roi fut contraint de mettre un frein aux conquêtes protestantes. Contre toute attente, et malgré l'opposition du marquis d'O et du duc d'Épernon, il confia une armée au duc de Joyeuse qui se jugeait bon capitaine et voulait le montrer. Comme c'est lui qui en avait demandé le commandement, Henri III jugea que c'était une occasion de mettre fin aux rivalités et aux insolences qui déchiraient la Cour.

Joyeuse rassembla autour de lui la meilleure noblesse et fut pourvu de tout ce qui pouvait le rendre victorieux. Sitôt que le roi de Navarre sut qu'on allait lui opposer une nouvelle armée, il s'attacha jour et nuit à mettre en défense les villes qu'il avait conquises. Mais quand l'armée de Joyeuse se mit en route, elle fut si puissante que les protestants battirent en retraite.

Le duc reprit Saint-Maixent et infligea de cuisantes défaites aux compagnies protestantes qu'il trouvait sur son chemin. Il était d'autant plus redoutable que ses gentilshommes se comportaient avec la plus atroce sauvagerie. Le 21 juin, quatre ou cinq cents protestants se rendirent à La Motte Saint-Éloy, près de Saint-Maixent, après avoir reçu la promesse d'avoir la vie sauve. Ne respectant pas sa parole, le beau-frère du roi leur fit couper la gorge. Cet acte de barbarie digne des bandouliers de la guerre de Cent Ans déconsidéra Joyeuse aux yeux de toute la noblesse de Saintonge et du Poitou. Navarre écrivit même à son cousin le roi pour lui faire part de ce comportement indigne d'un capitaine du royaume de France.

C'est à ce moment tragique pour les protestants que Mornay et ses gens arrivèrent à La Rochelle.

Plusieurs fois Caudebec s'était moqué de l'équipement d'Olivier qui ne l'aurait pas suffisamment protégé lors d'une charge de cavalerie, même s'il avait changé sa brette pour une épée de côté à large lame dont la poignée en fer émaillé était protégée par un entrelacs d'arceaux.

À La Rochelle, le commerce des armes et des armures était florissant et le choix infini. Conseillé par Caudebec, Olivier acheta une bourguignotte à bavière avec protection de la nuque et des oreilles, des gantelets métalliques, et surtout des tassettes articulées arrondies sur les hanches, qui le protégeraient jusqu'aux genoux. Il compléta cet équipement, qui lui coûta trois cents écus, par deux pistolets à rouet en acier gravé et un corselet capable d'arrêter une balle, protégeant aussi bien son torse que son dos.

Comme M. de Mornay ne voulait pas qu'Olivier apparût comme son protégé, il demanda qu'on l'affecte dans une autre compagnie que la sienne. Aussi, quelques jours après son arrivée, Olivier fut incorporé dans le régiment de M. de La Rochefoucauld, colonel général de l'infanterie, et affecté à l'artillerie. C'était une position moins dangereuse que de se trouver dans un régiment de cavalerie, toujours aux premières charges, mais qui impliquaient tout de même souvent de violents engagements, car l'adversaire tentait parfois de s'emparer des canons de l'ennemi.

Ayant bien assimilé les leçons de M. de Mornay, et étant lui-même fort adroit en calcul et en géométrie, Olivier devint rapidement un maître artilleur. Seulement, à mesure que le duc de Joyeuse resserrait son étreinte autour de La Rochelle, les régiments de Navarre n'eurent plus les moyens de transporter des couleuvrines, aussi Olivier rejoignit-il le régiment du baron de Rosny qui menait une guerre d'escarmouches en Saintonge.

Impressionné par ce jeune homme savant comme un clerc, bon juriste et bon mathématicien, Rosny le voulut dans son état-major. C'est ainsi qu'un jour où le duc de Joyeuse revenait de Saintes par le grand chemin, Olivier se retrouva dans une épaisse forêt avec cinquante hommes d'armes sous le commandement du baron. Un soldat monté en haut d'un arbre observait les mouvements de l'armée ennemie.

Quand les premiers bataillons s'avancèrent, plusieurs gentilshommes de Rosny voulurent fondre sur eux. Le baron s'y opposa, appliquant une maxime du roi de Navarre qui disait qu'on réussissait rarement en attaquant la tête d'une armée. Leur petite compagnie s'en prit seulement aux deux derniers escadrons, laissant tout de même sur place une quinzaine de cadavres et un riche butin.

Ainsi après avoir beaucoup appris avec M. de Mornay et Henri de Turenne, Olivier découvrait de nouvelles pratiques pour conduire une guerre. Le temps où il n'était qu'un clerc envisageant de passer sa thèse à la Sorbonne lui paraissait bien lointain, et pourtant il s'était écoulé moins de trois ans.

C'est fin juin qu'arrivèrent à Paris les nouvelles de la victoire du duc de Joyeuse à La Motte Saint-Éloy et des crimes qu'il avait commis, mais l'attention de la Cour se portait à ce moment-là sur le rejet par le parlement d'édits créant de nouvelles chambres judiciaires, et donc des charges de magistrat vendues au prix fort. En même temps, l'agitation populaire ne faiblissait pas. Les colporteurs vendaient la gravure d'un tableau peint à la demande de la duchesse de Montpensier qui représentait les cruelles tortures exercées par la reine d'Angleterre contre les catholiques de son royaume. Ce tableau, placé par le curé de Saint-Séverin dans le cimetière de sa paroisse, provoquait des rassemblements où la foule grondait autant contre les protestants que contre la Cour. Le roi dut contraindre le parlement à le faire enlever une nuit, par crainte d'une insurrection.

Des échauffourées éclatèrent pourtant aux halles contre les boulangers. Les émeutiers en profitèrent pour piller plusieurs maisons. La ville était tellement enfiévrée que Nicolas Poulain devinait qu'à tout moment l'insurrection pouvait éclater et emporter la royauté.

À la mi-août, ayant entendu dire que le duc d'Épernon agissait contre lui à la Cour, le duc de Joyeuse regagna Paris en toute hâte en abandonnant son armée. Il n'était pas plutôt parti que ses soldats s'abandonnèrent au désordre et à la picorée.

Le roi de Navarre rassembla douze cents hommes et tomba sur les compagnies éparses de cette armée sans chef qu'il trouvait généralement dans l'ivresse ou dans la débauche. À chaque engagement, il les taillait en pièces et le butin était consistant. Une fois le baron de Rosny parvint ainsi à saisir des bagages du duc de Mercœur dont il retira deux mille écus. Olivier en reçut trois cents.

À Paris, le vide se faisait autour du roi jugé de plus en plus impuissant, incapable même d'imposer sa loi à ses favoris. Deux jeunes frères du prince de Condé, élevés dans la religion catholique par leur oncle, le cardinal de Bourbon, choisirent de rejoindre l'armée protestante. L'un d'eux était François de Bourbon, prince de Conti, l'autre était Charles, comte de Soissons, né d'un deuxième mariage. Princes de sang et successeurs dans la lignée dynastique, ils partirent avec des centaines de gentilshommes et d'arquebusiers.

Le coup fut rude pour le roi de France, même si cette défection n'avait pas que des avantages pour Navarre, car les deux frères, très impopulaires, étaient envieux de leur aîné Condé. De surcroît Conti était sourd et presque muet, et Charles de Soissons avait une ambition démesurée et un art profond de la dissimulation.

Fâché par cet abandon, Henri III accepta alors de confier une nouvelle armée au duc de Joyeuse qui brûlait de venger les défaites de ses soldats. Mais à force d'entendre dire que son archimignon était passé à la Ligue, le roi manifestait à son égard une certaine méfiance et il lui ordonna de seulement gêner les mouvements d'Henri de Navarre.

En même temps, comme l'armée des reîtres que Navarre attendait était enfin rassemblée pour entrer en Lorraine, Épernon partit en Provence avec d'importantes troupes pour empêcher les protestants du Dauphiné de faire la jonction avec ces mercenaires.

Une troisième armée fut enfin réunie, et celle-là, Henri III en prit le commandement. C'était un plan du marquis d'O : pendant que Joyeuse contiendrait Navarre, et que Guise serait occupé à défendre la Lorraine contre les reîtres, le roi ramènerait l'ordre à Paris où il n'avait plus d'autorité et où les projets d'insurrection se multipliaient.

C'était sans compter sur le caractère impulsif et prétentieux du jeune duc de Joyeuse. De surcroît, malmené à la Cour et raillé pour les défaites de son armée, l'archimignon avait absolument besoin d'une victoire. À la tête de troupes fraîches et bien équipées, comprenant la fleur de la noblesse française, il décida de n'en faire qu'à sa tête et piqua droit vers la Guyenne. Son objectif était de gagner le Béarn en faisant sa jonction avec les troupes du maréchal de Matignon et de réussir là où Mayenne avait échoué : occuper toute la Gascogne et interdire à Navarre cette région. Il savait que le Béarnais essaierait de l'arrêter. Il y aurait bataille, et il ne doutait pas que les protestants seraient écrasés.

Or, Henri de Navarre attendait le renfort des reîtres pour gagner Paris et imposer sa loi au roi de France. Lorsqu'il apprit que le duc de Joyeuse descendait en Guyenne, et que Henri III regroupait une autre armée sur la Loire, il changea ses plans. Comme Joyeuse l'avait prévu, il ne pouvait accepter d'être pris à revers dans le Sud, aussi demanda-t-il au prince de Condé, au comte de Soissons, à MM. de Turenne et de La Rochefoucauld, de lui amener tous leurs gens de guerre. Mais même en réunissant toutes ces forces, il s'en fallait de beaucoup que son armée égalât celle du duc dc Joyeuse.

Protégés par la Sainte Union et par la duchesse de Montpensier, rien n'arrêtait plus les prédicateurs parisiens qui devenaient chaque jour plus hardis et insolents, vomissant les pires injures contre Henri III. Avant de rejoindre son armée, le roi décida de sévir en ordonnant au lieutenant criminel d'arrêter les curés les plus virulents, ceux de Saint-Germain-l'Auxerrois, Saint-Séverin et Saint-Benoît. Seulement, quand Rapin arriva avec ses archers à Saint-Benoît, on sonna le tocsin et les habitants du quartier contraignirent le lieutenant criminel à une honteuse retraite.

Ce succès donna l'idée à Bussy Le Clerc, devenu capitaine militaire de la Sainte Union, de montrer la puissance de la Ligue tout en tendant un piège à celui qui les trahissait. En effet, depuis les deux précédentes tentatives d'insurrection de la Ligue, en février et en mars, le conseil des seize était certain qu'il y avait un traître parmi ses proches. Il avait donc été dressé une liste d'espions possibles sur laquelle se trouvait Nicolas Poulain.

Pourtant Poulain avait des défenseurs, en premier lieu son ami Bussy qui rappelait à chacun combien il avait fait preuve de loyauté en achetant leurs armes. Néanmoins, M. de La Chapelle trouvait qu'il y avait des ombres dans le comportement du lieutenant du prévôt. Par exemple, cette inexplicable amitié avec Olivier Hauteville, dont on disait qu'il était en province pour régler des affaires de famille. Plus étrange encore était le retour de Poulain deux mois avant celui de la reine mère, alors qu'il était pourtant prévôt de son hôtel.

Sur cette affaire, Poulain s'était justifié en expliquant qu'il avait obéi à des ordres de M. de Montpensier, mais bien des membres du conseil de l'union auraient aimé savoir ce qui s'était passé durant ce voyage en Poitou et en Saintonge. Malencontreusement, les relations entre la Ligue parisienne et les Guise s'étaient tellement dégradées que personne n'osait interroger la duchesse de Montpensier. Quant à Mayneville, il avait quitté Paris avec le duc de Mayenne.

Pour piéger l'espion, Bussy Le Clerc avait raconté à tous les suspects que les prédicateurs parisiens agissaient sur les conseils d'un notaire ligueur demeurant près de Saint-Séverin. Malgré les risques encourus, Poulain transmit l'information à M. de Richelieu qui envoya des archers pour arrêter le notaire. Mais à sa place ils trouvèrent Le Clerc et une compagnie de ligueurs bien armés. Il y eut une violente échauffourée à l'issue de laquelle les archers s'enfuirent.

Apprenant cette incroyable rébellion, M. Séguier, le lieutenant civil, envoya à Saint-Séverin des sergents et des commissaires, mais comme beaucoup étaient à la Ligue, ils se joignirent aux mutins. Les forces du roi furent finalement contraintes de se retirer piteusement.

Ce grave événement, après le premier échec de Rapin, apportait une nouvelle preuve de l'impuissance du roi devant la Ligue. Il y eut conseil au Louvre où le duc d'Épernon supplia Henri III de ne céder en rien à l'émeute et d'envoyer des gardes françaises régler l'insurrection dans le sang. Le marquis d'O, une nouvelle fois d'accord avec son ennemi, approuva. Si le roi avait suivi ce conseil, il aurait aisément arrêté Bussy Le Clerc qui n'avait pas tant d'hommes prêts à se faire tuer. Le capitaine de la Ligue et ses complices auraient été pris et pendus le jour même. Mais M. de Villequier, appuyé par M. de Villeroy qui penchait aussi pour la Ligue, fit croire au roi que le peuple de Paris l'aimait et n'attenterait jamais quelque chose contre lui.

Henri III refusa finalement l'épreuve de force qui aurait fait couler trop de sang.

Le lendemain, Paris fut en fête. Le roi n'avait plus d'autorité, la Ligue était maîtresse de la ville. Cette journée de rébellion de septembre fut appelée *l'heureuse journée de Saint-Séverin* et Le Clerc avait désormais de réels soupçons sur ceux à qui il avait parlé du notaire ligueur.

Quelques jours plus tard, le roi quitta sa capitale pour rejoindre son armée sur la Loire et laissa M. de Villequier, la reine mère et la reine sa femme pour gouverner en son absence. Épernon partit de son côté pour la Provence. En Lorraine venait d'entrer une formidable armée de vingt mille suisses et de dix mille reîtres. Sous la conduite de M. de Châtillon, le fils de l'amiral de Coligny, quelques milliers de huguenots français, venant du Languedoc et du Dauphiné, la rejoignaient.

La Ligue, toute-puissante à Paris, envisagea alors de se saisir de la personne du roi. Les ligueurs parisiens envoyèrent le commissaire Louchart à Estampes, où était logé le duc de Guise, pour lui demander son accord sur l'entreprise. Une fois de plus, Poulain fut prévenu par Le Clerc. Seulement, comme ni M. de Richelieu ni le marquis d'O n'étaient là, le lieutenant du prévôt d'Île-de-France ne bougea pas, n'envisageant pas de se découvrir auprès de Villequier ou de la reine mère.

Les ligueurs se rassemblèrent à l'hostellerie de la Rose-Rouge, rue Troussevache, où logeait le duc d'Aumale, cousin de Guise. C'est là qu'ils reçurent l'ordre de ne rien tenter. Une fois de plus, Guise faisait preuve de pusillanimité en se justifiant par la présence de l'armée royale trop proche de la ville.

Mais le roi n'ayant pas été prévenu, les soupçons de Le Clerc envers Nicolas Poulain se dissipèrent.

L'armée de Navarre et celle de Joyeuse se dirigeaient aussi vite qu'elles le pouvaient vers la Guyenne. Navarre voulait arriver le premier en Gascogne où il avait de bonnes places fortes pour arrêter ses ennemis. À l'inverse, Joyeuse voulait lui barrer le passage et l'écraser sur un champ de bataille, certain de sa victoire sur cette bande de brigands hérétiques, juste capables d'embuscades et de coups de main.

Les deux armées arrivèrent presque ensemble au seul point où se trouvait un gué permettant de passer en Gascogne : le village de Coutras.

Dans la nouvelle armée de Navarre, Olivier avait été affecté à l'artillerie commandée par le baron de Rosny et son premier capitaine, M. de Clermont d'Amboise. Il avait en charge une des trois couleuvrines.

La nuit du dimanche 18 octobre, il méditait devant un feu rougeoyant, enroulé dans une couverture. Ses camarades sommeillaient, couchés aux pieds des chariots portant les canons et les boulets. L'armée s'étendait sur une lieue. Certains logeaient chez l'habitant, mais la plupart des soldats, des officiers et des gentilshommes dormaient à la belle étoile. Demain, ils seraient à Coutras. Si tout se passait bien, ils passeraient la rivière et, une fois de plus, Navarre aurait déjoué le piège qu'on lui avait tendu, sans perte pour ses soldats.

— Vous rêvez, monsieur Hauteville ?

C'était le baron de Rosny.

Il s'assit sur une pierre à côté d'Olivier. La première fois que Rosny avait rencontré Hauteville, c'était quand il lui avait apporté une lettre de Cassandre de Mornay. Il avait donc été surpris de le retrouver à Jarnac. À Paris, il avait vu un jeune clerc, maintenant, il avait affaire à un rude soldat forgé par les batailles.

En trois mois, Rosny et Hauteville avaient appris à se connaître et à s'apprécier, même si Rosny n'ignorait pas qu'Olivier était proche de M. de Mornay.

Rosny et Mornay se ressemblaient et ne s'aimaient pas. Tous deux étaient de valeureux combattants et d'habiles diplomates. Tous deux se seraient fait tuer sans hésiter pour le roi de Navarre, mais ils différaient profondément dans leur caractère. Si M. de Mornay possédait une rigueur morale qui primait sur sa fidélité, le baron de Rosny était prêt à toutes les félonies pour son maître. Tout jeune, après avoir abjuré sans états d'âme, il avait aidé Navarre à s'enfuir de la Cour, en 1576. Il était ensuite entré à son service pour *apprendre le métier des armes dès les premiers commencements* et s'était vite fait remarquer par des actions d'une extrême audace.

Rosny avait aussi une âme de boutiquier qui déplaisait profondément à M. de Mornay. S'il était d'une générosité extrême envers Henri de Navarre, il était cupide avec le reste du monde, ne laissant jamais échapper une occasion de s'enrichir, même au détriment de ses compagnons d'armes.

Malgré cela, Olivier l'estimait. Sans doute un peu moins que Mornay, mais il était fier d'être sous ses ordres.

— À quoi songiez-vous ?

— À la journée de demain, monsieur le baron. Éviterons-nous la bataille ?

— Je le pense, Olivier. Joyeuse est un sot et Navarre est un renard... Je voulais vous parler un instant...

Olivier lui lança un regard interrogateur.

— Vous êtes un rude combattant, mon ami, plus loyal et d'une autre trempe que bien des gentilshommes que je connais, mais surtout vous avez plus de cervelle qu'eux...

Il se mit à rire.

— ... Vous êtes maintenant un maître artilleur, aussi fort que moi pour calculer une trajectoire, et certainement plus fort pour déplacer une couleuvrine ! J'ai proposé à monseigneur de Navarre que vous soyez nommé enseigne dans le régiment de M. de La Rochefoucauld.

Il se leva :

— Vous devriez aller dormir maintenant.

Olivier, ému, le remercia chaleureusement, mais après son départ, il resta encore un moment à méditer près du feu. On était en octobre. Un an plus tôt, il n'était encore qu'un avocat devenu commis à la cour de la reine mère, et un amoureux transi. Depuis, il avait sauvé la vie du roi de Navarre, perdu tout espoir d'épouser celle qu'il aimait ainsi que sa foi catholique, et appris le métier des armes avec des capitaines comme Mornay, Rosny ou La Rochefoucauld. Maintenant, il était officier. Qu'allait lui apporter la journée du lendemain ?

25.

Coutras est situé au confluent de deux rivières : la Dronne, que l'on pouvait traverser facilement au niveau du gué du moulin, et l'Isle, beaucoup plus large et tumultueuse. Arrivé à Coutras le premier, le lundi 19 octobre, mais talonné par l'armée de Joyeuse, Navarre s'installa dans le château du village et entreprit de faire passer l'Isle à ses troupes au gué de Laubardemont. Faire traverser plusieurs milliers d'hommes et tout un train de bagages, de munitions et de ravitaillement allait prendre plus d'une journée, mais une fois de l'autre côté, le Béarnais serait chez lui. Il possédait là-bas suffisamment de forteresses pour faire échec à Joyeuse et décimer peu à peu son armée comme il l'avait fait avec Mayenne.

Navarre ne voulait surtout pas combattre en plaine. Son armée comptait six mille hommes et celle de Joyeuse dix mille, avec le renfort possible de l'armée du maréchal de Matignon, toute proche. Certes le maréchal ne se hâtait pas, mais Navarre savait, par ses espions, qu'il arriverait dans deux jours.

Le Béarnais voulait aussi éviter de se faire surprendre au gué, car alors c'était se battre sans artillerie avec des effectifs réduits, et donc fatalement être battu, aussi donna-t-il des ordres pour que la traversée commence dès son arrivée et se prolonge toute la nuit.

Joyeuse, lui, voulait sa bataille. Le lundi soir, à quatre lieues de Coutras, il réunit un conseil. Ses batteurs d'estrades l'avaient prévenu : Navarre était au gué et commençait à faire passer son armée. Dans la journée, le duc avait envoyé un peloton pour tenir le gué avant Navarre et l'empêcher de passer, mais le peloton avait été repoussé.

L'état-major catholique, composé de jeunes gentilshommes ardents et ambitieux, poussait à la bataille. Joyeuse y était tout autant favorable. Avec une armée de dix mille hommes, il ne pouvait qu'anéantir cette horde de rebelles et d'aventuriers mal équipée, aussi sa décision fut suivie d'acclamations et de vivats. Dans leur euphorie, les catholiques décidèrent même qu'il n'y aurait pas de quartier. À minuit, les troupes royales se mirent en branle. Elles avaient quatre lieues à faire à travers la forêt pour rejoindre Coutras et surprendraient les huguenots à l'aube, au milieu du gué.

Depuis le début de l'après-midi, Navarre faisait traverser la rivière à ses troupes. M. de Clermont avait la charge d'*accommoder* les passages, c'était un travail épuisant. Les chariots, à mi-roues dans l'eau, s'enfonçaient souvent dans la vase. Il fallait alors les décharger à dos d'homme. L'eau était glaciale et les soldats en avaient jusqu'aux genoux, parfois en haut des cuisses. De surcroît, la rivière était très large. Il y avait bien une barge, mais le courant était si fort qu'il était exténuant de la tirer.

C'est en fin d'après-midi qu'on commença à faire passer l'artillerie et les trains de boulets et de poudre. Olivier avait en charge une des couleuvrines qui, avec son long canon, était excessivement lourde. Il savait que si son chariot s'enlisait, il serait impossible de la déplacer. M. de Rosny, qui avait une grande expérience, avait fait attacher autour de la voiture des flotteurs constitués des tonnelets vides et on avait doublé l'attelage de chevaux. On transporterait ensuite la poudre en petites quantités pour éviter de la mouiller.

Le passage durait depuis trois heures, et la nuit était tombée, quand la couleuvrine et son matériel furent enfin en sécurité de l'autre côté de l'Isle sous le commandement de Clermont d'Amboise, le premier officier de Rosny. Olivier allait prêter main-forte à l'équipe du troisième canon qui attendait sur l'autre rive quand le baron de Rosny arriva au galop, fort agité.

Le roi de Navarre venait d'apprendre que Joyeuse avait mis son armée en route depuis La Roche-Chalais. Tout le camp ennemi marchait déjà avec diligence, résolu de livrer bataille. Il serait en vue dès les sept heures du matin ; or, d'ici là, il serait impossible d'avoir fait passer le gué à plus de la moitié des troupes. Si l'armée protestante ne voulait pas être taillée en pièces, comme à Jarnac, il fallait la mettre dès maintenant en ordre de bataille. Il était préférable de se résoudre au combat avec toutes ses forces, que de se laisser surprendre par morceaux épars en se retirant, avait jugé le Béarnais. Olivier devait donc immédiatement faire demi-tour, en priant Dieu d'arriver avant le début de l'affrontement.

— Mais, monsieur, objecta-t-il. L'artillerie ne sera jamais en place à temps ! De nuit, il faudra encore plusieurs heures pour faire retraverser les canons, la poudre et les boulets, et les hommes sont gelés et épuisés.

— Je sais, Hauteville, mais c'est un ordre du roi ! Henri n'a choisi ni le lieu ni l'heure. Il est contraint d'accepter l'un et l'autre !

Olivier avait appris à obéir. Il rassembla ses soldats et entreprit de vérifier l'état du chariot portant la couleuvrine pendant que Clermont d'Amboise [1] réunissait tous les hommes disponibles pour lui prêter main-forte.

À trois heures du matin, les trois canons étaient repassés sur l'autre rive. Navarre, en salade à visière et corselet, arriva accompagné de deux officiers. Éclairé par des flambeaux, il conduisit Olivier et Clermont d'Amboise jusqu'à l'endroit qu'il avait choisi pour placer l'artillerie.

C'était un petit tertre, pas très haut, nommé la Butte aux Loups. Sur le flanc de la butte, expliqua le Bourbon, il installerait deux bataillons d'arquebusiers pour les protéger d'une mauvaise surprise.

Olivier jugea l'élévation de terre avantageuse, mais il fallait monter les deux canons et la lourde couleuvrine à son sommet alors qu'il n'y avait aucun chemin. Heureusement, le ciel était clair et la lune décroissante éclairait un peu. Il fallut plusieurs heures

---

1. Georges de Clermont d'Amboise, protestant, était le frère de Bussy d'Amboise, assassiné à Monsoreau.

pour amener les pièces et les chariots de boulets. À six heures du matin, une faible luminosité apparut. Les affûts n'étaient pas encore en place et Olivier comprit qu'ils ne seraient jamais prêts avant le début de la bataille. Un peu plus bas, autour de lui, il entendait les chevaux hennir et les interjections des soldats qui se mettaient en place, régiment par régiment, compagnie par compagnie.

Vers sept heures, comme la brume se déchirait, la plaine en contrebas lui apparut dans sa totalité. Elle était fort petite, d'environ cinq cents toises de côté. Ils avaient dans leur dos le village et la confluence de la Dronne et de l'Isle. En face s'étendaient des bois. C'est de là qu'était arrivé l'ennemi.

L'armée catholique était déjà presque entièrement rangée. Aux premiers rangs paradaient des gentilshommes aux casques surmontés de bouquets de plumes flottantes. Ils paraissaient chamarrés d'or et d'argent, avec leurs écharpes multicolores, ou brodées de croix de Lorraine brillantes sur leurs cuirasses étincelantes. Leurs chevaux pomponnés, richement harnachés, étaient habillés de housses passementées de toutes les couleurs. Quant aux armes – épées et lances qu'ils tenaient à la main –, elles étaient souvent dorées et étincelaient de mille feux. Les drapeaux et les enseignes étaient innombrables. La plupart de ces gentilshommes étaient en armure ciselée, certains avec d'inutiles chaînes d'or et médailles. Ils se pressaient, riaient, cavalcadaient en désordre, tous joyeux d'exterminer des hérétiques. Quant aux fantassins et arquebusiers, ils étaient excessivement nombreux.

Par instants parvenaient jusqu'à Olivier les rodomontades des plus arrogants. Cela lui faisait penser aux Gelosi, à Matamore et au capitaine Spavento. Seulement, il n'était pas au théâtre et l'ennemi était vraiment : *la crainte, la terreur et l'épouvante.*

Il frissonna d'inquiétude et de froid, et son regard se porta sur ses propres troupes. Les huguenots étaient vêtus de tenues grises et ternes, sans aucun apparat. Les officiers n'avaient que des cuirasses de buffle ou de fer noirci. Les chevaux n'avaient pas de housse, et même le roi de Navarre, qu'il aperçut vêtu de blanc, entouré des princes, ses cousins, n'arborait qu'un plastron d'acier cabossé et un casque à visière tout autant bosselé. Sa seule coquetterie était dans les grands panaches de longues plumes blanches attachées sur son casque et pendantes sur ses épaules.

Pour dompter sa frayeur, Olivier entreprit de caler complètement la couleuvrine sur son affût. L'effort le calma et le réchauffa, mais il s'inquiétait aussi pour le moral des soldats. Ses compagnons, un vieux sergent et huit hommes d'armes, observaient le silence. Ils ressentaient autant d'angoisse que lui. Tous se doutaient qu'il n'y aurait pas de quartier. Joyeuse avait suffisamment montré sa férocité dans le passé.

Pourtant Navarre avait rassuré ses troupes :

— Que pensez-vous de cette troupe dorée ? avait-il plaisanté avec ses soldats les plus proches. Ne vous réjouit-elle pas ? Je crois voir la troupe des immortels de Darius… et il me semble que nous ressemblons pas mal aux Macédoniens !

À huit heures, les troupes des deux camps étaient finalement complètement disposées. L'artillerie catholique commença à tirer cinq ou six volées, mais placée trop bas et mal servie, aucun boulet ne porta. Le tir s'arrêta et Navarre vit que Joyeuse donnait ordre de déplacer les canons. Cela prendrait bien un couple d'heures, songea-t-il avec satisfaction. D'ici là, la bataille serait terminée !

Rosny déboula au galop.

— Où en es-tu, baron ? lui lança le roi.

— La grosse couleuvrine est en place, sire. M. Hauteville calcule les angles de tir, mais il reste encore un canon à caler solidement. Nous avons dû le déplacer, car il était instable. Il faudra encore les charger. J'y retourne !

— À quand la première salve ? Eux ne nous laisserons pas de répit ! cria Condé, impatient.

— À neuf heures au plus tard, monseigneur, je vous le promets !

— Dis à Hauteville de se surpasser, conseilla Navarre. Ils sont sacrément nombreux !

Il n'ajouta pas ce qu'il pensait : Beaucoup trop pour nous !

Rosny repartit. En face, un mouvement se faisait. Les cavaliers étaient impatients d'attaquer mais des fantassins arrivaient encore. Navarre remarqua que les arquebusiers étaient fort mal placés et trop regroupés. Si Hauteville avait la bonne l'idée de tirer dans le tas ! se dit-il.

Brusquement, les premiers escadrons catholiques se mirent en mouvement. Les piques s'abaissèrent. Ils se préparaient à charger.

Navarre se dressa alors sur son cheval pour haranguer ses compagnons :

— Braves gentilshommes, vous savez ce que nous avons fait, le prince de Condé et moi, pour épargner votre sang, mais il va couler pour la cause de Dieu et du roi. Soutenez les Valois et les Bourbons contre la maison de Lorraine ! Restons français ! C'est par une victoire éclatante que vous vous ouvrirez un chemin vers vos châteaux, un retour dans vos familles…

Le Béarnais se tourna vers les princes de Condé et de Soissons, et leur lança avec un rire forcé :

— … Et vous, mes cousins, mes amis, embrassons-nous ! Il n'est pas besoin ici de longues paroles. Souvenez-vous que vous êtes du sang de Bourbon, et vive Dieu ! Je vous ferai voir que je suis votre aîné !

— Et nous, répondit le prince de Condé, nous vous montrerons que vous avez de bons cadets !

Deux ministres entamèrent le psaume 118 : *La voici l'heureuse journée, qui répond à nos désirs…*, et le chant fut repris par le roi, puis par toute l'armée, certains soldats s'étant agenouillés pour prier. À ce spectacle incongru, les cavaliers catholiques qui allaient attaquer retinrent leurs bêtes et des railleries éclatèrent parmi eux.

— Par la mort ! Ils tremblent, les poltrons, ils se confessent ! plaisantèrent les proches amis de Joyeuse.

— Ne vous y fiez pas ! répliqua un vétéran avec inquiétude. Je connais ces rudes adversaires : quand ils prient, ils se préparent à vaincre ou à mourir.

Au moment où le roi de Navarre allait faire sonner la charge, un des pasteurs intervint pour lui dire que Dieu ne bénirait pas ses armes s'il ne réparait pas le scandale qu'il avait créé en séduisant une jeune fille de La Rochelle. Henri le reconnut et confessa ses fautes devant ses compagnons.

Malgré tous les efforts d'Olivier Hauteville, de Clermont d'Amboise et du baron de Rosny, qui s'activaient tant qu'ils le pouvaient avec leurs aides et les servants, les deux armées risquaient d'être aux prises avant que l'artillerie protestante ne soit prête. Or, une fois la bataille engagée, l'artillerie devenait inutile. Ce retard était une grande misère. Mais enfin Olivier termina le réglage de sa couleuvrine, et celle-ci étant chargée, il eut l'honneur du premier coup de feu.

Il avait visé le cœur de l'armée catholique, là où se trouvait la cornette blanche du duc de Joyeuse, juste en face de la cavalerie de Navarre. Le boulet fit un immense ravage dans les chevaliers et les arquebusiers du régiment de Picardie dont plusieurs rangs de vingt hommes et chevaux furent emportés. La panique gagna les catholiques, terrorisés.

— Joli coup ! lâcha Navarre avec un sourire approbateur.

Olivier écouvilla et fit recharger. Les deux autres canons étaient prêts : celui servi par Clermont d'Amboise visa les fantassins, tandis que Rosny choisit une autre partie de la cavalerie.

De nouveau le carnage fut terrible. Olivier tira à son tour, ensuite chaque coup, tant des canons que de la grosse couleuvrine, emporta une file d'hommes, alors que l'artillerie adverse était toujours muette.

Olivier jugea qu'il pourrait tirer encore une dizaine de salves avant que les troupes ne soient trop emmêlées. Il calcula un nouvel angle et régla sa couleuvrine avec le compas et l'équerre, visant cette fois l'arrière-ligne de Joyeuse.

Pour l'instant, les cavaliers s'élançaient. La cavalerie du vicomte de Turenne, qu'on appelait la cavalerie de Gascogne, partit la première. En arrière, et vers la gauche, le prince de Condé, le comte de Soissons, le prince de Conti et le roi de Navarre attendaient en réserve. Les deux escadrons des deux princes étaient chacun de trois cents chevaux, celui du comte de Soissons, un peu moins nombreux.

Mais sachant que sa cavalerie était inférieure à celle des catholiques de Joyeuse, Navarre avait placé des arquebusiers à pied à côté de chaque escadron. Ils ne devaient tirer qu'au dernier moment, quand les ennemis seraient à moins de vingt pas d'eux. De surcroît, ces arquebusiers étaient par groupes de trois hommes, chacun tirant une salve à son tour.

Les catholiques s'étaient jetés dans la mêlée avec une telle impétuosité que l'escadron gascon du vicomte de Turenne fut enfoncé et se débanda. Mais comme les fuyards passaient près du prince de Condé, les officiers du prince se moquèrent d'eux. Piqués au vif, les Gascons revinrent dans la bataille.

La fuite des gens de Turenne avait déjà entraîné des cris de victoire chez les catholiques. Plusieurs troupes, dont la cavalerie albanaise, quittèrent le champ de bataille pour se précipiter dans le village où Navarre s'était logé, insouciants de ce qui se passait sur le reste du champ de bataille. Les catholiques débouchèrent sur la place de l'église, près du château, et découvrirent là une grande partie des bagages de l'armée protestante. Ils n'avaient plus qu'à se servir !

Ils étaient à pied en train de se disputer ces dépouilles quand un escadron de cavalerie protestante tomba sur eux et les mit en pièces.

Entre-temps, le duc de Joyeuse, conforté par la déroute de la cavalerie de Turenne, avait choisi d'enfoncer les gros escadrons du roi de Navarre, du prince de Condé et du comte de Soissons, qui n'avaient pas encore combattu.

Joyeuse partit au galop, avec sa gendarmerie placée en une seule ligne de lances distendue. Les trois Bourbons l'attendaient avec leurs escadrons serrés, formés sur six rangs de profondeur. Les cavaliers huguenots étaient équipés à *la reître*, avec épée et pistolet. Quand l'ennemi fut à quinze pas, ils s'élancèrent de toute la vigueur de leurs chevaux et firent feu à bout portant pendant que des pelotons d'arquebusiers, postés dans les intervalles des escadrons, tiraient par roulement. Ces décharges jetèrent à terre un grand nombre de royalistes. S'ensuivit une terrible mêlée, où le roi de Navarre et ses deux cousins combattirent en s'épargnant moins que de simples soldats.

En souvenir de la campagne féroce menée par Joyeuse en Poitou et de l'extermination de Lamothe-Saint-Elloy, les huguenots, galvanisés par l'esprit de vengeance, criaient : « Lamothe-Saint-Elloy ! Lamothe-Saint-Elloy ! Souviens-toi de Lamothe-Saint-Elloy ! »

Le carnage fut terrible et la noblesse de Cour, dorée, empanachée, couverte de velours et de broderies, commença à être broyée.

Quant au roi de Navarre, il s'exposait dans la mêlée avec beaucoup d'imprudence.

— À quartier ! À quartier ! Je veux paraître ! criait-il en faisant dégager ceux qui voulaient le protéger.

Ou encore :

— Ôtez-vous de devant moi, ne m'offusquez pas !

Il arracha même un drapeau de la main d'une cornette ennemie en criant :

— Rends-toi, Philistin !

Mais il fut soudain entouré par un détachement catholique qui l'entraîna à l'écart. Par chance, il n'était pas seul et les gentilshommes qui l'entouraient le défendaient comme ils pouvaient.

— Écartez-vous ! criait-il pourtant à ses compagnons. Ne m'offusquez pas !

De la Butte aux Loups, Olivier voyait parfaitement le roi de Navarre grâce au panache blanc de son casque. Maintenant que la mêlée était totale avec l'armée ennemie, il ne pouvait plus tirer avec sa couleuvrine, bien que Rosny préparât un ultime coup. Le jeune homme vit alors avec terreur que deux des gentilshommes qui protégeaient le roi venaient de tomber. Navarre se battait maintenant seul, comme un diable, contre quatre cavaliers. Certain que personne ne pouvait lui porter secours, Olivier se précipita vers son cheval attaché à l'un des chariots, sauta en selle et se rua dans la bataille.

Il arriva sur le Béarnais en même temps qu'un autre gentilhomme venant à la rescousse, un nommé Frontenac, et il abattit un adversaire du roi d'un coup de sabre sur la tête. Frontenac tua l'autre et Navarre parvint à se dégager.

— Encore vous, Hauteville ! cria-t-il tout sourire, en le reconnaissant.

Ils furent un moment séparés, Olivier taillant autour de lui avec ardeur. Mais c'était déjà la fin de la bataille et le début du massacre. L'armée de Joyeuse était rompue de tous côtés et se débandait.

Le duc de Joyeuse se voyant perdu, sans aucune ressource, se retira vers son artillerie en compagnie de son jeune frère. Il ne restait que peu de monde autour de lui. Un de ses gentilshommes lui demanda ce qu'ils devaient faire et il répondit les larmes aux yeux :

— Ne vivre plus, monsieur, et mourir généreusement [1] !

Arrêté par un peloton protestant, le favori du roi jeta pourtant son épée, leur promettant une rançon de cent mille écus. Mais un capitaine dont le frère avait été exécuté à Lamothe-Saint-Elloy le tua d'un coup de pistolet dans la tête, et un autre abattit son frère.

La bataille tourna ensuite en carnage, les soldats et les gentilshommes égorgeant les prisonniers dans une véritable furie. Quant aux blessés, des hommes à pied passaient entre eux et leur coupaient la gorge ou les perçaient d'épieux, les dépouillant ensuite de leurs armes et de leurs bijoux.

Pour faire cesser ces atrocités, Henri de Navarre rassembla ses officiers et partit avec eux chevaucher au milieu des derniers combattants, au risque de se faire tuer par quelque catholique encore armé. N'écoutant que sa bonté, il criait à ses soldats :

— Plus de sang, mes amis ! Recevez-les tous à merci !

---

1. D'après Brantôme, il dit : « De mourir après ceci, et ne vivre jamais plus. »

Et à d'autres :

— Ils sont braves ! Ils sont français comme vous ! À merci !

Olivier regarda un moment la scène puis, n'ayant plus rien à faire, il revint lentement vers la Butte aux Loups, ressentant maintenant la fatigue, l'épuisement de cette nuit sans sommeil, et surtout le dégoût devant les centaines de cadavres et d'agonisants qui jonchaient le sol. L'odeur de sang, de mort, de déjections était irrespirable. C'était maintenant le temps du butin pour la piétaille qui tentait de picorer quelques écus. Les morts étaient dépouillés et laissés nus. Quelques prêtres et moines catholiques qui accompagnaient l'armée de Joyeuse avaient été autorisés à donner les sacrements aux rares blessés laissés sur place. Il y avait aussi des chirurgiens et des barbiers qui ramassaient les corps de ceux de l'armée de Navarre sur des civières. Des équarrisseurs passaient pour achever les chevaux blessés. Dans l'après-midi, des chariots circuleraient pour prendre les corps et, dès ce soir, on creuserait des fosses.

C'était grande pitié. Combien y avait-il de morts ? Olivier jugea qu'ils devaient être plusieurs milliers, peut-être la moitié de l'armée catholique [1].

Arrivant à la Butte aux Loups, Olivier ne retrouva ni Rosny ni Bussy d'Amboise. Sans ordres, il ne savait que faire, aussi laissa-t-il ses gens d'armes participer au pillage et il resta seul.

Sale, couvert de boue et de sang séché, il parvint à trouver un seau contenant de l'eau et but longuement.

---

1. Il y eut six mille sept cents morts, dont quatre mille dans le camp catholique, avec plus de quatre cents gentilshommes.

Tout son corps était endolori, ses mains n'étaient que plaies et estafilades.

Ôtant son casque, puis sa cuirasse cabossée par un coup de sabre, qui lui était douloureuse, il s'allongea sur son manteau et s'endormit comme une souche.

Il fut réveillé par le seigneur de Panjas, le chambellan ordinaire du roi de Navarre. Le soleil était haut. Brusquement, il ressentit la faim. Quant à la soif, elle était encore plus pressante.

— Sa Majesté vous mande au château, lui dit M. de Panjas, après l'avoir secoué.

— Tout de suite ?

— Tout de suite ! Accompagnez-moi !

Il se leva, remit sa cuirasse et son casque, prit son épée, jeta son manteau sur ses épaules et le suivit.

Ils prirent la direction du village. Tout au long du chemin régnait une intense activité. Un chariot entier était empli de drapeaux et d'enseignes catholiques. D'autres étaient chargés de malles et il en arrivait de nouveaux, de tous côtés du champ de bataille. C'était une partie des bagages de Joyeuse et de son état-major, lui expliqua M. de Panjas.

Ils entrèrent dans le bourg et rejoignirent l'église devant laquelle attendait quantité de soldats sales et ensanglantés. Beaucoup portaient des pansements, s'appuyaient sur des cannes ou des mousquets.

— Mgr de Navarre a installé un hôpital à l'intérieur, dit le chambellan, tandis qu'ils se faufilaient entre chariots et charrettes, tous emplis de brassées d'armes, de pièces de tissu et de manteaux, de casques, de bagages et parfois de vaisselle d'argent.

Les maisons serrées autour de l'église étaient en pierre, sauf quelques-unes à colombages de bois et en torchis. Les plus riches avaient une petite cour dans laquelle on pénétrait par un porche, avec parfois un puits. Des pages y attachaient des chevaux, souvent encore couverts de leurs housses brodées d'or, pillage du seigneur protestant qui s'était installé là. Rosny devait être l'un d'eux, songea Olivier, avec une certaine dérision. C'était aussi cela la guerre : on se battait pour sa foi, pour ne pas être tué, mais surtout pour le butin.

Ils débouchèrent devant les tours du château construit par Odet de Foix, seigneur de Lautrec. L'entrée se faisait par un porche avec un pont-levis baissé sur un fossé presque comblé. Passant devant un puits dans la cour, tandis qu'un serviteur en tirait de l'eau, Olivier plongea ses mains ensanglantées dans un seau et les nettoya avant de s'asperger la figure. Sa barbe était rêche.

Que lui voulait le roi ? se demandait-il sans cesse.

Ils passèrent encore des douves sur un pont dormant avant de pénétrer dans la grande salle. Tout de suite Olivier vit Navarre. Pas plus lavé et pas plus propre que lui, toujours en cuirasse. Cela le réconforta. Le roi avait juste changé son casque pour un chapeau droit, lui aussi à panache blanc, et ceint une large écharpe blanche.

Debout, le Béarnais avait autour de lui les princes et une trentaine de gentilshommes ainsi que des soldats et des officiers dont certains étaient à genoux. Olivier reconnut le maître de camp Agrippa d'Aubigné qui avait reçu une balafre au menton. Il remarqua aussi le prince de Condé, assis sur un fauteuil, dont le visage blafard affichait la fatigue et la douleur.

Voyant entrer Olivier, Navarre lui fit un grand signe d'amitié.

— Mes amis, voici celui que j'attendais ! dit-il. Monsieur Hauteville, approchez et attendez votre tour, poursuivit-il d'une voix rocailleuse. Nous vivons ici aussi à la bonne franquette !

» Monsieur le vicomte, dit-il à Turenne, vous choisirez parmi vos blessés ceux qui ont fait le plus preuve de courage et de mérite et vous leur promettrez dix écus sols que mon trésorier de Pau, maître Duperray, leur paiera.

Le roi de Navarre se tourna vers un autre officier.

— Monsieur Bellesunce, votre soldat aura la croix de Saint-Esprit que vous avez demandée pour lui, il l'a bien gagnée.

» Maintenant, messieurs, occupons-nous de M. Hauteville. Plusieurs d'entre vous le connaissent, l'ayant eu sous leurs ordres, mais je suis celui qui le connaît le mieux. Monsieur Hauteville est catholique. Son père a été assassiné par la Ligue quand il était sur le point de découvrir une fraude sur les tailles royales. C'est M. Hauteville qui a finalement châtié les coupables et, avec l'aide de Monsieur de Mornay, une partie de ces tailles détournées sont rentrées dans mes caisses !

Olivier vit Philippe de Mornay sourire.

— Dans une autre occasion, que certains d'entre vous connaissent, monsieur Hauteville m'a sauvé la vie. Ensuite, il nous a rejoints, pas vraiment par foi, puisqu'il est catholique et veut le rester, mais il a tout de même tout quitté pour se battre avec nous.

Il se mit à rire, avant de reprendre plus sérieusement :

— Aujourd'hui, M. Hauteville, à lui tout seul, a fait disparaître du champ de bataille trois ou quatre cents de nos ennemis. Il en a sans doute tué ou meurtri plus qu'aucun d'entre vous ! Notre victoire appartient à Dieu, c'est vrai, mais s'il faut en attribuer quelque chose aux hommes, croyez que M. de Clermont, M. de Rosny et M. Hauteville, nos artilleurs, y ont bonne part, car leurs pièces ont fait merveille.

» Messieurs, je n'oublierai jamais le service que vous m'y avez rendu ! dit le roi en regardant Rosny qui se rengorgea.

» M. Hauteville aurait pu s'arrêter là, poursuivit Navarre. Il ne l'a pas fait, car il est trop vaillant homme ! Dans cette bataille, je fus un moment en difficulté, et qui vint me porter secours, ayant vu depuis la Butte aux Loups qu'on m'attaquait en nombre ? M. Hauteville, encore !

Navarre se tut et considéra les princes, ses cousins et ses capitaines, avant de questionner :

— Que pensez-vous de ce brave, mes amis ?

— Il mérite d'être chevalier, mon cousin, déclara fermement Soissons.

— Il le mérite ! clama Turenne, avec un franc sourire.

— Il le mérite ! approuva gravement La Rochefoucauld.

— Et toi, mon cousin, toi qui t'es battu comme un lion ? demanda le roi au prince de Condé.

Navarre se tourna vers Olivier pour lui expliquer, le visage sincèrement navré :

— C'est ma faute, je lui ai dit que je lui montrerai que j'étais son aîné ! Il a voulu en faire plus que moi, il a pris trop de risques et a reçu un coup de lance qui l'a fait chuter de cheval. Il a depuis de cruelles douleurs au ventre.

— Je me remettrai, mon cousin, le rassura le prince de Condé, avec une sorte d'affliction. J'ai déjà fort honte d'être céans assis alors que vous êtes debout.

Il tenta de se lever et Navarre lui prit affectueusement la main pour l'aider.

— Pour répondre à votre question, mon cousin, oui, monsieur de Hauteville mérite ses éperons, murmura Condé.

— Mornay, et vous, Rosny, je ne vous interroge pas ! Je sais combien vous aimez M. Hauteville, poursuivit Navarre avant de s'approcher d'Olivier.

» Monsieur Hauteville, laissez-moi vous porter l'accolade. D'ailleurs, ici, en Béarn et Gascogne, on dit l'accolée !

Alors que Hauteville tombait à genoux, le roi le saisit par le cou et les épaules et lui donna une forte bourrade, ce qu'on appelait *la chère et grande accollée.* Celle qui faisait du roturier un chevalier gentilhomme.

— Relevez-vous, chevalier, et continuez à me bien servir.

À ce moment, des gardes entrèrent en transportant des corps dénudés.

— Qu'est cela ? demanda Navarre.

— Ce sont les corps de M. de Joyeuse et de son frère, sire. Vous les avez demandés.

— Ces chiens peuvent rester dehors ! lança une voix en colère.

— Dehors ! approuvèrent plusieurs autres.

— Silence, messieurs ! leur répliqua Henri avec sévérité. Ce moment est celui des larmes, même pour les vainqueurs ! Vous les laverez dans une chambre et que leurs restes soient portés au roi de France. Je lui écrirai ce soir[1].

» Mes amis, c'est à ce coup que nous ferons perdre l'opinion que l'on avait prise que les huguenots ne gagnaient jamais de bataille, car en celle-ci, la victoire y est tout entière alors qu'ils étaient deux fois aussi forts que nous.

» Je veux, messieurs, poursuivit-il, que nous recevions bien nos prisonniers. Au souper de ce soir, certains dîneront avec nous. Nous leur rendrons leurs armes et les renverrons sans rançon.

Il y eut des murmures de désapprobation.

— La seule rançon que je souhaite, poursuivit le roi d'un ton ferme, est le retour de la paix et de l'édit de Poitiers. Ce sang qui se répand me fâche trop !

Sortant du château, encore tout étourdi par ce qui lui arrivait, Olivier fut rejoint par M. de Mornay.

— Olivier, je suis si fier et si heureux pour toi !

— Merci, monsieur, car je crois que vous êtes pour quelque chose dans les honneurs qui m'arrivent.

— Non ! Tu ne les dois qu'à toi-même, et au roi. Cela fait longtemps qu'il y songeait, mais il attendait une occasion. Fait chevalier sur le champ de bataille,

1. Sa lettre commença par ces mots : *Sire, mon seigneur et frère, remerciez Dieu ; j'ai battu vos ennemis et votre armée...* Et se termine par : *Je suis bien marri qu'en cette journée je ne puis faire la différence des bons et naturels Français d'avec les partisans de la Ligue...*

par le roi lui-même, te donne une noblesse rare, la noblesse de sang, celle qu'on dit la première noblesse.

— Cela va-t-il changer quelque chose... pour Cassandre ?

— C'est de cela que je voulais te parler. J'ai interrogé le roi. Il est bien trop tôt pour envisager un mariage. Tu sais que depuis que Mme de Limeuil a fait parvenir ses documents, la filiation de Cassandre a été reconnue. Henri III l'a fait enregistrer par le chancelier, M. de Cheverny. Et toi, tu viens juste d'être fait chevalier. Mais surtout, il y a le prince de Condé. Je crains qu'il ne s'oppose toujours à cette union. Il m'a parlé de projets qu'il avait pour Cassandre, et de dot qu'il est prêt à faire. Pour l'instant, il est le principal obstacle, et comme chef de famille, Cassandre ne peut aller contre lui.

— Rien n'a donc changé ?

— Laisse faire le temps, ta patience et ton roi, conclut Mornay, en le serrant affectueusement.

Le soir, n'étant pas invité au souper des capitaines, Olivier dormit dans une grange avec le sergent et les soldats qui servaient la couleuvrine. Le lendemain, un page de M. de Rosny vint le chercher.

Rosny avait pris possession d'une belle maison du village avec un puits devant. Une dizaine de chevaux étaient attachés dans la cour. Olivier entra. Dans la pièce principale s'entassaient des coffres, fruits du pillage du baron. Celui-ci, en culotte bouffante, pourpoint et fraise, surveillait attentivement l'inventaire qui en était fait. Sa longue barbe était bien peignée et son visage affichait sa satisfaction.

— Ah ! Monsieur Hauteville, venez par là, nous avons à parler.

Il le prit par l'épaule et le conduisit dans une chambre située derrière la salle. Il y avait là un lit à rideaux et une table sur laquelle s'étalaient des viandes et des confitures. Un valet attendait. Olivier se demanda où était le propriétaire de la maison.

— Installez-vous, monsieur Hauteville. Et mangez et buvez de tout votre soûl !

Olivier, affamé, suivit le conseil.

— Le roi m'a remis cent écus pour vous, ainsi que le cheval pommelé que vous avez vu dans la cour. J'ai bien peur que vous n'ayez pas beaucoup pillé…

— Non, monsieur, j'étais trop las.

— Ce n'est pas ainsi que vous ferez fortune ! Mais c'est votre affaire. Je suis très fier que le roi ait anobli un de mes hommes, mais vous savez que vous devez maintenant acheter un fief, puisqu'il ne vous en a pas offert un.

— Je n'ai pas encore eu le temps d'y songer, monsieur le Baron, sourit Olivier.

— J'y ai pensé pour vous, rassurez-vous ! Le roi va établir des lettres patentes pour confirmer votre dignité, mais vous ne serez noble que dans le royaume de Béarn. Son chancelier écrira ensuite au roi de France qui, s'il l'accepte, vous fera parvenir des lettres de noblesse qui devront ensuite être dûment enregistrées par un parlement. Tout cela prendra du temps, d'autant qu'après notre victoire, Henri III sera mal disposé envers nous ! plaisanta-t-il. Pour l'instant, vous pouvez posséder un fief dépendant du roi de Navarre et faire enregistrer votre noblesse à Pau.

— Un fief ! Savez-vous comment je dois faire ?

— Figurez-vous que, la dernière fois que je suis venu en Béarn, un notaire de Nérac m'en a proposé un. Je l'ai acheté pour mon fils, car il n'était pas cher ! Mais après l'avoir vu, j'ai compris mon erreur : c'est une pauvre terre, je ne vous le cache pas. C'est cependant un fief noble. Il a un joli nom et possède un droit de seigneurie.

— Vous me le vendriez ?

— Oui, si vous pouvez le payer. Je l'ai acheté huit cents livres et je vous le laisse au même prix.

Olivier n'eut pas besoin de calculer. Il disposait de beaucoup plus avec le butin qu'il avait gagné au cours des mois et celui de Garde-Épée.

— Je vous l'achète, monsieur.

Rosny parut satisfait.

— Vous ne voulez pas le voir avant ?

— Je vous fais confiance, monsieur de Rosny.

— Vous ne m'avez pas demandé le nom de ce fief…

— C'est vrai, j'ai l'esprit ailleurs, répondit Olivier qui se demandait où pouvait être Cassandre à cette heure.

— C'est le fief de Fleur-de-Lis [1], vous pourrez donc vous faire appeler M. de Fleur-de-Lis.

Le maréchal de Matignon ne s'approcha pas de Coutras. Henri aurait donc pu remonter vers le nord pour s'attaquer à l'armée du roi de France, mais il ne voulut pas le faire, d'autant qu'une certaine indiscipline se manifesta dans son armée. Beaucoup de ses

1. Commune de Mongelos Ainhice.

gentilshommes, à la fois harassés et suffisamment gavés de butin, reprirent le chemin de leur château. Henri regagna finalement Nérac et Olivier de Fleur-de-Lis dut le suivre sans revoir Cassandre de Saint-Pol qui se trouvait à La Rochelle.

À Paris, la reine mère resta profondément accablée par la défaite de Joyeuse.

— En toutes les batailles et rencontres advenues en France depuis vingt-cinq ans, il n'était mort autant de gentilshommes français qu'en cette malheureuse journée, dit-elle.

Le roi regretta sa noblesse décimée, mais peu son ancien favori qu'il jugea mauvais serviteur, n'ayant jamais reçu l'ordre de s'attaquer à Navarre. Cette défaite était un grand malheur, car elle le laissait sans armée, sans gentilshommes, sans argent et sans pouvoir.

Contre toute attente, le duc de Guise battit en deux rencontres l'armée des reîtres allemands venue soutenir les protestants. Ainsi, la bataille de Coutras laissait face à face Henri de Navarre, soutenu à la fois par les protestants et les royalistes légitimistes, et le duc de Guise, appuyé par les communautés ligueuses catholiques.

Par sa politique, Henri III était parvenu à briser les négociations entre Navarre et sa mère et à empêcher qu'on fasse disparaître son beau-frère. Mais il en payait cher le prix. Jamais la haine des protestants n'avait été si forte, et tout l'effort de la Ligue, soutenue par une populace furieuse, était maintenant dirigé contre lui.

C'est donc après Coutras, seul dans son Louvre, qu'il décida de se débarrasser du duc de Guise.

La part de vérité…

Ce récit, comme tous mes romans, mêle le vrai et l'imaginaire en laissant cependant une grande part à la vérité. Nous nous sommes largement appuyé sur les Mémoires de Pierre de L'Estoile, de Sully, et de quelques autres mémorialistes que nous citons plus loin. Certaines portions de ces Mémoires ont parfois été reprises, telles quelles, dans les dialogues.

À compter de 1561, et durant plus de trente ans, les historiens distinguent huit guerres de Religion en France, chacune se terminant par un traité entre les belligérants. Certaines de ces guerres n'ont qu'un numéro, d'autres un nom. La septième est souvent appelée la guerre des Amoureux, car elle oppose Henri de Navarre à son épouse Margot, mais ce roman se situe durant la huitième guerre, *La Guerre des trois Henri* commencée en 1585. Nous avons seulement utilisé ce titre de *Guerre des amoureuses* pour raconter les aventures de Cassandre de Mornay, de Catherine de Montpensier, d'Isabeau de Limeuil et d'Isabella Andreini.

Catherine de Médicis a rencontré Henri de Navarre à Saint-Brice, à peu près dans les conditions que nous relatons, mais on ignore si la duchesse de Chevreuse et les Gelosi faisaient partie du voyage. Pas plus que Il Magnifichino dont la présence est seulement attestée à Blois en décembre 1588, la veille de l'assassinat du duc de Guise. De la même façon, Nicolas Poulain n'a jamais parlé de ce voyage. Mais après tout, il était un agent secret et il n'a certainement pas tout dit.

En revanche, la présence de Montaigne, durant le voyage, est reconnue par plusieurs historiens et c'est bien à Saint-Brice que Rosny eut l'entretien que nous rapportons avec Mme de Sauves.

A-t-on tenté de tuer le roi de Navarre lors de ces conférences ? Ceux qui y étaient présents rapportent les extraordinaires précautions prises par le Béarnais pour éviter d'être assassiné, mais surtout il y a cette chute de cheval et les blessures qui s'ensuivirent : *Il demeura sans connaissance, jetant le sang par le nez et par la bouche*, écrivirent le duc de Nevers et le baron de Rosny.

Les personnages qui apparaissent dans cette histoire ont tous existé, sauf Ludovic Gouffier, Olivier Hauteville et Cassandre de Mornay, ainsi que quelques personnages secondaires. En ce qui concerne Olivier Hauteville pourtant, un doute demeure (dans mon esprit !) : lorsque j'ai commencé ce second volume, j'avais envisagé son anoblissement lors de la bataille de Coutras et j'avais décidé qu'il achèterait le fief de Fleur-de-Lis, dépendant du roi de Navarre. J'avais aussi prévu son rôle d'artilleur durant la bataille. Aussi, quelle ne fut pas ma surprise de découvrir, dans les Mémoires de Sully, ce discours du roi de Navarre après la bataille :

— … la victoire y est tout entière… et s'il en faut attribuer quelque chose aux hommes, croyez que M. de Clermont, vous [Sully], et Bois *du Lys*, y devez avoir bonne part, car vos pièces ont fait merveilles !

M. Bois du Lys serait-il Olivier de Fleur-de-Lis ?

Pour tous les historiens, Charles de Louviers, seigneur de Maurevert, est bien mort en 1583. Nous avons choisi de le faire survivre à ses blessures, mais malgré tout de le faire disparaître à Saint-Brice. Il fallait bien que, tôt ou tard, il paie ses crimes !

Sur les Gelosi, je suis resté aussi près que possible de la réalité. En cette fin du XVIe siècle, les Gelosi ont été une des plus célèbres troupes de théâtre d'Europe. Dirigée par Flaminio Scala, elle vint à Blois pour les États généraux. Son actrice principale, Donna Isabella Andreini, fut chantée par les plus grands poètes pour son talent et sa vertu. On la surnomma *l'Inégalable Clio de la tragédie.*

Quant à la douce Limeuil, elle reste un personnage fascinant de cette époque des guerres de Religion et avait nécessairement sa place dans mon histoire.

Bibliographie

Agrippa D'AUBIGNÉ, *Mémoires*.

ARBALESTE Charlotte, *Mémoires de Mme de Mornay*, J. Renouard éd., 1868.

BATZ-TRENQUELLÉON Charles de, *Henri IV en Gascogne, 1553-1589*, H. Oudin, 1885.

BÉTHUNE Maximilien de, *Mémoires de Sully, principal ministre de Henri le Grand*, J.-F. Bastien, 1788.

BÈZE Théodore de, *Histoire ecclésiastique des églises réformées au royaume de France*.

BOUILLÉ René de, *Histoire des ducs de Guise*, tome 3, Amyot, 1850.

BOURDEILLE Pierre de, seigneur de Brantôme, *Vie des dames galantes*.

—, *Mémoires*.

BRÉMONT d'ARS Guy de, « Les conférences de Saint-Brice », *Revue des Études historiques*, page 496.

CABANÈS Dr, *Les Condé*, Albin Michel, 1931.

CHALAMBERT Victor de, *Histoire de la Ligue sous les règnes de Henri III et de Henri IV*, 1854.

CHAMPAGNAC J.-B. J., *Chronique du crime et de l'innocence*, Ménard, 1834.

CHEVALIER Pierre, *Henri III*, Fayard, 1985.
CIMBER Louis, DANJOU Félix, *Archives curieuses de l'histoire de France, 1834-1837*, tome 11.
CLÉMENT COMPAYRÉ, *Études historiques et documents inédits sur l'Albigeois, le Castrais et l'ancien diocèse de Lavaur*, 1841.
DAVILA Henri Caterin, *Histoire des guerres civiles de France, sous les règnes de François II, Charles IX, Henri III & Henri IV*.
ERLANGER Philippe, *Henri III*, Perrin, 1975.
GAILLARD Jean, *Châteaux, logis et demeures anciennes de la Charente*, ouvrage collectif coordonné par, Éd. Bruno Sépulcre, 2005.
GRUN Alphonse, *La Vie publique de Michel de Montaigne*, Amyot, 1855.
JOUANNA Arlette, BOUCHER Jacqueline, Biloghi Dominique, *Histoire et dictionnaire des guerres de Religion*, Laffont, 1998.
LACOUTURE Jean, *Montaigne à cheval*, Seuil, 1998.
LACRETELLE Charles, *Histoire de France pendant les guerres de Religion*, Delaunay, 1815.
LA FERRIÈRE Hector de, *Trois amoureuses au XVIe siècle. Françoise de Rohan, Isabelle de Limeuil, la reine Margot*, Calmann-Lévy, 1885.
L'ESTOILE Pierre DE, *Journal de Henri III, 1587-1589 (Mémoires-journaux, 1574-1611)*, Taillandier, 1982.
—, *Journal de Henri III, 1587-1589 Pièces additionnelles, Mémoires-journaux, Le procès-verbal d'un nommé Nicolas Poulain, lieutenant de la prévôté de l'Île-de-France, qui contient l'histoire de la Ligue, depuis le second janvier 1585*

jusques au jour des barricades, échues le 12 mai 1588.
MASSIOU D., *Histoire politique, civile et religieuse de la Saintonge et de l'Aunis*, 1836.
MONLEZUN Jean Justin, *Histoire de la Gascogne depuis les temps les plus reculés jusqu'à nos jours*, J. A. Portes, 1850.
ORIEUX Jean, *Catherine de Médicis*, Flammarion, 1986.
SOLNON Jean-François, *Henri III*, Perrin, 2001.

Remerciements

Comme toujours, j'ai bénéficié d'une aide inappréciable pour écrire ce roman. D'abord d'Isabelle Laffont, directrice des éditions J.-C. Lattès qui continue à me faire confiance. Ensuite de Maylis de Lajugie, mon éditrice dont les remarques et les idées sont toujours pertinentes. Je remercie M. David Redon, président du Groupe de Recherches archéologiques et historiques de Coutras, pour les informations qu'il m'a fournies sur la ville de Coutras et sa relecture d'une partie de ce texte. J'ai beaucoup de gratitude envers Béatrice Augé et Jeannine Gréco qui acceptent toujours si volontiers de relire et de corriger le premier manuscrit.

Enfin, je dois remercier mon épouse et mes filles qui restent les plus sévères juges des premières versions de mes ouvrages.

Du même auteur

AUX ÉDITIONS LE GRAND-CHÂTELET

La Devineresse
Marius Granet et le trésor du Palais Comtal
Le Duc d'Otrante et les Compagnons du Soleil
Juliette et les Cézanne

AUX ÉDITIONS DU MASQUE

Attentat à Aquae Sextiae
Le Complot des Sarmates, suivi de *La Tarasque*
L'Archiprêtre et la Cité des Tours
Nostradamus et le dragon de Raphaël
Le Mystère de la Chambre Bleue
La Conjuration des Importants
La Lettre volée
L'Exécuteur de la Haute Justice
L'Énigme du Clos Mazarin
L'Enlèvement de Louis XIV
Le Dernier Secret de Richelieu
L'Obscure Mort des ducs
La Vie de Louis Fronsac
Marius Granet et le trésor du Palais Comtal
Le duc d'Otrante et les compagnons du Soleil

AUX ÉDITIONS JEAN-CLAUDE LATTÈS

La Conjecture de Fermat
Le Captif au masque de fer
Les Ferrets de la reine
La Guerre des trois Henri
1. *Les Rapines du duc de Guise*
2. *La Guerre des amoureuses*
3. *La ville qui n'aimait pas son roi*
L'Homme aux rubans noirs
Juliette et les Cézanne

AUX ÉDITIONS FLAMMARION

Les Aventures d'Olivier Hauteville
1. *Dans les griffes de la Ligue*
2. *La Bête des Saints-Innocents*

Les Aventures de Guilhem d'Ussel
1. *Rome, 1202*
2. *Rouen, 1203*
3. *L'Évasion de Richard Cœur de Lion*
4. *Béziers, 1209*

Le Secret de l'enclos du Temple
La Malédiction de la Galigaï
Le Grand Arcane des rois de France

AUX PRESSES DE LA CITÉ

De taille et d'estoc : la jeunesse de Guilhem d'Ussel

Vous pouvez joindre l'auteur :
aillon@laposte.net
www.grand-chatelet.net